କଳ୍ପଲୋକର ଛାୟା

ଅର୍ଚ୍ଚନା ନାୟକ

କଳ୍ପଲୋକର ଛାୟା

ନିର୍ବାଚିତ ଇନ୍ଦ୍ରିୟୋତ୍ତର ଚେତନାଧର୍ମୀ ଗଳ୍ପ

ସମ୍ପାଦନା

ଡକ୍ଟର ସଂଘମିତ୍ରା ଭଞ୍ଜ

ବ୍ଲାକ୍ ଇଗଲ୍ ବୁକ୍ସ
ଭୁବନେଶ୍ୱର, ଓଡ଼ିଶା

BLACK EAGLE BOOKS
Dublin, USA

କଳ୍ପଲୋକର ଛାୟା / ଅର୍ଚ୍ଚନା ନାୟକଙ୍କ ନିର୍ବାଚିତ ଇନ୍ଦ୍ରିୟୋତ୍ତର ଚେତନାଧର୍ମୀ ଗଳ୍ପ

ସମ୍ପାଦନା: **ଡକ୍ଟର ସଂଘମିତ୍ରା ଭଞ୍ଜ**

ବ୍ଲାକ୍ ଇଗଲ୍ ବୁକ୍ସ : ଭୁବନେଶ୍ୱର, ଓଡ଼ିଶା • ଡବ୍‌ଲିନ୍, ଯୁକ୍ତରାଷ୍ଟ୍ର ଆମେରିକା

BLACK EAGLE BOOKS

USA address:
7464 Wisdom Lane
Dublin, OH 43016

India address:
E/312, Trident Galaxy, Kalinga Nagar,
Bhubaneswar-751003, Odisha, India

E-mail: info@blackeaglebooks.org
Website: www.blackeaglebooks.org

First International Edition Published by
BLACK EAGLE BOOKS, 2022

KALPALOKARA CHHAYA
by **Archana Nayak**
Compiled by **Dr. Sanghamitra Bhanja**

Cover & Interior Design: Ezy's Publication

ISBN- 978-1-64560-099-2 (Paperback)

Printed in the United States of America

ଭୂମିକା

ବେଦାନ୍ତ ଦର୍ଶନ ଅନୁଯାୟୀ 'Man is not bound by his five senses'. ଅର୍ଥାତ୍ ମନୁଷ୍ୟ ତା'ର ପଞ୍ଚେନ୍ଦ୍ରିୟରେ ଆବଦ୍ଧ ନୁହେଁ, ପଞ୍ଚେନ୍ଦ୍ରିୟ ହିଁ ତାକୁ ପରିଚାଳନା କରନ୍ତି। ଦୃଷ୍ଟି, ଧ୍ୱନି, ସ୍ୱାଦ ଓ ସ୍ପର୍ଶ ମାନବ ଶରୀରର ସଂବେଦୀ ଉପଲବ୍ଧି ମୂର୍ତ୍ତ କରେ। ମାତ୍ର 'ଜୈନ ଜେୟା' ଜୈନ ମୁନି ଶୁଭଚନ୍ଦ୍ରଙ୍କ ଦ୍ୱାରା ରଚିତ ପ୍ରାୟ ୨୨୦୦ ସଂସ୍କୃତ ଶ୍ଳୋକ ମଧ୍ୟରୁ ଅନେକ ଶ୍ଳୋକରେ 'ଇନ୍ଦ୍ରିୟୋତ୍ତର' ଅର୍ଥାତ୍ 'ଇନ୍ଦ୍ରିୟରୁ ଊର୍ଦ୍ଧ୍ୱାୟିତ ଅନୁଭବ' ପ୍ରସଙ୍ଗ ଆଲୋଚିତ ହୋଇଛି। ପୁଣି ମଧ୍ୟ ଲିଖିତ -

'ଯତସୁକ୍ଷ୍ମମତିନ୍ଦ୍ରିୟଂ ଜ୍ଞାନଂ ଯନିର୍ବିକଳ୍ପାଖ୍ୟଂ ତଦତିନ୍ଦ୍ରିୟ ମୁଚ୍ୟତେ'

(ଜ୍ଞାନନିଧି- ଶିଶୁପାଳବଦ୍ଧ-ପଦ : ୧.୧୧)

ଇନ୍ଦ୍ରିୟାତୀତ ସୂକ୍ଷ୍ମଜ୍ଞାନ ହିଁ ପାରଲୌକିକ, ଅଗୋଚର, ଅବୋଧଗମ୍ୟ, ଅବ୍ୟକ୍ତ ଏବଂ ଅକଳ୍ପନୀୟ ଅଟେ। ଯାହା ଇନ୍ଦ୍ରିୟ ଧାରଣାରୁ ଊର୍ଦ୍ଧ୍ୱରେ, ଯାହା ଶରୀରରୁ ଊର୍ଦ୍ଧ୍ୱରେ। ଯାହାର କୌଣସି ଅବଲମ୍ବନ ନାହିଁ କିନ୍ତୁ ତାହା ସମସ୍ତଙ୍କ ଅବଲମ୍ବନ, ଯାହାର କୌଣସି କାରଣ ନାହିଁ କିନ୍ତୁ ଅନନ୍ତ, ଆଦିମ ଏବଂ ସୂକ୍ଷ୍ମ। ଆଦି ଶଙ୍କରାଚାର୍ଯ୍ୟଙ୍କ ଲିଖିତ ନିର୍ବାଣଷ୍ଟକମ୍‌ରେ ଉଲ୍ଲେଖ ଅଛି -

"ମନୋବୁଦ୍ଧି ଅହଂକାର ଚିତ୍ତାନି ନାହଂ
ନ ଚ଼ ଶ୍ରୋତ୍ର ଜିହ୍ୱେ ନ ଚ଼ ଘ୍ରାଣ ନେତ୍ରେ
ନ ଚ଼ ବ୍ୟୋମ ଭୂମିର୍ନ ତେଜୋ ନ ବାୟୁଃ
ଚିଦାନନ୍ଦ ରୂପଃ ଶିବୋହଂ ଶିବୋହଂ।" (ଶତକମ୍ - ୬ଷ୍ଠ ପଦ)

ଅର୍ଥାତ୍, Neither am I the mind nor intelligence or ego, Neither am I the sky, nor the earth, neither the fire nor the air, I am shiva, the supreme auspiciousness of the nature of consciousness - bliss.

ଜାଗତିକ - ଶାରୀରିକ ତଥା ମାନସିକ ସ୍ଥିତାବସ୍ଥାରୁ ବହୁ ଊର୍ଦ୍ଧ୍ୱରେ ଚେତନାର ସୁନ୍ଦର ଭାବଭୂମି ସହିତ ମାନବ ଚେତନାକୁ ସଂଯୋଗ କରିବା କ୍ଷେତ୍ରରେ ଆମର ମହାନ୍ ଶାସ୍ତ୍ର, ଯୋଗାଚାରୀ ମହର୍ଷି, ସନ୍ନ୍ୟାସୀ, ମହାପୁରୁଷମାନଙ୍କ ସଙ୍ଗେ ସଙ୍ଗେ ସାହିତ୍ୟିକମାନଙ୍କର ମଧ୍ୟ ଭୂମିକା ଅନବଦ୍ୟ। ବିଶେଷ ଭାବରେ ଗାଳ୍ପିକଟିଏ ନିଜ ଗଳ୍ପଗୁଡ଼ିକ ମାଧ୍ୟମରେ ପାଠକର ମନୋଭୂମିକୁ ସ୍ପର୍ଶ କରିବା ନିମନ୍ତେ ନିଜେ ନିଜେ ପାଖରେ ଦାୟବଦ୍ଧ ଥାଏ। ଜଗତ ଯେତେବେଳେ ମାନବ ଜୀବନକୁ ଭୌତିକ କଲ୍ମଷ, ଦୁଃଖ, କ୍ଲେଶ, ସଂତାପ, ଉଦାସୀନତାରେ ପରିପୂର୍ଣ୍ଣ ସେତେକି ବେଳେ କରେ, ଗାଳ୍ପିକଟିଏ ତା'ର ଗଳ୍ପ ବାତାୟନକୁ ଉନ୍ମୁକ୍ତ କରି ପାଠକକୁ ଏକ ଅଦୃଶ୍ୟ - ପାରଲୌକିକ ଜଗତର ସନ୍ଧାନ ଦିଏ। ଯେଉଁଥିପାଇଁ ସମସ୍ତ ପ୍ରତିକୂଳ ସ୍ଥିତି ତଥ୍ୟ ବିରୋଧାଭାସର ଊର୍ଦ୍ଧ୍ୱକୁ ଯାଇ ପାଠକ ବାସନା କ୍ଲେଶମୁକ୍ତ ହୁଏ।

ଆଧୁନିକ ଓଡ଼ିଆ କଥା ସାହିତ୍ୟରେ ଇନ୍ଦ୍ରିୟୋତ୍ତର ଜଗତର ସନ୍ଧାନ ଦେଇଥିବା ଜଣେ ସଂବେଦୀ ଗାଳ୍ପିକା ହେଉଛନ୍ତି ଅର୍ଚ୍ଚନା ନାୟକ। ଜୀବନ ଏବଂ ଜଗତକୁ ଅବଲୋକନ କରିବାର ତାଙ୍କର ଅନନ୍ୟ ଦୃଷ୍ଟିକୋଣ ତାଙ୍କୁ ଓଡ଼ିଆ ଗଳ୍ପ ଜଗତରେ ସ୍ୱତନ୍ତ୍ର ପରିଚୟ ପ୍ରଦାନ କରିଛି। ଚେତନାଗତ ସ୍ୱାତନ୍ତ୍ର୍ୟ ଯୋଗୁଁ ତାଙ୍କ ଗଳ୍ପଗୁଡ଼ିକୁ ଭିନ୍ନ ଏବଂ ବ୍ୟତିକ୍ରମ ମଧ୍ୟ।

ଅର୍ଚ୍ଚନା ନାୟକଙ୍କ କଥା ଜଗତ ଅତ୍ୟନ୍ତ ବ୍ୟାପକ। ବିବିଧ ଅନୁଭବ, ଉପଲବ୍ଧି ତଥା ଚେତନା ମଣ୍ଡିତ ତାଙ୍କ ଗଳ୍ପଜଗତ ଦର୍ଶନ, ଆଦର୍ଶ, ଇତିହାସ ପୁରାଣ, ସମାଜ ତଥା କିମ୍ବଦନ୍ତୀର ମହାମିଳନ ପୀଠ। ତାଙ୍କ ଗଳ୍ପଗୁଡ଼ିକୁ ପାଠ କଲାବେଳେ ପାଠକ ଏକ ବିଶେଷ ଚିନ୍ତନକୁ ନେଇ ଭାବପ୍ରବଣ ହେବାକୁ ବାଧ୍ୟ ହୋଇପଡ଼େ। ଅନନ୍ୟ ତାଙ୍କର ଚେତନା ଏବଂ ଅଭିନବ ତାଙ୍କର କଥାକାରୀ ଉପସ୍ଥାପନା। କେଉଁଠି ସେ ଆଧ୍ୟାତ୍ମିକ ବିଶ୍ୱାସର କଥା କହନ୍ତି ତ କେଉଁଠି ଜୀବନରେ ଆକସ୍ମିକ ମୁହୂର୍ତ୍ତମାନଙ୍କ ଆଶୀର୍ବାଦ, କେଉଁଠି ସମ୍ବେଦନଶୀଳ ମାନବମୂଲ୍ୟର କଥା ତ କେଉଁଠି ବ୍ୟକ୍ତିତ୍ୱ ନିର୍ମାଣ କ୍ଷେତ୍ରରେ ମହତ୍ତର ଚୈତ୍ତିକସ୍ତର ଓ ଅତିମାନସର କଥା କହନ୍ତି। ତାଙ୍କ ଗଳ୍ପଗୁଡ଼ିକର ଅନ୍ତର୍ନିହିତ ଅବେଦନ ଭିନ୍ନ ଓ କଥା ସ୍ୱତନ୍ତ୍ର, ଯେଉଁଥିପାଇଁ ଓଡ଼ିଆ ସାହିତ୍ୟରେ ସେ ବାରି ହୋଇପଡ଼ନ୍ତି। ଗାଳ୍ପିକା ଅର୍ଚ୍ଚନା ନାୟକଙ୍କ ଗଳ୍ପରେ ଥିବା ଇନ୍ଦ୍ରିୟୋତ୍ତର ବିଶ୍ୱର ମୋତେ ଅତ୍ୟନ୍ତ ପ୍ରଭାବିତ କରିଛି। ଆମେ ସମସ୍ତେ ଘାତ-ପ୍ରତିଘାତ, ସଂଘର୍ଷ, ଅବସାଦ, ନିରାଶ, ବିଫଳତା ମଧ୍ୟଦେଇ ଆମେ ପ୍ରତିଦିନ ଗତି କରୁଛେ। ଏଭଳି ଏକ ଦ୍ୱନ୍ଦ୍ୱାତ୍ମକ ସଂଶୟାଚ୍ଛନ୍ନ ଐନ୍ଦ୍ରିକ ସ୍ଥିତିରୁ ମୁକ୍ତିଦେବା ଡ. ନାୟକଙ୍କ ଗଳ୍ପରୁ ଆଭିମୁଖ୍ୟ। ଆତ୍ମାନୁଭବକୁ ଶବ୍ଦର ଫୁଆର ମାଧ୍ୟମରେ ପ୍ରବାହମୟୀ କରିବା ବେଳେବେଳେ ସମ୍ଭବ ହୁଏନାହିଁ। ଆତ୍ମାନୁଭବର

ଉନ୍ମୋଚନ ନିମନ୍ତେ ଭାବ ଉଚ୍ଛୁଳୁଥିବା ବେଳେ ଶବ୍ଦ କିନ୍ତୁ ନିଅଣ୍ଟ ହୁଏ। ସମ୍ଭବତଃ ସେଥିପାଇଁ ଈଶ୍ୱର, ରସାନୁଭୂତି କିମ୍ବା ମୃଦୁ ସମୀରର ରୂପକୁ ଯାହା କେବଳ ଆମେ ଅନୁଭବ କରିପାରୁ ମାତ୍ର ସେସବୁ ସ୍ପର୍ଶ ଆଉ ଦୃଶ୍ୟ ହୁଅନ୍ତି ନାହିଁ। ତେଣୁ ଐନ୍ଦ୍ରିକ ଜଗତକୁ ଅତିକ୍ରମ କରି ଅଦୃଶ୍ୟ - ଅନୁଭବ୍ୟ ସେହି ଇନ୍ଦ୍ରିୟୋତ୍ତର ଜଗତ ସହିତ ପାଠକ ଚିତ୍ତକୁ ସଂଯୋଗ କରିବା ନିମନ୍ତେ ଗଳ୍ପର ସେତୁଟିଏ ନିର୍ମାଣ କରିଛନ୍ତି ଗାଳ୍ପିକା। ପାର୍ଥିବ ଜଗତରେ ଥାଇ ଅପାର୍ଥିବ, ଦୃଶ୍ୟାୟିତ ଜଗତର ଊର୍ଦ୍ଧ୍ୱରେ ଥିବା ଅଦୃଶ୍ୟଲୋକର ରହସ୍ୟାନୁଭୂତିକୁ ଧାରଣ କରିଛି ଏହି 'କଳ୍ପଲୋକର ଛାୟା' ଗଳ୍ପସଂକଳନଟି। ଏହି ସଂକଳନସ୍ଥ ଊଣେଇଶଗୋଟି ଗଳ୍ପରେ ଦୃଶ୍ୟ ଅଦୃଶ୍ୟ ଅନୁଭବର କଥା ରହିଛି। ଅଲୌକିକ ଶକ୍ତିର ସତ୍ୟତା ନିକଟରେ ଯୁକ୍ତିବାଦୀ ବୁଦ୍ଧି ହାର୍ ମାନିବାର ଅନୁଭବ ରହିଛି 'ଅଲୌକିକ' ଗଳ୍ପରେ। ଛାୟା ଦର୍ଶନ ଭଳି ଅଦ୍ଭୁତ ବିଦ୍ୟାର କଥା ରହିଛି 'ଛାୟାଦର୍ଶନ' ଗଳ୍ପରେ। 'ସାକ୍ଷୀ ଠାକୁରାଣୀ' ଗଳ୍ପରେ ଗାଳ୍ପିକଙ୍କ ସ୍ୱ-ଅନୁଭୂତି ଓ ବିଶ୍ୱାସର କଥା ରହିଛି। ମୋକ୍ଷପ୍ରାପ୍ତି ନିମନ୍ତେ ଆକାଂକ୍ଷିତ ଜଣକ ଜୀବନରେ ତୃତୀୟ ନାରୀର ଉପସ୍ଥିତିର ପ୍ରସଙ୍ଗ ରହିଛି 'ତୃତୀୟନାରୀ' ଗଳ୍ପରେ। ବନ୍ଧନ ଜାଲରୁ ମୁକ୍ତ ହେବାପାଇଁ ଚେତନାର ସୂକ୍ଷ୍ମଗଳିର ନିର୍ଦ୍ଦେଶ ରହିଛି 'ଶାପମୁକ୍ତି' ଗଳ୍ପରେ। ଦିବ୍ୟତାକୁ ଧାରଣ କରିବା ନିମନ୍ତେ ନିର୍ଦ୍ଧାରିତ ପୂଜାପଦ୍ଧତି ଅପେକ୍ଷା ଶ୍ରଦ୍ଧା ଏବଂ ପୂର୍ଣ୍ଣବିଶ୍ୱାସର ଆବଶ୍ୟକତା ସମ୍ପର୍କରେ ଉଲ୍ଲେଖ ରହିଛି 'ଆମେଲି' ଗଳ୍ପରେ। ମୃତ ଓ ଜୀବିତ ଭିତରେ ଥିବା ସମ୍ପର୍କର ସେତୁର ସ୍ଥିତି ସମ୍ପର୍କରେ ଅଦ୍ଭୁତ ଓ ରୋମାଞ୍ଚକାରୀ ବର୍ଣ୍ଣନା ରହିଛି ହଂସପ୍ରହରୀ ଗଳ୍ପରେ। 'ଅନ୍ୟ ଦୃଶ୍ୟ' ଗଳ୍ପରେ ସ୍ଥୂଳ ଆଖି ଦେଖିପାରୁଥିବା ଦୃଶ୍ୟ ବାହାର ଥିବା ଅଦୃଶ୍ୟ ସତ୍ତାର ବର୍ଣ୍ଣନା ରହିଛି। ଚିତ୍ରରୂପ, ଗଳ୍ପରେ ଦିବ୍ୟ ଅନୁଭବର ଦାର୍ଶନିକ ବର୍ଣ୍ଣନା ରହିଛି। ବିଶ୍ୱାସ - ଅବିଶ୍ୱାସର ଊର୍ଦ୍ଧ୍ୱରେ ଅଦ୍ଭୁତ - ଅପୂର୍ବ ଅନୁଭବର କଥା ରହିଛି 'ଘଟ ଆକାଶ', 'କଳାପଥରର କଥା', 'ନକ୍ଷତ୍ରର ଭାଷା', 'ଯକ୍ଷିଣୀ ରାତି', 'କାଳ୍ପନିକ ସତ୍ୟ', 'ଜେଜୀ ମା', 'ଗନ୍ଧର୍ବ ବୀଣା', ହାତ ପାପୁଲିରେ ପ୍ରଜାପତି, ସୁମଣି ଚଉରା ଏବଂ 'ଚିତ୍ରାଙ୍ଗଦା' ପ୍ରମୁଖ ଗଳ୍ପରେ। ମହାଶୂନ୍ୟର ପ୍ରହେଳିକା, ଅଦ୍ଭୁତ ଆହ୍ଲାଦ, ସ୍ୱପ୍ନର ଜଗତ, ସ୍ୱପ୍ନାଦେଶ, ସୂକ୍ଷ୍ମସତ୍ତା ସହ ଚେତନାଗତ ସ୍ତରରେ ସମ୍ବନ୍ଧାନ୍ୱିତ ହେବାର ରୋମାଞ୍ଚକାରୀ - ଅଦ୍ଭୁତ କଳ୍ପଲୋକର ବର୍ଣ୍ଣନା ରହିଛି 'କଳ୍ପଲୋକର ଛାୟା' ଗଳ୍ପ ସଂକଳନରେ। ଏହି ସଂକଳନର ପ୍ରସ୍ତୁତି ନିମନ୍ତେ ଗାଳ୍ପିକା ଅର୍ଚ୍ଚନା ନାୟକଙ୍କ ବିଭିନ୍ନ ସଂକଳନରୁ ଉପର୍ଯ୍ୟୁକ୍ତ ଗଳ୍ପଗୁଡ଼ିକ ମୁଁ ସଂଗ୍ରହ କରିଛି। ଗଳ୍ପଗୁଡ଼ିକ ଯଥାକ୍ରମେ ଡକ୍ଟର ନାୟକଙ୍କ 'ଅରଣ୍ୟ ଅଭିସାର' (ଅଲୌକିକ), 'ଛାୟାଦର୍ଶନ' (ସ୍ୱପ୍ନ ଗୋଧୂଳି), 'ସାକ୍ଷୀ ଠାକୁରାଣୀ' (ସାକ୍ଷୀ ଠାକୁରାଣୀ), ଭୁଲ୍ ଠିକଣାର ଚିଠି (ତୃତୀୟ ନାରୀ), 'ନକ୍ଷତ୍ରର ଭାଷା' (ଶାପମୁକ୍ତି ଓ ଆମେଲି), ହଂସପ୍ରହରୀ

(ହଂସ ପ୍ରହରୀ, 'ଅନ୍ୟ ଦୃଶ୍ୟ', ଚିତ୍ରରୂପ), ସ୍ୱପ୍ନ ଗୋଧୂଳି (ଘଟ ଆକାଶ), ମଣି ସନ୍ଧାନ (କଳାପଥର କଥା), ନକ୍ଷତ୍ରର ଭାଷା (ନକ୍ଷତ୍ରର ଭାଷା), ସ୍ୱପ୍ନ ଗୋଧୂଳି (ଯକ୍ଷିଣୀ ରାତି), କାଞ୍ଚନିକ ସତ୍ୟ (କାଞ୍ଚନିକ ସତ୍ୟ), ଆରଣ୍ୟ ଅଭିସାର (ଜେଜୀମା), ଗନ୍ଧର୍ବବୀଣା (ଗନ୍ଧର୍ବ ବୀଣା, ହାତପାପୁଲିରେ ପ୍ରଜାପତି), ସାକ୍ଷୀ ଠାକୁରାଣୀ (ସୁମଣି ଚଉରା), ହଂସପ୍ରହରୀ (ଚିତ୍ରାଙ୍ଗଦା) ପ୍ରମୁଖ ଉଲ୍ଲେଖଯୋଗ୍ୟ।

ଗାଳ୍ପିକା ଅର୍ଚ୍ଚନା ନାୟକ ସାଂପ୍ରତିକ ସମୟର ଜଣେ ଅମୃତସନ୍ଧାନୀ ସାହିତ୍ୟିକା। ଆଧ୍ୟାତ୍ମିକ ଆସ୍ପୃହା ତଥା ଦିବ୍ୟତାର ଅବଧାରଣା ତାଙ୍କୁ ଓଡ଼ିଆ ଗଳ୍ପ ସାହିତ୍ୟ ଧାରାରେ ସ୍ୱତନ୍ତ୍ର ପରିଚିତି ପ୍ରଦାନ କରିଛି। ଜୀବନର ମହତ୍ତର ଅନୁଭବକୁ ପାଠକଙ୍କ ନିକଟରେ ପହଞ୍ଚାଇ ସେମାନଙ୍କୁ ନୈତିକ ବଳୟକୁ ପରିପୁଷ୍ଟ କରିବା କ୍ଷେତ୍ରରେ ଅର୍ଚ୍ଚନା ନାୟକଙ୍କ ସାରସ୍ୱତ କର୍ମ ଅନନ୍ୟ ଭୂମିକା ଗ୍ରହଣ କରିଛି।

ଉକ୍ତର ଅର୍ଚ୍ଚନା ନାୟକଙ୍କ କଥା ସାହିତ୍ୟ ମାନବ ଜୀବନର ବିବିଧ ଅସ୍ପର୍ଶ୍ୟ ଦିଗର ସନ୍ଧାନ ଦିଏ। ଇନ୍ଦ୍ରିୟୋତ୍ତର ଜଗତର ପ୍ରସଙ୍ଗ ଉଠିଲେ, ପାଶ୍ଚାତ୍ୟ କଥାକାର କଲିନ ୱିଲସନଙ୍କ 'ଅକଲ୍ଟ' (Occult)ର ଭାବବସ୍ତୁ ପାଠକ ଚିତ୍ତରେ ଅଦୃଶ୍ୟ ଜଗତକୁ ନେଇ ତରଙ୍ଗ ସୃଷ୍ଟି କରେ। ଅନୁରୂପ ଭାବରେ ଅର୍ଚ୍ଚନା ନାୟକଙ୍କ ଗଳ୍ପଜଗତର କଥାବସ୍ତୁ, ଚରିତ୍ର ତଥା ଅସରନ୍ତି ଆବେଗିକ ଉଚ୍ଛ୍ୱାସ ତାଙ୍କ ଇନ୍ଦ୍ରିୟୋତ୍ତର କଥାଭୂମିକୁ ପ୍ରଭାବଶାଳୀ କରିପାରିଛି। ଆଶା କରୁଛି ଏହି ନୂତନ ସ୍ୱାଦର ଗଳ୍ପଗୁଡ଼ିକ ପାଠକମାନଙ୍କର ଆନ୍ତରିକ ଶ୍ରଦ୍ଧା ଓ ଆଦୃତି ଲାଭ କରିପାରିବ।

– ସଂଘମିତ୍ରା ଭଂଜ

ସୂଚିପତ୍ର

ଅଲୌକିକ

ତୀର୍ଥଯାତ୍ରୀ ଗାଡ଼ିରେ ବାପା ବୋଉଙ୍କୁ ନେଇ ମୁଁ ଯାଉଥାଏ। ବୋଉର କୋଉ ଯୁଗରୁ ଇଚ୍ଛା ଥିଲା ଗୟା, କାଶୀ, ଦ୍ୱାରକା ଓ ହରିଦ୍ୱାର ଦେଖିବା ପାଇଁ। କିନ୍ତୁ ଗୋଟାଏ ମାସ ଛୁଟିନେଇ ଯିବା ମୋ ପକ୍ଷରେ ସମ୍ଭବ ହେଉନଥିଲା।

ଏଥର ତୀର୍ଥଯାତ୍ରୀ ଗାଡ଼ି ବାହାରୁଥିବା ସମ୍ବାଦ ପଢ଼ି ବୋଉ ଲେଖିଥିଲା- ପୁଅ, ତତେ ଯଦି ସମୟ ନ ହେଉଛି, ତେବେ ତୋର ଆସିବା ଦରକାର ନାହିଁ। ମୋର ଏଣେ ସଂସାର ଛାଡ଼ିବାର ସମୟ ପାଖେଇ ଆସିଲାଣି। ତେଣୁ ତୋ' ବାପାଙ୍କୁ ନେଇ ମୁଁ ତୀର୍ଥ କରିବାକୁ ଯାଉଛି ଇତ୍ୟାଦି।

ମୁଁ ଜାଣେ, ବୋଉ ମୋର ବଡ଼ ଅଭିମାନୀ। ସେ କେବେ ମତେ କୌଣସି କଥାରେ କିଛି କହିନି। ତେଣୁ ତା'ର ଏଇ ଗୋଟିଏ ଅନୁରୋଧ ରଖି ନ ପାରିଲେ ମୁଁ ବା ତା'ର କି ପୁଅ !

ମୁଁ ମାସେ ଛୁଟିନେଇ ଗଲି।

ଟ୍ରେନ୍ କମ୍ପାର୍ଟମେଣ୍ଟର ଛ' ଟିକିଆ ବର୍ଥରେ ଆମ ତିନିଜଣଙ୍କର ଓ ଆଉ ଦୁଇଜଣ ବୃଦ୍ଧ ଭଦ୍ରଲୋକଙ୍କର ସିଟ୍ ଥିଲା। ଆଉ ଗୋଟେ ବର୍ଥ ଶେଷ ଯାଏ ଖାଲି ରହିଲା। ତେଣୁ ଖାଲି ବର୍ଥରେ ଜିନିଷପତ୍ର ସୁବିଧାରେ ରଖିଦେଇ ହେଲା। ସବା ତଳ ଦୁଇଟିରେ ବାପା ବୋଉ,ମଝିରେ ସେ ଦୁଇଜଣ ଭଦ୍ରଲୋକ ଓ ଉପରର ଗୋଟିକରେ ମୁଁ।

ତୀର୍ଥ କରିବାର ମାନସିକ ପ୍ରସ୍ତୁତି ମୋର ଆଦୌ ନଥିଲା। ବାପା ବୋଉଙ୍କ ଲାଗି ଅଗତ୍ୟା ମୁଁ ଆସିବାକୁ ବାଧ୍ୟ ହୋଇଥିଲି। ତେଣୁ ସାଙ୍ଗରେ ଆଣିଥିଲି କେତୋଟି ଇଂରାଜୀ ଉପନ୍ୟାସ, ବାଟରେ କୌଣସି ପ୍ରକାରେ ସମୟଟା କଟିଯାଉ ଭାବି।

ଏକାଠି ଯାତ୍ରା କରିବାର ଦୁଇଦିନ ଭିତରେ ଆମର ସହଯାତ୍ରୀମାନଙ୍କ ସହିତ ବେଶ୍ ପରିଚୟ ହୋଇଗଲା। ବିଶେଷକରି ଆମ ପାଖରେ ରହୁଥିବା ମହେନ୍ଦ୍ରବାବୁ ଓ

କୈଳାସ ବାବୁଙ୍କ ସହ ଘନିଷ୍ଠତା ହୋଇଗଲା । ମହେନ୍ଦ୍ର ବାବୁ ଜଣେ ଅବସରପ୍ରାପ୍ତ ସରକାରୀ କର୍ମଚାରୀ । ତାଙ୍କ ସ୍ତ୍ରୀ ବହୁ ପୂର୍ବରୁ ମରି ଯାଇଛନ୍ତି । ଏବେ ତାଙ୍କ ପୁଅ ଘରର ସବୁ ଦାୟିତ୍ୱ ନେଇଥିବାରୁ ସେ ପୂରା ଜଞ୍ଜାଳମୁକ୍ତ । କୈଳାସ ବାବୁଙ୍କର ଗୋଟେ ସାଧାରଣ ସୁନା ଦୋକାନ ଅଛି । ବଣିଆ କାମ ତାଙ୍କର କୁଳ-ବ୍ୟବସାୟ । ଦୋକାନ ଛାଡ଼ି କୁଆଡ଼େ ଯିବା ସମ୍ଭବ ହେଉନଥିବାରୁ ସେ ତୀର୍ଥ ଭ୍ରମଣରେ ଯିବାକୁ ବହୁବର୍ଷ ଧରି ଇଚ୍ଛା କରୁଥିଲେ ବି ବାହାରିପାରୁନଥିଲେ । ଏଥର ମନକୁ ଦୃଢ଼କରି ଦୋକାନ ଦାୟିତ୍ୱ କାରିଗରଙ୍କ ହାତରେ ଦେଇ ତୀର୍ଥରେ ବାହାରିଛନ୍ତି ।

ମହେନ୍ଦ୍ରବାବୁ ମୋ ବୋଉଠାରୁ ବୟସରେ ବେଶ୍ ବଡ଼ ହେବେ । ସେ କିନ୍ତୁ ପ୍ରଥମ ଦିନରୁ ହିଁ ବୋଉକୁ 'ଅପା' ଓ ବାପାଙ୍କୁ 'ଭାଇ' ବୋଲି ଡାକିବାର ଦେଖି କୈଳାସବାବୁ ମଧ୍ୟ ସେଇଆ କଲେ । ମୁଁ କିନ୍ତୁ ମୋର ସମ୍ବୋଧନରେ କୌଣସି ପରିବର୍ତ୍ତନ କଲିନାହିଁ ।

ମତେ ବଡ଼ ସୁବିଧା ହେଲା ଯେ ସେ ଚାରିଜଣ ପରସ୍ପର ସହ କଥାବାର୍ତ୍ତା ସୁଖଦୁଃଖ ହୋଇ ସମୟ କଟାଇଲେ । ଖାଲି ଷ୍ଟେସନରେ ଓହ୍ଲାଇ ମୁଁ ଆମ ସମସ୍ତଙ୍କ ପାଇଁ ପାଣି ନେଇ ଆସୁଥିଲି । ଅନ୍ୟ ସମୟତକ ମୋର ନଭେଲ୍ ପଢ଼ା ବା ଶୋଇବାରେ କଟୁଥିଲା ।

ଗାଡ଼ି ପ୍ରୟାଗ, ଗୟା, କାଶୀ, ଗୋପ ଓ ମଥୁରା ପ୍ରଭୃତିରେ ଦିନେ ଦୁଇଦିନ ଲେଖାଏଁ ରହି ରହି ହରିଦ୍ୱାରରେ ପହଞ୍ଚିଲା । ହରିଦ୍ୱାର ଓ ଋଷିକେଶରେ ଚାରିଦିନ ପାଇଁ ରହିବାର ବ୍ୟବସ୍ଥା ହୋଇଥିଲା । ହରିଦ୍ୱାର ମତେ ଖୁବ୍ ଭଲ ଲାଗିଲା । ସେ ସମୟରେ ପଡ଼ିଥାଏ ପିତୃପକ୍ଷ । ତେଣୁ ବେଶ୍ ଜନଗହଳି ହୋଇଥାଏ । ଗଙ୍ଗାସ୍ନାନର ପୁଣ୍ୟଫଳ ଲାଭ ପାଇଁ ଯାତ୍ରୀମାନଙ୍କର ଉତ୍କଣ୍ଠା ମୁଁ ଲକ୍ଷ୍ୟ କରିପାରୁଥାଏ ।

ଗଙ୍ଗାର ହିମକାକର ଜଳ, ସେଥିରେ ପୁଣି ପ୍ରଖର ସ୍ରୋତ । ବାପା ବୋଉଙ୍କୁ ବହୁ ସତର୍କତାର ସହିତ ଧରି ଗାଧୋଇବା କାମ ସାରିଦେବା ପରେ ମୁଁ ଦୀର୍ଘ ସମୟ ଧରି ସେହି ଥଣ୍ଡାପାଣିରେ ବୁଡୁଥାଏ । ଦେହ ଖରାପ ହେବାର ଆଶଙ୍କା କରି ବୋଉ ମତେ ଯେତେ ମନାକଲେ ବି ମୁଁ ଶୁଣୁ ନଥାଏ । କାରଣ ମୋ ପାଇଁ ଏପର୍ଯ୍ୟନ୍ତ ପ୍ରାୟ ବିରକ୍ତିକର ମନେ ହୋଇଥିବା ତୀର୍ଥଯାତ୍ରା ପ୍ରଥମଥର ଲାଗି ଆନନ୍ଦକର ମନେ ହୋଇଥିଲା ।

ବୋଉ ବ୍ୟସ୍ତ ହେଉଥିବାର ଦେଖି ମହେନ୍ଦ୍ରବାବୁ କୁହନ୍ତି, "ଅପା, କାହିଁକି ବ୍ୟସ୍ତ ହେଉଛ ? ଟୋକା ଲୋକ ରକ୍ତ ଗରମ ଅଛି, ଆଦୌ ଥଣ୍ଡା ଧରିବନି ।"

ଆମ ଫେରିବା ପୂର୍ବଦିନ ସନ୍ଧ୍ୟାରେ ବାପା ବୋଉଙ୍କୁ ସୁବିଧା ଜାଗା ଦେଖ ଗଙ୍ଗାକୂଳରେ ବସେଇ ଦେଇଥାଏ । କାରଣ ଗଙ୍ଗାମାତାଙ୍କର ସନ୍ଧ୍ୟା ଆଳତି ଦେଖିବା ପାଇଁ ବହୁତ ଭିଡ଼ ହୋଇଯାଏ । ମୁଁ କିନ୍ତୁ ଇଆଡ଼େ ସିଆଡ଼େ ବୁଲୁଥାଏ । ହଠାତ୍ ମୋର

ଦୃଷ୍ଟିପଡ଼ିଲା ଅପେକ୍ଷାକୃତ ଏକ ନିର୍ଜନ ଜାଗାରେ, ଗଙ୍ଗାକୂଳରେ ଥିବା ଏକ ଚଟାଣ ଉପରେ ମହେନ୍ଦ୍ର ବାବୁ ଓ କୈଳାସ ବାବୁ ଜଣେ ସାଧୁଙ୍କ ସହିତ ବସି କଥାବାର୍ତ୍ତା କରୁଛନ୍ତି। ମୁଁ ସିଧା ଯାଇ ସାଧୁଙ୍କୁ ପ୍ରଣାମ କରି ସେଠି ବସିପଡ଼ିଲି।

ସାଧୁ ମହାରାଜ ଅଲୌକିକତା ଉପରେ କିଛି କହୁଥାନ୍ତି। ସାଧାରଣ ମଣିଷ ଜୀବନରେ ବେଳେବେଳେ ବି ଅଲୌକିକ ଘଟଣା ଘଟେ, କିନ୍ତୁ ମଣିଷ ତାକୁ ଠିକ୍‌ରେ ଉପଲବ୍ଧି କରିପାରେନା। ଫଳରେ ଅଲୌକିକତା ଦ୍ୱାରା ଯେଉଁ ଆଧ୍ୟାତ୍ମିକ ଉପଲବ୍ଧି ତା'ର ଘଟନ୍ତା, ତାହା ଘଟେନାହିଁ, ବରଂ ସେହି ଅଲୌକିକତାକୁ ନିଜ ସ୍ୱାର୍ଥ ପାଇଁ ପ୍ରୟୋଗ କରିବାକୁ ଚେଷ୍ଟାକରି ମଣିଷ ନିଜ ବିପର୍ଯ୍ୟୟର ରାସ୍ତା ନିଜେ ହିଁ ଖୋଲିଦିଏ।

ସନ୍ଧ୍ୟା ଆଳତିର ସମୟ ହୋଇଯାଇଥିଲା। ମୁଁ ଉଠି ଆସିଲି। ନଦୀର ପ୍ରଖର ସ୍ରୋତଜନିତ ଗହଗହ ଶବ୍ଦ ସାଙ୍ଗକୁ ଘଣ୍ଟା, ଶଙ୍ଖ, କାହାଳି ପ୍ରଭୃତିର ଧ୍ୱନି ମିଶିଯାଇ ବାତାବରଣକୁ କରିଦେଇଥାଏ ଅଦ୍ଭୁତ ଧ୍ୱନିମୟ। ଏହାସଙ୍ଗରେ ଶତ ଶତ ଦୀପଶିଖା ବିଶିଷ୍ଟ ଆଳତି ଗଙ୍ଗାଜଳକୁ ବାରମ୍ବାର ସ୍ପର୍ଶ କରି ଶୂନ୍ୟକୁ ଉଠୁଥାଏ। ଯେତେବେଳେ ଆଳତି ନିମ୍ନକୁ ଖସି ଆସୁଥାଏ, ସେ ଦୀପଶିଖାରେ ଆଲୋକିତ ହୋଇଯାଉଥିବା ସ୍ରୋତସ୍ୱିନୀ ଗଙ୍ଗାକୁ ଦେଖି କେମିତି କେଜାଣି ମୋର ମନ ହେଉଥିଲା, ସତେ ଯେମିତି ସ୍ୱୟଂ ନଦୀମାତାଙ୍କର ଜୀବନ୍ତ ଦର୍ଶନ ମିଳିଯାଉଛି। ଆଳତି ଶେଷ ହେବାପରେ ବାପା ବୋଉଙ୍କୁ ବିଶ୍ରାମାଗାରରେ ଛାଡ଼ି ମୁଁ ପୁଣି ଫେରିଆସିଲି ଗଙ୍ଗାତୀରକୁ।

ସେଦିନ ଥିଲା ଶୁକ୍ଳପକ୍ଷ। ଆଶ୍ୱିନ ମାସର ଜହ୍ନ ଆକାଶରେ ଜକ୍ ଜକ୍ କରୁଥାଏ। ପ୍ରାୟ ଲୋକଗହଳି କମି ଆସିଥାଏ। ମୁଁ ବୁଲୁ ବୁଲୁ ଦେଖିଲି ମହେନ୍ଦ୍ର ବାବୁ ଓ କୈଳାସ ବାବୁ ଯେଉଁଠାରେ ବସିଥିଲେ, ସେଇଠି ବସିଛନ୍ତି। ସାଧୁ ନାହାନ୍ତି। ମୁଁ ସେମାନଙ୍କ ପାଖରେ ଯାଇ ପହଞ୍ଚି ଦେଖିଲି ଦୁହେଁ ଅସ୍ୱାଭାବିକ ଭାବରେ ଗମ୍ଭୀର ଜଣାପଡୁଛନ୍ତି ଓ ଗଙ୍ଗାର ଅପରପାର୍ଶ୍ୱକୁ ଅନ୍ୟମନସ୍କ ଭାବରେ ଚାହିଁ ରହିଛନ୍ତି। ମୋର ଉପସ୍ଥିତି ପ୍ରତି ସେମାନେ ଧ୍ୟାନଦେବା ଅବସ୍ଥାରେ ହିଁ ନଥିଲେ।

ମତେ ଟିକେ ଅଡୁଆ ଲାଗିଲା। ଏ ଭିତରେ କ'ଣ ଏମିତି ଘଟିଲା, ଯେଉଁଥିପାଇଁ ବେଶ୍ ହସଖୁସି ଜଣାପଡୁଥିବା ଏ ଦୁଇ ଭଦ୍ରଲୋକ ହଠାତ୍ ଏମିତି ଉଦାସୀନ ହୋଇ ପଡ଼ିଛନ୍ତି। ମୁଁ ସେମାନଙ୍କୁ ଫେରିଯିବା ପାଇଁ କହିଲି। ସେ ଦୁହେଁ ମୋ ଉପସ୍ଥିତି ସମ୍ପର୍କରେ ସଚେତନ ହୋଇ ମତେ ବସିବାକୁ ଇଙ୍ଗିତ କଲେ। କିଛି ସମୟ ପୂର୍ବରୁ ସେଠାରେ ଉପସ୍ଥିତ ଥିବା ସାଧୁଙ୍କ କଥା ସେମାନଙ୍କୁ ପଚାରିଲି ଓ ଅଲୌକିକତା ସମ୍ପର୍କରେ ସେ ଆଉ ସବୁ କ'ଣ କହିଲେ, ଶୁଣିବାକୁ କୌତୂହଳ ମଧ୍ୟ ପ୍ରକାଶ କଲି।

ଦୁଇଜଣ ଯାକ ଉତ୍ତର ଦେଲେନାହିଁ। ସେମିତି ନୀରବରେ ବସି ରହିଲେ।

ଭାବିଲି, ମୁଁ ବୋଧହୁଏ ସେମାନଙ୍କୁ ବିରକ୍ତ କରୁଛି। ମୁଁ ଉଠି ଆସିବା କଥା ଭାବୁଛି, ମହେନ୍ଦ୍ର ବାବୁ ଏକ ଅଦ୍ଭୁତ କାନ୍ଦ କାନ୍ଦ ସ୍ୱରରେ କହିଲେ, "ଏଇ ଗଙ୍ଗାମାତାଙ୍କ ନିକଟରେ ଆଜି ଆମେ ତିନିଜଣ ବସିଛେ, ଯଦିବା ଆମ ଭିତରେ ବୃତ୍ତିଗତ ଓ ବୟସଗତ ବହୁ ପାର୍ଥକ୍ୟ ଅଛି, ବିଶେଷ କରି ତୁମେ ମୋର ପୁଅଠାରୁ ମଧ୍ୟ ସାନ ହେବ, ତଥାପି ମୋର ମନେହେଉଛି, ଏକ ବିଶେଷ ସମ୍ପର୍କରେ ଆମେ ପରସ୍ପର ସହ ସମ୍ବନ୍ଧିତ ହୋଇଯାଇଛୁ। ଆଜି ଏହି ସନ୍ଧ୍ୟାକାଳରେ ମୁଁ ମୋ ହୃଦୟରେ ଏପର୍ଯ୍ୟନ୍ତ ଏକାକୀ ବୋହି ଚାଲିଥିବା ଦୁଃଖର ଭାରଟିକୁ ତୁମ୍ଭମାନଙ୍କ ଆଗରେ ଥୋଇଦେଇ ଟିକେ ହାଲ୍‌କା ହୁଏତ ହୋଇଯାଇ ପାରିବି।"

ଆମେ ଦୁହେଁ ନୀରବରେ ତାଙ୍କ କଥା ଶୁଣିବା ପାଇଁ ସମ୍ମତି ଦେଲୁ।

ସେ ତାଙ୍କର ବକ୍ତବ୍ୟ ଯେପରି ଭାବରେ କହିଥିଲେ, ମୁଁ ପ୍ରାୟ ଠିକ୍ ସେହିପରି ବର୍ଣ୍ଣନା କରୁଛି।

ସେ କହିଲେ, "ମୁଁ ଆଜି ତୀର୍ଥଭ୍ରମଣ କରୁଛି, ଦେବତା ଦର୍ଶନ କରୁଛି, ସାଧୁ ସଙ୍ଗ କରୁଛି ଓ ଭିକାରିଙ୍କୁ ମୁକ୍ତ ହସ୍ତରେ ଦାନ କରୁଥିବା ଦେଖି ତୁମେମାନେ ମତେ ଜଣେ ଧର୍ମପ୍ରାଣ ବ୍ୟକ୍ତି ବୋଲି ଭାବିଥିବ। କିନ୍ତୁ ବିଶ୍ୱାସ କର, ମୁଁ ଗୋଟାଏ ଲମ୍ପଟ, କାମୁକ ଓ ହୀନ ବ୍ୟକ୍ତି।

ମୋ ଚେହେରାଟା ଦେଖୁଛ ତ ? ମତେ ଆସି ସତୁରୀବର୍ଷ ହେଲାଣି, ଜଣାପଡୁଛି କି ?

ଆମେ ମୁଣ୍ଡ ଟୁଙ୍ଗାରିଲୁ କଥାଟା ମିଛ ନୁହେଁ। ସେ ଆଦୌ ଏତେ ବୟସର ବୋଲି ଜଣାପଡୁନଥିଲେ।

"ମୋର ଏ ସୁନ୍ଦର ଚେହେରା ଓ ଉତ୍ତମ ସ୍ୱାସ୍ଥ୍ୟ ଲାଗି ବହୁ ଝିଅ ମୋ ପ୍ରତି ଆକୃଷ୍ଟ ହୋଇଛନ୍ତି। ମୁଁ ମଧ୍ୟ ସେ ଆକର୍ଷଣର ବେଶ୍ ସୁଯୋଗ ନେଇଛି। ଝିଅମାନଙ୍କ ସମ୍ପର୍କରେ ଜ୍ଞାନ ହେବା ପରଠାରୁ ମୁଁ ସେମାନଙ୍କ ସହିତ କେବଳ ଦୈହିକ ସମ୍ଭୋଗ ହିଁ ଚାହିଁଛି। ତା'ଛଡ଼ା ସେମାନେ ମୋ ପ୍ରତି ପ୍ରଥମେ ଆକୃଷ୍ଟ ହେଉଥିବାରୁ ମୋ କାମୁକତା ପାଇଁ ମୁଁ କେବେ ନିଜକୁ ଦୋଷ ଦେଇନାହିଁ।

କଥାଟା ସେମିତି ସେମିତି ଚାଲିଥିଲେ କିଛି ଅସୁବିଧା ନଥିଲା। କିନ୍ତୁ ଘଟଣା ଘଟିଲା ଭିନ୍ନ ପ୍ରକାର। ଆମ ଗାଆଁରେ ଜମିଦାର ନ ହେଲେ ବି, ବେଶ୍ ଭୂସମ୍ପତ୍ତି ଥିବା ବ୍ୟକ୍ତି ଥିଲେ ସୀତାନାଥ ଚୌଧୁରୀ। ତାଙ୍କ ଝିଅର ନାଆଁ ଥିଲା ମଞ୍ଜୁ। ବେଶ୍ ସୁନ୍ଦରୀ ସେ। ବୟସ ତା'ର ଷୋହଳ କି ସତର ହୋଇଥିବ। ଭାରି ଗମ୍ଭୀର ଝିଅ। କୁଆଡ଼କୁ ଚାହିଁବନି। ମୋ ମନ ତା'ଠି ଲାଗିଗଲା। ଗାଆଁପାଖ ନଈକୁ ସେ ଗାଧୋଇବାକୁ ଆସେ।

ମୁଁ ତା'ର ଦୃଷ୍ଟି ଆକର୍ଷଣ ପାଇଁ ବହୁ ଚେଷ୍ଟା କଲି, କିନ୍ତୁ ବାରମ୍ବାର ବିଫଳ ହେଲି। ସେ ମତେ ଆଡ଼ ଆଖିରେ ବି ଚାହିଁଲା ନାହିଁ। ତେଣୁ ମୋ ଜିଦ୍ ବି ବଢୁଥାଏ।

ତାକୁ ଦେଖିବାର ଏକମାତ୍ର ସମୟ ହେଲା, ସେ ଯେତେବେଳେ ନଈକୁ ଗାଧୋଇବାକୁ ଆସେ। କିନ୍ତୁ ତା'ର ନିର୍ଦ୍ଦିଷ୍ଟ ସମୟ କିଛି ନଥିଲା। କେବେ ଖୁବ୍ ସକାଳୁ ଆସେ ତ କେବେ ଆସିବା ବେଳକୁ ଦିନ ଅଧା। ମୁଁ କିନ୍ତୁ ସକାଳୁ ଯାଇ ନଈରେ ପାଣିକୁଆ ପରି ବୁଡୁଥାଏ। ଆମର ପୁରୁଷାଘାଟ ପାଖରୁ ସ୍ତ୍ରୀଲୋକଙ୍କ ଗାଧୋଇବା ଘାଟ ଦୂରତା ବେଶି ନ ହେଲେ ବି ମୁଁ ତାକୁ ପାଖରୁ ଦେଖିବା ପାଇଁ ପହଁରୁଥାଏ। ପାଣିରେ ପଡ଼ି ପଡ଼ି ମୋ ଦେହ ଥଣ୍ଡା ହେଇଯାଏ, ହାତ ପାଦ ଶେତା ପଡ଼ିଯାଏ, କିନ୍ତୁ ମନର ଉଷ୍ମତା ମରେନାହିଁ କି ଦେହର ଉତ୍ତେଜନା କମେନାହିଁ।

ଏମିତି ଚାଲିଲା କିଛିକାଳ। ମୋ ସାଙ୍ଗମାନେ ମଧ୍ୟ ମୋ ପହଁରା-ନିଶାର କାରଣ ବୁଝିପାରିଲେନି। ମଞ୍ଜୁ ମୋ ଆଡ଼କୁ ଆଡ଼ ଆଖିରେ ବି ଚାହୁଁ ନଥିଲା। ତେଣୁ କେହି ବି ବୁଝିପାରୁ ନଥିଲେ କ'ଣ ପାଇଁ ମୁଁ ମଣିଷରୁ ପାଣିକୁଆ ଆଡ଼କୁ ଯାଉଛି।

ମୁଁ ଯେତିକି ବିଫଳ ହେଉଥିଲି, ମୋର ମୋହ ସେତିକି ବଢୁଥିଲା। ସେତେବେଳେ ଥିଲା ବର୍ଷା ଋତୁ। ନଦୀରେ ବେଶ୍ ଗୋଳିଆ ପାଣିର ସୁଅ ଛୁଟୁଥିଲା। କିଛିଦିନ ଧରି ମଞ୍ଜୁ ଆଉ ଗାଧୋଇବାକୁ ଆସୁନଥିଲା। ମୁଁ କିନ୍ତୁ ପାଣିରେ ବୁଡ଼ିବା ବନ୍ଦ କରିନଥିଲି।

ସେଦିନ ହଠାତ୍ ପାଣିରେ ବୁଡି ଉଠିପଡ଼ିବାର ବେଳକୁ ମୋ ବେକ ପାଖରେ ଅଟକିଗଲା ଗୋଟିଏ ଫୁଲତୋଡ଼ା। ତୋଡ଼ାଟା ଧରି ଦେଖିଲି ତା ଭିତରେ ରହିଛି ଗୋଟେ ତାଳପତ୍ରର ପୋଥି। ମୁଁ ସେଇଟି ନେଇ କୂଳକୁ ଉଠିଆସିଲି।

ଘରେ ଆସି ସେଥିରେ କ'ଣ ଲେଖା ଅଛି, ପଢ଼ିବାକୁ ବସିଲି। ମୋର ଶିକ୍ଷାଗତ ଯୋଗ୍ୟତା ଯାହା, ସେଥିରେ ପୋଥି ଯଦି ସଂସ୍କୃତ ଭାଷାରେ ଲେଖାଯାଇଥାନ୍ତା, ତେବେ ମୁଁ ତାକୁ ସେମିତି ଠାକୁରଘରେ ରଖିଦେଇଥାନ୍ତି। କିନ୍ତୁ ସେ ଲେଖା ଥିଲା ଏକ ଅଦ୍ଭୁତ ପ୍ରକାର ଓଡ଼ିଆ ଭାଷାରେ। ଗୋଟିଏ ଜାଗାରେ ମୋ ଆଖି ସ୍ଥିର ହୋଇଗଲା। ଲେଖା ଥିଲା ଏ କାଳଭୈରବୀ ମନ୍ତ୍ର ସିଦ୍ଧ କରିପାରିବା ବ୍ୟକ୍ତି ତା'ର ଇଚ୍ଛାନୁରୂପ ଫଳ ଲାଭ କରେ।

ମୁଁ କୋଟନିଧି ପାଇଗଲି। ମନ୍ତ୍ର କେତେଥର ଓ କିପରି ଭାବରେ ଜପ କଲେ ସିଦ୍ଧ ହୁଏ, ମତେ ଜଣାନଥିଲା। ମୋର ଗୁରୁ କେହି ନଥିଲେ। ତା'ଛଡ଼ା ମନ୍ତ୍ରସିଦ୍ଧି ପଛରେ ମୋର ଯାହା ଉଦ୍ଦେଶ୍ୟ ଥିଲା, ସେକଥା ବା ମୁଁ କାହାକୁ କହିପାରିଥାନ୍ତି।

କିନ୍ତୁ ମୋର କେମିତି ବିଶ୍ୱାସ ହୋଇଗଲା ଯେ ମୋରି ଇଚ୍ଛା ପୂରଣ କରିବା ପାଇଁ ଯେମିତି ଏ ପୋଥି ମୋ ପାଖକୁ ଆସିଛି। ରାତିରେ ସମସ୍ତେ ଶୋଇଯିବା ପରେ

ଏକୁଟିଆ ଘର ଭିତରେ ବସି ମୁଁ ପୋଥିରେ ସେଇ ବିଚିତ୍ର ଓଡ଼ିଆ ଭାଷାରେ ଲେଖାଥିବା ମନ୍ତ୍ର ବାରମ୍ବାର ଜପିବାକୁ ଲାଗିଲି।

ମୋର ପହଁରା ବନ୍ଦ ରଖିଲି। ମଞ୍ଜୁକୁ ଦେଖିବାର ଉତ୍କଣ୍ଠାକୁ ଭିତରେ ଚାପି ରଖିଲି, ତାକୁ ସବୁଦିନ ପାଇଁ ନିଜ ପାଖରେ ପାଇବାର ଆଶାରେ। କିଛିମାସ ଏମିତି ବିତିଗଲା। ମୋର ଧୈର୍ଯ୍ୟ ଊଣା ହେଉନଥାଏ। ଦିନେ ରାତିରେ ମୁଁ ସେମିତି ଏକାଗ୍ର ଭାବରେ ମନ୍ତ୍ର ଜପୁଥାଏ, ହଠାତ୍ ଘର ଭିତରଟା ହାଲୋଳ ହୋଇଉଠିଲା। ମୁଁ କାବା ହୋଇ ଚାହିଁ ଦେଖିଲି ଦେବୀମା' ମୋ ଆଗରେ ଉଭା ହୋଇଛନ୍ତି। ଦେହରେ ଗାଢ଼ ଲାଲ ରଙ୍ଗର ପାଟଲୁଗା, ସର୍ବାଙ୍ଗରେ ଅଳଙ୍କାର ମଣ୍ଡଣି, ବେକରେ ରକ୍ତମନ୍ଦାର ମାଳ, ତାଙ୍କର ମୁଗୁନି କଳା ମୁହଁରେ ଦପ୍ ଦପ୍ କରୁଥିବା ଦୁଇ ଆଖି ଓ କପାଳରେ ଲାଲ ସିନ୍ଦୂର ଟୋପା ଜଳନ୍ତା ଅଙ୍ଗାରଖଣ୍ଡ ପରି ଦିଶୁଥିଲା।

ମୁଁ ଡ଼ରିଯାଇ କାଠ ପରି ବସିଥାଏ। ପ୍ରଣାମ କରିବାକୁ ମଧ୍ୟ ଭୁଲିଗଲି। ସେ ମତେ ଚାହିଁ ଟିକେ ହସିଲେ। କହିଲେ: କହ, କ'ଣ ତୋର ଦରକାର? କ'ଣ ଚାହୁଁ ଶୀଘ୍ର ମାଗିନେ।

ମୋ ପାଟିରୁ ହଠାତ୍ କିଛି ବାହାରିଲା ନାହିଁ। କିନ୍ତୁ ମୋ ଆଖି ଆଗରେ ଭାସିଗଲା ମଞ୍ଜୁର ମୁହଁ। ମୁଁ କହି ପକାଇଲି, ମା, ମୋର ମଞ୍ଜୁ ଦରକାର।

ଦେବୀମା ପୁଣି କହିଲେ, "ଏଥିରେ ତୋର ମଙ୍ଗଳ ହେବନି, ବରଂ କଷ୍ଟ ପାଇବୁ ଅନେକ। ଭଲ ଭାବରେ ଭାବିକରି ମାଗ, ମୁଁ ତୋ ଉପରେ ପ୍ରସନ୍ନ ଅଛି। ଯାହା ମାଗିବୁ ଦେବି।"

ମୁଁ ଓଲଟା କହିଲି,- "ମା, ମଙ୍ଗଳ ନହେଉ ପଛେ, ମୋର ମଞ୍ଜୁ ଦରକାର।"

ମା' ନୀରବରେ ଇଙ୍ଗିତରେ ମୋ ଇଚ୍ଛା ପୂରଣ ହେବାର ସୂଚନା ଦେଇ ଉଭାନ ହୋଇଗଲେ।

ରାତି ପାହିବାକୁ ଆହୁରି ଅନେକ ସମୟ ବାକି ଥିଲା। ମୁଁ ମୋ ସିଦ୍ଧିପ୍ରାପ୍ତିରେ ଉଲ୍ଲସିତ ହୋଇ ସିଧା ଚାଲିଲି ସୀତାନାଥ ଚୌଧୁରୀଙ୍କ ଘରକୁ। ତାଙ୍କ ଘର ଥିଲା ଗାଆଁମୁଣ୍ଡରେ। ବିରାଟ ତୋଟାବାରି ଭିତରେ ମଧ୍ୟମ ଧରଣର କୋଠାଟିଏ। ସେ ଘରର ଉଚ୍ଚା ପାଚେରି ଡେଇଁ ଭିତରକୁ ପଶିବା କାହାରି ପକ୍ଷରେ ସମ୍ଭବ ନଥିଲା। ମୁଁ ସେକଥା ଭଲକରି ଜାଣିଥିଲି। ତଥାପି ତାଙ୍କ ଘରର ବାରିପଟରେ ଯାଇ କବାଟ ପାଖରେ ଠିଆହେଲି। କିଛି ଉତ୍କଣ୍ଠିତ ମୁହୂର୍ତ୍ତ ବୋଧେ ବିତିଗଲା।

ମୁଁ ଆଶ୍ଚର୍ଯ୍ୟ ହୋଇ ଦେଖିଲି, ତାଙ୍କର ବାରିକବାଟ ନିଃଶବ୍ଦରେ ଖୋଲିଗଲା। ମଞ୍ଜୁ ସନ୍ତର୍ପଣରେ ବାହାରକୁ ବାହାରି ଆସି ସିଧାସଳଖ ମୁଁ ଠିଆ ହୋଇଥିବା ଜାଗାକୁ

ଚାଲିଆସିଲା ଓ ମତେ ତା'ର ଦୁଇବାହୁରେ ଜାବୁଡ଼ି ଧରିଲା । ମୁଁ ଏପରି ଅପ୍ରତ୍ୟାଶିତ ଆକସ୍ମିକ ପ୍ରାପ୍ତି ପାଇଁ ପ୍ରସ୍ତୁତ ନଥିଲି । ମୁଁ ଥତମତ ହୋଇ କ'ଣ କରିବି ବୁଝିପାରିଲି ନାହିଁ । କିନ୍ତୁ ପରମୁହୂର୍ତ୍ତରେ ଅନୁଭବ କଲି ଖଣ୍ଡିଏ ମାତ୍ର ଶାଢି ପିନ୍ଧିଥିବା ମଞ୍ଜୁ ଦେହର ଅଧିକାଂଶ ଅଞ୍ଚଳ ଅନାବୃତ ଓ ମୋ ଦେହରେ ନିଆଁ ।

ବହୁ ଝିଅଙ୍କ ସହିତ ସମ୍ଭୋଗଜନିତ ଅଭିଜ୍ଞତା ମୋର ଥିଲା । କିନ୍ତୁ ମଞ୍ଜୁ ଥିଲା କୁମାରୀ କନ୍ୟା । ତା'ଦେହରେ ପୂର୍ବରୁ କୌଣସି ପୁରୁଷ ହାତର ସ୍ପର୍ଶ ଲାଗିନଥିଲା । କିନ୍ତୁ ସେ ସେଦିନ ରାତିରେ ଯେପରି ଭାବରେ ଉନ୍ମତ୍ତା ହେଲା, ମୁଁ ବି ହାରିଗଲି ।

ରାତି ପାହିବାର ଆଶଙ୍କାରେ ମୁଁ ତାକୁ କୌଣସି ପ୍ରକାରେ ବୁଝାଇ ଫେରିଆସିଲି । ସେ ଦିନଟି ମୋର କଟିଲା ସମ୍ପୂର୍ଣ୍ଣ ବିହ୍ୱଳ ଅବସ୍ଥାରେ । ମୁଁ ଘରୁ ବାହାରିଲି ନାହିଁ । କିଛି ଖାଇ ବି ପାରିଲିନି । କାହା ସହିତ କଥା ହେଲିନି । ମୋ ଶରୀର ଏକ ଅଦ୍ଭୁତ ଉତ୍ତେଜନାରେ ଥରୁଥାଏ । ମୋର କେବଳ ରାତିକୁ ଅପେକ୍ଷା ।

ରାତିର ଠିକ୍ ସେହି ନିର୍ଜନ ପ୍ରହରରେ ମୁଁ ପୁଣି ସେଠି ଅପେକ୍ଷା କଲି । ବାରିଦ୍ୱାର ଖୋଲିଗଲା । ମଞ୍ଜୁ ବାହାରି ଆସିଲା ।

ବର୍ଷେ ଯାଏ ପ୍ରତିଟି ରାତି ମୋର କଟିଲା ପ୍ରମତ୍ତ ରତିଲୀଳାରେ, ସବୁରି ଅଲକ୍ଷ୍ୟରେ ।

ମୁଁ ଜାଣିଥିଲି ମଞ୍ଜୁକୁ ବିବାହ କରିବା କଥା ଯଦି ମୁଁ ମୁହଁରେ ଧରେ, ସୀତାନାଥ ବାବୁ ଆମକୁ ସବଂଶେ ଲୋପ କରିଦେବେ । ତେଣୁ ମୁଁ କେବଳ ମଞ୍ଜୁର ଦେହଭୋଗରେ ଥିଲି ସନ୍ତୁଷ୍ଟ ।

ମଞ୍ଜୁର ବାହାଘର ପ୍ରସ୍ତାବ ଜୋର୍‌ସୋର୍‌ରେ ଚାଲିଥାଏ । ଯେକୌଣସି ସମୟରେ ଠିକ୍ ହେଇଯିବାର ସମ୍ଭାବନା ଥାଏ । ମନା କରିବାର କର୍ତ୍ତୃତ୍ୱ ନଥିଲା ମଞ୍ଜୁର । କ'ଣ କହି ମନା କରିଥାନ୍ତା । ତା'ଛଡ଼ା ମୁଁ କିଏ ସେ ଠିକ୍ ଠିକ୍ ଜାଣିଥିଲା କି ନାହିଁ, ମୋର ବେଳେ ବେଳେ ସନ୍ଦେହ ହେଉଥିଲା ।

ତା' ବାହାଘର ହୋଇଗଲା ଆମ ଗାଆଁଠାରୁ ଅନେକ ଦୂର ଏକ ଗାଆଁରେ । ମୁଁ ତା'ର କୌଣସି ଖବର ପାଇଲିନି । ବିବ୍ରତ ହୋଇ ଗାଆଁ ଛାଡ଼ି ସହରକୁ ଚାଲିଆସିଲି । ରାତିର ଠିକ୍ ସେହି ସମୟରେ ମୋ ଭିତରେ ପଶୁଟାଏ ଭୀଷଣ ଭାବରେ ପ୍ରମତ୍ତ ହୋଇଉଠେ । ମୁଁ ନିଜକୁ ସମ୍ଭାଳି ନେବା ପାଇଁ ମୁଣ୍ଡରୁ ମୁଠା ମୁଠା ବାଳ ଉପାଡ଼ି ପକାଏ । ଛୁରି କିମ୍ବା ବ୍ଲେଡ଼ରେ କାଟିଦିଏ ଦେହର ଭିନ୍ନ ଭିନ୍ନ ଜାଗା ।

ମୁଁ ପ୍ରାୟ ପାଗଳ ଭଳି ବୁଲିଲି କିଛିଦିନ... ।

ଥରେ ବାଦାମବାଡ଼ି ବସ୍‌ଷ୍ଟାଣ୍ଡରେ ବୁଲୁଥାଏ । ଆମ ଗାଆଁର ମଧୁନନା ମତେ

ଦେଖି ଗାଆଁକୁ ନେଇଆସିଲେ। ଏକ ମର୍ମନ୍ତୁଦ ସମ୍ବାଦ ମତେ ଅପେକ୍ଷା କରିଥିଲା। ଗାଆଁରେ ମଞ୍ଜୁ କଥା ସମସ୍ତେ ଆଲୋଚନା କରୁଥାନ୍ତି ଦୁଃଖରେ, ବିସ୍ମୟରେ। ଶୁଣିଲି, ବାହାଘର ପରେ ମଞ୍ଜୁ ତା ଶ୍ୱଶୁରଘରେ ନାନା ବିଚିତ୍ର କାଣ୍ଡମାନ କଲା। ତା' ସ୍ୱାମୀକୁ କାଳେ ପାଖରେ ପୂରାଇ ଦେଉନଥିଲା। ଦିନେ ରାତିରେ ତା' ସ୍ୱାମୀ ତାକୁ ଜୋର କରିବାରୁ ସେ ତାଙ୍କୁ କାମୁଡ଼ା ରାମ୍ପୁଡ଼ା କରି ଘରଛାଡ଼ି ଦଉଡୁଥିବାବେଳେ ଅନ୍ଧାରରେ ଗୋଟେ ନନ୍ଦ ନଥିବା କୂଅରେ ପଡ଼ି ଯାଇଥିଲା। ସକାଳୁ ଗାଆଁଲୋକେ ବହୁତ ଖୋଜାଖୋଜି କରି ସେଇ କୂଅ ଭିତରେ ତା' ମୃତ ଶରୀର ଭାସୁଥିବାର ଦେଖି ଖବର ଦେଲେ।

ତାଙ୍କ ଗାଆଁ ବା ଆମ ଗାଆଁରେ କେହି ଶେଷଯାଏ ଜାଣିପାରି ନଥିଲେ ମଞ୍ଜୁର ପ୍ରକୃତରେ କ'ଣ ହୋଇଥିଲା ! ଶେଷରେ ତାହା ଭୌତିକ କାଣ୍ଡ ହୋଇଥିବାର ଆଶଙ୍କା କରି ସମସ୍ତେ ଚୁପ୍ ରହିଲେ।

ମୁଁ କିନ୍ତୁ ଜାଣିଥିଲି ମଞ୍ଜୁର ସେଇ ଅପମୃତ୍ୟୁର କାରଣ। ତା'ର ମୃତ୍ୟୁ ପାଇଁ ମୁଁ କେବଳ ଦାୟୀ ଥିଲି, ଅନ୍ୟ କିଛି ବି କାରଣ ନଥିଲା। ସମୟକ୍ରମେ ମୋର ବାହାଘର ହେଲା, ଚାକିରି ହେଲା, ପିଲାଛୁଆ ହେଲା; କିନ୍ତୁ ମୋ ଜୀବନରେ ଶାନ୍ତି ଟିକେ ମିଳିଲା ନାହିଁ।

ମଞ୍ଜୁର ସ୍ମୃତିରେ ମୁଁ ଅହରହ ଛଟପଟ ହେଉଥିଲି। ଏତେବର୍ଷ ପରେ ବି ମୋର ସେହି ଯନ୍ତ୍ରଣାର ଉପଶମ ହୋଇନାହିଁ କାହିଁକି ଜାଣନ୍ତି ? ମୁଁ ଯଦି ନିଜକୁ ଟିକେ ପ୍ରତ୍ୟୟ ଦେଇପାରିଥାନ୍ତି ଯେ ମଞ୍ଜୁ ମତେ ପ୍ରକୃତରେ ଭଲ ପାଉଥିଲା ଓ ସେଥିପାଇଁ ମୋ ଛଡ଼ା ଆଉ କାହାରିକୁ ସ୍ୱୀକାର କରି ନପାରି ଏପରି ଅଭାବିତ କାଣ୍ଡ କରି ମୃତ୍ୟୁବରଣ କଲା, ହୁଏତ ମତେ ଟିକେ ଶାନ୍ତି ମିଳିପାରିଥାନ୍ତା। କିନ୍ତୁ କଥାଟା ତା' ନଥିଲା। କେମିତି ଗୋଟେ ସମ୍ମୋହିତ ଅବସ୍ଥାରେ ସେ ମୋ ପାଖକୁ ଆସୁଥିଲା ଓ ଅଯାଚିତ ଭାବରେ ତା' ଦେହକୁ ମୋ ପାଖରେ ଅଜାଡ଼ି ଦେଉଥିଲା। ସେଥିରେ ତା'ର ହୃଦୟର କିଛି ଭାବନା ନଥିଲା, ମୁଁ ଜାଣେ। ସେତେବେଳେ ଏକପ୍ରକାର ପାଶବିକ ତୃପ୍ତି ମତେ ସନ୍ତୁଷ୍ଟ କରିଥିଲା। କିନ୍ତୁ ତା' ମୃତ୍ୟୁ ପରେ ଗୋଟିଏ କଥା ମନେହେଲା ଯେ ମୋ ଅଲୌକିକ ସିଦ୍ଧି ତା' ହୃଦୟରେ ଯଦି ମୋ ପ୍ରତି କିଞ୍ଚିତ୍ ପ୍ରେମ ହେଲେ ସୃଷ୍ଟି କରିପାରିଥାନ୍ତା, ମୁଁ ଧନ୍ୟ ହୋଇଯାଇଥାନ୍ତି। କିନ୍ତୁ ମୁଁ ହତଭାଗା। ମା'ଙ୍କର କରୁଣାଭଣ୍ଡାର ମୋ ପାଇଁ ଉନ୍ମୁକ୍ତ ଥିବାବେଳେ ମୁଁ ମାଗିଲି କ'ଣ ? ଶେଷରେ ଗୋଟେ ନିରୀହ ନିଷ୍ପାପ ଝିଅର ଦେହକୁ କଳୁଷିତ କଲି ଓ ତା ମୃତ୍ୟୁର କାରଣ ହେଲି। ମୋ ଅନ୍ତରାତ୍ମା ମତେ କ୍ଷମା କରୁନାହିଁ। ମଞ୍ଜୁ ହତ୍ୟାର ବୋଝକୁ ବୋହି ଚାଲିଛି ମୁଁ। କୋଉଠି ମତେ ଶାନ୍ତି ମିଳିବ ! ହେ ଭଗବାନ ମତେ ମୃତ୍ୟୁ ଦିଅ, ଏକ ନିଷ୍ଠୁର ମୃତ୍ୟୁ ଦିଅ।"

ମହେନ୍ଦ୍ର ବାବୁ ଭୋ ଭୋ ହୋଇ କାନ୍ଦିବାକୁ ଲାଗିଲେ। ମୁଁ କ'ଣ କହିବି ବୁଝିପାରୁ ନଥାଏ। କୈଳାସ ବାବୁ କେମିତି ଏକ ଉଦାସ କଣ୍ଠରେ କହିଲେ: ଭାଇ, ତୁମକୁ କାନ୍ଦିବାକୁ ମୁଁ ବାରଣ କରିବି ନାହିଁ। ଏମିତି କିଛି ଘଟଣା ଜୀବନରେ ଘଟିଯାଏ, ଯେଉଁଥିପାଇଁ ମୃତ୍ୟୁ ପର୍ଯ୍ୟନ୍ତ ଏମିତି ଏକାନ୍ତରେ ଲୁଚେଇ ଲୁଚେଇ କାନ୍ଦିବାକୁ ହୁଏ। ଆଜି ଛାତି ଫଟାଇ କାନ୍ଦ, ଗଙ୍ଗା ମା' ତୁମ ପାପ ହୁଏତ ଧୋଇଦେବେ। କିନ୍ତୁ ମୋ ପାପକୁ ଧୋଇବ କିଏ ? ମତେ କିଏ ମୁକ୍ତି ଦେବ ମୋ କୃତକର୍ମରୁ ?

ମହେନ୍ଦ୍ରବାବୁ ଏ ଭିତରେ ନିଜକୁ ଟିକେ ସମ୍ଭାଳି ନେବାକୁ ଚେଷ୍ଟା କଲେ। ସେ ଦୁହେଁ ଯେମିତି ପରସ୍ପର ସହିତ କଥା ହେଉଥିଲେ। ମୁଁ କେବଳ ଦୈବାତ୍ ସେଠାରେ ଜୁଟି ଯାଇଥିବା ମୂକ ସାକ୍ଷୀଟିଏ।

କୈଳାସ ବାବୁଙ୍କର ସ୍ୱରଟା ଟିକେ କିପରି ଗଣଗଣିଆ। ସେ ଭାବପ୍ରବଣ ହୋଇ ପଡ଼ିବାରୁ ସ୍ୱରଟା ଟିକେ ଅଧିକା ଅନୁନାସିକ ଜଣାପଡୁଥିଲା। ସେ ଆମର ପ୍ରତିକ୍ରିୟାକୁ ଅପେକ୍ଷା ନକରି ତାଙ୍କ କଥା କହିବାକୁ ଆରମ୍ଭ କଲେ-

ମୁଁ ଜାତିରେ ବଣିଆ। ସୁନା କାରବାର ଆମର କୁଳ ବ୍ୟବସାୟ। ମତେ ଯେତେବେଳେ ବାରବର୍ଷ ବୟସ, ମୁଁ ସ୍କୁଲକୁ ଯିବା ସମୟ ବାପାଙ୍କ ପାଖରେ ବସି କିଛି କିଛି କାମ ଶିଖୁଥାଏ।

ମୋ ବାପା ଥିଲେ ବହୁତ ଧର୍ମପ୍ରାଣ। ଠାକୁର ଦେବତା ପୂଜା ଓ ସାଧୁ ସଙ୍ଗରେ ତାଙ୍କର ଅଧିକାଂଶ ସମୟ କଟିଯାଏ। ସେ ବ୍ୟବସାୟ ପ୍ରତି ବେଶି ଧ୍ୟାନ ଦେଇପାରନ୍ତି ନାହିଁ। ଆମ ଘରର ହତା ଭିତରେ ଗୋଟେ କଡ଼କୁ ସାଧୁମାନଙ୍କର ରହିବା ପାଇଁ ବଖରାଏ ଘର ଥିଲା। ଘର ଚାରିପାଖେ ଚମ୍ପା, ଟଗର, କନିଅର ପ୍ରଭୃତି ଫୁଲଗଛ ସବୁ ଏତେ ବଡ଼ ବଡ଼ ହୋଇଯାଇଥାନ୍ତି ଯେ ବାହାରୁ ହଠାତ୍ ସେଠି ବଖରାଏ ଘର ଅଛି ବୋଲି ଜଣାଯାଏନି। ତା'ଛଡା ଆମ ଘରଟା କଟକ ସହରର ନିକାଞ୍ଚନ ତୁଳସୀପୁର ଅଞ୍ଚଳରେ ଥିଲା। ସାଧୁ କେହି ଆସିଲେ, ବାପା ତାଙ୍କର ବିଶେଷ ପରିଚର୍ଯ୍ୟା କରନ୍ତି। ଆମ ପରିବାରର ସମସ୍ତେ ସାଧୁସେବା କରନ୍ତି। ପିଲାଦିନୁ ମୁଁ ବହୁ ସାଧୁଙ୍କ ସଂସ୍ପର୍ଶରେ ଆସିଥିଲି ଯଦିବା ମୋର ଏ କ୍ଷେତ୍ରରେ ବିଶେଷ କୌଣସି ଭୂମିକା ନଥିଲା।

ଥରେ ଜଣେ ନାଗା ସନ୍ନ୍ୟାସୀ ଆସିଥାନ୍ତି। ସେ ଦୁଇଦିନ ରହିଛନ୍ତି ମାତ୍ର, ବାପାଙ୍କୁ ବାହାରକୁ ଯିବାକୁ ପଡ଼ିଲା ଏକ ଜରୁରୀ ପାରିବାରିକ କାରଣରୁ। ତେଣୁ ବାପା ମତେ ତାଙ୍କର ଦେଖାଶୁଣା କରିବାର ପୂର୍ଣ୍ଣ ଦାୟିତ୍ୱ ଦେଇଗଲେ। ମୁଁ ତାଙ୍କ ପାଖେ ପାଖେ ରହି ତାଙ୍କ କଥା ବୁଝୁଥାଏ। ମତେ ବି ଖୁବ୍ ଖୁସି ଲାଗୁଥାଏ। ମୁଁ ନିଜକୁ ଜଣେ ବଡ଼ ମଣିଷ ବୋଲି ଭାବି, ସେହିପରି ଆଚରଣ କରୁଥାଏ।

ବାପା ଯେଉଁଦିନ ଫେରିବା କଥା, କାମରେ ବ୍ୟସ୍ତ ରହି ଫେରିପାରିଲେ ନାହିଁ। ଆମେ ଖବର ପାଇଲୁ ଯେ ତାଙ୍କ ଫେରିବାରେ ଆହୁରି କିଛିଦିନ ବିଳମ୍ବ ହେବ। ନାଗା ସନ୍ନ୍ୟାସୀ କୁମ୍ଭମେଳାକୁ ଯିବାପାଇଁ ବ୍ୟସ୍ତ ହେଉଥାନ୍ତି। ତାଙ୍କର ସମସ୍ୟା ହେଲା ଯେ ଗାଡ଼ିଭଡ଼ା ପାଇଁ ତାଙ୍କ ପାଖରେ ଟଙ୍କା ନଥାଏ। ସେ ବିନା ଟିକେଟରେ ଯିବା ଲୋକ ନୁହନ୍ତି। ମୁଁ କ'ଣ କରିବି ବୁଝିପାରିଲି ନାହିଁ। ସେବାଯତ୍ନ ସିନା ଠିକ୍‌ରେ କରିପାରୁଥିଲି, କିନ୍ତୁ ଏତେ ଟଙ୍କା ମୁଁ କୋଉଠୁ ଆଣିବି ? ତା'ଛଡ଼ା ମୁଁ ଧାର୍ ମାଗିଲେ ମତେ କିଏବା କାହିଁକି ଦେବ ?

ମୁଁ ତାଙ୍କୁ ମୋର ଅସହାୟତା ଜଣାଇଦେଲି। ସେ ବହୁ ସମୟ ଚୁପ୍ ହୋଇ ବସିଲେ। ମତେ ଭାରି ଖରାପ ଲାଗୁଥାଏ। ସେହିଦିନ ରାତିରେ ସେ ମତେ ଡାକି କହିଲେ- ବେଟା ତୁ ତମ୍ବା ତରଳାଇବା କାମ ଜାଣିଛୁ ? ମୁଁ ହଁ କହିଲି ଓ ସେଥିପାଇଁ ଯାହାସବୁ ଦରକାର, ତାକୁ ନେଇ ସାଧୁ ରହୁଥିବା ଘରକୁ ଆସିଲି।

ସେ ମତେ ପ୍ରତିଜ୍ଞା କରେଇଲେ, ମୁଁ ଆଜି ଯାହା ଦେଖିବି, କାହାରି ଆଗରେ ପ୍ରକାଶ କରିବି ନାହିଁ, ମୁଁ ପ୍ରତିଜ୍ଞା କଲି। ବାପାଙ୍କ ଶିକ୍ଷାରୁ ଜାଣିଥିଲି, ସାଧୁଙ୍କ ଆଜ୍ଞା ପାଳନ କରିବା ମୋର ପରମ ଧର୍ମ।

ସେ ତାଙ୍କ ଝଲିରୁ ଅଧୁଲିଏ ଓଜନର ତମ୍ବା କାଢ଼ି ମତେ ତରଳାଇବାକୁ ଦେଲେ। ପୂର୍ବରୁ ସେ ପାଣିରେ ଭିଜେଇଥିବା କିଛି ପତ୍ରକୁ ଛାଣିଆଣି ତା'ର ଚିପୁଡ଼ା ରସ କେଇଟୋପା ସେଇ ତରଳା ତମ୍ବା ଉପରେ ପକାଇଦେଲେ। ଚାହୁଁ ଚାହୁଁ ତମ୍ବାର ରଙ୍ଗ ବଦଳିଗଲା। ସେ ଆଉଟା ସୁନା ପରି ଚିକ୍ ଚିକ୍ କରିଉଠିଲା। ମୁଁ କାବା ହୋଇ ଚାହିଁଥାଏ।

ମୁଁ ବଣିଆ ପିଲା। ସୁନା ଚିହ୍ନିବାରେ ଧୂରନ୍ଧର। କଷଟି ପଥର ଉପରେ ଝକ୍ ଝକ୍ ହେଉଥିବା ଧାରରୁ ସୁନାର ଖାଣ୍ଟିପଣିଆ ବୁଝିବାରେ ମୋର କୌଣସି ଅସୁବିଧା ହେଲାନାହିଁ।

ମୋର କୌତୂହଳର ସୀମା ରହିଲାନି। ସେ କି ପତ୍ର, ମୁଁ ଜାଣିବାକୁ ଯେତେ ଚାହିଁଲେ ବି ସେ କିଛି କହିଲେନି। ହଠାତ୍ ତାଙ୍କ ମୁହଁ ଅତି ଗମ୍ଭୀର ଓ ବିଷର୍ମ ଦିଶୁଥିବାରୁ ମୁଁ ଆଉ ବେଶି ଭରସି ପଚାରିଲି ନାହିଁ। ନାଗାବାବା ଚାଲିଗଲେ। ମୁଁ କିନ୍ତୁ ସେ ଘଟଣା ଭୁଲିପାରିଲି ନାହିଁ। ବାପାଙ୍କ ଆଗରେ କହିଦେବାକୁ ଭାରି ଇଚ୍ଛା ହେଉଥାଏ, କିନ୍ତୁ ନାଗାବାବାଙ୍କ ଅଭିଶାପ କାଳେ ପଡ଼ିଯିବ ଭାବି ଡ଼ରରେ କହିଲିନି।

ଏ ଭିତରେ ବିତିଗଲା ଦଶବର୍ଷ। ବାପା ବୋଉ ଆଗପଛ ହୋଇ ଚାଲିଗଲେ। ଦୋକାନର ସବୁ ଦାୟିତ୍ୱ ପଡ଼ିଲା ମୋ ଉପରେ। ସାଧୁ ସେବାରେ କେବେ ବି ଯେପରି ହେଳା ନହୁଏ, ବାପା ମରିବାଯାଏ ମତେ ବାରମ୍ବାର ତାଗିଦା କରିଥିଲେ। ସେଥିପାଇଁ ମୁଁ ମୋର ପାରୁପର୍ଯ୍ୟନ୍ତ ସେଥିପ୍ରତି ଧ୍ୟାନ ଦେଉଥିଲି।

ହଠାତ୍ ଦିନେ ସେ ନାଗାବାବା ଆସି ପହଞ୍ଚିଲେ। ସେ ପ୍ରାୟ ଅସୁସ୍ଥ ଥିଲେ। ମୁଁ ତାଙ୍କର ବହୁ ସେବାଯତ୍ନ କଲି। ସେ ଭାରି ସନ୍ତୁଷ୍ଟ ହୋଇ ଯିବାବେଳେ କହିଲେ, "ବେଟା ମୋର ବହୁତ ସେବା କଲୁ। କ'ଣ ତୋର ଇଚ୍ଛା, ମତେ କହ।

ମୋର ସବୁବେଳେ ମନେଥିବା କଥାଟି ମୁଁ ନିଃସଙ୍କୋଚରେ କହିଦେଲି, ସେ ପତ୍ରର ରହସ୍ୟ ଜାଣିବା ପାଇଁ ଚାହିଁଲି।

ସେ ମତେ ଆଶ୍ଚର୍ଯ୍ୟ ହୋଇ ଚାହିଁଲେ। ସେ ଭାବୁଥିଲେ ଏତେବର୍ଷ ଭିତରେ ମୁଁ ସେକଥା ଭୁଲି ଯାଇଥିବି। ମୁଁ ଭୁଲି ତ ନଥିଲି, ବରଂ ସବୁବେଳେ ସେକଥା ଚିନ୍ତା କରୁଥିବାର ଜାଣି ସେ ବହୁତ ଦୁଃଖିତ ହେଲେ। ମତେ ବୁଝାଇଲେ ଯେ ଏ ରହସ୍ୟ କହିବାପାଇଁ ତାଙ୍କ ଗୁରୁଙ୍କର ବାରଣ ଅଛି। ଖୁବ୍ କମ୍ ସାଧୁ ଏ ବିଦ୍ୟା ଜାଣନ୍ତି। କିନ୍ତୁ ନିଜର ସୁଖସ୍ୱାଚ୍ଛାନ୍ଦ୍ୟ ଲାଗି କେହି ଏହାକୁ ପ୍ରୟୋଗ କରନ୍ତି ନାହିଁ। କାରଣ ଏହାଦ୍ୱାରା ଈଶ୍ୱରଙ୍କ ସୃଷ୍ଟିର ଭାରସାମ୍ୟ ନଷ୍ଟ ହେବ। ଅତି ଦରକାର ବେଳେ ଅନ୍ୟ ଉପାୟ ନଥିଲେ ଯେତିକି ଅର୍ଥ ଆବଶ୍ୟକ, କେବଳ ସେତିକି ମୂଲ୍ୟର ସୁନା କରାଯାଇପାରେ। ସେଥର କୁମ୍ଭମେଳା ବାରବର୍ଷ ପରେ ପଡ଼ିଥିଲା, ମୋର ସେଠାକୁ ଯିବା ନିହାତି ଜରୁରୀ ଥିଲା। ତୋ ବାପା ନଥିବାରୁ ଓ ମୁଁ ଏଠି ଆଉ କାହାକୁ ଜାଣି ନଥିବାରୁ ଟିକେଟ ପଇସା ଯୋଗାଡ଼ କରିବାକୁ ଯାଇ ଅଧୁଲିଏ ମାତ୍ର ସୁନା କରିଥିଲି। ତଥାପି ସେଥିପାଇଁ ମୁଁ ବହୁ ପ୍ରାୟଶ୍ଚିତ୍ତ କରିଛି। ତୁ ସେକଥା ଭୁଲିଯା ବେଟା।

ମୁଁ ସବୁ ଶୁଣିଲି। କିନ୍ତୁ ମୋ ଇଚ୍ଛାରେ କୌଣସି ପରିବର୍ତ୍ତନ ହେଲାନାହିଁ। ମୁଁ ତାଙ୍କୁ ଅତି ବିନୀତ ଭାବରେ ଅନୁରୋଧ କଲି ଯେ ମୋର ସୁନା ପ୍ରତି କୌଣସି ଲୋଭ ନାହିଁ। କେବଳ ଆଉ ଥରେମାତ୍ର ସେ ମୋ ସାମନାରେ ତମ୍ବାକୁ ସୁନା କରିବେ। ତେଣିକି ସେ ତାକୁ ପଛେ ପାଣିରେ ପକାଇ ଦିଅନ୍ତୁ।

ସେ ନୀରବ ରହି ଭାବୁଥିବାର ଦେଖି ମୁଁ ତାଙ୍କ ପାଦକୁ ଧୀରେ ଧୀରେ ଘଷିବାରେ ଲାଗିଲି। ସେ ମଝିରେ ମଝିରେ ମୁଣ୍ଡ ହଲାଉଥାନ୍ତି। ମୁଁ ପୁଣି ସେ ପତ୍ରର ରହସ୍ୟ ଜାଣିବାକୁ ଚାହିଁଲି। ଏଥିରେ ସେ କୁଣ୍ଠାପ୍ରକାଶ ନକରି କହିଦେଲେ ଯେ ଏ ପତ୍ର ଏକପ୍ରକାର ଗୁଳ୍ମରୁ ସଂଗ୍ରହ କରାଯାଏ। ହିମାଳୟର ଏକ ନିର୍ଦ୍ଦିଷ୍ଟ ଅଞ୍ଚଳର ଜଙ୍ଗଲ ଯେବେ ବରଫ ପଡ଼ି ପୋତି ହୋଇଯାଏ ସେହି ବରଫ ଖୋଳରୁ ବାହାରେ ଛୋଟ ଛୋଟ ଗୁଳ୍ମ। ଖାଲିରେ ଚିହ୍ନାଯାଏନା। ଗୋଟିଏ ନିର୍ଦ୍ଦିଷ୍ଟ ତିଥିରେ ଯେତେବେଳେ ଚନ୍ଦ୍ର ମାତ୍ର କମ୍ ସମୟ ପାଇଁ ଆକାଶରେ ଦେଖାଯାଏ, ସେହି ସମୟରେ ଏ ଗୁଳ୍ମକୁ ଚିହ୍ନିବା ଟିକେ ସମ୍ଭବ ହୁଏ। କାରଣ ଚନ୍ଦ୍ରର ସେହି ନିଷ୍ପ୍ରଭ ଜ୍ୟୋତି ଗୁଳ୍ମ ଦେହରେ ପଡ଼ିଲେ ସେଥିରୁ ଏକପ୍ରକାର ଉଜ୍ଜ୍ୱଳ ନୀଳବର୍ଣ୍ଣ ପ୍ରକାଶ ପାଇଥାଏ। କିନ୍ତୁ ଅସଂଖ୍ୟ ଗୁଳ୍ମ ଭିତରୁ ଏହାକୁ ଲକ୍ଷ୍ୟକରି

ଯିବାବେଳକୁ ଚନ୍ଦ୍ର ହୁଏତ ମେଘରେ ଢ଼ାଙ୍କି ହେଇଯାଏ ବା ବୁଡ଼ିଯାଏ । ଆଉ କିଛି ଦୃଶ୍ୟ ହୁଏନା । ଅନ୍ୟ ସାଧାରଣ ଗୁଳ୍ମ ଭିତରେ ମିଶିଯାଏ ଅଲୌକିକ ଶକ୍ତିଥିବା ଏହି ଦୁର୍ଲଭ ଗୁଳ୍ମଟି । ଭାଗ୍ୟରେ ଥିଲେ ମିଳିପାରେ ।

ଏକଥା ଶୁଣିବା ପରେ ମୁଁ ଗଳ୍ମ ଖୋଜିବା ଆଶା ଛାଡ଼ିଦେଲି । କିନ୍ତୁ ଗୁଳ୍ମଦ୍ୱାରା ତମ୍ବାରୁ ସୁନା ହୋଇପାରୁଥିବା ଅଲୌକିକ ପ୍ରକ୍ରିୟାଟି ଦେଖିବାର ଲୋଭ ମୋର ବଢ଼ିଚାଲିଲା ।

ନାଗାବାବା ଏଥର ବିଦାୟ ନେବା ପୂର୍ବରୁ ବଡ଼ ବିବ୍ରତ ହୋଇ କହିଲେ, "ବେଟା ତତେ ପିଲା ଭାବି ତୋ ଆଗରେ ଥରେ ମୁଁ ଯେଉଁ ଭୁଲ୍ କରିଥିଲି, ତା'ର ପ୍ରାୟଶ୍ଚିତ୍ତ ଏପର୍ଯ୍ୟନ୍ତ ସରିନି । ଏବେ ପୁଣି ଏ ବୃଦ୍ଧ ବୟସରେ ବରଫାବୃତ ପାହାଡ଼ରେ କେତେଦିନ ଘୂରିବାକୁ ହେବ କିଏ ଜାଣେ ।"

ବାବା ବିଦାୟ ନେଇଗଲେ । ମୁଁ ଭାବୁଥାଏ ଏ ବୁଢ଼ାବାବା ଏ ବୟସରେ ଆଉ କ'ଣ ଏତେ କଠିନ କାମ କରିପାରିବେ । ମୁଁ ଚଣ୍ଡାଳ କାହିଁକି ତାଙ୍କୁ ବାଧ୍ୟ କଲି ।

କିଛିଦିନ ବିତିଗଲା । ମୁଁ ତାଙ୍କୁ ମନେ ମନେ ଅପେକ୍ଷା କରୁଥାଏ । ଏ ଭିତରେ ମୋର ବାହାଘର ସରି ଯାଇଥିଲା । ପୁଅଟିଏ ମଧ୍ୟ ହୋଇଯାଇଥିଲା । ମୋର ବ୍ୟବସାୟ ମଧ୍ୟ ଖୁବ୍ ଭଲ ଚାଲିଥାଏ । ତଥାପି ମୋ ମନରେ ସୁଖ ନଥାଏ । ବହୁ ବର୍ଷ ପୂର୍ବେ ସେଦିନ ରାତିରେ ତରଳା ତମ୍ବା ଧୀରେ ଧୀରେ ସୁନା ହୋଇଯିବାର ଦୃଶ୍ୟ ମୋ ଆଖିରେ ନାଚୁଥାଏ । ଜୀବନରେ ଜ୍ଞାନ ହେଲାଦିନଠାରୁ ମୋର ସୁନାରେ କାରବାର, କିନ୍ତୁ ସେ ସୁନାର ଔଜ୍ଜ୍ୱଲ୍ୟ ଥିଲା ଭିନ୍ନ । ସେଥିରେ ମୋର ମନଶ୍ଚକ୍ଷୁ ସେହିଦିନଠାରୁ ସତେ ଯେପରି ଅନ୍ଧ ହୋଇଯାଇଥିଲା ।

ପାଞ୍ଚବର୍ଷ ପରେ, ମୁଁ ଯେତେବେଳେ ନାଗାବାବାଙ୍କ ଆସିବା ବିଷୟରେ ସମ୍ପୂର୍ଣ୍ଣ ଆଶା ଛାଡ଼ି ଦେଇଥିଲି, ସେ ଦିନେ ହଠାତ୍ ଆସି ପହଞ୍ଚିଗଲେ ।

ସେ ଅତ୍ୟନ୍ତ ରୁଗ୍ଣ ଦିଶୁଥିଲେ । ତାଙ୍କର ଦେହର ଚର୍ମ ସବୁ ଶୁଖି ଝୁଲି ପଡ଼ିଥିଲା । ବାଳ ଝୋଟ ହୋଇଯାଇଥିଲା । ଜଟାଗୁଡ଼ାକ ଆଉ ଟିକେ ଲମ୍ବା ହୋଇଯାଇଥିଲା । ସେ ପୂରା ବଙ୍କା ହୋଇ ଯାଇଥିଲେ ।

ମୁଁ ତାଙ୍କର ଯଥାବିଧି ସ୍ୱଚ୍ଛନ୍ଦ ରହଣିର ବ୍ୟବସ୍ଥା କଲି । ପତ୍ରକଥା ଭରସିକି ପଚାରି ପାରୁନଥାଏ । ସେ ନିଜେ କହିଲେ: "ବେଟା ମୋ ଭୁଲ୍‌ର ପ୍ରାୟଶ୍ଚିତ୍ତ ବହୁତ ହୋଇଗଲା । ଗତବର୍ଷ ଗୁଡ଼ିକରେ ମାସ ମାସ ଧରି ଥଣ୍ଡା ଦିନରେ ସେ ଅଞ୍ଚଳରେ ପଡ଼ିରହିଲି । ଗୁଳ୍ମ ମିଳିଲା ନାହିଁ । ଏବର୍ଷ ଶେଷ ଚେଷ୍ଟା କଲି । ପ୍ରଭୁଙ୍କୁ ପ୍ରାର୍ଥନା କଲି.. ପ୍ରଭୁ ମୁଁ କଥା ଦେଇଛି, ଯଦି ମୁଁ ନ ରଖିପାରିବି, ତେବେ ମୋର ଆତ୍ମା ମୁକ୍ତି ପାଇବନି । ମତେ

ଦୟାକର। ପ୍ରଭୁ ଦୟା କଲେ। ମୁଁ ମୋ କଥା ରଖିଛି। କିନ୍ତୁ ବେଟା, ମୁଁ ଯେଉଁଦିନ ସ୍ଥିର କରିବି, ସେହିଦିନ ହିଁ କରିବା। ତା'ପୂର୍ବରୁ ତୁ ମତେ ଆଦୌ କିଛି କହିବୁନି।"

ମୁଁ ରାଜି ହୋଇଗଲି। ଏବେ ଆଉ ବ୍ୟସ୍ତ ହେବାର କ'ଣ ଅଛି! ମୋର ଏତେଯୁଗର ଅଭିଳାଷ ପୂରଣ ହେବାର ନିଶ୍ଚିତ ସମ୍ଭାବନାରେ ମୋ ପାଦ ଖୁସିରେ ତଳେ ଲାଗୁନଥାଏ। ଘରେ ଓ ଦୋକାନରେ ସମସ୍ତେ ଭାବୁଥାନ୍ତି ସାଧୁଙ୍କ ପ୍ରତି ମୋର କେତେ ଶ୍ରଦ୍ଧା!

ଦୁଇଦିନ ବିତିଲା। ବାବା କିଛି କହୁନଥାନ୍ତି, ମୁଁ ନ ଜାଣିବା ପରି ତାଙ୍କ ପାଖେ ପାଖେ ବିଭିନ୍ନ ଆଳରେ ଏପାଖ ସେପାଖ ହେଉଥାଏ। କାଳେ କୋଉ ମୁହୂର୍ତ୍ତରେ କହିଦେବେ କି! କିନ୍ତୁ ତୃତୀୟ ଦିନ ହିଁ ନାଗାବାବାଙ୍କୁ ପ୍ରବଳ ଜ୍ୱର ହେଲା। ସେ ଆସିବାବେଳେ ଟିକେ ଖୁଁ ଖୁଁ ହୋଇ କାଶୁଥିଲେ। ତାଙ୍କ ଦେହ ଅସୁସ୍ଥ ଦେଖି ମୋର ମନ ଖରାପ ହେଲାନି, କିନ୍ତୁ ଦେହ ଖରାପ କାରଣରୁ ସୁନା ତିଆରି କାମ ଯେ ବାଧାପ୍ରାପ୍ତ ହେବ, ଏକଥା ଜାଣି ମୁଁ ବଡ଼ ବିମର୍ଷ ହୋଇପଡ଼ିଲି। ବାବା ବୁଝିପାରିଲେ ବୋଧେ- କହିଲେ, "ବେଟା, ମୁଁ ତୋ ପାଇଁ ଏତେ କଷ୍ଟ କରିଛି। ତୋ ଇଛା ପୂରଣ ନକରି କ'ଣ ମରିପାରିବି? ତୁ ବ୍ୟସ୍ତ ହ'ନା।"

ମୁଁ ବ୍ୟସ୍ତ ହେଉନାହିଁ ବୋଲି ମୁହଁରେ କହିଲେ ବି ମନରେ ପ୍ରଚଣ୍ଡ ଅଶାନ୍ତି ଅନୁଭବ କରୁଥାଏ। ମୁଁ ଚାହୁଁଥାଏ ସୁନା ପଛେ ପରେ ହେବ, ପତ୍ରଟା କେମିତି ଟିକେ ଦେଖିଥାନ୍ତି। କିନ୍ତୁ ବୁଢ଼ା ତା' ଝୁଲିକୁ ହାତରୁ ଛାଡୁନଥାଏ। ମୋର ଭୀଷଣ ରାଗ ବି ହେଉଥାଏ। କିନ୍ତୁ କିଛି କହିଲେ ବୁଢ଼ା ଯଦି ବିଗିଡ଼ିଯିବ, ତେବେ ସବୁ ଆଶା ପାଣି ଫାଟିଯିବ। ସେହି ଆଶଙ୍କାରେ ମୁଁ ନିଜକୁ ସଂଯତ କରି ବୁଢ଼ାର ଝୁଲି ଉପରେ କିନ୍ତୁ ସର୍ବଦା ସତର୍କ ଦୃଷ୍ଟି ରଖିଥାଏ।

ଅବସ୍ଥା ଏପରି ହେଲା ଯେ ନାଗାବାବାଙ୍କୁ ହସ୍‌ପିଟାଲକୁ ସ୍ଥାନାନ୍ତରିତ କରିବାକୁ ପଡ଼ିଲା। ମେଡିସିନ୍ ୱାର୍ଡରେ ତାଙ୍କୁ ରଖାଗଲା। ଏହାପୂର୍ବରୁ ମୁଁ ହସ୍‌ପିଟାଲ କେବେ ଯାଇ ୱାର୍ଡରେ ରହି ନଥିଲି। ସେ ଦୃଶ୍ୟ ବା ସେ ଗନ୍ଧ ମୋର ସହ୍ୟ ହେଉନଥାଏ। କିନ୍ତୁ କ'ଣ କରିବି! ଏତେ ଜ୍ୱରରେ ବି ବୁଢ଼ାର ହୋସ୍ ଥାଏ ଓ ସେ ଝୁଲିକୁ ହାତଛଡ଼ା କରୁନଥାଏ। ମୁଁ ସେଇ ଚଉକିରେ ଝୁଲିକୁ ଚାହିଁ ବସିରହିଲି। ସେଠି ଯିଏ ଦେଖୁଥାନ୍ତି ମତେ ମୋ ଆଗରେ ପଛରେ ଖାଲି ଧନ୍ୟ ଧନ୍ୟ କହୁଥାନ୍ତି- ସହରର ଜଣେ ଧନୀ ବ୍ୟବସାୟୀ ଏଇ ଯୁବକ ବୟସରେ ବି ସାଧୁସନ୍ଥଙ୍କୁ କେତେ ଭକ୍ତି ସେବା କରୁଛନ୍ତି। କିଏ ନିଜ ବାପା ମା'ର ବି ଏମିତି ରାତିଦିନ ସେବା କରିବନି।

ମୁଁ ଜାଣିଥିଲି, ମୋ ସେବାର ଉଦ୍ଦେଶ୍ୟ କ'ଣ। ବୁଢ଼ାର ଅବସ୍ଥା ଭଲ ଆଡ଼କୁ

ଆସୁନଥାଏ। ତେଣୁ ଘରକୁ ନେଇ ଆସିବା ସମ୍ଭବ ହେଉନଥାଏ କି ତାଙ୍କୁ ଏକୁଟିଆ ଛାଡ଼ିବାକୁ ମୋର ସାହସ ହେଉନଥାଏ। ଛ'ଦିନ ହୋଇଗଲା, ମୁଁ ଆଉ ସମ୍ଭାଳି ପାରିଲି ନାହିଁ। ରାତିଅଧରେ ବୁଢ଼ାକୁ କ୍ଷୀର ପିଆଇବାବେଳେ ଦୁଇଟା ନିଦ ବଟିକା ସେଥିରେ ମିଶାଇଦେଲି। ଭାବିଲି ବୁଢ଼ା ଗାଢ଼ ନିଦରେ ଶୋଇପଡ଼ିଲେ ଝୁଲିଟା ଖସେଇ ନେବି।

କିଛି ସମୟ ପରେ ବୁଢ଼ା ଶୋଇପଡ଼ିଲା। ମୁଁ ଝୁଲିଟାକୁ ତାଙ୍କ ମୁଣ୍ଡତଳ ଖସେଇନେଇ ବାହାରେ ଥିବା ମୋର ଗାଡ଼ି ଚଳାଇ ଘରକୁ ଚାଲିଆସିଲି। ସ୍ତ୍ରୀ ମତେ ଦେଖି ଭୀଷଣ ବିରକ୍ତ ହେଲା। ମୁଁ ଘରକୁ ନଆସି ସେ କୋଉ ବାବାଫାବା ପାଖରେ କାହିଁକି ପଡ଼ିଚି ବୋଲି ଗାଳିଦେଲା। ମୁଁ ତାକୁ କିଛି ଉତ୍ତର ଦେଲିନାହିଁ। ଲୁଚେଇକରି ମୋ ଆଲମିରା ଭିତରେ ବାବାଙ୍କର ଝୁଲିଟା ରଖିଦେଲି।

ସ୍ତ୍ରୀ ଆଣି ଚା' କପେ ଦେଲା। ମୁଁ ଅଧା ପିଇଲି। ମୋ ପେଟ ଅନ୍ୟ କାରଣରୁ ଭରି ଯାଇଥାଏ। ମୁଁ ନିଜର ସନ୍ତୋଷକୁ ଚେଷ୍ଟାକରି ଗୋପନ ରଖୁଥାଏ। ତେବେ, ବେଶ୍ କିଛିଦିନ ହେଲାଣି ବିଶ୍ରାମ କରିପାରି ନଥିବାରୁ ଖଟରେ ପଡୁ ପଡୁ ମୁଁ ଗଭୀର ନିଦରେ ଶୋଇପଡ଼ିଲି।

ମୋ ନିଦ ଭାଙ୍ଗିବାବେଳକୁ ସକାଳ ଆଠ। କ୍ଳାନ୍ତି ଯାଇନଥାଏ, ମତେ ଲାଗୁଥାଏ ମୁଁ ସତେ ଯେମିତି ସାରାରାତି ଏକ ସ୍ୱର୍ଣ୍ଣମୟ ଜଗତ ଭିତରେ ବିଚରଣ କରୁଥିଲି। ବାବାଙ୍କ କଥା ମନେପଡ଼ିଗଲା। ମୁଁ ବିଶେଷ ତରତର ନହୋଇ ହସ୍‌ପିଟାଲ ଗଲି। ଭାବୁଥାଏ ଯଦି ନିଦ ଭାଙ୍ଗି ଯାଇଥିବ, ସେ ନିଶ୍ଚୟ ତାଙ୍କ ଝୁଲିକୁ ଖୋଜୁଥିବେ। ମୁଁ କ'ଣ କହିବି ପ୍ରସ୍ତୁତ ହୋଇଗଲି।

ହସ୍‌ପିଟାଲରେ ପହଞ୍ଚି ଦେଖିଲି ଖଟ ଫାଙ୍କା ପଡ଼ିଛି। ମୁଁ ଆଶ୍ଚର୍ଯ୍ୟ ହୋଇଗଲି। ଏତିକି ସମୟ ଭିତରେ କ'ଣ ବାବା ଭଲ ହୋଇ ଝୁଲି ନଥିବାର ଦେଖି କୁଆଡ଼େ ଖୋଜିବାକୁ ପଳାଇ ଯାଇଛନ୍ତି।

ମତେ ସେଠି ଠିଆ ହୋଇଥିବାର ଦେଖି ନର୍ସ ଜଣେ ମୋ ପାଖକୁ ଆସି କହିଲା: ଆପଣଙ୍କ ପେସେଣ୍ଟ କାଲି ରାତିରେ ଶୋଇବା ଅବସ୍ଥାରେ ମରି ଯାଇଛନ୍ତି। ନୂଆ ପେସେଣ୍ଟ ଆସିବାରୁ ଆମେ ଶବକୁ ଉଠାଇନେଇ ପିଣ୍ଡାରେ ରଖିଦେଇଛୁ।

ମୁଁ ସର୍ପାହତ ପରି ଚମକି ପଡ଼ିଲି। ସେଇ ଦୁଇଟା ନିଦ ବଟିକାର ପ୍ରତିକ୍ରିୟାରେ କ'ଣ ନାଗାବାବା ଚାଲିଗଲେ ? ମୁଁ ଭୟରେ କାନ୍ଦି ପକାଇଲି। ନର୍ସ ମତେ ଆଶ୍ୱସ୍ତ କରି କହିଲା: "ବହୁତ ବୁଢ଼ାଲୋକ, ନିମୋନିଆ ଭୋଗୁଥିଲେ। ହାର୍ଟ ଉଇକ୍ ଥିଲା। ଶୋଇବା ଅବସ୍ଥାରେ ହାର୍ଟ ଫେଲ୍ କରିଯାଇଛି। ଆପଣ ବ୍ୟସ୍ତ ହୁଅନ୍ତୁ ନାହିଁ ବୁଢ଼ାଲୋକଙ୍କ କ୍ଷେତ୍ରରେ ପ୍ରାୟ ଏମିତି ହୋଇଥାଏ।

ମୁଁ ନିଶ୍ଚିତ ହେଲି। ମନେ ମନେ ନିଜ ଉପରୁ ଦୋଷ ଛଡ଼ାଇବାର ଚେଷ୍ଟା ଆରମ୍ଭ କରିଦେଲି। ଏବେ ବାବାଙ୍କର ସତ୍କାର ହେବା ଦରକାର। ଘରକୁ ଖବର ଗଲା। ମୋ ଲୋକମାନେ ଆସିଲେ। ଖାନନଗରରେ ଶବ ନେଇ ପହଞ୍ଚିଲୁ। ଜଣେ କିଏ କହୁଥିଲା, "ଇଏତ ସନ୍ନ୍ୟାସୀ ଲୋକ, ଯାଙ୍କୁ ଦାହ କରିବା କଥା ନୁହେଁ, ସମାଧି ଦେବା କଥା।"

ମୁଁ ବିରକ୍ତ ହୋଇ କହିଲି, "ତାଙ୍କର ଶିଷ୍ୟ ଫିଷ୍ୟ କିଏ ଅଛି ଯେ ଏସବୁ କରିବ ? ସେ ସମାଧି ଫମାଧି ପାଇଁ ବହୁ ସମୟ ଲାଗିବ, ହିନ୍ଦୁଲୋକ ତ, ଦାହ କାର୍ଯ୍ୟ ଶୀଘ୍ର ସାର, ଯିବା।"

ଆଉ କେହି କିଛି କହିଲେନି। ନାଗା ବାବାଙ୍କୁ ମୋ ଛଡ଼ା ଏ ସହରରେ ଆଉ କିଏ ବା ଜାଣିଥିଲା। ଜୁଇରେ ଅଗ୍ନିସଂଯୋଗ ହେଲା। ଜଳିବା ଶେଷଯାଏ ଅପେକ୍ଷା କରିବାର ଧୈର୍ଯ୍ୟ ମୋର ନଥିଲା। ମୁଁ ଅନ୍ୟ ଦୁଇଜଣଙ୍କୁ ରହିବା ପାଇଁ କହି ରାସ୍ତାରେ ଥିବା ମୋ ଗାଡ଼ି ପାଖକୁ ଚାଲିଆସୁଥିଲି। ହଠାତ୍ ପଛରୁ ମିଳିତ ହରିବୋଲ ଧ୍ୱନି ଶୁଣି ମୁଁ ଫେରିଚାହିଁ ସ୍ତମ୍ଭୀଭୂତହୋଇଗଲି। ବାବାଙ୍କ ଚିତା ଭିତରୁ ନୀଳରଙ୍ଗର ଏକ ସ୍ୱଚ୍ଛ ଆଲୋକ ଶିଖା ବାହାରୁଥାଏ। ସେଠାରେ ଅନ୍ୟାନ୍ୟ ଶବଦାହ ପାଇଁ ଉପସ୍ଥିତ ଥିବା ଲୋକେ ତାହା ବାବାଙ୍କର ଚମତ୍କାର ଅଲୌକିକ କ୍ରିୟା ମନେକରି ବିସ୍ମୟରେ ହରିବୋଲ କରୁଥାନ୍ତି ଓ କେହି କେହି ଦଣ୍ଡପ୍ରଣାମ କରୁଥାନ୍ତି ଚିତା କଡ଼ରେ।

କିନ୍ତୁ ଭୟ ଓ ଆତଙ୍କରେ ମୋ ତଣ୍ଟି ଶୁଖିଗଲା, ମୋ ହାତଗୋଡ଼ ଥରିବାକୁ ଲାଗିଲା, ମୋ ମୁଣ୍ଡ ବୁଲାଇଦେଲା। ମୁଁ କୌଣସି ପ୍ରକାରେ ଘୋଷାରି ହୋଇ ଆସି ଗାଡ଼ିରେ ବସିପଡ଼ିଲି। ମୁଁ କ'ଣ ଭୁଲ୍ କରିଦେଇଛି ବୁଝିପାରୁଥିଲି। କାରଣ ନାଗାବାବା ମତେ ଥରେ କହିଥିଲେ ସେ ଶୁଖିଲା ପତ୍ରରେ ନିଆଁ ଲାଗିଲେ ସେଥିରୁ ଏକ ନୀଳବର୍ଣ୍ଣର ଆଲୋକ ବାହାରିଥାଏ।

ବୋଧହୁଏ ବୁଢ଼ା ତା'ର ପିନ୍ଧିଥିବା ଆଲ୍‌ଖାଲାରେ କୋଉଠି ସେ ପତ୍ରକୁ ଲୁଚାଇ ରଖିଥିଲା। ମୁଁ ମୁଣ୍ଡ ବାଡ଼େଇ ବାଡ଼େଇ ଘରକୁ ଫେରିଲି। ତଥାପି ଆଶା ଥାଏ କାଳେ ଝୁଲିରେ ବି କିଛି ପତ୍ର ରହିଯାଇଥିବ।

ମୁଁ ବାଟରେ ଗାଧୋଇ ଘରକୁ ଆସିବା କଥା ଭୁଲିଗଲି। ସେହିପରି ଅବସ୍ଥାରେ ଘରେ ପହଞ୍ଚିଲା ବେଳକୁ, ଦାଣ୍ଡରେ ଲୋକ ଜମା ହୋଇଛନ୍ତି, ଘର ଭିତରୁ ପାଟି ତୁଣ୍ଡ କାନ୍ଦ ଶୁଣାଯାଉଛି। ମୁଁ ସ୍ତବ୍ଧ ହୋଇ ଠିଆ ହୋଇଗଲି। ମୋର ଏକମାତ୍ର ତିନିବର୍ଷର ଛୋଟ ପୁଅକୁ ଅଚେତ ଅବସ୍ଥାରେ ମୋର ଜଣେ ଦାଦା କୋଳରେ ଧରି ଡାକ୍ତର ପାଖକୁ ବାହାରିଛନ୍ତି। ମୋ ସ୍ତ୍ରୀ ତାଙ୍କ ପଛେ ପଛେ ଚିତ୍କାର କରି କରି ଆସୁଥିଲା। ମୋ ଉପରେ

ଯେମିତି ତା'ର ଆଖି ପଡ଼ିଛି, ସେ ରଣଚଣ୍ଡୀ ଭଳି ମୋ ଉପରକୁ ଝାମ୍ପିପଡ଼ି ମତେ ସମସ୍ତଙ୍କ ସାମ୍ନାରେ ପିଟିବାକୁ ଲାଗିଲା । ଏଣେ ଅକଥନୀୟ ଭାଷାରେ ମତେ ଶୋଧିବାରେ ଲାଗିଥାଏ । ମୁଁ କାହାରିକୁ କିଛି ପଚାରିବାର ସୁଯୋଗ ପାଉନଥାଏ । ଏଣେ ତା'ଗାଳିରୁ ମୁଁ କିଛି ଅନୁମାନ କରିପାରୁ ନଥାଏ । ସେ ବାରମ୍ବାର ରଡ଼ୁଥାଏ: "ଆରେ ଯୋଗିନୀଖିଆ, କୋଉ ବାବାଜି ପାଲରେ ପଡ଼ି ଆମ ମା ପୁଅଙ୍କୁ ମାରିବୁ ବୋଲି ବିଷ ରଖିଥିଲୁରେ, ତୁ ଯାହା ମଲୁନି, ମର୍ ମର୍.. ତା'ର ଚେତା ବୁଡ଼ିଗଲା ।"

ମୁଁ ଦାଦାଙ୍କ ସହିତ ପୁଅକୁ ନେଇ ଡାକ୍ତରଙ୍କ ପାଖରେ ଦଉଡ଼ିଲି । ଦାଦାଙ୍କଠାରୁ ଯାହା ବୁଝିଲି, କଥାଟା ହେଲା ଯେ ମୁଁ ସକାଳେ ଘରୁ ଚାଲିଯିବା ପରେ ମୋ ସ୍ତ୍ରୀ କ'ଣ ପାଇଁ ମୋ ଆଲମିରା ଖୋଲିଥିଲା, ସେଥିରେ ଦୁର୍ଗନ୍ଧ ବାହାରୁଥିବା ମଇଳା କନାଝୁଲିକୁ ବାହାରକରି ଘରର ଗୋଟେ କଣକୁ ଫୋପାଡ଼ିଦେଲା । ତା'ପରେ ଘର କାମରେ ତା'ର ଆଉ ଝୁଲି କଥା ମନେନାହିଁ । ମୋ ପୁଅ ସେ ଝୁଲିକୁ ପାଇ ତା'ଭିତରେ ହାତ ଗଳାଇ କ'ଣ ଦି'ଟା ପତ୍ର ଖାଇଦେଇଛି । ତା'ପରେ ଆରମ୍ଭ ହୋଇଗଲା ବାନ୍ତି । ପାଟି ପୂରା ନେଳି ପଡ଼ିଯାଇ ବେହୋସ୍ ।

ମୁଁ ଡାକ୍ତରଙ୍କ ପାଖରେ ପହଞ୍ଚି ନିଜ ପୁଅର ମୃତ୍ୟୁ ଅନେକବେଳୁ ହୋଇସାରିଥିବା କଥା କେବଳ ତାଙ୍କ ମୁହଁରୁ ଶୁଣିଲି । ସ୍ତ୍ରୀ ଆଉ ଶୁଣିବା ଅବସ୍ଥାରେ କିଛି ନଥିଲା, କାରଣ ଅନ୍ୟମାନେ ପୁଅ ବେହୋସ୍ ହୋଇଯାଇଛି କହୁଥିବାବେଳେ ସେତେବେଳୁ ତା ମା' ହୃଦୟ ବୁଝିସାରିଥିଲା ଯେ ତା ପୁଅ ଆଉ ନାହିଁ । ମୋ ସ୍ତ୍ରୀର ଚେତା ଆସିଲା, କିନ୍ତୁ ସେ କିଛି ଆଉ ବୁଝିବା ଅବସ୍ଥାରେ ନଥିଲା । ତା' ପୁଅର ରହିଯାଇଥିବା ଜିନିଷକୁ ସେ ଦିନରାତି ଦେଖୁଥାଏ, ମନକୁ ମନ ହସୁଥାଏ, କାନ୍ଦୁଥାଏ ।

କୈଳାସ ବାବୁଙ୍କ କଣ୍ଠରୁଦ୍ଧ ହୋଇଯାଇଥିଲା । ସେ କେମିତି ଗୋଟେ ଚିଁ ଚିଁ ସ୍ୱରରେ କହୁଥିଲେ, "ମୁଁ ହତ୍ୟାକାରୀ, ପାପୀ । ମୋ ଲୋଭ କାରଣରୁ ନାଗାବାବାଙ୍କୁ ମାରିଲି । ପୁଅକୁ ମାରିଲି । ମୋ କର୍ମରୁ ମୋ ସ୍ତ୍ରୀ ପାଗଳୀ ହୋଇଗଲା । ମତେ ନର୍କରେ ବି ସ୍ଥାନ ମିଳିବ ନାହିଁ, ମତେ ଈଶ୍ୱର କେବେବି କ୍ଷମା କରିବେ ନାହିଁ । ମୁଁ ହତଭାଗା, ପାଷାଣ୍ଡ ।"

ସେ ନଇଁପଡ଼ି ନିଜେ ବସିଥିବା ଚଟାଣ ଦେହରେ ତାଙ୍କ ମୁଣ୍ଡକୁ ଢୋ ଢୋ କରି ବାଡ଼େଇଦେଲେ । ମହେନ୍ଦ୍ରବାବୁ ତାଙ୍କୁ ଧରି କୁଣ୍ଢାଇ ପକାଇଲେ । ଦୁହେଁ କାନ୍ଦୁଥାନ୍ତି ।

ମୋର ଏପର୍ଯ୍ୟନ୍ତ ଥିବା ସ୍ତବ୍ଧତା କଟିଗଲା । ସେ ଅବସ୍ଥାରେ ସେମାନଙ୍କୁ କୌଣସି ପ୍ରକାର ସାନ୍ତ୍ୱନା ଦେବାର ଯେକୌଣସି ଅର୍ଥ ନାହିଁ, ମୁଁ ବୁଝିପାରିଥିଲି । ତା'ଛଡ଼ା ଏ କ୍ଷେତ୍ରରେ କିପ୍ରକାର ସାନ୍ତ୍ୱନା ଦିଆଯାଇପାରିବ, ମୁଁ ଧାରଣା କରିପାରୁନଥିଲି । ମୁଁ ମନେକଲି

ସେ ଦୁହେଁ ନିଜର ଗୋପନତମ ଦୁଃଖକୁ ଆଜି କାହା ସହିତ ବାଣ୍ଟିଦେଇ ପାରିଥିବାରୁ ହୁଏତ କିଛିଟା ଆଶ୍ୱସ୍ତିଲାଭ କରିବେ।

ସେମାନଙ୍କର ଶୋକୋଚ୍ଛ୍ୱାସ ବଢୁଥିଲା। ମୁଁ ଭାବିଲି ସେମାନେ ମନଭରି କାନ୍ଦନ୍ତୁ, ଭିତରେ ଥିବା ପୁଞ୍ଜିଭୂତ ଦୁଃଖର ନିଆଁ ଆଜି ଲୁହ ହୋଇ ବୋହିଯାଉ। ମୁଁ ସେଠାରୁ ଉଠିଯାଇ ଟିକେ ଦୂରକୁ ଚାଲି ଚାଲି ଗଲି। ଏପର୍ଯ୍ୟନ୍ତ ଯେଉଁ ଦୁଇଜଣଙ୍କୁ କେବଳ ଦୁଇଟି ସାଧାରଣ ମଣିଷ ବୋଲି ଭାବିଥିଲି, ସେମାନେ ନିଜ ନିଜ ଛାତି ଉପରେ କେଡ଼େ ଅସାଧାରଣ ଦୁଃଖ ଓ ଅପରାଧବୋଧର ବୋଝକୁ ସାରାଜୀବନ ବୋହି ଚାଲିଛନ୍ତି ! କିଏ ଜାଣେ ସେମାନେ ନିଜ ମୃତ୍ୟୁ ପୂର୍ବରୁ ବି ଏ ବୋଝରୁ ମୁକ୍ତି ପାଇବେ କି ନାହିଁ !

ମୁଁ ସେମାନଙ୍କର ଦୁଃଖଦାୟକ ଅବସ୍ଥା କଥା ଭାବୁଥିବାବେଳେ ଆଉ ଗୋଟିଏ କଥା ବି ମନକୁ ଆସିଲା ଯେ ସେ ଦୁହେଁ ଯେଉଁ ମନ୍ତ୍ରସିଦ୍ଧି, ଦେବୀ ଆର୍ବିଭାବ ଓ ତମ୍ବାରୁ ସୁନା ହେବା କଥା କହିଲେ, ସେସବୁ କ'ଣ ସତ ହୋଇପାରେ ? ମୋର ଯୁକ୍ତିବାଦୀ ମନ ସେସବୁ ଅଲୌକିକ ଘଟଣାକୁ ଆଦୌ ସ୍ୱୀକାର କଲାନାହିଁ, ବରଂ ଦୃଢ଼ କାରଣ ଦର୍ଶାଇଲା ଯେ ମହେନ୍ଦ୍ର ବାବୁ ଓ କୈଳାସ ବାବୁ ହୁଏତ ଯେଉଁ ଅପରାଧ କରିବା କଥା କହୁଛନ୍ତି, ତାହା ସତ ହୋଇପାରେ, କିନ୍ତୁ ସେମାନେ କୌଣସି ଅଲୌକିକ ଶକ୍ତି ସାହାଯ୍ୟରେ ବା ଘଟଣା ଦ୍ୱାରା ପ୍ରଭାବିତ ହୋଇ ସେସବୁ ଯେ କରିଛନ୍ତି, ତା' ନୁହେଁ। ହୁଏତ କୌଣସି ଏକ ଅବସ୍ଥାରେ ସେମାନେ ନିଜର ଅପରାଧବୋଧ ସହିତ ଏପରି କିଛି ମନଗଢ଼ା କଥା ସେଥିରେ ଯୋଡ଼ି ଦେଇଛନ୍ତି ଓ ପରେ ନିଜେ ବି ସେକଥା ସତ ବୋଲି ବିଶ୍ୱାସ କରୁଛନ୍ତି। ମୋ ଯୁକ୍ତି ମତେ ଠିକ୍ ଲାଗିଲା, ମୁଁ କୌଣସି ପ୍ରବଣତାର ଶିକାର ନହୋଇ ନିରପେକ୍ଷ ଭାବରେ ଘଟଣାଟା ବିଚାର କରିପାରୁଛି ବୋଲି ଭାବିଲି।

ଗଙ୍ଗାକୂଳ ସମ୍ପୂର୍ଣ୍ଣ ଜନଶୂନ୍ୟ ହୋଇଯାଇଥିଲା। କେବଳ ଶୁଣାଯାଉଥିଲା ପ୍ରଖରସ୍ରୋତା ନଦୀର ପ୍ରବାହ ଶବ୍ଦ। ପରିବେଶରେ କିଛି ସମୟ ପୂର୍ବରୁ କୁହୁଡ଼ି ଛାଇ ଯାଇଥିଲା। ପ୍ରଥମ ସନ୍ଧ୍ୟାର ଉଜ୍ଜ୍ୱଳ ଜହ୍ନ ଦିଶୁଥିଲା ନିଷ୍ପ୍ରଭ। ଟିକିଏ ଦୂରରେ ଜିନିଷ ବି ଅସ୍ପଷ୍ଟ ଦିଶୁଥିଲା। ମୁଁ କିଛିବାଟ ଆଗକୁ ଚାଲି ଆସିଥିଲି। ତେଣୁ ସେ ଦୁହିଁଙ୍କୁ ସାଙ୍ଗରେ ନେଇ ବିଶ୍ରାମାଗାରକୁ ଯିବାପାଇଁ ସେମାନଙ୍କ ଦିଗରେ ଫେରିବାକୁ ଲାଗିଲି।

କ୍ରମେ ସେମାନଙ୍କ ବସିବା ଜାଗା ପାଖେଇ ଆସିଲା। କିନ୍ତୁ ଏ ଦି' ଜଣ କିଏ, ସେମାନଙ୍କ ପାଖରେ ଠିଆ ହୋଇଛନ୍ତି ? ମୁଁ ଭଲକରି ଚାହିଁଲି।

ମହେନ୍ଦ୍ରବାବୁ ଓ କୈଳାସବାବୁ ଦୁହେଁ ଦୁଇଟି ନିଷ୍ପ୍ରାଣ ମୂର୍ତ୍ତି ପରି ବସିଛନ୍ତି ଓ ତାଙ୍କ ଦୁଇପାଖରେ ଦୁଇଜଣ କିଏ ଠିଆହୋଇଛନ୍ତି। ଭାବିଲି, ଆମ ସହଯାତ୍ରୀ ବନ୍ଧୁମାନଙ୍କ ଭିତରୁ ବୋଧେ କେହି ପୁଣି ବୁଲିବାକୁ ଆସି ସେଇଠି ଛିଡ଼ା ହୋଇଛନ୍ତି।

ମୁଁ ଯେତିକି ନିକଟେଇ ଆସିଲି, ସେ ଦୁଇଜଣଙ୍କ ଚେହେରା ସେତିକି ସ୍ପଷ୍ଟ ହୋଇଉଠିଲା। ମୁଁ ଚମକି ପଡ଼ିଲି। ସେ ଦି'ଜଣଙ୍କ ମଧ୍ୟରୁ ଜଣେ ଥିଲେ ନାଗାସନ୍ନ୍ୟାସୀ ଓ ଅନ୍ୟଜଣକ ଜଣେ ଯୁବତୀ। ମୋ ଦେହରେ ବିଜୁଳିର ସ୍ରୋତ ଖେଳିଗଲା ପରି ଲାଗିଲା; ଅଜଣା ଭୟରେ ମୋର ଜଡ଼ସଡ଼ ଅବସ୍ଥା। ମତେ ଜଣାଯାଉଥିଲା, ମହେନ୍ଦ୍ର ବାବୁ ଓ କୈଳାସ ବାବୁ କେହି ବି ତାଙ୍କ ପାଖରେ ଠିଆ ହୋଇଥିବା ସେ ଦୁଇଜଣଙ୍କ ଉପସ୍ଥିତି ସମ୍ପର୍କରେ ସଚେତନ ନୁହନ୍ତି। ମୁଁ ସେମାନଙ୍କୁ ଡାକିବାରୁ ଚେଷ୍ଟା କଲି, କିନ୍ତୁ କୌଣସି ଶବ୍ଦ ମୋର କଣ୍ଠନଳୀରୁ ବାହାରକୁ ବାହାରିଲା ନାହିଁ। ମୋର ପୂରା ଅନୁଭବ ହେଉଥିଲା ମୋ ପାଦତଳୁ ଚେର ବାହାରି ମାଟିରେ କୁଆଡ଼େ ପୋତି ହୋଇଗଲାଣି। ମୁଁ ବିମୂଢ଼ ଅବସ୍ଥାରେ ସେଇଠି ଠିଆହୋଇ ରହିଲି।

ମତେ ଦେଖିପାରି ମହେନ୍ଦ୍ର ବାବୁ ଓ କୈଳାସ ବାବୁ ଉଠି ଠିଆହେଲେ ଓ ମୋ ଆଡ଼କୁ ଆସିଲେ। ମୁଁ ସେମିତି ଚାହିଁଥାଏ। ଆଉ ଦୁଇ ମୂର୍ତ୍ତି ପବନରେ ଭାସିବା ପରି ହଠାତ୍ କେଉଁଆଡ଼େ ଉଭାନ୍ ହୋଇଗଲେ ମୁଁ ଜାଣିପାରିଲିନି।

ଆମେ ତିନିଜଣ ସମ୍ପୂର୍ଣ୍ଣ ନୀରବରେ କେହି କାହା ସହିତ କିଛି କଥା ନକହି ଯାତ୍ରୀନିବାସକୁ ଫେରିବାକୁ ଲାଗିଲୁ। ସେ ଦୁହେଁ କ'ଣ ଭାବୁଥିଲେ ମୁଁ ଜାଣେନି, କିନ୍ତୁ ମୁଁ ଏକ ବିଷମ ମାନସିକ ସଂକଟ ମଧ୍ୟରେ ପଡ଼ିଯାଇଥିଲି। ମୋ ଆଖି ଯେଉଁ ଦୃଶ୍ୟକୁ ସ୍ପଷ୍ଟ ଭାବରେ ଦେଖିଥିଲା, ତାକୁ ମୁଁ ଅସ୍ୱୀକାର କରିପାରୁ ନଥିଲି, କିନ୍ତୁ ମୋର ଯୁକ୍ତିବାଦୀ ବୁଦ୍ଧି କହୁଥିଲା ଯେ ହୁଏତ ସେମାନଙ୍କ କଥାର ଆନ୍ତରିକତାରେ ପ୍ରଭାବିତ ହୋଇ ମୋର କଳ୍ପନାପ୍ରବଣ ମନ ଏପରି କିଛି ମାନସିକ ଗଠନ ସୃଷ୍ଟି କରିଦେଇଛି, ଯାହାକୁ ମୁଁ ସତ ବୋଲି ମନେ କରୁଥାଇପାରେ। କିନ୍ତୁ କାହିଁକି କେଜାଣି ଏ ଯୁକ୍ତିଟା ଦୁର୍ବଳ ଢ଼େଉଟିଏ ପରି ସମୁଦ୍ରରେ ମୁଣ୍ଡ ଟେକି ଉଠୁ ଉଠୁ ସେହିକ୍ଷଣି ଭାଙ୍ଗିପଡ଼ିବା ପରି ମୋର ମନେ ହୋଇଥିଲା।

■

ଛାୟା ଦର୍ଶନ

ପୂଜା ଛୁଟି କଟାଇବା ପାଇଁ ଦିଲ୍ଲୀରୁ ଘରେ ଆସି ପହଞ୍ଚିବା ପରେ ଜାଣିଲି ବଡ଼ ମାମୁ ପନ୍ଦର ଦିନ ତଳେ ଚାଲିଯାଇଛନ୍ତି। ପ୍ରଥମେ ମୋର କୌଣସି ପ୍ରତିକ୍ରିୟା ହେଲାନାହିଁ। ପ୍ରାୟ ଦୀର୍ଘ ତିରିଶ ବର୍ଷରୁ ଅଧିକ ହେବ ମୋର ମାମୁଙ୍କ ସହିତ ସାକ୍ଷାତ୍ ହୋଇନାହିଁ ବା ଏଇ ସମୟ ଭିତରେ କୌଣସି ଯୋଗାଯୋଗ ମଧ୍ୟ ମୋର ତାଙ୍କ ସହିତ ନଥିଲା।

ବାହାହେବା ପରଠାରୁ ସ୍ୱାମୀଙ୍କ ଚାକିରି ପାଇଁ ମତେ ଓଡ଼ିଶା ବାହାରେ ହିଁ ରହିବାକୁ ପଡ଼ିଲା। ଯେବେ ଟିକେ ସୁଯୋଗ ମିଳେ କିଛିଦିନ ପାଇଁ ଓଡ଼ିଶା ଆସିବାକୁ, ସେ ସମୟତକ ବାପଘର ଶାଶୂଘର ଭିତରେ ବାଣ୍ଟିହୋଇଯାଏ। ଏକା ସହରରେ ଥିବା ସବୁ ସାଙ୍ଗସାଥୀ ଓ ବନ୍ଧୁବାନ୍ଧବଙ୍କ ସହିତ ଦେଖା ବି ହୋଇପାରେନା। ତେଣୁ ନିପଟ ମଫସଲରେ ଥିବା ମାମୁଘରକୁ ଯିବାର ସମୟ କେବେ କରିପାରିନି କି ସେଥିପାଇଁ ମୋର ଆଗ୍ରହ ମଧ୍ୟ ହୋଇନାହିଁ।

ଆଜି ମାମୁ ଚାଲିଯାଇଥିବା ଖବର ଜାଣିବା ପରେ ମୋ ସ୍ମୃତିରେ ଅସ୍ପଷ୍ଟ ହୋଇସାରିଥିବା ତାଙ୍କ ମୁହଁଟି ଧୀରେ ଧୀରେ ତା'ର ଆକାର ନେଇ ସ୍ପଷ୍ଟ ହୋଇଉଠିଲା ଓ ତା' ସହିତ ସୁଦୂର ଅତୀତର ହଜିଯାଇଥିବା କିଛି ଘଟଣା ବି ସଜୀବ ହୋଇଉଠିଲା ମୋ ମନରେ।

ସ୍କୁଲରେ ପଢୁଥିବା ପର୍ଯ୍ୟନ୍ତ ବିଭିନ୍ନ ଛୁଟିରେ ଆମେ ଆମ ଗାଁରେ ବା ମାମୁଘରେ କିଛିଦିନ ଲେଖାଏଁ କଟାଉଥିଲୁ। ଆମ ଗାଁ ପରି ମାମୁଘର ଗାଁକୁ ଯିବା ଏତେ ସୁବିଧାଜନକ ନଥିଲା। ନଈ ନାଳ ପାରହୋଇ କିଛିବାଟ ଶଗଡ଼ରେ, କିଛିବାଟ ପାଦରେ ଚାଲିକି ସେ ଗାଁକୁ ଯିବାକୁ ପଡୁଥିଲା। ତେବେ ପିଲାଦିନେ ଏମିତି ଯିବା ଆସିବାର କଷ୍ଟ ଆଦୌ ଜଣାପଡୁନଥିଲା ବରଂ ବେଶି ଆମୋଦଦାୟକ ଥିଲା।

ମାମୁଘରେ ରହୁଥିଲେ ଆଈ, ଦୁଇଜଣ ମାମୁ, ମାଇଁ ଦି'ଜଣ ଓ ତାଙ୍କର

ପିଲାମାନେ। ମୁଁ ମୋର ଭାଇ ଓ ମୋ ପ୍ରାୟ ଯେତେବେଳେ ସେ ଗାଁକୁ ଯାଇଥାଉ ସେ ସମୟରେ ଛୁଟି ରହୁଥିବାରୁ ମାଉସୀ ଓ ତାଙ୍କ ପିଲାମାନେ ବି ଗାଁକୁ ଆସିଥାନ୍ତି। ଅଜାଙ୍କୁ ଆମେ କେହି ଦେଖିନୁ। ମା' ଓ ମାଉସୀ ବାହାହେବା ପୂର୍ବରୁ ହିଁ ଅଜା ଚାଲିଯାଇଥିଲେ।

ବଡ଼ ମାମୁ ଥିଲେ ଖୁବ୍ ଶାନ୍ତ ଓ ଗମ୍ଭୀର ପ୍ରକୃତିର ମଣିଷ। ନିହାତି ଆବଶ୍ୟକ ମନେହେଲେ ଦୁଇଚାରି ପଦ କହନ୍ତି। ନହେଲେ ସବୁବେଳେ ସେ ନୀରବ ରହନ୍ତି। କିନ୍ତୁ ଅନ୍ୟମାନଙ୍କ କଥା ବେଶ୍ ମନଦେଇ ଶୁଣନ୍ତି। ପିଲାମାନଙ୍କର ଗହଳି ତାଙ୍କ ପାଖରେ ଜମେନି, ଜମେ ସାନମାମୁଙ୍କ ପାଖରେ। ସାନ ମାମୁ ସବୁବେଳେ ଖୁସିଥାନ୍ତି। ମଜା ମଜା ଗପ କହନ୍ତି, ସବୁ ଭଣଜା ଭାଣିଜୀ ଓ ନିଜ ପିଲାମାନଙ୍କୁ ନେଇ ନଈକୂଳ ଓ ଆମ୍ବତୋଟା ଆଖୁ କିଆରିରେ ବୁଲାନ୍ତି। ତେଣୁ ସାନ ମାମୁ ଯୁଆଡ଼େ ସବୁ ପିଲାତକ ତାଙ୍କ ପଛରେ ପଛରେ ଚାଲିଥିବେ।

କିନ୍ତୁ ମୁଁ ବଡ଼ ମାମୁଙ୍କ ପାଖ ଛାଡୁନଥିଲି। ଯେତିକି ଦିନ ମାମୁ ଘରେ ରହେ ମୋର ପ୍ରାୟ ସବୁ ସମୟ କଟେ ତାଙ୍କରି ପାଖରେ। ସକାଳୁ ଗାଧୋଇସାରି ଠାକୁର ଘରେ ସେ ବହୁତ ସମୟ ପୂଜା କରନ୍ତି। ପୂଜା ଅପେକ୍ଷା ସେ ଧ୍ୟାନରେ ବସୁଥିଲେ ବେଶି। ସେତେବେଳେ ଠାକୁରଘର କବାଟ ଦରଆଉଜା ରହୁଥିଲା। ମୁଁ କବାଟ ଫାଙ୍କରୁ ମାମୁ କ'ଣ କରୁଛନ୍ତି ଜାଣିବା ପାଇଁ କୌତୂହଳୀ ହୋଇ ଚାହିଁଥାଏ। ଗୋଟିଏ ମୁଦ୍ରାରେ ଜଣେ ଏତେ ସମୟ କିପରି ନିଶ୍ଚଳ ହୋଇ ବସିପାରିବ, ମୁଁ ବୁଝିପାରୁ ନଥିଲି।

ମାମୁଙ୍କ ପରି ମୁଁ ଆଉ କାହାକୁ ସେପରି କରିବାର ଦେଖୁନଥିଲି। ସମସ୍ତେ ଠାକୁର ଘରେ ପଶି ଏଣୁ ତେଣୁ କ'ଣ ସବୁ ଗୁଣୁ ଗୁଣୁ ହୋଇ ମୁଣ୍ଡିଆଟିଏ ମାରି ତରତର ହୋଇ ବାହାରି ଆସୁଥିବାବେଳେ ମାମୁଙ୍କର ଏହି ଧ୍ୟାନମୁଦ୍ରା ମତେ ଖୁବ୍ ପ୍ରଭାବିତ କରୁଥିଲା।

ମାମୁ ଧ୍ୟାନସାରି ପ୍ରଣାମ କରିବାବେଳେ ମୁଁ କବାଟ ଖୋଲି ଭିତରକୁ ପଶିଯାଏ। ସେ ଟିକେ ହସିଦିଅନ୍ତି। ମୋ ମୁଣ୍ଡ ଆଉଁଶି, ହାତରେ ଟିକେ ତୁଳସୀପତ୍ର ଦେଇ ତାଙ୍କ କାମରେ ବାହାରି ଯାଉଥିଲେ। ଦୁଇଦିନ ମତେ ସେହି ସମୟରେ ଠାକୁରଘର ବାହାରେ ବସୁଥିବାର ଦେଖି ସେଦିନ ମାମୁ କହିଲେ, "ତୁ କୁଆଡେ ବୁଲାବୁଲି ନକରି ଏଠି ଏତେବେଳ ଲେଖାଁଏ ବସୁଛୁ? ଏଥର ଇଚ୍ଛା ହେଲେ ଭିତରେ ଆସି ବସିବୁ।"

ଆଈ ସେଠି ଥିଲା। ସେ ଜାଣେ ମାମୁଙ୍କର ଧ୍ୟାନ ସମୟ ଭିତରେ ସୃଷ୍ଟି ପ୍ରଳୟ ହୋଇଗଲେ ବି ସେ ହଲ୍‌ଚଲ୍ ହେବେନାହିଁ, କିଛି ଶୁଣିବେନି। ସେ ପୂଜାଘରେ ପଶିଲେ ଅନ୍ୟମାନେ ସେଠାରୁ ଦୂରକୁ ଚାଲିଯାନ୍ତି, କେହି ପାଟିତୁଣ୍ଡ କରନ୍ତିନି। ସେଥିପାଇଁ ବୋଧେ ଆଈ କହିଲା– "ସିଏ ସେଇ ବାହାରେ ବସୁ, ଭିତରକୁ ଗଲେ ତୋର ଅସୁବିଧା ହେବ।"

"ସେ କାଲିଠାରୁ ଯଦି ଭିତରେ ବସିବାକୁ ଚାହିଁବ ବସିବ, ମୋର କିଛି ଅସୁବିଧା ହେବନି।"

ମାମୁ ଏତିକି କଥା କହିଦେବା ପରେ ମତେ ଆଉ କିଏ ଅଟକାଇ ପାରିବ। ତା'ପରେ ଯେତିକି ଦିନ ମୁଁ ସେଠି ରହିଲି ମାମୁଙ୍କ ସାଙ୍ଗରେ ତାଙ୍କ ଧ୍ୟାନ ସମୟରେ ସେଇ ଘରେ ବସିରୁହେ। ମୁଁ ଗାଧୁଆ ପାଧୁଆ ନକରି ପୂଜା ଘରକୁ ଯାଉଥିବାରୁ ମାଇଁ ଅସନ୍ତୁଷ୍ଟ ହେଉଥିଲେ କିନ୍ତୁ ମାମୁ ଯେତେବେଳେ ମୁଁ ଅଗାଧୁଆ ବୋଲି ଆପତ୍ତି କରୁନଥିଲେ ସେ ବିଷୟରେ କିଏ ଆଉ କ'ଣ କହିବ !

ମୁଁ ଆଖିବୁଜି ଏତେ ସମୟ ବସୁଥିବାରୁ ମୋ ମା'ର ସେଥିପାଇଁ ବଡ଼ ଚିନ୍ତା ହେଉଥିଲା। ଅନ୍ୟ ପିଲାଙ୍କ ପରି ବୁଲାବୁଲି ନକରି ମୁଁ ଠାକୁରଘରେ ଏତେ ସମୟ କାହିଁକି ବସୁଛି ବୋଲି ସେ ମୋ ଉପରେ ଟିକେ ବିରକ୍ତ ବି ହେଉଥିଲା। ସେ ଭାବୁଥିଲା ମୁଁ ଆଉ ଯୋଗିନୀଟିଏ ହୋଇଯିବିକି ! ସଂସାରରୁ କାଳେ ମନ ଛାଡ଼ିଯିବକି !

ହାୟ ଭାଗ୍ୟ, ଜୀବନର ଏତେ କାଳ ବିତିଗଲା ଅଥଚ ଧ୍ୟାନ ତ ଦୂରର କଥା ସାଧାରଣ ଏକାଗ୍ରତା ବି ଆସିଲାନି। ସଂସାରରୁ ମନ ତ ଛାଡ଼ିନି ଏଣେ ସଂସାର ପୁଣି ତା'ର ସହସ୍ର ବାହୁରେ ମତେ ଜଡ଼ାଇ ଧରିଛି। ମୁଁ ଯେ ପିଲାଦିନେ ଏତିକି ସମୟ ବସିପାରୁଥିଲି ତା' କେବଳ ମାମୁଙ୍କ ଧ୍ୟାନର ପ୍ରଭାବ, ଆଉ କିଛିନୁହେଁ।

ମାମୁଘର ଗାଁରେ ମାଛ ସୁବିଧାରେ ମିଳେନି। ସେଥିପାଇଁ କାହାର କିଛି ଅସୁବିଧା ହେଉନଥିଲା। କେବଳ ମୁଁ ହିଁ ବିନା ମାଛରେ ଭାତ ପାଖରେ ବସୁନଥିଲି। ଭାଣିଜୀ ମାଛ ଭଲପାଏ ବୋଲି ନଈ କି ପୋଖରୀରୁ ଯେମିତି ହେଲେ କିଛି ମାଛ ଧରିବାର ବ୍ୟବସ୍ଥା ମାମୁ କରୁଥିଲେ।

ଦୁଇ ମାମୁ ଆମିଷ ଖାଉନଥିଲେ, ମାଇଁମାନେ ବି ଆମିଷ ଛାଡ଼ି ଦେଇଥିଲେ। ତେଣୁ ରୋଷଘରେ ସେ ଆମିଷ ନ ପୂରାଇ ବାହାରେ ଥିବା ଚୁଲିରେ କଦବା କ୍ୱଚିତ୍ ତାଙ୍କ ପିଲାଙ୍କ ପାଇଁ ଓ ଆଈ ପାଇଁ ରାନ୍ଧି ଦେଉଥିଲେ। ଆମେ ଥିବାବେଳେ ପ୍ରତିଦିନ ଆଇଁଷ ତରକାରୀ ହେଲା। ସେଥିରେ ତାଙ୍କ ପିଲାମାନେ ଭାରି ଖୁସି। ମତେ ଏକୁଟିଆ ଦେଖି କହନ୍ତି– "ତୁ ଏଠି ରହୁନୁ। ସାଙ୍ଗ ହୋଇ ସ୍କୁଲଯିବା, ଖେଳିବା।" ସେମାନଙ୍କର ଏ ଅହେତୁକ ଆଗ୍ରହ ପଛରେ ମାଛର ମହିମା ମୁଁ ବୁଝିପାରୁଥିଲି।

ଦିନେ ଏହି କାରଣରୁ ବେଶ୍ ଅଡୁଆ ପରିସ୍ଥିତିଟିଏ ହେଲା। ଆମ ପିଲାମାନଙ୍କ ପାଇଁ ଓ ବଡ଼ ମାମୁଙ୍କ ପାଇଁ ଏକା ସାଙ୍ଗରେ ବଢ଼ା ହେବାର ବ୍ୟବସ୍ଥା କରାଯାଇଥିଲା। ଆମ ପିଲାଙ୍କ ସଂଖ୍ୟା ସେଦିନ ଅଧିକ ଥିବାରୁ ଆମପାଇଁ କଦଳୀପତ୍ରରେ ବଢ଼ା ହେଉଥାଏ। ମାମୁଙ୍କର ଆସନ କିଛି ଦୂରରେ ପଡ଼ିଥିଲା। ତାଙ୍କ ପାଇଁ ବଢ଼ା ହୋଇଥିବା କଂସାବାସନ

ସୁନାପରି ଝଟକୁଥିଲା । କଂସା ଥାଳିରେ, ଧୋବ ଫରଫର ଅରୁଆ ଭାତରେ ଆଈ ଘର-ମରା ଗାଈ ଘିଅ ଢ଼ାଳିଦେବା ବେଳେ ଖଣ୍ଡମଣ୍ଡଳ ମହମହ ହୋଇ ବାସିଉଠିଲା । କିନ୍ତୁ ଆମେ ଭାତରେ ମାଛ ଖାଇବୁ ବୋଲି ଆମ ଭାତରେ ଆଈ ଘିଅ ଦେଲାନି । ମୋର ମନ ସେଇ ମାମୁଙ୍କ ଥାଳିରେ । ମୁଁ ସିଆଡ଼େ କେମିତି ଚାହୁଁଥିଲି କେଜାଣି ମାମୁ ଜାଣିପାରି ତାଙ୍କ ସହିତ ଖାଇବାକୁ ଡାକିଲେ ।

ମୁଁ ଯେମିତି ସୁଯୋଗର ଅପେକ୍ଷାରେ ଥିଲି । ସେହିକ୍ଷଣି ପତ୍ରଛାଡ଼ି ଉଠିପଡ଼ିବା ବେଳକୁ ଆଈ ପାଟିକରି ଉଠିଲା, "ହେ ଟୋକୀ, ସିଆଡ଼େ କୁଆଡ଼େ ଯାଉଛୁ ?"

ମାମୁ କହିଲେ, "ମୁଁ ତାକୁ ଡାକିଛି ସେ ମୋ ସହିତ ଖାଇବ ।"

"ଆରେ ସେ ଆଇଁଷଖାଇ ଠାକୁରାଣୀକୁ ତୁ କେମିତି ଡାକୁଛୁ ? ମାଛ ନ ହେଲେ ତା'ର ଗୁଣ୍ଡା ଯାଉନି, ତୋ ସାଙ୍ଗେ କେମିତି ଖାଇବ ?"

ଆଈ ପାଟିରେ ମୁଁ ପତ୍ରଛାଡ଼ି ଉଠୁଉଠୁ ପୁଣି ବସିପଡ଼ିଲି । ମାମୁଙ୍କ ସାଙ୍ଗରେ ଖାଇଲେ ମାଛ ମିଳିବନି, ମାଛ ଖାଇଲେ ସେ ସୁନ୍ଦରିଆ କଂସାବାସନରେ ବଢ଼ା ଯାଇଥିବା ବାସୁମତୀ ଚାଉଳର ଘିଅପକା ଭାତ ମିଳିବନି । ଅନ୍ୟସବୁ ପିଲା ସେତେବେଳକୁ ତାଙ୍କର ଖାଇବା ଆରମ୍ଭ କରିସାରିଲେଣି । ମୋ ଆଡ଼କୁ ଅନେଇବାକୁ କାହାର ବେଳ ଅଛି ।

ମୋ ଅବସ୍ଥା ଲକ୍ଷ୍ୟକରି ମାମୁ ହସି ହସି କହିଲେ, "ମିନୁ ଏଇଠି ମୋ ସାଙ୍ଗରେ ଖାଇବ । ତା'ମାଛ ବି ଏଇଠିକି ଦିଅ ।"

ବଡ଼ମାଇଁ ଚମକିପଡ଼ି କହିଲେ, "ଇଏ କି କଥା, ତୁମ ଥାଳିରେ ସେ କେମିତି ଆଇଁଷ ଖାଇବେ ?"

ମାମୁ ସେମିତି ନିର୍ବିକାର ଭାବରେ ହସିହସି କହିଲେ, "ସେଥିରେ କ'ଣ ଅଛି । ସେ ତା'ର ଯାହା ଖାଉଛି ଖାଉ, ଆ ମା ଏଠିକି ଆ ।"

ଆଈର ଆଖିଦେଖା, ମାଇଁଙ୍କ ନାକଟେକାକୁ ଖାତିର ନକରି ମୁଁ ମାମୁଙ୍କ ସାଙ୍ଗରେ ବସି ଘିଅପକା ଅରୁଆ ଭାତ ଓ ମାଛ ତରକାରି ଖାଇଥିଲି । ମୋର ସେତେବେଳେ ଆମିଷ ନିରାମିଷ ଛୁଆଁଛୁଇଁର ସାଂଘାତିକ ବ୍ୟବସ୍ଥା ବିଷୟରେ କିଛି ଧାରଣା ନଥିଲା ।

ପରେ ମୋ ଯେତେବେଳେ କେଉଁ ଭଲମନ୍ଦ ଦିନରେ 'ଏଇଟା ଛୁଁନା, ସେଇଟା ଛୁଁନା', 'ହେଇ ଗୁରୁବାରଟାରେ ପିଆଜରେ ହାତ ମାରିଲାଣି' ପ୍ରଭୃତି କହି ବିରକ୍ତ ହୁଏ, ମୋର ମାମୁଙ୍କ କଥା ମନେପଡ଼ିଯାଏ । ଭାବେ ମାମୁଙ୍କର ସ୍ଥିର ଚିତ୍ତବୃତ୍ତିର କାଣିଚାଏ ପଛେ ଆଉ ନାହିଁ, ଖାଲି ବାଜେ କଥାରେ ବିରକ୍ତ ହେଉଛି ଓ ବିରକ୍ତ କରୁଛି । ସେଦିନର ସେଇ ସାନ ଘଟଣାଟି ମୋ ମନରୁ ଅନେକ ଅର୍ଥହୀନ ସଂସ୍କାରକୁ ଦୂର କରିବାରେ ସାହାଯ୍ୟ କରିଥିଲା ।

ମାମୁଙ୍କୁ ନେଇ ଆଉ ଏପରି ଏକ ଘଟଣା ଘଟିଥିଲା ଯାହା ଭୁଲିବାର ନୁହେଁ। ଆଈର ଦେହ ଖରାପ ହେବା ଖବରପାଇ ମୁଁ ଓ ମା' ମାମୁଘରକୁ ଆସିଥାଉ। ବାପା ଓ ଭାଇ ବିଶେଷ କ'ଣ ଅସୁବିଧା ଥିବାରୁ ଆମ ସହିତ ଆସିପାରିନଥିଲେ। ଆଈ ଟିକେ ଟିକେ ଚଲାବୁଲା କରିପାରୁଥିଲା, ହେଲେ ବିଛଣାରେ ପ୍ରାୟ ଶୋଇ ରହୁଥିଲା। ତା'ର କ'ଣ ହେଉଥିଲା କେଜାଣି! ସେଦିନ ମତେ ପାଖକୁ ଡାକି କହିଲା- "ମୋ ଧନଟା ପରା, ଭାଗବତ ଟିକେ ପଢ଼ିଲୁ ଶୁଣିବି।"

ମୁଁ ମନଧ୍ୟାନ ଦେଇ ଆଗକୁ ପଛକୁ ଝୁଙ୍କିଝୁଙ୍କି ଭାଗବତରୁ କୃଷ୍ଣଜନ୍ମ ପ୍ରସଙ୍ଗ ବୋଲୁଥାଏ। ଆଈ ବାରମ୍ବାର ଦୁଇହାତ ଯୋଡ଼ି ମୁଣ୍ଡରେ ଲଗାଉଥାଏ। ଏଣେ ତା' ଆଖିରୁ ଧାରଧାର ଲୁହ ବୋହିଯାଉଥାଏ।

ମାମୁ କେତେବେଳେ ଆସି ସେ ଘରେ ଠିଆହୋଇ ଶୁଣୁଛନ୍ତି ମୁଁ ଜାଣିପାରି ନଥିଲି। ତାଙ୍କ ଉପରେ ମୋ ଆଖି ପଡ଼ିଯିବାରୁ ମୁଁ ଭାଗବତ ପଢ଼ା ବନ୍ଦ କରିଦେଲି। ମୁଁ କାହିଁକି ବନ୍ଦକଲି ବୋଲି ମାମୁ ପଚାରିଲେ। କିନ୍ତୁ ଆଈ ମତେ ଆଉ ନପଢ଼ିବା ପାଇଁ ଇସାରା କଲା।

ମୁଁ ବହି ବନ୍ଦକରି କାନ୍ଥକଡ଼କୁ ଘୁଞ୍ଚିବସିଲି। ମାମୁ ଆଈର ଗୋଡ଼ ପାଖରେ ବସି ତା' ଗୋଡ଼ ଆଉଁଶିବାକୁ ଲାଗିଲେ। ଆଈ ହଠାତ୍ ତାଙ୍କୁ କହିଲା, "ପୁଅ; ମୋର ଆଉ ଏ ସଂସାରରେ ରହିବାକୁ ମନଡାକୁନି।"

"ସତ କହୁଛୁ ବୋଉ ? ତେବେ ସଂସାରରୁ ମନକୁ ଦୂରେଇନେଇ ପତିତପାବନଙ୍କ ପଦାରବିନ୍ଦରେ ମନ ଲଗେଇ ରଖ। ମୁକ୍ତି ପାଇଯିବୁ।"

"ପୁଅ, ତତେ ଗୋଟେ କଥା କହିବାକୁ ଭାବୁଥିଲି।"

"କହ ବୋଉ ! ଯାହା ତୋ ମନରେ ଅଛି ଖୋଲିକରି କହିଦେ। କୋଉଥିରେ ଯଦି ଆଶା ରହିଯାଇଛି, ସଙ୍କୋଚ ନକରି ମତେ କହ।"

"ନା ପୁଅ, କୋଉ ଜିନିଷରେ ମୋର ଆଶା ନାହିଁ। ମୁଁ ଜାଣେ ତୁ ଗୋଟେ ସନ୍ନ୍ୟାନୀ,ମୋର ପୁଅ ହୋଇଆସିଛୁ। ତାହା ହିଁ ମୋର ସବୁଠାରୁ ବଡ଼ ଭାଗ୍ୟ। ତତେ ଗୋଟେ କଥା କହିବି ରଖିବୁ ?"

ମାମୁ ନୀରବରେ ଆଈ କଥା ଶୁଣିବାକୁ ଅପେକ୍ଷା କଲେ। ମୁଁ ଯେ ସେଠି କାନ୍ଥକଡ଼ରେ ବସିଛି ସେ ଦିଗରେ ମା ପୁଅ ଦୁହିଁଙ୍କର ଲକ୍ଷ୍ୟ ନଥିଲା।

ଆଈ ଧୀରେ ଧୀରେ କହୁଥାଏ, "ମୁଁ ଜାଣିଛି ପୁଅ, ତତେ ଗୋଟେ ବିଦ୍ୟା ଜଣାଅଛି। ଜଣଙ୍କର ମରଣ ଛ'ମାସ ଭିତରେ ହେବାର ଥିଲେ ତୁ ପରା ଜାଣିପାରୁ। ମତେ ଟିକେ କୁହନ୍ତୁନି ମୁଁ ଆଉ କେତେଦିନ ଭିତରେ ଯିବି।"

ମାମୁ ତା'କଥାକୁ ଏଡ଼େଇ ଦେବାକୁ ଯେତେ ଚେଷ୍ଟା କଲେ ଆଈ ସେତିକି ଜିଦ୍ କଲା। ସେ ଯେମିତି ହେଲେ ଜାଣିବ ତା'ର ମୃତ୍ୟୁ କେବେ ହେବ ! ସତେ ଯେମିତି ସେ ଯିବାପାଇଁ ପୂରା ପ୍ରସ୍ତୁତ ହୋଇସାରିଥିଲା। କେବଳ କେବେ ଯିବ ସେତିକି ଜାଣିବା ଥିଲା ତା'ର ବାକି। ଶେଷରେ ଅତ୍ୟନ୍ତ ବାଧବାଧକତାରେ ମାତୃଋଣ ଶୁଝିବା ପାଇଁ ବୋଧେ ମାମୁ ରାଜିହେଲେ।

ମାମୁ ଆଈକୁ କହିଲେ, "ତୁ କାଲି ସକାଳେ ସୂର୍ଯ୍ୟୋଦୟ ବେଳକୁ ଖଳାବାରିକୁ ଯାଇପାରିବୁ କି ?"

ଆଈ ସେହିକ୍ଷଣି ରାଜି ହୋଇଗଲା। ସେ ଯେ ଯିବାପାଇଁ ସମର୍ଥ ଅଛି ଦେଖେଇବାକୁ ବିଛଣାରେ ସିଧାହୋଇ ବସିପଡ଼ିଲା।

ମାମୁ ବାହାରିଗଲେ। ମୁଁ କିଛି ନ ଜାଣିବା ପରି ଏଣେ ତେଣେ ବୁଲିଲି। ମୁଁ ଜାଣେନି ସେଦିନ ରାତିରେ ଆଈ ଶୋଇପାରିଥିଲା କି ନାହିଁ କିନ୍ତୁ ମୋ ଆଖିରେ ନିଦ ନଥିଲା। ମୋର ଉତ୍କଣ୍ଠିତ ଅପେକ୍ଷା ଥିଲା ପରଦିନ ସୂର୍ଯ୍ୟୋଦୟ ବେଳାକୁ।

ପାହାନ୍ତା ପହରକୁ ମୋ ଆଖି ଟିକେ ଲାଗି ଯାଇଥିଲା। ଚାଉଁକିନା ନିଦଟା ଭାଙ୍ଗିଗଲା। ମୁଁ ଉଠିପଡ଼ି ଦୌଡ଼ିଲି ଆଈ ଶୋଉଥିବା ବଖରାକୁ। ସେ ସେଠି ନଥିଲା। ମୁଁ ଜାଣିଥିଲି ସେ କୁଆଡ଼େ ଯାଇଥିବ, ସେଇଦିଗରେ ଦଉଡ଼ିଲି। ସେ ପର୍ଯ୍ୟନ୍ତ କେହି ପିଲା ଉଠିନଥିଲେ। ଘରର ସ୍ତ୍ରୀଲୋକମାନେ ନିତ୍ୟକର୍ମ ସାରି ନଈରେ ଗାଧୋଇ ଆସିବାକୁ ହୁଏତ ବାହାରି ଯାଇଥିଲେ। ଆଈ ରହୁଥିବା ଖଞ୍ଜାର ଖଳାବାରିଆଡ଼େ କାହାରି ଆସିବା ଯିବାନଥିଲା। ମୁଁ ସନ୍ତର୍ପଣରେ ଯାଇ ଖଳାବାରି ପାଖରେ ଥିବା ଗୋଟେ ବୁଦା ଆଢୁଆଳରେ ଲୁଚି ବସିଲି।

ଖଳାବାରିର ମଝିଆମଝି ଆଈ ଓ ମାମୁ ଠିଆ ହୋଇଥାନ୍ତି। ଆଈ ତା' ପିନ୍ଧାଲୁଗାକୁ ଦେହରେ ଭିଡିଭାଡି ପିନ୍ଧିଥାଏ। ତଳକୁ ଝୁଲୁଥିବା ଲୁଗାର ଅଂଶକୁ କଛାମାରି ଦେଇଥିଲା। ତେଣୁ ତା'ର ଦୁଇଗୋଡ଼, ଦୁଇହାତ ଖୋଲା ରହିଥାଏ। ସିଧାହୋଇ ଠିଆହେବାର ବଳ ତା'ର ନଥିଲା। କିନ୍ତୁ ତା'ର ମନୋବଳ ଏତେ ଅଧିକ ଥିଲା ଯେ, ସେ ମାମୁଙ୍କ କଥା ଅନୁସାରେ ସେଇ ସମୟତକ ତା' ଅଣ୍ଟାର ଦୁଇକଡ଼େ ଦୁଇହାତ ଦେଇ ବାଡ଼ିପରି ଠିଆ ହୋଇଥିଲା।

ମୋର ଏଣେ ନିଃଶ୍ୱାସ ବନ୍ଦ ହୋଇଯିବା ପରି ଅବସ୍ଥା। ଖୋଲା ପାଟିଦେଇ କ'ଣ ଗୋଟେ ଉଡ଼ାପୋକ ପଶିଗଲା ତଣ୍ଟି ଭିତରକୁ। ଦେହଟା ଶିର୍ ଶିର୍ ହୋଇ ଭିତରୁ ପ୍ରଚଣ୍ଡ କାଶଟେ ଉଠିଆସୁଥିଲା। ମୁଁ ନାକ ପାଟିକୁ ପ୍ରାଣ ବିକଳରେ ମାଡ଼ିଧରି ବନ୍ଦକରି ରଖିଲି। ମୋର ସେଠି କାଶିଦେବା ଅର୍ଥ ସବୁକିଛି ଭଣ୍ଡୁର ହୋଇଯିବ। ବିଚାରି ଆଈ

ମଲାବିଛଣାରୁ କ'ଣ ଜାଣିବ ବୋଲି ଆସି ଏତେ ଦମ୍ଭରେ ଏଠି ଠିଆହୋଇଛି । ମାମୁଙ୍କର ଏକାଗ୍ରତାରେ ବି ବାଧା ଆସିଯିବ, ଯଦି ସେ ଜାଣିପାରିବେ ମୁଁ ସେଠି ଲୁଚିରହି ତାଙ୍କୁ ଲକ୍ଷ୍ୟ କରୁଛି ।

ମାମୁ ଆଖିବୁଜି ଆଈ ଆଗରେ ଠିଆହୋଇ ନିଜ ଡାହାଣ ହାତର ବିଶି ଆଙ୍ଗୁଠିରେ ଶୂନ୍ୟରେ ଅଙ୍କ କଷିବା ପରି କିଛି କରୁଥାନ୍ତି । ବୁଦା ଭିତରେ କ'ଣ ସବୁ ପୋକଜୋକ ମୋ ଦେହରେ ଚଢ଼ିଯାଉଥାନ୍ତି । ମୁଁ ତାଙ୍କୁ ନିଃଶବ୍ଦରେ ଛାଡ଼ିଦେଇ ଏକା ଲକ୍ଷ୍ୟରେ ଚାହିଁଥାଏ; ମାମୁ ଆଈକୁ କ'ଣ ଦେଖେଇବାକୁ ଯାଉଛନ୍ତି ।

ସୂର୍ଯ୍ୟ ପୂର୍ବ ଦିଗନ୍ତରେ ଉଠିଆସିଲେ । ଆଈ ସୂର୍ଯ୍ୟଙ୍କୁ ପଛକରି ଠିଆହୋଇଥାଏ । ତା' ଛାଇଟା ଲମ୍ବିଯାଇଥାଏ ଆଗକୁ । ଛାଇରେ ସ୍ପଷ୍ଟ ବାରିହୋଇପଡୁଥାଏ । ତା'ର ହାତ, ଗୋଡ଼, ଦେହ ଓ ମୁଣ୍ଡ ।

ମାମୁ ତା'ଠାରୁ କିଛି ଦୂରକୁ ଘୁଞ୍ଚିଗଲେ ଓ ଆଣ୍ଠୁମାଡ଼ି ବସି କ'ଣସବୁ ମନକୁ ମନ ପଢ଼ିବାକୁ ଲାଗିଲେ । ଗୋଟେ ଧାଡ଼ି ସେ ବାରମ୍ବାର ଉଚ୍ଚାରଣ କରୁଥିଲେ । ଯେଉଁଥିରୁ ଦୁଇଚାରିଟା ଶବ୍ଦ ମୋର ମନେ ରହିଯାଇଥିଲା । ଆକାଶକୁ ଅନାଇ ହାତରେ ଏକ ନିର୍ଦ୍ଦିଷ୍ଟ ମୁଦ୍ରାକରି ପ୍ରତି ପଦର ଆଗରେ ସେ ଉଚ୍ଚାରଣ କରୁଥିଲେ 'ମେଘସ୍ୟ ଉପରି ଯୋ ମେଘଃ, ସୂର୍ଯ୍ୟସ୍ୟ ଉପରି ଯୋ ସୂର୍ଯ୍ୟଃ ।'

ଏଇ ଦୁଇଟା ଶବ୍ଦ ମୁଁ ଜାଣିଥିଲି ବୋଲି ମନେ ରହିଗଲା । ଆଉସବୁ ଥିଲା ମୋ ପାଇଁ ସମ୍ପୂର୍ଣ୍ଣ ଦୁର୍ବୋଧ । ମାମୁଙ୍କ ଉପରୁ ଆଖି ଫେରେଇଆଣି ମୁଁ ଆଈକୁ ତା 'ଛାଇକୁ ଚାହିଁଲି । ଏ ଭିତରେ ତା' ଛାଇ ଆଉ ଛାଇ ହୋଇ ରହିନି ପୂରା ମଣିଷଟେ ପରି କେମିତି ଜୀବନ୍ତ ଦିଶୁଥିଲା । ଛାଇଟା ଆଈ ଦେହର ଅବିକଳ ଅନୁରୂପ ଥିଲା, କିନ୍ତୁ ଜଣାଯାଉଥିଲା ସେ ଯେମିତି ଭିନ୍ନ ଏକ ସ୍ୱତନ୍ତ୍ର ସତ୍ତା ! ଚାହିଁଲେ ସେ ଛାୟାରୂପଟି ଆଈଠାରୁ ଅଲଗା ହୋଇଯାଇପାରିବ ।

ମୁଁ ଆଶ୍ଚର୍ଯ୍ୟ ହୋଇ ଦେଖୁଥାଏ ସେ ଅଦ୍ଭୁତ ଛାଇକୁ । ମାମୁଙ୍କ ପାଟି ଶୁଣାଗଲା, 'ବୋଉ ତୋ ଛାଇକୁ ଚାହିଁ ରହ, ମୁଁ ଯାହା ପଚାରୁଛି ଉତ୍ତର ଦେ ।'

ଆଈ ହଁ କହି ଏକା ଲକ୍ଷ୍ୟରେ ତା'ଛାଇକୁ ଚାହିଁଥାଏ ।

ମାମୁ ପଚାରିଲେ- "ବୋଉ ଚାହିଁଦେଖ, ତୋ ଛାଇରେ ତୋ ଗୋଡ଼ ଦୁଇଟା ଦିଶୁଛି ତ ?"

-ହଁ ପୁଅ ଦିଶୁଚି ।

-ହାତ ଦି'ଟା ଦିଶୁଛି ତ ?

-ହଁ ପୁଅ ।

-ତୋ ଦେହଟି ପୂରା ଦିଶୁଛି ?

-ଦିଶୁଛି । କିନ୍ତୁ ପୁଅ ! !

-କ'ଣ ଦିଶୁନି ତତେ ?

-ଛାଇର ମୁଣ୍ଡ ତ ଦିଶୁନି ।

-ଭଲକରି ନିରେଖି ଚାହାଁ ।

-ନାଁ ପୁଅ ମୁଣ୍ଡ ନାହିଁ ଛାଇରେ, ମୁଁ ଦେଖିପାରୁଛି ।

ମୁଁ ବୁଦା ଉହାଡ଼ରୁ ଧୀରେ ବେକ କାଢ଼ି ଭଲକରି ଆଈର ଛାଇକୁ ଚାହିଁଲି । ଛାଇର ମୁଣ୍ଡ ତ ଅଛି । ଆଈକୁ କାହିଁକି ଦିଶୁନି ! ମୁଁ ବାରମ୍ବାର ଆଈକୁ ଓ ତା'ର ଛାଇକୁ ଚାହୁଁଥାଏ । ଛାଇର ମୁଣ୍ଡଟି ଆଈକୁ କାହିଁକି ଦିଶୁନାହିଁ ବୁଝିପାରୁ ନଥାଏ ।

ଦେଖିଲି ମାମୁ ଆଈ ପାଖକୁ ଆସି ତା' ଲୁଗାପଟା, ସଜାଡ଼ି ଦେଉଦେଉ କହିଲେ- "ବୋଉ ଏଥର ଚାଲ ଘରକୁ ଯିବା ।"

ଆଈ ହଠାତ୍ ଯେମିତି ତା'ର ପୂର୍ବ ଅବସ୍ଥାକୁ ଫେରିଆସିଲା । ତା' ଅଣ୍ଟା ନଇପଡ଼ିଲା, ସେ ଆଉ ଠିଆ ହୋଇପାରିଲାନି । ମାମୁ ତାକୁ ପ୍ରାୟ ଟେକି ଟେକି ନେଇ ତା' ଘରେ ବିଛଣାରେ ଶୁଆଇଲେ ।

ମୁଁ ବୁଦାରୁ ବାହାରି ତାଙ୍କ ପଛେ ପଛେ ଆସି ଆଈ ଘରର ଝରକା ପଛ ପାଖରେ କାନପାତି ଠିଆହେଲି । ଶୁଣିପାରିଲି ଆଈ ପଚାରୁଛି "କହିଲୁନି ତ ପୁଅ, କ'ଣ ଦେଖିଲୁ ମୋ କଥା ?"

ମାମୁ ତାଙ୍କର ସେଇ ଶାନ୍ତ ଧୀର ସ୍ୱରରେ କହିଲେ- "ବୋଉ, କାହାର ମୃତ୍ୟୁ ବିଷୟରେ ଜାଣିଲେ ବି ପ୍ରକାଶ କରିବା ଶାସ୍ତ୍ରରେ ମନା । ନିର୍ଭୀକ ମଣିଷଟିଏ ମୃତ୍ୟୁକୁ ଭୟ କରେନାହିଁ ବୋଲି ମନରେ ଯେତେ ସାହସ ରଖିଥିଲେ ବି ମୃତ୍ୟୁ ତା'ର ନିକଟେଇ ଆସିଲାଣି ବୋଲି ଜାଣିଲେ ଆତଙ୍କିତ ହୋଇପଡ଼େ । ବଞ୍ଚିବାର ନାନା ଉପାୟ ପାଞ୍ଚୁଥାଏ । ଜୀବନକୁ ଅହରହ ନିନ୍ଦୁଥିବା ମଣିଷ ବି ବିକଳ ହୋଇ ନିର୍ବାପିତ ହୋଇ ଯାଉଥିବା ଜୀବନକୁ ସାରୁ ପତ୍ରରେ ବାନ୍ଧି ରଖିବାକୁ ଚେଷ୍ଟା କରେ । ତେଣିକି ବଞ୍ଚି ରହିବାର ସମୟ କେବଳ ଆତଙ୍କରେ ଛଟପଟ ହୁଏ । ଅନାଗତ ନ ଜାଣିଲେ ଭଲ । ତୁ ଠାକୁରଙ୍କୁ ଡାକୁଥା ।"

ଆଈ ତା'ର କ୍ଷୀଣ କଣ୍ଠରେ ବି ଦୃଢ଼ତାର ସହ କହିଲା, "ପୁଅ ତୁ ଯାହା କହୁଛୁ ସବୁ ସତ । କିନ୍ତୁ ମୁଁ ଆରପାରି ପାଇଁ ପ୍ରସ୍ତୁତ ହୋଇସାରିଛି ବୋଲି ତତେ ଏତେବଡ଼ କଥାଟାଏ କରିବାକୁ କହିଲି । ମୁଁ କ'ଣ ଜାଣେନା ଯେ ତୁ କେବଳ ତୋ' ମା'ର ଶେଷ ଇଚ୍ଛା ପୂରଣ କରିବାକୁ ବାଧହୋଇ ମତେ ଛାଇ ରୂପରେ ମୋ କା'କୁ ଦର୍ଶନ କରେଇ ଦେଇଛୁ । ତୁ ଯାହା ଜାଣିଲୁ ମତେ ସତ କରି କହ ।"

ମାମୁ ଏଥର ସେମିତି ଧୀର ସ୍ୱରରେ କହିଲେ- "ବୋଉ ତୋର ଆଉ ଆୟୁଷ ନାହିଁ ବୋଲି ଜାଣ। ଯେକୌଣସି ମୁହୂର୍ତ୍ତରେ ଚାଲିଯିବୁ। ପତିତପାବନଙ୍କ ପାଖରେ ମନ ରଖ।"

ଆଈ ଶାନ୍ତିରେ ନିଃଶ୍ୱାସ ମାରିଲା। ଦୁଇହାତ ଯୋଡ଼ି ଉପରକୁ ଚାହିଁ ନମସ୍କାର କଲା। ମାମୁ ଚୁପ୍‌ଚାପ୍ ତା' ଘର ଭିତରୁ ବାହାରି ଚାଲିଗଲେ। ମୋର ଉପସ୍ଥିତି ସମ୍ପର୍କରେ କେହି ବି ସଚେତନ ନଥିଲେ।

କିନ୍ତୁ ସେଇଦିନ ମାମୁ ଯେତେବେଳେ ଠାକୁର ଘରେ ଧ୍ୟାନ କରିବାକୁ ପଶିଲେ ମୁଁ ବି ତାଙ୍କ ସହିତ ଯଥାରୀତ ଭିତରକୁ ପଶିଲି। ତାଙ୍କ ଧ୍ୟାନ କରିବା ସମୟତକ ମୁଁ ଧୈର୍ଯ୍ୟ ଧରି ଅପେକ୍ଷା କରୁଥାଏ। ମନଭିତରେ କଥାଟା ମତେ ଖୁବ୍ ଅସ୍ଥିର କରୁଥାଏ। ମାମୁଙ୍କୁ କଥାଟା ପଚାରି ବୁଝିବା ପାଇଁ ମୁଁ ଏକପ୍ରକାର ଛଟପଟ ହେଉଥାଏ। ମୁଁ ତାଙ୍କ ଅଜାଣତରେ ସବୁକଥା ଦେଖିଛି ଓ ଶୁଣିଥିବାରୁ ଗର୍ହିତ କିଛି କରିଛି ବୋଲି ଭାବୁନଥିଲି। ତେଣୁ ମାମୁ ତାଙ୍କର ନିତ୍ୟ ନୈମିତ୍ତିକ ଯୋଗକ୍ରିୟା ସାରି ଉଠିଲେ ଓ ମତେ ସେଠି ନିଶ୍ଚଳ ହୋଇ ବସିଥିବାର ଦେଖି ଟିକେ ହସିଦେଲେ। ମୁଁ ସାହସ ପାଇଗଲି। ମାମୁଙ୍କୁ ସିଧା ପଚାରିଲି, "ଛାଇର ମୁଣ୍ଡ ନଥିଲେ କ'ଣ ଲୋକଟା ମରିଯାଏ?"

ମାମୁ ମତେ ଆଶ୍ଚର୍ଯ୍ୟହୋଇ ଚାହିଁଲେ ଓ ସେହିକ୍ଷଣି ବୁଝିଗଲେ ଯେ ମୁଁ ସବୁକଥା କେମିତି ହେଉ ଜାଣିସାରିଛି। ସେ ହୁଏତ ଭାବିପାରି ନଥିଲେ ଯେ, ତାଙ୍କର ଏଇ ଭାଣିଜୀ ନାମକ ଛୋଟ ଜନ୍ତୁଟି ଖେଳକୁଦ ବୁଲାବୁଲି ଛାଡ଼ି ତାଙ୍କ ଅଜାଣତରେ ତାଙ୍କରି ପଛେ ପଛେ ବୁଲୁଛି। ସେ କିଛି ସମୟ ଚୁପ୍ ହୋଇ ବସିଲେ। ମୁଁ ଡରିଗଲି ଭାବିଲି ମାମୁ କାଳେ ରାଗିବେ।

କିନ୍ତୁ ସେ ମୋ ଉପରେ ଆଦୌ ବିରକ୍ତ ହେଲେ ନାହିଁ ବରଂ ମୁଣ୍ଡ ଆଉଁଶି ପରମ ଶ୍ରଦ୍ଧାରେ କହିଲେ, "ସେସବୁ କଥା ବୁଝିବାର ବୟସ ତୋର ହୋଇନାହିଁ। ବଡ଼ ହୋଇଯା, ସେତେବେଳେ ତୋର ଯଦି ଆଗ୍ରହ ହେବ ତତେ ମୁଁ ଛାୟାଦର୍ଶନ କିପରି କରିବାକୁ ହୁଏ ଶିଖେଇଦେବି। ଏବେ ସେ ବିଷୟରେ କିଛି ପଚାରିବୁନି। ଆଉ ଗୋଟେ କଥା ମନେରଖ ଯାହା ଦେଖିଛୁ ବା ଜାଣିଛୁ କାହାରିକୁ କହିବୁନି।"

ଶେଷ ପଦଟା ଗୁରୁ ଆଜ୍ଞା ପରି ମତେ ଶୁଣାଗଲା। ମୋ ପାଟିରେ ସତରେ ଯେମିତି ତାଲା ପଡ଼ିଗଲା।

ଲକ୍ଷ୍ୟକଲି ଆଈ ଆଉ ପୂର୍ବପରି ତା'ଝିଅ ବୋହୂ ନାତିନାତୁଣୀଙ୍କୁ ତା'ପାଖରେ ପୂରାଇବାକୁ ଚାହୁଁନି। ଯଦି କିଏ ଗୋଡ଼ ହାତ ଜିଦ୍ କରି ଆଉଁଶି ଦେଉଛନ୍ତି ତେବେ ସେମାନଙ୍କୁ କିଛି କଥାବାର୍ତ୍ତା କରିବାକୁ ମନା କରୁଛି। ସେ ଆଖିବୁଜି ପଡିରହୁଥିବାରୁ

ତା' ଅବସ୍ଥା ଭଲ ନୁହେଁ ଭାବି ମୋ ମା, ଆଉ ଆମେ ରହୁଥିବା କଟକ ସହରକୁ ଫେରିବାକୁ ଚାହିଁଲାନି। ମୋ ପାଠପଢ଼ା ପ୍ରତି ସିଏ କେବେ ଗୁରୁତ୍ୱ ଦେଉଥିଲା ଯେ, ମୋର ସ୍କୁଲ ମାରା ହେବା କଥା ସେ ଭାବିବ ! ମୋର ବି କୋଉ ଚିନ୍ତା ଥିଲା ! ସେଦିନର ଘଟଣା ପରଠାରୁ ମୋ ଭିତରେ ଅବଶେଷ ଥିବା ପିଲାଳିଆମି ପୂରି ଚାଲିଯାଇଥିଲା। ମୁଁ ହଠାତ୍ କେମିତି ବଡ଼ ହୋଇଯାଇଥିଲି।

ଆଈ ଉପରେ ମୋର ସତର୍କ ଦୃଷ୍ଟି ସବୁବେଳେ ରହୁଥିଲା। କିନ୍ତୁ ଆଈ ଆହୁରି ବେଶି ସନ୍ତର୍ପଣରେ ରାତି ଅଧରେ କେତେବେଳେ ଚାଲିଯାଇଛି ସକାଳେ ଜଣାଗଲା।

ତେଣିକି ଆରମ୍ଭ ହୋଇଗଲା ମହା କୋଳାହଳ ପର୍ବ। ବନ୍ଧୁବାନ୍ଧବ, ଝିଅଝିଆରୀ, ଜ୍ଞାତିକୁଟୁମ୍ବ, ଗାଁସାରା ଲୋକଙ୍କର ଯିବା ଆସିବାର ଘରେ ଆଉ କୋଉଠି ବସିବା ପାଇଁ ଟିକେ ଜାଗା ମିଳୁନଥିଲା। ମୋର ସବୁଠାରୁ ପ୍ରିୟ ସମୟ ବି ଆଉ ଆସିଲାନି। କାରଣ ମାମୁ ଆଈର କ୍ରିୟା ଧରିଥିଲେ, ତେଣୁ ସେ ଆଉ ପୂଜାଘରେ ପଶୁନଥିଲେ।

ଆଈର କ୍ରିୟାକର୍ମ ମାମୁ ଅତି ନିଷ୍ଠାପର ଭାବରେ ଶାନ୍ତ ମନରେ କରୁଥାନ୍ତି। ସେଦିନ ଥିଲା ଆଈ ମୃତ୍ୟୁର ତେରଦିନ। ସେଦିନଟା ମଲା ଘରକୁ କେହି ଆସନ୍ତି ନାହିଁ କି ଘର ଲୋକେ କେହି ବାହାରକୁ ଯାଆନ୍ତି ନାହିଁ। ବିଶେଷକରି ବିଗତ ତିନିଦିନ ହେଲାଣି ଘରେ ଚାଲିଥିବା ଖାଇବା ପିଇବା, ଯିବାଆସିବା, ହୋହଲ୍ଲା ନୀରବ ହୋଇଯାଇଥିଲା।

ଖରାଦିନ ଥାଏ। ମାମୁ ଅଗଣାରେ ଖଟ ପକାଇ ଶୋଇଥାନ୍ତି। ଆଉ କେଇଜଣ ବି ଦଉଡ଼ିଆ ଖଟିଆରେ ଏଠି ସେଠି ଶୋଇଥାନ୍ତି। ମୁଁ ମୋ ମା' ପାଖରେ ଘର ଭିତରେ ପଡ଼ିଥିବା ଖଟ ଉପରେ ଶୋଇଥାଏ। ତଳେ ଶୋଇଥାନ୍ତି ତାଙ୍କ କୁଟୁମ୍ବର ଦୁଇ ତିନିଜଣ ସ୍ତ୍ରୀଲୋକ।

ରାତି କେତେବେଳେ ହୋଇଥିଲା କେଜାଣି। ମୋ ଦିନ କେମିତି ଭାଙ୍ଗି ଯାଇଥିଲା କି ମୁଁ ଆଦୌ ଶୋଇନଥିଲି ମୋର ମନେ ପଡୁନଥିଲା। ମୁଁ ଶୁଣିପାରିଲି ମାମୁଙ୍କର ସ୍ୱର। ସେ କାହାକୁ କ'ଣ କହୁଛନ୍ତି ପ୍ରଥମେ ବୁଝିପାରି ନଥିଲି। କିନ୍ତୁ ଟିକେ କାନଡେରିବା ପରେ ମୁଁ ଜାଣିଗଲି କଥାଟା କ'ଣ।

ମାମୁ କହୁଥିଲେ "ବୋଉ, ତୋର କ'ଣ ଏ ଘରୁ ମାୟା ଛାଡ଼ିନି ? ତତେ ଛାୟାଦର୍ଶନ କେରଇ କହିଥିଲି ପରା ସବୁକଥା। ପତିତପାବନଙ୍କୁ ସବୁବେଳେ ସ୍ମରଣ କରୁଥିଲୁ ପୁଣି କାହିଁକି ମାୟାରେ ପଡିଗଲୁ ? ତୋର ସବୁ କ୍ରିୟାକର୍ମ ଭଲରେ କରିଛି ଏଥର ତୁ ଚାଲିଯା ?'

ତା'ପରେ କିଛି ଆଉ ଶୁଣାଗଲାନି। ଟିକିଏ ପରେ ପୁଣି ଶୁଣିପାରିଲି ମାମୁ କହୁଛନ୍ତି- "କୁଆଡ଼େ ଯିବୁ ବୁଝିପାରୁନୁ ? ସବୁ ଅନ୍ଧାର ଦିଶୁଛି ତତେ ? ମନ୍ତ୍ର ଭୁଲିଯାଇଛୁ ?

ହଉ ତେବେ ଧ୍ୟାନ ଦେଇ ଶୁଣ ତତେ ମନ୍ତ୍ର ସ୍ମରଣ କରେଇ ଦେଉଛି। ଜପ କର। ତୁ ଭୟ କରନା ଅନ୍ଧାର ଦେଖି। ମୁଁ ତୋ' ପାଇଁ ଏବେଠାରୁ ସେ ମନ୍ତ୍ର ଜପ କରିବି। ସେଇ ଜପ ବଳରେ ତୋ ରାସ୍ତା ଅନ୍ଧାର ଭିତରେ ଖୋଲିଯିବ.... ତୁ ଚାଲିଯିବୁ।"

ମୋ ଦେହ ଉପରେ କାହାର ଚାପରେ ମୁଁ ଚମକି ପଡ଼ିଲି। ମୋର ଏକାଗ୍ରତା ଭାଙ୍ଗିଗଲା। ଦେଖିଲି ମୋ ମା' ବୋଧେ ଏ ଭିତରେ କେତେବେଳେ ଉଠିପଡ଼ିଛି ଓ ମାମୁଙ୍କର କଥା ଶୁଣି ଭୟରେ ମତେ ଜାବୁଡ଼ି ଧରିଛି।

ଆମେ ତା' ପରଦିନ ଫେରିଆସିଲୁ। ଆଈ ଯିବା ପରେ ମୁଁ ଆଉ ଦୁଇଥର ମାତ୍ର ମାମୁ ଘରକୁ ଯାଇଛି। କାରଣ ମୋ ମା'ର ତା'ପରେ ଆଉ ତା'ଗାଆଁକୁ ଯିବାର ଆଗ୍ରହ କମିଗଲା। ସେଇ ଦୁଇଥର ଭିତରୁ ପ୍ରଥମଥର ମାମୁ କୁଆଡ଼େ ଅଜ୍ଞାତବାସରେ ଯାଇଥିଲେ। ସେ ଏମିତି ମଝିରେ ମଝିରେ କିଛିଦିନ ପାଇଁ କୁଆଡ଼େ ଯାଆନ୍ତି, ଘରେ କାହାକୁ ତାଙ୍କର ଠିକଣା ଜଣାନଥାଏ ବୋଲି ଶୁଣିଲି। ଦ୍ୱିତୀୟଥର ମୁଁ ବେଶ୍ ବଡ଼ ହୋଇଯାଇଥିଲି। ଗାଁ ଝିଅଙ୍କ ସାଙ୍ଗରେ ନଈକୂଳରେ ବୁଲିବାକୁ ମତେ ବେଶି ଭଲ ଲାଗିଥିଲା। ମାମୁଙ୍କ ସହ ଧ୍ୟାନରେ ଯୋଗଦେବାକୁ ମୋର କାହିଁକି ଆଉ ଆଗ୍ରହ ହେଲାନି।

ଆଈର ଅନୁପସ୍ଥିତି ମାମୁଘର ପ୍ରତି ଥିବା ଆକର୍ଷଣକୁ ଆମ ମନରୁ ଦୂରେଇ ଦେଇଥିଲା। ତା'ପରେ ମୁଁ ଆଉ ମାମୁଘର ଗାଁକୁ ଯାଇନି। ପାଠପଢ଼ା ନ ସରୁଣୁ ବାହାଘର, ତେଣିକି ଓଡ଼ିଶା ବାହାରେ କଟିଲା ମୋର ସମୟ। ଯେବେ ବି ଆସୁଥିଲି ସେଥିରେ ସମୟକରି ମାମୁ ଘରକୁ ଯିବାର ପ୍ରଶ୍ନ ଆଉ ଉଠିଲାନି।

ଏବେ ଆସି ଘରେ ପହଞ୍ଚି ଜାଣୁଛି ମାମୁ ଆଉ ନାହାନ୍ତି। ଆମ ସମସ୍ତଙ୍କର ଘରେ ପହଞ୍ଚିବାଜନିତ ଆନନ୍ଦ କୋଳାହଳ ଭିତରେ ଲକ୍ଷ୍ୟ କରିଥିଲି ମା'ର ମୁହଁଟି ଶୁଖିଲା ଓ କାନ୍ଦ କାନ୍ଦ ଦିଶୁଛି। କାରଣ ଅନୁମାନ କରିବା ମୋ ପାଇଁ କଷ୍ଟକର ନଥିଲା। ବଡ଼ମାମୁ ଥିଲେ ମୋ ମା'ଠାରୁ ବୟସରେ ସାନ। ତେଣୁ ସେ ଆଉ ଆଉ ତା'ର ସାନଭାଇ ଚାଲିଯାଇଥିବା କଥାଟିକୁ ସେ ବୋଧେ ସହଜରେ ଗ୍ରହଣ କରିପାରି ନଥିଲା। ଭାବିଲି କାମ ସରିବା ପରେ ତା' ସହିତ ବସି ଧୀରେ ସୁସ୍ଥେ ଟିକେ କଥା ହେବି। ତା' ମନଟା ହାଲ୍‌କା ହୋଇଯିବ।

ମୁଁ କଥା ହେବାପୂର୍ବରୁ ମାମୁଘରୁ ତା'ର କୁଟୁମ୍ବର ଭାଇଜଣେ କ'ଣ ସବୁ ଜିନିଷ ଧରି ଗାଁରୁ ଆସି ପହଞ୍ଚିଲେ। ସେ ଦୁହେଁ ବସି ମାମୁଙ୍କ ବିଷୟରେ କଥା ହେଉଥିବା ବେଳେ ସେ ଭାଇ ଜଣକ ମା'କୁ କହିଲେ, "ବୁଝିଲୁ ଅପା, ଭାଇ କୁଆଡ଼େ ଏଡ଼େ ଜ୍ଞାନୀ ଥିଲେ ଯାହାକୁ ଯାହା କହିଦେଉଥିଲେ ତା' ହେଉଥିଲା। ଏମିତି କି ଛାୟାଦର୍ଶନ ବିଦ୍ୟା ଜାଣିଥିଲେ ଯେ ମୃତ୍ୟୁ କେବେ ହେବ ଜାଣିପାରୁଥିଲେ। ଅଥଚ ନିଜ ମୃତ୍ୟୁ କଥା

ଜାଣିପାରିଲେନି କେମିତି ? ନିଜ ପିଲାମାନେ ସବୁ ବାହାରେ ଅଛନ୍ତି । ସ୍ତ୍ରୀ ବି ପାଖରେ ନାହିଁ, କାହାରିକୁ ଡାକିଲେନି ଦେଖିବାକୁ, ପଦଟିଏ ବି କାହାକୁ କିଛି କହିନାହାନ୍ତି ବସିବା ଜାଗାରେ ଟଳିପଡ଼ିଲେ ପରା ?"

ତାଙ୍କ ସ୍ୱରରେ ମାମୁଙ୍କର ଜ୍ଞାନ ବା ବିଦ୍ୟା ପ୍ରତି ଅବିଶ୍ୱାସ ବାରି ହୋଇପଡୁଥିଲା । ମା' ବି ତାହାହିଁ ଭାବୁଥିଲା ବୋଧେ ।

ଭାବିଲି କହିବି, ଛାୟାଦର୍ଶନ କିଛି ଯାଦୁବିଦ୍ୟା ନଥିଲା କି କାହାକୁ ଭେଳିକି ଦେଖାଇବା ଏ ବିଦ୍ୟାର ଉଦ୍ଦେଶ୍ୟ ନୁହେଁ । ମାମୁ ସେ ବିଦ୍ୟାଟି ଆୟତ୍ତ କରିଥିଲେ ମୃତ୍ୟୁକୁ ଭୟନକରି ସେପାରିକୁ ଯିବାପାଇଁ ପ୍ରସ୍ତୁତ ହେଉଥିବା ମଣିଷକୁ କିଛି ସାହାଯ୍ୟ କରିବା ପାଇଁ । ଯଦି ସେ ନିଜ ପାଇଁ ସେ ବିଦ୍ୟା ପ୍ରୟୋଗ କରି ନିଜର ଶେଷ ସମୟ ଜାଣିପାରିଥିବେ ତେବେ ଡାକି ବଜାଇ ନିଜର ମୃତ୍ୟୁ ଘୋଷଣା କରିଥାନ୍ତେ କାହିଁକି ? ବରଂ ନୀରବରେ ଅନନ୍ତ ପଥରେ ଯାତ୍ରାରମ୍ଭ ପାଇଁ ନିଜକୁ ପ୍ରସ୍ତୁତ କରିଥିବେ ।

ଆଶ୍ଚର୍ଯ୍ୟ ଧାରଣା ଆମ ମାନଙ୍କର, କହିବୋଲି ସମସ୍ତଙ୍କ ସାମ୍ନାରେ ଯୋଗାସନରେ ବସି ଦେହତ୍ୟାଗ କଲେ ହିଁ ଆମେ ତାଙ୍କୁ ଯୋଗୀ ବୋଲି ଭାବିବୁ ? ଯୋଗୀଟିଏର କ'ଣ ସାଧାରଣ ମଣିଷ ପରି ମରିବାଟା ଗ୍ରହଣଯୋଗ୍ୟ ନୁହେଁ ।

ସବୁଠି କିଛି ନାଟକବାଜି ରହିବା କ'ଣ ଦରକାର ? ମୃତ୍ୟୁରେ ବି... ?

■

ସାକ୍ଷୀ ଠାକୁରାଣୀ

ଢେଙ୍କାନାଳର ସରକାରୀ ମହିଳା କଲେଜକୁ ମୋର କଟକରୁ ବଦଳି ହୋଇଥାଏ। ମୁଁ ପ୍ରତ୍ୟହ କଟକରୁ ଯିବାଆସିବା କରୁଥାଏ। ସକାଳ ସାତଟାରେ ଘରୁ ବାହାରି କଲେଜ କାମସାରି ଘରକୁ ଫେରିବା ବେଳକୁ ପ୍ରାୟ ସନ୍ଧ୍ୟା ପାଞ୍ଚଟା ଛ'ଟା ବାଜି ଯାଉଥିଲା। ନିହାତି ଦରକାର ପଡ଼ିଲେ ସାଙ୍ଗ ଅଧ୍ୟାପିକାଙ୍କ ଘରେ ଦିନେ ଦୁଇଦିନ ମଝିରେ ମଝିରେ ରହିଯାଉଥିଲି। ଢେଙ୍କାନାଳରେ ପୂରା ଯାଇ ରହିବା ସମ୍ଭବ ନଥିଲା। ଝିଅର ବି.ଏ. ଫାଇନାଲ ବର୍ଷ, ପୁଅର ସ୍କୁଲରେ ଶେଷ ବର୍ଷ ଓ ଏଣେ ପ୍ରାୟ ଅଚଳ ଅବସ୍ଥାରେ ଥିବା ଶାଶୂ। ଆ'ଙ୍କର କଟକରେ ଚାକିରି ଥିବାରୁ ଓ ଘର ଥିବାରୁ ମୋ ବଦଳିରେ କାହାରି କିଛି ଅସୁବିଧା ହେଲାନାହିଁ। ସମସ୍ତେ ଠିକ୍ ଠାକ୍ ରହିଲେ। ଏକା ଯାହା ମୋର ଯିବାଆସିବାଜନିତ କଷ୍ଟ।

ସେଦିନ ମୁଁ ଢେଙ୍କାନାଳରୁ ଫେରିବା ପୂର୍ବରୁ ମୋ'ଠାରୁ ବହୁତ ସାନ ହେବ ଅଧ୍ୟାପିକା ମାଳତୀ ସାଙ୍ଗରେ କୁଞ୍ଜକାନ୍ତଙ୍କର ମନ୍ଦିରକୁ ଦର୍ଶନ ପାଇଁ ଯାଇଥାଏ। ମୋର ମନେପଡ଼ିଗଲା ପ୍ରାୟ ଚାଳିଶ ବର୍ଷ ତଳେ ଆମେ ସେହି ଅଞ୍ଚଳରେ ରହୁଥିଲୁ। ବାପା ସ୍ଥାନୀୟ ସରକାରୀ ସପ୍ଲାଇ ବିଭାଗରେ କାର୍ଯ୍ୟ କରୁଥାନ୍ତି। ମୁଁ ଓ ମୋର ଭାଇ ସେଠି ସ୍କୁଲରେ ପଢୁଥାଉ। ମୁଁ ତୃତୀୟ କି ଚତୁର୍ଥରେ ପଢୁଥାଏ। କିନ୍ତୁ ଘରଟା ଠିକ୍ କୋଉଠି ଥିଲା ମୋର ମନେ ପଡ଼ିଲା ନାହିଁ। ଚାରିଆଡ଼େ କୋଠାଘର ଭର୍ତ୍ତି। ଆମେ ଥିବାବେଳେ ମାତ୍ର ଦୁଇ ତିନୋଟି ଛୋଟ ଛୋଟ କୋଠାଘର ଥିଲା। ଆଉ ସବୁ ଥିଲା ଚାଳଘର। ଏତେବର୍ଷ ପରେ ସେଠି ଗଢ଼ି ଉଠିଥିବା ମାଳ ମାଳ କୋଠାଘର ଭିତରେ ଆମେ ଠିକ୍ କୋଉଠି ଥିଲୁ ଜାଣିବା ମୋ ପକ୍ଷରେ ସମ୍ଭବ ନଥିଲା। ତା'ଛଡ଼ା ଯାହାଙ୍କ ଘରେ ଭଡ଼ା ଥିଲୁ ସେ ଲୋକଙ୍କ ନାମ ବି ମୁଁ ଭୁଲି ଯାଇଥିଲି। ସେଇ ନାଁଟା କହିଥିଲେ ହୁଏତ କେହି ପୁରୁଣା ଲୋକ ଘରର ସନ୍ଧାନ ଦେଇ ପାରିଥାନ୍ତେ।

ମାଳତୀ ମୋ ଅବସ୍ଥା ଲକ୍ଷ୍ୟକରି କହିଲା, "ଅପା ଆପଣ ତ ସବୁ କଥା ଭୁଲି ଯାଇଛନ୍ତି। ଏବେ ଏତେବର୍ଷ ତଳର ସେ ଘର ହୁଏତ ଆଦୌ ନଥିବ। ତାକୁ ଭାଙ୍ଗି ତା' ଉପରେ ନୂଆଘର ତୋଳା ସରିବଣି। ମୋଟାମୋଟି ଧରି ନିଆଯାଉ ଆପଣ ଏଇଠି କୋଉଠି ଥିଲେ। ଚାଲନ୍ତୁ ଏଥର ଫେରିବା।"

ଆମେ ରିକ୍ସାରେ ବସି ଫେରିବା ବେଳେ ମୋର ଆଉ ଗୋଟେ କଥା ମନେପଡ଼ିଲା। ମୁଁ ତାକୁ ପଚାରିଲି "ମାଳତୀ ପୁରୁଣା ସରକାରୀ ସପ୍ଲାଇ ଅଫିସଟା କୋଉଠି ଥିଲା କହି ପାରିବୁକି ?" ସେ ମୁଣ୍ଡ ହଲାଇ ମନା କଲା। କିନ୍ତୁ ତା'ବାପା ପୁରୁଣା ଲୋକ ସେ ନିଶ୍ଚୟ ଜାଣିଥିବେ। ତେଣୁ ତାଙ୍କୁ ପଚାରି ସେ ମତେ ପରଦିନ କଲେଜରେ କହିବ ବୋଲି କହିଲା। ଫେରିବା ବାଟରେ ବସ୍‌ଷ୍ଟାଣ୍ଡ ପଡ଼ିଲା। ସେ ମତେ ସେଇଠି ଓହ୍ଲାଇ ଦେଇ ତା' ଘରକୁ ଚାଲିଗଲା।

ମୁଁ କଟକ ବସରେ ଉଠିଲି। ବସ ସବୁବେଳେ ଭିଡ଼। ତଥାପି ଡ୍ରାଇଭର, କଣ୍ଡକ୍ଟରମାନେ ମତେ କଲେଜରେ ପାଠ ପଢ଼ାଉଥିବାର ଜାଣିଥିବାରୁ ଯେକୌଣସି ପ୍ରକାରେ ସିଟ୍‌ଟିଏ କରିଦିଅନ୍ତି। ମୁଁ ବସିଯିବା ପରେ ବସ୍ ଛାଡ଼ିଲା। କୁଞ୍ଜକାନ୍ତଙ୍କର ମନ୍ଦିର ପାଖରୁ ଫେରିବା ପରଠାରୁ ମୁଁ ବାରମ୍ବାର ଅନ୍ୟମନସ୍କ ହୋଇଯାଉଥିଲି। କୋଉ ସୁଦୂର ଅତୀତର ହଜିଯାଇଥିବା ଘଟଣାଟିଏ ମନ ଭିତରକୁ ଉଠି ଆସୁଥାଏ। କେଇଟା ମୁହଁ ଝାପ୍‌ସା ଝାପ୍‌ସା ହୋଇ ଦେଖାଯାଉଥାଏ। ତା'ଭିତରୁ ଗୋଟିଏ ମୁହଁକୁ ମୁଁ ସ୍ପଷ୍ଟ ଭାବରେ ଚିହ୍ନି ପାରିଲି। ସେ ଥିଲା ବାପାଙ୍କର ଅଡର୍‌ଲି ସୁରଥର ମୁହଁ। ପାଖାପାଖି ଚାଳିଶ ବର୍ଷ ବୟସର ସାଧାରଣ ସ୍ୱାସ୍ଥ୍ୟ ଓ ଉଚ୍ଚତାର ଲୋକଟିଏ। ଗୋଟେ ଦଦରା ସାଇକେଲ୍ ଚଢ଼ି ଫାଇଲ ଘରକୁ ନେଇ ଆସେ ପୁଣି ନେଇଯାଏ। ବେଳେ ବେଳେ ଘରକାମ କିଛି ଥିଲେ କରିଦିଏ। ନିକଟ ହାଟରୁ ପରିବାପତ୍ର ଆଣିଦିଏ। ଖୁବ୍ ଚୁପ୍‌ଚାପ୍ ଲୋକଟିଏ ଥିଲା। ନ ପଚାରିଲେ କିଛି କହେ ନାହିଁ।

ମୋ ମା' ଦିନେ ପାଖ ପଡ଼ୋଶୀ କାହାଠାରୁ ସୁରଥର ସ୍ତ୍ରୀ ବିଷୟରେ କିଛି କଥା ଶୁଣି ବାପାଙ୍କୁ ପଚାରିଲା, "ଜାଣିଛ ତୁମର ଏଇ ଯେଉଁ ପିଅନ ସୁରଥ ଆସୁଛି ତା'ସ୍ତ୍ରୀ କୁଆଡ଼େ ଜଣେ ଠାକୁରାଣୀ।"

ବାପା ମା କଥା ଶୁଣି ଆଶ୍ଚର୍ଯ୍ୟ ହୋଇ ପଚାରିଲେ, "ତୁମକୁ ଏକଥା କିଏ କହିଲା ?"

-ଏଇ ତୁମ ଅଫିସର ଅଶୋକ ବାବୁଙ୍କ ସ୍ତ୍ରୀ କହୁଥିଲେ।

-ସେ କୋଉଠୁ ଏକଥା ଶୁଣିଲେ ?

-କୋଉଠୁ ଶୁଣିଲେ ମାନେ କ'ଣ ? ତୁମେ ଓ ଅଶୋକ ବାବୁ ଯେଉଁ ଅଫିସରେ

ଚାକିରି କରୁଛ ସୁରଥ ପରା ସେଇ ଅଫିସରେ ପିଅନ ଅଛି। ତା'ର ଯଦି ଏପରି କିଛି କଥା ଅଛି ଲୋକ ଜାଣିବେନି ? ତୁମକୁ ସିନା କାମ ଛଡ଼ା ଆଉ କିଛି ଶୁଣାଯାଏନି କି ଦେଖାଯାଏନି। ତୁମ ଛଡ଼ା ସେ ଅଫିସରେ ସମସ୍ତେ ଜାଣନ୍ତି ସୁରଥର ସ୍ତ୍ରୀ ଜଣେ ଠାକୁରାଣୀ।

ବାପା ଆଶ୍ଚର୍ଯ୍ୟ ହୋଇ ପଚାରିଲେ, "ଠାକୁରାଣୀ ମାନେ କ'ଣ ?"

ମା' କହିଲା "ଠାକୁରାଣୀମାନେ କ'ଣ ଜାଣିନ ?"

"ହଁ ଜାଣିଛି। କିନ୍ତୁ ସୁରଥର ସ୍ତ୍ରୀ ଗୋଟେ ସାଧାରଣ ସ୍ତ୍ରୀ ଲୋକ, ସେ କେମିତି ଠାକୁରାଣୀ ହେଲା ?" ବାପା ସେମିତି ନବୁଝିପାରି ପଚାରିଲେ।

ମା' କଥା ବୁଝାଇ କହିଲା, "ସାଧାରଣ ସ୍ତ୍ରୀ ଲୋକ ଭିତରେ ଠାକୁରାଣୀ ଯଦି ଆସି ଆବିର୍ଭୂତ ହୁଅନ୍ତି, ସେ ଆଉ ସାଧାରଣ ହୋଇ ରହେନାହିଁ, ଅସାଧାରଣ ହୋଇଯାଏ। ଆଗତ ଭବିଷ୍ୟ କହିପାରେ, ନାନା ଚମତ୍କାରୀ କଥା ଦେଖାଇପାରେ। ମୁଁ ଶୁଣିଲି ସୁରଥର ସ୍ତ୍ରୀକୁ ଲୋକେ କୁଆଡ଼େ ଧୂପ, ଦୀପରେ ଆଳତି କରନ୍ତି। ଭୋଗରାଗ ଦେଇ ପୂଜା କରନ୍ତି।"

ବାପା ଆଉ କିଛି କହିଲେ ନାହିଁ। କଥାଟା ତାଙ୍କୁ ବୋଧହୁଏ ସମ୍ପୂର୍ଣ୍ଣ ଅବିଶ୍ୱାସ୍ୟ ମନେହେଲା। ତେବେ ମା'ର ଆଗ୍ରହ ଲକ୍ଷ୍ୟକରି ସେକଥା ସେ ପରଦିନ ବୁଝିକରି କହିବେ ବୋଲି କହି ତାଙ୍କ କାମରେ ମନ ଦେଲେ। ସେମାନଙ୍କର ଯେତିକି କଥା ମୁଁ ଶୁଣିଥିଲି ସେଥିରେ ମୋ ଭିତରେ ପ୍ରଚଣ୍ଡ କୌତୂହଳ ସୃଷ୍ଟି ହୋଇ ସାରିଥାଏ। କଥାଟା ପ୍ରକୃତରେ କ'ଣ ଜାଣିବା ପାଇଁ ମୁଁ ବି ଉତ୍କଣ୍ଠିତ ହୋଇ ଅପେକ୍ଷା କରୁଥାଏ।

ଏ ଭିତରେ ବିତିଗଲା ଚାରି ପାଞ୍ଚ ଦିନ। ବାପା ସେ ପ୍ରସଙ୍ଗ ଆଉ ଉଠାଇଲେ ନାହିଁ। କଥାଟା ତାଙ୍କ ମନକୁ ଜମାରୁ ଯାଇ ନଥିଲା। କିନ୍ତୁ ସେଦିନ ବାପା ନଥିବାବେଳେ ସୁରଥ ଆସି ପହଞ୍ଚିଥିଲା। ହାଟରୁ କ'ଣ ପରିବାପତ୍ର ଆସିବ କି ବୋଲି ମା'କୁ ପଚାରୁଥିଲା। ମୁଁ ସେଠି ଠିଆ ହୋଇଥିଲି। ମୋର ସେ ଠାକୁରାଣୀ କଥା ମନେ ଥାଏ। ମୁଁ ତାକୁ ନୂଆ ଦେଖିବା ପରି ଦେଖୁଥାଏ ଓ ଏଣେ ଭାବୁଥାଏ ଏଇଟା ଏଡ଼େ ମରକୁଟିଆ ଦିଶୁଛି, କଥା କହିଲେ ଏ କାନରୁ ସେ କାନକୁ ଶୁଣାଯାଉନି ଆ' ସ୍ତ୍ରୀ କୁଆଡ଼େ ଠାକୁରାଣୀ !ଧୂତ୍। କିନ୍ତୁ ମା ବୋଧେ ସେମିତି ଭାବୁନଥିଲା। ସେ କଥାଟା ସତ ମିଛ ଜାଣିବା ପାଇଁ ପଚାରିଲା, "ସୁରଥ ଗୋଟେ କଥା ପଚାରିବି କହିବ ?"

-ହଁ ମା' ପଚାରନ୍ତୁ। ସୁରଥର ସେମିତି ତଳମୁହାଁ ଉତ୍ତର।

-ମୁଁ ଶୁଣିଲି ତୁମ ସ୍ତ୍ରୀ କୁଆଡ଼େ ଜଣେ ଠାକୁରାଣୀ ?

-ସବୁବେଳେ ନୁହଁ ମା'। କେବଳ ଗୁରୁବାର ଓ ଶନିବାର ଦିନ ସକାଳ ବେଳା ପୂଜା ସମୟରେ ସେ ଠାକୁରାଣୀ ପାଲଟିଯାଏ। ନହେଲେ ଅନ୍ୟବେଳେ ସେ ତା'ର

ଯଥାରୀତି କାମ କରେ। ରୋଷେଇ ବାସ, ପିଲାଙ୍କ କଥା ବୁଝିବା, ଗାଈ ଗୁହାଳର କାମ ସବୁ କରେ।

ସୁରଥର ସହଜ ଉତ୍ତରରେ ମା' ବିସ୍ମିତ ହୋଇ ପଚାରିଲା "ତେବେ ଠାକୁରାଣୀ ପାଲଟିଗଲେ ହୁଏ କ'ଣ ?

"ବଡ଼ ବିଚିତ୍ର କଥାମାନ ହୁଏ। ଶୂନ୍ୟକୁ ହାତ ବଢ଼ାଇ ସେ ଯାହା ମାଗେ ତା'ହାତକୁ ଚାଲିଆସେ। କାହାର କ'ଣ ରୋଗ ବାଧିକା ହୋଇଥିଲେ ଅଉଷଧି ବତେଇ ଦିଏ। ଅଉଷଧି ଆଉ କ'ଣ! ଏମିତି ଆଖ ପାଖରେ ଥିବା ସାଧାରଣ ଆମ୍ବ, ପିଜୁଳି ଗଛର ପତ୍ରଟେ ଖାଇବାକୁ କହିଦିଏ। ରୋଗ ଭଲ ହୋଇଯାଏ। କାହାର କ'ଣ ଅସୁବିଧା ହୋଇଥିଲେ, ପ୍ରତିକାର କହିଦିଏ। ସେଇ ସମୟରେ ଲୋକର ମୁହଁ ଦେଖି ତା'ର ସବୁ ସୁବିଧା ଅସୁବିଧା କଥା କହିଦିଏ। ଲୋକର ଆଗତ ଭବିଷ୍ୟ ବି ତାକୁ ଜଣା ପଡ଼ିଯାଏ। କିନ୍ତୁ ମା' ସେଇତକ ସମୟ ଚାଲିଗଲେ ସେ ପୁଣି ସାଧାରଣ ପାଲଟିଯାଏ। ତା'ର ଠାକୁରାଣୀ ହେବାର ସମୟ କଥା କିଛି ମନେ ନଥାଏ।'

ମା' ସୁରଥର କଥା ଶୁଣି ଆହୁରି କୌତୂହଳୀ ହୋଇଉଠି କହିଲା, "ଆଚ୍ଛା ସୁରଥ, ତୁମ ସ୍ତ୍ରୀର ଏପରି ହେବା କେବେଠାରୁ ଆରମ୍ଭ ହୋଇଛି ? ତୁମର ପରା ଚାରୋଟି ପିଲା ? ପିଲା ହେବା ପୂର୍ବରୁ ନାଁ ପରେ ତା'ର ଏମିତି ଲକ୍ଷଣ ପ୍ରକାଶ ପାଇଲା ?"

ସୁରଥ ସେମିତି ସହଜ ସ୍ୱରରେ ଉତ୍ତର ଦେଲା, "ହଁ ମା ଆମର ଚାରୋଟି ପିଲା ହେବାପରେ ପ୍ରାୟ ଚାରି ପାଞ୍ଚ ବର୍ଷ ତଳେ ଠାକୁରାଣୀ ତା' ଦିହକୁ ଆସିଲେ।"

"କ'ଣ ଠାକୁରାଣୀ ଏମିତି ହଠାତ୍ ଆସିଗଲେ ନା କିଛି ଘଟଣା ଘଟିଥିଲା ?" ମା' ଯେତିକି କୌତୂହଳୀ ହୋଇ ସୁରଥର ପ୍ରକୃତ ଘଟଣାଟା କ'ଣ ଜାଣିବାକୁ ଚାହୁଁଥିଲା, ମୁଁ ତା' ଠାରୁ ଢ଼େର ଅଧିକ ଉତ୍ସୁକ ହୋଇ ତା' କଥାକୁ କାନ ପାତିଥାଏ।

ସୁରଥ ଯାହା କହିଲା ସେଥିରୁ ମୋଟାମୋଟି କଥାଟା ହେଲା ଯେ ତା' ଘର ଢ଼େଙ୍କାନାଳ ସହରଠାରୁ ପୂର୍ବଦିଗରେ ପ୍ରାୟ ଆଠ ଦଶ ମାଇଲ ଦୂରରେ ଥିବା ସୁବଳପୁର ଗାଁ। ତା'ଘର ପ୍ରାୟ ଗାଁର ଶେଷଆଡ଼କୁ। ତା' ଘରର ପଛପଟ ବାରିଆଡ଼କୁ ଗୋଟେ ଛୋଟ ଗାଡ଼ିଆ ଅଛି। ସୁରଥର ସ୍ତ୍ରୀ ରାତି ନ ପାହୁଣୁ ଯାଇ ସେହି ଗାଡ଼ିଆରେ ଗାଧୁଆ ପାଧୁଆ କାମ ସାରି ଘରକୁ ଆସେ। ପିଲା ଦିନୁ ସେ ପୂଜା କରି ଆସିଥିବା ମା' ମଙ୍ଗଳାଙ୍କର ପୂଜା ଘଡ଼ିଏ ଯାଏ କରେ। ତା'ପରେ ଘରକାମ। ସେଦିନ ସେ ଗାଧୁଆ ସାରି ତୁଠ ପାହାଚ ଦେଇ ଉପରକୁ ଉଠୁଛି ତା'ଆଖି ପଡ଼ିଲା ଉପର ପାହାଚରେ କଠାଉ ପିନ୍ଧିଥିବା ଦୁଇଟି ପାଦ ଉପରେ। ସେ ଆଶ୍ଚର୍ଯ୍ୟହୋଇ ଚାହିଁ ଦେଖିଲା ପୂରା ଗୋଡ଼ରୁ ମୁଣ୍ଡ ଯାଏ ରକ୍ତବର୍ଣ୍ଣର ଆଲଖାଲାଟିଏ ପିନ୍ଧି ଜଣେ ସନ୍ନ୍ୟାସୀ ଠିଆ ହୋଇଛନ୍ତି। ମୁଣ୍ଡରୁ ଝୁଲୁଥିଲା

ଦୀର୍ଘ ଜଟା; କିନ୍ତୁ ମୁହଁରେ ନିଶ ଦାଢ଼ି ନଥିଲା। ଉଜ୍ଜ୍ୱଳ ତମ୍ବା ରଙ୍ଗର ଚିକ୍କଣ ରୂପ ମଥାରେ ସିନ୍ଦୂର କଲି।

ତାଙ୍କୁ ଦେଖି ସୁରଥର ସ୍ତ୍ରୀ କାହିଁକି କେଜାଣି ଆଦୌ ଭୟ ପାଇଲା ନାହିଁ। ତାଙ୍କୁ ସେଇ ପାହାଚ ତଳେ ମୁଣ୍ଡ ଲଗାଇ ପ୍ରଣାମ କରି ହାତଯୋଡ଼ି ନୀରବରେ ଠିଆହେଲା।

ସେ ସନ୍ନ୍ୟାସୀ ଜଣକ ତାକୁ ଆଶୀର୍ବାଦ କରି କହିଲେ, "ଝିଅ ତୋ'ର ଏବେ ସମୟ ଆସିଯାଇଛି। ତୋର କାୟା ଶୁଦ୍ଧ। ଏବେ ଠାକୁରାଣୀ ତୋ' ଭିତରେ ପ୍ରକଟ ହେବେ। ସେ ଶକ୍ତିକୁ ଜନକଲ୍ୟାଣ ପାଇଁ ବିନିଯୋଗ କରିବୁ। ନିଜ ସ୍ୱାର୍ଥ ପାଇଁ ବ୍ୟବହାର କଲେ ଶକ୍ତି ଚାଲିଯିବେ।" ତା'ପରେ ସେ କୁଆଡ଼େ ଉଭାନ୍ ହୋଇଗଲେ। କିନ୍ତୁ ଏବେ ବେଳେ ବେଳେ ସେ ବାବା ତାକୁ କୁଆଡ଼େ ସ୍ୱପ୍ନରେ ଦେଖା ଦିଅନ୍ତି, କିଛି କିଛି କଥା କୁହନ୍ତି। ସେ କଥା ଆଉ ସେ କାହାରିକୁ କୁହେନି।

ସୁରଥ ନିକଟରୁ ତା' ସ୍ତ୍ରୀ ଭିତରେ ଠାକୁରାଣୀ ଆସୁଥିବା କଥା ଶୁଣି ମା' ତାକୁ ଯାଇ ଦର୍ଶନ କରିବାକୁ ବାପାଙ୍କ ସାଙ୍ଗରେ ଲଗାଇଲା। ଅଶୋକ ମଉସାଙ୍କର ସ୍ତ୍ରୀ ମଧ୍ୟ ତା' ସାଙ୍ଗରେ ଯିବାକୁ ବାହାରିଥିବା କଥା କହିଲା। ବାପା ରାଜି ହେଲେନି। ଛୋଟ ସହରଟିରେ ସରକାରୀ ଅଫିସର ଭାବରେ ଜଣାଶୁଣା ଲୋକଙ୍କର ସ୍ତ୍ରୀ ଜଣେ ପିଅନ ଘରକୁ ଯାଇ ତା' ସ୍ତ୍ରୀକୁ ମୁଣ୍ଡିଆ ମାରିବା, ପୂଜା କରିବା କଥାଟାକୁ ବାପା ବା ଅଶୋକ ମଉସା କେହି ବୋଧେ ପସନ୍ଦ କଲେନାହିଁ।

ସେକଥା ସେତିକିରେ ରହିଲା। ମା' ବେଳେ ବେଳେ ସୁରଥକୁ ତା' ସ୍ତ୍ରୀ ବିଷୟରେ ପଚାରେ। କ'ଣ କେମିତି ସବୁ ଚାଲିଛି ଜାଣିବାକୁ ଚାହେଁ। ଦିନେ ସୁରଥ ଆସିଥାଏ କ'ଣ କାମରେ। ଖୁବ୍ କାନ୍ଦ କାନ୍ଦ ଜଣାପଡୁଥାଏ। ମା' ତାକୁ କ'ଣ ତା'ର ଅସୁବିଧା ହୋଇଛି କି ବୋଲି ପଚାରିଲା। ସୁରଥ ବଡ଼ କୁଣ୍ଠିତ ସ୍ୱରରେ କହିଲା ଯେ ତା' ଗାଁରେ ଥିବା ତା'ର ଭାଗ ଜମି ସବୁ ତା' ସାନଭାଇ ମାଡ଼ିବସିଛି। ତାକୁ ଆଉ ଗାଁରେ ପୂରାଇ ଦେଉନି। ଯାହା ଗଣ୍ଡେ ଚାଉଳ ଗାଁରୁ ସେ ପାଉଥିଲା, ସେଥିରେ ତା' ଦରମା ଗଣ୍ଡାକ ଅଣ୍ଟିବ ନାହିଁ। ପିଲାଙ୍କର ଅନ୍ୟାନ୍ୟ ଖର୍ଚ୍ଚ ତୁଲାଇବା ଆଉ ସମ୍ଭବ ହେବନି।

ମା' ତା'କଥା ଶୁଣୁ ଶୁଣୁ କହିଲା, "କାହିଁକି ତୁମ ସ୍ତ୍ରୀକୁ କହୁନ। ସେ ଚାହିଁଲେ ତୁମ ଭାଇକୁ ମୁହୂର୍ତ୍ତକରେ ସାବାଡ଼ କରିଦବ।"

ମା'ର କଥାଟା ଶୁଣୁ ଶୁଣୁ ସୁରଥ ହାତଯୋଡ଼ି ମୁଣ୍ଡରେ ମାରିଲା ଓ କହିଲା, "ନାଇଁ ମା, ପିଲା ପଛେ ଭୋକରେ ରୁହନ୍ତୁ, ଦୈବୀଶକ୍ତିକୁ ନିଜର କିଛି ସୁବିଧା ପାଇଁ ଲଗାଇବା ଠିକ୍ ହେବନି। ଶକ୍ତି ଚାଲିଯିବେ। ଆଉ କିଛି ନ ହେଉ ପଛେ, ଲୋକ ତ ଉପକାର ପାଉଛନ୍ତି।"

ସେମିତି କଥାଟେ କହି ଦେଇଥିବାରୁ ମା' ଟିକେ ସଂକୁଚିତ ହୋଇଗଲା। ଆଉ ସେ କଥା ଆମ ଘରେ ଚର୍ଚ୍ଚା ହେଉନଥିଲା। କିଛିଦିନ ପରେ ଦିନେ ବାପା ସନ୍ଧ୍ୟାରେ ମୁହଁ ଶୁଖାଇ ଘରକୁ ଫେରିଲେ। ଖୁବ୍ ଅନ୍ୟମନସ୍କ ଜଣା ପଡୁଥାନ୍ତି। ମା' ବୁଝିଲା ଅଫିସରେ କିଛି ଅସୁବିଧା ହୋଇଛି। କିନ୍ତୁ ଅଫିସ କଥା ବାପା ଘରେ କେବେହେଲେ କୁହନ୍ତି ନାହିଁ। ସେ ଜାଣିଥିଲେ ସେସବୁ ଅଫିସ କାମ କଥା ମା' କିଛି ବୁଝିପାରିବନି। ଆମେ ଭାଇଭଉଣୀ ଦୁହେଁ ତ ସାନ ପିଲା। କାହା ଆଗରେ ସିଏ ବା କ'ଣ କହିବେ !

ସେଥର କିନ୍ତୁ ବାପାଙ୍କ ଅବସ୍ଥା ଦେଖି ମା' କଥାଟା କ'ଣ ବୁଝିବା ପାଇଁ ବାରମ୍ବାର ପଚାରିଲା। ଶେଷରେ ବାପା କହିଲେ ଯେ ତାଙ୍କ ନାଁରେ କେହି ଜଣେ ବେନାମୀ ଚିଠି ତାଙ୍କ ଉପରିସ୍ଥଙ୍କ ପାଖକୁ ପଠାଇଛି। ସେଥିରେ ବାପାଙ୍କ ନାଁରେ ବହୁପ୍ରକାର ଅଭିଯୋଗ କରାଯାଇଛି। ସେ ସମୟ ଥିଲା ଭିନ୍ନ ପ୍ରକାର। ଗୋଟେ ବେନାମୀ ଚିଠି ଉପରେ ମଧ୍ୟ କଡ଼ାକଡ଼ି ଅନୁସନ୍ଧାନ କରାଯାଇ ସତ୍ୟାସତ୍ୟ ଜାଣିବାର ଚେଷ୍ଟା କରାଯାଉଥିଲା। ତେବେ ବାପାଙ୍କର ଉପରିସ୍ଥ ହାକିମ ବାପାଙ୍କୁ ଖୁବ୍ ଶ୍ରଦ୍ଧା ଓ ବିଶ୍ୱାସ କରୁଥିବାରୁ ତାଙ୍କୁ ଚିଠିଟି ଦେଖେଇଛନ୍ତି ଓ କିଏ ଏପରି କରିଥାଇପାରେ ବୋଲି ମଧ୍ୟ ପଚାରିଛନ୍ତି। କାରଣ ତାଙ୍କୁ ଯେମିତି ହେଲେ ଘଟଣା ସମ୍ପର୍କରେ ତଦନ୍ତ କରି ରିପୋର୍ଟଟିଏ ମୁଖ୍ୟଅଫିସକୁ ପଠାଇବାକୁ ପଡ଼ିବ। କିନ୍ତୁ ସେ ବେନାମୀ ଚିଠିର ବିଷୟ ସହିତ ବାପାଙ୍କର ସଂପୃକ୍ତି କଥା ତାଙ୍କୁ ଅସମ୍ଭବ ଲାଗୁଥିଲା। ସେ ଭାବୁଥିଲେ ଅଫିସର କେହି ବ୍ୟକ୍ତି ଈର୍ଷାରେ ଏପରି କରିଛି। କିନ୍ତୁ କିଏ ସେ ବ୍ୟକ୍ତି ହୋଇପାରେ ! ବାପାଙ୍କର ସେ ଅଜ୍ଞାତ ଶତ୍ରୁ ବିଷୟରେ କୌଣସି ଧାରଣା ନଥିଲା। ସେ କିଛି କହି ପାରିଲେନି।

ଅଫିସରେ ଚୁପ୍ ଚାପ୍ ହେବା ଆରମ୍ଭ ହୋଇଥାଏ। ବାପାଙ୍କୁ ବୁଝାଇବା ପାଇଁ ଅଶୋକ ମଉସା ବହୁତ ଚେଷ୍ଟା କରୁଥାନ୍ତି। ଗୋଟାଏ ବେନାମୀ ଚିଠିକୁ ଗୁରୁତ୍ୱ ନ ଦେବାକୁ ସେ ବାପାଙ୍କୁ ବାରମ୍ବାର କହୁଥାନ୍ତି। ବାପା ବି ଜାଣନ୍ତି ତଦନ୍ତ କରାଗଲେ ତାଙ୍କ ବିରୋଧରେ କରାଯାଇଥିବା ଅଭିଯୋଗ ଭିତ୍ତିହୀନ ଜଣାପଡ଼ିବ କିନ୍ତୁ ଖୁବ୍ ଅଳ୍ପ ଦିନ ଭିତରେ ତାଙ୍କର ହେବାକୁ ଥିବା ପ୍ରମୋଶନ ଅଟକି ଯିବ। ସେ ପୁଣି କେବେ ହେବ ତା'ର ଠିକଣା ରହିବନି। ବେନାମୀ ଚିଠିଟା ବି ତାଙ୍କର ଚାକିରୀ ଜୀବନରେ ଗୋଟେ କଳଙ୍କ ଲାଗିବା ପରି ଲାଗି ରହିବ।

ବାପାଙ୍କର ବିଷଣ୍ଣତା ଲାଗିରହିଲା। ସେ କେମିତି ଭିନ୍ନ ମଣିଷ ହୋଇଯାଇଥିଲେ। ମା' ତାଙ୍କର ଅବସ୍ଥା ଲକ୍ଷ୍ୟକରି ଦିନେ ହଠାତ୍ ପ୍ରସ୍ତାବ ଦେଲା ଯେ ବାପା ଥରେ ସୁରଥର ସେ ଠାକୁରାଣୀ ସ୍ତ୍ରୀ ପାଖକୁ ଯାଇ ନିଜର ବିପଦ କଥା କୁହନ୍ତୁ। କାଳେ ସେ କିଛି ବାଟ ଦେଖେଇ ପାରିବ।

ଏଥର ବାପା ତା' କଥା ଶୁଣି କିଛି ପ୍ରତିବାଦ କଲେନାହିଁ। ବରଂ ସୁରଥକୁ ଡାକି ତା' ଘରକୁ ଯିବା କଥା କହିଲେ। ସେ କୃତକୃତ୍ୟ ହୋଇଗଲା। ପରଦିନ ଥାଏ ଶନିବାର। ସକାଳ ସାତଟାରୁ ନଅଟା ଭିତରେ ତା'ଘରକୁ ବାପାଙ୍କୁ ଯିବା କଥା କହି ସେ ଚାଲିଗଲା।

ପରଦିନ ସକାଳୁ ବାପା ଶୀଘ୍ର କାମ ସାରି ତାଙ୍କର ସେଇ ପୁରୁଣା ମଡେଲ 'ମେଡ୍ ଇନ୍ ଇଂଲଣ୍ଡ' ସାଇକଲ ଖଣ୍ଡକ ଧରି ବାହାରିବା ବେଳକୁ ମୁଁ ବି ତାଙ୍କ ସାଙ୍ଗରେ ଯିବାକୁ ବାହାରିଲି। ମୁଁ ସୁରଥର ସ୍ତ୍ରୀ ବିଷୟରେ ଯାହା ଶୁଣିଥିଲି ତା' ମୋ ମନରେ ନାନା ଭାବାନ୍ତର ସୃଷ୍ଟି କରୁଥିଲା। ଛବିରେ ଦେଖିଥିବା ଠାକୁରାଣୀଙ୍କୁ ସତକୁ ସତ ଦେଖିବାର ସୁଯୋଗ ମୁଁ ଛାଡ଼ିବାକୁ ପ୍ରସ୍ତୁତ ନଥିଲି। ମା' ମତେ ପଛରୁ ଟାଣିନେବାକୁ ଯେତେ ଚେଷ୍ଟା କରୁଥାଏ, ମୁଁ ବାପାଙ୍କର ସାଇକେଲ୍‌କୁ ସେତିକି ଜୋର୍ ଲଗାଇ ଜାବୁଡ଼ି ଧରିଥାଏ। ମା'ର ମାଡ଼ ଗାଳି କିଛି କାମ ଦେଲାନି। ଗୋଟେ ଭଲ କାମରେ ବାହାରିବା ବେଳକୁ ମୁଁ ବିଘ୍ନ ସୃଷ୍ଟି କରୁଥିବା ଅପରାଧରେ ବହୁତ ଭୟଙ୍କର ପରିଣତି ଭୋଗିବି ବୋଲି ମା' ଧମକାଉଥାଏ। କିନ୍ତୁ ସାଇକେଲର ପଛ ମଡ଼ଗାର୍ଡ ଦେହରୁ ମୋ ହାତ ଖସାଇବା ମା' ପକ୍ଷରେ ସମ୍ଭବ ହେଲାନି। ବାପା ମୋ ଜିଦ୍ ସହିତ ଅଭ୍ୟସ୍ତ ଥିଲେ। ଅଯଥା ବିଳମ୍ବ ନକରିବା ପାଇଁ ସେ ମତେ ସାଙ୍ଗରେ ନେବାକୁ ରାଜି ହୋଇଗଲେ।

ମୁଁ ସେହିକ୍ଷଣି ବିଜୁଳି ପରି ଉଠି ସାଇକେଲରେ ଆଗ ରଡ଼ ଉପରେ ବସିଗଲି। ବାପ ଝିଅ ଚାଲିଲୁ ସୁରଥ ଘରକୁ। ତା' ଘର ଦୁଆର ମୁହଁରେ ଆମେ ପହଞ୍ଚିବା ବେଳକୁ ବେଶ୍ ଲୋକଭିଡ଼ ହୋଇଥିଲା। ଆମକୁ ଦେଖି ସୁରଥ ତରତର ହୋଇ ବାପାଙ୍କୁ ଓ ମତେ ଭିଡ଼ରେ ବାଟ କଢ଼ାଇ ଘର ଭିତରକୁ ନେଇଗଲା।

ତା'ର ସେଇ ଛୋଟ ଚାଳଘର ଭିତରେ ଥିବା ପିଣ୍ଡା ଉପରେ ଗୋଟେ ଉଚ୍ଚା ପିଢ଼ା ଉପରେ ଶ୍ୟାମଳ ବର୍ଣ୍ଣର ସ୍ତ୍ରୀ ଲୋକଟିଏ ବାଳ ଖୋଲା କରି ନାଲି କସ୍ତାଟାଏ ପିନ୍ଧି ଆଖିବୁଜି ବସିଥିଲା। ତାକୁ ଦେଖି ମୋ ମନ ପୂରା ଖରାପ ହୋଇଗଲା। ମୁଁ ମନରେ ଯେଉଁ ଠାକୁରାଣୀଙ୍କ ରୂପ କଥା ଭାବୁଥିଲି ତା' ସହିତ ତା'ର କିଛି ସାମ୍ୟ ନଥିଲା। ମୋର ଆଶା ଥିଲା ଅପୂର୍ବ ସୁନ୍ଦରୀ ଦେବୀ ଜଣେ ଦେହରେ ନାନାପ୍ରକାରର ଅଳଙ୍କାର, ମୁଣ୍ଡରେ ରତ୍ନମୁକୁଟ ଓ ହାତରେ ନାନା ଅସ୍ତ୍ରଶସ୍ତ୍ର ଧରି ବିରାଟ ପଦ୍ମଫୁଲ ଉପରେ ନ ହେଲେ ହଳଦିଆ ଦେହରେ କଳା ପଟା ପଟା ଥିବା ମହାବଳ ବାଘ ଉପରେ ବସିଥିବେ। ମୁଁ ବେଶି ବାଘ କଥା ଭାବୁଥିଲି। ମତେ ଡର ଲାଗୁନଥିଲା। ଠାକୁରାଣୀଙ୍କ ପ୍ରଭାବରେ ବାଘ ତ ସୁଧାର ବିଲେଇ ପରି ଆଚରଣ କରୁଥିବ! ତେଣୁ ତାକୁ ଡରିବାର ବା କ'ଣ ଅଛି! ସ୍କୁଲରେ ଯାଇ ସାଙ୍ଗମାନଙ୍କୁ ବିନାସର୍କସ୍‌ରେ ବି ବାଘ ଦେଖିବା କଥା କହି ଚକିତ କରିଦେବାର ଯୋଜନା ମୋର ପାଣି ଫାଟି ଯାଇଥିଲା। ମୁଁ ମନମରା ହୋଇ ବାପାଙ୍କ

ଦେହରେ ଘଷିହୋଇ ଠିଆ ହୋଇଥାଏ । ଏମିତି ଗୋଟେ ସାଧାରଣ ସ୍ତ୍ରୀ ଲୋକକୁ ଦେଖିବା ପାଇଁ ଜିଦ୍ କରି ମା' ଠାରୁ ଖାଇଥିବା ମାଡ଼ଗାଳି କଥା ଭାବି ମୋର ବେଶି କଷ୍ଟ ହେଉଥାଏ ।

ସୁରଥ ବୁଝାଇଦେଲା ଠାକୁରାଣୀ ତା' ସ୍ତ୍ରୀ ଶରୀରରେ ପ୍ରକଟ ହୋଇ ସାରିଛନ୍ତି । କିନ୍ତୁ ସେ ତାଙ୍କ ମନକୁ ଆଖି ନ ଖୋଲିବା ଯାଏ କିଛି ପଚାରି ହେବନି । ସେଠି ବସିବାର କୌଣସି ବ୍ୟବସ୍ଥା ନଥିଲା । ଆମେ ସେମିତି ଠିଆ ହୋଇଥାଉ । ସୁରଥ, ବାପା ଆସିଛନ୍ତି ବୋଲି ଅନ୍ୟମାନଙ୍କୁ ବାହାରେ ଅଟକାଇ ରଖିଥାଏ । ଝୁଣାଧୂପର ଧୂଆଁ ସେଇ ସଂକୀର୍ଣ୍ଣ ପରିବେଶକୁ କେମିତି ଗୋଟେ ଧୂଆଁଳିଆ କରିଦେଇଥାଏ । ପିଣ୍ଡା ତଳେ ଜଳୁଥିବା ଦୀପର ତେଜ ମଧ୍ୟ ଜଣା ପଡୁନଥାଏ । ମୁଁ ମଝିରେ ମଝିରେ ବାପାଙ୍କ ହାତକୁ ଟିକେ ଟିକେ ଟାଣି ଦେଉଥାଏ । ମୋର ଉଦ୍ଦେଶ୍ୟ ଥିଲା ଯେତେ ଶୀଘ୍ର ସେଠୁ ଖସି ଆସିବା । ବାପା କିନ୍ତୁ ସେମିତି ଚୁପ୍ ହୋଇ ଛିଡ଼ା ହୋଇଥାନ୍ତି ।

ହଠାତ୍ ସେ ସ୍ତ୍ରୀ ଲୋକ ଆଖି ଖୋଲି ଚାହିଁଲା । ସୁରଥ ସେହିକ୍ଷଣି ତା' ପାଖକୁ ଲାଗିଯାଇ ହାତଯୋଡ଼ି କହିଲା "ମା ଇଏ ହେଉଛନ୍ତି ମୋ ଅଫିସର ବଡ଼ ବାବୁ ବୀରେନ୍ଦ୍ର ମହାପାତ୍ର । ତାଙ୍କର କ'ଣ ସବୁ ଅସୁବିଧା ହୋଇଛି । ମା' ତାଙ୍କୁ ଦୟାକର ମା ।" ସୁରଥ ସେଇଠି ଆଣ୍ଠୁମାଡ଼ି ବସିପଡ଼ିଲା ।

ସେ ସ୍ତ୍ରୀ ଲୋକଟି ଏଥର ବାପାଙ୍କୁ ଚାହିଁଲା । ବାପା ଖାଲି ନମସ୍କାର କଲେ । ମୁଁ ସେମିତି ନିସ୍ପୃହ ହୋଇ ତାକୁ ଚାହିଁଥାଏ । ସେ ଏଥର ଟିକେ ହସିଦେଇ କହିଲା, "ବୁଝିଲି ତୋର କ'ଣ ଅସୁବିଧା ହୋଇଛି । ତୋର ଆରାଧ୍ୟା ଦେବୀ ଭଗବତୀ ମତେ ଆଗରୁ ତୋ ବିପଦ ବିଷୟରେ ସୂଚନା ଦେଇଥିଲେ । ତୋ ବିରୁଦ୍ଧରେ କରାଯାଇଥିବା ଷଡ଼ଯନ୍ତ୍ରର ମୁଁ ସାକ୍ଷୀ ଅଛି । ବ୍ୟସ୍ତ ହ'ନା, ବିଶ୍ୱାସ ରଖ । ତୋ ହାତକୁ ପ୍ରମାଣ ବଳେ ବଳେ ଆସିଯିବ ।"

ସୁରଥ ସେହିକ୍ଷଣି କାକୁତି ମିନତି ହୋଇ କହିଲା "ବାବୁ ଆମ ଘରକୁ ପ୍ରଥମଥର ଝିଅକୁ ନେଇ ଆସିଛନ୍ତି । ତାଙ୍କୁ କିଛି ପ୍ରସାଦ ଦିଅ ମା' ।"

ସେ ସ୍ତ୍ରୀ ଲୋକ ସେମିତି ହସୁ ହସୁ ଗୋଟିଏ ହାତ ଶୂନ୍ୟକୁ ବଢ଼ାଇଦେଲା । ସେହିକ୍ଷଣି ତା' ହାତକୁ କୋଉଠୁ ଆସିଗଲା ଗୋଟେ ବିରାଟ ଲଡୁ । ସେ ସେଇଟିକୁ ମୋ ହାତକୁ ବଢ଼ାଇ ଦେଇ କହିଲା, "ଝିଅ ନେ । ବହୁତ ଉଠାପକା ଜୀବନ ତୋର । ଅନେକ କଷ୍ଟ ଭୋଗ କରିବାକୁ ଅଛି । ହେଲେ ଭଗବତୀର କରୁଣା ବି ରହିଛି ତୋ' ଉପରେ । ଜୀବନରେ ହାରିଯିବୁନି । ଆଗକୁ ଯିବୁ ।"

ମୁଁ ସେହିକ୍ଷଣି ଦୁଇ ହାତ ବଢ଼ାଇ ଲଡୁଟି ନେଇଗଲି । ଏଇ ଆଚମ୍ବିତ ଘଟଣାରେ

ମୁଁ ଟିକେ କାବା ହୋଇଯାଇଥାଏ। ଏଣେ ସେଇ ଆକୃତିର ମହ ମହ ବାସୁଥିବା ଲଡୁ ପୂର୍ବରୁ ଦେଖି ନଥିବାରୁ ମତେ ଖୁସିରେ କେମିତି କେମିତି ଲାଗୁଥାଏ।

କିନ୍ତୁ ବାପା ହଠାତ୍ ମୁହଁ ଖୋଲି କହିଲେ, "ମା, ମୁଁ ମହାପ୍ରସାଦ ପାଇବାକୁ ଚାହୁଁଛି।"

ସେ ସ୍ତ୍ରୀଲୋକ ଜଣକ ଆଖି ବୁଜିଲା ମୁହୂର୍ତ୍ତକ ପାଇଁ, ପୁଣି ଆଖି ଖୋଲି କହିଲା, "କଳା ଠାକୁରଙ୍କର ସକାଳ ଧୂପ ଆଜି ଏପର୍ଯ୍ୟନ୍ତ ଉଠିନାହିଁ। ଆଜି ମନ୍ଦିର ଶୋଧ ହେଉଛି। ବହୁତ ବିଳମ୍ବ ହେବ।" ତା'ପରେ ସେ ଟିକେ ତୀକ୍ଷ୍ଣ ଦୃଷ୍ଟିରେ ବାପାଙ୍କୁ ଚାହିଁ କହିଲା, "ତୁ ମତେ ପରୀକ୍ଷା କରୁଥିଲୁ ମୁଁ ଜାଣେ। ଠାକୁରଙ୍କ ଉପରେ ସହଜ ବିଶ୍ୱାସ ରଖ, ସନ୍ଦେହ କରନା। ହଁ, ଆଉ ଗୋଟେ କଥା ମନେରଖ, ନିଜର ସାଧୁତା, ସଚ୍ଚୋଟତା ପାଇଁ ଏତେ ବେଶି ଅହଂକାର କରିବା ଠିକ୍ ନୁହେଁ। ସାଧୁତା ରକ୍ଷା କରିବା, ସତ୍ୟନିଷ୍ଠ ରହିବା ମଣିଷର ସାଧାରଣ ଧର୍ମ; ବଡ଼ କଥା ବା ମହାନ୍ କଥା କିଛି ନୁହେଁ। ଅଯଥା ଗର୍ବ କରିବା ଦ୍ୱାରା ଅନ୍ୟମନରେ ଈର୍ଷା ସୃଷ୍ଟି ହୁଏ। ଯା ଘରକୁ ଯା।"

ସେ ପୁଣି ଆଖି ବୁଜି ସ୍ଥିର ହୋଇଗଲେ। ବାପା ଏଥର କିନ୍ତୁ ତଳେ ମୁଣ୍ଡ ଲଗାଇ ପ୍ରଣାମ କଲେ। ମୋ ଦୁଇ ହାତ ଲଡୁକୁ ସମ୍ଭାଳି ଥିବାରୁ ମୁଁ ନମସ୍କାର ବି କରିପାରିଲିନି।

ଆମେ ବାହାରକୁ ବାହାରି ଆସିଲୁ। ସୁରଥ ଆମ ପଛେ ପଛେ ଆସିଲା। ସେ ସାଇକେଲ୍‌କୁ ଧରିଲା। ବାପା ମତେ ଟେକି କରି ସାଇକେଲ ରଡ଼ରେ ବସାଇଦେଲେ। ବାପା ହାଣ୍ଡଲ ଧରି ସାଇକେଲ୍ ସିଟ୍‌ରେ ବସିବାକୁ ଯାଉଛନ୍ତି ସୁରଥ କହିଲା "ବାବୁ ଆପଣଙ୍କୁ ଯାହା ମୋ ସ୍ତ୍ରୀ କହିଲା ବୋଲି ଭାବୁଛନ୍ତି, ତା' ଠାକୁରାଣୀ କହିଛନ୍ତି ବୋଲି ବିଶ୍ୱାସ ରଖିବେ।"

ବାପା କିଛି କହିଲେନି। ଚୁପ୍ ଚାପ୍ ସାଇକେଲ ଚଲାଇଲେ। ମୁଁ ଲଡୁର ସାଇଜ କମାଇବାକୁ ଅନ୍ତତଃ ଗୋଟେ ହାତରେ ସାଇକେଲର ଆଗ ରଡ଼କୁ ଧରିବା ପାଇଁ ଖୁବ୍ ଶୀଘ୍ର ଶୀଘ୍ର ଲଡୁ ଖାଇବାରେ ଲାଗିଗଲି। ସେମିତିଆ ସ୍ୱାଦିଷ୍ଟ ଲଡୁ ମୁଁ କେବେ ବି ଖାଇନଥିଲି। ଘରେ ପହଞ୍ଚିବା ବେଳକୁ ମୋ ହାତରେ ଲଡୁର କିଛି ଦାନା ମାତ୍ର ଥିଲା।

ଏ ଭିତରେ ବିତିଗଲା ପନ୍ଦର ଦିନ। ସୁରଥ ଘରୁ ଫେରିବା ପରେ ବାପାଙ୍କର ଆଶ୍ୱସ୍ତ ଦିଶୁଥିବା ମୁହଁ ପୁଣି ବିଷଣ୍ଣ ହେବାକୁ ଆରମ୍ଭ କରିଥିଲା। ସୁରଥ ଘରେ ତା' ସ୍ତ୍ରୀ ବନାମ ଠାକୁରାଣୀ କ'ଣ ତାଙ୍କୁ ଆଶ୍ୱାସନା ଦେଇଥିଲେ ସେ କଥା ଉପରେ ତାଙ୍କର ଆଉ ଗୁରୁତ୍ୱ ନଥାଏ। ବାପା ଏବେ ଅଫିସରୁ ଫେରି ଆଉ ବାହାରକୁ କୁଆଡ଼େ ଯାଉ ନ ଥିଲେ। ଭାଇଙ୍କ ପାଇଁ ଥିଲା ସେଇଟା ବଡ଼ ସୁଯୋଗ। ସାଇକେଲ ରଖି ବାପା ଘର ଭିତରକୁ ପଶୁ ପଶୁ ଭାଇ ସାଇକେଲ ନେଇ କୁଆଡ଼େ ଉଭାନ୍ ହୋଇଯାଉଥିଲେ। ସେଦିନ

ବାପା ପୁଣି ତର ତର ହୋଇ ଘରୁ କୁଆଡ଼େ ଯିବା ପାଇଁ ବାହରିବା ବେଳକୁ ସାଇକେଲ ନଥିଲା।

ବାପା କିଛି କହିଲେନି। ଚାଲି ଚାଲି କୁଆଡ଼େ ବାହାରିଗଲେ। ସେ ଫେରିବା ପୂର୍ବରୁ ସାଇକେଲ ନେଇ ଯାଇଥିବା ଡରରେ ଭାଇ ଶୋଇ ପଡ଼ିଥିଲେ। ମା' ମୁହଁ ଶୁଖାଇ ଚିନ୍ତାରେ ବସିଥାଏ। ମୁଁ ତା ସାଙ୍ଗରେ ବସି ବାପାଙ୍କର ଫେରିବାକୁ ଅପେକ୍ଷା କରିଥାଏ। ଆମର ହସ ଖୁସିର ପରିବାର ଉପରେ କେଇଦିନ ହେଲାଣି ଯେମିତି ଗୋଟେ ବିଷାଦର କଳା ପରଦା ଢାଙ୍କି ହୋଇ ରହିଛି।

ସେଦିନ ରାତିରେ ବାପା ଘରକୁ ଫେରିବା ବେଳକୁ ପୂରା ବଦଳି ଯାଇଥିଲେ। ତାଙ୍କ ମୁହଁରେ ପ୍ରସନ୍ନତା ବାରି ହୋଇ ପଡୁଥିଲା। ମା' କିଛି ପଚାରିବା ପୂର୍ବରୁ ବାପା ମା'କୁ ଉଦ୍ଦେଶ୍ୟ କରି କହିଲେ, "ବୁଝିଲ ବିନି ମା', ସୁରଥର ସ୍ତ୍ରୀ ସତରେ ଜଣେ ଠାକୁରାଣୀ।"

ମା' କ'ଣ ପଚାରିବ ପଚାରିବ ହେଉଥିଲା ବାପା ତାକୁ ଇଙ୍ଗିତରେ ମନା କଲେ। ରାତିରେ ଖାଇ ପିଇ ଆମେ ଶୋଇଲୁ। ପରଦିନ ଆମର ଦୈନନ୍ଦିନ ଜୀବନ ଯଥାରୀତି ଆରମ୍ଭ ହେଲା। ବାପା ତାଙ୍କର ଖାଇ ପିଇ ଅଫିସ ଗଲେ ଆମେ ଗଲୁ ସ୍କୁଲକୁ। ମୋ ମନ ସେଦିନ ପାଠ ପଢ଼ାରେ ଆଦୌ ଲାଗୁନଥାଏ। ବାପା କାହିଁକି ସୁରଥର ସ୍ତ୍ରୀକୁ ଠାକୁରାଣୀ ବୋଲି କହିଲେ ଜାଣିବାକୁ ମୋର ବଡ଼ କୌତୂହଳ ହେଉଥାଏ କ'ଣ ଆଉ ଘଟିଲାକି !

ବାପା ଅଫିସରୁ ଫେରିବା ବେଳକୁ ମା'ତ ତାଙ୍କ ବାଟ ଚାହିଁ ବସିଥିଲା, ମୁଁ ବି ସେଇ ଅପେକ୍ଷାରେ ରହିଥିଲି। ମୁଁ ସୁରଥର ଘରୁ ଫେରିବା ପରଠାରୁ ମା' ଆଗରେ ଠାକୁରାଣୀ ପ୍ରସଙ୍ଗକୁ ବଢ଼େଇ ଚଢ଼େଇ ଗପୁଥିଲି। ସତରେ ଘଟିଥିବା ଘଟଣା ସହିତ ମୁଁ ପୂର୍ବରୁ ଭାବିଥିବା ଘଟଣାକୁ ମିଶାଇ ଦେଉଥାଏ। ମା ଜାଣୁଥିଲା ମୁଁ କେତେ ସତ କେତେ ମିଛ କହୁଛି; କିନ୍ତୁ ମୁଁ ସେ ଘଟଣାର ପ୍ରତ୍ୟକ୍ଷଦର୍ଶୀ ଥିବାରୁ ସେ ମତେ କିଛି କହୁନଥିଲା। କାରଣ ମୋ ସହିତ ସତମିଛ ପରୀକ୍ଷା କରିବାର ମାନସିକତା ତା'ର ନଥିଲା। ସେ ବାପାଙ୍କ ଅପେକ୍ଷା ଅଧିକ ଦୁଃଖିତ ଥିବା ପରି ମୋର ମନେ ହେଉଥିଲା।

ବାପା ଘରକୁ ଫେରିଲେ। ଏଥର ଗୋଡ଼ ହାତ ଯାଇ ଧୋଇବା ପୂର୍ବରୁ ସେ ମା'କୁ ଡାକି କଥାଟି ବର୍ଣ୍ଣନା କଲେ। ଗତ ସନ୍ଧ୍ୟାରେ ସେ ଚାଲି ଚାଲି ଯାଉ ଯାଉ କେତେବେଳେ ତାଙ୍କ ଅଫିସ ପାଖାପାଖି ପହଞ୍ଚି ଯାଇଛନ୍ତି ଖିଆଲ କରିପାରି ନଥିଲେ। ହଠାତ୍ ସଚେତନ ହୋଇ ପୁଣି ସେଇଠାରୁ ଫେରିପଡ଼ି ଆସୁଛନ୍ତି ପାଖ କଣ୍ଟା ଝଙ୍କାର ବୁଦା ମୂଳରୁ ଖଣ୍ଡେ କାଗଜ ଉଡ଼ିଯାଇ ଆଗରେ ଖଣ୍ଡେ ଦୂରରେ ଥିବା ଆଉ ଗୋଟେ କଣ୍ଟା ବୁଦା ଦେହରେ ଲାଗିଗଲା। ବାପାଙ୍କ ଆଖିରେ କଥାଟା ପଡ଼ିଲେ ବି ସେ ସେଥିପ୍ରତି

ଦୃଷ୍ଟି ଦେଇନଥିଲେ । ତାଙ୍କ ବାଟରେ ସେ ଚାଲିବାକୁ ଲାଗିଲେ । କିନ୍ତୁ ସେ ଠିକ୍ ସେଇ ଆଗବୁଦା ପାଖରେ ପହଞ୍ଚିଛନ୍ତି କାଗଜ ଖଣ୍ଡକ ସେଠୁ ବାହାରି ପୁଣି ଉଡ଼ିଗଲା ଟିକେ ଦୂରକୁ । ଏଥର ଘଟଣାଟା କେମିତି ଛୁଇଁଗଲା ବାପାଙ୍କ ମନକୁ । ତାଙ୍କର ମନେ ହେଲା ପବନ ନଥିବାବେଳେ କାଗଜ ଖଣ୍ଡକ ଏପରି ଉଡ଼ିଯାଉଛି । ଯେମିତି ତାକୁ ଗୁଡ଼ି ଟାଣିବା ପରି କିଏ ଟାଣି ନେଉଛି । ସେ ଦଉଡ଼ିଯାଇ ସେ କାଗଜଟା କଣ୍ଟା ବୁଦା ଉପରୁ ଉଠାଇ ଆଣିଲେ । ସେଇଟା ଥିଲା ଖଣ୍ଡେ କାର୍ବନ ଫର୍ଦ୍ଦ । ସେ ତାକୁ ହାତରେ ଧରି କାହିଁକି କେଜାଣି ପୁଣି ତାଙ୍କ ଅଫିସକୁ ଫେରିଗଲେ ।

ଦରଓ୍ୱାନ ତାଙ୍କୁ ଦେଖି ଆଶ୍ଚର୍ଯ୍ୟ ହେଲା । ବାପା ତା'ଠାରୁ ଟର୍ଚ୍ଚଟା ନେଇ ସେଇ ଆଲୁଅରେ କାର୍ବନଟା ଭଲ କରି ଦେଖିଲେ । ନୂଆ କାର୍ବନ ଉପରେ ଥରଟିଏ ମାତ୍ର କିଛି ଟାଇପ୍ ହୋଇଛି । ସେ ଗୋଟେ ଦି'ଟା ଧାଡ଼ିରୁ ଅନୁମାନ କରିନେଲେ କ'ଣ ସେଥିରେ ଟାଇପ୍ ହୋଇଛି । ସେ ଦରଓ୍ୱାନକୁ ପଚାରିଲେ ପ୍ରାୟ ପଚିଶ ଛବିଶ ଦିନ ତଳେ କେହି ରାତିରେ ଅଫିସକୁ ଆସି କିଛି ଟାଇପ୍ କରିବା କଥା ତା'ର ମନେ ଅଛିକି ? ସେ ବେଶ୍ ମନେ ପକାଇ କହିଲା ଅଶୋକ ବାବୁ ଓ ତାଙ୍କ ଅଫିସର ଟାଇପିଷ୍ଟ ମଦନ ବାବୁ ଦୁହେଁ ଆସି ଜରୁରୀ କାମ ଅଛି କହି ଅଫିସର ଟାଇପ୍ ସେକ୍‌ସନର ରୁମ୍ ଖୋଲାଇ କ'ଣ ସବୁ କରୁଥିଲେ । ସେତିକିରେ ବାପା ଘଟଣାଟା ବୁଝି ଯାଇଥିଲେ । ସେ କଥା ସେ ସନ୍ଧ୍ୟାରେ ନ କହି ଆଜି ଦିନକୁ ଅପେକ୍ଷା କରୁଥିଲେ । ଅଫିସ ସମୟରେ ସେ ଯେତେବେଳେ କାର୍ବନଟି ନେଇ ତାଙ୍କ ଉପରସ୍ଥିଙ୍କୁ ଦେଖାଇଲେ, ସେ ତାଙ୍କ ପାଖରେ ଥିବା ଚିଠିଟି କାଢ଼ି ମିଳାଇ ଦେଖିଲେ ଯେ ତାଙ୍କ ଅଫିସରେ ଥିବା ରେମିଙ୍ଗ୍‌ଟନ ଟାଇପ୍ ମେସିନରେ ହିଁ ଚିଠିଟା ଟାଇପ୍ ହୋଇଛି । ସେ କଥାଟା ବୁଝିଗଲେ । ଟାଇପିଷ୍ଟ ମଦନଙ୍କୁ ଡାକି କଥାଟା ପଚାରୁ ପଚାରୁ ସେ ଅଶୋକ ବାବୁଙ୍କର ପ୍ରରୋଚନାରେ ସେ କାର୍ଯ୍ୟ କରିଛି ବୋଲି ମାନିଗଲା ।

ତା' ପରେ ବାପା ଆଉ ସବୁ କ'ଣ କହୁଥିଲେ ମା' ବଡ଼ ଧ୍ୟାନ ଦେଇ ଶୁଣୁଥିଲା ଓ ମଝିରେ ମଝିରେ ହାତ ଯୋଡ଼ି ମୁଣ୍ଡରେ ଲଗାଉଥିଲା । ବାପା ତା'ପରଠାରୁ ବେଶ୍ ଖୁସି ଜଣା ପଡୁଥିଲେ । ସକାଳେ ଗାଧୋଇ ସାରି ଭଗବତୀଙ୍କୁ ପୂଜା କରିବାର ସମୟ ତାଙ୍କର ବଢ଼ି ଯାଇଥିଲା ।

ମାତ୍ର ସାତ ଆଠ ଦିନ ଭିତରେ ଅଶୋକ ମଉସା ଘର ବଦଳାଇ ଆଉ କୁଆଡ଼େ ଗଲେ କି ଅନ୍ୟ କୋଉ ସହରକୁ ବଦଳି ହୋଇ ଚାଲିଯାଇଥିଲେ ଆମେ ଜାଣିବି ପାରିଲୁନି । ମା'ର ଅତି ପ୍ରିୟ ହୋଇଥିବା ତାଙ୍କ ସ୍ତ୍ରୀ ବନ୍ଦନା ମାଉସୀ ବି ମା'କୁ ପଦୁଟିଏ କିଛି କହିନଥିଲେ ।

ମୋର ଢ଼େଙ୍କାନାଳ ଆସିବା ଛ'ମାସ ହେଲାଣି। କେବେ ବି ସେ କଥା ମୋର ମନେ ପଡ଼ିନଥିଲା। ଆଜି କେମିତି କେଜାଣି ସେଦିନର ସମସ୍ତ ଘଟଣା କଥା ସହ ଦୃଶ୍ୟ ହୋଇ ଚଳଚ୍ଚିତ୍ରଟିଏ ପରି ଆଗକୁ ଚାଲିଆସିଲା। ମୋ ଭାବନାରେ ମୁଁ ହଜି ଯାଇଥିଲି। ବସ୍ ଆସି କେତେବେଳେ କଟକରେ ପହଞ୍ଚି ସାରିଥିଲା। ମୁଁ ମୋ ଘରେ ସେସବୁ କଥା କାହାକୁ କହିବାକୁ ଚାହିଁଲିନି। ବାପା ମା' ଥିଲେ ସେକଥା ସେମାନଙ୍କ ସହିତ ମନେ ପକାଇଥିଲେ ଭଲ ଲାଗିଥାନ୍ତା। କାରଣ ସେ ଘଟଣା ଆମ ଘରେ ବାପା ମା' ବଞ୍ଚିଥିବା ବେଳେ କେତେଥର ଯେ ଆଲୋଚନା ହୋଇଛି ତା'ର ଠିକଣା ନାହିଁ। ଏବେ ସେ ପ୍ରସଙ୍ଗ ନୂଆ ଲୋକଙ୍କୁ କହିଲେ ଠାକୁରାଣୀଙ୍କର ସତ୍ୟତା ନେଇ ଯେ ଗୁଡ଼ାଏ ଯୁକ୍ତି ହେବ, ସେକଥା ମତେ ଜଣାଥିଲା। ତେଣୁ ନିଜର ପ୍ରତ୍ୟକ୍ଷ ଅନୁଭୂତିକୁ ଅଯଥା ଯୁକ୍ତିଜାଲରେ ଛନ୍ଦିବାକୁ ଚାହିଁଲି ନାହିଁ।

ପରଦିନ ସକାଳେ ଢ଼େଙ୍କାନାଳରେ ପହଞ୍ଚିବା ମାତ୍ରେ ମତେ ଠାକୁରାଣୀ ଚିନ୍ତା ଆଚ୍ଛନ୍ନ କଲା। ମୁଁ ମାଳତୀକୁ କିଛି ପଚାରିବା ପୂର୍ବରୁ ସେ କହିଲା, "ବିନୀତା ଅପା, ଚାଳିଶ ବର୍ଷ ତଳେ ସେ ଅଫିସ କୋଉଠି ଥିଲା ବାପା ମତେ ତା'ର ଠିକଣା ଦେଇଛନ୍ତି।

ମୁଁ ତା'ଠାରୁ ଠିକଣା ନେଇ ସେଠି ପହଞ୍ଚିଲି। କିଛି ପଚରା ଉଚୁରା ପରେ ସୁରଥର ଠିକଣା ବି ମତେ ମିଳିଗଲା। ମୁଁ ଗୋଟେ ଅଟୋବାଲାକୁ ଡାକି ସେ ଜାଗାକୁ ଯିବା କଥା କହିବାରୁ ସେ ମତେ କହିଲା "ମା', କ'ଣ ଠାକୁରାଣୀ ଘରକୁ ଯିବେ ?" ମୁଁ ଜାଣିଲି ସୁରଥର ଘର ଠାକୁରାଣୀ ଘର ନାମରେ ପରିଚିତ ହୋଇସାରିଛି।

ପ୍ରାୟ ଅଧଘଣ୍ଟାଏ ଭିତରେ ମୁଁ ସେ ଜାଗାରେ ପହଞ୍ଚିଗଲି। ଦେଖିଲି ଛୋଟିଆ ମନ୍ଦିରଟିଏ ସେଠି ଗଢ଼ିଉଠିଛି। ମନ୍ଦିର ସାମନାରେ ଛୋଟ ଚାଳଘର ଦୋକାନ। ସେଠି ଦୀପ, ଧୂପ, ନଡ଼ିଆ, ଖଇଉଖୁଡ଼ା ପ୍ରଭୃତି ସବୁ ପ୍ରକାର ଭୋଗ ସାମଗ୍ରୀ ମିଳୁଛି। ଦୋକାନ ଭିତରେ ବେଶ୍ ବୟସ୍କ ଲୋକଟିଏ ବସି ବିକ୍ରୀବଟା କରୁଛି। ମୁଁ ତାକୁ ସୁରଥ କଥା ପଚାରିବାରୁ ସେ ଦୋକାନ ଭିତରୁ ବାହାରି ଆସି ମତେ ଆଶ୍ଚର୍ଯ୍ୟ ହୋଇ ଚାହିଁଲା। ମୁଁ ପୁଣି ଥରେ ତାକୁ ସୁରଥ କଥା ପଚାରିଲି। ଏଥର ସେ ଲୋକଟି କହିଲା, "ଆପଣ କ'ଣ ମୋ ବାପାଙ୍କୁ ଜାଣିଛନ୍ତି ? କେମିତି ଜାଣିଲେ ? ମୁଁ ତ ଏତେବର୍ଷ ଭିତରେ କେବେ ବି ଆପଣଙ୍କୁ ଦେଖିନାହିଁ ?"

ମୁଁ ପଚାରିଲି "ମତେ ଆଗ କୁହ ସୁରଥ ବଞ୍ଚିଛି କି ନାହିଁ ?"

-ହଁ ବଞ୍ଚିଛନ୍ତି।

-ଆଉ ତୁମ ବୋଉ ?

-ସେ ଆଜ୍ଞା ଦଶ ବର୍ଷ ହେଲା ଗଲେଣି।

ମୋ ଛାତି ଭିତରର ସ୍ପନ୍ଦନ ହଠାତ୍ ଖୁବ୍ ଦ୍ରୁତ ହୋଇଗଲା ବୋଲି ମୋର ମନେ

ହେଲା। କିନ୍ତୁ ଦୀର୍ଘ ଚାଳିଶ ବର୍ଷ ପରେ ସେ ଲୋକ ସବୁ ପୂର୍ବ ପରି ଥିବେ ବୋଲି ମୁଁ ବା କିପରି ଭାବୁଥିଲି ! ଅବଶ୍ୟ ସେପରି କିଛି ମୁଁ ଭାବିନଥିଲି ବରଂ ବାଲ୍ୟକାଳର ଏକ ଅଭୁଲା ସ୍ମୃତି ଦ୍ୱାରା ଚାଳିତ ହୋଇ ମୁଁ ଏଠି ଆସି ପହଞ୍ଚିଥିଲି। ସହଜରେ କିଛି ପ୍ରଶ୍ନର ଉତ୍ତର ମିଳିଯିବାର ଲୋଭ ଯେ ମୋ ଭିତରେ କାମ କରୁନଥିଲା ତା' ମଧ୍ୟ ନୁହେଁ।

ସେ ଲୋକଟି ମୋର ପରିଚୟ ଜାଣିବାକୁ ଚାହିଁଲା। ମୁଁ ଚୁମ୍ବକରେ ସୁରଥ ସହିତ ଆମର ସମ୍ପର୍କ କଥା ଓ ଏବେ ସ୍ଥାନୀୟ କଲେଜରେ ଅଧ୍ୟାପିକା ଥିବା କଥା କହିଲି। ସେ ଯେମିତି କୃତକୃତ୍ୟ ହୋଇଗଲେ। ମୁଁ ତା ଅବସ୍ଥାକୁ ବିଶେଷ ଦୃଷ୍ଟି ନଦେଇ ପଚାରିଲି "ତୁମ ବୋଉ ପରା ଠାକୁରାଣୀ ଥିଲେ, ସେ କେମିତି ଚାଲିଗଲେ ?" ଏତିକି ପଚାରିବା ପରେ ମୋ ମନ କିଛି ଅସାଧାରଣ, ଅଲୌକିକ କଥା ଶୁଣିବା ପାଇଁ ସତେ ଯେମିତି ଉତ୍ସୁକ ହୋଇପଡ଼ିଲା।

ସେ ଲୋକଟି କିନ୍ତୁ ଖୁବ୍ ସହଜ ଭାବରେ କହିଲା "ଆଜ୍ଞା, ସେ ତ ସବୁବେଳେ ମଙ୍ଗଳାଙ୍କର ପୂଜା କରୁଥିଲେ। ତାଙ୍କର ପୂଜା କରିବା, ମୌନ ରହିବା ଓ ଧ୍ୟାନରେ ବସିବା ସମୟ ଦିନକୁ ଦିନ ବଢୁଥିଲା। ବାପା ଜାଣ ଘର ବାହାର ସବୁ କଥା ବୁଝୁଥିଲେ। ଆମ ପିଲାମାନଙ୍କୁ ଯାହା ଯେମିତି ବଢ଼ାଉଥିଲେ। ବୋଉଙ୍କର ପୂଜା କାମ ଛଡ଼ା ଅନ୍ୟ କୋଉଥିକି ଦୃଷ୍ଟି ରହିଲାନି। ଗୁରୁବାର ଓ ଶନିବାର ଦୁଇଦିନ ଘରେ ଗହଳି ବଢୁଥିଲା। ଲୋକଙ୍କର କେତେ ରକମର ସମସ୍ୟା। କେତେ ଦୁଃଖ ନେଇ ସେମାନେ ବୋଉଙ୍କ ପାଖକୁ ଆସୁଥିଲେ। ବୋଉଙ୍କ ଭିତରେ ଠାକୁରାଣୀ ପ୍ରକଟ ହୋଇ ସେମାନଙ୍କୁ ସାହାଯ୍ୟ କରୁଥିଲେ। ସେଥିପାଇଁ ବାପା ତାଙ୍କର ଚାକିରି ଓ ଘରକାମ ସବୁ ଏକା ସମ୍ଭାଳୁଥିଲେ ବି ବୋଉଙ୍କୁ କିଛି କହୁନଥିଲେ। ବରଂ ସପ୍ତାହରେ ସେଇ ଦୁଇଦିନ ଦରକାର ପଡ଼ିଲେ କୋଉ ଲୋକ ପାଇଁ ସେ ଠାକୁରାଣୀଙ୍କ ପାଖରେ କାକୁତି ମିନତି ହେଉଥିଲେ। ଗାଁର ଜମିବାଡ଼ି ଦାଦା ସବୁ ମାଡ଼ି ବସିଲେ। ପିଅନ ଚାକିରିରେ ବା କେତେ ପଇସା ! ବାପା ବଡ଼ କଷ୍ଟ କରିଛନ୍ତି ଆଜ୍ଞା। କିନ୍ତୁ ଦିନେ ବୋଉ କହିଲେ ଯେ ତାଙ୍କ ଗୁରୁବାବା ତାଙ୍କୁ ଡାକୁଛନ୍ତି। ଏଠିକା କାମ ତାଙ୍କର ସରିଲା। ସେ ଏଥର ଚାଲିଯିବେ। ସତକୁ ସତ ସେଦିନ ଗାଧୋଇ ପାଧୋଇ ପୂଜା ସାରି ବୋଉ ଧ୍ୟାନରେ ବସିଥାନ୍ତି, ବହୁତ ସମୟ ଗଡ଼ିଯିବାରୁ ବାପା ଯାଇ ତାଙ୍କୁ ଡାକିଲେ। ନ ଶୁଣିବାରୁ ଟିକେ ହଲାଇଦେଲେ। ସେଇ ପଦ୍ମାସନରେ ଥାଇ ବୋଉ ଟଳିପଡ଼ିଲେ। ତା' ପରଠାରୁ ବାପା ଆମର ମୂକ ହୋଇ ଯାଇଛନ୍ତି। ବେଳେ ବେଳେ ଖାଲି ଗୋଟିଏ ଦୁଇଟି ପଦ ତାଙ୍କ ପାଟିରୁ ବାହାରେ 'ଠାକୁରାଣୀ ଚାଲିଗଲା ବା 'ମା' 'ମା'।

ସୁରଥର ପୁଅ ଆଖି ପୋଛୁଥିଲା। ମୁଁ ସୁରଥକୁ ଦେଖିବା କଥା କହିଲି। ସେ ଘର ଭିତରକୁ ମତେ ଡାକିନେଲା। ଅଗଣାରେ ପଡ଼ିଥିଲା ଗୋଟେ ଦଉଡ଼ିଆ ଖଟିଆ। ତା'

ଉପରେ ଗାମୁଛା ଖଣ୍ଡିଏ ପିନ୍ଧି ଶୋଇଥିଲା ବୁଢ଼ାଟିଏ । ମୁଣ୍ଡରେ ବାଳ ପୁରା ଝୋଟ ହୋଇଯାଇଥିଲା । କୋଉ ପିଲାଦିନେ ମୁଁ ସୁରଥ ନାମକ ଯେଉଁ ଲୋକଟିକୁ ଦେଖିଥିଲି ତା'ର ସେଇ ଅସ୍ପଷ୍ଟ ହୋଇସାରିଥିବା ଚେହେରାକୁ ବୟସ ଭାରରେ ପୂରା ନଇଁ ପଡ଼ିଥିବା ଶରୀର ଭିତରେ ବା କୋଉ ଚିହ୍ନିପାରିଥାନ୍ତି !

ମୁଁ ସୁରଥର ପୁଅକୁ ମୋ ବାପାଙ୍କ ନାଁ କହିବାକୁ କହିଲି । ମୋ ମନ ବୁଝିବା ପାଇଁ ବୋଧେ ତା' ପୁଅ ସୁରଥ କାନ ପାଖରେ ବାପାଙ୍କ ନାଁ ବଡ଼ ପାଟିରେ କହିଲା । ବାପାଙ୍କ ନାଁ ଶୁଣି ସୁରଥ ହାତ ଯୋଡ଼ିଲା । ମୋ ମନ କାହିଁକି କେଜାଣି ଟିକେ ମୋଟ ହୋଇଗଲା । ଏଥର ମୋ ପରିଚୟର ପାଳି । କିନ୍ତୁ ତା' ପୁଅ କହିଲା "ବାପା ଚେଇଁଥିବା ଯାଏ ଏମିତି ମଝିରେ ମଝିରେ ହାତ ଯୋଡ଼ି ମୁଣ୍ଡରେ ମାରନ୍ତି । ସେ ବହୁକାଳରୁ କିଛି ଶୁଣି ପାରୁନାହାନ୍ତି କି କାହାକୁ ଚିହ୍ନୁ ନାହାନ୍ତି ।" କେବଳ ମା' ମା' ଶବ୍ଦଟି ବେଳେ ବେଳେ ତାଙ୍କ ପାଟିରୁ ବାହାରୁଛି ।"

ମୋ ମୁହଁ ଫିକା ପଡ଼ିଗଲା । ମୁଁ ଏଥର ନୀରବରେ ସେଠୁ ଉଠିଆସିଲି । ଦୋକାନରୁ ଦୀପଟିଏ ନେଇ ଠାକୁରାଣୀଙ୍କ ପାଖରେ ଜଳାଇ ଦେଇ ମୁଣ୍ଡିଆଟିଏ ମାରିଲି । ଫେରିବା ବାଟରେ ଭାବୁଥିଲି ସୁରଥ ଏତେ ଦୁଃଖ, କଷ୍ଟ ଓ ଦାରିଦ୍ର୍ୟ ସତ୍ତ୍ୱେ, ଏପରିକି ବାହ୍ୟଜ୍ଞାନ ହରାଇଥିବା ସତ୍ତ୍ୱେ ଠାକୁରାଣୀଙ୍କ ଚେତନାରେ ସ୍ଥିର ରହିପାରିଛି । ଅଥଚ ମୁଁ ଏଠିକୁ ଆସିଥିଲି କାହିଁକି ? ସେ ସ୍ତ୍ରୀ ଲୋକଟି ସତକୁ ସତ ଠାକୁରାଣୀ ବୋଲି ମୋର ହୃଦ୍‌ବୋଧ ହୋଇଥିବା ସତ୍ତ୍ୱେ ମୁଁ ତ କିଛି ଅପାର୍ଥିବ ଅନୁଭବ ପାଇବା ପାଇଁ ଚାହୁଁନଥିଲି ! ଗୋଟିଏ ମଣିଷର ଶରୀରରେ ଠାକୁରାଣୀଙ୍କର ପ୍ରତ୍ୟକ୍ଷ ଉପସ୍ଥିତ ରହୁଥିବା କଥା ଜାଣିବା ପରେ ବି ମୁଁ ତ ତାଙ୍କୁ କେବଳ ଦର୍ଶନ କରି କୃତାର୍ଥ ହେବାକୁ ଆସିନଥିଲି ! ମୁଁ କ'ଣ ଚାହୁଁଥିଲି ? ମୋ ପୁଅ ଝିଅ ପରୀକ୍ଷାରେ କ'ଣ କରିବେ, ସ୍ୱାମୀଙ୍କର ପ୍ରମୋଶନ କେବେ ହେବ ଓ ସର୍ବୋପରି ମୋର ଏଠୁ କଟକ ବଦଳିହେବକି ନାହିଁ, ଏଇ କଥା ନା ?

ଛି, କେତେ ଛୋଟ କଥାର ଆକାଂକ୍ଷା ନେଇ ମୁଁ ଠାକୁରାଣୀଙ୍କ ପାଖକୁ ଖୋଜି ଖୋଜି ଆସିଥିଲି ! ପିଲାଦିନର ଅବୋଧ ବୟସରେ ହାତରେ ଲଡୁଟେ ପାଇ ମୁଁ ଯେପରି ଖୁସି ହୋଇ ଠାକୁରାଣୀଙ୍କ ମହିମା ବୁଝି ପାରିନଥିଲି ଆଜି ବି ଏ ଉତ୍ତୀର୍ଣ୍ଣ ବୟସରେ ସେମିତି କିଛି ତୁଚ୍ଛ ଜିନିଷ ପାଇଁ ଏଠାକୁ ଧାଇଁ ଆସିଥିଲି !

ଏକ ମହତ୍ତର ଅନୁଭବ ପାଇଁ ମୋର ଅସାମର୍ଥ୍ୟକୁ ମୁଁ ବୁଝି ପାରିଥିଲି । ମୋ ଅନ୍ତରର କୋଉ ଗଭୀର କୋଣରୁ ଉଠି ଆସୁଥିବା ବିକଳ କୋହ ଅଟୋର ଘଡ଼ ଘଡ଼ ଶବ୍ଦରେ ହଜି ଯାଉଥିଲା ।

■

ତୃତୀୟ ନାରୀ

ମୋର ଶାଢ଼ିର ରଙ୍ଗକୁ ଖାପ ଖୁଆଇ କାଚ କି ପଥର ମାଳି ପିନ୍ଧିବାରେ ମୋର ଖୁବ୍ ସଉକ ଥିଲା। ଯେବେ ଯୁଆଡ଼େ ଯାଏ ସେହିଥିରୁ କିଛି କିଣିଆଣେ। ଖୁବ୍ ଶସ୍ତା ମାଳିରୁ ଆରମ୍ଭ କରି ବେଶ୍ ଅଧିକ ଦାମର ବିଭିନ୍ନ ରଙ୍ଗର କାଚ ପଥର ମାଳି ମୁଁ ସଂଗ୍ରହ କରୁଥିଲି। ଏବେ କିଛି ବର୍ଷ ହେଲାଣି ଆଉ ସେ ସବୁ ପିନ୍ଧୁନି। ଗୋଟିଏ ବାକ୍ସରେ ସାଇତି ହୋଇ ସେଗୁଡ଼ିକ ରହିଛି।

ଏଇ କିଛିଦିନ ତଳେ ସେ ବାକ୍ସଟି ଖୋଲିଥିବି। କୋଉ ମାଳି କେଉଁଠୁ ଆଣିଥିଲି ମନେ ପଡ଼ିଯାଉଥିଲା। ତୁଚ୍ଛା କାଚ ପଥର ପାଇଁ ଅଯଥାରେ ପଇସା ନଷ୍ଟ କରୁଥିବାରୁ ବାପ ଘରଠାରୁ ନିଜ ଘରଯାଏ କେହି କିଛି କହିଲେ ମୁଁ ସବୁବେଳେ କହେ, ଦେଖ ମୁଁ ମଲାବେଳେ ଆଉ କିଛି ନେବିନି; ମୋର ଏ ମାଳି ଡବା ମୋ ସାଙ୍ଗରେ ଦେଇଦେବ। ସେଥିପାଇଁ କମ୍ ପରିହାସ ମତେ କରାଯାଉନଥିଲା, ସେ କଥା ମନେ ପଡ଼ି ହସ ମାଡୁଥିଲା ମତେ।

ଡବାର ଭିତରପଟକୁ କେତେଗୁଡ଼ିଏ ମାଳି ପରସ୍ପର ସହ ଛନ୍ଦି ହୋଇଯାଇଥିଲେ। ସେଗୁଡ଼ିକୁ ଅଲଗା କରି ରଖୁ ରଖୁ ଗୋଟିଏ ବିଚିତ୍ରବର୍ଣ୍ଣା ପଥର ମାଳି ଆଖିରେ ପଡ଼ିବା ମାତ୍ରେ ମୁଁ ରହିଗଲି। ମୁଁ ପ୍ରାୟ ଭୁଲିଯାଇଥିବା ମୋ ଜୀବନର ଏକ ଅଦ୍ଭୁତ ଘଟଣାର ସାକ୍ଷୀଟି ଯେପରି ମାଟିଗୋଡ଼ିର ଚାପ ତଳେ ଶୋଇପଡ଼ିଥିଲା।

ମୋର ମନେ ପଡ଼ିଗଲା ପ୍ରାୟ ଦଶ ବର୍ଷ ତଳେ ଗୋଟିଏ ଦଳ କଲେଜ ପିଲାଙ୍କର ଦାୟିତ୍ୱ ନେଇ ଗ୍ରୀଷ୍ମଛୁଟିରେ ଉତ୍ତର ଭାରତର କିଛି ଅଞ୍ଚଳ ବୁଲି ଦେଖିବା ପାଇଁ ମୁଁ ଓ ସୁଷମା ଯାଇଥିଲୁ। ସୁଷମା ମୋର ଅତି ପ୍ରିୟ ବାନ୍ଧବୀ। ଚାକିରି କାଳ ଭିତରେ କିଛି ବର୍ଷ ପାଇଁ ଆମ ଦୁହିଁଙ୍କର ରାଜଧାନୀର ଗୋଟିଏ କଲେଜରେ ପୋଷ୍ଟିଙ୍ଗ ହୋଇଥିଲା। ଅନେକ ବର୍ଷ ପରେ ଦୁହେଁ ସାଙ୍ଗ ହୋଇ ଭ୍ରମଣରେ ବାହାରିଥିବାରୁ ଖୁବ୍ ଖୁସି ଲାଗୁଥିଲା।

ସାଙ୍ଗରେ ପୁଅ ଝିଅ ମିଶି କୋଡ଼ିଏ ଜଣ ଥିଲେ। ଆମର ପ୍ରୋଗ୍ରାମ ଥିଲା ସିମଳାରେ ପ୍ରଥମେ ପହଞ୍ଚି କିଛିଦିନ ରହିବୁ, ତା'ପରେ ଫେରିଆସିବୁ ଦିଲ୍ଲୀ, ସେହିଠାରୁ ବାହାରି ହରିଦ୍ୱାର, ଋଷିକେଶ ଓ ମସୌରୀ ପ୍ରଭୃତି ଯିବୁ।

ସିମଳାରେ ଦଶଦିନ ଖୁବ୍ ଆନନ୍ଦରେ କଟିଗଲା। ଗ୍ରୀଷ୍ମର କୌଣସି ପ୍ରଭାବ ସେଠି ନଥିଲା। ତେଣୁ ଦିଲ୍ଲୀକୁ ଫେରିଆସିବା ସମୟରେ ଗରମ ଅସହ୍ୟ ବୋଧ ହେଉଥାଏ। ତଥାପି ବୁଲିଯାଇଛୁ ଯେତେବେଳେ ଗରମକୁ ଡରିଗଲେ ଚଳିବନି। ତେବେ ସୁବିଧାରେ ବିଭିନ୍ନ ସ୍ଥାନକୁ ଯିବା ଓ ସେଠୁ ନିଜ ଇଚ୍ଛାନୁସାରେ ବାହାରିବା ପାଇଁ ମାଟାଡୋରଟିଏ ଭଡ଼ା କରି ଚାଲିଲୁ।

ମସୌରୀ ଦେଇ ଫେରିବା ବାଟରେ ପଡ଼ିଲା କେମ୍ପଟି ଫଲ୍। ଏହି ଜଳପ୍ରପାତଟି ଟୁରିଷ୍ଟମାନଙ୍କ ପାଇଁ ଏକ ଆକର୍ଷଣୀୟ ସ୍ଥାନ। ଯେଉଁଠି ଗାଡ଼ି ରହିଲା ସେଠୁ ଚାଲିକରି କିଛିବାଟ ଯିବାପରେ ପ୍ରାୟ ତିନିଚାରିଶହ ଫୁଟ ତଳକୁ ଓହ୍ଲାଇ ଯିବାକୁ ହେବ ପ୍ରପାତର ଭୂମିସ୍ପର୍ଶ ସ୍ଥାନକୁ।

ଖରାରେ ଦିନ ଦିନ ଧରି ବୁଲିବାରେ ମୁଁ ଖୁବ୍ କ୍ଲାନ୍ତ ହୋଇଯାଇଥିଲି। ତେଣୁ ଏତେ କଷ୍ଟକରି ପାହାଡ଼ି ରାସ୍ତାରେ ମୁଁ ଓହ୍ଲାଇବାକୁ ଚାହୁଁନଥିଲି। କିନ୍ତୁ ପିଲାମାନଙ୍କର ପ୍ରବଳ ଆଗ୍ରହ। ଏତେ ବାଟ ଆସିଛନ୍ତି ଯେତେବେଳେ ପ୍ରପାତ ଯାଏ ନ ଯିବେ ବା କାହିଁକି !

ସୁଷମା ମୋ ଅବସ୍ଥା ବୁଝିସାରିଥିଲା। କିନ୍ତୁ ସେଥିପ୍ରତି ଆଦୌ ଗୁରୁତ୍ୱ ନଦେଇ କହିଲା, "ଦେଖ୍ ପିଲାମାନଙ୍କୁ ସାଙ୍ଗରେ ନେଇ ଆସିଛେ। ଝିଅମାନେ ଅଛନ୍ତି, ସେମାନଙ୍କୁ ଏକା ତଳକୁ ଯିବାକୁ ଦେଇ ହେବନି। ମୁଁ ଯଦି ସେମାନଙ୍କ ସାଙ୍ଗରେ ଯିବି ତୁ ଏଠି ଏକୁଟିଆ ଏ ଅପରିଚିତ ଜାଗାରେ ରହିବୁ ନା କ'ଣ ? ତା'ଛଡ଼ା ଜୀବନରେ ଆଉ ଥରେ ଏଠାକୁ ଆସିବା ପାଇଁ ସୁଯୋଗ ପାଇବୁ କି" ?

ମୁଁ କିଛି ଉତ୍ତର ଦେବା ପୂର୍ବରୁ ସେ ମତେ ଟାଣି ଟାଣି ତଳକୁ ଚାଲିବାକୁ ଆରମ୍ଭ କଲା। ପିଲାମାନେ ହସଖୁସିରେ ଆଗେ ଆଗେ ଚାଲିଥାନ୍ତି।

ପାହାଡ଼ କଟାହୋଇ ମୋଡ଼ି ମୋଡ଼ିକିଆ ରାସ୍ତା ହୋଇଛି। କୋଉଠି ଟିକେ ପ୍ରଶସ୍ତ ତ କୋଉଠି ବେଶ୍ ସଂକୀର୍ଣ୍ଣ। ରାସ୍ତା କଡ଼ରେ ଠାଏ ଠାଏ ଲୋକମାନେ ବିରାଟ ଅଜଗର ସାପକୁ ଧରି ଭିକ ମାଗୁଛନ୍ତି।

କିଛିବାଟ ଓହ୍ଲାଇ ଯିବାପରେ ହଠାତ୍ କାହିଁକି ମୋ ମନେହେଲା ଏମିତି ରାସ୍ତାରେ କେବେ ଥରେ ମୁଁ ଆସିଥିଲି। କିନ୍ତୁ ସେ ସମ୍ଭାବନା ଆଦୌ ନଥିଲା। ତେବେ କାହିଁକି ମତେ ଏ ରାସ୍ତା ଚିହ୍ନା ଚିହ୍ନା ଲାଗୁଛି। ମୋର ମନେ ପଡ଼ିଗଲା ଏକ ସମୟରେ ମୁଁ

ବାରମ୍ବାର ଦେଖିଥିବା ସ୍ୱପ୍ନଟିଏ କଥା। ଯେଉଁଥିରେ ମୁଁ ଦେଖୁଥିଲି ଗୋଟେ ଘୂରା ଶିଡ଼ିରେ ମୁଁ ତଳକୁ ଓହ୍ଲାଉଛି। କୋଉଠି ଶିଡ଼ିର ବାଡ଼ରେ ଗୁଡ଼ାଇ ହୋଇ ସାପଟିଏ ବାହାରପଟ ଶୂନ୍ୟତାରେ ଦୋଳି ଖେଳୁଛି ତ କୋଉଠି ଶରୀରର ବେଶ୍ କିଛି ଅଂଶକୁ ନେଇ ଭିତର ପଟକୁ ଝୁଙ୍କି ରହିଛି। ମୁଁ ସେମାନଙ୍କୁ ଆଦୌ ଭୟକରୁନି। ଅଥଚ ପ୍ରତିଥର ମୁଁ ତଳେ କେଉଁଠି ପହଞ୍ଚିବା ପୂର୍ବରୁ ସ୍ୱପ୍ନ ଭାଙ୍ଗିଯାଉଥିଲା।

କେମିତି ଗୋଟେ ଆଶ୍ଚର୍ଯ୍ୟଭାବ ମୋ ମନକୁ ଆଚ୍ଛାନ୍ନ କରୁଥିଲା। କିନ୍ତୁ ଜୁନ୍ ମାସର ପ୍ରବଳ ଖରାରେ ପାହାଡ଼ି ରାସ୍ତା ଦେଇ ସନ୍ତର୍ପଣରେ ଓହ୍ଲାଇବା ଓ ସୁଷମାର ଅନବରତ କ'ଣ ସବୁ କଥା ଭିତରେ ମୁଁ ବେଶ୍ ସମୟ ଆଉ ସେ ମାନସିକ ଅବସ୍ଥା ଭିତରେ ରହିପାରିଲିନି।

ପିଲାମାନଙ୍କର ହସଖୁସିର ଦଳଟି ବେଶ୍ ସ୍ୱଚ୍ଛନ୍ଦରେ ତଳକୁ ଅବତରଣ କରୁଥିଲା। କଥା ଗପୁ ଗପୁ ସୁଷମା କେତେବେଳେ ଯାଇ ସେ ଦଳରେ ସାମିଲ ହୋଇଯାଇଥିଲା। ସେମାନଙ୍କଠାରୁ କିଛି ଦୂରତ୍ୱ ରକ୍ଷାକରି ମୁଁ ହିଁ ଏକା ଏକା ଓହ୍ଲାଉଥିଲି। ସମ୍ପୂର୍ଣ୍ଣ ଅଚିହ୍ନା ଭାବଟି ସମୁଦାୟ ଅଞ୍ଚଳକୁ ଘେରି ରହିଥିଲେ ବି ମଝିରେ ମଝିରେ ମୁହୂର୍ତ୍ତକ ପାଇଁ କେମିତି ଟିକେ ଚିହ୍ନା ଚିହ୍ନା ମନେ ହେଉଥିଲା।

ମୋର କିଛି ପୂର୍ବରୁ ସମସ୍ତେ ତଳେ ଯାଇ ପହଞ୍ଚି ଯାଇଥିଲେ। ପ୍ରପାତରୁ ପଡୁଥିବା ଜଳଧାରାକୁ ଘେରେଇ ସିମେଣ୍ଟରେ ତିଆରି ଦୁଇ ଫୁଟ ଉଚ୍ଚରେ ବନ୍ଧବାଲା ଗୋଟିଏ ଚଉତରା କରାଯାଇଥିଲା। ତା' ଭିତରେ ମାତ୍ର ଆଣ୍ଠୁଏ ଯାଏ ପାଣି ସ୍ଥିର ରହି ଅଧିକ ଜଳ ବୋହି ଯାଇଥିଲା ଘନ ଅରଣ୍ୟ ଭିତରେ କାହିଁ ତଳକୁ। ବୋହି ଯାଉଥିବା ଜଳଧାରା ଉପରେ ଥିଲା ଧନୁ ଆକୃତିର ଛୋଟ ସେତୁଟାଏ। ଚତୁଃପାର୍ଶ୍ୱରେ ପାହାଡ଼ରୁ ସୁନ୍ଦର ଭାବରେ କଟାଯାଇ ଟୁରିଷ୍ଟ ମାନଙ୍କର ଆବଶ୍ୟକତା ମେଣ୍ଟାଇବା ପାଇଁ ଛୋଟ ବଡ଼ ବିପଣୀମାନ ଖୋଲାଯାଇଥିଲା।

ପ୍ରପାତରେ ଗାଧୋଇବା ପାଇଁ ସ୍ଥିର କରିଥିବାରୁ ପିଲାଏ ତାଙ୍କର ଅଧିକ ହଲେ ଲେଖାଏ ପୋଷାକ ସାଙ୍ଗରେ ଆଣିଛନ୍ତି। ବୋଲି ମୁଁ ଜାଣିନଥିଲି। କିନ୍ତୁ ଆମେ ଦୁହେଁ ଗାଧୋଇବା କଥା ଆଦୌ ଭାବି ନଥିବାରୁ ଅଧିକ ଲୁଗା ଆଣିନଥିଲୁ। ଉପରୁ ପଡୁଥିବା ବରଫ ଶୀତଳ ପାଣିରେ ଭିଜିଲେ ଦେହ ଖରାପ ହେବ ବୋଲି ମୁଁ ପିଲାମାନଙ୍କୁ ବିଶେଷ କରି ଝିଅମାନଙ୍କୁ ବାରଣ କରୁଥିବାରୁ ସେମାନେ ସମସ୍ତ ଆଗ୍ରହ ସତ୍ତ୍ୱେ ମୁହଁ ଶୁଖାଇ ଠିଆ ହୋଇଥାନ୍ତି।

ସେତେବେଳକୁ ପ୍ରାୟ ପନ୍ଦର କୋଡ଼ିଏ ଜଣ ନାରୀ ପୁରୁଷ ଓ ଛୋଟ ପିଲା ପ୍ରପାତ ତଳେ ଡେଇଁ କୁଦି ହର୍ଷୋଲ୍ଲାସରେ ପରିବେଶକୁ ଆନନ୍ଦମୁଖର କରି ତୋଳୁଥାନ୍ତି।

ଆମ ପିଲାଙ୍କର ଶୁଖିଲା ମୁହଁ ଦେଖି ସୁଷମା କହିଲା ଗାଧୁଆ ନ ହେଲା ନାହିଁ, ଚଉତରାରେ ପଶି ଟିକେ ପାଣିର ଶୀତଳତା ଅନୁଭବ କରାଯାଉ। ଝିଅମାନେ ଅସନ୍ତୁଷ୍ଟ ହେଲେ ବି ମ୍ୟାଡାମଙ୍କର ଅବାଧ୍ୟ ହୋଇପାରିବେନି। ତେଣୁ ସମସ୍ତେ ସେଇ ଚଉତରା ପାଣିରେ ଆଣ୍ଠୁଯାଏ ଲୁଗାକୁ ଟେକି ଟିକେ ଚଲାବୁଲା କରୁଥିଲୁ।

ହଠାତ୍ ସୁଷମା ଗୋଟେ ଝଟକାରେ ମୋ ହାତକୁ ଟାଣିନେଇ ମତେ ଠିଆ କରାଇଦେଲା ପ୍ରପାତ ତଳେ। ପିଲାମାନେ ଖୁସିରେ ହାତତାଳି ଦେଇ ଯିଏ ଯାହାର ଖୁସିମତେ ଭିଜିବାକୁ ଆରମ୍ଭକଲେ।

କାହିଁ କେତେ ଉପରୁ ପଡୁଥିବା ଜଳଧାରା ତଳେ ଠିଆହେବା ମୋର ପ୍ରଥମ। ଏକ ପ୍ରକାର ଅନିର୍ବଚନୀୟ ଆନନ୍ଦର ଅନୁଭବ ମୋର ସମଗ୍ର ସତ୍ତାରେ ସଞ୍ଚରି ଯାଉଥିଲା। ମୁଁ ହୁଏତ ସେଇ ଅନୁଭବ ଭିତରେ ବୁଡ଼ି ରହିଥାନ୍ତି। କିନ୍ତୁ ସୁଷମା ମୋ ପାଖକୁ ଘୁଞ୍ଚିଆସି କହିଲା, "ପିଲାମାନଙ୍କ ଶୁଖିଲା ଲୁଗା ଅଛି, ଆମର ନାହିଁ ବୋଲି ତୋର ମନେ ଅଛିତ ? ଚାଲ ଟିକେ ଆଗରୁ ଉଠିଯାଇ ଲୁଗାଟା ଅନ୍ତତଃ ଶୁଖାଇନେବା।"

ଇଚ୍ଛା ନଥିଲେ ବି ଉଠି ଆସିଲି ବାଧ୍ୟହୋଇ।

ଦେହରେ ଓଦା ଲୁଗା, ତା' ଉପରେ ଥଣ୍ଡା ପବନ। ଶୀତରେ ଦେହ ଥରୁଥାଏ। ଆଦୌ ମନେ ପଡୁନଥାଏ ଯେ ଉପରେ ଜୁନ୍ ମାସର ଉତ୍ତାପରୁ ଛାଡ଼ି ଆସିଛୁ। ଦୁହେଁ ଯାଇ ସେ ଧନୁ ଆକୃତିର ସେତୁ ଉପରେ ଠିଆହେଲୁ। ଯେତେ ଶୀତ ଲାଗିଲେ ବି ଅନ୍ତତଃ ପବନ ବାଜି ଲୁଗାପଟା କିଛି ଶୁଖିଯିବତ ! ସେ ସେତୁ ଉପରୁ ଚତୁଃପାର୍ଶ୍ୱର ପର୍ବତ ଶ୍ରେଣୀ, ଘଞ୍ଚ ଅରଣ୍ୟ ଓ ପ୍ରପାତର ଗହ ଗହ ଶବ୍ଦ ପରିବେଶଟିକୁ ମୋହମୟ କରିଦେଇଥିଲା।

ଟିକେ ଦୂରରେ ସବୁ ଚା' ଦୋକାନ। ଦୁହେଁ ଚାଲିଲୁ ସିଆଡ଼େ ଗରମ ଚା' କପ ହାତରେ ଧରି ପିଉ ପିଉ ପ୍ରପାତ ତଳେ ପାଣିରେ ଖୁସିରେ ଡିଆଁ ଡେଇଁ କରୁଥିବା ପିଲାଙ୍କୁ ଦେଖିଥିଲୁ।

ହଠାତ୍ ମୋ ପାଖରେ କେହି ଜଣେ ହିନ୍ଦୀ ଭାଷାରେ ପଚାରିଲେ, "ଆପଣମାନେ କେଉଁଠାରୁ ଆସିଛନ୍ତି" ?

ଆମେ ଦୁହେଁ ଏକ ସାଙ୍ଗରେ ମୁହଁବୁଲାଇ ଦେଖିଲୁ ମୋର ଖୁବ୍ ପାଖରେ ଠିଆ ହୋଇଛନ୍ତି ଜଣେ ବୃଦ୍ଧ ବ୍ୟକ୍ତି। ବୟସ ସତୁରୀ ଉପରେ ହେବ। ତାଙ୍କର ଦେହର ବର୍ଣ୍ଣ ଥିଲା ଅତି ଉଜ୍ଜ୍ୱଳ ଗୌର। ଗାଲ ଆଉ କପାଳରେ ରକ୍ତିମ ଆଭା। ସାଧାରଣ ଉଚ୍ଚତା। ମୁଣ୍ଡରେ ଥିବା ବାଳ ଥିଲା ଗହଳ ଓ ସମ୍ପୂର୍ଣ୍ଣ ଶୁଭ୍ର। ଚେହେରା ବେଶ୍ ଆକର୍ଷଣୀୟ। ତାଙ୍କର ବ୍ୟକ୍ତିତ୍ୱ ମତେ ଖୁବ୍ ଭଲ ଲାଗିଲା। ଅଳ୍ପ ସମୟ ଭିତରେ ଆମେ କିଏ କେଉଁଠୁ ଆସିଛୁ ପ୍ରଭୃତି ସାଧାରଣ ପରିଚୟ ପର୍ବ ଶେଷ ହୋଇଗଲା।

ଏହି ସମୟରେ ସେଠାରେ ପହଞ୍ଚିଗଲେ ନ୍ୟାସନାଲ ଟିଭିର ଗୋଟିଏ ଟିମ୍। ସେମାନେ ସେ ପ୍ରପାତ ଓ ତତ୍‌ସଂଲଗ୍ନ ପ୍ରାକୃତିକ ପରିବେଶର ଚିତ୍ରୋତ୍ତଳନ କରିବା ପାଇଁ ଆସିଥିଲେ। ସେମାନଙ୍କ ସହିତ ଥିଲେ ଜଣେ ଓଡ଼ିଆ କ୍ୟାମେରାମ୍ୟାନ, ଯିଏକି ସୁଷମାର ଖୁବ୍ ପରିଚିତ ଥିଲେ। ତେଣୁ ସେ ତାଙ୍କ ସହିତ କଥା ହେଉ ହେଉ କେଂଫଂଟି ଫଲ୍ ଉପରେ କି ପ୍ରକାର କାର୍ଯ୍ୟକ୍ରମ କରୁଛନ୍ତି ଜାଣିବା ପାଇଁ ଟିକେ ଦୂରକୁ ଚାଲିଗଲା।

ପିଲାମାନଙ୍କର ପାଣିଖେଳ ଏପର୍ଯ୍ୟନ୍ତ ସରିନାହିଁ, ତେଣୁ ସେ ଭଦ୍ରଲୋକଙ୍କ ସହ ଏକ ଝଙ୍କା ଗଛତଳେ ଥିବା ବେଞ୍ଚ ଉପରେ ବସି ମୁଁ କଥାବାର୍ତ୍ତା କରୁଥାଏ। ଏମିତି ତାଙ୍କୁ ପଚାରିଦେଲି, "ଆପଣ କ'ଣ କାହା ସାଥୀରେ ଆସିଛନ୍ତି" ?

'ନା ଏକା ଆସିଛି'।

ମତେ ଟିକେ ଆଶ୍ଚର୍ଯ୍ୟ ଲାଗିଲା ଏତେ ବୁଢ଼ା ଲୋକ ଏପରି ଅସୁବିଧା ରାସ୍ତାରେ କେମିତି ଏକା ଏକା ଆସିପାରିଲେ ! ଏ ବୟସରେ ଜଳପ୍ରପାତ ଦେଖିବାରେ କ'ଣ ଏତେ ସଉକ ! ମୁଁ ପଚାରିଲି, "ଆଚ୍ଛା ଆପଣ କ'ଣ ଏଠାକୁ ଏଇ ପ୍ରଥମଥର ପାଇଁ ଆସିଛନ୍ତି" ?

"ନାଁ ବହୁବାର ଆସିଛି।"

"ଆପଣଙ୍କୁ କ'ଣ ଏ ଜାଗା ଏତେ ଭଲ ଲାଗେ? ଅବଶ୍ୟ ଏ ଜାଗା ଖୁବ୍ ସୁନ୍ଦର। କିନ୍ତୁ ଏଠାକୁ ଆସିବା ପାଇଁ ଯେଉଁ କଠିନ ରାସ୍ତା ମତେ ଆଉ ଥରେ ସୁଯୋଗ ମିଳିଲେ ବି ମୁଁ ଆଉ ଆସିବିନି।"

"ତୋର ଆଉ ଏଠାକୁ ଆସିବା ଦରକାର ନାହିଁ। ଏହି ଥରକ ପାଇଁ ହିଁ ତୋର ଆସିବାର ଥିଲା"। କେମିତି ଏକ ରହସ୍ୟମୟ ହସ ହସରେ କହିଲେ ସେ ଭଦ୍ରଲୋକ।

ହଠାତ୍ ସେ ମତେ ଆପଣରୁ ତୁ ବୋଲି ସମ୍ବୋଧନ କରିଥିବାରୁ ଟିକେ ଅଡୁଆ ଲାଗିଲା। କିନ୍ତୁ ତାଙ୍କ ବୟସ ଦୃଷ୍ଟିରୁ ପୁଣି ସହଜ ମନେହେଲା। ତେବେ ତୋର ଏଠାକୁ ଏଇଥରକ ପାଇଁ ଆସିବାର ଥିଲାର ଅର୍ଥ ମୁଁ ବୁଝି ପାରିନଥିଲି। ଟିକେ ଆଶ୍ଚର୍ଯ୍ୟ ହୋଇ ତାଙ୍କ ମୁହଁକୁ ଚାହିଁଲି। ଏକ ଅଦ୍ଭୁତ ଦୃଷ୍ଟିରେ ସେ ମୋ ମୁହଁକୁ ଚାହିଁଥିଲେ। ମୋର ମନେହେଲା ତାଙ୍କ ଦୃଷ୍ଟି ମୋ ଉପରେ ସ୍ଥିର ଅଛି କିନ୍ତୁ ସେ କେଉଁ ଅତଳତଳେ ହଜିଯାଇଛନ୍ତି।

ମୁଁ ସେ ଅବସ୍ଥାକୁ ବଦଳାଇ ଦେବାପାଇଁ ଖୁବ୍ ସହଜ ସ୍ୱରରେ ପଚାରିଲି, "ଆପଣ କ'ଣ ଜ୍ୟୋତିଷ ବିଦ୍ୟା ଜାଣନ୍ତିକି ?"

ସେ ଧ୍ୟାନରୁ ଉଠିବା ପରି କହିଲେ 'ନାଁ ଜାଣିନି। କିନ୍ତୁ ତୁ ଆସୁଛୁ ବୋଲି ଜାଣିଥିଲି।'

ତାଙ୍କର ଏପରି କଥା ମତେ ଆଶ୍ଚର୍ଯ୍ୟ କରିବା ପାଇଁ ଯଥେଷ୍ଟ ଥିଲା। ମନରେ ପ୍ରଶ୍ନଟିଏ ଗୁରେଇ ତୁରେଇ ହେଉଥାଏ ସତରେ କ'ଣ ଏ ଲୋକ କିଛି ଜାଣେ ! ଇଏ ଉତ୍ତର ଭାରତର କେଉଁ ଅଞ୍ଚଳର ଲୋକ ମୁଁ ନିଜେ ଓଡ଼ିଶାର କୋଉ କୋଣରୁ ଆସିଛି ! ଆଜି ଏହାଙ୍କ ସହିତ ସାକ୍ଷାତ ସମ୍ପୂର୍ଣ୍ଣ ଆକସ୍ମିକ। ଏହାକୁ ପୂର୍ବନିର୍ଦ୍ଧାରିତ ବୋଲି କହି ଏଥିରେ ରହସ୍ୟ ଆରୋପ କରିବାର ଉଦ୍ଦେଶ୍ୟ କ'ଣ ହୋଇପାରେ !

ସେ ମୋ ମନକଥା ପଢ଼ିଗଲା ପରି କହିଲେ "ମୋ କଥାରେ ତୋର ବିଶ୍ୱାସ ହେଉନାହିଁତ ? ଠିକ୍ ଅଛି ତତେ ଗୋଟେ କଥା କହୁଛି, ତୋ'ର ଏଥର ନିଶ୍ଚୟ ବିଶ୍ୱାସ ହୋଇଯିବ ଯେ ମୁଁ ମିଛ କିଛି କହୁନି। ଆଜିକୁ ପଚିଶ ବର୍ଷ ତଳେ ଠିକ୍ ଏଇ ଜୁନ୍‌ମାସରେ ତୁ ସିମଳା ଆସିଥିଲୁ। ସତକି ନୁହେଁ ?"

ମୋର ହୃତ୍‌ସ୍ପନ୍ଦନ ବଢ଼ିଗଲା। କଥାଟା ସତ। ମୁଁ ଦଶମ ଶ୍ରେଣୀରେ ପଢୁଥିବା ବେଳେ ଅଲଇଣ୍ଡିଆ ହଲିଡ଼େ କ୍ୟାମ୍ପରେ ଯୋଗଦେବାକୁ ଓଡ଼ିଶାରୁ ଅନ୍ୟ ତିନିଜଣ ଛାତ୍ରଛାତ୍ରୀ ସହିତ ଆସି ସମିଳାରେ ରହୁଥିଲି। ସେ ଥିଲା ପ୍ରକୃତରେ ପଚିଶ ବର୍ଷ ତଳର କଥା। ମତେ ସତରେ ଭୟ ଲାଗିଲା। ମତେ ଲାଗିଲା ଏ ଭଦ୍ରବ୍ୟକ୍ତିଙ୍କର ଦୃଷ୍ଟି ସତେ ଯେପରି ମୋର ଅତୀତ, ବର୍ତ୍ତମାନ ଓ ଭବିଷ୍ୟତକୁ ସ୍ପଷ୍ଟ ଭାବରେ ଦେଖିପାରୁଛି। ମୁଁ ଏଥର ସୁଷମାକୁ ଖୋଜିଲି। କିନ୍ତୁ ଆଖପାଖରେ ସେ କେଉଁଠି ବି ଦେଖାଯାଉନଥିଲେ।

ମୋର ଅପ୍ରସ୍ତୁତ ଭାବ ସେ ଲକ୍ଷ୍ୟ କରିପାରୁଥିଲେ। ମୋ ଦୁଇହାତ ପାପୁଲିକୁ ତାଙ୍କ ହାତ ମୁଠାରେ ଧରିନେଇ କହିଲେ- "ଶୁଣ୍ ଆମପାଖରେ ଆଉ ସମୟ ନାହିଁ। ଜୀବନସାରା ଅପେକ୍ଷା କରି ରହିଥିବା ମୁହୂର୍ତ୍ତଟି ଯଦି କେବେ ସତରେ ଆସେ, ଏତେ ଶୀଘ୍ର ପୁଣି ଚାଲିଯାଏ ଯେ ତାକୁ ଟିକେ ପରିପୂର୍ଣ୍ଣ ଭାବରେ ଅନୁଭବ କରିବାର ସୁଯୋଗ ଟିକକ ମିଳେନାହିଁ। ମୁଁ ଜାଣେ ମତେ କହିବା ପାଇଁ ତୋର କୌଣସି କଥା ନାହିଁ, କିନ୍ତୁ ତତେ କହିବା ପାଇଁ ଯୁଗାବଧି କଥା ମୋ ଭିତରେ ଜମିରହିଛି।"

ମୋର ଏକ ପ୍ରକାର ବିମୂଢ଼ ଅବସ୍ଥା। ତଥାପି ନିଜକୁ କୌଣସି ପ୍ରକାରେ ସମ୍ବରଣ କରିନେଲି।

ସେହି ସ୍ୱଳ୍ପ ସମୟ ଭିତରେ ସେ ତାଙ୍କ ଜୀବନର ସଂକ୍ଷିପ୍ତ ଚିତ୍ରଟିଏ ଦେଲେ। ବାଲ୍ୟକାଳରୁ ଘରଛାଡ଼ି ସାଧୁ ସନ୍ଥଙ୍କ ସହିତ ଘୂରି ବୁଲିବାଠାରୁ ଆରମ୍ଭ କରି ତାଙ୍କ ଜୀବନର ବହୁ ହଠକାରୀ କାହାଣୀ ସେ କହିଗଲେ। ସେସବୁ ସ୍ତବ୍ଧ ହୋଇ ମୁଁ ଶୁଣୁଥିଲେ ବି ମୋ ସହିତ ତାଙ୍କର କି ପ୍ରକାର ସଂପୃକ୍ତି ରହିଛି ଜାଣିବା ପାଇଁ ମୁଁ ଖୁବ୍ କୌତୂହଳୀ ହୋଇ ଉଠୁଥିଲି। ଅଧିକ ସମୟ ଆଉ ନଥିବାରୁ ମୂଳକଥାଟା କାହିଁକି ସେ ଶୀଘ୍ର କହୁନାହାନ୍ତି ବୋଲି ଭିତରେ ଅସ୍ଥିରତା ଅନୁଭବ କରୁଥିଲେ ବି ନୀରବ ରହିଥିଲି।

ସେ ଶେଷରେ ମନକୁ ମନ ଗୁଣୁ ଗୁଣୁ ହୋଇ ଅସ୍ପଷ୍ଟ ଭାବରେ କହିଲେ, "ମୋ ଜୀବନରେ ଅନ୍ୟ ଯେଉଁ ଦୁଇଜଣ ନାରୀ ଆସିଛନ୍ତି ସେମାନଙ୍କର ଭୂମିକା ବହୁକାଳରୁ ସରିଯାଇଛି। ତୁ ହେଉଛୁ ସେଇ ତୃତୀୟ ନାରୀ। ମୋ ମୋକ୍ଷ ମୁକ୍ତିର କାରଣ। ତତେ ମୁଁ ଏଇଠି ହଜେଇଥିଲି ତେଣୁ ଏଇଠି ପୁଣି ତତେ ପାଇବାର ବିଶ୍ୱାସରେ ଏତେ ବର୍ଷ ହେଲାଣି ଅପେକ୍ଷାରେ କଟେଇ ଦେଇଛି। ଆଜି ମୋର ଏ ଦୀର୍ଘ ପ୍ରତୀକ୍ଷା ସଫଳ ହୋଇଛି।"

କିନ୍ତୁ ସେ ଆଉ କିଛି କହିବା ପୂର୍ବରୁ ପିଲାମାନେ ଫେରିବା ପାଇଁ ପ୍ରସ୍ତୁତ ହୋଇ ମୋତେ ଡାକିବାକୁ ଆସୁଥିବାର ଦେଖି ମୁଁ ଚଞ୍ଚଳ ହୋଇଉଠିଲି। ଘଡ଼ିକୁ ଚାହିଁଲି ମାତ୍ର ଚାରିଟା ବାଜିଛି। କିନ୍ତୁ ପ୍ରପାତ ଅଞ୍ଚଳଟି ଉପରେ ପାହାଡ଼ ସବୁର ଘନ ଛାଇ ଓହ୍ଲାଇ ଆସିଥିଲା। ମୁଁ ପିଲାମାନଙ୍କୁ ସୁଷମା ମ୍ୟାଡାମଙ୍କୁ ଡାକି ପାହଡ଼ି ରାସ୍ତାରେ ସେମାନେ ଫେରିବାକୁ ଆରମ୍ଭ କରନ୍ତୁ ବୋଲି କହିଲି।

ପିଲାମାନେ ଫେରିଗଲେ। କଥାଟି ପୂରା ଶୁଣିବାର ସମସ୍ତ ଉତ୍କଣ୍ଠା ସତ୍ତ୍ୱେ ମୁଁ ବାଧ୍ୟହୋଇ ତାଙ୍କୁ ବିଦାୟ ମାଗିଲି। କିନ୍ତୁ ଏ କ'ଣ ! ତାଙ୍କର ଦୁଇ ଆଖିରୁ ଲୁହ ଧାର ଧାର ହୋଇ ଝରିଯାଉଥିଲା। ସେ ତାଙ୍କ ଅନ୍ତଃସ୍ତଳରୁ ଉଠି ଆସୁଥିବା କୋହକୁ କୌଣସି ପ୍ରକାରେ ନିଜ ଗଳା ପାଖରେ ରୁଦ୍ଧ କରି ରଖିବାକୁ ଚେଷ୍ଟା କରି ବିଫଳ ହେଉଥିଲେ।

ମୁଁ ଏ ଅଭାବିତ ପରିସ୍ଥିତିରେ ମୋର କର୍ତ୍ତବ୍ୟ କ'ଣ ସ୍ଥିର କରିପାରୁନଥିଲି। ତାଙ୍କୁ କ'ଣ କହି ସାନ୍ତ୍ୱନା ଦେବି ? ସେ କ'ଣ ମୋର ସାନ୍ତ୍ୱନା ଚାହୁଁଛନ୍ତି ? ତଥାପି ଆଶ୍ୱାସନା ଦେବାକୁ ଯାଇ ତାଙ୍କର ଦିଲ୍ଲୀ ଘରର ଠିକଣା ମାଗିଲି। କାରଣ ଓଡ଼ିଶା ଫେରିବା ପୂର୍ବରୁ ଖାସ୍ ଦିଲ୍ଲୀରେ ତିନି ଦିନ ରହିବାକୁ ଆମେ ସ୍ଥିର କରିଥିଲୁ। ତେଣୁ ସେତିକିବେଳେ ମୁଁ ତାଙ୍କ ଘରକୁ ଯାଇ, ସେଠି କିଛି ସମୟ କଟାଇ ସବୁକଥା ଶୁଣିପାରିବି।

ମୋ କଥାରେ ସେ ତାଙ୍କର ନାମ ଠିକଣା ଲେଖା କାର୍ଡଟି ମୋ ହାତକୁ ବଢ଼ାଇଦେଲେ ବି କେମିତି କେଜାଣି ପାଟିରେ ନ କହିବି ମତେ ଜଣାଇଦେଲେ ଯେ ଆଉ ସାକ୍ଷାତ ସମ୍ଭବ ନୁହେଁ।

ମୁଁ ଏଥର ବାହାରିଲି ଯିବାପାଇଁ। ସେ ତାଙ୍କର ଲୁହବୋଳା ମୁହଁଟିକୁ ଆଉଥରେ ମୋ ପାପୁଲି ଉପରେ ଧରି ରଖିଲେ କିଛି ସମୟ ପାଁ, ତା'ପରେ ତାଙ୍କର ପ୍ୟାଣ୍ଟ ପକେଟରୁ ବାହାର କଲେ କାଗଜ ପୁଡ଼ିଆଟିଏ, କହିଲେ, "ତୋ ପାଇଁ ଆଣିଥିଲି।"

ମୁଁ ମନେ ମନେ ସନ୍ତୁଷ୍ଟ ହୋଇ ଉଠିଲି। ତାଙ୍କଠାରୁ କୌଣସି ଉପହାର ଗ୍ରହଣ କରିବା ମୋର ଉଚିତ ହେବକି ନାହିଁ ଭାବୁ ଭାବୁ ସେ ପୁଡ଼ିଆରୁ ରଙ୍ଗୀନ ପଥର ମାଳିଟିଏ ବାହାରକଲେ। ଦିଲ୍ଲୀ ସିମଳା ରାସ୍ତାକଡ଼ରୁ ଆରମ୍ଭ କରି ଦୋକାନମାନଙ୍କରେ ମଧ୍ୟ

ଏପରି ମାଳି ବହୁତ ବିକ୍ରୀ ହୁଏ। ଯାହାର ଦାମ ତିରିଶ ଚାଳିଶ ଟଙ୍କାରୁ ଅଧିକ ହେବନାହିଁ। ସେମିତି ମାଳି ମଧ୍ୟ ମୋର ପୂର୍ବରୁ ଥିଲା। ତେଣୁ ସେହି ପରିସ୍ଥିତି କବଳରୁ ବାହାରିଯିବା ପାଇଁ ମୁଁ ମାଳିଟି ନେବାକୁ ରାଜି ହେଲି। ପୁଣି ସେ ନିଜେ ମୋ ଗଳାରେ ସେଇଟି ପିନ୍ଧାଇ ଦେବାକୁ ଚାହିଁବାରୁ ମୁଁ ଆପତ୍ତି ମଧ୍ୟ କଲିନାହିଁ।

ଦେଖିଲି ସୁଷମା କିଛି ଦୂରରେ ଠିଆହୋଇ ମତେ ଯିବାପାଇଁ ଡାକୁଛି। ପାଷାଣ ପ୍ରତିମା ପରି ଠିଆ ହୋଇଥିବା ଭଦ୍ରଲୋକଙ୍କୁ ଆଶ୍ୱସ୍ତ କରିବା ଇଚ୍ଛାରେ କହିଲି, "ମୁଁ ନିଶ୍ଚୟ ଆପଣଙ୍କୁ ଦିଲ୍ଲୀରେ ଦେଖାକରିବି।" ମୋର କଥାରେ ବା ନମସ୍କାର ସେ କୌଣସି ପ୍ରତ୍ୟୁତ୍ତର ଦେଲେନାହିଁ। ସେହି ନିଶ୍ଚଳ ମୁଦ୍ରାରେ ସେମିତି ଠିଆହୋଇ ରହିଲେ।

ମୁଁ ଫେରିଗଲି। ସୁଷମା ମତେ ଥଟ୍ଟା କରି କହିଲା, "ଦୁଇ ଘଣ୍ଟା ହେଲାଣି ତୁ ସେ ବୁଢ଼ା ସାଙ୍ଗରେ ବସି କ'ଣ ଏତେ କଥା ହେଉଥିଲୁ?"

ମୁଁ ସେ ମୋଡ଼ାଣି ରାସ୍ତାରେ ଉଠିବାବେଳେ ସଂକ୍ଷେପରେ ସୁଷମାକୁ ସେ କହିଥିବା କଥା କହିଲି। ସେ ମୋ କଥାକୁ ହସରେ ଉଡ଼ାଇଦେଲା ଓ ମୋ ବେକରେ ପଡ଼ିଥିବା ପଥରମାଳିକୁ ଲକ୍ଷ୍ୟକରି କହିଲା 'ଧ୍ୟାତ୍, ବୁଢ଼ା କୁଆଡ଼େ ଏତେ ଦୂରରୁ ଏପରି ଅଖାଡୁଆ ରାସ୍ତାରେ ଏଠାକୁ ଆସିଥିଲା ତା' ଜୀବନର ତୃତୀୟ ନାରୀଙ୍କୁ ଭେଟିବା ପାଇଁ, ହାତରେ ଗୋଟେ ଗୋଡ଼ିମାଳ ଧରି? ଆଉ ତତେ ଲାଜ ନାହିଁ ତୁ ସେଇଟା ପିନ୍ଧୁଛୁ, ପୁଣି କଥାଟାକୁ ସିରିୟସଲି ଭାବୁଛୁ। ଛାଡ଼ ସେ ବାଜେ କଥା। ଏମିତି ପାଗଳଙ୍କ ହାବୁଡ଼ରେ ବେଳେ ବେଳେ ମଣିଷ ପଡ଼ିଯାଏ।"

ମୁଁ ସେ ବିଷୟରେ ଏଥର ପୂରା ଚୁପ୍ ହୋଇଗଲି। ସୁଷମାର ମନ୍ତବ୍ୟ ମତେ ଟିକେ କଷ୍ଟ ହେଲା। କାରଣ ମୁଁ ବୁଝିପାରିଥିଲି ସେ ଭଦ୍ରଲୋକଙ୍କର ଆନ୍ତରିକତା, ଅନୁଭବ କରି ପାରିଥିଲି ତାଙ୍କର ବ୍ୟାକୁଳତା ଓ ଆଦୌ ଅବିଶ୍ୱାସ କରିପାରୁନଥିଲି ତାଙ୍କର କହିଥିବା କଥାକୁ। ତେଣୁ ସେ ସମ୍ପର୍କରେ ଆଉ ଅଧିକ ଆଲୋଚନା କରିବାର ମାନସିକତା ମୋର ହେଲାନି।

ବାଟସାରା ସୁଷମା ଟିଭିବାଲାଙ୍କ ସହିତ ବୁଲି କେଉଁ ଅଧିକ ସ୍ପଟ୍ ସବୁ ଦେଖିଥିଲା ସେହିକଥା ଓ ପିଲାମାନଙ୍କର ହସରୋଳ ଚାଲିଥାଏ। କିନ୍ତୁ ମୋ ମନରେ ସେଇ ଗୋଟିଏ ପ୍ରଶ୍ନ ବାରମ୍ବାର ମୁଣ୍ଡ ଟେକୁଥାଏ। ଯେଉଁ ତୃତୀୟ ନାରୀର କଥା ସେ କହିଲେ ତା'ର ଅର୍ଥ କ'ଣ? କ'ଣ ତା'ର ଭୂମିକା ତାଙ୍କ ଜୀବନରେ? ତା' ଆସିବା ସହିତ ତାଙ୍କର ମୋକ୍ଷ ପ୍ରଶ୍ନ କିପରି ବା ଜଡ଼ିତ? କିନ୍ତୁ ଏସବୁ ପ୍ରଶ୍ନ ସହିତ ମୋର ନିଜର କୌଣସି ପ୍ରକାର ସଂପୃକ୍ତି ମୁଁ ଧାରଣା କରିପାରୁନଥିଲି। କିନ୍ତୁ ନିଜକୁ ଆଶ୍ୱାସନା ଦେଉଥାଏ ଯେ ଆସନ୍ତା ଦୁଇଦିନ ଭିତରେ ମୁଁ ନିଶ୍ଚୟ ସେ ଭଦ୍ରଲୋକଙ୍କୁ ସାକ୍ଷାତ କରିବି ଓ ତାଙ୍କଠାରୁ ଜାଣିନେବି ସବୁ ପ୍ରଶ୍ନର ଉତ୍ତର।

ଦିଲ୍ଲୀରେ ପହଞ୍ଚିବା ପରେ ଆମ ପାଇଁ ପୂର୍ବରୁ ବୁକ୍ ହୋଇଥିବା ହୋଟେଲରେ ପହଞ୍ଚି ମୁଁ ଦେଖିଲି ମୋର ଜଣେ ନିକଟ ଆତ୍ମୀୟଙ୍କର ଗୁରୁତର ଅସୁସ୍ଥତାର ଜରୁରୀ ସମ୍ବାଦ ମତେ ଅପେକ୍ଷା କରିଛି । ମୁଁ କାଳବିଳମ୍ବ ନକରି ସୁଷମା ଉପରେ ପିଲାମାନଙ୍କର ଦାୟିତ୍ୱ ଦେଇ, କୌଣସି ପ୍ରକାରେ ନିଜ ପାଇଁ ଟିକେଟଟିଏ ଯୋଗାଡ଼ କରି କଟକ ଫେରିଆସିଲି । ଘରେ ପହଞ୍ଚିବା ପରଠାରୁ ଡାକ୍ତରଖାନାକୁ ଦଉଡ଼ିବା ଓ ରୋଗୀକୁ ଦେଖିବାକୁ ଆସୁଥିବା ବନ୍ଧୁବାନ୍ଧବମାନଙ୍କର ଚର୍ଚ୍ଚା କରୁ କରୁ ପନ୍ଦର ଦିନ କୁଆଡ଼େ ଚାଲିଗଲା । ଏପରିକି ପିଲାମାନଙ୍କୁ ଧରି ଯଥା ସମୟରେ ଫେରିଥିବା ସୁଷମା ସହିତ ମଧ୍ୟ ଟିକେ ଭଲରେ କଥା ହୋଇପାରି ନଥିଲି ।

ଆତ୍ମୀୟ ଜଣଙ୍କ ସୁସ୍ଥ ହୋଇ ଘରକୁ ଫେରିଗଲେ ଓ ମୁଁ ଆଶ୍ୱସ୍ତ ହେଲି । ତା'ପରେ ମୋର ମନେପଡ଼ିଲା ସେ ଭଦ୍ରଲୋକଙ୍କ କଥା । ସତେ ତ କ'ଣ ଭାବିଥିବେ ସେ ! ଅନ୍ତତଃ ଚିଠି ଖଣ୍ଡିଏ ଲେଖି ନିଜର ଅସୁବିଧା କଥାତ ତାଙ୍କୁ ଜଣାଇ ଦେଇ ପାରିଥାନ୍ତି । ଛାଡ଼, ବିଳମ୍ବ ହେଉ ପଛେ ଏବେ ଖଣ୍ଡେ ଚିଠି ଲେଖି ତାଙ୍କ ପାଖରୁ ଜାଣିବାକୁ ଚାହୁଁଥିବା କଥା ପଚାରିନେବି ।

ମତେ ଯେତିକି ହିନ୍ଦୀ ଜଣା ସେଥିରେ ଚିଠି ଲେଖିବା ସମ୍ଭବ ନଥିଲା । ତେଣୁ ଇଂରାଜୀରେ ଲେଖିଲି ତାଙ୍କ ସହିତ ସାକ୍ଷାତ ହେବାପରଠାରୁ ଏପର୍ଯ୍ୟନ୍ତ ମୋ ମନରେ ଉଠୁଥିବା ଚିନ୍ତାରେ ବିଶଦ ବିବରଣୀ । କିନ୍ତୁ କୋଉ ଠିକଣା ଲେଖିବି । ତାଙ୍କଠାରୁ ସେଦିନ ବିଦାୟବେଳାରେ ଯେଉଁ କାର୍ଡଟି ଆଣିଥିଲି ସେଇଟି ଏ ଭିତରେ କୁଆଡ଼େ ଉଭାନ ହୋଇ ଯାଇଥିଲା । ବ୍ୟସ୍ତତା ଭିତରେ ଅଳିଆ କାଗଜ ଭାବି ହୁଏତ ମୁଁ ନିଜେ ତାକୁ ବ୍ୟାଗରୁ କୋଉ ଦିନ ବାହାର କରି ଫେପାଡ଼ି ଦେଇଛି ।

ଲେଖା ଚିଠିଟିକୁ ଚିରି ଫୋପାଡ଼ି ଦେବା ବ୍ୟତୀତ ମୋର ଆଉ କିଛି କରିବାର ନଥିଲା । କାର୍ଡ ଉପରେ ମୁଁ ଥରଟିଏ ବି ଦୃଷ୍ଟି ପକାଇ ନଥିଲି । କେବଳ କଥା ପ୍ରସଙ୍ଗରେ ଜାଣିଥିଲି ତାଙ୍କ ନାମ ରାମଲାଲ କୋହଲି, ସେ ରୁହନ୍ତି ପୁରୁଣା ଦିଲ୍ଲୀରେ । ମୁଁ ମୋର ଠିକଣା ତାଙ୍କୁ ଦେବାର ଅବସର ଆସିନଥିଲା । ତା'ପରେ ବି ମୁଁ ବିଭିନ୍ନ କାମରେ ଦୁଇଥର ଦିଲ୍ଲୀ ଯାଇଛି । ଯେତେ ଛଟପଟ ଲାଗିଲେ ବି ଲୋକର ନାମ ଓ ସ୍ଥାନଟି ଜାଣିଥିଲେ ବି ଖୋଜିପାଇବା ଅସମ୍ଭବ ଜାଣି ନୀରବ ରହିଛି ।

ବେଳେବେଳେ କେଜାଣି କେମିତି ତାଙ୍କ କଥା ମନେ ପଡ଼ିଯାଏ । ସେ ଆବେଗ ଆତୁର ଲୁହଭିଜା ମୁହଁଟି ଆଖିରେ ଭାସିଉଠେ । କିଛି ସମୟ ପାଇଁ ଅନ୍ୟମନସ୍କ ହୋଇଯାଏ ମୁଁ । ବାସ୍ ତା'ପରେ ପାଶୋରିଯାଏ ।

କିନ୍ତୁ କଥାଟି ସେତିକିରେ ସରିଲାନି । ମାଳିଡବାଟି ବନ୍ଦ କରି ରଖିବା ପୂର୍ବରୁ

ସେଇ ପଥର ମାଳିଟିକୁ ବାହାର କରି ଆଣିବାବେଳେ ଅନ୍ୟ କୋଉ ମାଳି ସହିତ ଛନ୍ଦି ହୋଇ ରହିଥିବା ତା'ର ସୂତାଟି ଛିଡ଼ିଗଲା। ବିଛାଡ଼ି ହୋଇ ପଡ଼ିଲା ରଙ୍ଗ ବେରଙ୍ଗର ଟିକି ଟିକି ପଥରଟି ମାନ। ତାକୁ ସବୁ ଗୋଟାଇ ନେବାବେଳେ ଦେଖିଲି ତା' ଭିତରେ ପଡ଼ିଚି ଛୋଟିଆ ପଦକଟିଏ, ପାନପତ୍ର ଆକୃତିର ସୁନା ରଙ୍ଗର ପଦକଟିଏ ଦେହରେ ଛୋଟ ଛୋଟ ନାଲି, ଧଳା ଓ ସବୁଜ ରଙ୍ଗର କାଚ ବସିଥିଲା। ଖୁବ୍ ଛୋଟ କିନ୍ତୁ ବେଶ୍ ସୁନ୍ଦର। ଭାବିଲି ପଥରମାଳି ଦେହରେ ଏଇଟାତ କେବେ ଦେଖିନଥିଲି !

ପୁରୁଣା ଗହଣାରୁ କିଛି ବାହାଘରରେ ଚଳାଇ ଦେବାପାଇଁ ସେଗୁଡ଼ିକ ନୂଆଗହଣା ପରି ଚକ ଚକ କରିଦେବାକୁ କଲେଜ ଯିବା ବାଟରେ ବଣିଆକୁ ଦେଇଯାଇଥିଲି। ତା' ସାଥୀରେ ସେଇ ପଦକଟିକୁ ମଧ୍ୟ ଟିକେ ସଫା କରିଦେବାକୁ କହିଥିଲି।

ଦୁଇଦିନ ପରେ ସେଗୁଡ଼ିକ ଆଣିବା ପାଇଁ ପହଞ୍ଚିଲି ସେ ଦୋକାନରେ। ସେ ସବୁ ପ୍ରସ୍ତୁତ କରି ରଖିଥିଲା। ମୁଁ ସୁନାଗହଣାତକ ନେଇ ଫେରି ଆସୁଥିଲି। ମୋର ଲକେଟଟି କଥା ମନେ ନଥିଲା। ସେ ମତେ ପଛରୁ ଡାକି କହିଲା, "ମା, ଆଉ ଗୋଟେ ଜିନିଷ ରହିଗଲା।"

ମୁଁ ଫେରି ଚାହିଁଲି। ଛୋଟ ଗହଣା ଡିବାଟିଏ ମୋ ହାତକୁ ସେ ବଢ଼ାଇଦେଲା। ଖୋଲି ଦେଖିଲି ନୀଳ ରଙ୍ଗର ଭେଲଭେଟ୍ କନା ଉପରେ ସେ ପଦକଟି ଜଳୁଥିଲା। ମୁଁ ଖୁବ୍ ଖୁସିହୋଇ କହିଲି, "ବାଃ କୋଉଥିରେ ତୁମେ ଆକୁ ଏମିତି ସଫା କଲ ଯେ ଏ କାଚଗୁଡ଼ିକ ହୀରା ନୀଳା ମାଣିକ ପରି ଦିଶୁଛି।"

ବଣିଆ ମୋ କଥାରେ ଆଶ୍ଚର୍ଯ୍ୟ ହୋଇ କହିଲା, "ହୀରା ନୀଳା ମାଣିକ ପରି ଦିଶିବ କ'ଣ ? ଏତ ସତକୁ ସେୟା।"

ଏଁ ! ମୁଁ ଆକାଶରୁ ଖସିପଡ଼ିଲି। କାବା ହୋଇ ବଣିଆଙ୍କୁ ପଚାରିଲି, "ତୁମେ ଠିକ୍ ଜାଣିଛ ଏସବୁ ରିଏଲ ଷ୍ଟୋନ୍ ?"

"ଆଜ୍ଞା, ଏଇ କାମ କରିବା ମୋର ପଚାଶ ବର୍ଷ ହେଲା। ଏସବୁ ଖୁବ୍ ମୂଲ୍ୟବାନ ପଥର। ଆପଣ କ'ଣ ଏପର୍ଯ୍ୟନ୍ତ ଜାଣିନଥିଲେ ?" ସେ ମୋ ମୁହଁକୁ ଆଶ୍ଚର୍ଯ୍ୟ ହୋଇ ଚାହିଁଥିଲା।

'ନା, ମୁଁ ଏପର୍ଯ୍ୟନ୍ତ ଏହାକୁ ନକଲି ବୋଲି ଭାବିଥିଲି। ଆଚ୍ଛା ଏ ଲକେଟର ଦାମ୍ କେତେ ହେବ ?" ମୁଁ ଏ ଭିତରେ ନିଜକୁ ସମ୍ଭାଳି ନେଇଥିଲି।

ବଣିଆ ଟିକେ ଚିନ୍ତା କରି କହିଲା, "ମୋ, ସବୁତକ ପଥରକୁ ଗୋଟି ଗୋଟି କରି ଦେଖି ହିସାବ କରିବାକୁ ପଡ଼ିବ। ତେବେ ମୋଟାମୋଟି ପଚାଶ ହଜାରରୁ କମ୍ ନୁହେଁ।"

ମୁଁ ଏକପ୍ରକାର ସମ୍ମୋହିତ ଅବସ୍ଥାରେ ଘରକୁ ଫେରିଆସିଲି ।

ଯେଉଁ ଘଟଣାଟି ଏପରି କିଛି ଗୁରୁତ୍ୱପୂର୍ଣ୍ଣ ନୁହେଁ ବୋଲି ମୁଁ ଏପର୍ଯ୍ୟନ୍ତ ଭାବୁଥିଲି ବା ସେଦିନର ପ୍ରବଣତାକୁ ମଣିଷର ସାମୟିକ କିଛି ଭାବାନ୍ତର ବୋଲି ମନେ କରି ନିଜକୁ ବୁଝାଇ ଦେଇଥିଲି ଆଜି ଦଶବର୍ଷ ପରେ ବୁଝିଲି କଥାଟା ଅନ୍ୟ କିଛି ଥିଲା ।

ସେଦିନ ତେବେ ସେ ଭଦ୍ରଲୋକ ସତକୁ ସତ ସେଠାକୁ ପ୍ରସ୍ତୁତ ହୋଇ ଆସିଥିଲେ । ଯେଉଁ କାରଣରୁ ହେଉନା କାହିଁକି ତାଙ୍କର ମନେ ହୋଇଥିବା ରହସ୍ୟମୟୀ ତୃତୀୟ ନାରୀଟିକୁ ସାକ୍ଷାତ କରି ତା'ଗଳାରେ ତାଙ୍କର ସନ୍ତକଟିଏ ପିନ୍ଧାଇ ଦେବାକୁ ଚାହିଁଥିଲେ ! ସେ ଏକଥା ନିଶ୍ଚୟ ପ୍ରଥମରୁ ଜାଣିଥିଲେ ଯେ ସେଦିନ ସାକ୍ଷାତ ପର୍ବ ଖୁବ୍ ସଂକ୍ଷିପ୍ତ ହେବ ଓ ତାଙ୍କ କଥାକୁ ବିଶ୍ୱାସ କରି ସେ ନାରୀଟି ତାଙ୍କ ନିକଟରୁ କୌଣସି ଉପହାର ଗ୍ରହଣ କରିବ ନାହିଁ । ସେଥିପାଇଁ ଶସ୍ତା ଗୋଟେ ପଥରର ମାଳି ଭିତରେ ଏଇ ମୂଲ୍ୟବାନ ପଦକଟିକୁ କୌଶଳରେ ଗୁନ୍ଥି ଦେଇଥିଲେକି ! ସେ ପଦକଟିର ଅବସ୍ଥିତି ସମ୍ପର୍କରେ ସେ ନାରୀଟିର ଜାଣିବା ନ ଜାଣିବା ତାଙ୍କ ପାଇଁ ବଡ଼ କଥା ହୁଏତ ନଥିଲା । ସେ କେବଳ ତାକୁ ସେଇଟି ପିନ୍ଧାଇ ଦେବାର ଆନନ୍ଦ ଟିକକ ଚାହିଁଥିଲେ !

ମୁଁ ଏଥର ମୋ ନିଜ ଭିତରକୁ ଝାଙ୍କି କୌଣସି ରହସ୍ୟର ସୂତ୍ରଟିଏ ଖୋଜି ପାଇବାକୁ ଚେଷ୍ଟା କଲି । କିନ୍ତୁ ନାଁ କେଉଁଠି ବି ଝଲକଟିଏ ନାହିଁ । କେବଳ ସେଦିନ ସେ ପାହାଡ଼ି ରାସ୍ତାରେ ଓହ୍ଲାଇବାବେଳେ ମୋ ସେ ସ୍ୱପ୍ନ କଥା ମନେ ପଡ଼ି ପରିବେଶଟି ଟିକେ ଚିହ୍ନା ଚିହ୍ନା ଲାଗିଥିବା କଥାଟି ହିଁ ମନେପଡ଼ିଲା । କିନ୍ତୁ ସେ ଅନୁଭବ ସେପରି କିଛି ତୀବ୍ର ନଥିଲା କିମ୍ବା ସେ ଭଦ୍ରଲୋକଙ୍କ ସହିତ ସେତିକି ସମୟ କଥାବାର୍ତ୍ତା କରିବାବେଳେ କାହିଁ କୌଣସି ପ୍ରକାର ସ୍ପନ୍ଦନ ତ ମୋ ଭିତରେ ଅନୁଭୂତ ହୋଇନଥିଲା । ତାଙ୍କର ତୀବ୍ର ବ୍ୟାକୁଳ ଭାବକୁ ମୁଁ ଖାଲି ବୁଝିପାରିଥିଲି ।

ଏତିକି ବ୍ୟତୀତ ମୋ ନିଜ ଭିତରେ ରାମଲାଲଙ୍କୁ ନେଇ କେବେବି ସ୍ପନ୍ଦନଟିଏ ତ ସୃଷ୍ଟି ହୋଇନାହିଁ । ଯାହା କିଛି ସେତେବେଳେ ହୋଇଥିଲା ତା' ଥିଲା ମୋର କୌତୂହଳ ମାତ୍ର ।

ତାଙ୍କର ଜୀବନରେ ସେ ତୃତୀୟ ନାରୀର ଉପସ୍ଥିତି ଓ ମୋକ୍ଷପ୍ରାପ୍ତିର ବିଶ୍ୱାସ ସହିତ ମୋର ସାମାନ୍ୟ ମାତ୍ର ପ୍ରତ୍ୟୟ ଜଡ଼ିତ ନୁହେଁ । ଯଦି ସତରେ ଜନ୍ମାନ୍ତର କିଛି ଥାଏ ବା ସେପରି କିଛି ଘଟିଥାଏ ତାହା କାଙ୍କ ପାଇଁ ବାସ୍ତବ ମନେ ହେଉଛି, କିନ୍ତୁ ମୋ ପାଇଁ ନୁହେଁ । ମୋ ଚେତନାରେ ରାମଲାଲଙ୍କର ଅସ୍ତିତ୍ୱର କୌଣସି ବର୍ଣ୍ଣ ନାହିଁ । ଅନ୍ୟ ଜଣଙ୍କର ଅନୁଭବକୁ ମୁଁ ନିଜର ବୋଲି ଗ୍ରହଣ କରିପାରିବିନି । ଅନ୍ୟର ସତ୍ୟକୁ ନିଜର ବୋଲି ସ୍ୱୀକାର କରିବା ମୋ ପକ୍ଷରେ ସମ୍ଭବ ନୁହେଁ ।

ଅଥଚ ଏତେ ବର୍ଷ ପରେ ସେ ମୂଲ୍ୟବାନ ପଦକଟିକୁ ଆବିଷ୍କାର କରିବା ପରଠାରୁ ମୁଁ ନିଜ ମନ ଉପରେ ଏକ ଅଦ୍ଭୁତ ଧରଣର ଚାପ ଅନୁଭବ କରୁଛି । ଯେଉଁଥିରେ ମୋର ସାମାନ୍ୟତମ ଅଧିକାର ନାହିଁ ବୋଲି ମୁଁ ଜାଣେ ତାକୁ ନିଜ ପାଖରେ ରଖିବା ଉଚିତ ହେବନି । ଅଥଚ ଏବେ ରାମଲାଲ ଯଦିବି ବଞ୍ଚିଥିବେ ତଥାପି ତାଙ୍କ ସହିତ ଯୋଗାଯୋଗ ସ୍ଥାପନ କରିବାର କୌଣସି ସମ୍ଭାବନା ମଧ୍ୟ ନାହିଁ । ତେବେ ମୁଁ କରିବି କ'ଣ ! କାହାକୁ କହିବି ଏହି ଅଦ୍ଭୁତ ଦ୍ୱନ୍ଦ୍ୱର କଥା ! କିପରି ନିଷ୍କୃତି ପାଇବି ଏ ଚାପରୁ !

ମୋ ଭିତରେ ଲାଗିରହିଲା ଏକପ୍ରକାର ଛଟପଟ ଭାବ ! କାହାରି ନିକଟରେ ଏପରି ଋଣୀ ହୋଇ ରହିଯିବାର ଗ୍ଲାନିବୋଧ ମୋ ଅନ୍ତଃସତ୍ତାକୁ ପୀଡ଼ିତ କରିପକାଇଲା । ସେହି ଅସ୍ୱସ୍ତିକର ଭାବନାରୁ ମୁଁ ନିଜକୁ ମୁକ୍ତ କରି ପାରିନଥିଲି । ଏକ ଅଦ୍ଭୁତ ବିଷଣ୍ଣତାବୋଧ ଛାଇ ରହିଲା ମୋର ଅନ୍ତରରେ ।

କିନ୍ତୁ ଆଜି ହଠାତ୍ ସକାଳେ ପ୍ରାର୍ଥନା କରିବାବେଳେ ସ୍ୱତଃମୋର ଅନ୍ତଃକରଣରୁ ଆକୁତିଟିଏ ଉଚ୍ଚାରିତ ହେଲା, "ହେ ଈଶ୍ୱର, ସେ ଭଦ୍ରଲୋକଙ୍କର ଏ ସନ୍ତକଟିକୁ ମୁଁ ତୁମଠାରେ ସମର୍ପଣ କରିଦେଉଛି । ତୁମେ ଅନ୍ୟକାହାକୁ ମୋକ୍ଷ ବା ମୁକ୍ତି ଦେବକି ନାହିଁ ତୁମେ ଜାଣ । ମୋତେ ଅନ୍ତତଃ ଏ ଅବାଞ୍ଛିତ ତୃତୀୟ ନାରୀର ଦାୟିତ୍ୱରୁ ମୁକ୍ତ କର ।"

■

ଶାପମୁକ୍ତି

ବ୍ରହ୍ମପୁର ମହିଳା କଲେଜକୁ ବଦଳି ଆଦେଶ ପାଇବା ମାତ୍ରେ ସେଠାରେ ଥିବା ମୋର ବନ୍ଧୁମାନଙ୍କୁ ଘର ଖଣ୍ଡେ ଖୋଜିଦେବାକୁ ଜଣାଇ ଦେଇଥିଲି । ଖରା ଛୁଟି ଭିତରେ ଯାଇ ମିଳିଯାଇଥିବା ଭଡ଼ା ଘରଟିରେ ମୋର ଏକୁଟିଆ ଚଳିବା ପାଇଁ କିଛି ଆସବାବପତ୍ର ରଖିଦେଇ ଆସିଲି ! ଅନ୍ତତଃ କଲେଜ ଖୋଲିଯିବା ପରେ ଘର ସଜଡ଼ା କାମ ଯେମିତି ବାକି ନରହୁ ।

କିନ୍ତୁ କଲେଜ ଖୋଲିବା ପରେ ନୂଆ ଜାଗାରେ ଚଳିବାର ଚେଷ୍ଟା କରୁ କରୁ ଏଣେ ବାପାଙ୍କର ଦେହ ଖରାପ ଖବର ପାଇ କଟକ ଫେରିବାକୁ ପଡ଼ିଲା । ଘରେ ମୁଁ ବାପାଙ୍କର ଯେଉଁ ଅବସ୍ଥା ଦେଖିଲି, ସେଇଥିରୁ ଜାଣିପାରିଲି ଯେ ତାଙ୍କୁ ଖାଲି ଦେଖିଦେଇ ଫେରିଗଲେ ମୋର କର୍ତ୍ତବ୍ୟ ସରିଯିବନି । ତେଣୁ କିଛିଦିନ ରହି ତାଙ୍କର ସେବାଶୁଶ୍ରୂଷା କରିବା ଉଚିତ ହେବ ।

ତେଣୁ ପନ୍ଦରଦିନ ଛୁଟିନେଇ ଆସିବାପାଇଁ ବ୍ରହ୍ମପୁର ଫେରିଆସିଲି । କାରଣ ବିଧିବଦ୍ଧ ଭାବରେ ଛୁଟି ପାଇଁ ଦରଖାସ୍ତ କରିଯିବାକୁ ହେବ । ଏଇ ଦୁଇ ଚାରିଦିନ ଭିତରେ ବି ଘରଟାର ଖୋଲା ରହିଯାଇଥିବା ଝରକା ଦେଇ ପଶିଥିବା ପାରାମାନଙ୍କର କାରବାର ଦେଖି ମୋର ମୁଣ୍ଡ ଖରାପ ହୋଇଗଲା । ଏତେ କୁଟାକାଠି କେମିତି ସେମାନେ ବୋହିଆଣିଲେ କେଜାଣି ! ସ୍କାଇଲାଇଟ୍ ଉପରେ ବସା ବାନ୍ଧିବାର ଯୋଜନା ନିଶ୍ଚୟ କରିଛନ୍ତି ।

କାହାକୁ ଆଉ ଏ ଅସୁବିଧା କଥା କହିବି ! ବସ୍‌ରେ ଯାଇ ପହଞ୍ଚି ନିଜ କାମ ସାରି କଲେଜ ଯିବାକୁ ପ୍ରସ୍ତୁତ ହେବି କ'ଣ ଆଗ ଘର ସଫା କାମରେ ଲାଗିଲି । ପ୍ରାୟ ସଫା କାମ ସରିଆସୁଛି ମତେ ଶୁଣାଗଲା ମୋ ଘର ପଛପାଖରେ କାହାର କଥାବାର୍ତ୍ତାର ଶବ୍ଦ । ଝରକା ଖୋଲି ଦେଖିଲି ମୁଁ ଭଡ଼ା ରହୁଥିବା ଘରର ପଛପଟକୁ ଯେଉଁ ଦୁଇ ବଖରା

ଘର ଖାଲି ପଡ଼ିଥିଲା ଘରମାଲିକ ଘରମାଲିକ ବୋଧେ କାହାରିକୁ ଭଡ଼ା ଦେଇଛନ୍ତି। ମତେ ଖାଲି କଥା ଶୁଣାଯାଉଥିଲା, ଏଥର ଦେଖାଗଲା ଗୋଟେ ଚଉକି ଉପରେ ବସିଛି ଜଣେ ଆସନ୍ନପ୍ରସବା ସ୍ତ୍ରୀଲୋକ, ଅନ୍ୟ ଜଣେ ବୁଢ଼ୀ ମଣିଷ କିଛି ରନ୍ଧାବଢ଼ାର ଆୟୋଜନ କରୁଛି।

ମୁଁ ଝରକା ବନ୍ଦ କରିଦେଇ ପୁଣି ଘର ସଫା କାମରେ ଲାଗିଲି। କଲେଜରେ ପହଞ୍ଚି ଜାଣିଲି ଉଚ୍ଚଶିକ୍ଷା ବିଭାଗର ନିର୍ଦ୍ଦେଶକ ତିନିଦିନ ପରେ କଲେଜ ପରିଦର୍ଶନରେ ଆସିବେ। ତେଣୁ ପ୍ରିନ୍ସିପାଲ ମତେ ସେହିକ୍ଷଣି ଛୁଟି ଦେବାକୁ ମନା କରିଦେଲେ । ନିର୍ଦ୍ଦେଶକ ଆସି ଫେରିଯିବା ପର୍ଯ୍ୟନ୍ତ କେହି କୁଆଡ଼େ ଯାଇ ପାରିବେନି। ଅଗତ୍ୟା ମନ ଯେତେ ବ୍ୟସ୍ତ ହେଲେ ବି ରହିବାକୁ ପଡ଼ିଲା। ପିତୃକାର୍ଯ୍ୟ ଅପେକ୍ଷା ରାଜକାର୍ଯ୍ୟ ଯେ ଅଧିକ ଗୁରୁତ୍ୱପୂର୍ଣ୍ଣ ନ ବୁଝି ବାଟ ନଥିଲା।

ପରଦିନ କଲେଜ ବାହାରୁଛି ଜଣେ ଲୋକ ବୟସ ପ୍ରାୟ ଚାଳିଶ ବର୍ଷ ଉପରେ ହେବ ଆସି ମୋ ଦାଣ୍ଡ ପିଣ୍ଡା ତଳେ ଠିଆହୋଇ ମତେ ନମସ୍କାର କଲା। ମୁଁ ତାକୁ ଆଶ୍ଚର୍ଯ୍ୟ ହୋଇ ଚାହିଁଲି। ମୁଁ ଭାବିଲି ଏଠି ତ ମୁଁ କାହାକୁ ଜାଣିନି କି ମତେ ଏଠି କେହି ଏପର୍ଯ୍ୟନ୍ତ ଜାଣିନାହାନ୍ତି, କିଏ ଏ ଲୋକ !

ମୁଁ ଅଧିକ କିଛି ଭାବିବା ପୂର୍ବରୁ ଲୋକଟି କହିଲା, "ଆଜ୍ଞା ଆମେ ଏଇ ପାଞ୍ଚ ଛ'ଦିନ ହେଲା ଆସି ଆପଣଙ୍କ ଘର ପଛପଟରେ ଥିବା ସେଇ ଦୁଇ ବଖରାରେ ଅଛୁ। ଆମ ଘର ହିଞ୍ଜିଳାକାଟୁରୁ ପ୍ରାୟ ପନ୍ଦର ମାଇଲ ଦୂର ଏକ ଗାଁରେ।"

ଭାବିଲି ଏ ଲୋକ ତା' ଘରଦ୍ୱାରର ଠିକଣା କାହିଁକି କହୁଛି। କିନ୍ତୁ ତା'ର କଥାରେ ଗୋଟେ ସହଜ ଭାବ ଫୁଟି ଉଠୁଥିଲା। କିଛି ଗୋଟେ କହିବି ଭାବି ପଚାରିଲି, "ଆଚ୍ଛା ଏଠି କ'ଣ ଚାକିରିବାକିରି କିଛି ପାଇଛ କି ?"

"ନାଁ ଆଜ୍ଞା, ସ୍ତ୍ରୀର ଡେଲିଭରି ପାଇଁ ଏଠାକାର ବଡ଼ ଡାକ୍ତରଖାନାକୁ ଆଣିଛି। ସାଙ୍ଗରେ ମୋ ବୋଉ ବି ଆସିଛି। ଏଠି ଦୁଇମାସ ରହି ଗାଁକୁ ଚାଲିଯିବୁ।"

ମୁଁ ମନେ ମନେ ଭାବିଲି ଲୋକଟା ତ ଏତେ ବୟସ୍କ ଦେଖାଯାଉଛି ଆ'ର ପୁଣି ଏବେ ବି ପିଲା ହେଉଛନ୍ତି ? ଟିକେ କେମିତି ବିରକ୍ତିରେ ପଚାରିଦେଲି। "ତୁମର ଆଉ କେତୋଟି ପିଲା ଅଛନ୍ତି ?"

ସେ ଲୋକଟି ତା' ମୁଣ୍ଡରେ ହାତ ଦେଇ ଖୁବ୍ ଦୁଃଖରେ କହିଲା ଯେ ଏହା ପୂର୍ବରୁ ସାତୋଟି ପିଲା ତା'ର ଜନ୍ମ ହୋଇ ମରିଯାଇଛନ୍ତି। ଇଏ ତା' ସ୍ତ୍ରୀର ହେଉଛି ଅଷ୍ଟମ ଗର୍ଭ। ଗାଁ ଲୋକେ କହିଲେ ବ୍ରହ୍ମପୁର ବଡ଼ ଡାକ୍ତରଖାନାକୁ ନେଇଯିବାକୁ। ସେଥିପାଇଁ ସେ ଏତେଦୂରରୁ ଆସି ଏଠି ଘରଭଡ଼ା ଦୁଇମାସ ପାଇଁ ନେଇଛି। ମୁଁ ଟିକେ

ବିରକ୍ତି ପ୍ରକାଶ କରିଥିବାରୁ ମନେ ମନେ ସଂକୁଚିତ ହୋଇଗଲି । ତେବେ କଥା ଆଉ ନ ବଢ଼ାଇବା ପାଇଁ ପଚାରିଲି, "ହଉ, କ'ଣ ପାଇଁ ଆସିଛ ?"

"ନାଇଁ ଆଜ୍ଞା, ଆମେ ତ ଏଇ ପାଞ୍ଚ ଛ'ଦିନ ହେଲା ଆସିଛୁ । ଆଗ ଗଳିମୁଣ୍ଡର ପାନ ଦୋକାନୀ ଆମେ କୋଉଠି ରହୁଛୁ ବୋଲି ଜାଣିବା ପରେ କହିଲା ଯେ କଲେଜରେ ପାଠ ପଢ଼ାଉଥିବା ଜଣେ ମା' ସେଇଠି ରହୁଛନ୍ତି ।"

"ହଉ, କ'ଣ ହେଲା କୁହ, କ'ଣ ପାଇଁ ଆସିଛ ?" ମୁଁ ପଚାରିଲି ।

ସେ କାନକୁଣ୍ଡାଇ କହିଲା, "ମା, ଆସିବା ବେଳେ ଗାଁର ଜଣେ ପୁରୁଖା ଲୋକ କହିଥିଲେ ଡେଲିଭରି ପାଇଁ ଯେଉଁ ଆଉ ଦୁଇମାସ ଅଛି ସେ ସମୟରେ ଭାଗବତ ପଢ଼ିବା ପାଇଁ । କାଳେ ଏଥର ପିଲାଟା ବଞ୍ଚିଯିବ ପରା । ଆମ ଗାଁରେ ତ ଭାଗବତ ଟୁଙ୍ଗୀ କୋଉଦିନୁ ଭାଙ୍ଗିରୁଜି ଗଲାଣି । ଆମମାନଙ୍କ ଘରେ କ'ଣ ସେ ଅମୂଲ୍ୟ ପୋଥି ଥାଏକି ! ଶୁଣିଲି ସେ ପୋଥିର ବହି କୁଆଡ଼େ ମିଳୁଛି । ଭାବିଲି ଆପଣ ଜଣେ କଲେଜ ମା', ଜାଣିଥିବେ ପରା ।"

"ହଁ ବହିତ ଅଛି । କିନ୍ତୁ ଏଠି ନାହିଁ । ମୁଁ ବି ଏଠାକୁ ଏଇ କେଇଦିନ ହେଲା ଆସିଛି । ମୋ ବହିପତ୍ର ସବୁ କଟକ ଘରେ ଅଛି । ମୁଁ ଦୁଇ ଚାରିଦିନ ପରେ କଟକ ଯିବି, କିନ୍ତୁ ସେଠି ମତେ ରହିବାକୁ ପଡ଼ିବ କେଇଦିନ । କେବେ ଫେରିବି ଠିକ୍ ନାହିଁ । ତେଣୁ ତୁମ କାମକୁ ସେ ହେବନି ।"

ଲୋକଟି ନିରାଶ ଜଣାପଡ଼ିଲା । ହାତଯୋଡ଼ି କହିଲା "ହଉ ଆଜ୍ଞା" ।

ସେ ଚାଲିଯାଉଥିଲା ମୁଁ ତାକୁ ପଛରୁ ଡାକି ପଚାରିଲି, "ଶୁଣ ତୁମ ନାଁ କ'ଣ ?"

"ବତାସୀ ପଧାନ ଆଜ୍ଞା ।" ତା' ସ୍ୱର ଖୁବ୍ ନିରାଶକର ଶୁଣାଗଲା ।

ମୁଁ ତାକୁ ଆଉ କିଛି କହିଲିନି ମୋ ଘର କଡ଼େ କଡ଼େ ଯାଇଥିବା ଗଳି ଦେଇ ସେ ପଛ ପାଖକୁ ଚାଲିଗଲା । ମୁଁ କଲେଜ ବାହାରିଗଲି କିନ୍ତୁ ମନଟା ଗୋଳେଇ ପୋଳେଇ ହେଲା । ଲୋକଟା ଆଉ କିଛି ନୁହେଁ ଭାଗବତ ପଢ଼ିବାକୁ ମାଗୁଥିଲା । ବହି ମୋ ପାଖରେ ଥିବା ସତ୍ତ୍ୱେ ମୁଁ ତାକୁ ଦେଇପାରୁନି । ମୁଁ ତ କଟକ ଗଲେ ଏତେ ଶୀଘ୍ର ବୋଧେ ଆସିପାରିବିନି । କ'ଣ ଆଉ କରାଯାଏ । କଲେଜରେ ପହଞ୍ଚି ଲାଇବ୍ରେରୀ ବାଟ ଦେଇ ଯାଉଛି ହଠାତ୍ ମନେପଡ଼ିଗଲା ଓଡ଼ିଆ ଭାଗବତ ସେଟ୍ ତ ନିଶ୍ଚୟ ଲାଇବ୍ରେରୀରେ ଥିବ । ମୁଁ ଆଗ ଗଲି ଲାଇବ୍ରେରୀକୁ, ପଚାରିଲି ବହି କଥା । ଲାଇବ୍ରେରିଆନ କହିଲେ, "ମାଡାମ୍ ଆପଣ ଟିକେ ସେ ଧର୍ମଗ୍ରନ୍ଥ ଥିବା ସେଲ୍‌ଫ ଦୁଇଟିକୁ ଦେଖି ନିଅନ୍ତୁ । ଆଜି ବହି ଖୋଜିବା ଲୋକଟି ଛୁଟିରେ ଅଛି ।"

ମୁଁ ଭିତରେ ଯାଇ ବହି ଖୋଜୁଛି, ସେଇଠି ଆମ ଓଡ଼ିଆ ବିଭାଗର ଜଣେ

ଅଧ୍ୟାପକ ନରେନ୍ଦ୍ର ବାବୁ ମଧ୍ୟ କିଛି ବହି ଅନ୍ୟ ସେଲ୍‌ଫରେ ଦେଖୁଥିଲେ। ମତେ ଦେଖି କହିଲେ, "କ'ଣ ପ୍ରଭା ମ୍ୟାଡାମ୍, କି ବହି ଖୋଜୁଛନ୍ତି କି ?"

ମୁଁ କହିଲି, "ଭାଗବତ ସେଟ୍‌ଟା ଖୋଜୁଛି ?"

"ଆପଣ କ'ଣ ଏଯାଏଁ ଭାଗବତ ପଢ଼ି ନଥିଲେ ?" ତାଙ୍କ କଣ୍ଠ ସ୍ୱରରେ ଟିକେ ପ୍ରଚ୍ଛନ୍ନ ଶ୍ଲେଷ ପ୍ରକାଶ ପାଇବା ପରି ମନେହେଲା।

ମୁଁ ତାଙ୍କୁ ହସି ହସି ଉତ୍ତର ଦେଲି, "ଆପଣ କ'ଣ ଭାବୁଛନ୍ତି ଭାଗବତ ନ ପଢ଼ି ମୁଁ ଓଡ଼ିଆ ସାହିତ୍ୟରେ ଅଧ୍ୟାପିକା ହୋଇଛି ?"

"ନାଁ ନାଁ ଆପଣ ଖରାପ ଭାବିଲେ କି ? ତଥାପି କୁହନ୍ତୁ ଦେଖି କେତେ ଜଣ ଓଡ଼ିଆ ଅଧ୍ୟାପିକା ସାରଳା ମହାଭାରତ, ଦାଣ୍ଡୀରାମାୟଣ ଓ ଭାଗବତ ପ୍ରଭୃତି ପଢ଼ିଥାନ୍ତି ?" ସେଇ ସମାନ ସ୍ୱରରେ କହିଲେ ନରେନ୍ଦ୍ର ବାବୁ।

ମୋର ତାଙ୍କ ସହିତ ସେଠି ସାହିତ୍ୟ ଆଲୋଚନା କରିବାର କୌଣସି ଆଗ୍ରହ ନଥିଲା। ମୁଁ ସେଲ୍‌ଫରେ ଥିବା ବହି ଖୋଜାରେ ମନ ଦେଲି। ସେ ଭଦ୍ରଲୋକ ମୋ ନୀରବତା ପ୍ରତି ଆଦୌ ଧ୍ୟାନ ନଦେଇ ସେଇ କଥା କହିକହି ବହିଥାକ ପାଖରେ ପହଞ୍ଚି ମୋ ସହିତ ମିଶି ଖୋଜିବାକୁ ଲାଗିଲେ। ସତକୁ ସତ ତାଙ୍କୁ ହିଁ ମିଳିଗଲା। କାରଣ ସେ କଲେଜର ପୁରୁଣା ଲୋକ। କେତେଥର ହୁଏତ ସେ ଏ ବହି ଥାକସବୁ ଦେଖିଥିବେ। ମୁଁ ତାଙ୍କ ହାତରୁ ବହିତକ ନେଇ ତାଙ୍କୁ ଧନ୍ୟବାଦ ଜଣାଇ ମୋ ନାଁରେ ସେସବୁ ନେବା ପାଇଁ ଆସୁଛି ସେ ପଛରୁ ପାଟି କରି କହିଲେ, "ମ୍ୟାଡାମ୍ ମନେ ରଖିଥିବେ ଯଦି ଏ ବହି କାହାକୁ ଦେବେ, ଆଉ ତାକୁ ଫେରିପାଇବେନି।"

ମୁଁ ମଧ୍ୟ ସେ କଥା ଜାଣେ। ବହି ଦେଇ ବହି ଫେରି ନ ପାଇବା ବେଶ୍ କିଛି ଥର ଘଟିଛି। ଚିହ୍ନାଜଣା ଲୋକ ବି ଫେରାନ୍ତି ନାହିଁ। ଥରକୁ ଦୁଇଥର କହିଲେ ସେମାନଙ୍କର ରାଗ ହୋଇଯାଏ। ଏସବୁର ଅଭିଜ୍ଞତା ଥିବା ସତ୍ତ୍ୱେ ମତେ ସେ ଅପରିଚିତ ଲୋକଟିକୁ ଭାଗବତର ପୂରା ସେଟ୍‌ଟା ଦେବା ପାଇଁ ମନରେ କାହିଁକି କେଜାଣି କିଛି ସଂଶୟ ଅସିଲା ନାହିଁ। ଓଲଟା ମନରେ ଆସିଲା ଯଦି ସେ ମତେ ବହି ନ ଫେରେଇ ଚାଲିଯାଏ ତେବେ ମୋ ପାଖରେ ଥିବା ସେଟ୍‌ଟା ମୁଁ ଲାଇବ୍ରେରୀକୁ ଫେରେଇ ଦେବି।

ଘରକୁ ଫେରିବା ପରେ ମୁଁ ବାରିପଟ ଝରକାକୁ ଚାହିଁଲି। ବତାସୀ ପ୍ରଧାନ ଖଣ୍ଡେ ମଶିଣା ଉପରେ ବସି କ'ଣ କରୁଥିଲା। ମୁଁ ତାକୁ ଡ଼ାକି ଭାଗବତ ବହିତକ ଦେଇ କହିଦେଲି ସେମାନେ ଯିବା ପୂର୍ବରୁ ଯେମିତି ବହି ଫେରାଇ ଦେଇଯିବେ।

ସେ ବଡ଼ କୃତକୃତ୍ୟ ହୋଇ ବହିକୁ ମୁଣ୍ଡରେ ଛୁଆଁଇ ମତେ ମଧ୍ୟ ନଇଁ କି

ନମସ୍କାର କରି ତା' ଘରକୁ ଗଲା। ତା' ମୁହଁରେ ସେ ସମୟରେ ଫୁଟି ଉଠିଥିବା ପ୍ରସନ୍ନତା ଓ ଆଶ୍ୱସ୍ତ ହେବାର ଭାବ ମତେ ଖୁବ୍ ସନ୍ତୋଷ ଦେଇଥିଲା।

ମୋର ବାପାଙ୍କର ଦେହ ଖରାପ କଥା କେବଳ ମନେ ପଡୁଥାଏ। କେମିତି ଆଉ ତିନିଦିନ କଟିବ ମୁଁ କଟକ ଫେରିବି ସେଇ କଥା ଭାବୁଥାଏ। ମନ ଆଉ କୋଉଥିରେ ଲାଗୁନଥାଏ। ନୂଆ ଜାଗା, ନୂଆ ଘର ପୁଣି ସାଙ୍ଗରେ କେହି ନଥିବାରୁ ରାତିରେ ବାରବାର ଚାଉଁ କରି ନିଦ ଭାଙ୍ଗିଯାଏ।

ସବୁଦିନ ରାତିରେ ଶୋଇବା ପୂର୍ବରୁ କିଛି ସମୟ ଧ୍ୟାନ କରିବା ମୋର ଅଭ୍ୟାସ ହୋଇଯାଇଥିଲା। ସେଦିନ କାହିଁକି କେଜାଣି ଧ୍ୟାନରେ ଜମାରୁ ସ୍ଥିରତା ଆସିଲା ନାହିଁ। ମୁଁ ଖାଲି ଠାକୁରଙ୍କୁ ମୁଣ୍ଡିଆଟିଏ ମାରି ବିଛଣାରେ ଗଡ଼ିପଡ଼ିଲି। ଏଣୁତେଣୁ କିଛି ଭାବୁଭାବୁ କେତେବେଳେ ନିଦ ଲାଗିଯାଇଛି।

ସେ ସ୍ୱପ୍ନ ଥିଲା କି ସତ ଥିଲା କେଜାଣି ! ମତେ ଲାଗିଲା ମୋ ପାଖରେ ଲାଲ ଟକଟକ ସିନ୍ଦୂର କଲି ମୁଣ୍ଡରେ ମାରିଥିବା କୃଷ୍ଣବର୍ଣ୍ଣର ବାମନ ଲୋକଟେ ଠିଆହୋଇଛି। ସେ କେମିତି ଗୋଟେ ରୁକ୍ଷ ସ୍ୱରରେ ମତେ କହିଲା, "ତୁ କ'ଣ ଭାଗବତ ଦେଇ ତାକୁ ରକ୍ଷା କରିବୁ ବୋଲି ଭାବିଛୁ? ଶୁକମୁନିଙ୍କ ମୁହଁରୁ ପୂରା ଭାଗବତ ଶୁଣିବା ପରେ ବି ରାଜା ପରୀକ୍ଷିତଙ୍କର କ'ଣ ହୋଇଥିଲା ମନେ ଅଛି ତ ?"

ମୁଁ ହଠାତ୍ ଉଠିପଡ଼ିଲି। ସତେ ଯେମିତି ପାଖରେ ସେଇ ଲୋକଟା ଠିଆ ହୋଇଥିଲା ପରି ଅନୁଭବ ହେଲା। କଥାଗୁଡ଼ାକ ଏତେ ସ୍ପଷ୍ଟ ଥିଲା ଯେ କାନରେ ଶୁଣିବା ପରି ଲାଗୁଥିଲା। ମୋର ସେ ବତାସୀ ପଧାନକୁ ଭାଗବତ ଆଣିଦେବା ସହିତ ଦେଖିଥିବା ସ୍ୱପ୍ନର କିଛି ସମ୍ପର୍କ ରହିଛି କି ଭାବି ମତେ ଖୁବ୍ ଆଶ୍ଚର୍ଯ୍ୟ ଲାଗିଲା। କିଏ ଥିଲା ସେ ଲୋକ ଯିଏ ଏପରି ଏକ ସତର୍କବାଣୀ ଶୁଣାଇବା ପରି କହିଲା। ମନ ଭିତରକୁ କେମିତି ଗୋଟେ ଶଙ୍କା ପଶିଆସିଲା। ସେ କୃଷ୍ଣବର୍ଣ୍ଣ ବାମନ ଲୋକଟାର ଚେହେରା ବାରବାର ଆଖି ଆଗରେ ଭାସିବାକୁ ଲାଗିଲା। ମୁଁ ଆଉ ରାତିରେ ଠିକ୍‌ରେ ଶୋଇପାରିଲିନି।

କୌଣସି ପ୍ରକାରେ ରାତିଟା କଟିଗଲା। ସକାଳେ ନିଜର ନିତ୍ୟକର୍ମ ସାରିବା, ନିଜ ପାଇଁ ରାନ୍ଧିବା ଓ କଲେଜ ବାହାରିବା ପାଇଁ ପ୍ରସ୍ତୁତି କରିବା ଭିତରେ ପୂର୍ବ ରାତିର ସେ ସ୍ୱପ୍ନ କଥା ମନକୁ ବାରମ୍ବାର ଆସୁଥାଏ। ଭାବିଲି ସେ ବେତାସୀକୁ ଡାକି ପଚାରିବିକି ? କିନ୍ତୁ କ'ଣ ପଚାରିବି ? ସେ ଓଲଟା କଲେଜ ମା'ଙ୍କର ଏପରି ଅଦ୍ଭୁତ ଆଚରଣରେ କାବା ହୋଇଯିବ। କୋଉ ସ୍ୱପ୍ନ ? କୋଉ ରହସ୍ୟ ? କିଏ ସେ ଲୋକ ? ଏସବୁ କ'ଣ ପଚାରୁଛି ବୋଲି ସେ କିଛି ବୁଝିପାରିବନି। ଛାଡ଼ ସ୍ୱପ୍ନ କଥା ସ୍ୱପ୍ନ ହୋଇ ରହୁ। ମୁଁ ସେ ସ୍ୱପ୍ନ କଥାରେ ଆଉ ଗୁରୁତ୍ୱ ଦେଲିନାହିଁ।

ଦୁଇଦିନ ପରେ କଲେଜରେ ସବୁ କାମ ସରିଗଲା । ନିର୍ଦ୍ଦେଶକ କଲେଜ ପରିଦର୍ଶନ କରି ଖୁସିହୋଇ ଫେରିଗଲେ । ମୁଁ ନିଶ୍ଚିନ୍ତ ହୋଇ ଘରକୁ ଫେରିଲି । ପରଦିନ ସକାଳେ କଲେଜ ସାରି ସେଇଠୁ ବସ ଯୋଗେ କଟକ ଫେରିବାର ଯୋଜନା କରିଥାଏ । ଘରେ ପହଞ୍ଚି ଲୁଗାପଟା ବଦଳାଇ ବସିଛି କବାଟରେ କିଏ ଖଡ଼ଖଡ଼ କରିବା ଶୁଣି ଉଠିପଡ଼ି କବାଟ ଖୋଲିଦେଲି । ଦେଖିଲି ବାରିପଛପଟ ଘରେ ଆସି ରହୁଥିବା ସେହି ବୟସ୍କା ସ୍ତ୍ରୀଲୋକଟି ହାତରେ ଗୋଟେ କଦଳୀ ପତରେ ଢ଼ଙ୍କା ହୋଇଥିବ କଂସାଟିଏ ଧରି ଛିଡ଼ା ହୋଇଛି ।

ମୁଁ ତାକୁ ଭିତରକୁ ଡାକିଲି । ସେ ଟିକେ ସଂକୁଚିତ ହୋଇ ଭିତରକୁ ଆସିଲା । ମୁଁ ପଚାରିଲି, "ମାଉସୀ ହାତରେ କ'ଣ ଧରିଛ ?"

ମୋର ଏ ପ୍ରକାର ସହଜ ପ୍ରଶ୍ନରେ ସେ ଖୁବ୍ ଆଶ୍ୱସ୍ତ ହେବାପରି କହିଲା, "ମା' ମୋ ପୁଅ କହୁଥିଲା ତମେ ଭାରି ଭଲ । ସେ ଭାଗବତ ବହି ଟିକେ ଆଣିଦେବା କଥା କହିବାକୁ ଖୁବ୍ ସାହସ କରି ଆସିଥିଲା । ଭାବୁଥିଲା କାଳେ ତୁମେ ରାଗିବ । କିନ୍ତୁ ମା ତୁମେ ଆମକୁ ନ ଜାଣିବି କଥା ପଦକରେ ଏତେ ବହି ଆଣିଦେଲ । ଆଜି ସେ ମତେ କହିଥିଲା "ବୋଉ ସେ କଲେଜ ମା' ଏକା ରହୁଛନ୍ତି । ତୁ ଭଲ ନଡ଼ିଆ ପୁର ଦିଆ ମଣ୍ଡା ଦି'ଟା ଛାଣି ମା'ଙ୍କୁ ଦେଇ ଆସନ୍ତୁନି ।" ତା' କଥାରେ ମା' ପିଠା କରିକି ଆଣିଛି, ଖଣ୍ଡିଏ ହେଲେ ଚାଖିବ ।"

ମୁଁ ତାକୁ କାହିଁକି କେଜାଣି ହଠାତ୍ ପଚାରିଦେଲି, "ଆଚ୍ଛା ମାଉସୀ, ତୁମ ବୋହୂର ଏତେଗୁଡ଼ିଏ ପିଲା ଜନ୍ମହୋଇ ମରି ଯାଇଛନ୍ତି, ତୁମେ ଡାକ୍ତର ପରାମର୍ଶ କଲନି କାହିଁକି ?"

ମୋ ପ୍ରଶ୍ନରେ ବୁଢ଼ୀ ପୂରା କାନ୍ଦକାନ୍ଦ ହୋଇଗଲା । ମୋର ସେମିତି ପଚାରିବାଟା ଠିକ୍ ହେଲାନି ବୋଲି ଭାବୁଛି, ସେ କହିଲା, "ମା ତୁମକୁ କ'ଣ ଲୁଚାଇବି । ଡାକ୍ତର ଦେଖିଲେ କ'ଣ କରିବେ ମା । ବୋହୂର କିଛି ଅସୁବିଧା ନାହିଁ ମା । ମୋ ପୁଅ ବତାସୀ ପାପର ଫଳ ସେ ଭୋଗ କରୁଛି ।"

"ବତାସୀ ପାପର ଫଳ ? କ'ଣ କରିଥିଲେ ସେ ଯେଉଁଥିପାଇଁ ଛୁଆଟିମାନ ଜନ୍ମନେଇ ମରିଯାଉଛନ୍ତି ?" ମୁଁ ପ୍ରାୟ ବିଚଳିତ ହୋଇ ପଡ଼ିଥିଲି ।

ବୁଢ଼ୀଟି ସଳଖି ବସି କହିଲା, "କ'ଣ କହିବି ମା' ସେ ଦୁର୍ଯ୍ୟୋଗର କଥା । ବତାସୀକୁ ସେତେବେଳେ କୋଡ଼ିଏ କି ଏକୋଇଶ ବର୍ଷ ବୟସ ହୋଇଥାଏ । ନଈରୁ ଧୂଆଧୋଇ ହୋଇ ଫେରୁଥାଏ । ହାତରେ ତା'ର ଥାଏ କୋଦାଳଟାଏ । ବିଲରେ ଥିବା ହିଡ଼ ଉପରେ ଉପରେ ଚାଲିକରି ଆସୁଥାଏ । ତା' ପାଦ ଶବ୍ଦ ଶୁଣି ସେଇ ହିଡ଼ ତଳୁ ସାପଟାଏ ବାହାରି ଖୁବ୍ ଧୀରେ ଧୀରେ ଚାଲିଯାଉଥିଲା । ଏ ଚଣ୍ଡାଳ ବିନା କାରଣରେ

ହୁମସ୍ତା ହିଡ଼ ତଳକୁ ଡେଇଁପଡ଼ି ସେଇ କୋଦାଳରେ ଚୋଟଟାଏ ବସାଇ ଦେଲା । ସାପଟା ଆଉ ଉଠିପାରିଲାନି । ଛଟପଟ ହୋଇ କରିଗଲା । ବିଲରେ କାମ କରୁଥିବା ଲୋକ ଦେଖିଲେ, ଆଉ ଚିହ୍ନିଲେ ସେଇଟା କୁଆଡ଼େ ଥିଲା ଗେଟେ ଗର୍ଭିଣୀ ନାଗୁଣୀ । ସମସ୍ତେ ଛାନିଆରେ ସେଇଠି ଗୋଟେ ବଡ଼ ଗାଡ଼ କରି ତାକୁ ପୋତିଦେଲେ । ଯେଝା ଘରକୁ ଯିଏ ଗଲେ । ଏ ଚଣ୍ଡାଳ କାହାରିକୁ କିଛି ନ କହି ତା'ର ଯେମିତି ଚଳିବା କଥା ଚଳୁଥାଏ । କେଇଦିନ ଯାଇଛି ଅଗଣାରେ ନାଗଦେବତାଙ୍କୁ ଦେଖି ମୁଁ ହଳଦୀ ପାଣି ନେଇ ତାଙ୍କ ଉପରକୁ ଟିକେ ଟିକେ ପକାଇ କହିଲି, "ଠାକୁରେ ଦର୍ଶନ ଦେଇ ଭଲ କଲ । ଏବେ ତୁମ ବାଟରେ ଯାଅ ।" ସେ ଚାଲିଗଲେ ପରଦିନ ପୁଣି ସେଇକଥା ।

ବତାସୀ ଯେମିତି ଶୁଣିଲା ଛାନିଆରେ ସବୁ କଥା କହିଦେଲା । ମୋ ମନରେ ଭୟ ପଶିଗଲା । ମୁଁ ଜାଣିଲି ଆଉ ରକ୍ଷା ନାହିଁ । ମହାଦେବଙ୍କ ମନ୍ଦିରରେ କ୍ଷୀର ଲାଗିକଲି । ବେଲପତ୍ର ଚଢ଼ାଇଲି । ଧୂପଦୀପ ଦେଇ ଶରଣ ପଶିଲି । ବତାସୀ ବି ସାଙ୍ଗରେ ଥାଏ । ଦୋଷ କ୍ଷମା କର ବୋଲି ବାରବାର କହୁଥାଏ । ମା'ପୁଅ ମନ୍ଦିରରୁ ଭୋଗରାଗ କରି ଆସିଲୁ । ସପ୍ତାହ ଖଣ୍ଡେ ଭଲରେ କଟିଛି । ପୁଣି ସେଇ ଘଟଣା ଘଟିଲା । ଏଥର ଘର ଅଗଣାରେ ପୁଣି ନାଗ ଦେବତା ଉଭା ହେଲେ । ମୁଁ ଆଉ ଡ଼ରିଲିନି । ସିଧା ତାଙ୍କ ପାଖରେ ଯାଇ ଲମ୍ବ ହୋଇ ସାଷ୍ଟାଙ୍ଗ ପ୍ରଣାମ କରି କହିଲି, "ଠାକୁରେ ମୋ ପୁଅ ଦୋଷ କରିଛି ମୁଁ ତା' ଲାଗି କ୍ଷମା ମାଗୁଛି । ଯଦି କ୍ଷମା ନଦେବ ମତେ ମାରି ତୁ ରାଗ ଶାନ୍ତ କର, ମୋ ପୁଅକୁ ରକ୍ଷା କର ।"

ମା' ସତକୁ ସତ ଠାକୁରେ ଶାନ୍ତ ହୋଇ ତଳକୁ ମୁହଁ ପୋତି ଗଲାପରି ଚାଲିଗଲେ । ଆଉ କେବେ ଦେଖା ଦେଇନାହାନ୍ତି । ଆମେ ବି କଥାଟା ଧୀରେ ଧୀରେ ଭୁଲିଗଲୁ । ବତାସୀ ପଚିଶ ଛବିଶ ବର୍ଷ ବୟସ ବେଳକୁ ବାହାହେଲା । ପ୍ରଥମେ ଦୁଇ ଚାରିବର୍ଷ ଯାଏ ପିଲାଛୁଆ ନ ହେବାରୁ ଭାରି ମନ କଷ୍ଟ ହେଉଥାଏ । ସେ ଦୁଇ ବର୍ଷର ହୋଇଥିଲା, ତା' ବାପା ଚାଲିଯାଇଥିଲେ । କେତେ ଦୁଃଖ କଷ୍ଟରେ ତାକୁ ମଣିଷ କରିଥିଲି । ଭାବିଥିଲି ବାହାଚୋରା ହେବ, ନାତିନାତୁଣୀ ସାଙ୍ଗରେ ମରିବା ପୂର୍ବରୁ ଟିକେ ହସଖୁସିରେ ଜୀବନଟା କଟେଇବି । ତା'ର ହେଲାନି, ଓଲଟା ହା' ହୁତାଶ । ଶିବ ଠାକୁରଙ୍କୁ କେତେ ଡାକିଲି । ପିଲାଟିଏ ବୋହୂ ପେଟରେ ରହିଲା । ମୋ ଆନନ୍ଦ କହିଲେ ନସରେ । ବୋହୂକୁ କିଛି କାମଧନ୍ଦା କରେଇ ଦେଉନଥାଏ । ଖାଇପିଇ ବିଶ୍ରାମ ନେଉ । ପିଲାହେବା ପରେ ତ କେତେ କାମଲାଗିବ ।

ମା' ମଣିଷପାଞ୍ଚ ଦଇବପାଞ୍ଚଠୁ ଅଧିକା ହେବକି, ପୁଅଟିଏ ଜନ୍ମ ହେଲା, ହେଲେ ମଲା ପିଲାଟାଏ । ବେକରେ କ'ଣ ନାଡ଼ ଗୁଡ଼େଇ ହୋଇଗଲା । ମା' ଏମିତି ଏମିତି

ଚାରୋଟି ପୁଅ ବାହୁଡ଼ିଗଲେ। କିଏ ଜଣେ ସାଧୁ ଗାଁକୁ ଆସିଥିଲେ। ଆମ ଦୁଃଖ ଶୁଣି କହିଲେ କାହାର ଅଭିଶାପ ଆମ ଘର ଉପରେ ପଡ଼ିଚି; ପ୍ରାୟଶ୍ଚିତ୍ତ ବତାଇଲେ। ମୁଁ ଭାବିଲି ଆମେ କିବା ଲୋକ କାହାର ବା କି କ୍ଷତି କରିଛୁ ଯେ ଆମ ଉପରେ ଅଭିଶାପ ଫଳୁଛି ! ତଥାପି ତାଙ୍କ କଥା ମାନି ବିଭିନ୍ନ ମଠ ମନ୍ଦିରରେ ନିଜ ଶକ୍ୟ ମୁତାବକ ଦାନଦକ୍ଷିଣା ଦେଲି। କେତେ ବ୍ରତ ଉପାସ କଲି; କିନ୍ତୁ ମା' ସବୁ ବିଫଳ ହେଇଯାଇଛି। ଗତ ଚଉଦ ବର୍ଷ ଭିତରେ ବୋହୂଟା ସାତୋଟି ସନ୍ତାନ ଜନ୍ମ ଦେଇଛି ସିନା ହତଭାଗୀ କାହାର କୁଆଁ ସ୍ୱରଟିକେ ଶୁଣିନି। ଏଇଥରକ ପିଲାପେଟରେ ରହିବା ବେଳେ କାହିଁକି କେଜାଣି ମୋ ମନକୁ ସେଦିନର ଘଟଣା ଆସିଗଲା। ଭାବିଲି ମୋ ପ୍ରାର୍ଥନାରେ ନାଗଦେବତା ମୋ ପୁଅକୁ ସିନା କ୍ଷମା କରିଦେଇଥିଲେ ହେଲେ ତାକୁ ସନ୍ତାନସୁଖ ନାଇଁ କରିଦେଇଛନ୍ତି। ମୁଁ ସେକଥା ମନେ ପକାଇ କହିବାରୁ ପୁଅ ମତେ ତେରିମେରି ହେଲା। କିନ୍ତୁ ପୁଅର ମନ ବୁଝିଗଲାଣି ଯେ ତା'ରି ପାପର ଫଳ ଆମେ ସମେସ୍ତ ଭୋଗୁଛୁ।

ମୁଁ ଜାଣୁଛି ମା' ମୋ ବତାସୀ ସେହିଦିନୁ ଦବିଯାଇ ଲୁଚେଇ ଲୁଚେଇ କାନ୍ଦୁଛି। ନାନା ଉପାସ ବ୍ରତ କରୁଛି। ତମଠାରୁ ଆସି କ'ଣ ଭାଗବତ ନେଇଛି ଯେ ତା'ସ୍ତ୍ରୀକୁ ସକାଳେ ସନ୍ଧ୍ୟାରେ ପଢ଼ି ଶୁଣାଉଛି। ମୋର ଆଉ ଆଶା ନାହିଁ ମୋ'। ସାତଟି ବାଳକ ଜନ୍ମ ବେଳକୁ ବେକରେ ସାପ ଗୁଡ଼ାଇ ହେବା ପରି ନାଡ଼ଗୁଡ଼ାଇ ହୋଇଥାନ୍ତି। ଦେହରେ ଜୀବନ ନଥାଏ। ମୋ ମନକୁ କଥାଟା ଆସିଥିଲେ ମୁଁ ସେ ପ୍ରଥମ ଦୁଇ ତିନିଟା ଛୁଆରୁ ବୋହୂକୁ ଡାକ୍ତରଖାନାକୁ ନେଇ ଅପରେସନ କରାଇ ଦେଇଥାନ୍ତି। ଆମର ଦରକାର ନାହିଁ। ସେଥିପାଇଁ ବୋହୂ ବିଚାରୀ ବହୁ କଷ୍ଟ ପାଉଛି। ମୋ ଚଣ୍ଡାଳ ମନ ଏଡ଼େ ବଡ଼ କଥାଟାକୁ କେମିତି ପୂରା ପାସୋରି ଗଲା କେଜାଣି ! ଯାହା ଏଥର ତା' ଭାଗ୍ୟରେ ଥିବ। ଆ' ପରେ ଆଉ ନୁହେଁ।"

ସେ ବୁଢ଼ୀ ମୁହଁରୁ କଥାଟା ଶୁଣିବା ବେଳେ ମୋର ସ୍ୱପ୍ନ କଥା ମନେପଡ଼ି ଦେହଟା ଶିହରି ଉଠୁଥାଏ। ମତେ ଲାଗିଲା ସେ ସ୍ୱପ୍ନ ପଛରେ ସତ୍ୟ ପଛରେ ସତ୍ୟ ରହିଛି। ବୋଧହୁଏ ସେ ଲୋକର ଶାପଖଣ୍ଡନ ପାଇଁ ମୁଁ ମୋର ସମ୍ପୂର୍ଣ୍ଣ ଅଜାଣତରେ ଆଣିଦେଇ ଥିବା ଭାଗବତ ପାଇଁ କ'ଣ କେହି ମତେ ସତର୍କ କରାଇଦେଲା କି ? କିନ୍ତୁ ମୁଁ କିଏ ? ସେ ଲୋକ କିଏ ? ମୁଁ ଆସିଛି କୋଉ ଦୂରରୁ ସେ ଲୋକ ଆସିଛି କୋଉ ମଫସଲ ଗାଁରୁ। କେହି କାହାର ସମ୍ପର୍କିତ ନୁହଁନ୍ତି। କେବଳ ଏକ କାକତାଳୀୟ ନ୍ୟାୟରେ ଏଠି ମାତ୍ର ଦୁଇଦିନ ହେଲା ପରସ୍ପରକୁ ଟିକେ ଉପରଠାଉରିଆ ଭାବରେ ଯାହା ଜାଣିବା କଥା। ଏଥିରେ ସେ ଲୋକର ଏକ ଗହନ କଥା ସହିତ ମୁଁ ଭଲା କିପରି ସଂପୃକ୍ତ ହେଲି ! କିନ୍ତୁ ଗୋଟିଏ କଥାରେ ମୁଁ ନିଶ୍ଚିତ ହୋଇଗଲି ଯେ ବତାସୀ ପଧାନ ଜୀବନରେ ଯେଉଁ ସନ୍ତାନଜନିତ

ଦୁଃଖ ଘଟୁଛି ତାହା ଆକସ୍ମିକ ନୁହେଁ, କୌଣସି ଅପଶକ୍ତିର କାର୍ଯ୍ୟ। ତାକୁ ବାଧା ଦେବାର ଉପାୟ କ'ଣ ! ଯାହାବି ହେଉ ନିଜ ସମସ୍ୟାତ ଏବେ ମୋର ବଳିପଡୁଛି ତାକୁ କିପରି ସମ୍ଭାଳିବି ଜାଣିପାରୁନି ପୁଣି ଅନ୍ୟର ଅସମାହିତ ପ୍ରଶ୍ନକୁ ଧରି ଘାଣ୍ଟିହେବି କାହିଁକି !

ପରଦିନ କଟକ ଫେରିଆସିଲି। ବାପା ଖୁବ୍ ଅସୁସ୍ଥ ଥିଲେ। ଘରେ ମା' ଏକା। ଭାଇ ରୁହନ୍ତି ବହୁ ଦୂରରେ। ହୁଏତ ବାପାଙ୍କୁ ଆସି ଦେଖିଦେଇ ଦିନେ ଦୁଇ ଦିନରେ ଫେରିଯାଇ ପାରନ୍ତି, କିନ୍ତୁ ଏଠି ମାସେ ପନ୍ଦର ଦିନ ରହବା ତାଙ୍କ ପକ୍ଷରେ ସମ୍ଭବ ନୁହେଁ। ତେଣୁ ମୋର ଚାକିରିରୁ ଛୁଟି ନେଇ ଯେତେଦିନ ଦରକାର ହେବ ମତେ ହିଁ ରହିବାକୁ ହେବ।

ଏଇ ଭିତରେ ପ୍ରାୟ ଦେଢ଼ ମାସ ବିତିଗଲାଣି। ବାପା ଅପେକ୍ଷାକୃତ ଭଲ ହୋଇ ଆସିଲେଣି। ମୁଁ ଏଥର ଅନ୍ୟାନ୍ୟ ସବୁ ବ୍ୟବସ୍ଥା କରି ବ୍ରହ୍ମପୁର ଫେରିଲି। ଏତେ ଦିନର ବନ୍ଦ ଘର। ଖୋଲିବା ବେଳକୁ ଧୂଳି ଅଳନ୍ଧୁରେ ପୂରିଗଲାଣି। ଘର ସଫା କରି ଗାଧୋଇ ପାଧୋଇ ଟିକେ ବିଶ୍ରାମ ନେଲି। ଭାବିଲି ଘରୁ ଆଣିଥିବା ପରଟା ଭଜାରେ ଚଳେଇ ଦେବି, ରୋଷାଇ କରିବାର ପ୍ରଶ୍ନ ନାହିଁ।

ହଠାତ୍ ମନେ ପଡ଼ିଗଲା ବତାସୀ ପଧାନର ପରିବାର କଥା। ମୁଁ ଉଠିପଡ଼ି ବାରିଆଡ଼କୁ ଥିବା ଝରକା ଖୋଲି ଚାହିଁଲି। କେହି କୋଉଠି ନାହିଁ। କବାଟରେ ତାଲା ପଡ଼ିଚି ମୁଁ ଝରକା ବନ୍ଦ କରି ଫେରିଆସିଲି।

ଭାବିଲି ଡାକ୍ତରଖାନାରେ ବୋଧେ ସେ ସ୍ତ୍ରୀଲୋକ ଆଡମିଟ୍ ହୋଇଥିବ। ତା' ଶାଶୂ ଓ ସ୍ୱାମୀ ସେଇଠି ବୋଧେ ତାକୁ ଜଗିଥିବେ। କିନ୍ତୁ ଛ'ସାତ ଦିନ ଭିତରେ ବି କାହାରି ଦେଖାଦର୍ଶନ ନାହିଁ। କାହାକୁ ସେମାନଙ୍କ ବିଷୟରେ ପଚାରିବି ବା କାହିଁକି ପଚାରିବି ? ସେ ବହିତକ ଗଲା ଆଉ ଫେରିପାଇବାର ନାହିଁ ଏତିକି କଥା ଅନ୍ତତଃ କାହାକୁ ନ ପଚାରି ବୁଝିଗଲି।

ତଥାପି ମନଟା ମଝିରେ ମଝିରେ ଟିକେ ଚଞ୍ଚଳ ହୋଇଉଠେ। ସମ୍ପୂର୍ଣ୍ଣ ଅପରିଚିତ ସେ ବ୍ୟକ୍ତିମାନଙ୍କ ଜୀବନ ସହିତ ମୁଁ କେମିତି ଗୋଟେ ଜଡ଼ିତ ହୋଇଯାଇଥିବାର ଅନୁଭବ ହୁଏ । ମନ ଭିତରେ ପ୍ରଶ୍ନଟିଏ ଛଟପଟ ହେଉଥାଏ ଏଥର ବତାସୀ ପଧାନର କ'ଣ ହେଲା। ତା' କର୍ମଫଳ ଜନିତ ସେହି ଦୁଃଖଦ ଅଭିଶାପରୁ ସେ ରକ୍ଷା ପାଇଲା ନା ନାହିଁ ? ବୁଝିପାରୁନଥିଲି ବତାସୀର କର୍ମ ପାଇଁ ତା' ମା ଓ ସ୍ତ୍ରୀ ବିଚାରୀ କାହିଁକି ଦଣ୍ଡ ପାଉଛନ୍ତି ? କିନ୍ତୁ ଦଣ୍ଡର ଅନୁଭବ ତ ନିଜର ଓ ନିଜ ଆତ୍ମୀୟସ୍ୱଜନଙ୍କର କଷଣରୁ ହିଁ ମିଳିଥାଏ ନା ! ଅବଶ୍ୟ କାହାର ଆତ୍ମୀୟ ହୋଇ ଜନ୍ମ ହେବା ପଛରେ ତା'ର ଓ ନିଜ କର୍ମଫଳ ଭୋଗ ବୋଧହୁଏ ଏକାଠି ମିଶିଯାଇଥାଏ କି କ'ଣ ?

ଧୀରେ ଧୀରେ ବତାସୀ ପଧାନର ଚିନ୍ତା ମନରୁ ଦୂରେଇଗଲା । ମୋର ଅଧ୍ୟାପନ ଘର ଓ ପଢ଼ାପଢ଼ି ଭିତରେ ମୁଁ ବୁଡ଼ି ରହିଲି । ବାପା ପୂରା ଭଲ ହୋଇଯାଇଥିଲେ । କଟକର ନିଜ ଘର ଛାଡ଼ି ସେ ପୁଅ ବା ଝିଅ କାହାରି ପାଖରେ ଆସି ରହିପାରିବେ ନି ମୁଁ ଜାଣେ । ତାଙ୍କୁ ସେଥିପାଇଁ ବାଧ୍ୟ କରାଯିବା କଥା ମୁଁ ଭାବେନି ।

ପ୍ରାୟ ମାସେ ଖଣ୍ଡେ ପରେ କଲେଜରୁ ଫେରି ଘରର ତାଲା ଖୋଲୁଛି ଗେଟ ବାହାରେ ରିକ୍ସାଟାଏ ରହିବାର ଶବ୍ଦ ଶୁଣି ପଛକୁ ଚାହିଁଲି । ଦେଖି ଆଶ୍ଚର୍ଯ୍ୟ ହେଲି ଯେ ବତାସୀ ଓ ତା ମା ଦୁହେଁ ରିକ୍ସାରୁ ଓହ୍ଲାଉଛନ୍ତି । କାହିଁକି କେଜାଣି ଛାତିଟା ଦମ୍ ଦମ୍ ହୋଇଉଠିଲା । ବିଜୁଳି ପରି ସେମାନଙ୍କ କଥା ସବୁ ମନେ ପଡ଼ିଗଲା । ସେ ଦୁହେଁ ଆଉ ତାଙ୍କର ସନ୍ତାନହାନିର ଦୁଃଖ କଥା କହିବେନିତ ! କେଉଁ ଅଦୃଶ୍ୟ ଶକ୍ତିର ଅଭିଶାପରୁ ରକ୍ଷା ନପାଇ ପାରୁଥିବାର ଅସହାୟତା ପ୍ରକାଶ କରିବେନିତ ! ମୋ ଭିତରେ ଉଦ୍‌ବେଗ ବଢ଼ିଯାଉଥିଲା ।

ମୋ ଘରର ତାଲା ଖୋଲିଯାଇଥିଲା । ମୁଁ କବାଟ ଖୋଲି ଭିତରକୁ ନଯାଇ ସେଇଠି ଏକ ପ୍ରକାର ସ୍ତବ୍ଧତା ନେଇ ଠିଆ ହୋଇଥାଏ । ସେ ଦୁହେଁ ଆସି ପହଞ୍ଚିଗଲେ । ସେମାନେ ମତେ ନମସ୍କାର କରି ସାଙ୍ଗରେ ଆଣଥିବା ଛୋଟକାଟର ବସ୍ତାଟିଏ ପିଣ୍ଡା ଉପରେ ରଖିଲେ । ଅଖାବ୍ୟାଗରୁ କଦଳୀ ପତ୍ରରେ ବନ୍ଧା ହୋଇଥିବା ଗୋଟେ ବଡ଼ ପୁଡ଼ିଆଟିଏ ବାହାର କରି ହାତରେ ଧରିଥାଏ । ମୁଁ ସେ ଦୁହିଁଙ୍କ ମୁହଁକୁ ଚାହୁଁଥାଏ, କିଛି ପଚାରି ପାରୁନଥାଏ ।

ଏଥର ବତାସୀର ବୁଢ଼ୀ ମା' ହସହସ ହୋଇ କହିଲା, "ମା ଏଥର ଆମକୁ ଶାପରୁ ମୁକ୍ତି ମିଳିଗଲା । ସୁନାନାକୀ ଝିଅଟିଏ ହୋଇଛି । ଏଠାକାର ଡାକ୍ତର ସବୁ ଘଟଣା ଶୁଣି ବୋହୂର ଶୂଳ ଆରମ୍ଭ ହେବା ପୂର୍ବରୁ କ'ଣ କେମିତି କୌଶଳ କରି ଛୁଆକୁ ମା' ପେଟରୁ ଭଲରେ କାଢ଼ିଆଣିଲେ । ମା' ପିଲା ପୂରା ସୁସ୍ଥ । ଆଉ କାହିଁକି ଏଠି ରହିଥାନ୍ତୁ, ଗାଁକୁ ଫେରିଗଲୁ । ଗାଁରୁ ବତାସୀ ଥରେ ଏକା ଆସିଥିଲା ତମ ଘରେ ତାଲା ପଡ଼ିଥିବା ଦେଖି ଫେରି ଯାଇଥିଲା । ମତେ ଆଉ ବସାଇ ଉଠାଇ ଦେଲାନି ତମ ପାଖକୁ ଆସିବା ପାଇଁ । ସେ ସବୁବେଳେ କହୁଛି "ସେ କଲେଜ ମା'ଙ୍କ ଲାଗି ମୋ ପିଲା ବଞ୍ଚିଲା । ସେ ମତେ ଭାଗବତ ଦେଇଥିଲେ ବୋଲି ସିନା ମନଧ୍ୟାନ ଦେଇ ପଢ଼ିଲି, ସ୍ତ୍ରୀକୁ ଶୁଣାଇଲି ବୋଲି ଶାପ କଟିଲା ।"

ମୋ ମନର ଉଦ୍‌ବେଗ କଟିଯାଇଥିଲା । ମୁଁ ସେମାନଙ୍କୁ ଭିତରକୁ ଡାକିଲି, କିନ୍ତୁ ସେ ଦୁହେଁ ତାଙ୍କର ଆଉ କୋଉ ବନ୍ଧୁଘରକୁ ଯିବେ କହି ରହିବାକୁ ରାଜି ହେଲେନି । ବତାସୀ ଆଳୁ, ସାରୁ, କଖାରୁ, ନଡ଼ିଆ ମିଶେଇ ବାନ୍ଧିଥିବା ବସ୍ତାଟିକୁ ଭିତରେ ଆଣି

ରଖିଦେଲା । ପତ୍ରପୁଡ଼ିଆଟି ଯତ୍ନରେ ଦାଣ୍ଡଘର ଟେବୁଲ ଉପରେ ରଖି ବାହାରେ ଆସି ଠିଆହେଲା । କ'ଣ କହିବ କହିବ ବୋଲି ଜଣାପଡୁଥାଏ । କିନ୍ତୁ ଭରସି ପାରୁନଥାଏ ।

ମୁଁ ତା' ମୁହଁକୁ ଦେଖି ପଚାରିଲି, "କ'ଣ କିଛି କହିବକି ?"

ସେ ଧୀରେ ଧୀରେ ତା' ହାତଟି ବ୍ୟାଗରେ ପୂରାଇ ଭାଗବତ ସେଟ୍‌ଟି କାଢ଼ି ଧରିଲା । ମୋର ମନେହେଲା ସେ ଯେମିତି ତାକୁ ହାତଛଡ଼ା କରିବାକୁ ଜମାରୁ ଚାହୁଁନି । ସେ କିଛି କହିବା ପୂର୍ବରୁ ମୁଁ ହସିହସି କହିଲି, "ବତାସୀ, ତୁମେ ବହିତକ ରଖ, ସବୁଦିନ କିଛିକିଛି ପଢ଼ିବ । କୋଉ ଅଭିଶାପ ଆଉ କାମ ଦେବନି ।"

ସେ ମୁଣ୍ଡ ହଲାଇ ସମ୍ମତି ଜଣାଇଲା ଓ ଖୁବ୍ ଆଶ୍ୱସ୍ତ ଜଣାପଡ଼ିଲା । ବହିତକ ବ୍ୟାଗରେ ରଖି ସେ ଦୁହେଁ ବିଦାୟ ନେଲେ । ମୁଁ ଘର ଭିତରକୁ ଆସି ପଙ୍ଖାଟା ଖୋଲିଦେଇ ଚଉକିରେ ବସିପଡ଼ିଲି । ଭାବନାର ଅବିରାମ ସ୍ରୋତକୁ ଅଟକାଇବାର କି ଉପାୟ ବା ମତେ ଜଣାଅଛି ! ମୁଁ ପୁଣି ଚିନ୍ତାରେ ବୁଡ଼ିଗଲି । ସେ ପୁଅ ଦୁହେଁ ସରଳ ପଣରେ ତାଙ୍କ ଉପରେ ପଡ଼ିଥିବା ଅଭିଶାପକୁ ଯେପରି ସ୍ୱୀକାର କରିଥିଲେ ସେଥିରୁ ମୁକ୍ତି ପାଇଯିବା କଥାକୁ ବି ସହଜ ଭାବରେ ଗ୍ରହଣ କରିଗଲେ । ଏହି ସରଳ ପଣରେ ସତେ କେତେ ଆଶ୍ୱସ୍ତି ଥାଏ !

କିନ୍ତୁ ମୋ ନିଜ ଚିତ୍ତବୃତ୍ତିରେ ସନ୍ଦିଗ୍ଧତା ଏପରି ଘର କରି ରହିଛି ଯେ ସବୁକଥାକୁ ତର୍ଜମା କରିକରି ଶେଷରେ କିଛି ନିର୍ଦ୍ଦିଷ୍ଟ ସିଦ୍ଧାନ୍ତରେ ପହଞ୍ଚି ନପାରି କେବଳ ଘାରିହେବା ସାର ହୁଏ । ତଥାପି ସେଥିରୁ ରକ୍ଷା ବା କାହିଁ । ସେହି ପ୍ରକ୍ରିୟା ପୁଣି ମନରେ ଆରମ୍ଭ ହୋଇଗଲା । ସତରେ କ'ଣ ଯେଉଁ ଭାଗବତ ରାଜା ପରୀକ୍ଷିତଙ୍କୁ ରକ୍ଷା କରିପାରି ନଥିଲା, ସେହି ଭାଗବତର ପ୍ରଭାବ ବତାସୀ ଛୁଆର ଜୀବନ ଉପରୁ ଅଭିଶାପର କଳାଛାଇକୁ ଅପସାରି ନେଲା ? ନାଁ କୋଉକୋଉ ଯୁଗର କେତେକେତେ ଅଭିଶାପର ବୋଝକୁ କାନ୍ଧରେ ବୋହି ଆସିଥିବା ଝିଅ ଛୁଆଟି ଉପରେ ଏ ଶାପଟା କାମ କଲାନି ? ସତରେ ସେମିତି କିଛି ଅଭିଶାପ ଥିଲା ନା ସ୍ୱାସ୍ଥ୍ୟଗତ କାରଣରୁ ସେସବୁ ଅଘଟନମାନ ଘଟୁଥିଲା ? ହୁଏତ ସେଇଥିପାଇଁ ଡାକ୍ତରମାନଙ୍କର ଉପଯୁକ୍ତ ଚିକିତ୍ସାରେ ଏଥର ଛୁଆଟି ବଞ୍ଚିଗଲା !

ଏହି ଭାବନା ମତେ ଆପାତତଃ ଆଶ୍ୱସ୍ତ କରିଦେବା ବେଳକୁ ହଠାତ୍ ମନ ଭିତରକୁ ଧସେଇ ପଶିଆସିଥିଲା ସେଦିନ ଦେଖିଥିବା ସେ ସ୍ୱପ୍ନର ଦୃଶ୍ୟ । ସବୁ ତର୍ଜମା ନୀରବ ହୋଇଗଲା, ସେଠି ଠିଆହୋଇଗଲା ଏକ ରହସ୍ୟମୟ ପ୍ରଶ୍ନବାଚୀ । ମୋର ସମ୍ପୂର୍ଣ୍ଣ ଅଜଣାଅଶୁଣା ଥିବା ଗୋଟେ ଲୋକ ସମ୍ପର୍କରେ ସେ ସ୍ୱପ୍ନ ମୁଁ ଦେଖିଲି କିପରି ? ସେ ଲୋକ ଉପରେ ଥିବା କାହାର ଆକ୍ରୋଶ ମୋ ସ୍ୱପ୍ନ ଭିତରେ ବାମନାକୃତି କୃଷ୍ଣକାୟ

ମଣିଷର ରୂପ ବା ନେଲା କିପରି ? ବତାସୀ ପଧାନ ସେ ଅଭିଶାପରୁ ରକ୍ଷା ପାଇବ ନାହିଁ ବୋଲି ମତେ ସତର୍କ କରାଇଲା କାହିଁକି ? ବତାସୀ ସମ୍ପର୍କରେ ମୋର ତ ଧାରଣା ହିଁ ନଥିଲା । ଦୈବାତ୍ ସେ ଲୋକର ସଂସ୍ପର୍ଶରେ ଆସିବା ପୁଣି ଜଣେ ପୂରା ଅପରିଚିତ ଲୋକ ପାଇଁ ଲାଇବ୍ରେରୀରୁ ଭାଗବତ ଖୋଜି ଆଣିଦେବା ଘଟଣା ଏତେ ସ୍ୱାଭାବିକ ମଧ୍ୟ ନଥିଲା । କାରଣ ମୁଁ ଜାଣେ ମୋ ସ୍ୱଭାବରେ କୁଣ୍ଠିତ ପଣ କିପରି କାମ କରେ । କାହାରି ସହିତ ଆଦୌ ସହଜରେ ମିଶେ ତା' ଜୀବନର କୌଣସି ଘଟଣା ସହିତ ସଂପୃକ୍ତ ହେବାଠାରୁ ମଧ୍ୟ ମୁଁ ଖୁବ୍ ସଚେତନ ଭାବରେ ଦୂରେଇ ରହେ । ଅଥଚ ବତାସୀ ପଧାନ କେଉଁ ସୂକ୍ଷ୍ମଗଳିଦେଇ ମୋ ଚେତନାର ପରିଧି ଭିତରକୁ ପଶିଆସିଲା ! ସେ କରିଥିବା କେଉଁ ଦୁଷ୍କୃତିର ନିଦାନ ପାଇଁ ମୋର ଅଜାଣତ ପ୍ରୟାସକୁ କ'ଣ ସେ ପାପର କଳାଛାଇ ସତର୍କ କରାଇଦେଇଥିଲା ।

ଆମେ କ'ଣ ତେବେ ଆପାତତଃ ଦୃଷ୍ଟିରେ ମନେ ହେଉଥିବା ଅଜଣା ଅଶୁଣା କେଉଁ ମଣିଷର ଭଲମନ୍ଦ କର୍ମଅକର୍ମର ଅଦୃଶ୍ୟ ସୂତ୍ରରେ କୋଉଠି ବନ୍ଧା ପଡ଼ିଥାଉ । ନିଜର ଅଲକ୍ଷ୍ୟରେ ସେ ବନ୍ଧନର ପୀଡ଼ାରୁ ମୁକୁଳି ଯିବାକୁ ରାହା ଖୋଜୁ ଖୋଜୁ ବାଟଟିଏ ଆପେଆପେ ଖୋଲିଯାଏ । ସେଇ ଜାଣେ ଏକା ସେ ରହସ୍ୟର ସୂତ୍ର, ଯିଏ ବନ୍ଧନ ଓ ମୁକ୍ତିକୁ ଜାଲ ପରି ବୁଣୁଥାଏ ପୁଣି ଖୋଲୁଥାଏ ।

ତେବେ ମୋ ମନର ଏସବୁ ପ୍ରଶ୍ନବାଚୀ ମଧ୍ୟରେ କେମିତି ଏକ ଶାନ୍ତ ଅନୁଭବଟିଏ ହେଲା ଯେ ମଣିଷ ଯେକୌଣସି ଆଧାରକୁ କେନ୍ଦ୍ରକରି ଭଗବତ ଶକ୍ତି ଉପରେ ପୂର୍ଣ୍ଣ ବିଶ୍ୱାସ ରଖିପାରିଲେ ସେ ଅଦୃଶ୍ୟ ବିଧାତା ନିୟତିର ଡୋର କାଟି ସବୁ ପୁଣି ସହଜ ଧାରାରେ ସଜାଡ଼ି ଦିଅନ୍ତି ।

ଆମେଲି

ବର୍ଷରେ ଯେଉଁ ଦୁଇତିନିଥର ମୁଁ ପଣ୍ଡିଚେରୀ ଯାଏ, ରହେ ଆଶ୍ରମର ନିର୍ଦ୍ଦିଷ୍ଟ ଗୋଟିଏ ଗେଷ୍ଟ ହାଉସରେ। ତା'ଚାରି ପାଖରେ ରହିଛି ପ୍ରାଇଭେଟ୍ ଘରସବୁ। ତେବେ ଗେଷ୍ଟହାଉସର ଆଗଧାଡ଼ିରେ ରହିଥିବା ଦୁଇତିନୋଟି ଘରର ଡ଼ିଜାଇନ୍ ଖୁବ୍ ଆକର୍ଷଣୀୟ। ବିଶେଷ କରି ନୀଳ ଓ ସିଲ୍‌ଭର ରଙ୍ଗଦିଆ ଦୋତାଲା ଘରଟି ମୋ ଆଖିରେ ସବୁବେଳେ ପଡ଼ିଥାଏ। ସେଠି କିଏ ରହେ ବା କ'ଣ କରେ ସେ ଚିନ୍ତା ମୋ ମନକୁ କେବେବି ଆସିନି।

ସେଠି ରହୁଥିବା ସମୟରେ ଖୁବ୍ ସକାଳୁ ଉଠି ଅଳ୍ପଦୂରରେ ଥିବା ସମୁଦ୍ରରେ ସୂର୍ଯ୍ୟୋଦୟ ଦେଖିବାପାଇଁ ମୁଁ ଗେଷ୍ଟ ହାଉସର ଛାତ ଉପରେ ବୁଲିଥାଏ। ସେଦିନ ଦେଖିଲି ସେଇ ନୀଳରଙ୍ଗ ଘରର ଛାତ ଉପରେ ଝିଅଟିଏ ବୁଲୁଛି। ତା'ଉପରେ ଆଖିପଡ଼ିବା ମାତ୍ରେ ତା'ର ତୋଫା ଗୋରାରଙ୍ଗ ଓ ସୁନେଲିକେଶ ଦେଖି ଜାଣିଗଲି ଯେ ସେ ଜଣେ ବଦେଶିନୀ। ଏଠି ରାସ୍ତାଘାଟରେ ବାହାର ଦେଶର ବିଭିନ୍ନ ବୟସର ନାରୀପୁରୁଷଙ୍କ ଦେଖିବା ଏକ ସାଧାରଣ ଦୃଶ୍ୟ। ତେଣୁ ମୋର ତା' ବିଷୟରେ ଅଧିକ କୌତୂହଳୀ ହେବାର କାରଣ କିଛି ନଥିଲା।

ତା'ର ଦୁଇତିନି ଦିନପରେ ସକାଳୁ କାମସାରି ମୁଁ ଆଶ୍ରମ ଯିବାପାଇଁ ଗେଷ୍ଟହାଉସରୁ ବାହାରିଛି ଦେଖିଲି ସେଇ ଘର ଆଗରେ ଗୋଟେ ଦାମୀଗାଡ଼ିଟିଏ ରହିଛି। ସେ ଭାବିଲା ଝିଅ କୁଆଡ଼େ ଯିବ ବୋଲି ବୋଧେ ବାହାରିଛି। ମୁଁ ମୁହଁବୁଲାଇ ରାସ୍ତାଆଡ଼େ ପାଦବଢ଼ାଇଛି ମତେ ପଛରୁ ଶୁଣାଗଲା " ଏକ୍‌ସକ୍ୟୁଜ ମି"। ମୁଁ ପଛକୁ ଚାହିଁ ଦେଖିଲି ସେ ବିଦେଶିନୀ ଝିଅଟି ଠିଆହୋଇଛି। ମୁଁ ତାକୁ ଫେରି ଚାହିଁବାରୁ ସେ ମୋ ସହିତ କାରମର୍ଦ୍ଦନ ପାଇଁ ହାତ ବଢାଇ ଦେଉଦେଉ କହିଲା, "ଆଉ ଆମ୍ ଆମେଲି ଥୋମାସ୍"।

ମୁଁ ହସିହସି ତା' ସହିତ ହାତ ମିଳାଇଲି, ତେବେ ମୋର ଯାହା ଅଭିଜ୍ଞତା ବିନା ପରିଚୟରେ କୌଣସି ବିଦେଶାଗତ ଲୋକ ନିଜତରଫରୁ ଏପରି ଆନ୍ତରିକତା ଦେଖାନ୍ତି

ନାହିଁ। ମୁଁ ଟିକେ ଆଶ୍ଚର୍ଯ୍ୟ ହୋଇ ଚାହିଁଲି କି କ'ଣ ସିଏ ସେହିକ୍ଷଣି ମୋର ଜଣେ ଖୁବ୍ ପରିଚିତା ପରି କହିଲା ଯେ ସେ ମୋ ସହିତ କଥାହେବାକୁ ଚାହେଁ। ମୁଁ ମନେମନେ ଭାବିଲି ଇଏ ମୋ ସହିତ କ'ଣ କଥା ହେବ ! ମୁଁ ବା କୋଉ ଏଠାକାର ଲୋକ। କେବେ କେମିତି ଆସେ ଆଠଦଶ ଦିନପାଇଁ। ଇଏ ମତେ କେମିତି ଜାଣିଲା ! ତଥାପି ଏଇ ଅପରିଚିତା ବିଦେଶିନୀ ମୋ ସହିତ କ'ଣ କଥାହେବାକୁ ଚାହୁଁଛି ଜାଣିବା ପାଇଁ ମୁଁ ବେଶ୍ କୌତୂହଳୀ ହୋଇଉଠିଲି।

ସେ କହିଲା ଯେ ପ୍ରାୟ ବର୍ଷେ ହେଲାଣି ସେ ସେଇଘରେ ଭଡ଼ାନେଇ ଏକା ରହୁଛି। ମୋତେ ସେ କେତେଥର ଆଗରୁ ଦେଖିଛି। ମୋ ଗେଷ୍ଟହାଉସର ପରିଚାଳକଙ୍କଠାରୁ ସେ ଜାଣିବାକୁ ପାଇଛି ଯେ ମୁଁ ଓଡ଼ିଶାର କୌଣସି କଲେଜରେ ଦର୍ଶନବିଭାଗରେ ଅଧ୍ୟାପିକା ଅଛି। ତା'ର କେତେକଥା ବୁଝିବାକୁ ଥିବାରୁ ସେ ମୋର ସହାୟତା ଲୋଡ଼ୁଛି।

ମୁଁ ତା'ର ଆମୟିକା ବ୍ୟବହାର ଓ ମଧୁର କଥାବାର୍ତ୍ତାରେ ଖୁବ୍ ପ୍ରଭାବିତ ହୋଇଗଲି। ସିଏ କୋଉଠୁ ଆସିଛି ଓ ଏଠି କ'ଣ କରୁଛି ଜାଣିବାପାଇଁ ମୋ ଭିତରେ ସ୍ୱଭାବିକ ଆଗ୍ରହ ସୃଷ୍ଟିହେଇଗଲା। ତା' ନାମ ତ ସେ କହି ସାରିଥିଲା। ତେଣୁ ଆମେଲି ନିଜ ସଂପର୍କରେ ଯାହା କହିଲା ସେଇକଥାକୁ ବୁଝିଲି ଯେ ତା'ଘର ହେଉଛି ଫ୍ରାନ୍ସର ବରଡ଼େକ୍ସ ସହରରେ। ତା'ବାପା ଜନ୍ ଥୋମାସ୍ ସେଠାକାର ଜଣେ ଜଣାଶୁଣା ଶିଳ୍ପପତି। ସେ ରୋୟେନ୍ ୟୁନିଭରସିଟିରେ ସମାଜବିଜ୍ଞାନରେ ଉଚ୍ଚଶିକ୍ଷା ଲାଭକରିଛି। ସେଠି ଅଧିକ ଗବେଷଣାତ୍ମକ କାମ କରିବାକୁ ସେ ଚାହେଁ। ସେଠି ତା'ର ଗାଇଡ୍ ହେଉଛି ଜଣେ ଭାରତୀୟ ପ୍ରଫେସର ଡ଼କ୍ଟର ମହେଶ ରାଇ। ସେ ତା'କୁ ଗୋଟେ ପ୍ରୋଜେକ୍ଟ ପ୍ରସ୍ତୁତ କରିବାକୁ ଦେଇଛନ୍ତି। ସେଥିପାଇଁ ସେ ଭାରତକୁ ଆସି ଏଇଠି ରହୁଛି। କାରଣ ରହିବା ପାଇଁ ପଣ୍ଡିଚେରୀର ପରିବେଶ ତାକୁ ବେଶି ଭଲଲାଗିଲା।

ତା'ଠାରୁ ରେୟେନ୍ ଶବ୍ଦଟି ଶୁଣିବା ପରଠାରୁ ମୋର ମନେପଡ଼ିଯାଇଥିଲା ମୋପାଁସାଙ୍କ କଥା। ସେ ତାଙ୍କର କେତେକ ବେଶ୍ ପ୍ରଭାବଶାଳୀ ଗଳ୍ପର ପୃଷ୍ଠଭୂମିରୂପେ ଏଇ ସ୍ଥାନଟିକୁ ଗ୍ରହଣ କରିଛନ୍ତି। ଏହି ଅଞ୍ଚଳଦେଇ ପ୍ରବାହିତ ହେଉଥିବା ସାଇନ୍ ନଦୀକୁ ସେଠାକାର ଲୋକେ ଖୁବ୍ ପବିତ୍ର ବୋଲି ବିବେଚନା କରନ୍ତି। ଜୋନ୍ଅଫ ଆର୍କଙ୍କର ଚିତାଭସ୍ମ ପଡ଼ିଥିଲା ସେଇ ନଦୀରେ। ନେପୋଲିଅେନଙ୍କର ବହୁତ ଇଚ୍ଛାଥିଲା ସେ ନଦୀଧାରରେ କବର ନେବାପାଇଁ। ସେ ମୋଠାରୁ ଏକଥା ଶୁଣି ଖୁବ୍ ଆଶ୍ଚର୍ଯ୍ୟ ହୋଇଗଲା ଓ ଭାବିଲା ମୁଁ ଜାଗାକୁ ନିଶ୍ଚୟ ଯାଇଥିଲି। କାରଣ ସେ ସେଠି ଏତେବର୍ଷ ଧରି ରହି ଆସୁଥିଲେ ବି ଏତେ କଥା ଜାଣିନଥିଲା।

ମୁଁ ତା'ର ପ୍ରତିକ୍ରିୟା ଦେଖି ଖୁବ୍ ଆମୋଦିତ ହୋଇଥିଲି । ମୁଁ ତାକୁ ବୁଝାଇ ଦେଇଥିଲି ଯେ ପ୍ରୋଜେକ୍ଟ ପ୍ରସ୍ତୁତ କରିବାପାଇଁ ସିନା ପ୍ରତ୍ୟକ୍ଷ ଜ୍ଞାନ ଦରକାର ତା' ନହେଲେ ଅନ୍ୟ ଯେ କୌଣସି ବିଷୟରେ ଜାଣିବାର ଆଗ୍ରହ ଥିଲେ ପୁସ୍ତକହିଁ ଯଥେଷ୍ଟ । ସେ ଯାହାହେଉ ଆମେଲି ସହିତ ମୋର ସେଦିନ ଏହିପରିଭାବରେ ପରିଚୟ ହେଲା । ପରେ ସେ ମତେ ଦେଖାକରିବ କହି ତା'କାମରେ ବାହାରିଗଲା ।

ତା'ପରେ ଦୁଇତିନି ଦିନ ଭିତରେ ମୁଁ ଆଉ ଆମେଲିକୁ ଦେଖିନି । ମୋର ଭୁବନେଶ୍ୱର ଫେରିଯିବା ପାଇଁ ଆଉ ମାତ୍ର ଦୁଇଦିନ ଥାଏ । ପୁଣି କେବେ ଆସିବି ତା'ର ବା କୋଉ ଠିକଣା ! ମୁଁ ଆସିଲେବି, ସେ ସମୟରେ ଆମେଲି ଯେ ଏଠି ଥିବ ତା'ର ବି କୌଣସି ସ୍ଥିରତା ନାହିଁ । ତେଣୁ ଏଠୁ ଫେରିଯିବା ପୂର୍ବରୁ ତା'ସହିତ ଥରେ ଦେଖା ହୋଇଗଲେ ଭଲହୁଅନ୍ତା । ଅବେଶ୍ୟ ସେ ମୋ ସହିତ କୋଉ ବିଷୟରେ କଥା ହେବାକୁ ଚାହୁଁଥିଲା, ମୁଁ ଅନୁମାନ ମଧ୍ୟ କରିପାରୁନଥିଲି । ତେବେ ସେ'ତ ତା' କଥା । କିନ୍ତୁ ମତେ ସେ ଝିଅଟା ପ୍ରଥମ ଦେଖାରୁ ହିଁ ଏତେ ଭଲ ଲାଗିଛି ଯେ ମୁଁ ତା'ସହିତ ଦେଖାନକରି ଫେରିଯିବାକୁ ଚାହୁଁନଥିଲି ।

ପରଦିନ ସକାଳେ ଠିକ୍ ସେହି ସମୟରେ ମୁଁ ଆଶ୍ରମ ବାହାରିଛି ଦେଖିଲି ଆମେଲି ତା'ଘର ବାରଣ୍ଡାରେ ଠିଆହୋଇଛି । ମୁଁ ତାକୁ ଦେଖି ଖୁସି ହୋଇଗଲି, ସେ ମତେ ଦେଖୁଦେଖୁ ମୋ ପାଖକୁ ପ୍ରାୟ ଦୌଡ଼ିଆସି କହିଲା ଯେ ସେଦିନ ତା'ର ବାହାରକୁ କୁଆଡ଼େ ଯିବାର ନାହିଁ । ମୁଁ ଯଦି କିଛି ସମୟ ପାଇଁ ତା'ଘରକୁ ଆସିପାରନ୍ତି, ତେବେ ମୋ ସହିତ କିଛି କଥାହେବାର ସୁଯୋଗ ତାକୁ ମିଳନ୍ତା । ମୁଁ ତାକୁ ଅପରାହ୍ଣ ଚାରିଟା ବେଳକୁ ତା'ଘରକୁ ଆସିବି କହି ମୋ କାମରେ ବାହାରିଗଲି ।

ମୁଁ ତା'ଘରେ ପହଞ୍ଚିବା ବେଳକୁ ଆମେଲି ମତେ ଅପେକ୍ଷା କରି ବସିଥିଲା । ସେ ଏକା ରହୁଥିଲା ସେଇ ଦୋତାଲା ଘରର ଉପର ମହାଲାରେ । କିନ୍ତୁ ପୂରା ଘରଟିକୁ ଭଡ଼ାରେ ନେଇଥିଲା । ମତେ ତା' ବୈଠକଘରେ ବସାଇଦେଇ ଚା ବା କଫି କରିବା ପାଇଁ ସେ ମୋଠାରୁ ଖୁବ୍ ବିନମ୍ରତାର ସହ କିଛି ସମୟ ମାଗି ଭିତରକୁ ଗଲା । ମୁଁ ତା'ର ସେ ବୈଠକ ଘରଟି ଉପରେ ଆଖି ବୁଲାଇନେଲି । ସେ ଘରର ଆସବାସପତ୍ର ଓ ପ୍ରତିଟି ସାଜସଜ୍ଜାର ଉପକରଣର ତା'ର କଳାଫିତାଣ ବାରିହୋଇ ପଡୁଥିଲା ।

ମୁଁ ପ୍ରତିଟି ଜିନିଷକୁ ଧ୍ୟାନଦେଇ ଦେଖୁଥାଏ । ସେସବୁ ଯେ ସେ ଖୁବ୍ ଯତ୍ନରେ ସଂଗ୍ରହ କରିଛି ଦେଖିଲେହିଁ ଜଣେ ବୁଝିପାରିବ । କିନ୍ତୁ ମତେ ଆଶ୍ଚର୍ଯ୍ୟ ଲାଗୁଥାଏ ଯେ ପ୍ରୋଜେକ୍ଟ କାମନେଇ କିଛିଦିନ ପାଇଁ ସୁଦୂର ଫ୍ରାନ୍ସରୁ ଆସିଥିବା ଏ ଝିଅ ଯେତେ ଜିନିଷ ସଂଗ୍ରହ କରିଛି ଏସବୁ ଏଠୁ ନେଇକରି ଯିବା ତ ସହଜ ନୁହେଁ । ମୁଁ ଆମ ଚଳଣି ଦୃଷ୍ଟିରୁ

ହୁଏତ ତାହାହିଁ ଭାବୁଥିଲି। ତା'ପରି ପରିସ୍ଥିତିରେ ଆମେ ଚଳିବା ପାଇଁ ନିହାତି କିଛି ଦରକାରୀ ଜିନିଷଠୁ ଅଧିକା କାଠିଟିଏ ବି ରଖୁନଥାନ୍ତୁ।

ମୁଁ ମୋ ବୁଲିବା ଜାଗାକୁ ଫେରିଆସିଛି। ଟିକେ କୋଣକୁ ଥିବା କାଚଲଗା ଛୋଟ ଆଲମିରାଟିଏ ଉପରେ ମୋ ଆଖି ପଡ଼ିଗଲା। ତା' ଭିତରେ ଥିବା ବ୍ରୋଞ୍ଜ ମୂର୍ତ୍ତି କେତୋଟି ଚିହ୍ନାଚିହ୍ନା ଲାଗିଲା। ମୁଁ ପାଖକୁ ଯାଇ ଦେଖିଲି ସେସବୁ ଥିଲା ହିନ୍ଦୁ ଦେବାଦେବୀଙ୍କର। ସେଥିରେ କୃଷ୍ଣ ଓ ଗଣେଶଙ୍କ ମୂର୍ତ୍ତି ସହିତ ଛ ସାତଟି ଦେବୀ ମୂର୍ତ୍ତି ମଧ୍ୟଥିଲା। ମୁଁ ମନେ ମନେ ଟିକେ ହସିଲି। ଏଇ ବିଦେଶୀମାନେ ହିନ୍ଦୁ ଦେବାଦେବୀଙ୍କର ଚିତ୍ର ନିଜ ସାର୍ଟପ୍ୟାଣ୍ଟରେ ଆଙ୍କିବାଠାରୁ ଟଏଲେଟ ପେପର ଓ ପେଆଷ୍ଟେଜ୍ ପ୍ରଭୃତିରେ ମଧ୍ୟ ଛପାଇବାକୁ ଛାଡୁନାହାନ୍ତି। ଏମାନେ କ'ଣ ବୁଝିବେ ଦେବମହିମା ! କେବଳ କୌତୂହଳ, ଫେସନ ପାଇଁ ଏସବୁ କରୁଛନ୍ତି ସିନା।

ମୁଁ ପୂର୍ବରୁ ବସିଥିବା ସୋଫା ଉପରକୁ ଫେରିଆସିଲି। ଆମେଲି ଦୁଇ ମଗ୍ କଫି ଓ କିଛି ସ୍ନାକ୍ସ ନେଇ ଭିତରକୁ ଆସିଲା। କଫି ପିଉପିଉ ସେ ମୋ ପାଖରୁ ଜାଣିବାକୁ ଚାହିଁଲା ଭାରତୀୟମାନେ ଜନ୍ମାନ୍ତର, ଭାଗ୍ୟ ବା ନିୟତି ଉପରେ ବୋଧେ ସବୁଠାରୁ ବେଶି ବିଶ୍ୱାସ କରନ୍ତି। ତେବେ କ'ଣ ମଣିଷର ଫ୍ରୀ ଉଇଲ କିଛି ନାହିଁ। ଯାହା ଭାଗ୍ୟରେ ଅଛି ତାହାହିଁ କେବଳ ହେବ; ମଣିଷ ନିଜେ ଅନ୍ୟକିଛି ଚାହିଁଲେବି ତା'ର କିଛି ମୂଲ୍ୟ ରହିବନି।

ଜନ୍ମାନ୍ତର ବିଷୟଟି ଭାରତୀୟମାନଙ୍କର ଅତି ପରିଚିତ ଓ ପ୍ରିୟ ବିଷୟ ! ସେ ସଂପର୍କରେ କହିବାରେ ମୁଁ ଖୁବ୍ ଆଗ୍ରହ ମଧ୍ୟ ପ୍ରକାଶ କଲି। ଖୁବ୍ ମନଦେଇ ସେ ଶୁଣିଲା। କିନ୍ତୁ ଦ୍ୱିତୀୟଟି ଥିଲା ବଡ଼ ବିଷମ ପ୍ରଶ୍ନ ! ତଥାପି ଅଳ୍ପ ଦିନ ତଳେ ଏଇ ବିଷୟରେ ଆଲୋଚନା ହୋଇଥିବା ବହିଟିଏ ପଢ଼ିଥିବାରୁ ମୁଁ ତାକୁ ସେ ବିଷୟରେ କିଛି କହିପାରିଲି। ସେ ସବୁ କଥା ତା'ମନକୁ ଗଲାକି ନାହିଁ ମୁଁ ବୁଝିପାରୁନଥାଏ କିନ୍ତୁ ସେ ଧ୍ୟାନ ଦେଇ ମୋ କଥା ଶୁଣିଲା। ମୋର ମନେହେଲା ସେ ଯେମିତି ଅନ୍ୟକଥା କ'ଣ ଭାବୁଛି।

ତା'ର ଅନ୍ୟମନସ୍କତା ଭାଙ୍ଗିବା ପାଇଁ ମୁଁ ହଠାତ୍ କହିପକାଇଲି 'ଆଚ୍ଛା ଆମେଲି ଏ ମୂର୍ତ୍ତିସବୁ କୋଉଠି ସଂଗ୍ରହ କରିଛ ?' ସେ ଚମକି ଉଠି ପ୍ରତିବାଦ କରିବା ପରି କହିଲା, 'ନାଁ ନାଁ ସେସବୁ ମୂର୍ତ୍ତି ନୁହେଁ ହିନ୍ଦୁ ଗଡ୍ ଓ ଗଡ଼େସ୍‌ମାନେ।

ମୁଁ ତାକୁ ଟିକେ ଆଶ୍ଚର୍ଯ୍ୟ ହୋଇ ଚାହିଁ କହିଲି, 'ହଁ ଏଗୁଡ଼ିକ ଦେବାଦେବୀଙ୍କ ମୂର୍ତ୍ତି କିନ୍ତୁ ସ୍ୱୟଂ ଦେବାଦେବୀତ ନୁହନ୍ତି।'

ସେ ମୋ କଥା ମଝିରେ ବେଶ୍ ବିଶ୍ୱାସର ସହ କହି ଉଠିଲା, 'ହଁ ଏବେ ମୂର୍ତ୍ତି ଅଛନ୍ତି; ଦିନେ ପୂରା ଦେବତା ହୋଇଯିବେ।'

ମୁଁ ତା'ର ଏତେ ସହଜ ଭାବରେ କହୁଥିବା କଥାଟିକୁ ଆଦୌ ସହଜଭାବରେ ନେଇପାରିଲିନାହିଁ। ଓଲଟା ମନେମନେ ଭାବିଲି ଇଏ ଦୁଇଦିନ ପାଇଁ ଭାରତ ଆସି ମତେ ଦେବାଦେବୀ ତତ୍ତ୍ୱ ବୁଝାଉଛି ! କିନ୍ତୁ ବାହାରେ ତା'ର ବକ୍ତବ୍ୟ ପ୍ରତି କୌଣସି ଉପେକ୍ଷା ଭାବ ପ୍ରକାଶ ନ କରି କହିଲି, 'ଆମେଲି ତୁମେ କ'ଣ ସତକୁସତ ବିଶ୍ୱାସ କରୁଛକି ଦିନେ ଏଇ ବ୍ରୋଞ୍ଜ ମୂର୍ତ୍ତିସବୁ ସତ ଦେବାଦେବୀ ହୋଇଯିବେ' ?

ସେ ମୋ ପ୍ରଶ୍ନର କୌଣସି ଉତ୍ତର ନ ଦେଇ ସ୍ଥିର ଦୃଷ୍ଟିରେ ସେଇ ମୂର୍ତ୍ତି ଗୁଡ଼ିକୁ ଚାହିଁରହିଲା। ତା'ର ସେ ବିହ୍ୱଳଭାବ କଟିବା ପର୍ଯ୍ୟନ୍ତ ମୁଁ ସେମିତି ନୀରବରେ ବସିରହିଲି। ମୁଁ ଜାଣିଥିଲି ସେ ସାଙ୍ଗରେ ତା'ର ତାମିଲ ଓ ଇଂରାଜୀ ଭାଷା ଜାଣିଥିବା ସହଯୋଗୀଜଣକୁ ନେଇ ତାମିଲନାଡୁର ବିଭିନ୍ନ ଗାଁକୁ ଯାଏ। ସେଇଠୁ, ହୁଏତ ମୂର୍ତ୍ତିସବୁକୁ ଯୋଗାଡ଼ କରିଥିବ। ହଠାତ୍ ତା' ମନରେ ଏପରି ଧାରଣା କାହିଁକି ହେଲା !

ଆମେଲି ଏଥର ସହଜ ହୋଇ ବସି ସେ ମୂର୍ତ୍ତି ପ୍ରସଙ୍ଗରେ କହିବାକୁ ଆରମ୍ଭ କଲା। ଥରେ ସେ ତାଞ୍ଜୋର ଯିବା ବାଟରେ ଜଣେ ବ୍ୟକ୍ତିକୁ ତା' ଗାଡ଼ିରେ ଲିଫ୍ଟ ଦେଇଥିଲା। ବାଟରେ ତା ଭାଷା ସହଯୋଗୀ ମାଧ୍ୟମରେ ଜାଣିଲା ଯେ ସେ ବ୍ୟକ୍ତିଜଣକ ଜଣେ ବ୍ରୋଞ୍ଜଶିଳ୍ପୀ। ତା' ନାମ ହେଉଛି ଶ୍ରୀନନ୍ଦନ ଓ ତା'ଘର ତାଞ୍ଜୋରଠାରୁ ପ୍ରାୟ କୋଡ଼ିଏ ତିରିଶ ମାଇଲ ଦୂର ଗୋଟେ ଗାଁରେ। ବ୍ରୋଞ୍ଜରେ ମୂର୍ତ୍ତିଗଢିବା ତାଙ୍କର କୁଳବ୍ୟବସାୟ। ସେ ମୂର୍ତ୍ତିସବୁ ବିକ୍ରିକରିବାକୁ ମଝିରେ ମଝିରେ ସହରକୁ ଆସେ। ଯେଉଁ ଲୋକମାନେ ତା'କୁ ଜାଣିଛନ୍ତି ସେମାନେ ମୂର୍ତ୍ତି ନେବାପାଇଁ ତା'ଗାଁକୁ ଚାଲିଆସନ୍ତି।

ତା' କଥା ଶୁଣି ଆମେଲିର ମଧ୍ୟ ତା'ଘରକୁ ଯିବାର ଆଗ୍ରହ ହେଲା। ତା' ଗାଁରେ ପହଞ୍ଚିବା ପରେ ଶ୍ରୀନନ୍ଦନ ତା'ଘରକୁ ବାଟକଢ଼ାଇନେଲା। ତାମିଲନାଡୁର ଗାଁ, ସେଠାକାର ଘରର ଗଠନ ଓ ଲୋକମାନଙ୍କର ଜୀବନଶୈଳୀ ବିଷୟରେ ଆମେଲିକୁ ବହୁତ କଥା ଜଣାଥିଲା। ସେ କିନ୍ତୁ ତାମିଲ ଭାଷା କହିପାରୁନଥିଲା କି କିଛି କଥା ବୁଝିମଧ୍ୟ ପାରୁନଥିଲା। ଅଭ୍ୟାସ ପଡ଼ିଯାଇଥିବାରୁ ମୁଖଭଙ୍ଗୀ ଦେଖି କିଛିଟା ଅନୁମାନ ଯାହା କରୁଥିଲା। ତେଣୁ ଭାଷା ସହଯୋଗୀକୁ ସେ ସବୁବେଳେ ସାଙ୍ଗରେ ରଖେ। ଶ୍ରୀନନ୍ଦନର ଦାଣ୍ଡଘରଟି ଥିଲା ପ୍ରଶସ୍ତ। ତା' ଭିତରେ କେତେଗୁଡ଼ିଏ କାଚଲଗା କାଠଆଲମିରା ଥିଲା। ବାହାରପଟରୁ ତା' ଭିତରେ ଥିବା ଦେବାଦେବୀ, ପଶୁପକ୍ଷୀ ଓ ଗଛଲତାର ବ୍ରୋଞ୍ଜତିଆରି ବିଭିନ୍ନ ଆକୃତିର ମୂର୍ତ୍ତିସବୁ ବାହାରକୁ ଦେଖାଯାଉଥିଲେ। ସେସବୁ ପ୍ରାୟଥିଲା ଏକାପ୍ରକାରର। ଘରର ଗୋଟେ କଣିକିଆ ହୋଇ ରହିଥିବା ଆଲମିରାରେ ଚାବିପଡ଼ିଥିଲା। କିନ୍ତୁ ତା'ଭିତରେ ଥିବା ମୂର୍ତ୍ତିଗୁଡ଼ିକ ସ୍ୱଷ୍ଟଭାବରେ ବାହାରକୁ ଦିଶୁଥିଲେ।

ଆମେଲିର କହିବା ଅନୁସାରେ ସେଦିନ ସେ ସେଇ ଆଲମିରାରେ ଥିବା ମୂର୍ତ୍ତିପ୍ରତି

ଏକ ଅଦ୍ଭୁତ ଆକର୍ଷଣ ଅନୁଭବ କରିଥିଲା। ସେ ଯେତେବେଳେ ସେ ଆଲମିରା ଦିଗରେ ହାତବଢାଇଲା ଶ୍ରୀନନ୍ଦନ ସେସବୁ ଦିଆଯିବନି ବୋଲି ବାରଣ କଲା। ତେଣୁ ଆମେଲି ତାକୁ ପଚାରିଲା, 'ତୁମର ଏତେସବୁ ମୂର୍ତ୍ତି କ'ଣ ପୂର୍ବରୁ ବିକ୍ରି ହୋଇଯାଇଛି ?"

ଶ୍ରୀନନ୍ଦନ ମୁଣ୍ଡହଲାଇ ମନାକଲା। ତେଣୁ ସେ ଆଲ୍‌ମିରାର ମୂର୍ତ୍ତି କାହିଁକି ଦେବନାହିଁ ବୋଲି ଆମେଲି ପଚାରିବାରୁ ସେ କହିଲା, 'ମ୍ୟାଡ଼ାମ୍ ଅନ୍ୟସବୁ ଆଲ୍‌ମିରାରେ ଥିବା ମୂର୍ତ୍ତିଗୁଡ଼ିକ ଘର ସଜାର ଉପକରଣ ଭାବରେ ଯେ କହି ଲୋକ କିଣିନେଇପାରେ। ସେଥିପାଇଁ କିଛି ମନାନାହିଁ। କିନ୍ତୁ ଏଇ ଆଲମିରାରେ ଯେଉଁ ମୂର୍ତ୍ତିମାନଙ୍କୁ ଆପଣ ଦେଖୁଛନ୍ତି ସେମାନେ ନିଜ ଇଚ୍ଛାନୁସାରେ କାହାପାଖକୁ ଯିବେ ସ୍ଥିର କରିବେ। ସେମାନଙ୍କ ଯିବାମୁହୂର୍ତ୍ତକୁ କେବଳ ମୋର ଅପେକ୍ଷା କରିବାକଥା।"

ଆମେଲି ତା' କଥାରେ ହତଚକିତ ହୋଇଗଲା। ମୂର୍ତ୍ତିମାନେ ନିଜେ ଇଚ୍ଛାକରି ଆପେଆପେ କିପରି ଯିବେ ବୁଝିବା ତା' ପକ୍ଷରେ ସମ୍ଭବ ନଥିଲା। ସେ ତା'ର ଭାଷାସହଯୋଗୀକୁ କଥାଟା ଭଲଭାବରେ ଶୁଣି ତାକୁ ବୁଝାଇ କହିବାକୁ ଅନୁରୋଧ କଲା।

ଶ୍ରୀନନ୍ଦନ ତା'ର ଆଗ୍ରହ ଦେଖି ମୋଟାମୋଟି ଯାହା କହିଲା, ସେଥିରୁ ଆମେଲି ଏତିକି ବୁଝିଲା ଯେ ମନ୍ଦିରର ସ୍ଥାପନା ହେବାପାଇଁ ବା କୌଣସି ଗୃହସ୍ଥର ପୂଜାଘରେ ପ୍ରତିଷ୍ଠା ହୋଇ ପୂଜାପାଇବାପାଇଁ ଯେଉଁ ମୂର୍ତ୍ତିସବୁ ନିର୍ମାଣକରାଯାଏ ତା'ର ନିର୍ମାଣବିଧି ଶାସ୍ତ୍ରାନୁସାରେ ହୋଇଥାଏ। ମାସର ପୂର୍ଣ୍ଣିମାଦିନ ନିର୍ଦ୍ଧାରିତ ପୂଜାବିଧି ଓ ମନ୍ତ୍ରପାଠ ଭିତରେ ବିଭିନ୍ନ ଆକୃତିର ମହାମଛାଞ୍ଚରେ ତରଳ ସମୟ। ସେ ସମୟତକ ଶିଳ୍ପୀକୁ ପୂର୍ଣ୍ଣ ବ୍ରହ୍ମଚର୍ଯ୍ୟ ରକ୍ଷାକରି ଦିନକୁ ଥରଟିଏ ମାତ୍ର ନିରାମିଷ ଭୋଜନ କରି ରହିବାକୁ ହୁଏ। ସେ ସମୟତକ କୌଣସି ନିଶା ଦ୍ରବ୍ୟ ଗ୍ରହଣ କରିବା ନିଷେଧ।

ତେବେ ସବୁଠାରୁ ଗୁରୁତ୍ୱପୂର୍ଣ୍ଣ କାର୍ଯ୍ୟଟି ହେଲା ମୂର୍ତ୍ତିର ଚକ୍ଷୁଦାନ ପ୍ରକ୍ରିୟା ପ୍ରାତଃକାଳ ମାହେନ୍ଦ୍ର ବେଳାରେ ସୁନାରେ ତିଆରି ନିହାଣର ସୂକ୍ଷ୍ମମୁନରେ ଖୁବ୍ ଏକାଗ୍ରତାର ସହ ଶିଳ୍ପୀ ମୂର୍ତ୍ତିର ଚକ୍ଷୁଖୋଦନ କରେ। ସେ ସମୟରେ କୌଣସି ବାହ୍ୟ କୋଳାହଳ ନଥାଏ। ଏପରିକି ବାହାରେ କାକପକ୍ଷୀର ରାବ ମଧ୍ୟ ଶୁଣାଯାଏନି। ଏହି କାର୍ଯ୍ୟଟି ଶେଷ ହୋଇଗଲେ ସେ ମୂର୍ତ୍ତି ଆଉ ହୋଇରହେନା, ପାଲଟିଯାଏ ସ୍ୱୟଂ ଦେବ ବା ଦେବୀ।

ଆମେଲି ତାକୁ ଖୁବ୍ ଭାବପ୍ରବଣ ହୋଇ ପଚାରିଲା କେମିତି ଜଣାଯିବ ଯେ ସତରେ ସେ ମୂର୍ତ୍ତି ଦେବତା ହୋଇଯାଇଛନ୍ତି। ଶ୍ରୀନନ୍ଦନ ଖୁବ୍ ଶାନ୍ତ ଭାବରେ କହିଥିଲା ଯେ ଯେଉଁ ଶିଳ୍ପୀ ଜୀବନ୍ୟାସ ଦିଏ ତା' ଅନ୍ତରର ଦିବ୍ୟଭାବ ତା' ହାତଦେଇ ମୂର୍ତ୍ତି ଭିତରକୁ ସଂଚରିଯାଏ ଓ ସେଇ ବ୍ରୋଞ୍ଜର ବିଗ୍ରହ ଭିତରେ ଦେବତା ପ୍ରତିଷ୍ଠିତ ହୋଇଯାନ୍ତି।

ସାଧାରଣ ମୂର୍ତ୍ତି ଓ ଜୀବନ୍ୟାସ ପାଇଥିବା ମୂର୍ତ୍ତିଭିତରେ ପାର୍ଥକ୍ୟ ଆପେଆପେ ବାରିହୋଇପଡ଼େ। ସେଥିପାଇଁ ବ୍ୟକ୍ତିର ଆଖି ଓ ହୃଦୟ ଉଭୟ ପ୍ରସ୍ତୁତ ଥିବା ଦରକାର।

ଶ୍ରୀନନ୍ଦନ କଥା ଅନୁସାରେ ଚକ୍ଷୁଦାନ ପାଇଥିବା ମୂର୍ତ୍ତିଟିଏ ନେବାପାଇଁ ଆମେଲି ତା'କୁ ଯେତେ ଡ଼ଲାର ଯାଚିଲେତବି ସେ ରାଜି ହୋଇନଥିଲା। କାହାର କୌଣସି ପ୍ରକାର କୌତୂହଳ ପାଇଁ ସେ ଦେବାଦେବୀଙ୍କୁ ବିକ୍ରି କରିପାରିବନି। ଆମେଲି ନିରାଶ ହେଲା। ସେଦିନ ସେ ଫେରିଆସିଥିଲା। କିନ୍ତୁ ତା'ର ଆଗ୍ରହ ସେଥିପାଇଁ ଦିନକୁଦିନକ ବଢ଼ିଚାଲିଥିଲା। ସେ ବାରମ୍ବାର ସେଠାକୁ ଯିବାକୁ ଲାଗିଲା ଓ ସେଇ ମୂର୍ତ୍ତିରୁ ଗୋଟିଏ ସେ କେମିତି ପାଇପାରିବ ସେଥିପାଇଁ ଶ୍ରୀନନ୍ଦନକୁ ଅନୁରୋଧ ମଧ୍ୟ କରିଚାଲିଲା। ତା'ର ଶ୍ରଦ୍ଧା ଓ ଆଗ୍ରହ ଦେଖି ଶ୍ରୀନନ୍ଦନ ବଡ଼ ଚିନ୍ତାରେ ପଡ଼ିଥାଏ। ଶେଷରେ ସେ ତା'କୁ ଗୋଟିଏ ମୂର୍ତ୍ତି ଦେଲା ଯାହାର ଶାସ୍ତ୍ରର ନିୟମାନୁସାରେ ନିର୍ମାଣ ହୋଇଛି କିନ୍ତୁ ଚକ୍ଷୁଦାନ ହୋଇନାହିଁ। ସେତିକି ମଧ୍ୟ ଆମେଲି ପାଇଁ ଯଥେଷ୍ଟ ଥିଲା। କାରଣ ତା'ର ବିଶ୍ୱାସ ହୋଇଯାଇଥିଲା ଦିନେ ନା ଦିନେ ସେ ସେପରି ଜଣେ ଶିଳ୍ପୀକୁ ପାଇବ ଯିଏ ମୂର୍ତ୍ତିରେ ଚକ୍ଷୁଦାନ କରିବ ଓ ସେ ଜୀବନ୍ତ ହୋଇଯିବ।

ମୁଁ ନିଜେ ତା'କଥାରେ ପ୍ରଭାବିତହୋଇ ତାକୁ ପଚାରିଥିଲି ଯେ ସେ ଆଲ୍ମିରାରେ ତ କେତେଗୁଡ଼ିଏ ମୂର୍ତ୍ତି ଅଛି। ତା' ଭିତରୁ କେଉଁ ମୂର୍ତ୍ତିର ଜୀବନ୍ୟାସ ପାଇବାର ପ୍ରସ୍ତୁତି ଅଛି ? ଆମେଲି ଖୁବ୍ ନମ୍ରତାର ସହ ମୋ କଥାକୁ ଏଡ଼େଇ ଦେଲା।

ମୁଁ ଏଥର ଯିବା ପାଇଁ ଉଠିଲି। ସେ ମତେ ବଳେଇ ଦେବାକୁ ତଳକୁ ଓଲ୍ହାଇ ଆସିଲା। ମୁଁ ତା' ଠାରୁ ବିଦାୟ ନେଇ ତା' ଘରର ଖୁବ୍ ପାଖରେ ଥିବା ମୋର ସେ ଗେଷ୍ଟହାଉସକୁ ଫେରିଆସିଲି। କିନ୍ତୁ ଗୋଟେ କଥା ତାକୁ ବୋଧେହୁଏ ମୋର କହିବା ଉଚିତ୍ ଥିଲା ଯେ ସତକୁସତ ଯଦି ମୂର୍ତ୍ତି ଜୀବନ୍ୟାସ ପାଇଯାଏ ତା'ପରେ ଯେଉଁ ପ୍ରକାର ପୂଜାର ବିଧିବିଧାନ କରିବାକୁ ହେବ ତାହା ଆଦୌ ସହଜ ନୁହେଁ। ତା' ଛଡ଼ା ହିନ୍ଦୁ ଭିନ୍ନ ତ ସେସବୁ ଅନ୍ୟ କାହାର କରିବାର ଅଧିକାର ନାହିଁ। କିନ୍ତୁ ସତରେ କ'ଣ ଏସବୁ କଥା ମୋର ତା'କୁ କହିବା ଉଚିତ ହୋଇଥାନ୍ତା। ତା' ଛଡ଼ା ଜଣକର ସାଧାରଣ କୌତୂହଳକୁ ଏତେ ଗୁରୁତ୍ୱ ଦେବା ଠିକ୍ ନୁହେଁ। ତେବେ ଆମେଲିର ସେ ମୂର୍ତ୍ତିକୁ ନେଇ ରହିଥିବା ପ୍ରବଣତା ମତେ ବେଶ୍ ଆଛନ୍ନ କରି ରଖିଲା। ମନ୍ଦିରରେ ବା ପୂଜାଘରେ ଉପାସିତ ହେଉଥିବା ପିତଳ, ପଥର, ସୁନା ବା ରୁପା ତିଆରି ଦେବ ମୂର୍ତ୍ତିକୁ ଆମେ ସାଧାରଣ ମଣିଷମାନେ ନିର୍ଦ୍ଦିଷ୍ଟ ଦେବାଦେବୀଙ୍କର ପ୍ରତିରୂପ ବୋଲି ଭାବୁ; ପ୍ରତୀକ ବୋଲି ଜ୍ଞାନକରୁ। କିନ୍ତୁ ସେମାନଙ୍କୁ ସତ ଦେବ ବା ଦେବୀ ଭାବରେ ଅନୁଭବ କେତେଜଣ ବା କରିପାରନ୍ତି। ଅଥଚ ପୂରାଭିନ୍ନ ସଂସ୍କୃତି ଓ ଚଳଣିରୁ ଆସିଥିବା ଏ

ଝିଅ କେମିତି ବିଶ୍ୱାସ କରି ରହିଛି ଯେ ତା'ର ସେ ବ୍ରୋଞ୍ଜ ମୂର୍ତ୍ତି ଦିନେ ନିଶ୍ଚୟ ଦେବ ବା ଦେବୀରେ ରୂପାନ୍ତରିତ ହୋଇଯିବେ। ତା'ପରେ ତାଙ୍କ ସାଥିରେ ସେ କ'ଣ କରିବ ସେ ପର କଥା।

ଏ ଭିତରେ ବିତିଯାଇଥିଲା ଛ'ମାସ। ମୁଁ ପୁଣି ଆସି ପଣ୍ଡିଚେରୀରେ ଯଥାରୀତି ପହଞ୍ଚିଲି ଓ ସେଇ ଗେଷ୍ଟ ହାଉସରେ ରହିଲି। ଏଥର ଏଠି ପହଞ୍ଚିବା ପରେ ହିଁ ଆମେଲିର ଭାବନା ମନକୁ ଆଚ୍ଛନ୍ନ କଲା। ସେ ଏଠି ରହୁଛିକି ଫ୍ରାନସ୍ ଫେରିଗଲାଣି ମୁଁ ଜାଣିନଥିଲି। ପରଦିନ ସକାଳେ ମୁଁ ପୂର୍ବପରି ଛାତରେ ବୁଲିବାବେଳେ ଲକ୍ଷ୍ୟକଲି ଆମେଲି ଘର ଭିତରେ କେତେକ ବୟସ୍କ ପୁରୁଷନାରୀ ଚଳପ୍ରଚଳ ହେଉଛନ୍ତି। ସେମାନଙ୍କ ଚେହେରାରୁ ଜଣା ପଡୁଥିଲା ସେମାନେ ସମସ୍ତେ ନିଶ୍ଚୟ ଫ୍ରାନ୍ସରୁ ଆସିଛନ୍ତି। ଗେଷ୍ଟହାଉସର ଆୟା ଲକ୍ଷ୍ମୀ ଆସି ପହଞ୍ଚିବା ପରେ ତାକୁ ଆମେଲି ଓ ତା'ଘରେ ଏତେ ଲୋକଙ୍କର ଉପସ୍ଥିତି ବିଷୟରେ ଠରାଠରି କରି ପଚାରିଲି।

ଲକ୍ଷ୍ମୀ ଖଣ୍ଡେ ଅଧେ ଇଂରେଜୀ ଶବ୍ଦ କହିପାରେ। ମୋ ପ୍ରଶ୍ନ ସେ ଅନୁମାନ କରିନେଇଥିଲା। ତେଣୁ ଗୁଡାଏ କଥା ତାମିଲରେ ସେ ଅନର୍ଗଳ କହିସାରିବା ପରେ ବୋଧେ ବୁଝିପାରିଲା ଯେ ମୁଁ ତା'କଥାରୁ କିଛି ବି ଜାଣିପାରୁନି। ଏଥର ସେ ତା'ର ଇଂରେଜ ଭାଷା ଜ୍ଞାନ ବ୍ୟବହାର କରିକହିଲା; 'ଆମେଲି ମ୍ୟାରେଜ'। ମୁଁ ବୁଝିପାରିଲି ଯେ ଆମେଲି ଏ ଭିତରେ ବାହା ହୋଇଯାଇଛି। ବର କୋଉଠିକାର ବୋଲି ମୁଁ ତା' କୁ ପଚାରିବାକୁ ସେ ମୁହଁକୁ ନେପେଡ଼ି ନିହାତି ନାପସନ୍ଦ କରିବା ପରି ଅଙ୍ଗଭଙ୍ଗୀ କରି ବାରମ୍ବାର 'ବ୍ଲାକ୍', 'ବ୍ଲାକ୍' ବୋଲି କହିଲା। ମୁଁ ସେତିକିରୁ ବୁଝିଗଲି ଯେ ଆମେଲି ନିଶ୍ଚୟ କୌଣସି ସ୍ଥାନୀୟ ତାମିଲଲୋକଙ୍କୁ ବାହାହୋଇଯାଇଛି। ଝିଅଟା ପୂରା ଗୋରା ଓ ବରଟା ପୂରା କଳା ହୋଇଥିବାରୁ ବୋଧେ ଲକ୍ଷ୍ମୀର ପସନ୍ଦ ହେଉନି ! ମୋର ଏ ବିଷୟରେ କୌଣସି ପ୍ରତିକ୍ରିୟା ପ୍ରକାଶ କରିବାର ନଥିଲା। ମୁଁ ଏତିକି କଥା ଜାଣିଲି ଯେ ଆମେଲି ଏବେବି ଏଇଠି ଅଛି।

ମୋର ଏଥରର ରହଣି ଖୁବ୍ ସଂକ୍ଷିପ୍ତ ଥିଲା। ମାତ୍ର ଦୁଇ ଦିନ ପାଇଁ ମୁଁ ଏଠାକୁ ଆସିଥିଲି। ଆମେଲି ସହିତ ଏଥର ଆଉ ଦେଖାହେବାର ସମ୍ଭାବନା ଥିବା ପରି ମତେ ଜଣାପଡୁନଥିଲା। ତା'ନିଜର ବାହାଘର ଓ ଫ୍ରାନ୍ସରୁ ଆସିଥିବା ତା'ର ଅତ୍ମୀୟସ୍ୱଜନଙ୍କୁ ନେଇ ସେ ଏତେ ବ୍ୟସ୍ତ ଥିବ ଯେ ଏଥର ମୋ ଆସିବା ଓ ଫେରିଯିବାର ଖବର ସେ ଜାଣିପାରିବନି।

ତା'ଛଡ଼ା ମୋ ଖବର ନେବା ତା'ର ବା କ'ଣ ଆବଶ୍ୟକ ! ଏମିତି ଜୀବନରେ କାହାକାହା ସାଙ୍ଗରେ ଦେଖାହୁଏ, କଥାହୁଏ ତା'ପରେ ଯିଏ ଯାହା ବାଟରେ। ତେବେ

ଆମେଲିର ସେ ମୂର୍ତ୍ତିକୁ ନେଇ ଯେଉଁ ଅଦ୍ଭୁତ ଆବେଗ ସେଦିନ ମୁଁ ଲକ୍ଷ୍ୟ କରିଥିଲି ସେଇ କଥା ସମୟେସମୟେ ମୋର ମନେ ପଡ଼ିଯାଇଥିଲା ।

ଏଥର ମୋର ଏଠି ରହିବାର ମାତ୍ର ଦୁଇଦିନ ସମୟ କେତେବେଳେ ସରିଯାଇଥିଲା । ପରଦିନ ମତେ ଚେନ୍ନାଇରୁ କରମଣ୍ଡଳ ଟ୍ରେନ୍ ଧରିବାକୁ ହେବ ସକାଳ ନ'ଅଟାରେ । ତେଣୁ ରାତିଚାରିଟାରୁ ଉଠି କାମଦାମ ସାରି ଭୋର ପାଞ୍ଚଟାରେ ପଣ୍ଡିଚେରୀରୁ ବାହାରିପଡ଼ିଲି । ସକାଳର ରାସ୍ତା ପୂରା ଫାଙ୍କା ଥିବାରୁ ଟାକ୍ସିବାଲା ମତେ ଆଣି ଚେନ୍ନାଇ ଷ୍ଟେସନରେ ସକାଳ ଆଠଟା ସୁଦ୍ଧା ପହଞ୍ଚାଇଦେଲା ।

ଟ୍ରେନ୍ ପ୍ଲାଟଫର୍ମ ଭିତରକୁ ଆସିନଥାଏ । ଆହୁରି ଘଣ୍ଟାଏ ଉପରେ ସମୟ ଅଛି । ମୁଁ ପ୍ଲାଟ୍‌ଫର୍ମରେ ଗୋଟିଏ ବେଞ୍ଚ ଉପରେ ବ୍ୟାଗଟାକୁ ପାଖରେ ରଖି ଏକା ବସିଥାଏ । ଏତେ ସମୟ ଏବେଏକା ଅପେକ୍ଷା କରିବାକୁ ହେବ । ଖବର କାଗଜଟିଏ କିଣି ପଢ଼ିବାରେ ମନଦେଲି । ମଝିରେ ମଝିରେ ଟ୍ରେନ୍ ଆସିଲାକି ନାହିଁ ଖବର କାଗଜରୁ ମୁହଁ କାଢ଼ି ଦେଖି ନେଉଥାଏ ।

ହଠାତ୍ ମୋର ଆଖିପଡିଗଲା ଆମେଲି ଉପରେ । ସେ ସାଧାରଣତଃ ପିନ୍ଧୁଥିବା ନୀଳରଙ୍ଗର ଜିନ୍ ଓ ଧଳାରଙ୍ଗର ଟପ୍‌ସ ଆଜିବି ପିନ୍ଧିଥିଲା । ଦୁଇକାନ୍ଧରେ ବେଲ୍‌ଟ ଗଳା ହୋଇଥିବା ବଡ଼ ବ୍ୟାଗଟି ପିଠି ଉପରେ ପକାଇ ମୋ ଦିଗରେ ଆସୁଥିଲା । ସେ ଅଚାନକ ଭାବରେ ମେତେ ବେଞ୍ଚରେ ବସିଥିବାର ଦେଖିପକାଇ ଖୁବ୍ ଖୁସି ହୋଇଗଲା । ମୁଁ ଉଠିପଡ଼ି ତା'ସହିତ ହାତ ମିଳାଇଲି ଓ ତା'ର ବିବାହ ପାଇଁ ତାକୁ ଶୁଭେଚ୍ଛା ଜଣାଇଲି । ଚେନ୍ନାଇ ଷ୍ଟେସନରେ ଆମର ଯେ ହଠାତ୍ ଏମିତି ଦେଖା ହୋଇଯିବ ମୋର କଳ୍ପନା ନଥିଲା ।

ଏତିକି ବେଳେ ତା'ଆଡ଼କୁ ଆସୁଥିବା ଜଣେ ପତଳା କଳା ଓ ଆଦୌ ବାଗ ଦିଶୁନଥିବା ଜଣେ ତାମିଲ ଯୁବକ ଆଡ଼କୁ ଇସାରା କରି ଆମେଲି ମତେ ଜଣାଇଦେଲା ଯେ ସେ ଜଣକ ତା'ର ବର । ମୁଁ ଲକ୍ଷ୍ମୀଠାରୁ ପୂର୍ବରୁ ତା'ବର ପ୍ରସଙ୍ଗରେ କିଛିଟା ଜାଣିଥିବାରୁ ସେ ସଂପର୍କରେ ମୋର ଏକପ୍ରକାର ମାନସିକ ପ୍ରସ୍ତୁତି ଥିବା ସତ୍ତ୍ୱେ ସେ ଯୁବକର ରଙ୍ଗ ଓ ରୂପ ମୋତେ ଏତେ ବେଶି ହତାଶ କରିଦେଲାଯେ ମୁଁ ଭଦ୍ରତା ରକ୍ଷାକରି ହସିହସି ତାକୁ ଶୁଭେଚ୍ଛା ଜଣାଇପାରିଲି ନାହିଁ । ଖାଲି ଟିକେ ମୁଣ୍ଡ ହଲାଇଲି । ସେ ମଧ୍ୟ ମୁଁ ବସିଥିବା ବେଞ୍ଚଠାରୁ ଦୂରଛଡ଼ା ହୋଇ ଚୁପ୍‌ଚାପ ଠିଆ ହୋଇରହିଲା ।

କିନ୍ତୁ ଆମେଲି ଭିତରେ ଖୁସି ଯେମିତି ଢ଼େଉ ଭାଙ୍ଗୁଥାଏ । ସେ ତା'ବର ବିଷୟରେ ମତେ କିଛି ଧାରଣା ଦେବାକୁ କହିଲା ଯେ ତା ନାଁ ହେଉଛି ସୋମସୁନ୍ଦରମ୍ । ସେ ଜଣେ ତାମିଲ ଯୁବକ । ଆଦୌ ଇଂରେଜି ଜାଣେନି ।

ମୁଁ ବେଶ୍ ଆଶ୍ଚର୍ଯ୍ୟ ହୋଇ ପଚାରିଲି । "ତୁମେ ଆ'ଙ୍କୁ କିପରି ପାଇଲ ? କେହି କାହାର ଭାଷା ଜାଣିନ, ଏଣେ ଦୁହେଁ ଦୁଇଟି ସଂପୂର୍ଣ୍ଣ ଭିନ୍ନ ପୃଷ୍ଠଭୂମିର ହୋଇଥିବ ସତ୍ତ୍ୱେ ପରସ୍ପର ଭିତରେ ସଂପର୍କ କିପରି ସୃଷ୍ଟିହୋଇ ପୁଣି ବିବାହରେ ପରିଣତ ହେଲା ?"

ଆମେଲି ଖୁବ୍ ସନ୍ତୋଷର ସହିତ ହସିହସି କହିଲା । ମ୍ୟାଡାମ୍ ମୁଁ ଭାରତ ଆସିବା ପରଠାରୁ ସେଥର ଆପଣଙ୍କ ସାଙ୍ଗରେ ଯେ କଥା ହୋଇଥିଲି ତାହାହିଁ ଥିଲା ମୋର ଏଠାକାର କାହାସହିତ ଏତେ ଆନ୍ତରିକ ଭାବରେ ମିଶିବା । ଆପଣ ନିଶ୍ଚୟ ମୋ କଥା ବୁଝିପାରିବେ ବୋଲି ମୋର ମନେହେଉଛି । ଶ୍ରୀନନ୍ଦନର ଶିଳ୍ପଶାଳାକୁ ମୁଁ ବାରମ୍ବାର ଯିବା ଭିତରେ ସେଇଠି ମୋର ଦିନେ ଏଇ ସୋମୁ ସହିତ ଦେଖା ହୋଇଥିଲା । ତା'କୁ ଦେଖୁଦେଖୁ ମତେ ଲାଗିଲା ସତେ ଯେମିତି ମୁଁ ତା'କୁ କୋଉଯୁଗରୁ ଚିହ୍ନିଛି । କେବେ ଥରେ ଗାଇଥିବା ଗୀତର ସୁରଟି ଯେମିତି ମୁଁ ତା'କୁ କୋଉଯୁଗରୁ ଚିହ୍ନିଛି । କେବେ ଥରେ ଗାଇଥିବା ଗୀତର ସୁରଟି ଯେମିତି ଫେରିଆସିଥିଲା ମନକୁ । ହୃଦୟର ପ୍ରତ୍ୟେକ ତନ୍ତ୍ରୀକୁ ଛୁଇଁ ଯାଇଥିଲା ସେ ସୁର । ମୋ ହୃଦୟ ଆନନ୍ଦରେ ବିଭୋର ହୋଇଯାଇଥିଲା । ସେଇ ମୁହୂର୍ତ୍ତରେ ସାମାଜିକତା, ସାଂସ୍କୃତିକ ଭିନ୍ନତା, ପରମ୍ପରା ବା ପ୍ରଚଳିତ ବ୍ୟବସ୍ଥା ସବୁ ଯେମିତି ତା'ର ତାତ୍ପର୍ଯ୍ୟ ହରାଇ ବସିଲେ । ଆମ ଦୁହିଁଙ୍କ ପାଖରେ ନିଜନିଜର ଅନୁଭବକୁ ବ୍ୟକ୍ତ କରିବାର କୌଣସି ମାଧ୍ୟମ ନଥିଲା । ଆମେ ପରସ୍ପରକୁ ଜାଣିଥିବାର ସ୍ୱୀକୃତି, ପରସ୍ପରକୁ ନେଇ ପରିପୂର୍ଣ୍ଣ ହୋଇଉଠିବାର ଅନୁଭୂତି । ମୁଁ ବୁଝିପାରିଛି ମୋର ସେ ପ୍ରୋଜେକ୍ଟ କାମହିଁ ଥିଲା ମାଧ୍ୟମ, ଯାହାଦ୍ୱାରା ମୁଁ ମୋର ଜୀବନସାଥି ସହିତ ମିଳିତ ହୋଇପାରିଲି ।"

ତା'କଥା ଶୁଣିବାବେଳେ ମୋ ମୁଣ୍ଡରେ କିନ୍ତୁ ନାନାକଥା ଖେଳୁଥାଏ । ତାର ଏଇ ଉଚ୍ଛ୍ୱସିତ ଅଭିବ୍ୟକ୍ତି ପଛରେ ଅନୁଭବର ଗଭୀରତା ଅଛିନା କେବଳ ଆବେଗଚାଳିତ ହୋଇ ଆମେଲି ଏପ୍ରକାର ନିଷ୍ପତି ନେଇଛି ବୁଝାପଡୁନଥାଏ । ତଥାପି ଦୁହିଁଙ୍କୁ ଏକାଠି ଚାହିଁଦେବା ମାତ୍ରେ ଏକ ତୀବ୍ର ଅସମଞ୍ଜସତା ଆଖିରେ ଫୋଡ଼ି ହୋଇଯାଉଥାଏ ।

ମୁଁ ଟିକେ ନିସ୍ପୃହ କଣ୍ଠରେ ପଚାରିଲି, "ତୁମ ପରିବାରର ଲୋକେ କ'ଣ ତୁମ ସଂପର୍କରେ ଖୁସିରେ ସମ୍ମତି ଦେଇଛନ୍ତି ?"

'ନାଁ କିନ୍ତୁ ସେମାନେ ମୋ ସହିତ କଥାବାର୍ତ୍ତା ହେବା ପରେ ବୁଝିଗଲେ ଯେଏ ପୃଥିବୀରେ କେହିବି ଦୁଇଟି ଆତ୍ମା ମଧ୍ୟରେ ସଂଗଠିତ ସଂଯୋଗକୁ ଭାଙ୍ଗିଦେଇ ପାରିବେ ନାହିଁ । ଯେଉଁ ମହାନ୍ ଶକ୍ତିର ନିର୍ଦ୍ଦେଶରେ ଆମେ ଏକାଠି ହୋଇଛୁ ସେଥିରେ ଚେଷ୍ଟାକରିବି ବାଧା ସୃଷ୍ଟି କରିବା କାହାରି ପକ୍ଷରେ ସମ୍ଭବ ନୁହେଁ ।" ଆମେଲିର କଣ୍ଠରେ ଏକ ମୁଗ୍ଧ ଦୃଢ଼ତା ।

ଟିକେ ଦୂରରେ ଚୁପ୍‌ଚାପ ହୋଇ ଠିଆହୋଇଥିବା ସେ ତାମିଲ ଯୁବକକୁ ଦେଖି ମୋ ଭିତରେ କେମିତି ଗୋଟେ ଅସ୍ଥିରତା ବୋଧହେଉଥାଏ। ମୁଁ ଭାବୁଥାଏ ଦିନେ ଗୋଟେ ବ୍ରୋଞ୍ଜ ମୂର୍ତ୍ତିକୁ ଦେବତା କରିବାର ପ୍ରବଣତା ଯେମିତି ଏ ଝିଅକୁ ଗ୍ରାସିଥିଲା ଏବେ ଆତ୍ମା, ପ୍ରେମ ଓ ଯୁଗଯୁଗର ସାଥିକୁ ପାଇବା ଆଦି ଧାରଣା ଆ'କୁ ଆକ୍ରାନ୍ତ କରିଛି। ଇଏ ପାଗଳାମି ବ୍ୟତୀତ ଅନ୍ୟ କିଛିନୁହେଁ।

ଆମେଲି ହଠାତ୍ ମତେ ତା'କଥାରେ ଚମକେଇ ଦେଇ ପଚାରିଲା "ମ୍ୟାଡାମ୍, ଆପଣ 'ଟୁଇନ୍ ସୋଲ୍' କଥାତ ନିଶ୍ଚୟ ଜାଣିଥିବେ। ଗୋଟିଏ ଆତ୍ମା ଦୁଇଭାଗ ହୋଇ ଦୁଇଟି ଶରୀରରେ ଥାଏ। ସେ ଦୁଇଟି ଶରୀର ଭିନ୍ନ ଭିନ୍ନ ସ୍ଥାନରେ କୋଉଠି ରହିପାରେ। କିନ୍ତୁ ଥରେ ଯଦି ସେମାନେ ପରସ୍ପରକୁ ଭେଟିଯାନ୍ତି ତେଣିକି ଦୁଇଟି ଜୀବନ ଗୋଟିଏ ଧାରାରେ ମିଳିତ ହୋଇ ଆଗକୁଆଗକୁ ବହିଚାଲେ। ଆଉ ବିଚ୍ଛିନ୍ନତା ନାହିଁ। ଏଇ ସୋମୁ ହେଉଛି ମୋ ଆତ୍ମାର ଏକ ଅଂଶ। ମୁଁ ତାକୁ ପାଇଯାଇଛି।"

ସେ ଏକଥା କହିବା ବେଳେ ଯେମିତି ଏକ ବିହ୍ୱଳ ଅବସ୍ଥାକୁ ଚାଲିଯାଇଥିଲା। ମୁଁ ତାକୁ କ'ଣ ଉତ୍ତର ଦେବି ବୁଝିପାରୁନଥାଏ। ଏତିକି ବେଳେ ଦେଖିଲି କରମଣ୍ଡଳ ପ୍ଲାଟଫର୍ମ ଭିତରକୁ ପଶୁଛି। ତାକୁ ବାସ୍ତବତାକୁ ଫେରେଇ ଆଣିବା ପାଇଁ ମୁଁ ପଚାରିଦେଲି, 'ଆଚ୍ଛା ତୁମେ ଦୁହେଁ କୁଆଡ଼େ ଯାଉଛ ?"

ସେ ସହଜସ୍ୱରରେ କହିଲା, "ଆମେ ଦୁହେଁ କଲିକତା ଯାଉଛୁ।" ମୁଁ ଭାବିଲି କେଇଦିନ ହେଲା ମାତ୍ର ବାହାହୋଇଛନ୍ତି, ବୋଧହୁଏ ହନିମୁନ୍‌ରେ କୋଉ ହିଲ୍‌ଷ୍ଟେସନ୍ ଆଡେ ଯାଉଥିବେ। ତେଣୁ କଲିକତା ନାଁ ଶୁଣି ମୁଁ ଟିକେ ଥତମତ ହୋଇଯିବାର ଦେଖି ସେ ବୁଝିଗଲା ପରି କହିଲା, "ମ୍ୟାଡ୍‌ମ ଆପଣଙ୍କର ସେ ବ୍ରୋଞ୍ଜ ମୂର୍ତ୍ତି କଥା ମନେ ଅଛି ତ ?"

"ହଁ,ହଁ ନିଶ୍ଚୟ ମନେଅଛି, ସେ ମୂର୍ତ୍ତିର ଚକ୍ଷୁଦାନ ହେଲାତ ?" ମୋ ସ୍ୱରରେ ପରିହାସର ଝଲକ ମୁଁ ନିଜେ ଶୁଣିପାରିଥିଲି।

ସେ କିନ୍ତୁ ତା' ବ୍ୟାଗନେଇ ଉଠୁଉଠୁ ସହଜ ଭାବରେ କହିଲା, "ସେଇଥି ପାଇଁ ତ ଆମେ ଦୁହେଁ କଲିକତା ଯାଉଛୁ।"

– ମାନେ ? ମୁଁ ଆଶ୍ଚର୍ଯ୍ୟ ହୋଇ ତା'ମୁହଁକୁ ଚାହିଁଲି।

ଖୁବ୍ ବିଶ୍ୱାସର ସହ ଆମେଲି କହିଲା, "ମ୍ୟାଡାମ୍ ମୁଁ ଜାଣିବାକୁ ପାଇଲି କଲିକତାରେ ଏମିତି ସାଧକ ଅଛନ୍ତି ଯିଏ ଏ ମୂର୍ତ୍ତିକୁ ଛୁଇଁଦେଲେ ଆ'ର ଜଡପିଣ୍ଡରେ ଦିବ୍ୟତା ସଂଚରିଯିବ। ଆଉ ସେ ଦିବ୍ୟତାକୁ ଧରି ରଖିବାକୁ ହେଲେ ନିର୍ଦ୍ଧାରିତ ପୂଜାପଦ୍ଧତି ଦରକାର ନାହିଁ; ଦରକାର କେବଳ ଶ୍ରଦ୍ଧା ଓ ପୂର୍ଣ୍ଣ ବିଶ୍ୱାସ। ଯାହାକି ଆମ ଦୁହିଁଙ୍କର ଅଛି।

ଆମର ବିଶ୍ୱାସ ଆମ ଦୁହିଁଙ୍କର ମିଳିତ ଆସ୍ପୃହାରେ ସେହି ସ୍ତରର କେହି ଜଣେ ସାଧକ ଆମକୁ ନିଶ୍ଚୟ ମିଳିବେ ଓ ତାଙ୍କର ସ୍ପର୍ଶ ଲାଭକରି ମୋର ଏ ମୂର୍ତ୍ତି ବିନା ଚକ୍ଷୁଦାନରେ ବି ଜୀବନ୍ୟାସ ପାଇପାରିବ। ତା'ପରେ ମୁଁ ମୋର ଜୀବନସାଥି ଓ ଲିଭିଙ୍ଗ ଗଡ୍‌ଙ୍କୁ ନେଇ ରହିପାରିବି।"

ମୋର ଆଉ ବାକ୍‌ସ୍ଫୁରଣ ହେଲାନାହିଁ। ଆମେ ନୀରବରେ ପରସ୍ପରଠାରୁ ବିଦାୟ ନେଇ ସେଇ ଏକା ଟ୍ରେନ୍ ଅଭିମୁଖରେ ନିଜ ନିଜର କୋଚ ଖୋଜିବା ପାଇଁ ଚାଲିବାକୁ ଲାଗିଲୁ। ଅବଶ୍ୟ ମୋ କୋଚ ପ୍ରାୟ ମୋ ଆଗରେ ହିଁ ଅଟକି ଥିଲା। ମୁଁ ସେହିକ୍ଷଣି ଟ୍ରେନ୍ ଭିତରକୁ ଉଠିଯାଇ ମୋ ସିଟ୍‌ଖୋଜି ବସିଗଲି।

ସେତେବେଳକୁ ଏକପ୍ରକାର ସ୍ତବ୍‌ଧତା ମୋ ଭିତରକୁ ଓହ୍ଲାଇ ଆସିଥିଲା। ସବୁପ୍ରକାର ଉଦ୍‌ବେଗ, ଉତ୍ତେଜନା, ଚଞ୍ଚଳତା ଓ ଅଧୀରପଣ ଯେମିତି ମୁହୂର୍ତ୍ତକରେ ଦୂରହୋଇ ମୋ ମନରେ ଏକ ସ୍ୱସ୍ତିର ଭାବ ସ୍ଥାପିତ ହୋଇଯାଇଥିଲା। କୌଣସି ପ୍ରକାର କୌତୂହଳ ବା ଅଯଥା ପ୍ରଶ୍ନ ମୋ ମନରେ ଆଉ ମୁଣ୍ଡ ଟେକୁ ନଥିଲା। ସତେ ଯେମିତି ଆମେଲିର ପ୍ରେମ, ଆନନ୍ଦ, ବିଶ୍ୱାସ ଓ ସେ ଅପୂର୍ବ ଉନ୍ମାଦନା ମୋ ଭିତରକୁ ମୋ ଅଲକ୍ଷ୍ୟରେ ପଶିଆସିଥିଲା ଓ ମୋ ଭିତରେ ଖୁବ୍ ସନ୍ତର୍ପଣରେ ଜମିରହିଥିବା ଏକ ରୁଢ଼ ଯୁକ୍ତିବାଦୀ ସ୍ତରଟିକୁ ତରଳାଇ ଦେବାକୁ ଆରମ୍ଭ କରିଥିଲା।

ହଂସ ପ୍ରହରୀ

ସନ୍ଧ୍ୟାବେଳେ ପଣ୍ଡିଚେରୀ ସମୁଦ୍ରକୂଳ ସାମ୍ନା ରାସ୍ତାରେ ଗାଡ଼ିମଟର ଯାନବାହନର ଚଳାଚଳ ନିଷିଦ୍ଧ । ସାନ୍ଧ୍ୟଭ୍ରମଣ କରୁଥିବା ଛୋଟ ପିଲାଙ୍କଠାରୁ ବୟସ୍କଙ୍କ ଯାଏ ବହୁପ୍ରକାର ଲୋକଙ୍କର ଗହଳି । ଫୁଟ୍‌ପାଥ୍‌ର ସିମେଣ୍ଟ ବାଡ଼ ଉପରେ ବସି ଗପ ଜମାଇଥିବା ସ୍ତ୍ରୀ ପୁରୁଷଙ୍କ ସଂଖ୍ୟା କିଛି କମ୍ ନୁହେଁ ।

ସେଦିନ ମୁଁ ମଧ୍ୟ ସେଇ ବଡ଼ ଉପରେ ଏକୁଟିଆ ସମୁଦ୍ରକୁ ପଛକରି ବସିଥାଏ । ଆଗରେ ଚଲାବୁଲା କରୁଥିବା ଲୋକଙ୍କ ଉପରେ ଦୃଷ୍ଟି ପଡୁଥିଲେ ବି ମୁଁ ପ୍ରକୃତରେ କାହାରିକୁ ଦେଖୁନଥାଏ । ଚିହ୍ନାଜଣା କେହି ବୁଲୁଥିଲେ ବି ସେମାନଙ୍କ ମଧ୍ୟରୁ କାହାରିକୁ ଚିହ୍ନି ପାରିବା ପାଇଁ ଯେତିକି ସଚେତନତା ଆବଶ୍ୟକ ତା' ମୋର ରହୁନଥିଲା । ମୁଁ ସମ୍ପୂର୍ଣ୍ଣ ଅନ୍ୟମନସ୍କ ହୋଇ ପଡ଼ିଥିଲି ।

ହଠାତ୍ କାହା ଡାକରେ ମୋର ଧ୍ୟାନ ଭାଙ୍ଗିଗଲା । ମୁଁ ଚାହିଁ ଦେଖିଲି ମୋ ପାଖରେ ଠିଆ ହୋଇଛି ପଣ୍ଡିଚେରୀରେ ରହୁଥିବା ମୋର ଜଣେ ପୁରୁଣା ବନ୍ଧୁ ନିକିତା । ସେ ଏଠାରେ ବହୁବର୍ଷ ହେଲାଣି ରହୁଛି । ମୁଁ ଏଠାକୁ ଯେବେ ଆସେ ତା' ସହିତ ଦେଖାକରେ । କିଛି କିଛି ସମୟ ସାଙ୍ଗ ହୋଇ କଟାଇଥାଉ । କିନ୍ତୁ ଏଥର ମୋର ଏଠାକୁ ଆସିବା ସାତଆଠ ଦିନ ହୋଇ ଯାଇଥିଲେ ବି ମୋର ତା' ସହିତ ଯୋଗାଯୋଗ ହୋଇପାରିନଥିଲା । ଜାଣିନି ମତେ ଏଥର ପୂରା ଏକାକୀ ନୀରବ ହୋଇ ରହିବାକୁ କାହିଁକି ଏତେ ଭଲ ଲାଗୁଥିଲା ।

କିନ୍ତୁ ହଠାତ୍ ତାକୁ ସେଠି ଦେଖିଦେବା ପରେ ମତେ ଖୁବ୍ ଭଲ ଲାଗିଲା । ମୁଁ ତାର ବେଶ ପୋଷାକ ଉପରେ ଆଖିବୁଲାଇ ନେଇ ହସିହସି କହିଲି, "ଆରେ ନିକିତା ତୁ କେବେଠାରୁ ଇଭିନିଙ୍ଗ୍ ୱାକ୍ କଲୁଣି ?"

ସେ ମୋ କଥାକୁ ଗୁରୁତ୍ୱ ନଦେଇ କହିଲା "ତୁ କେବେଠୁ ଆସିଲୁଣି ?"

"ଏଇ ସାତ ଆଠ ଦିନ ହେବ।"

"ଆଚ୍ଛା ଏତେ ଦିନ ହେଲାଣି ଆସିଲୁଣି, ମତେ ଖବର ବି ଦେଇନୁ। କଥା କ'ଣ?"

ମୁଁ ମନେମନେ ଟିକେ ଅପ୍ରସ୍ତୁତ ହେଲେ ବି ସହଜ ଭାବରେ କହିଲି, "ନାଇଁରେ, ଏଥର କାହିଁକି ଟିକେ ଏକୁଟିଆ ଚୁପ୍‌ଚାପ ରହିବାକୁ ଇଚ୍ଛା ହେଉଛି।"

ସେ ମୋ କଥା ବୁଝିପାରିଲା। ସେ ବିଷୟରେ ଆଉ ଅଧିକ କିଛି ନପଚାରି ନିକିତା କହିଲା, "ହଉ ଠିକ୍ ଅଛି। ଯଦି ଇଚ୍ଛା କରିବୁ ମୋ ପାଖକୁ ଆସିବୁ। ନହେଲେ ତୁ ଯେଉଁଠି ରହୁଛୁ, ସେଠିକି ମତେ ଡାକିପାରୁ।"

ସେ ଯିବାକୁ ବାହାରିଲା। ସେତିକି ସମୟ ଭିତରେ ମୋ ଭିତରର ନୀରବତାର ସୁରଟି କିପରି କଟିଯାଇଥିଲା। ମୁଁ ତାକୁ ଅଟକାଇ ଦେଇ କହିଲି, "ଛାଡ଼୍ ତତେ ଦେଖିବା ପରେ କ'ଣ ମୁଁ ଆଉ ଏକୁଟିଆ ବସିବାକୁ ଚାହିଁବି। ଚାଲ୍ ମୁଁ ବି ତୋ ସହିତ ରାସ୍ତାରେ ୱାକ୍ କରିବି। କଥା ହୋଇହୋଇ ଯିବା।"

ନିକିତା ଆମଠାରୁ ଅଳ୍ପ ଦୂରରେ ଠିଆ ହୋଇଥିବା ଅନ୍ୟ ଜଣେ ଝିଅକୁ ହାତଠାରି ଡାକିଲା। ମୁଁ ଦେଖିଲି ସେ ଝିଅ ଆମ ବୟସର ହେବ। ବର୍ଣ୍ଣ କଳା। ସାଧାରଣ ସ୍ୱାସ୍ଥ୍ୟ। ପତଳା ଡେଙ୍ଗା ଚେହେରା, ମୁହଁର ଗଢ଼ଣ ବେଶ୍ ଆକର୍ଷଣୀୟ ମନେ ହେଲା। ସେ ମଧ୍ୟ ନିକିତା ପରି ଜିନ୍ ଓ ସାର୍ଟ ପିନ୍ଧିଥିଲା। ପାଦରେ ଥିଲା ୱାକିଂ ସୁ। ମୁଁ ବୁଝିଗଲି ସେ ଦୁହେଁ ଏକାଠି ୱାକ୍ କରୁଥିଲେ। ଫୁଟପାଥର ସିମେଣ୍ଟ ବାଡ଼ ଉପରେ ମତେ ବସିଥିବାର ଦେଖିପାରି ନିକିତା ମୋ ପାଖକୁ ଆସି କଥା ହେଉଥିବାରୁ ସେ ହୁଏତ ଜାଣିକରି ଟିକେ ଦୂରଛଡ଼ା ହୋଇ ରହିଛି।

ନିକିତା ମତେ ଚିହ୍ନାଇବାକୁ ଯାଇ ଇଂରେଜିରେ କହିଲା, "ମାରିଆ, ଇଏ ହେଉଛି ମୋର ପିଲାଦିନର ବନ୍ଧୁ ରୀତା। ମୁଁ ଓଡ଼ିଶାରେ ଥିବାବେଳେ ଆମେ ସାଙ୍ଗହୋଇ ପାଠ ପଢ଼ିଛୁ। ତା'ପରେ ମୁଁ ଏଠି ଆସି ରହିଲି, ସେ ସେଇଠି ଅଛି। ସେଠାକାର ଗୋଟେ କଲେଜରେ ଅଧ୍ୟାପିକା ଅଛି। ମଝିରେ ମଝିରେ ଏଠାକୁ ଆସେ।"

ପୁଣି ମୋ ଆଡ଼କୁ ଚାହିଁ କହିଲା, "ରୀତା ଇଏ ହେଉଛି ମାରିଆ ଡୁରାଣ୍ଡ। ବେଶ୍ କିଛି ଦିନ ହେଲାଣି ଆମେ ବନ୍ଧୁ ହୋଇଛୁ। ଏକାଠି ସନ୍ଧ୍ୟାବେଳଟା କଟାଉଛୁ।"

ମାରିଆ ଓ ମୁଁ ପରସ୍ପରକୁ ସାଦର ସମ୍ଭାଷଣ ଜଣାଇଲୁ। ନିକିତା ମତେ ଦେଖିବା ପରେ ମୋ ସହିତ ଆଉ କିଛି ସମୟ କଟାଇବାକୁ ଚାହୁଁଥିଲା। ଏଣେ ମାରିଆଙ୍କୁ ଏକା ଫେରିଯିବାକୁ କହି ପାରୁନଥିଲା। ତେଣୁ ସେ ପ୍ରସ୍ତାବ ଦେଲା, "ଚାଲ ତିନିଜଣ ମିଶି ସମୁଦ୍ର କୂଳରେ ଥିବା 'ସିଭିୟୁ' ରେସ୍ତୋରାଁରେ କଫି ପିଇବା।"

ମାରିଆ ରାଜିହେଲା । ମୁଁ ତା' ପ୍ରସ୍ତାବରେ ଖୁସି ହୋଇଗଲି । ଏଇ କିଛିଦିନ୍ ହେଲାଣି ମୋର ଏକା ରହିବାଟାକୁ ମୁଁ ବେଶ୍ ଉପଭୋଗ କରୁଥିଲି । ହଠାତ୍ ସାଙ୍ଗ ଜଣକୁ ଦେଖି ମୁଁ ଏତେ ଉଚ୍ଛ୍ୱାସ ଅନୁଭବ କରିବା କଥାଟା ମତେ ବି ଆଶ୍ଚର୍ଯ୍ୟ କରିଥିଲା ।

କଫି ପିଉପିଉ ନିକିତା, ମାରିଆ ବିଷୟରେ ଯେତିକି କହିଲା ସେଥିରୁ ମୁଁ ବୁଝିଲି ଯେ ଏଠାରେ ଫ୍ରେଞ୍ଚମାନେ ଥିବାବେଳେ ସେମାନଙ୍କ ଭିତରୁ ଯେଉଁ କେତେଜଣ ସ୍ଥାନୀୟ ତାମିଲ ଝିଅଙ୍କୁ ବାହାହୋଇ ଏଠାକାର ସ୍ଥାୟୀ ବାସିନ୍ଦା ହୋଇଯାଇଛନ୍ତି ତା' ମଧ୍ୟରୁ ମାରିଆର ପରିବାର ଗୋଟିଏ । ମୁଁ ସେତେବେଳେ ବୁଝିପାରିଥିଲି ଏ ଝିଅର ଫ୍ରେଞ୍ଚ ନାମ ସହିତ କଳାରଙ୍ଗ ଓ ମୁହଁର ଗଢ଼ଣ ଏପରି କାହିଁକି ହୋଇଛି । ସେ ନିଶ୍ଚୟ ତା' ମାଙ୍କ ପରି ହୋଇଥିବ । ତେଣୁ ମାତୃସୂତ୍ରରେ ବର୍ଣ୍ଣ ଓ ଗଢ଼ଣ ପାଇଛି ।

ଏ ସମସ୍ତ କଥା ମତେ ନିକିତା ଇଂରାଜୀରେ କହିଥିଲା । କାରଣ ଆମେ ଓଡ଼ିଆରେ କଥାହେଲେ ଆମ ଭାଷା ଆଦୌ ବୁଝୁନଥିବା ମାରିଆକୁ କାଳେ ଅଡୁଆ ଲାଗିବ । ମୋ ବିଷୟରେ ମଧ୍ୟ ସେ ଗୋଟେ ବିସ୍ତୃତ ପରିଚୟ ଦେଇଦେଲା । ତା'ପରେ ନିକିତା ପରିହାସ କରି ମାରିଆକୁ କହିଲା, "ଜାଣିଛ ଆମ ତିନିଜଣଙ୍କ ମଧ୍ୟରେ କେଉଁ କଥାଟି ସମାନ ରହିଛି ?"

ମାରିଆ ଓ ମୁଁ ତା' ମୁହଁକୁ ଚାହୁଁଥିବାବେଳେ ସେ କିଛି ଗୋଟେ ଘୋଷଣା କରିବାପରି ଭଙ୍ଗୀରେ କହିଲା, "ଆମେ ତିନିଜଣ ଯାକ ତିରିଶ ବର୍ଷ ପାର ହୋଇଗଲେ ବି କେହି ଏପର୍ଯ୍ୟନ୍ତ ବାହା ହୋଇନୁ । ମୋର ଯାହା ମନେ ହୁଏ ମୁଁ ଓ ମାରିଆ ଆମର ସ୍ୱାଧୀନତା ହରାଇବାକୁ ଚାହୁଁନୁ । ରୀତା, ତୋ' କଥା ମୁଁ କହିପାରିବିନି । ଏ ଭିତରେ ତୁ ତୋ'ର ଅବିବାହିତା ଷ୍ଟାଟସ ବିଷୟରେ କ'ଣ କରିବାକୁ ଯାଉଛୁ । ତେବେ ଆମେ ବର୍ତ୍ତମାନ ସମସ୍ତେ ସମାନ ଷ୍ଟାଟସ ଉପଭୋଗ କରୁଛେ ।"

ତା'କଥାରେ ଆମେ ଦୁହେଁ ବେଶ୍ ଆମୋଦିତ ହେଲୁ । କଫି ସରିଆସିଥିଲା । ମୁଁ ସେ ଦୁହିଁଙ୍କଠାରୁ ବିଦାୟ ନେଇ ମୋ ଗେଷ୍ଟହାଉସ୍‌କୁ ଫେରିବା ପୂର୍ବରୁ ମାରିଆ ହଠାତ୍ ଖୁବ୍ ଆବେଗରେ ମତେ ଓ ନିକିତାକୁ ତା' ପରଦିନ ଅପରାହ୍ନ ପାଞ୍ଚଟା ବେଳକୁ ତା' ଘରକୁ କଫି ପାଇଁ ନିମନ୍ତ୍ରଣ ଜଣାଇଲା ।

ନିକିତା ମୋର ସମ୍ମତି ଚାହିଁଲା । ମତେ ସେତେବେଳକୁ ମାରିଆ ବେଶ୍ ଭଲ ଲାଗିଗଲାଣି । ତା'ଛଡ଼ା ତା'ର ଫ୍ରେଞ୍ଚ ଓ ତାଲିମ କମ୍ବିନେଶନ ମତେ କେମିତି କୌତୂହଳୀ କରିସାରିଥିଲା । ସେମାନଙ୍କ ବିଷୟରେ ଅଧିକ କିଛି ଜାଣିବା ପାଇଁ ମୋର ଆଗ୍ରହ ହେଉଥିଲା । ମୁଁ ଖୁସିରେ ତା' ପ୍ରସ୍ତାବରେ ରାଜି ହୋଇଗଲି ।

କଥା ଅନୁସାରେ ପରଦିନ ନିକିତା ଠିକ୍ ସମୟରେ ଅଟୋଟିଏ ଧରି ମୋ

ପାଖରେ ଆସି ପହଞ୍ଚିଲା । ଦୁହେଁ ସାଙ୍ଗହୋଇ ଚାଲିଲୁ ମାରିଆ ଘରକୁ । ତା'ଘର ଥିଲା ପଣ୍ଡିଚେରୀ ମୁଖ୍ୟ ସହରଠାରୁ କିଛି ଦୂରରେ ।

ନିକିତା କଥାନୁସାରେ ଗୋଟେ ବିରାଟ ଗେଟ୍ ପାଖରେ ଅଟୋ ଛିଡ଼ାହେଲା । ଅଟୋରୁ ଦୁହେଁ ଓହ୍ଲାଇ ତାକୁ ଫେରିଯିବାକୁ କହି ଗେଟ୍ ଖୋଲି ଭିତରକୁ ପଶିଲୁ । ଭିତରର ଶ୍ୟାମଳ ଶୋଭା ଓ ପ୍ରସ୍ଫୁଟିତ ପୁଷ୍ପର ବର୍ଣ୍ଣବିଚିତ୍ରା ମତେ ମୁହୂର୍ତ୍ତକ ମଧ୍ୟରେ ଅଭିଭୂତ କରିଦେଲା । ମୁଁ ସେଇଠି ସେମିତି ଠିଆହୋଇ କିଛି ସମୟ ଚାହିଁରହିଲି ।

ଗେଟ୍ ଠାରୁ ପୋର୍ଟିକୋ ଥିଲା କିଛି ଦୂରରେ । ଘରର ଆକୃତି ତାକୁ ଘେରି ରହିଥିବା ବଡ଼ବଡ଼ ଗଛଗୁଡ଼ିକ ଭିତରେ ପ୍ରାୟ ହଜିଯାଇଥିଲା । ପୋର୍ଟିକୋ ଉପରେ ମାଡ଼ିଥିବା ପ୍ୟାରିସଗେଟ୍ ଲତାରେ ଭର୍ତ୍ତି ହୋଇଥିଲା ପେନ୍ଥାପେନ୍ଥା ନାରଙ୍ଗୀ ରଙ୍ଗର ଫୁଲ । ଗେଟ୍ ପାଖରୁ ପୋର୍ଟିକୋ ଯାଏ ଲମ୍ବିଯାଇଥିଲା ମାଟି ତିଆରି ପରିଚ୍ଛନ୍ନ ରାସ୍ତାଟିଏ । ରାସ୍ତାର ଦୁଇକଡେ ପ୍ରାୟ ଦୁଇ ଫୁଟ ଚଉଡ଼ାରେ ବର୍ଣ୍ଣିଳ ଶୀତଦିନିଆ ଫୁଲର ଦୁଇଟି ଧାରା ପୋର୍ଟିକୋ ଦିଗରେ ଲମ୍ବି ଯାଇଥିଲେ । ଫୁଲର ପଥକୁ ଲାଗି ଉଭୟ ପାର୍ଶ୍ୱରେ ସବୁଜ ରଙ୍ଗ ମଖମଲି ଘାସର ଆସ୍ତରଣ ଦୁଇଟି ସବୁଜ ଗାଲିଚା ବିଛା ହୋଇଥିବା ପରି ଦିଶୁଥିଲେ ।

ମୁଁ ମୁଗଧ ହୋଇ ସେସବୁ ଦେଖିଦେଖି ଚାଲିଥାଏ । ମୋଠୁ ବେଶ୍ ଟିକେ ଆଗରେ ଯାଉଥାଏ ନିକିତା । ସେ'ତ ସବୁବେଳେ ଏସବୁ ଦେଖୁଥିବ, ତାକୁ ନୂଆ ବା ଲାଗିବ କ'ଣ ।

ହଠାତ୍ ମୋ ଆଖି ପଡ଼ିଗଲା ଟିକେ ଦୂରରେ ଥିବା ଏକ ଅଜଣା ଗଛର ଗଣ୍ଡିକୁ ଗାଢ଼ ବାଇଗଣୀ ରଙ୍ଗର ଅର୍କିଡ଼୍ ଫୁଲରେ ଭର୍ତ୍ତି ଲତାଟିଏ ଜାବୁଡ଼ି ଧରି ପବନର ମୃଦୁ ସ୍ପର୍ଶରେ ଧୀରେ ଧୀରେ ଦୋହଲୁଛି । ମୁଁ ପୂର୍ବରୁ ଥରେ ଅଧେ କାହା ଘରର ଫୁଲଦାନୀରେ ଅର୍କିଡ ଦେଖିଥିଲି । ଆଉ ଦାମ ବେଶି ହୋଇଥିବାରୁ ଏ ଫୁଲ ବଜାରରେ କେବେ ବିକ୍ରି ହେବାର ମୁଁ ଦେଖିନାହିଁ ।

ମୁଁ ସେ ଅପୂର୍ବ ଦୃଶ୍ୟରେ ବାଟ ଭାଙ୍ଗି ସେ ଗଛ ପାଖକୁ ଦଉଡ଼ିଗଲି । ଆଃ ଏତେ ଅର୍କିଡ଼୍ । ସେ ଅର୍କିଡ଼୍ ଫୁଲକୁ ହାତରେ ଛୁଇଁ ଟିକେ ଅନୁଭବ କରିବାକୁ ଚାହୁଁଥିଲି । କିନ୍ତୁ ସେ ଦିଗରେ ହାତ ବଢ଼ାଇଛି କି ନାହିଁ ଶୁଣାଗଲା ଗୋଟେ ଅଦ୍ଭୁତ ତୀବ୍ର ସ୍ୱର "କ୍ୱାକ୍", "କ୍ୱାକ୍" ।

ମୁଁ ପଛକୁ ଚାହିଁଦେଇ ତଟସ୍ଥ ହୋଇଗଲି । ମୋ ଦିଗରେ ମାଡ଼ି ଆସୁଥାଏ ଗୋଟାଏ ବିରାଟ ରାଜହଂସ । ତା'ର ଲମ୍ବା ବେକକୁ ଆହୁରି ଆଗୁକ ଲମ୍ବାଇ ଦେଇ ମେଲା ଥଣ୍ଟରେ ସେଇ ଅଦ୍ଭୁତ ସ୍ୱର କରିକରି ମୋର ନିକଟତର ହେଉଥାଏ । ତା'ର ସେ ରୂପ ଦେଖି

ସେ ଯେ ମତେ ଆକ୍ରମଣ କରିବାକୁ ଆସୁଛି ଜାଣି ଭୟରେ ମୋର ଗୋଡ଼ ହାତ ଥରିବାକୁ ଲାଗିଲା। ଛାତିଟା ଦମଦମ ହୋଇ ଦେହରେ ଝାଳ କଣ୍ଟି ଯାଉଥାଏ। ଗୋଟେ ହଂସର ଏପରି ଭୟଙ୍କର ରୂପ କଥା ମୁଁ କେବେ ବି କଳ୍ପନା କରିନଥିଲି। ମୋ ଆଖି ବୁଜି ହୋଇଗଲା। ମୁଁ ଅସହାୟ ଭାବରେ ତା'ର ଥଣ୍ଟରେ ଆଘାତକୁ ଅପେକ୍ଷା କରୁଥାଏ।

ଏତିକିବେଳେ ଶୁଣିପାରିଲି ଜଣେ ପୁରୁଷ ଲୋକର କଣ୍ଠସ୍ୱର। ସେ ତାଗିଦ କଲାପରି କହୁଥିଲେ, "ଷ୍ଟପ୍ ଷ୍ଟପ୍ ଡାଭିଡ। ସି ଇଜ୍ ନଟ୍ ଗୋଇଙ୍ଗ୍ ଟୁ ହାର୍ମ ୟୋର ଫ୍ଲାୱାରସ୍।"

ମୁଁ ଆଖି ଖୋଲି ଚାହିଁଲି। ଜଣେ ଅତି ଗୋରା ରଙ୍ଗର ବୟସ୍କ ବ୍ୟକ୍ତି ପୋର୍ଟିକୋ ବାହାରକୁ ବାହାରି ଆସି ହଂସକୁ ଫେରିଯିବାକୁ ହାତରେ ଇଙ୍ଗିତ କରୁଛନ୍ତି। ନିକିତା ମଧ୍ୟ ସେଇ ରାସ୍ତାରେ ସ୍ଥାଣୁ ହୋଇ ଠିଆହୋଇଛି।

ହଂସଟି ତା'ର ପ୍ରସାରିତ ଦୀର୍ଘ ଗ୍ରୀବାକୁ ସଂକୁଚିତ କରିନେଇ ବେଶ୍ ଲୀଳାୟିତ ଭଙ୍ଗୀରେ ପାଦ ପକାଇ ଫେରିଗଲା। ମୁଁ ଆଶ୍ୱସ୍ତିର ଦୀର୍ଘ ନିଃଶ୍ୱାସଟିଏ ମାରିଲି।

ନିକିତା ମୋ ପାଖକୁ ଦଉଡ଼ି ଆସି କହିଲା "ତୁ ଏ ରାସ୍ତା ଛାଡ଼ି ସେ ଗଛ ପାଖକୁ କାହିଁକି ଯାଇଥିଲୁ ?"

ମୋ ପାଟିରୁ କଥା ବାହାରୁ ନଥାଏ। ମୁଁ ତାକୁ ଅର୍କିଡ୍ ଆଡ଼କୁ ହାତ ବଢ଼ାଇ ଦେଖାଇଲି। ସେତେବେଳକୁ ଉକ୍ତ ଭଦ୍ରଲୋକ ଆମ ପାଖରେ ପହଞ୍ଚି ଯାଇଥିଲେ। ନିକିତା ତାଙ୍କୁ ନମସ୍କାର କରି ମତେ ଚିହ୍ନାଇ ଦେବାକୁ ଚେଷ୍ଟା କରିବା ବେଳକୁ ସେ ଖୁବ୍ ବିନୀତ ଭାବରେ ଇଂରାଜୀରେ କହିଲେ, "ମୁଁ ବହୁତ ଦୁଃଖିତ। ଆପଣ ଅସୁବିଧାରେ ପଡ଼ିଲେ। ଆସନ୍ତୁ ଭିତରକୁ ଆସନ୍ତୁ।"

ଅଳ୍ପ ସମୟ ପୂର୍ବରୁ ଘଟିଯାଇଥିବା ଘଟଣାଟି ଥିଲା ମୋ ପାଇଁ ଅଭାବିତ। ମୁଁ ସେ ଆକ୍ରମଣକାରୀ ହଂସର ରୂପ ଭୁଲି ପାରୁନଥାଏ। ନିକିତା ମତେ ହଲାଇ ଦେଇ କହିଲା, "ଇଏ ହେଉଛନ୍ତି ମାରିଆର ବାପା ଜ୍ୟାକେସ୍ ଡୁରାଣ୍ଡ।"

ମୁଁ ତାଙ୍କୁ ହାତଯୋଡ଼ି ନମସ୍କାର କଲି।

ସେ ମତେ ପ୍ରତି ନମସ୍କାର ଜଣାଇ ହସିହସି କହିଲେ, "ତୁମେ ନିଶ୍ଚୟ ରୀଟା। କଲେଜରେ ପାଠ ପଢ଼ାଅ। ନିକିର ପିଲାଦିନର ସାଙ୍ଗ। ଓଡ଼ିଶାରୁ ଆସିଛ।"

ଏଥର ମୋ ମୁହଁକୁ ହସ ଫେରିଆସିଲା। ମୁଁ ଆପାତତଃ ସହଜ ହୋଇଗଲି। ତାଙ୍କର ସୁନ୍ଦର ବଗିଚା ପାଇଁ ତାଙ୍କୁ ବହୁତ ପ୍ରଶଂସା କଲି। ସେ ମତେ ଘରର ବାରିପଟେ ଥିବା ବଗିଚା ଦେଖାଇବା କଥା କହୁଥିଲେ। ଏତେବେଳକୁ ମାରିଆ ଘରଭିତରକୁ ବାହାରି ଆସିଥିଲା। ଏଇ କିଛି ସମୟ ପୂର୍ବରୁ ମୁଁ କିପରି ହଂସ ଆକ୍ରମଣର ଶିକାର ହେବାକୁ ଯାଉଥିଲି ସେ ଜାଣିନଥିଲା।

ସେ ଆମ ଦୁହିଁଙ୍କୁ ସ୍ୱାଗତ କଲା । ଏଥର ଆମେ ତାଙ୍କର ପୋର୍ଟିକୋରୁ ଚଉଡା ବାରଣ୍ଡା ଦେଇ ଘର ଭିତରକୁ ଗଲୁ । ପ୍ରଶସ୍ତ ବୈଠକ ଘର । ଭିତରେ ପଡ଼ିଥିବା ଆସବାବପତ୍ର ସବୁ ଥିଲା କୌଣସି ଦାମୀ କାଠରେ ତିଆରି । ପୋଛାପୋଛି ହୋଇ ସୋଫା, ଚୌକୀ, ଟେବୁଲ ସବୁ ଦର୍ପଣ ପରି ଚିକ୍‌ଚିକ୍ କରୁଥିଲା । ସେସବୁ ଥିଲା ପୁରୁଣା ଫ୍ରେଞ୍ଚ ଡିଜାଇନର । ଯାହା ମୁଁ କୋଉଠି କେବେ ବି ଦେଖିନଥିଲି । ମୁଁ ସେ ଘରର ସାଜସଜ୍ଜାକୁ ଦେଖୁଥାଏ ।

ମାରିଆ କହିଲା, "ଡାଡ଼ି ତୁମେ ରୀଟାଙ୍କ ସହିତ ଟିକେ କଥା ହେଉଥାଅ, ମୁଁ ଚା'ଟା ନେଇ ଆସୁଛି ।"

ନିକିତା ମଧ୍ୟ ତାକୁ କିଚେନ୍‌ରେ ସାହାଯ୍ୟ କରିବାକୁ ଭିତରକୁ ଚାଲିଗଲା ।

ମୁଁ ସେ ଭଦ୍ରଲୋକଙ୍କ ସହ କ'ଣ କଥାହେବି ଭାବିପାରୁନଥାଏ, ତଥାପି ହଠାତ୍ ପାଟିରୁ ବାହାରିଗଲା "ଆଚ୍ଛା ଅଙ୍କଲ ଆପଣ ଇଣ୍ଡିଆରେ କେବେଠାରୁ ରହିଲେଣି ?"

ସେ ହସିହସି କହିଲେ "ମୋ ଜେଜେବାପା ପିଅର ଡୁରାଣ୍ଡ ଏଠାର ଫ୍ରେଞ୍ଚ କଲୋନୀରେ ଚାକିରି କରିବାକୁ ଆସିଥିଲେ । ସାଙ୍ଗରେ ଥିଲେ ଜେଜେମା । ସେମାନେ ଏଇଠି ଥିବାବେଳେ ଜନ୍ମ ହୋଇଥିଲେ ମୋ ବାପା ବର୍‌ନାର୍ଡ । ସେ ଏଇଠି ବଡ଼ ହୋଇଛନ୍ତି, ଖାଲି ତାଙ୍କ ବାହାଘର ପାଇଁ ସେ ଫ୍ରାନ୍‌ସର ବରଡେକ୍‌ସ ସହରରେ ଥିବା ଆମର ମୂଳ ଘରକୁ ଯାଇଥିଲେ । ମୋ ବାପାଙ୍କୁ ଇଣ୍ଡଆ ବହୁତ ଭଲ ଲାଗୁଥିଲା । କିନ୍ତୁ ମୋ ମା କିଛିଦିନ ମାତ୍ର ଏଠାରେ ରହିବା ପରେ ଫ୍ରାନ୍‌ସକୁ ଫେରିଯିବାକୁ ବ୍ୟସ୍ତ ହୋଇପଡ଼ନ୍ତି । ମୁଁ ଦଶବର୍ଷର ହେଇଯିବା ପରେ ମା' ବାପାଙ୍କୁ ଛାଡ଼ପତ୍ର ଦେଇ ତାଙ୍କ ଦେଶକୁ ଫେରିଗଲେ । ମୁଁ ଜାଣେ ବାପା ମା ପରସ୍ପରକୁ ଖୁବ୍ ଭଲ ପାଉଥିଲେ । କିନ୍ତୁ ଦୁହିଁଙ୍କର ମନ ରହିବା ଜାଗାକୁ ନେଇ ମିଶିଲା ନାହିଁ ବୋଲି ଖୁବ୍ ଦୁଃଖରେ ପରସ୍ପର ଠାରୁ ଅଲଗା ହୋଇଯାଇଥିଲେ । କିନ୍ତୁ ମୋ ଜେଜେବାପା ଓ ଜେଜେମା ସେମାନଙ୍କର ମୃତ୍ୟୁଯାଏ ଏଇଠି ରହିଥିଲେ ।"

ମୁଁ ଭାବିଲି ଏ ଫରାସୀ ଭଦ୍ରଲୋକ କେତେ ସହଜରେ ନିଜର ବ୍ୟକ୍ତିଗତ ଜୀବନର କଥା କହିଯାଉଛନ୍ତି ।

ମୁଁ ଆଉ କିଛି ପଚାରିବା ପୂର୍ବରୁ କାନ୍ଥରେ ଟଙ୍ଗା ହୋଇଥିବା ଏକ ବିରାଟ ତୈଳଚିତ୍ର ଉପରେ ମୋର ଦୃଷ୍ଟି ପଡ଼ିଗଲା । ଛବିରେ ଜଣେ ଫରାସୀ ଭଦ୍ରଲୋକ ଖୁବ୍ ସଂଭ୍ରାନ୍ତ ପୋଷାକରେ ଛିଡ଼ା ହୋଇଥାନ୍ତି ।

ମୁଁ ସେ ଦିଗରେ ଚାହୁଁଥିବାର ଦେଖି ମାରିଆର ବାପା କହିଲେ "ଇଏ ମୋ ବାପା ବର୍‌ନାର୍ଡଙ୍କର ଛବି । ଆର୍ଟିଷ୍ଟ ଏତେ ଭଲ କରିପାରିନି ।"

ମୁଁ ବୋଧହୁଏ ସେମିତି ତାଙ୍କ କଥା ଖୁସିରେ ଶୁଣୁଛି ବୋଲି ଫଟୋ ପାଖକୁ ଉଠିଗଲି । ଭଲରେ ଦେଖିବାକୁ ଚେଷ୍ଟା କଲି । ଭ୍ରଦଲୋକ ଖୁବ୍ ଉତ୍ସାହିତ ହୋଇପଡ଼ି କାନ୍ଥରେ ଟଙ୍ଗା ହୋଇଥିବ ଫଟୋର ଲୋକଙ୍କ କଥା କ'ଣ ସବୁ କହୁଥିଲେ ମୁଁ ସେ ଆଡ଼ିକି ଧ୍ୟାନ ଦେଉନଥିଲି ।

ହଠାତ୍ ମୋର ଦୃଷ୍ଟି ପଡ଼ିଲା ମୋ ସହିତ କଥା ହେଉଥିବା ଭଦ୍ରଲୋକଙ୍କର କାଚବନ୍ଧାଇ ଫଟୋ ଉପରେ । କଡ଼ରେ ତାଙ୍କର ଜଣେ କୃଷ୍ଣବର୍ଣ୍ଣା ସ୍ୱାସ୍ଥ୍ୟବତୀ ମହିଳା । ନିକିତା କଥା ମୋର ମନେ ପଡ଼ିଗଲା । ମୁଁ ବୁଝିଗଲି ସେ ଫଟୋରେ ମାରିଆର ତାମିଲ ମା'ର ଛବି ରହିଛି ।

ଜ୍ୟାକେସ ଅଙ୍କଲ୍ ଟେବୁଲ ଉପରେ ଗୋଟେ କାଚବନ୍ଧାଇ ଫଟୋଟେ ଉଠାଇଆଣି ମତେ ଦେଖାଇଲେ । ଗୋରା ତକତକ ପନ୍ଦର ଷୋହଳ ବର୍ଷର ସୁନ୍ଦରୀ ଝିଅର ଫଟୋ । ସେ ମତେ ତାକୁ ଦେଖାଇ କହିଲେ, "ଇଏ ହେଉଛି ଲୋରା । ମୋର ପ୍ରଥମ ଝିଅ । ଲଣ୍ଡନରେ ଅଛି । ସେ ଠିକ୍ ମୋ ମା'ଙ୍କ ପରି । ଇଣ୍ଡିଆରେ ସେ ରହିବାକୁ ଚାହିଁଲାନି । ମୋ ବାପା ତାକୁ ବହୁତ ଭଲ ପାଉଥିଲେ । ସେ କିନ୍ତୁ ଆମକୁ କାହାକୁ ନ ଅନାଇ ଏଠାରୁ ଚାଲିଗଲା । କାରଣ ସେ ଜାଣିଥିଲା ମୁଁ ଓ ମୋର ବାପା କେବେବି ଇଣ୍ଡିଆ ଛାଡ଼ିବୁ ନାହିଁ । ତା'ଛଡ଼ା ମୋ ପତ୍ନୀ ଅମ୍ବିକାମ୍ମା ଏଠାକାର ଝିଅ । ତା'ର ଇଣ୍ଡିଆ ଛାଡ଼ିବାର ନଥିଲା । ଲୋରା ତା' ମାକୁ ଖୁବ୍ ଘୃଣା କରୁଥିଲା ତାର ବର୍ଣ୍ଣ ପାଇଁ । ସେ ମତେ ବି କ୍ଷମା କରି ପାରିନଥିଲା ମୋର ତାମିଲ ଝିଅ ବିବାହ କାରଣରୁ ।"

ଜ୍ୟାକେସ୍ ଅଙ୍କଲଙ୍କର କଣ୍ଠ ବାଷ୍ପରୁଦ୍ଧ ହୋଇଯିବା ପରି ମନେହେଲା । ମୁଁ ପରିସ୍ଥିତି ବଦଳିଯାଉ ବୋଲି ଚାହୁଁଥିଲି । ନିକିତା ବା ମାରିଆଙ୍କର ଦେଖାନାହିଁ । କେମିତିକା ଝିଅ ଏମାନେ । ସମ୍ପୂର୍ଣ୍ଣ ଅପରିଚିତ ଆଗନ୍ତୁକାକୁ ଛାଡ଼ିଦେଇ ଉଭାନ୍ ହେଇଯାଇଛନ୍ତି ।

ତା'ପରେ ଭାବିଲି, ହଁ ସତ କଥା ତ ମାରିଆ ବି କ'ଣ ମୋର ପରିଚିତା କି ! ଏ ଭଦ୍ରଲୋକ ତ ଖୁବ୍ ଆନ୍ତରିକ ଲାଗୁଛନ୍ତି । ତାଙ୍କ ସହିତ ବରଂ କଥାବାର୍ତ୍ତା କରି ଫ୍ରେଞ୍ଚ ମାନଙ୍କର ଏଠି ରହିଥିବା ସମୟକଥା ଟିକେ ଜଣାଯାଉ ।

ମୁଁ କଥା ଯୋଡ଼ିବାକୁ ଯାଇ ଆରମ୍ଭ କଲି "ଆଚ୍ଛା ଅଙ୍କଲ ମାରିଆଙ୍କର ମା'ଙ୍କର ଏ ଛବି ! ଆଣ୍ଟି ଏବେ କୋଉଠି ?"

ମୁଁ କ'ଣ ଜାଣିଥିଲି ଯେ ଜଣକ ସହ କଥା ଯୋଡ଼ିବାକୁ ଯାଇ ମୁଁ ତାଙ୍କର ହୃଦୟର ଖୁବ୍ କୋମଳ ତନ୍ତ୍ରୀରେ ଆଘାତ କରିଛି ବୋଲି ! କିଛି ସମୟ ପୂର୍ବରୁ ଜ୍ୟାକେସ ଅଙ୍କଲଙ୍କର ବାଷ୍ପରୁଦ୍ଧ କଣ୍ଠ ଲୁହହୋଇ ଆଖିବାଟ ଦେଇ ଝରିଆସିଲା ।

ମୋର ବୁଝିବାରେ ଅସୁବିଧା ହେଲାନି ଯେ ମାରିଆର ମା ଆଉ ନାହାନ୍ତି । କିନ୍ତୁ

କ'ଣ କହି ଏଇ ଅପରିଚିତ ବୟସ୍କ ବ୍ୟକ୍ତିଙ୍କୁ ସାନ୍ତ୍ୱନା ଦେବି ବୁଝିନପାରି ଖାଲି ବିକଳ ହୋଇ କହିଲି "ସରି ଅଙ୍କଲ । ମୁଁ ଜାଣିନଥିଲି ।"

ସେ ସେହିକ୍ଷଣି ନିଜକୁ ସହଜ କରିନେଇ କହିଲେ, "ନୋ ବେବି, ତୁମର ଆଦୌ ଭୁଲ ନାହିଁ । ଅମ୍ବିକାମ୍ମା ଯିବା ହୋଇଗଲାଣି ପଚିଶ ବର୍ଷ । ମାରିଆକୁ ଆଠ ବର୍ଷ ବୟସ ହୋଇଥାଏ, ତା'ମା ହଠାତ୍ ଦୁଇଦିନ ଜ୍ୱରରେ ପଡ଼ି ଚାଲିଗଲା । ତାକୁ ହରାଇବାର ଦୁଃଖ ମୋ ପାଇଁ ସହିବା ଏକପ୍ରକାର ଅସମ୍ଭବ ଥିଲା । ସେ ସମୟରେ ମୋ ବାପା ହିଁ ମତେ ସମ୍ଭାଳି ନେଇଥିଲେ । ମୁଁ ଜାଣେ ସେ ମୋର ଭାରତୀୟ ଝିଅ ବିବାହର ନିଷ୍ପତ୍ତିକୁ ବିରୋଧ ନ କଲେ ବି ପସନ୍ଦ କରିନଥିଲେ । କିନ୍ତୁ ଅମ୍ବିକାମ୍ମାର ବ୍ୟବହାର, ସେବା ଯତ୍ନ ତାଙ୍କୁ ପ୍ରକୃତରେ ଭାରତୀୟ କରିଦେଲା । ଏଠାକାର ପୁରୁଷମାନେ ଘରର ସ୍ତ୍ରୀ, ଭଉଣୀ ଓ ଝିଅଙ୍କ ଉପରେ ବହୁତ ନିର୍ଭର କରନ୍ତି । ବାପା ଚା' ପାଇଁ ତାଙ୍କୁ ରୁମାଲ, ବାଡ଼ି, ଛତା ଆଣି ହାତରେ ଦେବାପାଇଁ ବୋହୂକୁ ଦିନସାରା ଡାକୁଥାନ୍ତି । ମୋ ସ୍ତ୍ରୀ ବି ଶୁଦ୍ଧ ଭାରତୀୟ ନାରୀ ପରି ବିନା ଆପତ୍ତିରେ ବରଂ ଆନନ୍ଦରେ ଶ୍ୱଶୁରଙ୍କର ସେବା କରିଯାଉଥିଲା ।

ଏସବୁ କିନ୍ତୁ ଲୋରାର ଆଦୌ ପସନ୍ଦ ନଥିଲା । ସେ ଅଯଥାରେ ରାଗୁଥିଲା । ମାରିଆ ଜନ୍ମହେଲା ବେଳକୁ ତାକୁ ଦଶ ବର୍ଷ ହୋଇଯାଇଥିଲା । ମାରିଆର ବର୍ଣ୍ଣ ପ୍ରାୟ ତା' ମା ପରି । ତା' ମା ପରି ତା'ର ଘନ କଳା ବାଳ । ଗଢ଼ଣ ମଧ୍ୟ ସେହିପରି । ଲୋରା ତାକୁ ଗ୍ରହଣ କରିପାରିଲା ନାହିଁ । ତା ମା'କୁ ତ ସେ ପସନ୍ଦ କରୁନଥିଲା । ଏଣେ ଭଉଣୀକୁ ସେହିପରି ଦେଖି ସେ ଚିଡ଼ିଲା ।

ମୁଁ ବୁଝି ପାରୁଥିଲି ତାର ମାନସିକ ସ୍ଥିତି । କାରଣ ଏଠି ସେତେବେଳେ ବହୁତ ଫ୍ରେଞ୍ଚ ପରିବାର ରହୁଥିଲେ । ତାଙ୍କ ଘରର ସ୍ତ୍ରୀ ପିଲାମାନେ ସମସ୍ତେ ଥିଲେ । ସେହିପରି ଗୌରବର୍ଣ୍ଣ ଓ ଟିପିକାଲ ଫ୍ରେଞ୍ଚ ଚେହେରା । ଲୋରା ଥିଲା ସେହିମାନଙ୍କ ପରି । ତେଣୁ ସହଜରେ ଲୋରା ସେ ପିଲାଙ୍କ ସାଙ୍ଗରେ ମିଶୁଥିଲା । କିନ୍ତୁ ତା'ର କୌଣସି ସାଙ୍ଗକୁ ସେ ଘରକୁ ଡାକୁ ନଥିଲା । ତାର ଭୟ ଥିଲା ଘରକୁ କେହି ଆସିଲେ ତା' ମାର ପରିଚୟ ପାଇଯିବେ ଓ ଏଣେ ଏତେ କାଳୀ ଝିଅକୁ ସେ ଭଉଣୀ ବୋଲି କହିବାକୁ ସଂକୋଚ ଅନୁଭବ କରିବ । ଅମ୍ବିକାମ୍ମା ତା' କଥା ବୁଝୁଥିଲା । ମନେ ମନେ ଖୁବ୍ ଦୁଃଖ କରୁଥିଲା । ସଂକୋଚ ଅନୁଭବ କରୁଥିଲା । ତେଣୁ ସେ ଲୋରାକୁ କୌଣସି ଭୁଲ କଥାରେ ବି ଶାସନ କରିପାରୁନଥିଲା । ସେ ପଦଟିଏ କହିଲେ ଲୋରା ତାକୁ ତା'ର ଓରିଜିନ୍‌କୁ ନେଇ ଆକ୍ଷେପ କରୁଥିଲା ।

ମୁଁ ବୁଝିପାରୁନଥିଲି । ଏତେ ଛୋଟ ପିଲା ଭିତରେ ବର୍ଣ୍ଣବୈଷମ୍ୟର ଏତେ ବିଷ

କିପରି ଆସିଲା। ତା'ବାପା ମାଙ୍କର ପରସ୍ପର ପ୍ରତି ଥିବା ଗାଢ଼ ଭଲପାଇବା ସୁନ୍ଦର ବୁଝାମଣା ସମ୍ପର୍କରେ ସେ କେମିତି କିଛି ବୁଝି ପାରୁନି !

ଆମ ଘରର ପରିସ୍ଥିତି ତା' ଲାଗି ଦିନକୁ ଦିନ ଜଟିଳ ହେଉଥିଲା। ବିଶେଷକରି ମୋ ବାପା ମାରିଆକୁ ଧରି ଗେଲ କରୁଥିବାର ଦୃଶ୍ୟରେ ଦିନେ ସେ ଏପରି ଅପସେଟ୍ ହେଲା ଯେ ଘରର ବେଶ୍ ସୌଖୀନ୍ ଦାମୀ ଜିନିଷ ସବୁ ଭାଙ୍ଗି ପକାଇଲା। ତାକୁ କଣ୍ଟ୍ରୋଲ କରିବା ସହଜ ନଥିଲା। ଆମେ ବାପ ପୁଅ ତାକୁ ନେଇ କ'ଣ କରିବୁ ବୁଝିପାରିନଥିଲୁ। ଏହି ସମୟରେ ମୋର ମାମୁ ଇଣ୍ଡିଆ ବୁଲିବାକୁ ଆସିଥିଲେ। ସେ ଆମ ଘରେ କିଛିଦିନ ରହିବା ଭିତରେ ଘଟଣାଟା ବୁଝିଗଲେ ଓ ନିଜ ତରଫରୁ ଲୋରାକୁ ସାଙ୍ଗରେ ନେଇଯିବାର ପ୍ରସ୍ତାବ ଦେଲେ।

ଲୋରାର ଖୁସି ଦେଖିବାର କଥା। ମୋ ମାମୁଙ୍କୁ ପୂର୍ବରୁ ସେ କେବେ ଦେଖିନଥିଲା। କିନ୍ତୁ ତାଙ୍କୁ ସେ ମୁହୂର୍ତ୍ତକ ପାଇଁ ଛାଡୁନଥିଲା। ତାଙ୍କ ସହିତ ଯିବାପାଇଁ ପ୍ରସ୍ତୁତ ହୋଇଗଲା। ଆମ ମତାମତର ତା' ପାଇଁ କିଛି ଅର୍ଥ ନଥିଲା। ବରଂ ଯିବାବେଳେ କହିଗଲା "ଏ ଲ୍ୟାଣ୍ଡ ମୋର ନୁହେଁ; ମୁଁ ଏବେ ମୋର ପ୍ରକୃତ ଲ୍ୟାଣ୍ଡକୁ ଯାଉଛି।"

ସେ ଯିବାବେଳେ ବି ତା' ମା'ଠାରୁ ବିଦାୟ ନେଲା ନାହିଁ କି ସେଇଠି ଛିଡ଼ା ହୋଇଥିବା ତାର ସାନଭଉଣୀକୁ ମଧ୍ୟ ଆଡ଼ ଆଖିରେ ଚାହିଁଲା ନାହିଁ। ମୁଁ ଓ ମୋର ବାପା ତା'ର ଆଚରଣରେ ଖୁବ୍ କଷ୍ଟ ପାଇଥିଲୁ। କିନ୍ତୁ ଅମ୍ବିକାମ୍ମା ପାଇଁ ଲୋରାର ଅବଜ୍ଞା ଘାତକ ପାଲଟିଗଲା। ସେ ମୁହଁରେ ଥରେ ବି ଲୋରା ପାଇଁ ବିରକ୍ତି ପ୍ରକାଶ ନକଲେ ବି ଭିତରେ ଭିତରେ ପୂରା ଭାଙ୍ଗି ପଡ଼ିଥିଲା। ତା' ସ୍ୱାସ୍ଥ୍ୟ ଧୀରେ ଧୀରେ ଖରାପ ହେବାକୁ ଲାଗିଲା। ଆଉ ଶେଷରେ..."

ଜ୍ୟାକେସ୍ ଅଙ୍କଲଙ୍କର ଆଖିପତା ଭାରି ଭାରି ଜଣାଗଲା। ସେ ସହଜ ହେବାଯାଏ ମୁଁ ନୀରବରେ ଅପେକ୍ଷା କରୁଥାଏ। ଫ୍ରେଞ୍ଚ ତାମିଲ ପରିବାର ବିଷୟରେ ଓ ସେମାନଙ୍କ କ୍ଷେତ୍ରରେ ସୃଷ୍ଟି ହେଉଥିବା ଏପ୍ରକାର ସମସ୍ୟା ବିଷୟରେ ମୋର ପୂର୍ବରୁ କୌଣସି ଧାରଣା ନଥିଲା। ତେଣୁ ହଠାତ୍ ଆସି ସେପରି ଏକ ପରିବାରରେ ପହଞ୍ଚିବା ଓ ଘରର ମୁଖ୍ୟ ମୋ ସହିତ ପ୍ରଥମ ପରିଚୟରେ ଏତେ ଆନ୍ତରିକ ହୋଇଉଠିବା ମତେ ବେଶ୍ ଭଲ ଲାଗୁଥିଲା। ମୁଁ ସେମାନଙ୍କ ବିଷୟରେ ଅଧିକା କିଛି ଜାଣିବା ପାଇଁ କୌତୂହଳୀ ହୋଇଉଠିଥିଲି। ତେଣୁ ମନେ ମନେ ଇଚ୍ଛା କରୁଥାଏ। ଯେ ନିକିତା ଓ ମାରିଆ କିଚେନ୍‌ରୁ ଆସିବାକୁ ଆହୁରି ଡେରି କରନ୍ତୁ। ସେମାନେ ଆସିଗଲେ ଅଙ୍କଲଙ୍କର ମୁଡ୍ ବଦଳି ଯିବ। ସେ ଆଉ କିଛି ହୁଏତ କହିବେନି।

ଏଥର ମୁଁ ଆଗତୁରା ପଚାରିଲି, "ଆଚ୍ଛା ଅଙ୍କଲ ଲୋରା କ'ଣ ଆପଣମାନଙ୍କ ସହିତ କିଛି ସମ୍ପର୍କ ରଖିନାହାନ୍ତି ?"

"ନାଁ, ତା' ବିଷୟରେ ମାମୁ ବଂଚିଥିବା ପର୍ଯ୍ୟନ୍ତ କିଛି କିଛି ଖବର ପାଉଥିଲି। ତେବେ ମାମୁ ପୂର୍ବରୁ ମତେ ଏତିକି କହିଥିଲେ ଯେ ଲୋରା ସେଠି ଖୁବ୍ ସ୍ୱାଧୀନ ଜୀବନ ବଂଚୁଛି। ଭିନ୍ନ ଭିନ୍ନ ବୟଫ୍ରେଣ୍ଡଙ୍କ ସହ ସମ୍ପର୍କ ରଖୁଛି। କିନ୍ତୁ ସେ କାହାରିକୁ ବିବାହ କରିବାକୁ ଚାହୁଁନି। ତାର ବଡ଼ ଆତଙ୍କ ହେଲା ତା'ର ସନ୍ତାନ ଯଦି ତାର ମା'ର ବର୍ଣ୍ଣ ନେଇ ଜନ୍ମ ହେବ ତେବେ ତାକୁ ଖୁବ୍ କୁତ୍ସିତ ମନେ ହେଉଥିବା ତାର ଅତୀତ ଯାହାକୁ ସେ ଏଠି ଛାଡ଼ି ଦେଇଯାଇଛି ତାହା ପୁଣି ଜୀବିତ ହୋଇଉଠିବ। ତାର ଅତୀତକୁ ସେ ଆଉ ଗୋପନ ରଖିପାରିବନି, ଫରାସୀ ସଂଭ୍ରାନ୍ତ ମହଲରେ ତା'ର ମର୍ଯ୍ୟାଦା ବିପନ୍ନ ହୋଇଯିବ।"

ଅଙ୍କଲ କିଛି ସମୟ ପାଇଁ ଚୁପ୍ ହୋଇଗଲେ। ପୁଣି ନିଜକୁ ସମ୍ଭାଳି ନେଇ କହିଲେ "ସତରେ ଝିଅ ମୋର ଲୋରା ପାଇଁ ବହୁତ ମନଖରାପ ହୁଏ। ବେଳେବେଳେ ତା'ର ମାନସିକ ଦୁଃସ୍ଥିତି ପାଇଁ ନିଜକୁ ଖୁବ୍ ଅପରାଧୀ ଲାଗେ। କିନ୍ତୁ ଅମ୍ବିକାମ୍ମା ପାଇଁ ମୋ ବାପାଙ୍କର ଓ ମୋ ଜୀବନ କିପରି ଧନ୍ୟ ହୋଇଛି ତା' ମୁଁ ଜାଣେ। ସେଥିପାଇଁ ମୁଁ ଗଡ୍‌ଙ୍କ ନିକଟରେ ଖୁବ୍ କୃତଜ୍ଞ। ତା'ସହିତ ମୁଁ ଗଡ୍‌ଙ୍କୁ ପ୍ରାର୍ଥନା କରୁଛି ଲୋରା ଭଲରେ ରହୁ। ବିଚରା ଝିଅଟା ତା ମା'ର ଉପର ଚମର ରଙ୍ଗ କେବଳ ଦେଖିଲା, ମା'ର ଅକୃତ୍ରିମ ସ୍ନେହ ମମତା ବୁଝି ପାରିଲାନି। ତା'ମା ପାଇଁ ତା' ବାପା ଓ ଜେଜଙ୍କର ଖୁସି ତା' ଆଖିରେ ପଡ଼ିଲାନି। ଘର ଓ ବାହାରର ସୁନ୍ଦର ପରିବେଶ ସୃଷ୍ଟି କରିବାରେ ତା' ମା ହାତରେ କାରୁକଳା ସେ ଲକ୍ଷ୍ୟ କରିପାରିଲାନି। କେବଳ ଦେଖିଲା ବର୍ଣ୍ଣ। କଳା ଗୋରାର ଭେଦ ଭିତରେ ନିଜକୁ ସୀମିତ କରିଦେଲା। ହତଭାଗୀଟାଏ।"

"ଆଚ୍ଛା ମାରିଆ ଏପର୍ଯ୍ୟନ୍ତ ଯାଏ ବାହା ହୋଇନାହାନ୍ତି କାହିଁକି ?" ମୁଁ ଏପରି ଅଯଥା ପ୍ରଶ୍ନଟାଏ କାହିଁକି ପଚାରି ଦେଲି ଭାବି ମନେ ମନେ ସଂକୁଚିତ ହୋଇଗଲି।

କିନ୍ତୁ ଜ୍ୟାକେସ୍ ଅଙ୍କଲ ଖୁବ୍ ସହଜ ଭାବରେ କହିଲେ, "ସିଏ ବି ଆଉ ଏକ ବିଷମ କଥା। ତା' ପାଇଁ ଆମର ଏଠି ଥିବା ଫ୍ରେଞ୍ଚ ଇଣ୍ଡିଆନ ଫ୍ୟାମିଲିରୁ କିଛି ପ୍ରସ୍ତାବ ଆସିଥିଲା। କିନ୍ତୁ ସେ ମତେ ଓ ତା'ଜେଜବାପାଙ୍କୁ ଛାଡ଼ି ଯିବାପାଇଁ ପ୍ରସ୍ତୁତ ନୁହେଁ। କ'ଣ କରିବି ମୁଁ, ସେ ଝିଅର ଗୋଟେ ଜିଦ୍ ଏ ଝିଅର ଆଉ ଗୋଟେ ଜିଦ୍। ମୁଁ ନାଚାର।"

ତାଙ୍କ କଥାରୁ ଗୋଟାଏ କଥା ମତେ ଚକିତ କରିଦେଲା। ବାପାଙ୍କ ଯାଏ କଥାଟା ଠିକ୍, କିନ୍ତୁ ଜେଜେବାପା ? ସେ ତ କେବେଠାରୁ ମରିଗଲେଣି। ଇଏ କାହା କଥା କହୁଛନ୍ତି ! ମୁଁ କିଛି ପଚାରିବାକୁ ଯାଉଛି ନିକିତାର ପାଟି ଶୁଣାଗଲା। ଅଙ୍କଲ ମତେ ଇଙ୍ଗିତରେ ଜଣାଇଦେଲେ ଯେ ସେ ଏସବୁ କଥା ମତେ କହିଛନ୍ତି ବୋଲି ମାରିଆ ଯେପରି ନ ଜାଣେ।

ନିକିତା ଚା ଓ ସ୍ନାକ୍‌ସର ଟ୍ରେ ଧରି ଭିତରକୁ ପଶିଲା । ତା' ପଛରେ ମାରିଆ ମଧ୍ୟ କିଛି ଜିନିଷ ଧରି ଆସୁଥିଲା । କିନ୍ତୁ ତା' ଗାଲ ଓ ହାତର କିଛି କିଛି ଜାଗାରେ ହଳଦିଆ ରଙ୍ଗର ମଲମ ଲାଗିଥିବାରୁ ମୁଁ ଓ ଅଙ୍କଲ ଏକାସାଙ୍ଗରେ କହିଉଠିଲୁ "କ'ଣ ହେଲା ?"

"ସେ କିଛି ନୁହେଁ' କହି ମାରିଆ ଗରମ ଚା' ପାଣି କେଟଲ୍‌ରୁ ଢ଼ାଳି ଅନ୍ୟାନ୍ୟ ଆନୁଷଙ୍ଗିକ ଜିନିଷ ମିଶାଇ ଚା ତିଆରିରେ ମନ ଦେଲା ।

ନିକିତାଠାରୁ ଜଣାପଡ଼ିଲା ଯେ ଫ୍ରାଇଙ୍ଗ୍ ପ୍ୟାନରେ ତେଲ ପକାଇ ଅଣ୍ଡା ପୋଚ କରିବାକୁ ମାରିଆ ଯାଉଥିଲା କିନ୍ତୁ ତେଲଟା ଏତେ ଗରମ ହୋଇଯାଇଥିଲା ଯେ କଂଚା ଅଣ୍ଡାଟା ପଡୁ ପଡୁ ଫୁଟିଯାଇ ଗରମ ତେଲ ଛିଟିକି ପଡ଼ିଲା ମାରିଆ ଉପରେ । ସେଥିପାଇଁ କିଚେନ୍‌ରୁ ଆସିବାକୁ ଡେରିହେଲା ।

ମାରିଆ ସେହିକ୍ଷଣି ମୃଦୁ ପ୍ରତିବାଦ କରି କହିଲା, "ନାଁ ନାଁ ସେ କିଛି ନୁହେଁ । ସେମିତି କ'ଣ ବେଳେ ବେଳେ ହୁଏନା ।"

ତା' ବାପା ହସିଦେଇ କହିଲେ, "ବେଳେ ବେଳେ କାହିଁକି ବହୁତ ବେଳରେ ହୁଏ ।"

ମାରିଆ ମିଛ ରୋଷ ପ୍ରକାଶ କଲା "ଡାଡି ଗେଷ୍ଟଙ୍କ ସାମନାରେ କହୁଛ !"

ଜ୍ୟାକେସ ଅଙ୍କଲ ଠିକ୍ ମୋ ବାପାଙ୍କ ପରି କହିଲେ, "କିଏ ଏଠି ଗେଷ୍ଟ ! ଆରେ ନିକି ପରି ରୀତା ବି ମୋର ଆଉ ଗୋଟେ ଝିଅ ହୋଇସାରିଲାଣି ।"

ମାରିଆ ଓ ନିକିତା ଦୁହେଁ ହସିଲେ । ଚା ଓ ଜଳଖିଆର ପର୍ବ ସରିଲା । ସୂର୍ଯ୍ୟାସ୍ତର ଆଭା ତଥାପି ମଉଳି ନଥାଏ । ମୋର ମନେପଡ଼ିଲା ତାଙ୍କର ବାରିପଟରେ ଥିବା ବଗିଚା କଥା । ମୁଁ ଦେଖିବାକୁ ଆଗ୍ରହ ପ୍ରକାଶ କଲି ।

ନିକିତା ମୋ କଥା ଶୁଣି ମୁହଁ ବୁଲାଇ ନେଇ କହିଲା, "ମାରିଆ, ମୁଁ ଯାଉଛି ଅଙ୍କଲଙ୍କୁ କିଚେନ ସଫାରେ ସାହାଯ୍ୟ କରିବି । ତୁ ଖୁବ୍ ଅସନା କରିଆସିଛୁ । ତୁ ରୀତାକୁ ନେଇ ତୋ ବଗିଚା ଦେଖା । ସେସବୁ ଗଛଲଟା, କଣ୍ଟାବୁଦା, ସିଜୁ ଗଛ ମୁଁ ଆଉ ଦେଖିପାରିବିନି । ରୀତାର ତ ଏସବୁଥିରେ ବହୁତ ଆଗ୍ରହ ତାକୁ ନେଇଯା ।

ମାରିଆ ହସିଉଠିଲା । ମୁଁ ତା'ସାଙ୍ଗରେ ଚାଲିଲି । ଘରର ପଛ ପାଖରୁ ହିଁ ଘରର ଆକୃତି ଜଣାପଡ଼ିଲା । ସାମନା ପଟରେ ବଡ଼ ବଡ଼ ଗଛର ଆଳୁଆଳ ଓ ହଂସ ଭୟରେ ମୁଁ ଘରର ବାହାରପଟ ଆଦୌ ଦେଖି ପାରିନଥିଲି । ଏବେ ଦେଖିଲି । ବହୁତ ପୁରୁଣା ନକ୍‌ସାର ଫ୍ରେଞ୍ଚ ଡିଜାଇନ ଘର । ବାହାର କାନ୍ଥରୁ ଠାଏ ଠାଏ ପଲସ୍ତରା ଖସିପଡ଼ିଛି । ରଂଗ ନାହିଁ କହିଲେ ଚଳେ । ବରଂ କାନ୍ଥରେ ଶିଉଳି ହୋଇଯାଇ ବିବର୍ଣ୍ଣ ଦେଖାଯାଉଛି । ଭିତରଟା ଏତେ ସୁନ୍ଦର ସାଜସଜ୍ଜା ଅଥଚ ବାହାରକୁ କାହାରି ଦୃଷ୍ଟି ନାହିଁ ।

ମୁଁ କିନ୍ତୁ କୌଣସି ମନ୍ତବ୍ୟ ଦେଲିନାହିଁ। ଗତକାଲି ସନ୍ଧ୍ୟାରୁ ମାତ୍ର ପରିଚୟ ହୋଇଥିବା ଏ ଝିଅ ସହିତ ଜଗିରଖି କଥାହେବା ଉଚିତ ହେବ ବୋଲି ମନେକଲି। ଅଙ୍କଲଙ୍କ କଥା ଭିନ୍ନ। ସେ ବାପାଙ୍କ ପରି ମଣିଷ। ମୁଁ ତେଣିକି ସେ ଗଛଲତା ପ୍ରତି ଧ୍ୟାନ ଦେଲି। ସତକୁ ସତ ବହୁତ ପ୍ରକାର ଛୋଟବଡ଼ ଗଛ ଲାଗିଥିଲା। ମୋର ଜଣା ଗଛ ଥିଲେ ଖୁବ୍ କମ୍ ଅଜଣା ଥିଲେ ବେଶି। ମାରିଆ ସେ ବିଷୟରେ ଅନର୍ଗଳ ଗପି ଚାଲିଥାଏ। କୋଉ ଚାରା କୋଉଠୁ ସବୁ ଆଣିଥିଲା। ସୁଦୂର ଫ୍ରାନ୍‌ସ, ଲଣ୍ଡନ ଓ କାଲିଫର୍ଣ୍ଣିଆରୁ ଆସିଥିବା ଚାରାକୁ ସେ ଦକ୍ଷିଣ ଭାରତର ଜଳବାୟୁରେ କିପରି ସଫଳତାର ସହ ବଢ଼ାଇଛି ତାର ନମୁନା ଦେଖେଇ ଚାଲିଥାଏ।

ମୁଁ ମୁଗ୍‌ଧ ହୋଇ ଶୁଣୁଥାଏ। ହଠାତ୍ ମୋ ଆଖି ପଡ଼ିଲା ପ୍ରାୟ ତିନି ଚାରି ଫୁଟ ଉଚ୍ଚର ଏକ ବୁଦା ଉପରେ। ହଳଦୀ ନୀଳରଙ୍ଗ ମିଶା ଏକ ଚମତ୍କାର ଫୁଲରେ ବୋଝେଇ ହୋଇଥାଏ ସେ ବୁଦା। ସେ ପ୍ରକାର ଗଛ ମୁଁ ପୂର୍ବରୁ କୋଉ ଛବି ବହିରେ ବି ଦେଖିନଥିଲି। ସେ କେଉଁ ଗଛ କିପରି ହୁଏ ପଚାରିଲି। ସେ ତାକୁ ବଢ଼ାଇବାର ଯେଉଁ ଜଟିଳ ବିବରଣୀ ଦେଲା ସେଥିରେ ମୋର କୌତୂହଳ ଆପେ ଶାନ୍ତ ହୋଇଗଲା।

ତଥାପି ଲୋଭ ସମ୍ଭାଳି ନପାରି କହିଲି, "ଏ ଫୁଲକୁ ପାଣିରେ ରଖିଲେ କେତେ ଦିନ ରହେ ?"

ମାରିଆ କହିଲା, "ପ୍ରାୟ ସାତଦିନ ଏମିତି ସତେଜ ରହିବ।"

ମୁଁ ସେହିକ୍ଷଣି ଭାବିନେଲି ମୋର ଯେତିକି ଦିନ ରହଣି ପଣ୍ଡିଚେରୀରେ ଅଛି, ଏ ଫୁଲ ସେତେଦିନ ରହିଯିବ। କିନ୍ତୁ ମୁହଁ ଖୋଲି ତାକୁ କିଛି ଫୁଲ ମାଗିବା ପୂର୍ବରୁ ମାରିଆ କହିଲା, "ନବାକୁ ଚାହୁଁଛକି ? ଯେତେ ଇଚ୍ଛା ନେଇପାର। ଇଏ ବହୁତ ଫୁଟେ। ନିଜେ ତୋଳି ନେଇପାର।"

ମୁଁ ସେହିକ୍ଷଣି ଉଚ୍ଛ୍ୱସିତ ହୋଇ ବୁଦାଆଡ଼େ ହାତ ବଢ଼ାଇଛି ପୁଣି ସେଇ ଧମକ "କ୍ୱାକ୍"। ମୁଁ ଚମକି ପଡ଼ି ପଛକୁ ଚାହିଁଲି, ସେଇ ହଂସ। ମୋ ଦେହ ଥରିଗଲା, ଯଦିବା ତା'ର ତାଗିଦା ଏଥର ଖୁବ୍ ମୃଦୁ ଥିଲା।

ମୁଁ ହାତ ଫେରାଇ ଆଣି ପଚାରିଲି, "ଇଏ କେତେବେଳେ ଆସିଲା ?"

ମାରିଆ ହସି ହସି କହିଲା, "ତୁମେ ବୋଧେ ଗଛଲତା ଦେଖିବାରେ ବ୍ୟସ୍ତ ରହି ତାର ଉପସ୍ଥିତି ଜାଣିପାରିନ। ସେ ଆମ ପଛେ ପଛେ ପ୍ରଥମରୁ ହିଁ ଚାଲିଛି। ଏ ବଗିଚାରେ ସେ ନିଷ୍ପାପର ଜଗୁଆଳି।"

ମୁଁ ଆଉ ଫୁଲ ତୋଳିବାକୁ ସାହସ କଲିନି। ପାଖରେ ଥିବା ଏକ ସିମେଣ୍ଟ

ବେଞ୍ଚରେ ମାରିଆ ଓ ମୁଁ ଦୁହେଁ ବସିଲୁ। ମୁଁ ଯିବାବେଳେ ସେ ନିଜେ ଫୁଲ ତୋଳି ଦେବ ବୋଲି କହିଲା।

ଖୁବ୍ ମେଳାପୀ ଝିଅ ସେ। ମୋର ବହୁ ଦିନର ପୁରୁଣା ବନ୍ଧୁ ପରି ମୋ ସହିତ ଆଚରଣ କରୁଥାଏ। ମୋ ଘର, ପରିବାର, ଚାକିରି ସବୁକଥା ଗୋଟି ଗୋଟି କରି ପଚାରୁଥାଏ। ମୁଁ ତା' ବାପାଙ୍କଠାରୁ ସେମାନଙ୍କ ବିଷୟରେ କିଛି କଥା ଜାଣିଯାଇଥିବାରୁ ଅଧିକ କିଛି ପଚାରିବାକୁ ଚାହୁଁନଥାଏ। ଆମେ ବସିଥିବା ବେଞ୍ଚକୁ ଲାଗି ଡାଭିଡ଼୍ ଠିଆ ହୋଇଥାଏ। ତାର ଲମ୍ବା ବେକକୁ ଲମ୍ବାଇ ଦେଇଥାଏ ମାରିଆର କୋଳ ଆଡ଼କୁ। ସେ ତାକୁ ଛୋଟ ପିଲାକୁ ଆଦର କରିବା ପରି ଆଉଁଶି ଚାଲିଥାଏ।

ଏବେ ମୋର ସବୁ ଆକର୍ଷଣର କେନ୍ଦ୍ର ପାଲଟିଥାଏ ସେଇ ହଂସ। ମୁଁ 'ନୈଷଧ କାବ୍ୟମ୍' ପଢ଼ିଥିବା ବେଳେ ରାଜା ନଳ ଓ ରାଜକନ୍ୟା ଦମୟନ୍ତୀଙ୍କର ପ୍ରେମଚିଟାଉ ଆଦାନ ପ୍ରଦାନ କରିବା ପାଇଁ ନୀଳ ଆକାଶରେ ସୁନା ରଙ୍ଗର ପକ୍ଷ ମେଲେଇ ଉଡ଼ି ଯାଉଥିବା ହଂସକଥା ଖୁବ୍ ରୋମାଣ୍ଟିକ ମନେ ହୋଇଥିଲା। ରାଜହଂସଟିଏ ଯେ ଏକ ସଚେତନ ପ୍ରେମଦୂତ ହୋଇପାରେ ସେଥିରେ ସଂଶୟ ମନକୁ ଆସିନଥିଲା। ପୁଣି ତା' ଚାଲି ସହିତ ସୁନ୍ଦରୀ ନାରୀର ଚାଲିକୁ ତୁଳନା କରି କାବ୍ୟକାରମାନେ କେତେ ନାୟିକାଙ୍କୁ ହଂସଗମନୀ ବୋଲି ସଂବୋଧନ କରି ଲେଖିଛନ୍ତି। ହଂସର ସେହି ରୋମାଣ୍ଟିକ ଭୂମିକା ସହିତ ମୁଁ କାବ୍ୟସୂତ୍ରରେ ପରିଚିତ ଥିଲି। କିନ୍ତୁ ଏମିତି ଏକ ପହରାଦାର ହଂସ କଥାତ ମୋ କଳ୍ପନାରେ ନଥିଲା।

ମୁଁ ମାରିଆ ବାପାଙ୍କ ମୁହଁରୁ ହଂସର ନାମ ଡାଭିଡ ଶୁଣି ସେ ଗୋଟେ ପୁରୁଷ ହଂସ ହୋଇଥିବା କଥା ଜାଣିସାରିଥିଲା। କିନ୍ତୁ ସେ ପକ୍ଷୀଟେ ହୋଇ ଏତେ ଆଲର୍ଟ ରହିପାରୁଛି କିପରି ! କୁକୁର କଥା ଭିନ୍ନ। କାରଣ ଜଗିବା କାମତ ତା'ର ସହଜାତ। ମୁଁ କଥା ମଝିରେ ମାରିଆକୁ ପଚାରିଲି ଆଚ୍ଛା "ତୁମର ଏ ହଂସ ତ ବଡ଼ ବିଚିତ୍ର। ମୋର ଧାରଣା ନଥିଲା ହଂସଟିଏ ବି ପ୍ରହରୀ ହୋଇପାରେ ! ଇଏ କ'ଣ ବିଶେଷ ପ୍ରଜାତିର କି ? କୋଉଠୁ ପାଇଲ ଆକୁ ?"

ମାରିଆ ହସି ହସି କହିଲା "ନାଁ ମ କିଛି ସ୍ୱତନ୍ତ୍ର ଶ୍ରେଣୀୟ ହଂସ ଇଏ ନୁହେଁ। ଏହି ରାଜହଂସମାନେ ସବୁଠି ଦେଖାଯାନ୍ତି। ପ୍ରାୟ କୋଡ଼ିଏ ବର୍ଷ ତଳେ ବୋଧେ କୋଉ ହଂସଚରାଳି ପଲେ ହଂସଙ୍କୁ ନେଇ ଆମ ଘର ସାମନା ରାସ୍ତାରେ ଯାଉଥିଲା। ଆମ ଫାଟକ ହୁଏତ ଖୋଲା ଥିଲା କି କ'ଣ ଛୁଆ ହଂସଟେ ସେଇବାଟେ ଭିତରକୁ ପଶିଆସି ବୁଦା ଭିତରେ ରହିଯାଇଥିଲା। ପରଦିନ ସକାଳେ ଦେଖିଲୁ ଛୁଆ ହଂସଟି ବାହାରକୁ ଯିବ ବୋଲି ବଗିଚା ସାରା ବୁଲି ବୁଲି ବାଟ ଖୋଜୁଛି। ଆମେ ତାକୁ ଧରି କ୍ଷୀର ପିଆଇ

ସାଷ୍ଟାମ କଲୁ । ଆମ ବଗିଚାରେ କାମ କରିବା ଲୋକଙ୍କୁ ଜେଜେ ନିର୍ଦ୍ଦେଶ ଦେଇଥିଲେ ଯେ ହଂସଚରାଳିକୁ ଦେଖିବାମାତ୍ରେ ତାକୁ ଡାକି ଏ ହଂସଛୁଆକୁ ଦେଇଦେବା ପାଇଁ । କିନ୍ତୁ ସେ ଲୋକ ଆଉ କାହାରି ଆଖିରେ ପଡ଼ିଲା ନାହିଁ । ଏଣେ ଏ ଛୁଆ ପ୍ରତି ଆମର ମମତା ଲାଗିଗଲା । ସେ ଆମ ସହିତ ରହିଲା । ସ୍ୱଚ୍ଛନ୍ଦରେ ଘରବାହାର ହେଲା । ଚାହୁଁଚାହୁଁ ବଡ଼ ହୋଇଗଲା । କିନ୍ତୁ ତା ପାଇଁ ଆମେ ସାଥି ଯୋଗାଡ଼ କରିପାରିଲୁନି । କାରଣ ଏହି ଜାତୀୟ ହଂସମାନେ ତିରିଶ ଚାଳିଶ ବର୍ଷ ବଂଚନ୍ତି । ଆପେ ତାଙ୍କ ଦଳରୁ ପରସ୍ପରକୁ ମନୋନୀତ କରି ତାରି ସହିତ ସାରା ଜୀବନ ବିତାଇଥାନ୍ତି । ଆ' କ୍ଷେତ୍ରରେ ତାହା ତ ସମ୍ଭବ ନଥିଲା । ତା'ଛଡ଼ା ଡେଭିଡ ଜେଜେଙ୍କର ବହୁତ ଆଦର ପାଇ ତାଙ୍କରି ସହିତ ଛାଇ ପରି ଲାଗି ରହିଲା । ତାକୁ ଆଉ କିଏ କୁଆଡ଼େ ଛାଡ଼ିଥାନ୍ତା !"

ମାରିଆ ଯେଉଳି ଉଚ୍ଛ୍ୱସିତ ହୋଇ ହଂସ ଉପାଖ୍ୟାନ କହୁଥିଲା, ସେ ବୋଧେ ସେଇଥିରେ ରହିଥାନ୍ତା । ମୁଁ କଥା ବଦଳାଇବାକୁ ଚେଷ୍ଟା କଲି । ହଂସ ଛଡ଼ା ଆଉ ଗୋଟିଏ କଥା ବି ମତେ କେମିତି ଅଡୁଆ ଲାଗୁଥିଲା । ମାରିଆର ଏତେ ବଡ଼ କ୍ୟାମ୍ପସ, ଘର, ଅଥଚ ଅନ୍ୟ ଲୋକବାକ କେହି କୁଆଡ଼େ ଦିଶୁନାହାନ୍ତି । ଆସନ୍ନ ସନ୍ଧ୍ୟା । ସବୁଆଡ଼ ନିର୍ଜନ, ଶୂନଶାନ ।

ମୁଁ ତାକୁ ପଚାରିଲି, "ଆଚ୍ଛା ମାରିଆ ଏ ବିରାଟ ଘର ଓ ଜାଗାରେ କେବଳ କ'ଣ ତୁମେ, ଅଙ୍କଲ ଓ ଏ ହଂସ କେବଳ ରହୁଛ ? ତୁମର ଆଉଟ ହାଉସରେ ବି କେହି ଦିଶୁନାହାନ୍ତି ତ ! ତୁମକୁ ଡର ଲାଗୁନି ?"

ମାରିଆ କହିଲା, "ଲୋକ ଅଛନ୍ତି । ଦୁଇଜଣ ଲୋକ ବାହାର ବଗିଚା କଥା ଓ ଦୁଇଜଣ ଭିତର ସଫାସଫି ଓ ରୋଷେଇବାସ ପାଇଁ ଅଛନ୍ତି । କାମସାରି ସନ୍ଧ୍ୟା ପୂର୍ବରୁ ଫେରିଯାନ୍ତି । ବାପା ଓ ମୁଁ ଚାହୁଁଥିଲୁ ଆଉଟ ହାଉସରେ ସ୍ଥାନୀୟ ଲୋକଙ୍କର ଦୁଇଟି ପରିବାରକୁ ରଖିବୁ । କିନ୍ତୁ ଜେଜବାପାଙ୍କର ବାହାର ଲୋକଙ୍କୁ ରଖିବା ପସନ୍ଦ ନୁହେଁ ।"

ମୁଁ ଜାଣି ସାରିଥିଲି ତାର ଜେଜେବାପାଙ୍କର ଦେହାନ୍ତ କେବେଠାରୁ ହେଲାଣି । ମୁଁ ଆଶ୍ଚର୍ଯ୍ୟ ହୋଇ ପଚାରିଲି, "ତୁମ ଜେଜେବାପା ତ ନାହାନ୍ତି । ତାଙ୍କର ପୁଣି ପସନ୍ଦ ଅପସନ୍ଦ କ'ଣ ?"

ମାରିଆ ଖୁବ୍ ସହଜ ଭାବରେ କହିଲା, "କିଏ କହିଲା ସେ ନାହାନ୍ତି ବୋଲି । ସେ ତ ଆମ ସାଙ୍ଗରେ ରହୁଛନ୍ତି । ସକାଳୁ ଉଠିବା ପରଠାରୁ ଆମେ ଏକାଠି ଚା'ପିଉ, ବ୍ରେକ୍‌ଫାଷ୍ଟ କରୁ । ତା'ପରେ ସେ ବିଶ୍ରାମ କରନ୍ତି । ଡରିବା କଥା ଯାହା କହିଲ ତା'ର ତ ପ୍ରଶ୍ନ ଉଠୁନି । ଦିନରେ ଡାଭିଡ଼ ପୂରା କ୍ୟାମ୍ପସ ଓ କାମ କରୁଥିବା ଲୋକଙ୍କ ଉପରେ ନଜର ରଖେ ଓ ରାତି ଜଗିବା ଦାୟିତ୍ୱ ଜେଜେଙ୍କର । ଆମର ଏ ସ୍ଥାନୀୟ ଅଞ୍ଚଳରେ

ସମସ୍ତେ ଏକଥା ଜାଣନ୍ତି । ଦୁଇଚାରି ଥର କ୍ୟାମ୍ପସରେ ପଶିବାକୁ ଚେଷ୍ଟା କରିଥିବା ଲୋକ ସକାଳ ପର୍ଯ୍ୟନ୍ତ ସେମିତି ଗୋଟେ କୋଣରେ ଜାକିଜୁକି ହୋଇ ବସିଥାନ୍ତି । ଆମେ ଉଠି ସେମାନଙ୍କୁ ଦେଖିବା ପରେ, ସେମାନେ ଭୁଲ୍ ମାଗିଥାନ୍ତି । ସେମାନଙ୍କ କଥାରୁ ଶୁଣିଛୁ ଯେ କେହି ଜଣେ ବୁଢ଼ା ସାହେବ ଲୋକ ବାଡ଼ିଧରି ତାଙ୍କୁ ସାରାରାତି ଓଗାଳି ରଖନ୍ତି । ତେଣୁ ଆମେ ବାପଝିଅ ପୂରା ନିଶ୍ଚିତ ।

ମାରିଆର କଥା ବୁଝିପାରିଥିବାରୁ ମୋ ଭିତରଟା କେମିତି କ'ଣ ହୋଇଯାଉଥାଏ, ପିଲାଦିନେ ବହୁତ ଭୂତପ୍ରେତ ଡାହାଣୀ ଚିରିଗୁଣୀଙ୍କ କଥା ଶୁଣିଛି । ସବୁ ଘଟଣା ଖୁବ୍ ଭୀତିପ୍ରଦ ମନେ ହୋଇଥିଲେ । କାରଣ ଭୂତ କହିଲେ ହିଁ ଭୟକୁ ବୁଝାଇଥାଏ । ଗାଁରେ ନିଜ ଲୋକ ବି ମରିଯିବା ପରେ ତା' ଭୂତକୁ ଘରେ ନ ପଶିବା ପାଇଁ ପ୍ରଚଳିତ ବିଧି ବ୍ୟବସ୍ଥାରେ ବାରଣ କରାଯାଏ । ଏପରିକି କିଏ କ'ଣ ଛାଇଟେ ଦିଶିବା ପରି କହିଦେଲେ ଗୁଣିଆ ଡାକି ଘରର ବିଭିନ୍ନ ଜାଗାରେ ମନ୍ତୁରା ଲୁହା କଣ୍ଟା ସବୁ ପିଟି ଦିଆଯାଏ । ଭୂତ ବିଷୟରେ କେହି କେବେ କିଛି ଶ୍ରଦ୍ଧା ପ୍ରକାଶ କରିବାର କଥା ମୁଁ ଜାଣିନଥିଲି । ଅଥଚ ମାରିଆ ତା' ଜେଜଙ୍କର ଭୂତ ବିଷୟରେ ଏତେ ସହଜ ସ୍ୱାଭାବିକ ଭାବରେ କହୁଛି ଯେ ମନେ ହେଉଛି ସେ ଯେମିତି ବଞ୍ଚିଛନ୍ତି । ଇଏ କ'ଣ ତା' ମନର ଭ୍ରମ ନା ତା' ଜେଜେଙ୍କ ପ୍ରତି ଥିବା ତା'ର ପ୍ରଗାଢ଼ ଆସକ୍ତି ଜନିତ ପ୍ରତିକ୍ରିୟା । କିନ୍ତୁ ଅଙ୍କଲ ବି ତ କହୁଥିଲେ ନା ମାରିଆ ତାଙ୍କୁ ଓ ତା' ଜେଜଙ୍କୁ ଛାଡ଼ି ବାହାହୋଇ ଯିବାକୁ ଚାହୁଁନି ।

ମୁଁ ଆଉ ଭୂତର ଅସ୍ତିତ୍ୱକୁ ନେଇ ମନେ ମନେ ତର୍ଜମା ନକରି ସେ ସ୍ଥାନରୁ ଯଥାଶୀଘ୍ର ଚାଲିଆସିବା ପାଇଁ ଉଠିପଡ଼ିଲି । ଏକ ଅଦ୍ଭୁତ ଭୟ ମତେ କାବୁ କରି ନେଉଥିଲା ।

ପ୍ରଥମ ସନ୍ଧ୍ୟାର ଝାପ୍‌ସା ଅନ୍ଧାର ଛାଇଛାଇ ଆସିଥିଲା । ଆମେ କିଛିବାଟ ଘର ଆଡ଼େ ଆଗେଇ ଆସିଛୁ ମାରିଆର ସେ ବୁଦା ଗଛର ଫୁଲ କଥା ମନେ ପଡ଼ିଗଲା । ମତେ ସେଇଠି ଅପେକ୍ଷା କରିବାକୁ କହି ସେ ଶୀଘ୍ର ଶୀଘ୍ର ଫେରିଗଲା ସେଇ ଫୁଲଫୁଟା ବୁଦା ନିକଟକୁ । ଆମ ପଛେ ପଛେ ଆସୁଥିବା ହଂସଟା ମୋ ପାଖରେ ଠିଆ ହୋଇଥାଏ । ଏପର୍ଯ୍ୟନ୍ତ ଯାଏ ଯିଏ ମୋ ଭୟର କାରଣ ଥିଲା ଏବେ ମୋ ପାଖରେ ତା'ର ଉପସ୍ଥିତି ମତେ କେମିତି ଦମ୍ଭ ଦେଉଥିଲା ।

ମୁଁ ତା'ବାରିପଟର ସେଇ ସବୁଜ ପରିବେଶ ଉପରେ ଆଖି ବୁଲାଇ ନେଉଥାଏ । ହଠାତ୍ ମାରିଆର ସ୍ୱର ଶୁଣାଗଲା "ହାୟ ଗ୍ରାଣ୍ଡପା" । ମୁଁ ଚମକିପଡ଼ି ସେ ଦିଗରେ ଚାହିଁଲି । ମାରିଆ ହାତରେ ଫୁଲ ପେନ୍ଥା ଧରି କାହା ସହିତ କଥାହେବା ପରି ମନେ ହେଉଥାଏ । କେବଳ ତା' ସ୍ୱର ମତେ ଶୁଣା ଯାଉଥାଏ । ସେ କ'ଣ କହୁଛି ମୁଁ

ବୁଝିପାରୁନଥାଏ। କିନ୍ତୁ ତାର ଉଚ୍ଚାରଣରୁ ବୁଝି ପାରିଲି ଯେ ସେ ଫ୍ରେଞ୍ଚ ଭାଷାରେ କଥାହେଉଛି।

ହଠାତ୍ ଡେଭିଡ୍ ଅଧାଭଡା ଓ ଅଧା ଦଉଡା ଅବସ୍ଥାରେ ସେଇ ଦିଗରେ ଚାଲିଗଲା। ମାରିଆ କୋଳକୁ ତା' ବେକକୁ ବଢ଼ାଇ ଦେବା ପରି ଭଙ୍ଗୀରେ ସେ ଶୂନ୍ୟକୁ ତା'ର ଲମ୍ବା ବେକକୁ ଆହୁରି ଲମ୍ବାଇଦେଲା।

ମୁଁ ସେଠି ଏକୁଟିଆ ସ୍ତବ୍ଧ ହୋଇ ଠିଆ ହୋଇଥାଏ। ଏପର୍ଯ୍ୟନ୍ତ ଯାଏ ଯାହା ମତେ ଭୂତଗପ ଶୁଣିବା ପରି ଲାଗୁଥିଲା ଏବେ ପ୍ରତ୍ୟକ୍ଷରେ ଦେଖୁଥିଲି ମାରିଆର ସେପରି ଏକ ସତ୍ତା ସହିତ କଥାହେବାର। ମୁଁ ନିଶ୍ଚିତ ହୋଇଯାଇଥିଲି ମାରିଆ ମତେ କହିଥିବା ତା' ମୃତ ଜେଜଙ୍କର ସେଠାରେ ଉପସ୍ଥିତି ବିଷୟରେ।

କିନ୍ତୁ କ'ଣ ହେଲା କେଜାଣି ହଠାତ୍ ମୋ ମନରୁ ଭୟ ପୂରାପୂରି ପୋଛି ହୋଇଗଲା। ମୋ ଆଖି ଲୁହରେ ଛଳଛଳ ହୋଇଉଠିଲା। ସତେ ଯେପରି ମୋ ଆଗରେ ଦୃଶ୍ୟ ଓ ଅଦୃଶ୍ୟ ଜଗତ ଏକାକାର ହୋଇଉଠିଥିଲେ, ଅତୀତ ଓ ବର୍ତ୍ତମାନ ପରସ୍ପରର ହାତଧରି ଠିଆ ହୋଇଥିଲେ, ମୃତ ଓ ଜୀବିତ ଭିତରେ ସମ୍ପର୍କରେ ସେତୁଟି ଅତୁଟ ଥିଲା।

ମୋ ମୃତ ବାପାଙ୍କର ମୁହଁଟି ମତେ ଦିଶିଗଲା। ମୁଁ ମନେମନେ ତାଙ୍କ ଉଦ୍ଦେଶ୍ୟରେ କହୁଥିଲି "ବାପା ତୁମ ମୃତ୍ୟୁବେଳେ ମୁଁ ତୁମ ପାଖରେ ନଥିଲି। ମୁଁ ପହଞ୍ଚିବା ବେଳକୁ ଜୁଇ ଜଳି ସାରିଥିଲା। 'ବାପା' ବୋଲି ଆଉ ଡାକିବାର ସୁଯୋଗ ପାଇଲିନି। ମାରିଆର ଜେଜଙ୍କ ପରି ମତେ ଥରୁଟିଏ ଦେଖା ଦିଅନ୍ତନି। ମୁଁ ଖାଲି ଟିକେ ଡାକନ୍ତି 'ବାପା', 'ବାପା'।

ମାରିଆ ମତେ ହଲାଇଦେଇ କହିଲା "କ'ଣ ହେଲା ?"

ମୁଁ ତାକୁ କୁଣ୍ଢାଇ ପକାଇ ମୋ ନିଜ ଭିତରର କାହିଁ ଅତଳତଳରୁ ଉଠି ଆସୁଥିବା କୋହକୁ ଚାପି ରଖିବାକୁ ଚେଷ୍ଟା କରୁଥିଲି।

■

ଅନ୍ୟ ଦୃଶ୍ୟ

ଦୀର୍ଘ ପାଞ୍ଚ ବର୍ଷ ଧରି ଗୋଟିଏ ଛୋଟ ସରକାରୀ କ୍ୱାର୍ଟରରେ ସ୍ୱାମୀ ଶ୍ରୀକାନ୍ତ ଓ ପିଲା ଦୁଇଟିଙ୍କ ସହ ଶ୍ରଦ୍ଧା ରହି ଆସୁଥିଲେ । ଏତେ ଛୋଟ ଘରେ ପ୍ରଥମେ ପ୍ରଥମେ ବିଶେଷ କିଛି ଅସୁବିଧା ହେଉନଥିଲା । ଝିଅ ପୁଅ ଦୁଇଟି ସାନ ଥିଲେ । ଆସବାବପତ୍ର କମ୍ ଥିଲା ।

ଏବେ ପିଲାଦୁହେଁ ଦଶବାର ବର୍ଷର ହୋଇଗଲେଣି । ସେ ଦୁହିଁଙ୍କର ବହିପତ୍ର, ଖେଳଣା, ଲୁଗାପଟା ଓ ପଢ଼ାଟେବୁଲ ପଡ଼ି ଘରେ ଆଉ ଗୋଡ଼ ବୁଲାଇବାର ଜାଗା ଟିକେ ନାହିଁ । ସେଥିରେ ମଝିରେମଝିରେ ଶାଶୂଶ୍ୱଶୁର, ନଣନ୍ଦଦିଅର ଓ ନିଜ ବାପାମା ମଧ୍ୟ ଆସି ରୁହନ୍ତି । ତା'ରି ଭିତରେ ଚଳିବାକୁ ହୁଏ ।

ଏଣେ ଧୀରେଧୀରେ ଘରର ଅବସ୍ଥା ଖରାପ ହୋଇ ଯାଉଥିଲା । ଘର ଭିତର ଛାତର ଠାଏ ଠାଏ ସ୍ଥାନରୁ ଚକଡାଏ ଲେଖାଏଁ ପଲସ୍ତରା ଖସି ପଡୁଥିଲା । ତେଣୁ ରାତିରେ ଖଟ ଉପରେ ସେ ଶକ୍ତ କରି ମଶାରି ଟାଙ୍ଗନ୍ତି । କିନ୍ତୁ ଦିନରେ କ'ଣ କରିବେ । ସେଦିନ ପଲସ୍ତରା ଖଣ୍ଡେ ଖସି ଶାଶୂଙ୍କ ପାଦରେ ପଡ଼ି ଖଣ୍ଡିଆ ହୋଇ ରକ୍ତ ବୋହିଲା । ସେଥିପାଇଁ ସେ କାହାରିକୁ ଦୋଷ ଦେଉନଥିବାବେଳେ ଶ୍ୱଶୁର ରାଗି ପଞ୍ଚମ ହୋଇଗଲେ ।

ତାଙ୍କ ପୁଅଙ୍କୁ ଯାହା ମନ ହେଲା ଶୋଧିଲେ । ତାଙ୍କ ଚାକିରି ଓ ତାଙ୍କ ପାରଗ ପଣକୁ ନେଇ ନାନା କଟୂକଥା କହିଲେ । ଶାଶୂ ବୁଝାଉଥାନ୍ତି ଏଥିରେ ତାଙ୍କ ପୁଅର ବା ଦୋଷ କୋଉଠି ରହିଲା । କିନ୍ତୁ ଶ୍ୱଶୁର ଏତେ ରାଗି ଯାଇଥିଲେ ଯେ କହିଲେ ଘର ନ ବଦଳାଇବା ଯାଏ ସେମାନେ ଆଉ ଏଠାକୁ ଆସିବେନି ।

ସତକୁ ସତ ଏ ଭିତରେ ବିତିଗଲାଣି ବର୍ଷଟିଏ । ସେମାନେ କେହି ତାଙ୍କ ଘରକୁ ଆସିନାହାନ୍ତି । ଶ୍ରଦ୍ଧା ସ୍ୱାମୀଙ୍କର ଅସୁବିଧା ବୁଝନ୍ତି, କିନ୍ତୁ କ'ଣ କରି ପାରିବେ ସେ !

କେଇଦିନ ତଳେ ହଠାତ୍ ଶ୍ରୀକାନ୍ତ ଖୁବ୍ ଭଲ ଖବରଟିଏ ଶୁଣାଇଲେ । ତାଙ୍କୁ

ନୂଆ ତିଆରି ହେଉଥିବା ସରକାରୀ କ୍ୱାର୍ଟରରୁ ଗୋଟିଏ ଆଲଟ ହୋଇଛି । ବର୍ତ୍ତମାନର ଘରଠାରୁ ବେଶ୍ ବଡ଼ । ତିନି ବଖରା ଡ୍ରଇଂ ରୁମ୍ ଓ ରୋଷେଇଘରକୁ ମିଶେଇ ଖୁବ୍ ଖୋଲାମେଲା ଘର। ଶ୍ରଦ୍ଧା ସେହିକ୍ଷଣି ଶାଶୂଙ୍କୁ ଫୋନକରି ଜଣାଇଦେଲେ ଓ ପନ୍ଦର କୋଡିଏ ଦିନ ପରେ ସେମାନେ ସେ ଘରକୁ ଗଲେ ଶ୍ୱଶୂରଙ୍କୁ ନେଇ ଆସିବା ପାଇଁ ଅନୁରୋଧ କଲେ ।

ସେ ନୂଆ ଘର ରଙ୍ଗ ହେଉଛି, ଅନ୍ୟାନ୍ୟ କାମ ମଧ୍ୟ କିଛି ବାକି ଅଛି । ହୁଏତ ଆଉ କିଛିଦିନ ଡେରି ହେଇପାରେ । କିନ୍ତୁ ଶ୍ରଦ୍ଧାଙ୍କର ମନ ଆଉ ଘର ଧରୁନଥାଏ । ସେ ଜିନିଷପତ୍ର ବନ୍ଧାବନ୍ଧି କାମ ଆରମ୍ଭ କରିଦେଲେ । ପିଲା ଦି'ଜଣ ମଧ୍ୟ ମା'ର ଖୁସି ଦେଖି ପାରୁପର୍ଯ୍ୟନ୍ତ ସାହାଯ୍ୟ କରିବାରେ ଲାଗିପଡ଼ିଲେ ।

ସେହି ବହୁ ଈପ୍ସିତ ଦିନ ଆସିଗଲା । ବୁଧବାର ଘର ମିଳୁମିଳୁ ଶ୍ରଦ୍ଧା ଆଗରୁ ସ୍ଥିର କରିଥିବା ନନାଙ୍କୁ ନେଇ ନୂଆଘରେ ଭଲକରି ଗୋଟେ ହୋମ କରିଦେଲେ । ବନ୍ଧାବନ୍ଧି ହୋଇଥିବା ଥୋଡାଏ ଜିନିଷ ଟ୍ରଲିରେ ନେଇ ରଖିଦେଇ ଆସିଲେ । ସବୁ ଜିନିଷ ଯିବା ସମ୍ଭବ ନଥିଲା । ପରଦିନ ଗୁରୁବାର ସେଦିନ ପୁରୁଣା ଘର ଛାଡ଼ିଯିବା ଠିକ୍ ହେବନି । ବରଂ ଗୁରୁବାର ସବୁ ରଖାରଖି କରି ଶୁକ୍ରବାର ଶୁଭବେଳା ଦେଖି ସେ ନୂଆ ଘରେ ପ୍ରବେଶ କରିବେ ।

ଏତେ ଦିନ ପରେ ସେ ଖୁବ୍ ଖୁସି ଅନୁଭବ କରୁଥାନ୍ତି । କୋଉ ରୁମ୍‌ରେ କ'ଣ ରଖିବେ, କିଏ କୋଉଠି ରହିବେ ଭାବି ଭାବି ତାଙ୍କୁ ରାତିରେ ନିଦ ଆସୁନଥାଏ । ରାତି ପାହିଲେ ତାଙ୍କର ଅସନା ଭଙ୍ଗାରୁଜା ଘରଛାଡ଼ି ପ୍ରଶସ୍ତ ନୂଆ ଘରକୁ ଯିବେ । ତାଙ୍କ ଖୁସି ଦେଖି ଶ୍ରୀକାନ୍ତ ମଧ୍ୟ ଖୁବ୍ ଆନନ୍ଦ ଅନୁଭବ କରୁଥାନ୍ତି । ପିଲାମାନେ ଖୁବ୍ ଉତ୍‌କଣ୍ଠିତ ନୂଆଘରକୁ ଯିବାପାଇଁ । ଗୁରୁବାର ଦିନବେଳେ ପ୍ରାୟ ସେମାନେ ସବୁ ଜିନିଷ, ରୋଷେଇ ସରଂଜାମ ନେଇ ଯାଇଛନ୍ତି । ରାତିଟା ସଉପପଟିରେ ଚଳେଇ ଦେବାପାଇଁ ଖଟ ବି ବାହାର କରିଦେଇଛନ୍ତି ।

କେବଳ କାନ୍ଥରେ ପିଟା ହୋଇଥିବା ପଟା ଉପରେ ଠାକୁରଙ୍କର ଦୁଇଚାରିଟି ଫଟୋ ଓ ପୂଜାର କିଛି ଉପକରଣ ରହିଛି । ଯାହାକୁ ଯିବାବେଳେ ହାତରେ ଧରି ନେଇଯିବେ ।

ରାତି କେତେବେଳକୁ ଶ୍ରଦ୍ଧାଙ୍କୁ ଟିକେ ନିଦ ଲାଗିଆସିଛି । ସ୍ୱପ୍ନ ଦେଖୁଛନ୍ତି ସେ ତାଙ୍କର ନୂଆଘର ବାହାରେ ଠିଆ ହୋଇଛନ୍ତି । ଛାତ ଉପରେ ହଠାତ୍ ଦେଖାଗଲେ କୁଳପୁରୋହିତ ବିଶ୍ୱନାଥ ନନା । ସେ ସେଠି ଠିଆ ହୋଇ ତାଙ୍କୁ ହାତହଲାଇ ଘର ଭିତରକୁ ଆସିବାକୁ ବାରଣ କରୁଛନ୍ତି ।

ଶ୍ରଦ୍ଧା କିଛି ବୁଝି ନପାରି ପାଦଟିଏ ବଢ଼ାଉବଢ଼ାଉ ସେ ଚିତ୍କାର କରି କହିଲେ, "ଏ ଘର ଭିତରକୁ ଆସନା । ଏଠି ବହୁ ଅନର୍ଥ ଘଟିଛି । ଫେରିଯା ଫେରିଯା ।"

ଶ୍ରଦ୍ଧା ଚମକି ନିଦରୁ ଉଠିପଡ଼ିଲେ । ତାଙ୍କ ଦେହରୁ ଝାଳ ବୋହିଗଲା । ପାଟି ପୂରା ଅଠା । ବିଶ୍ୱନାଥ ନନା ଦୁଇବର୍ଷ ତଳୁ ଇହଧାମ ତ୍ୟାଗ କରିଥିବା କଥା ସେ ଜାଣନ୍ତି । ସେ ଖୁବ୍ ଉତ୍ତମ ମଣିଷ ଥିଲେ । ତାଙ୍କ ପରିବାର ବଂଶକୁଟୁମ୍ବରେ ସବୁ ଶୁଭକାମ ତାଙ୍କ ଦ୍ୱାରା ହୋଇଥାଏ । କିନ୍ତୁ ସେ ଯେ ଆଉ ନାହାନ୍ତି । ହଠାତ୍ ଏମିତି ସ୍ୱପ୍ନରେ ତାଙ୍କୁ ଦେଖାଦେଇ ଘର ଭିତରକୁ ଯିବାକୁ ବାରଣ କଲେ କାହିଁକି ?

ଶ୍ରଦ୍ଧାଙ୍କ ମନରେ ଭୟ ପଶିଗଲା । ସେ କ'ଣ କରିବେ ବୁଝିପାରୁନଥାନ୍ତି । ନୂଆ ଘରକୁ ଯିବାପାଇଁ ଦୀର୍ଘ ପନ୍ଦର ଦିନ ଧରି ଆନନ୍ଦରେ ତାଙ୍କ ଗୋଡ଼ ତଳେ ଲାଗୁନଥିଲା । ସବୁ ଜିନିଷପତ୍ର ବି ସେ ସେଠାକୁ ନେଇ ସାରିଲେଣି । ଏବେ କରିବେ କ'ଣ ! ସେ ଘରକୁ ନଯିବା କଥା କହିବେ କିପରି ? ତାଙ୍କର ଓ ପିଲାମାନଙ୍କ ଖୁସିଠାରୁ ତାଙ୍କ ଘର ଲୋକେ ବୋଧେ ବେଶି ଖୁସି ହୋଇଛନ୍ତି । କାରଣ ଶ୍ୱଶୁରଙ୍କ କଥା ଟାଳି ନପାରି ତାଙ୍କ ଘରକୁ ଆସିପାରୁନଥିବା ଶାଶୂ ଏବେ କେମିତି ପୁଅବୋହୂଙ୍କ ପାଖକୁ ଆସିବେ ବୋଲି ଟାକି ବସିଛନ୍ତି । ସେ କ'ଣ ଭାବିବେ ?

ଶ୍ରୀକାନ୍ତ ଶୁଣିଲେ କଥାଟା ହସରେ ଉଡ଼େଇ ଦେବେ । ସରକାରୀ କ୍ୱାର୍ଟର ଗୋଟେ ହ୍ୟାଣ୍ଡଓଭର କରି ନୂଆଟିର ପଜେସନ୍ ନେଇ ଜିନିଷପତ୍ର ରଖିସାରିଲେଣି । ସେ ଆଉ ତାଙ୍କ କଥା କିଛି ଶୁଣିବେନି । ତା'ଛଡ଼ା ଏଇ ସ୍ୱପ୍ନ କଥାରେ ସେ ବି କ'ଣ ନୂଆ ଘରକୁ ଯିବା ବନ୍ଦ କରିପାରିବେ ।

କିନ୍ତୁ କେଇଟି ମୁହୂର୍ତ୍ତ ଭିତରେ ତାଙ୍କ ଭିତରୁ ଏତେ ଆନନ୍ଦ କୁଆଡ଼େ ଉଭେଇ ଯାଇ ଗୋଟେ ଅଜଣା ଆତଙ୍କ ଘାରିବାକୁ ଲାଗିଥିଲା । ବାକିଥିବା ରାତି ସେମିତି ପଲସ୍ତରା ଛଡ଼ା ଛାତକୁ ଚାହିଁଚାହିଁ କଟିଗଲା ।

ରାତି ପାହିଲା । ଶ୍ରଦ୍ଧା ବିଛଣାରୁ ଉଠି ବାହାରକୁ ଆସିଲେ । ତାଙ୍କର ସେଇ ପୁରୁଣା ଘର ଓ ତାର ପରିବେଶ ତାଙ୍କୁ ଅପୂର୍ବ ମନେହେଲା । ପାଞ୍ଚ ବର୍ଷ ସେ ସେଇଠି କଟାଇଛନ୍ତି ଖୁବ୍ ଆନନ୍ଦରେ, ନିରାପଦରେ । କେବଳ ଘର ଛୋଟ ଲାଗି ଯାହା ମଝିରେ ମଝିରେ ଅଶାନ୍ତି ହେଉଥିଲା । ଆହା ଏତେଦିନ ଧରି ତାଙ୍କୁ ଆଶ୍ରୟ ଦେଇଥିବା ଏଇ ଘର, ପରିବେଶକୁ ଛାଡ଼ିଯିବାକୁ ବ୍ୟାକୁଳ ହେବା ଭିତରେ ଥରେ ତ ସେ ଏମାନଙ୍କୁ ହରାଇବାର ଦୁଃଖ ଅନୁଭବ କରିନାହାନ୍ତି । ଆଜି କ'ଣ ନୂତନ ଜାଗାରେ କିଛି ସମ୍ଭାବ୍ୟ ବିପଦର ଆଶଙ୍କା ଥିବାରୁ ସେ ଏମାନଙ୍କ କଥା ଚିନ୍ତା କରୁଛନ୍ତି କି ?

ବଡ଼ ମାନସିକ ସଂକଟ ଭିତରେ ପଡ଼ିଯାଇଥିଲେ ଶ୍ରଦ୍ଧା । କାହାକୁ କହିବେ

ତାଙ୍କୁ ସ୍ୱପ୍ନରେ ମିଳିଥିବା ଚେତାବନୀର କଥା । କିଏ ବା କାହିଁକି ଗୁରୁତ୍ୱ ଦେବ ଏ କଥାକୁ । ପିଲା ଦୁହିଁଙ୍କର ନିଦ ଭାଙ୍ଗିବା ବେଳକୁ ଦୁହେଁ ଆଗ ବାହାରି ପଡ଼ିବେ ନୂଆ ଘରକୁ, କ'ଣ କହି ତାଙ୍କୁ ଅଟକାଇବେ !

ଶ୍ରୀକାନ୍ତ ଉଠି ବାହାରକୁ ଆସିଲେ । ଶ୍ରଦ୍ଧା ବାହାରର ଛୋଟ ପିଣ୍ଡାର ଗୋଟିଏ କଡ଼କୁ ବସିଛନ୍ତି ସ୍ଥାଣୁ ହୋଇ । ଦେହରେ ଜୀବନ ଅଛି କି ନାହିଁ ଜଣାପଡୁନି ।

ଶ୍ରୀକାନ୍ତ ଚମକିପଡ଼ି ପଚାରିଲେ, "କ'ଣ ହେଲା ? ଏମିତି କାହିଁକି ବସିଛ ? ଶୀଘ୍ର କାମସାରି ଦିଅ । ଶେଷଥର ପାଇଁ ଏ ଘରେ ଠାକୁରଙ୍କ ପୂଜା ସାରି ତାଙ୍କ ଆସ୍ଥାନ ସେଠିକୁ ଉଠାଇନେବା ।"

ଶ୍ରଦ୍ଧା ତାଙ୍କୁ ଫେରିଚାହିଁଲେ । ତାଙ୍କ ମୁହଁକୁ ଦେଖି ତାଙ୍କ ସ୍ୱାମୀ ବିଶ୍ୱାସ କରିପାରିଲେ ନାହିଁ ଯେ କାଲି ରାତିରେ ଶୋଇବାକୁ ଯିବା ପର୍ଯ୍ୟନ୍ତ ନୂଆଘରକୁ ଯିବା ପାଇଁ ଖୁସିରେ ଉଚ୍ଛୁଳୁଥିବା ଶ୍ରଦ୍ଧା ଏପରି ନିଷ୍ପ୍ରାଣ ଦିଶୁଛନ୍ତି କାହିଁକି ! ମୁହଁରେ ଆଗ୍ରହ ପରିବର୍ତ୍ତେ ଏକ ଆଶଙ୍କାର ଛାଇ ସ୍ପଷ୍ଟ ବାରି ହୋଇପଡୁଛି, କଥା କ'ଣ ସେ ବୁଝିପାରୁ ନାହାନ୍ତି । ଭାବିଲେ ହଠାତ୍ କିଛି ଦେହ ଖରାପ ହେଲାକି !

ସେ ପଚାରିଲେ, "ଶ୍ରଦ୍ଧା ଦେହ କ'ଣ ଭଲ ଲାଗୁନି ? ଏମିତି କାହିଁ ଶେତା ଦେଖାଯାଉଛ ? କ'ଣ ହେଇଛି ?"

ତାଙ୍କ କଥା ଶୁଣୁଶୁଣୁ ଶ୍ରଦ୍ଧା ଗୋଟେ ଆବେଶରେ କହିପକାଇଲେ, "ଆଚ୍ଛା ଆମେ ସେ ନୂଆ ଘରକୁ ନଗଲେ କ'ଣ ହେବ । ଏ ଘର ତ ବେଶ୍ ଭଲ ଅଛି । ଏଇଠି ରହିବା, କ'ଣ କହୁଛ ?"

ଶ୍ରଦ୍ଧା ବୋଧହୁଏ ଭାବୁଥିଲେ ଶ୍ରୀକାନ୍ତ ତାଙ୍କ ପ୍ରସ୍ତାବରେ ସମ୍ମତ ହୋଇଯିବେ । କିନ୍ତୁ ସେ ତାଙ୍କ କଥା ଶୁଣି ପ୍ରଥମେ ଟିକେ ଆଶ୍ଚର୍ଯ୍ୟ ହୋଇଚାହିଁଲେ । ତା'ପରେ ବେଶ୍ ଉଚ୍ଚ କଣ୍ଠରେ ବିରକ୍ତି ପ୍ରକାଶ କରି କହିଲେ "ଖେଳୁଛକି ମୋ ସାଥିରେ ? ନୂଆଘର ନେବାକୁ ତୁମେ ମତେ ବସେଇ ଉଠେଇ ଦେଲନି । କ'ଣ ନା ଶାଶୂଶ୍ୱଶୁର ଆସୁନାହାନ୍ତି, ଚଳିବା ଅସୁବିଧା ହେଉଛି । ସବୁବେଳେ ଅଭିଯୋଗ । ଏବେ କ'ଣ ହେଲା ? ଭାବିଲ କି ବଡ଼ ଘର ମିଳିଗଲା, ଶାଶୂଶ୍ୱଶୁର କାଳେ ଆସି ସ୍ଥାୟୀ ହୋଇ ତୁମ ପାଖରେ ରହିଯିବେ ।"

ସ୍ୱାମୀଙ୍କର ଏପରି କଟୂ କଥା ସେ ପୂର୍ବରୁ ଶୁଣିନଥିଲେ । ବିଶେଷକରି ତାଙ୍କ ବାପା ମା'ଙ୍କ ପ୍ରତି ଶ୍ରଦ୍ଧାଙ୍କର ଭଲପାଇବା ଓ ସମ୍ମାନ କଥା ସେ ଜାଣନ୍ତି । ହଠାତ୍ ସେଇଠି ଏପରି ଚୋଟ ସେ କାହିଁକି ମାରିଲେ !

ସେ କିଛି ଉତ୍ତର ଦେବା ପୂର୍ବରୁ ଶ୍ରୀକାନ୍ତ କହିବାକୁ ଲାଗିଲେ "ବୁଝିଲ ଦୁଇଟି

କ୍ୱାର୍ଟର ଏକା ସାଙ୍ଗରେ ରଖାଯାଇ ପାରେନି । ଆ'କୁ ମୁଁ ସରେଣ୍ଡର କରି ନୂଆ ଘରର ଚାବି ନେଇ ସାରିଛି । ତା'ଛଡ଼ା ଏ ଘରର ଦଦରା ଅବସ୍ଥା ଦେଖି ଡିପାର୍ଟମେଣ୍ଟ ଆ'କୁ ମରାମତ ନକରି ପୂରା ଭାଙ୍ଗିଦେଇ ଏଠି ଫ୍ଲାଟ କରି ବହୁ ଲୋକଙ୍କୁ ଘର ଯୋଗାଇବାର ନିଷ୍ପତ୍ତି ନେଇସାରିଛି । ତେଣୁ ମୁଁ ଚାହିଁଲେ ବି ଏଠି ରହିପାରିବିନି । ... ଆଚ୍ଛା ମୁଁ ବୁଝିପାରୁନି ରାତି ପାହିବା ବେଳକୁ ତୁମର ହେଲା କ'ଣ ? ନୂଆ ଘର ମିଳିବା ପରଠାରୁ ତ ଖୁସିରେ ତୁମ ପାଦ ତଳେ ଲାଗୁ ନଥିଲା ।"

ଏଥର ଶ୍ରଦ୍ଧା ଆଉ ତାଙ୍କ ଆତଙ୍କକୁ ଲୁଚାଇ ପାରିଲେନି । ଗତ ରାତିର ସ୍ୱପ୍ନରେ ଦେଖିଥିବା କୁଳପୁରୋହିତଙ୍କ ବାରଣ କଥା କହିଦେଲେ ।

ଶ୍ରୀକାନ୍ତ ପ୍ରଥମରୁ କଥାଟା ହସରେ ଉଡ଼ାଇଦେଲେ । ଏସବୁ ଶ୍ରଦ୍ଧାଙ୍କର କିଛି ମନର ଭ୍ରମ । ନୂଆ ସ୍ଥାନକୁ ଯିବା ଜନିତ ତାଙ୍କର ମନରେ ହୁଏତ କିଛି ଦ୍ୱନ୍ଦ୍ୱ ଓ ଆଶଙ୍କା ଥିଲା ଯାହାକି ଏପରି ଏକ ସ୍ୱପ୍ନରେ ରୂପାନ୍ତରିତ ହୋଇଛି । ସେ ଆଉ ସେ ପ୍ରସଙ୍ଗରେ କିଛି ନକହି ନିଜ କାମସାରି ବାହାରକୁ ବାହାରିଯିବା ପୂର୍ବରୁ ଶୀଘ୍ର କାମ ସାରିବାକୁ ତାଗିଦ କରିଗଲେ । ପିଲା ଦି'ଜଣ ବିଛଣା ଛାଡ଼ୁ ଛାଡ଼ୁ ମୁହଁ ଧୋଇ ପକାଇ ଦଉଡ଼ିଲେ ପାଖ ପଡ଼ୋଶୀରେ ଥିବା ସାଙ୍ଗମାନଙ୍କୁ ସାକ୍ଷାତ କରି ବିଦାୟ ନେବାପାଇଁ ।

ଏବେ ଘରେ ଏକା ରହିଲେ ଶ୍ରଦ୍ଧା । ଘରେ କିଛି ଆଉ ଜିନିଷପତ୍ର ନାହିଁ । ତଳେ ପଡ଼ିଥିବା ବିଛଣା ଉଠାଇ ଦେଲେ କାମ ସରିଲା । ସବୁଆଡ ଖାଁ ଖାଁ ଲାଗୁଛି । ସେ ନିଜକୁ ବାଧ୍ୟ କଲେ କାମ ସାରିବା ପାଇଁ । ଗାଧୋଇପାଧୋଇ କାନ୍ଥରେ ପିଟା ହୋଇଥିବା ଥାକ ଉପରେ ରହିଥିବା ଦିଅଁମାନଙ୍କୁ ଯଥାବିଧି ପୂଜାକଲେ, ଭୋଗ ଦେଲେ । ସେ ମା ଭଗବତୀଙ୍କର ଉପାସିକା । ତାଙ୍କ ଉପରେ ଧ୍ୟାନ କେନ୍ଦ୍ରିତ କଲେ । କିନ୍ତୁ ସ୍ୱପ୍ନଦୃଷ୍ଟ ଘଟଣାରେ ସେ ଏତେ ବିଚଳିତ ହୋଇ ପଡ଼ିଥିଲେ ଯେ ତାଙ୍କର ଏକାଗ୍ରତା ଆଦୌ ରହିଲାନି । ମନ ଅଧିକରୁ ଅଧିକ ଚଞ୍ଚଳ ହେଲା ।

ଏ ଅବସ୍ଥାରେ ସେ କାହାର ବା ପରାମର୍ଶ ନେଇପାରିବେ ! ହଠାତ୍ ମନେପଡ଼ିଗଲା ତାଙ୍କର ଜଣେ ଦୂର ସମ୍ବନ୍ଧୀୟ ଭଉଣୀ ମିନର୍ଭାଙ୍କ କଥା । ସେ ତାଙ୍କଠାରୁ ବୟସରେ ବେଶ୍ ବଡ଼ । ଦୁହେଁ ଦୁହିଁଙ୍କୁ ବହୁତ ଭଲ ପାନ୍ତି । ସୁବିଧା ଅସୁବିଧାରେ ଶ୍ରଦ୍ଧା ସେଇ ଭଉଣୀଙ୍କ ସହ ପରାମର୍ଶ କରିଥାନ୍ତି । ବିଶେଷକରି ଘରୋଇ ସମସ୍ୟା ଅପେକ୍ଷା ଧର୍ମ, ପୂଜା, ଉପାସନା ସମ୍ପର୍କରେ ତାଙ୍କ ମନରେ ବେଳେ ବେଳେ ଉଠୁଥିବା ପ୍ରଶ୍ନର ଉତ୍ତର ପଚାରନ୍ତି । ମିନର୍ଭା ତାଙ୍କୁ ଯାହା କୁହନ୍ତି ଶ୍ରଦ୍ଧା ତାକୁ ଅକ୍ଷରେଅକ୍ଷରେ ପାଳନ୍ତି । ସେ କଥା ସେ କାହାରି ଆଗରେ ଆଲୋଚନା କରନ୍ତି ନାହିଁ । ସେ ଜାଣନ୍ତି ତାଙ୍କ ପ୍ରଶ୍ନକୁ

ନେଇ କିଏ ହୁଏତ ତାଙ୍କୁ ପରିହାସ କରିପାରେ ବା ମିନର୍ଭାଙ୍କର ପରାମର୍ଶକୁ ବାଜେ କଥାର ଆଖ୍ୟା ଦେଇପାରେ । ତେଣୁ ସେ ଦିଗରେ ସେ ପୂର୍ଣ୍ଣ ନୀରବତା ରକ୍ଷାକରନ୍ତି ।

ଏବେ ସେଇ ଭଉଣୀଙ୍କ କଥା ତାଙ୍କର ମନେ ପଡ଼ିଗଲା । କେମିତି ଏକ ଆଶ୍ୱସ୍ତିଭାବ ଛାଇଗଲା ତାଙ୍କ ମନରେ । ସେ ସିଧା ତାଙ୍କର ଫୋନ ଉଠାଇ ମିନର୍ଭାଙ୍କ ନମ୍ବରକୁ ଲଗାଇଲେ ।

ସେପଟରୁ ଶୁଣାଗଲା ମିନର୍ଭାଙ୍କର ସ୍ୱର, "କ'ଣ ହେଲା କିରେ ? ସକାଳୁ ସକାଳୁ ଫୋନ କରିଛୁ । କିଛି ଅସୁବିଧା ହୋଇଛି କି ?"

ଶ୍ରଦ୍ଧା ଆରମ୍ଭ କରିଦେଲେ ତାଙ୍କ ସଂକଟର କଥା । ନୂଆ ଘରକୁ ଯିବାର ସବୁ ପ୍ରସ୍ତୁତି ସରିବା ପରେ ହଠାତ୍ ଏପରି ସ୍ୱପ୍ନ ଦେଖିବା ଫଳରେ ତାଙ୍କ ମନରେ ଥିବା ସରସତା ସ୍ଥାନରେ ଏବେ ପୂରା ଆତଙ୍କ ବସା ବାନ୍ଧିଗଲାଣି । ନୂଆ ଘରକୁ ନଯାଇ ଉପାୟ ନାହିଁ । ଏଣେ ଅନିଷ୍ଟ କିଛି ଘଟିବାର ଆଶଙ୍କା । ସେ ଏବେ କରିବେ କ'ଣ କିଛି ବୁଝିପାରୁନାହାନ୍ତି । ହାତରେ ଆଉ ମାତ୍ର କିଛି ସମୟ ରହିଛି ।

ତାଙ୍କ ସ୍ୱରରୁ ଉଦ୍‌ବେଗ ଓ ଭୟ ସ୍ପଷ୍ଟ ବାରି ପାରିଥିଲେ ମିନର୍ଭା । ସେ ଜାଣନ୍ତି ମଣିଷ ମନର ବିଚିତ୍ର ଗତିବୃତ୍ତି,. କେବେ ହସ ତ କେବେ କାନ୍ଦ । ଯାହା ତା'ର ଆନନ୍ଦର କାରଣ ସେଇ ହୁଏ ବିଷାଦର ମୂଳ କଥା । ଯେତେ ନିଜକୁ ଦୃଢ଼ ପ୍ରମାଣ କଲେ ବି ଦୁର୍ବଳତା କୋଉଠୁ ପଦାକୁ ମୁଣ୍ଡ ଟେକିଥାଏ । ତେଣୁ ଶ୍ରଦ୍ଧାଙ୍କର ଭୟ ଖୁବ୍ ସ୍ୱାଭାବିକ କଥା । ତାଙ୍କ ମନକୁ ବି ଭୟ ଛୁଇଁ ଯାଇଥିଲା । ବିଶ୍ୱନାଥ ନନା ଶ୍ରଦ୍ଧା ପରିବାରର କୁଳ ପୁରୋହିତ ହୋଇପାରନ୍ତି, କିନ୍ତୁ ତାଙ୍କର ପ୍ରଜ୍ଞା ଓ ସାଧନା ବିଷୟରେ ଖଣ୍ଡମଣ୍ଡଳରେ ତାଙ୍କୁ ସମସ୍ତେ ଜାଣନ୍ତି । ସେ ଜଣେ ସିଦ୍ଧଯୋଗୀ ବୋଲି ମଧ୍ୟ ତାଙ୍କ ଅଞ୍ଚଳରେ ପରିଚିତ । ଏହି ସିଦ୍ଧ ଶୁଭକାମୀ ବ୍ରାହ୍ମଣ ଯଦି ସ୍ୱପ୍ନାଦେଶ ଦେଇଛନ୍ତି ତେବେ ନିଶ୍ଚୟ ଏଥିରେ ବିଶେଷ କିଛି ରହସ୍ୟ ଅଛି । ତାହା ମାନିବା ଉଚିତ । କିନ୍ତୁ ମାନିବାର ସମୟ ଏବେ ଗଡ଼ିଯାଇଛି । ଆଉ ପଛକୁ ଫେରିବାର ବାଟ ନାହିଁ । ସେ ଘର ଆଜି ଯେମିତି ହେଲେ ଛାଡ଼ିବାକୁ ପଡ଼ିବ ।

ମିନର୍ଭା ନିଜକୁ ସମ୍ଭାଳି ନେଇ ସହଜ କଣ୍ଠରେ କହିଲେ, "ଦେଖ୍ ଶ୍ରଦ୍ଧା, ବିଶ୍ୱନାଥ ନନାଙ୍କର ସ୍ୱପ୍ନରେ ଚେତାବନୀ ଦେବା ଯଦିବା ସତ ହୋଇଥାଏ ତଥାପି ତୁ ଆଦୌ ଭୟ କରନା । ତୁ ମା ଭଗବତୀଙ୍କର ଉପାସିକା । ତାଙ୍କ ଇଚ୍ଛାରୁ ଅଧିକ କେହି ନୁହନ୍ତି । ମା' ତ ଏପର୍ଯ୍ୟନ୍ତ ସେ ନୂଆ ଘରକୁ ଯାଇନାହାନ୍ତି । ତୁ ତାଙ୍କୁ ସାଙ୍ଗରେ ନେଇ ଗୃହପ୍ରବେଶ କରିବୁ । ଆଉ ଭୟ କାହିଁକି ! ବିଶ୍ୱନାଥ ନନାଙ୍କର କଲ୍ୟାଣ ତୁମ ପରିବାର ପାଇଁ ଥିଲା । ଭଗବତୀ ସେଠାରେ ପ୍ରତିଷ୍ଠା ହେବା ପୂର୍ବରୁ ସେ ହୁଏତ ସେଠାରେ କିଛି ଅନିଷ୍ଟ ଦେଖିଛନ୍ତି ଓ ତତେ ସତର୍କ କରିଛନ୍ତି ।

କିନ୍ତୁ ମା' ସେ ଘରକୁ ଯିବା ପର ଅବସ୍ଥା କ'ଣ ହେବ ସେ ଜାଣନ୍ତି ନାହିଁ । ନିଶ୍ଚିନ୍ତରେ ମାଙ୍କର ଫଟୋକୁ ଛାତିରେ ଜାକିଧରି ନୂଆଘରେ ପ୍ରବେଶ କରିବୁ । ତାଙ୍କ ପାଇଁ ଉଦ୍ଦିଷ୍ଟ ସ୍ଥାନରେ ତାଙ୍କୁ ବସାଇ ନୂଆଘର ସମ୍ପର୍କରେ ତୁ ପାଇଥିବା ଚେତାବନୀ ତାଙ୍କୁ ପ୍ରାର୍ଥନା ସହ ଜଣାଇବୁ । ତା'ପରେ ନିଶ୍ଚିନ୍ତ ମନରେ ନୂଆଘରେ ତୋର କାମ ଆରମ୍ଭ କରିବୁ ।"

ଶ୍ରଦ୍ଧା ତାଙ୍କ ଭଉଣୀଙ୍କର କଥା ଶୁଣି ପୂରା ଆଶ୍ୱସ୍ତ ହୋଇଗଲେ । ଗତ ରାତିରୁ ହଜି ଯାଇଥିବା ଆଗ୍ରହ, ଉଚ୍ଛ୍ୱାସ, ଆନନ୍ଦ ଦ୍ୱିଗୁଣ ହୋଇ ତ୍ୱରିତ ବେଗରେ ପୁଣି ତାଙ୍କୁ ଚହଲାଇ ଦେଲେ । ତାଙ୍କର ନିଷ୍ପ୍ରାଣ ହୋଇ ଆସିଥିବା ଶରୀରରେ କାହୁଁ ବଳ ଆସିଗଲା । ସେ ଅବଶେଷ କାମକୁ କେଇଟି ମୁହୂର୍ତ୍ତ ଭିତରେ ସାରିଦେଇ ଶ୍ରୀକାନ୍ତଙ୍କର ଫେରିବା ବାଟକୁ ଚାହିଁ ରହିଲେ ।

କିଛି ସମୟ ଭିତରେ ଗାଡ଼ିଟିଏ ଧରି ଦୁଇ ପିଲାଙ୍କୁ ସାଙ୍ଗରେ ନେଇଆସି ପହଞ୍ଚିଲେ ଶ୍ରୀକାନ୍ତ । ଶ୍ରୀକାନ୍ତ ପତ୍ନୀଙ୍କୁ ମୃଦୁ ତାଗିଦା କରି ଯାଇଥିଲେ ବି କଥାଟା ତାଙ୍କୁ ଠିକ୍ ଧରିଥିଲା । ସେ ଚିନ୍ତିତ ଜଣାପଡୁଥିଲେ । କିନ୍ତୁ ଘର ବାହାରେ ନୂଆ ଲୁଗା ପିନ୍ଧି ଖୁବ୍ ହସହସ ଦିଶୁଥିବା ଶ୍ରଦ୍ଧାଙ୍କୁ ଦେଖି ତାଙ୍କ ମନର ଚିନ୍ତା ଦୂର ହୋଇଗଲା ।

ଘର ଛାଡ଼ିବା ପୂର୍ବରୁ ଶ୍ରଦ୍ଧା ଘର ମଝିରେ ଦୀପଟିଏ ଲଗାଇଲେ । ଫୁଲ ଦୁଇଟି ରଖି ଧୂପକାଠି ଜଳାଇ ଘର ଉଦ୍ଦେଶ୍ୟରେ ପ୍ରଣାମ କରି ମନେ ମନେ କହିଲେ, "ତୁମେ ହୋଇପାର ଏକ ଜଡ଼ପିଣ୍ଡ କିନ୍ତୁ ଆମକୁ ଯେ ଏତେ ଦିନ ଆଶ୍ରୟ ଦେଇଥିଲ ମୁଁ ସେଥିପାଇଁ ତୁମ ନିକଟରେ ଆମ ସମସ୍ତଙ୍କ ପକ୍ଷରୁ କୃତଜ୍ଞତା ଜଣାଉଛି ।"

ଗାଡ଼ିରେ ବସିବା ପୂର୍ବରୁ ଶ୍ରୀକାନ୍ତ କହିଲେ "ଆଚ୍ଛା ଶ୍ରଦ୍ଧା ତୁମେ ଭଗବତୀଙ୍କର ଫଟୋକୁ ଆଗ ସିଟ୍‌ରେ ରଖିଦିଅ । ତିନିହେଁ ସୁବିଧାରେ ବସ । ମୁଁ ବାଇକରେ ଯାଉଛି ।"

ଶ୍ରଦ୍ଧା ତାଙ୍କ ଛାତିରେ ଫଟୋକୁ ସେମିତି ଜାକିଧରି ଇଙ୍ଗିତରେ "ଠିକ୍ ଅଛି" ବୋଲି ଶ୍ରୀକାନ୍ତଙ୍କୁ ଜଣାଇଦେଲେ ଏବଂ ସେ ନ ପହଞ୍ଚିବା ଯାଏ ଶ୍ରୀକାନ୍ତଙ୍କୁ ବାହାରେ ଅପେକ୍ଷା କରିବାକୁ କହିଲେ । ପଛରେ ରହିଗଲା ପୁରୁଣା ଘର ଓ ତାର ପରିବେଶ । ଗାଡ଼ି ଗଡ଼ିଚାଲିଲା ନୂଆଘର ଦିଗରେ । ଶ୍ରୀକାନ୍ତ ପୂର୍ବରୁ ପହଞ୍ଚିଥିଲେ ଘର କବାଟ ନଖୋଲି ସମସ୍ତଙ୍କୁ ଅପେକ୍ଷା କରୁଥିଲେ । ମାତ୍ର କେଇ ମିନିଟ ପରେ ପହଞ୍ଚିଗଲେ ଶ୍ରଦ୍ଧା ଓ ପିଲାଦୁହେଁ ।

ପିଲାଙ୍କୁ ଓ ସ୍ୱାମୀଙ୍କୁ ପଛକୁ ରଖି ସେ ଭଗବତୀଙ୍କ ଫଟୋକୁ ସେମିତି ଛାତିରେ ଜାକିଧରି ପ୍ରଥମେ ଘର ଭିତରକୁ ପାଦ ବଢ଼ାଇଲେ । ଠାକୁରଙ୍କ ପାଇଁ ନୂଆ ଘରେ ଭଲ ବ୍ୟବସ୍ଥା ହୋଇଥିଲା । କଣିକିଆ ଜାଗାରେ ଥିବା କାଠ ତିଆରି ସିଂହାସନରେ ଫଟୋଗୁଡ଼ିକ

ସଜାଇ ରଖି, ପୂଜାରେ ବ୍ୟବହୃତ ସାମଗ୍ରୀମାନଙ୍କୁ ଯଥାସ୍ଥାନରେ ଭଲରେ ରଖିପାରିଲେ । ଠାକୁରଙ୍କ ଆସ୍ଥାନ ସାମନାରେ ବସି ଧ୍ୟାନ ପ୍ରାର୍ଥନା କରିବା ପାଇଁ ମଧ୍ୟ ଭଲ ଜାଗାଟିଏ ଥିଲା । ଶ୍ରଦ୍ଧାଙ୍କର ମନ ଖୁସି ହୋଇଗଲା । ସ୍ୱାମୀ ଅଫିସକୁ ଓ ପିଲା ଦୁହେଁ ସ୍କୁଲକୁ ଚାଲିଯିବା ପରେ ଶ୍ରଦ୍ଧାଙ୍କର ଆଉ କିଛି କାମ ରୁହେନା । ଠାକୁରଙ୍କ ପାଖରେ ବସିବା ଭଜନ ଜଣାଣ ଶୁଣିବା ଓ ସେ ସମ୍ପର୍କିତ ବହି ପଢ଼ିବାରେ ତାଙ୍କର ଆନନ୍ଦ । ପୁରୁଣା ଘରେ କାନ୍ଥରେ ପିଟା ହୋଇଥିବା କାଠପଟାରେ ଥିବା ଠାକୁରଙ୍କ ପାଖରେ ବସି ହେଉନଥିଲା । ଏଠି ସେ ଅସୁବିଧା ନାହିଁ । ନୂଆ ଘରକୁ ମନ ମୁତାବକ ସଜାଇବାରେ ଘର ସାମନାକୁ ଥିବା ଜାଗାରେ ଫୁଲ ଗଛ ଲଗାଇବାରେ ସମୟ କୁଆଡ଼େ କଟିଯାଉଥିଲା ।

ଏ ଭିତରେ ବିତିଯାଇଛି ଚାରି ମାସ ସମୟ । ମିନର୍ଭାଙ୍କ ସାଙ୍ଗରେ ସେ କେତେଥର କଥା ହୋଇଛନ୍ତି । ପରସ୍ପରର ଭଲ ମନ୍ଦ ବୁଝିଛନ୍ତି । ଯଦିବା ଶ୍ରଦ୍ଧା କୁଳପୁରୋହିତଙ୍କ ଚେତାବନୀ ଭୁଲିନଥିଲେ ସେଥିପାଇଁ କିନ୍ତୁ ତାଙ୍କ ମନରେ କୌଣସି ଭୟ ସୃଷ୍ଟି ହେଉନଥିଲା । ତେଣୁ ସେ ସମ୍ପର୍କରେ ସେ କେବେ ଆଉ କଥା ହୋଇନାହାନ୍ତି ।

କିନ୍ତୁ ସେଦିନ ଦି'ପହରେ ଖଟ ଉପରେ ଗଡ଼ପଡ଼ ହେଉ ହେଉ ଶ୍ରଦ୍ଧାଙ୍କର ଆଖି ଟିକେ ଲାଗିଯାଇଛି । ସେ ଦେଖୁଛନ୍ତି ତାଙ୍କ ବାରିପଟ ଓ ଅନ୍ୟ କ୍ୱାର୍ଟରର ବାରିପଟ ଜାଗା ଖୁବ୍ ଘଞ୍ଚ ଅରମା ବୁଦାରେ ଭର୍ତ୍ତି ହୋଇଛି । ହଠାତ୍ ସେ ଜାଗା ଭିତରୁ ସରସର ହୋଇ କିଛି ଗୋଟେ ବାହାରି ଆସିଲା । ସେ ଝରକା ରେଲିଂ ଧରି ସିଆଡ଼େ ଚାହିଁଛନ୍ତି, ଦେଖିଲେ ସର୍ପାକୃତିର ଏକ ବୀଭତ୍ସ ରୂପଧାରୀ ମଣିଷ ପରି ମନେ ହେଉଥିବା ଜନ୍ତୁଟାଏ ବାହାରି ଆସୁଛି । ସେ ତାକୁ ଆଶ୍ଚର୍ଯ୍ୟ ହୋଇ ଚାହୁଁଛନ୍ତି ସେ ତାଙ୍କ ଝରକାଆଡ଼କୁ ମାଡ଼ି ଆସିଲା । ସେ ଭୟରେ ପଛକୁ ଘୁଞ୍ଚିଗଲେ । ସେ ଜନ୍ତୁଟା ଝରକା ରେଲିଂକୁ ଦୁଇ ହାତରେ ଧରି ତାଙ୍କୁ ବିକଳ ହୋଇ କିଛି ମାଗିବାପରି ମନେହେଲା । ସେ କ'ଣ କହିବାକୁ ଚାହୁଁଛି ଶ୍ରଦ୍ଧା ଜାଣିବାକୁ ଚେଷ୍ଟା କଲାବେଳେ ତାଙ୍କ ନିଦ ଭାଙ୍ଗିଗଲା । ବାହାରେ ଦେଖିଲେ ସୂର୍ଯ୍ୟାଲୋକ ନାହିଁ । କେତେବେଳେ ଆକାଶରେ ମେଘ ଘୋଟି ଅନ୍ଧାର ଛାଇଯାଇଛି । ଘଡ଼ଘଡ଼ି ମାରି ଅସରାଏ ଅଦିନ ବର୍ଷା ହୋଇଗଲା । ବାହାରେ ଶୁଖୁଥିବା ଲୁଗାପଟା ଆଣିବାକୁ ଶ୍ରଦ୍ଧା ଦଉଡ଼ିଲେ । ପବନରେ ପିଟି ହେଉଥିବା ଝରକା କବାଟ ବନ୍ଦ କରିବାରେ ଲାଗିଗଲେ । କାର୍ଯ୍ୟବ୍ୟସ୍ତତା ଭିତରେ ସ୍ୱପ୍ନ ଆଉ ମନେରହିଲାନି ।

କିନ୍ତୁ ରାତିରେ ପୁଣି ସେଇ ସ୍ୱପ୍ନ । କିନ୍ତୁ ସେ କଥା ଘରେ ଆଲୋଚନା ହେଲେ ପିଲା ଡରିବେ । ଶ୍ରୀକାନ୍ତଙ୍କୁ ନ କହିବା ଭଲ । ସେ ଓଲଟା ମନର ଭ୍ରମ, ସ୍ୱପ୍ନର ଅଳୀକତା ଉପରେ ଅଯଥା ଗୁଡ଼ାଏ କଥା ଶୁଣାଇବେ । ତେବେ ସ୍ୱପ୍ନ ବେଶ୍ ଭୀତିପ୍ରଦ ଥିଲେ ବି ସେ ନିଜକୁ ବୁଝାଇଦେଲେ ।

ପୁଣି ସାତଦିନ ପରେ ସେଇ ସ୍ୱପ୍ନ । ସେଇ ବୀଭତ୍ସ ରୂପର ଜନ୍ତୁ ମଣିଷଟା ତାଙ୍କର ଝରକା ରେଲିଂ ଧରି ଏଥର ତାଙ୍କୁ କେବଳ ବିକଳରେ ଚାହୁଁନଥିଲା, କିଛି ମାଗୁଥିଲା । ଶ୍ରଦ୍ଧା ତାକୁ ଭିତରୁ ପଚାରିଲେ ''କ'ଣ ମାଗୁଛୁ ?''

ଜନ୍ତୁଟା ଏଥର ସ୍ପଷ୍ଟ ଭାବରେ ଇଙ୍ଗିତ କଲା ସେ କିଛି ଖାଇବାକୁ ମାଗୁଛି । ଶ୍ରଦ୍ଧାଙ୍କର ନିଦ ଭାଙ୍ଗିଗଲା ସତ କିନ୍ତୁ ତାଙ୍କୁ ଲାଗିଲା ସ୍ୱପ୍ନର ସେଇ ଜନ୍ତୁଟା ଝରକା ଆରପଟରେ ସତକୁ ସତ ରହିଛି ଓ ତାଙ୍କୁ ଚାହିଁଛି । କେତେ କ୍ଷଣ ସେପରି ବିତିଗଲା ଶ୍ରଦ୍ଧାଙ୍କର ଜ୍ଞାନ ନାହିଁ । ସେ ତଟସ୍ଥ ହୋଇ ତାକୁ ଦେଖୁଥିଲେ । କିନ୍ତୁ ତାଙ୍କ ଖୋଲା ଆଖି ଆଗରେ ସେ ରୂପ ପବନରେ ମିଳାଇ ଯାଇଥିଲା । ଏଥର ଏ ସ୍ୱପ୍ନକୁ ଗୁରୁତ୍ୱ ନଦେଇ ତାଙ୍କର ଉପାୟ ନଥିଲା ।

ଶ୍ରଦ୍ଧା ସେଦିନ ପୂରା ଅନ୍ୟମନସ୍କ ରହିଲେ । ତାଙ୍କର ଆଉ କୋଉ କାମରେ ମନ ଲାଗିଲା ନାହିଁ । ମିନର୍ଭାଙ୍କ କଥା ମନେ ପଡୁଥିଲା । କିନ୍ତୁ କେହି ଘରେ ନଥିବାବେଳେ ସିନା ସେ ଖୋଲା ମନରେ କିଛି କଥା କହିପାରିବେ । ସେମିତି ଗୋଟେ ସମୟ ଆସିଗଲା । କିନ୍ତୁ ଶ୍ରଦ୍ଧା ଫୋନ କରିବା ପୂର୍ବରୁ ମିନର୍ଭା ହିଁ ତାଙ୍କର ଭଲ ମନ୍ଦ ଜାଣିବାକୁ ଫୋନ କରିଥିଲେ । ଶ୍ରଦ୍ଧା ଏକା ନିଃଶ୍ୱାସରେ କହିଗଲେ ତିନିଥର ଦେଖିଥିବା ସେଇ ଗୋଟିଏ ସ୍ୱପ୍ନର ବିବରଣୀ ଓ ନିଜ ଭୟର କଥା ।

ସେପଟରୁ ମିନର୍ଭା ଶାନ୍ତ ଓ ସମବେଦନାଭରା ସ୍ୱରରେ କହିଲେ "ଆହା ବିଚାରା, ବହୁଦିନର କ୍ଷୁଧା ଧରି କଷ୍ଟ ପାଉଛି ।"

"କିଏ କଷ୍ଟ ପାଉଛି !!" ଶ୍ରଦ୍ଧା ଏପାଖରୁ ଚମକି ପଡ଼ି ପଚାରିଲେ ।

"ତୁ ସେକଥା ବୁଝିପାରିବୁନି । ଏତିକି ଜାଣିରଖ ଏମିତି କିଛି ସତ୍ତା ଅଛନ୍ତି ଯେଉଁମାନେ ବହୁକାଳର ଅତୃପ୍ତି ନେଇ ଘୂରି ବୁଲୁଥାନ୍ତି । ଏମିତି ମଣିଷଟିଏ ଖୋଜୁଥାନ୍ତି ଯାହା ମାଧ୍ୟମରେ ସେମାନେ ସେଥିରୁ ମୁକ୍ତି ପାଇଯିବେ । ତାଙ୍କୁ ଭୟ କରିବାର ନୁହେଁ, ସାହାଯ୍ୟ କରିବା ଆବଶ୍ୟକ । ସେ ତତେ ଭୟ ଦେଖାଉ ନାହିଁ ତୋ'ର ସାହାଯ୍ୟ ମାଗୁଛି ।" ସହଜରେ କଥାଟା କହିଲେ ମିନର୍ଭା ।

ଶ୍ରଦ୍ଧା ସତରେ ବୁଝିପାରିଲେ ନାହିଁ ମିନୁ ଅପା ତାଙ୍କୁ କ'ଣ କହୁଛନ୍ତି । କେଉଁ ସତ୍ତା, କି ପ୍ରକାର ତାର ଅତୃପ୍ତି, ତାକୁ ପୁଣି ସାହାଯ୍ୟ କରିବା ଏସବୁର ମାନେ କ'ଣ !

ସେ ଏପଟରୁ ନୀରବ ରହିଯିବାରୁ ମିନର୍ଭା ବୁଝିପାରିଲେ ଶ୍ରଦ୍ଧାଙ୍କ ମନର ଦ୍ୱନ୍ଦ୍ୱ । କିନ୍ତୁ ସେସବୁର ରହସ୍ୟ ବୁଝାଇ ତାଙ୍କ ମନକୁ ଭାରାକ୍ରାନ୍ତ କରିବା ଅପେକ୍ଷା ତା'ର ନିଦାନ ଉପରେ ସେ ଗୁରୁତ୍ୱ ଦେଇ କହିଲେ, "ବୁଝିଲୁ ଶ୍ରଦ୍ଧା, ଅଧିକ ଚିନ୍ତା କରନା । ଯାହା କହୁଛି ଧ୍ୟାନ ଦେଇ ଶୁଣ । ଗାଧୋଇ ସାରି ଧୂଆ ପୋଛା ହୋଇଥିବା ଚୁଲିରେ

ଭଲ ଡେକ୍‌ଚିରେ ଅରୁଆ ଚାଉଳ, ମୁଗଡାଲି, ନଡ଼ିଆ କୋରା ଓ ଗୁଆଘିଅ ପକାଇ ଖେଚୁଡ଼ିଟିଏ ରାନ୍ଧିବୁ । ମା'ଙ୍କ ପାଖରେ ତାକୁ ଭୋଗ କରି ସେଥିରେ ମା'ଙ୍କର ଆଶୀର୍ବାଦ ଫୁଲର ଦୁଇଟି ପାଖୁଡ଼ା ପକାଇ ଯେଉଁ ଝରକା ଆରପଟରେ ସେ ଠିଆହୋଇ ମାଗୁଛି ସେଇଠି ଗୋଟେ କଦଳୀ ପତ୍ରରେ ତାକୁ ବାଢ଼ିଦେବୁ, ନୂଆ ସରାରେ ପାଣି ରଖି କହିବୁ, "ମୁଁ ଜାଣେନି ତୁମେ କିଏ, କେଉଁ ଅତୃପ୍ତ ସତ୍ତା । ଆଜି ଏ ପ୍ରସାଦ ତୁମ କ୍ଷୁଧାତୃପ୍ତି ପାଇଁ କେବଳ ଦେଉନାହିଁ ଏଥିରେ ଦେଇଛି ମା' ଭଗବତୀଙ୍କର ଆଶୀର୍ବାଦ । ଏହାକୁ ଗ୍ରହଣ କର, ମୁକ୍ତ ହୋଇଯାଅ ।"

ମିନର୍ଭା ଏତିକି କହି ନୀରବ ରହିଲେ ଓ ଯଥାଶୀଘ୍ର ଏହି କାର୍ଯ୍ୟ ସମାପନ କରିବା ଉଚିତ ବୋଲି କହିଲେ ।

ଶ୍ରଦ୍ଧା ଫୋନ ରଖିଲେ । ଆଉ କାହିଁକି ସେ ବିଳମ୍ବ କରିବେ । ନିର୍ଦ୍ଦେଶ ତ ତାଙ୍କୁ ମିଳିଯାଇଛି । ମିନର୍ଭାଙ୍କ ନିର୍ଦ୍ଦେଶ ସେ ବିଧିବଦ୍ଧ ଭାବରେ ପାଳନ କଲେ । କିନ୍ତୁ ଥରେ ଦୃଶ୍ୟ ହୋଇଥିବା ସେ ଅଦୃଶ୍ୟ ସତ୍ତା ଉଦ୍ଦେଶ୍ୟରେ ଶେଷ କଥାଟି କହିବାବେଳେ ସେ ନିଜେ କାନ୍ଦି ପକାଇଥିଲେ । ସତକୁସତ ତାଙ୍କର ଅନୁଭବ ହୋଇଥିଲା ଯେ କୋଉ ଜଣେ ଅଜଣା ଦୁଃଖୀ ଓ ଯନ୍ତ୍ରଣାକ୍ଲିଷ୍ଟ ସତ୍ତାକୁ ସେ ସାହାଯ୍ୟ କରୁଛନ୍ତି ।

ସେ ସ୍ୱପ୍ନର ଆଉ ପୁନରାବୃତ୍ତି ଘଟିଲା ନାହିଁ ।

ଶ୍ରଦ୍ଧାଙ୍କ ଭିତରେ ସମସ୍ତଙ୍କ ପାଇଁ ଶୁଭେଚ୍ଛା ସୃଷ୍ଟି ହେଉଥିଲା । ସେ ଏକ ଅପୂର୍ବ ଆନନ୍ଦ ନିଜ ଭିତରେ ଅନୁଭବ କରୁଥିଲେ । ମିନର୍ଭା ଆଉ ତାଙ୍କର କେବଳ ଭଉଣୀ ହୋଇ ରହିନଥିଲେ । ସେ ଭାବୁଥିଲେ ସବୁ ପ୍ରକାର ସମସ୍ୟାର ସମାଧାନସୂତ୍ର ଯେମିତି ତାଙ୍କ ପାଖରେ ଅଛି । ସେ ଏକପ୍ରକାର ନିଶ୍ଚିନ୍ତ ହୋଇଯାଇଥିଲେ ।

ପୁଣି ଦୁଇମାସ ପରେ ଯାହା ଘଟିଲା ତାହା ତାଙ୍କ ପାଇଁ କୌଣସି ଭୟର କାରଣ ନଥିଲେ ବି କିଛି ଅଶ୍ୱସ୍ତିର କାରଣ ହେଲା । ରାତି ପ୍ରାୟ ବାରଟା ହେବ । ଶ୍ରୀକାନ୍ତ ଟୁର୍‌ରେ ବାହାରକୁ ଯାଇଛନ୍ତି, ପିଲା ଦୁଇଜଣ ଶୋଇ ପଡ଼ିଲେଣି । ସେ ଦାଣ୍ଡ ଘରେ ବସି ଟିଭିରେ କିଛି ପ୍ରୋଗ୍ରାମ ଦେଖୁଥାନ୍ତି। ହଠାତ୍ ତାଙ୍କର ମନେହେଲା ତାଙ୍କ ଦାଣ୍ଡ କବାଟ ମୁକୁଳା ହୋଇଯାଇଛି । ସେ ଉଠିକରି କବାଟର ବନ୍ଦ ବ୍ୟବସ୍ଥାକୁ ପରଖି ନେଲେ ସବୁ ଠିକ୍ ଅଛି । ସେ ପୁଣି ଆସି ଟି.ଭି. ସାମ୍ନାରେ ବସିଲେ । ପ୍ରୋଗ୍ରାମରେ ଆଉ ମନ ଲାଗିଲାନି । ସେ ଟି.ଭି ବନ୍ଦ କରି ଶୋଇବା ଘରକୁ ଉଠିଯାଇ ପିଲାଙ୍କ ପାଖରେ ଶୋଇପଡ଼ିଲେ ।

ରାତି କେତେହେବ କେଜାଣି ସେ ଦେଖୁଛନ୍ତି ତାଙ୍କ ଦାଣ୍ଡ କବାଟ ଖୋଲିଯାଇଛି । ଦଳ ଦଳ ହୋଇ ଛୋଟ ଛୋଟ ପୁଅଝିଅ ଘର ଭିତରକୁ ପଶିଆସୁଛନ୍ତି । ଶ୍ରଦ୍ଧା ବିଛଣାରେ

ଉଠିବସିଲେ । ସ୍ୱପ୍ନ ତୁଟି ଯାଇଥିଲା । କିନ୍ତୁ ତାଙ୍କୁ ଲାଗୁଥିଲା ସତେ ଯେମିତି ଦାଣ୍ଡଘରେ କେହି ବୁଲୁଛନ୍ତି । ସେ ମନେମନେ ମା ଭଗବତୀଙ୍କର ମନ୍ତ୍ର ଜପ କରିବାକୁ ଲାଗିଲେ ।

କାହିଁକି କେଜାଣି ତାଙ୍କୁ ଏ ଘଟଣାରେ ଆଦୌ ଭୟ ଲାଗୁନଥିଲା । ଠିକ୍ ପରଦିନ ରାତିରେ ସେଇ ସମାନ କଥା । ତାଙ୍କ ମୁକୁଳା ଦାଣ୍ଡ ଦ୍ୱାର ଦେଇ ପିଲାଗୁଡ଼ାଏ ଧସେଇ ପଶିଆସିଲେ । ସେ ଏଥର ଲକ୍ଷ୍ୟ କରି ଦେଖିଲେ ଯେ ସେସବୁ ପିଲା ଥିଲେ ଖୁବ୍ ସାନ ସାନ ଓ ସମସ୍ତେ ଲଙ୍ଗଳା । ତେଣୁ ସେମାନଙ୍କ ମଧ୍ୟରୁ ପୁଅ ଝିଅ ବାରି ହୋଇ ପଡୁଥିଲେ । ଶ୍ରଦ୍ଧା ସେମାନଙ୍କୁ ସ୍ନେହଭରା ଦୃଷ୍ଟିରେ ଚାହୁଁଥିବାବେଳେ ସେମାନେ କେମିତି ଏକ କାତର ଦୃଷ୍ଟିରେ ତାଙ୍କ ଆଡ଼େ ଚାହୁଁଥିଲେ । ସେମାନଙ୍କ ଭିତରେ ଏକ ଯନ୍ତ୍ରଣାର ଭାବ ସେ ଯେମିତି ଅନୁଭବ କରିପାରୁଥିଲେ । ନବଜାତ ଶିଶୁର କୁଆଁକୁଆଁ ଶବ୍ଦ କୋଉଠୁ କ୍ଷୀଣଭାବରେ ଭାସି ଆସୁ ଆସୁ ଥପ୍ କରି ବନ୍ଦ ହୋଇଯାଉଥିଲା । ପୁଣି ଶୁଭୁଥିଲା ସେହି କାନ୍ଦଣାର ସ୍ୱର, ପୁଣି ନୀରବତା । କେମିତି ଏକ ଅଜଣା ଦୁଃଖରେ ତାଙ୍କ ଛାତି ଭିତରଟା କୋରି ହୋଇଯିବା ପରି ଲାଗୁଥିଲା ।

ନିଦ ଭାଙ୍ଗିବା ପରେ ମଧ୍ୟ ସେ ଅନୁଭବ ସେମିତି ରହିଥିଲା । ସେ ବୁଝିପାରିଲେ ଯେ ଏ ସ୍ୱପ୍ନ ସାଧାରଣ ନୁହେଁ । ଏହା ପଛରେ କିଛି ରହସ୍ୟ ନିଶ୍ଚୟ ଥିବ । ମିନର୍ଭାଙ୍କୁ ପଚାରିବା ଛଡ଼ା ତାଙ୍କର ଅନ୍ୟ ଉପାୟ ବା କ'ଣ ଅଛି ! ତେଣିକି ରାତି ପାହିବାକୁ ଅପେକ୍ଷା ।

ମିନର୍ଭା ସବୁ ଶୁଣି କହିଲେ, "ଦେଖ୍ ଶ୍ରଦ୍ଧା, ଛୋଟ ପିଲାଙ୍କୁ ସ୍ୱପ୍ନରେ ଦେଖିବା ଖୁବ୍ ଭଲ । କିନ୍ତୁ କାହାର କବାଟ ଖୋଲି ଦଳ ଦଳ ପିଲା ଧସେଇ ପଶି ଆସିବା କଥାଟା ମତେ ଠିକ୍ ଲାଗୁନି । ତେବେ ପ୍ରତି ଘଟଣା ପଛରେ ଥିବା ଠିକ୍ କାରଣଟି ନିରୂପଣ କରିବା ସହଜ ନୁହେଁ, ଅଯଥା ଅନୁମାନ ମଧ୍ୟ ଉଚିତ ନୁହେଁ । ଗୋଟେ କାମ କର ଦାଣ୍ଡ କବାଟରେ ଭଗବତୀଙ୍କର ମନ୍ତ୍ର ଆଙ୍ଗୁଠିରେ ତିନିଥର ଲେଖି ଦେ, ମା'ଙ୍କୁ ପ୍ରାର୍ଥନା କର, କୌଣସି ବିରୋଧୀ ଶକ୍ତି ଯେପରି ତୋର କ୍ଷତି ନ କରନ୍ତି । କିନ୍ତୁ ସେ ଛୁଆମାନେ ଯିଏ ହୁଅନ୍ତୁନା କାହିଁକି ତାଙ୍କ ପ୍ରତି ମନରେ କୌଣସି ଭୟର ଭାବନା ରଖନା । ବରଂ ମା'ଙ୍କ ପାଖରେ ସେମାନଙ୍କ ପାଇଁ ଖୁବ୍ ଏକାଗ୍ର ଭାବରେ ପ୍ରାର୍ଥନା କର । ମତେ ଲାଗୁଛି ସେ ଅଜଣା ଛୁଆଗୁଡ଼ିକ ତୋ'ଠାରୁ କିଛି ସହାୟତା ହୁଏତ ଚାହୁଁଛନ୍ତି । ମନେ ମନେ ସେମାନଙ୍କୁ ମା' ଭଗବତୀଙ୍କ ପାଖରେ ସମର୍ପଣ କରିଦେ । ସେ ତାଙ୍କ କଥା ବୁଝିବେ ।"

ଶ୍ରଦ୍ଧା ତାହାହିଁ କଲେ । ଅନେକ ଦିନ ଏ ଭିତରେ ବିତିଗଲାଣି । ସେପରି କୌଣସି ସ୍ୱପ୍ନ ସେ ଆଉ ଦେଖିନାହାନ୍ତି ।

କିନ୍ତୁ ଏ ବିଷୟରେ ଶ୍ରଦ୍ଧାଙ୍କ ଅପେକ୍ଷା ଅଧିକ ଚିନ୍ତା କରୁଥିଲେ ମିନର୍ଭା । ବିଶ୍ୱନାଥ

ନନାଙ୍କର ବାରଣ ସତ୍ତ୍ୱେ ସେ ନୂଆ ଘରକୁ ଯିବା ପାଇଁ ସେ ହିଁ ଭଗବତୀଙ୍କୁ ଭରସା କରି ସାହସ ଦେଇଥିଲେ । ତେଣୁ ସେପଟେ ଘଟୁଥିବା ଘଟଣାର କିଛି ସମ୍ଭାବ୍ୟ ବ୍ୟାଖ୍ୟା ସେ ଦେଉଥିଲେ ବି ସେ ବିଷୟରେ ନିଜେ ଗଭୀର ଭାବରେ ଚିନ୍ତା କରୁଥିଲେ । ଘଟଣା ପଛର ସତ୍ୟକୁ ବୁଝିବାର ଚେଷ୍ଟା କରୁଥିଲେ । ସେ ଜାଣନ୍ତି ଏମିତି କିଛି କଥା ସ୍ୱପ୍ନ ହୋଇ ଆସେ ଯାହାକୁ କେବଳ ସ୍ୱପ୍ନ କହି ଉଡ଼ାଇ ଦେଇହୁଏନା । ଭିନ୍ନ ଏକ ସ୍ତରର କିଛି ସମ୍ବାଦ କେତେକ ବ୍ୟକ୍ତିବିଶେଷଙ୍କ ପାଖକୁ ଆସିଥାଏ । ସେମାନଙ୍କ ମଧ୍ୟରୁ କେହି ସେ ସୂତ୍ର ଧରିପାରେ କେହି ଆଦୌ ଧରିପାରେନା । ସେ କ୍ଷେତ୍ରରେ ପୁଣି ସେ ଭିନ୍ନ ମାଧ୍ୟମ ଖୋଜିଥାଏ । ଦେଖାଯାଉ ଶ୍ରଦ୍ଧା କାହାପାଇଁ ଓ କେଉଁଥିପାଇଁ ମାଧ୍ୟମ ହେଉଛି !

ସେଦିନ ଘଣ୍ଟାରେ ବାଜିଛି ମାତ୍ର ଆଠଟା । ସନ୍ଧ୍ୟାବେଳ ଅତିକ୍ରାନ୍ତ, ରାତି ଆହୁରି ବାକି ଅଛି । ମିନର୍ଭା ତାଙ୍କ ପଢ଼ା ଟେବୁଲ ପାଖରେ ବସି କିଛି ପଢୁଛନ୍ତି ତାଙ୍କ ମୋବାଇଲ ରିଙ୍ଗ ହେଲା । ସ୍କ୍ରିନରେ ସନ୍ଧ୍ୟାର ନାଁ । ଫୋନ ଅନ୍ କରିବା ପୂର୍ବରୁ ହିଁ ମିନର୍ଭା ବୁଝିଯାଇଥିଲେ ନିଶ୍ଚୟ କିଛି ଅସ୍ୱାଭାବିକ ଘଟଣା ଘଟିଛି ।

ସେ ଫୋନ ଉଠାଇ କିଛି କହିବା ପୂର୍ବରୁ ଶ୍ରଦ୍ଧା ବ୍ୟାକୁଳ ଭାବରେ କହିଲେ, "ଅପା, ଏଇମାତ୍ର ଏକ ବଡ଼ ଅଦ୍ଭୁତ ଘଟଣା ଘଟିଲା । ଏପର୍ଯ୍ୟନ୍ତ ଯାଏ ସବୁ ଥିଲା ମୋର ସ୍ୱପ୍ନ ଭିତରେ ସୀମିତ । ଏବେ କିନ୍ତୁ କିଛି ଦୃଶ୍ୟ ହୋଇଗଲା ମୋର ଖୋଲା ଆଖିରେ । ମତେ ବହୁତ ବ୍ୟସ୍ତ ଲାଗୁଛି । ଭୟ ବି ଲାଗୁଛି ।"

ତାଙ୍କ ସ୍ୱରରୁ ଭୟ, ଉଦ୍‌ବେଗ ବାରି ହୋଇ ପଡୁଥିଲେ ବି ମିନର୍ଭା ଶାନ୍ତ କଣ୍ଠରେ କହିଲେ, "କ'ଣ ହେଲା ମତେ କହ । ଏତେ ବିଚଳିତ ହେଲେ ଘଟଣା ଯାହା ଘଟିଛି ତାହା ଅଯଥାରେ ବହୁଗୁଣିତ ହୋଇଯିବ ।"

ଏଥର ଶ୍ରଦ୍ଧା ଯେପରି ଟିକେ ସହଜରେ ନିଃଶ୍ୱାସ ନେଲେ । ସେ କଥାଟି ବର୍ଣ୍ଣନା କରି କହିଲେ, "ଅପା ସନ୍ଧ୍ୟାରେ ମୁଁ ନିୟମିତ କରୁଥିବା ଧ୍ୟାନ ପ୍ରାର୍ଥନା ଆଜି ଟିକେ ବିଳମ୍ବ ହୋଇଯାଇଥିଲା । ତେବେ ପ୍ରତିଦିନ ପରି ମା ଭଗବତୀଙ୍କର ପାଖରେ କର୍ପୂର ଆଳତି କରି ମୁଁ ସନ୍ଧ୍ୟା ଉପାସନା ଶେଷ କରେ । ଆଳତି କରିଥିବା କର୍ପୂର ଖଣ୍ଡକୁ ଥାଳିଆରେ ରଖି ବାହାରେ ଥିବା ଚଉରା ମୂଳରେ ରଖିଦିଏ । ଆଜି ମଧ୍ୟ ତାହାହିଁ କଲି । କିନ୍ତୁ ଚଉରା ମୂଳରେ ରଖି ବୃନ୍ଦାବତୀଙ୍କୁ ପ୍ରଣାମ କରି ଉଠିବା ବେଳକୁ ଦେଖିଲି ସେ କର୍ପୂର ଖଣ୍ଡର ଚାରିପାଖରେ ଖୁବ୍ ଟିକି ଟିକି କିଛି ଜିନିଷ ଆସି କୋଉଠୁ ପଡ଼ିଯାଇଛି । ମୁଁ ତାକୁ ନିରେଖି ଦେଖିଲି । ...ଅପା ସେସବୁ ଦିଶିଲା ଛୋଟ ପିଲାଙ୍କର ଖପୁରି ଓ କୁନି କୁନି ହାଡ଼ ଖଣ୍ଡ ପରି । କର୍ପୂର ସହିତ ସେସବୁ ମଧ୍ୟ ଜଳିବାକୁ ଆରମ୍ଭ କରିଥିଲେ । ମୁଁ ସେଇଠି ସେମିତି ଛିଡ଼ା ହୋଇଥାଏ । ମୋର ଗୋଡ଼ହାତ ଅଚଳ ହୋଇଯିବା ପରି

ଲାଗିଲେ ବି ଖୁବ୍ ସଚେତନ ଭାବରେ ଘଟଣାକୁ ଲକ୍ଷ୍ୟ କରୁଥାଏ । ସେସବୁ ଜଳିଯିବା ପରେ ନୂଆ ଆସି ଜମି ଯାଉଥାଏ । କର୍ପୂର ଖଣ୍ଡ ଲିଭିବା ପର୍ଯ୍ୟନ୍ତ ସେସବୁ ସେମିତି ଚାଲିଲା ।''

ଶ୍ରଦ୍ଧା ନୀରବ ହେଲେ, ଏପଟେ ମିନର୍ଭା ମଧ୍ୟ ନୀରବ । ଏ ଅଭାବିତ ଘଟଣା ଦୁହିଁଙ୍କୁ ବିଚଳିତ କରିପକାଇଲା ।

ପୁଣି କିଛି ସମୟ ପରେ ଶୁଣାଗଲା ଶ୍ରଦ୍ଧାଙ୍କର ସ୍ୱର, "ଅପା, ଏସବୁର ଅର୍ଥ କ'ଣ ? ଏପର୍ଯ୍ୟନ୍ତ କିଛି ସ୍ୱପ୍ନରେ ଘଟୁଥିଲା କିନ୍ତୁ ଆଜି ତ ଖୋଲା ଆଖିରେ ଘଟିଗଲା । ମୁଁ କିଛି ବୁଝିପାରୁନି । ଏପରି କାହିଁକି ହେଉଛି ।"

"ଦେଖ୍ ଶ୍ରଦ୍ଧା ଆମେ କେହି ବି ସବୁ କଥା ବୁଝି ପାରୁନା । ଆମର ସାଧାରଣ ଜୀବନରେ ଘଟୁଥିବା ଅନେକ ଘଟଣାର ସୂତ୍ର ତ ଆମେ ଧରିପାରୁନା, ଇଏତ ଅନ୍ୟ ଏକ ସ୍ତରର କଥା । ଏହାର ରହସ୍ୟ ବୁଝିବା ସହଜ କଥା ନୁହେଁ । ତୁ ଯା ତୋର ଯାହା କାମ କରିବା କଥା କର । ମତେ ସମୟ ଦେ । ଏବେ ମୋ ଭିତରକୁ ଯେଉଁ ଉତ୍ତର ଆସୁଛି ତାହା କେତେଦୂର ଯଥାର୍ଥ ମୁଁ ବିବେଚନା କଲେ ହିଁ କହିବି । ତୁ ଆଦୌ ବ୍ୟସ୍ତ ହ'ନା । ପ୍ରଶ୍ନ ଯଦି ହୃଦୟକୁ ଆଲୋଡ଼ିତ କରିଥାଏ ସେ ପ୍ରଶ୍ନର ଉତ୍ତର ଆପେ ଆପେ ଆସିବ । କାଲି କଥା ହେବା ।"

ମିନର୍ଭା ଏପଟରୁ ଫୋନ ରଖିଦେଲେ । ଶ୍ରଦ୍ଧା ବାଧ୍ୟହୋଇ ଫୋନ ରଖିଲେ । ତାଙ୍କର ଇଚ୍ଛା ହେଉଥିଲା ଆଉ କିଛି ସମୟ ମିନର୍ଭାଙ୍କ ସାଙ୍ଗରେ କଥା ହୋଇଥିଲେ ତାଙ୍କୁ ଭଲ ଲାଗିଥାନ୍ତା । କିନ୍ତୁ ଫୋନ ରଖିବା ପରେ ହିଁ ସେ ଅନୁଭବ କଲେ ତାଙ୍କର ପୂର୍ବ ଉଦ୍‌ବେଗ ବା ଅସ୍ଥିରତା ଆଉ ନାହିଁ । ଅବଶ୍ୟ ସବୁବେଳେ ମିନର୍ଭାଙ୍କର କଥା ବା ଉପଦେଶ ତାଙ୍କ ପାଇଁ ଚନ୍ଦନର କାମ କରିଥାଏ ।

ପରଦିନ ଦି'ପହରେ ଶ୍ରଦ୍ଧା ଏକା ଥିବାବେଳେ ତାଙ୍କ ଘର ଖୋଜି ଖୋଜି ଆସି ପହଞ୍ଚିଲେ ଏକଦା ସେଇ ଅଞ୍ଚଳରେ କାମ କରୁଥିବା ତାର ସମ୍ପର୍କୀୟ ମଉସା ଦିନବନ୍ଧୁ ଦାସ ।

ସେ ଭିତରକୁ ପଶୁ ପଶୁ ଶ୍ରଦ୍ଧାକୁ ଉଦ୍ଦେଶ୍ୟ କରି କହିଲେ, "ଆଚ୍ଛା ଝିଅ ତୁମେମାନେ ଶେଷରେ ଏଇଠି ଆସି ରହିଲ ?" ତାଙ୍କ ସ୍ୱରରେ କେମିତି ଏକ ଅଡୁଆ କଥାର ଆଭାସ ।

ଗତ ଦିନରୁ ଶ୍ରଦ୍ଧାଙ୍କ ଭିତରେ ଟିକେ ଚାପିହୋଇ ରହିଥିବା ଉତ୍କଣ୍ଠା ସେହିକ୍ଷଣି ମୁଣ୍ଡଟେକି ଉଠିଲା । ସେ ଏକପ୍ରକାର ବ୍ୟସ୍ତହୋଇ କହିଲେ, "କ'ଣ ହେଲାକି ମଉସା ? ଆପଣ ତ ଆମ ପୁରୁଣା ଘର ଦେଖିଛନ୍ତି । ଭାଙ୍ଗିରୁଜି ଯାଇଥିଲା । ଏବେ ସରକାର ଏ

ନୂଆ କ୍ୱାର୍ଟର ସବୁ କରି ଲୋକଙ୍କୁ ଆଲଟ୍ କଲେ । ନୂଆଘରେ କ'ଣ ଅସୁବିଧା ହେଲା ?"

ଦିନବନ୍ଧୁ ଦାଣ୍ଡଘରେ ଥିବା ଚୌକୀରେ ବସିପଡ଼ିଲେ । ପାଣି ଗ୍ଲାସଟେ ପିଇ କହିଲେ, "ଝିଅ, ନୂଆଘର ଠିକ୍ ଅଛି । କିନ୍ତୁ ଯେଉଁ ଜମି ଖଣ୍ଡକ ଉପରେ ତୋର ଓ ଆଖପାଖର ଦୁଇ ଚାରିଘର ରହିଛି ସେ ଜମି କଣ ଥିଲା ଜାଣିଛୁ ?"

ଶ୍ରଦ୍ଧା କାବାହୋଇ ତାଙ୍କ ପରକଥାକୁ ଅପେକ୍ଷା କରୁଥିବାବେଳେ ସେ କହିଲେ "ଏଇ ଜାଗା ଖଣ୍ଡକ ଗୋଟେ ପୋଖରୀ ପରି ଥିଲା । ଟିକେ ଦୂରରେ ଥିଲା ଗୋଟେ ପ୍ରାଇଭେଟ ନର୍ସିଂ ହୋମ । ସେଠି କେବଳ ଚିକିତ୍ସା ନାଁରେ ଚାଲିଥିଲା ଅବୈଧ ଗର୍ଭପାତ । ମରିଥିବା, ବଞ୍ଚିଥିବା ପିଲାଙ୍କୁ ଏଇ ପରିତ୍ୟକ୍ତ ପୋଖରୀରେ ଫୋପାଡ଼ି ଦିଆଯାଉଥିଲା । କୋଉ ଦୂରରୁ ଏଥିପାଇଁ ସବୁ ବୟସର ସ୍ତ୍ରୀଲୋକ, ବେଶିଭାଗ ଅବିବାହିତା ଝିଅ ଏଠାକୁ ଆସନ୍ତି । ଆଖପାଖର ଲୋକେ ସବୁ ଜାଣନ୍ତି । କିନ୍ତୁ ନର୍ସିଂହୋମ୍ ମାଲିକ କିଛି ଗୁଣ୍ଡାଙ୍କୁ ପଇସା ଦେଇ ହାତରେ ରଖିଥାଏ । ଯିଏ ଏସବୁ ବିରୋଧରେ ପାଟି ଖୋଲିବ ତା' ପାଟି ଚୁପ୍ କରାଇଦେବାର କୌଶଳ ସେମାନଙ୍କୁ ଜଣାଥିଲା ।"

"ମଉସା ଇଏ କେବେକାର କଥା ? ସେ ନର୍ସିଂହୋମ କୋଉଠି ?" ଉଦଗ୍ରୀବ ହୋଇ ପଚାରିଲେ ଶ୍ରଦ୍ଧା ।

"ଏଇ ଆଠ ଦଶ ବର୍ଷ ତଳେ ଏଠି ଏସବୁ ଚାଲୁଥିଲା । କ'ଣ କେମିତି ଦିନେ ଖବରକାଗଜରେ ଏ କଳାକାମର କଥା ବାହାରି ପଡ଼ିଲା । ସରକାର ଜାଗିଗଲେ । ତେଣିକି ପୁଲିସବାଲା, ସ୍ୱେଚ୍ଛାସେବୀ ଅନୁଷ୍ଠାନ ଲାଗିଗଲେ କାମରେ । ନର୍ସିଂହୋମ ବନ୍ଦ ହୋଇଗଲା । କିଏ ସବୁ ଗିରଫ ହେଲେ କାଗଜରେ ଫଟୋ ବାହାରିଥିଲା । ତେଣିକି କ'ଣ ହେଲା କେଜାଣି ! କିଏ ବା ଖବର ରଖୁଛି । ସେହିଦିନୁ ଏ ପୋଖରୀ ପୋତିହୋଇ ଚାଲିଥିଲା । ଏସବୁ ହେଲା ସରକାରୀ ଜାଗା । ଖାଲଖମା ପୋତି ସରକାର ଘର କରିଦେଲେ । ଲୋକ ରହିଲେ । କିଏ ଜାଣୁଛି ଏଠି କ'ଣ ଥିଲା । ତୁ ଏଠି ଅଛୁ । ମୁଁ କଥାଟା ଜାଣିଥିବାରୁ କହିଦେଲି । ଆଛା ଶ୍ରୀକାନ୍ତ କୋଉଦିନ ଫେରିବ ? ତା' ପାଖରେ ଟିକେ କାମ ଥିଲା ?"

ଶ୍ରଦ୍ଧାଙ୍କ ଭିତରଟା କେମିତି ଜାମ ହୋଇଯାଇଥିଲା । ସେ ଆଉ କିଛି ନ ପଚାରି ମଉସାଙ୍କ ଚର୍ଚ୍ଚା କଲେ । କିନ୍ତୁ ଶ୍ରୀକାନ୍ତ ଚାରିଦିନ ପରେ ଆସିବା କଥା ଜାଣି ଦିନବନ୍ଧୁ ସେହିକ୍ଷଣି ଫେରିଗଲେ ।

ଶ୍ରଦ୍ଧାଙ୍କର ଅନ୍ୟ କିଛି କାମରେ ମନ ଲାଗିଲାନି । ଏକ ଅଜଣା ଦୁଃଖରେ ସେ ଘାରିହେବାକୁ ଲାଗିଲେ । ମଉସା କହିଥିବା ଘଟଣା ସହ ତାଙ୍କର ସ୍ୱପ୍ନ ଓ ଦେଖାଦୃଶ୍ୟକୁ ମିଶାଇ ସେ କୌଣସି ସିଦ୍ଧାନ୍ତରେ ପହଞ୍ଚି ପାରୁନଥିଲେ । ମଉସାଙ୍କଠାରୁ ଯାହା ଶୁଣିଲେ,

ଜଣାଗଲା ସେ ଘରର ନିଅଁ ତଳେ ରହିଛି କେତେନା କେତେ ମୃତ ଶିଶୁଙ୍କର କଙ୍କାଳ । କିନ୍ତୁ ତାଙ୍କ ଘରକୁ ସ୍ୱପ୍ନରେ ଧସେଇ ପଶିଆସୁଥିବା ସେଇ ଦଳଦଳ ଲଙ୍ଗଳା ଶିଶୁ କ'ଣ ସେଇମାନେ !! ତାଙ୍କ ଘରକୁ ବା ସେମାନେ କାହିଁକି ଆକୃଷ୍ଟ ହେଉଛନ୍ତି !! ତାଙ୍କର ଆଳତି କର୍ପୂର ସହ ଜଳି ଯାଉଥିବା ଶିଶୁମାନଙ୍କର ଖପୁରି ଓ ହାଡ଼ଖଣ୍ଡର ପୁଣି ରହସ୍ୟ କ'ଣ ? ଏ ଅଭିଜ୍ଞତା କେବଳ ତାଙ୍କରି ହେଉଛି ନା ଅନ୍ୟ ଯେଉଁମାନେ ପାଖ କ୍ୱାର୍ଟରରେ ସବୁ ଅଛନ୍ତି ସେମାନଙ୍କର ମଧ୍ୟ ହେଉଛି ? ପାଖ ପଡ଼ୋଶୀଙ୍କୁ ସେ ଜାଣନ୍ତି । ପଚାରିବେ କି କାହାକୁ !

ଏ ଭିତରେ ନୂଆଘରେ ଘଟିଯାଇଥିବା ଏସବୁ ଘଟଣା ସମ୍ପର୍କରେ କେହି ବି କିଛି ସୂଚନା ପାଇନଥିଲେ । ନୂଆ ଘରକୁ ଆସିବା ପରଠାରୁ ଶ୍ରଦ୍ଧାଙ୍କର ଶାଶୂଶ୍ୱଶୁର ଓ ତାଙ୍କ ମା ମଧ୍ୟ ଆସି କିଛିଦିନ ଲେଖାଏଁ ରହିଯାଇଛନ୍ତି । ଶ୍ରଦ୍ଧା ଭାବୁଥିଲେ ସେମାନଙ୍କ ଭିତରୁ କେହି ହୁଏତ ସେପରି କିଛି ସ୍ୱପ୍ନ ଦେଖିପାରନ୍ତି । ବିଶ୍ୱନାଥ ନନାଙ୍କ ସହ ତାଙ୍କ ଶ୍ୱଶୁରତ ଖୁବ୍ ଘନିଷ୍ଠ ଥିଲେ । ବର୍ଷ ବର୍ଷ ଧରି ତାଙ୍କ ଘରେ ନନା ପୂଜାପାଠ କରିବା ସହ ପ୍ରତି ସଂକ୍ରାନ୍ତିରେ ତାଙ୍କ ଘରେ ହୋମ କରୁଥିଲେ । ତେଣୁ ଶ୍ୱଶୁର ଯେତେବେଳେ ଆସି ଏ ନୂଆ ଘରେ ରହିଛନ୍ତି ତାଙ୍କୁ ନନାଙ୍କଠାରୁ ନିଶ୍ଚୟ କିଛି ସଂକେତ ମିଳିବ । ତା'ଛଡ଼ା ତାଙ୍କ ମା'ତ ବହୁତ ପୂଜାପାଠ, ଓଷାବ୍ରତ କରେ । ସକାଳସଂଜେ ଠାକୁରଙ୍କ ପାଖରେ ଘଡିଏ ଲେଖାଁ ବସି କ'ଣ ସବୁ ଜପୁଥାଏ, ଜଗୁଥାଏ । ସେ ନିଶ୍ଚୟ କିଛି ଜାଣିପାରିବ ।

କିନ୍ତୁ ନାଁ, କାହାରି କ୍ଷେତ୍ରରେ ସେପରି କିଛି ଘଟିନଥିଲା । ସେମାନେ ବେଶ୍ ଖୁସିରେ ତାଙ୍କର ଏ ନୂଆଘରେ ସମୟ ବିତାଇ ଯାଇଛନ୍ତି । ଶ୍ରଦ୍ଧା ମଧ୍ୟ ତାଙ୍କର ଏପ୍ରକାର ଅଭିଜ୍ଞତା ସମ୍ପର୍କରେ କାହାରିକୁ କିଛି ସୂଚନା ଦେଇନଥିଲେ । ସେ ଜାଣିଥିଲେ ସେମାନଙ୍କ ଭିତରୁ ଯଦି କେହି କିଛି ଜାଣେ ପରିସ୍ଥିତି ଜଟିଳ ହେବ । ବିଶେଷକରି ଦିନବନ୍ଧୁ ମଉସା କହିଥିବା କଥା ଶୁଣିଥିଲେ, ସେମାନେ ଏ ଘରକୁ କେହି ଆସିବାର ନାଁ ଧରିନଥାନ୍ତେ, ଓଲଟା ଏ ଘର ବଦଳାଇବାକୁ ଜିଦ୍ କରି ନାନା ଅଶାନ୍ତି ସୃଷ୍ଟି କରିଥାନ୍ତେ । ଅଜ୍ଞତା ତ ଏକପ୍ରକାର ଶାନ୍ତିର କାରଣ । ସେମାନଙ୍କୁ ଏ ବୟସରେ ଆଦୌ ବ୍ୟସ୍ତ କରିବା ଠିକ୍ ନୁହେଁ ।

ନାଁ ସେ ଶ୍ରୀକାନ୍ତଙ୍କୁ ମଧ୍ୟ କିଛି କହିବେ ନାହିଁ । ମୁହଁରେ ଟାଣ ଦେଖେଇଲେ ବି ସେ ନିଶ୍ଚୟ ଶଙ୍କାଗ୍ରସ୍ତ ହେବେ । କେବଳ ଶୁଣା କଥାରେ ତ ମାନସିକ ଶାନ୍ତି ନଷ୍ଟ ହୋଇଯିବ, ଆଉ ତାଙ୍କ ଅଭିଜ୍ଞତା କଥା ଶୁଣିଲେ ପୂରା ବିପର୍ଯ୍ୟୟ ଘଟିଯିବ ।

କିନ୍ତୁ ନିଜ କଥା ସେ କ'ଣ କରିବେ ! ନିଜ ଅଭିଜ୍ଞତାକୁ ତ ସେ ଅସ୍ୱୀକାର କରିପାରିବେ ନାହିଁ । କିଛି ସେମିତି ଘଟିନାହିଁ ବା ଘଟିବ ନାହିଁ କଥାକୁ କ'ଣ ସେ ବିଶ୍ୱାସ କରି ନିଶ୍ଚିନ୍ତରେ ରହିପାରିବେ ।

ଏବେ ତାଙ୍କର କେବଳ ବିଶ୍ୱନାଥ ନନାଙ୍କର ବାରଣ କଥା ମନେ ପଡୁଥିଲା । ଏ ଘର ମାଟିରେ ଏତେ ଅନର୍ଥ ହୋଇଛି ସେ ଜାଣି ତାଙ୍କୁ ଏଠାକୁ ନ ଆସିବା ପାଇଁ ସ୍ୱପ୍ନରେ ଜଣାଇଥିଲେ । ଯାହା ତ ହେଲା ହେଲା । ଏବେ କ'ଣ କରିବେ ସେ ! ମିନର୍ଭା ଅପା ଏକଥା ତ ଜାଣିନାହାନ୍ତି । ଜାଣିଲେ ବା ସେ କ'ଣ କରିପାରିବେ ! କ'ଣ ବା କହିବେ ଏ କଥାରେ !

ଏମିତିରେ ଦିନ ବିତିଗଲା । ସନ୍ଧ୍ୟା ହେଲା । ଶ୍ରଦ୍ଧା ଯଥାରୀତି ତାଙ୍କର ସନ୍ଧ୍ୟା ଉପାସନା କଲେ । କର୍ପୂର ଆଳିତି ସାରି କର୍ପୂରଦାନୀକୁ ନେଇ ତୁଳସୀ ଚଉରାମୂଳେ ରଖି ପ୍ରଣାମ କଲେ । ମନକୁ ଟାଣ କରି ଜଳୁଥିବା କର୍ପୂର ଖଣ୍ଡକୁ ଚାହିଁ ରହିଲେ । କର୍ପୂର ଅଳ୍ପ ସମୟ ଭିତରେ ଜଳିକରି ଲିଭିଗଲା । ପୂର୍ବ ଦୃଶ୍ୟର ପୁନରାବୃତ୍ତି ହେଲାନାହିଁ ।

ମୋବାଇଲ ଫୋନ ରିଙ୍ଗ ହୋଇହୋଇ କଟିଗଲା । ସେ ଆସି ଦେଖିଲେ ମିନର୍ଭା ଅପା କରିଛନ୍ତି । ଶ୍ରଦ୍ଧା ଫୋନ ଧରି ଶୋଇବା ଘରକୁ ଚାଲି ଆସିଲେ । ପିଲାମାନେ ଦାଣ୍ଡ ଘରେ ବସି ଟି.ଭି. ଲଗାଇଛନ୍ତି । ତା'ଛଡ଼ା ତାଙ୍କର ମିନର୍ଭା ଅପାଙ୍କ ସହିତ ହେଉଥିବା କୌଣସି କଥା ସେମାନଙ୍କ କାନରେ ନପଡୁ ବୋଲି ସେ ସଜାଗ ରହୁଥିଲେ ।

ଘର ଭିତରେ ବସି ଫୋନ ଲଗାଇଲେ । ସେ ପଟରୁ ମିନର୍ଭା ଅପା କହିଲେ "କ'ଣ ଚଉରାମୂଳରେ ଠିଆହୋଇ ଜଳୁଥିବା କର୍ପୂରକୁ ଦେଖୁଥିଲୁ ?"

ଶ୍ରଦ୍ଧା ଆଶ୍ଚର୍ଯ୍ୟ ହୋଇ ପଚାରିଲେ, "ଅପା ତୁମେ କିପରି ଜାଣିଲ ?"

ସେପଟରୁ ହସି ହସି ମିନର୍ଭା କହିଲେ "ମୁଁ କିପରି ଜାଣିଲି କ'ଣ । ଗତକାଲି ରାତିରୁ ତୁ ତ ସେଇ କଥା କେବଳ ଭାବୁଥିବୁ ନା ।"

"ହଁ, ଅପା କାଲିଠାରୁ ଯେଉଁ ଚିନ୍ତାରେ ପଡ଼ିଥିଲି ତା'ର କାରଣ ଆଜି ଜାଣିଲି ।" ତେଣିକି ଦିନବନ୍ଧୁଙ୍କଠାରୁ ଶୁଣିଥିବା କଥା ସେ ମିନର୍ଭାଙ୍କୁ କହିଲେ । ଉଭୟ ପଟରେ କିଛି ସମୟର ନୀରବତା ପରେ ପୁଣି କଥା ଆରମ୍ଭ କଲେ ଶ୍ରଦ୍ଧା, "ଅପା ମତେ ଏବେ ବହୁତ ଅଶ୍ୱସ୍ତି ଲାଗୁଛି । ଏ ଘରେ କ'ଣ ସବୁ ଘଟୁଛି ମୁଁ ଅନ୍ୟ କାହାକୁ କହିପାରୁନି, ଏଣେ ଶାନ୍ତିରେ ରହି ମଧ୍ୟ ପାରୁନି । ଏ ଘର କେମିତି ଛାଡ଼ିବି କୁହ ।''

ଏଥର ମିନର୍ଭା ଦୃଢ଼ ଗଳାରେ କହିଲେ, "ଘରଟା ଛାଡ଼ିଦେବୁ ମାନେ କ'ଣ ? ତୁ ଛାଡ଼ିଲେ ଅନ୍ୟ କେହି ଆସି ରହିବ । ସମସ୍ୟା ଯାହା ତାହା ହିଁ ରହିବ । ତା'ର କିଛି ସମାଧାନ ହେବକି ?''

– ''ତେବେ ମୁଁ କ'ଣ କରିପାରିବି ?'' ପଚାରିଲେ ଶ୍ରଦ୍ଧା ।

– ''ଶୁଣ, ଯାହା କରିବା କଥା ତତେ ହିଁ କରିବାକୁ ହେବ । ସେଦିନ ତୁ ଯେଉଁ ଦୁଇଟି ଘଟଣା କଥା କହିଲୁ, ସେଥିରୁ ଏକଥା ମୁଁ ଅନୁମାନ କରିପାରିଥିଲି । କିନ୍ତୁ ମୁଁ କିଛି ସିଦ୍ଧାନ୍ତରେ ପହଞ୍ଚିବା ପୂର୍ବରୁ ରହସ୍ୟ ଖୋଲିଗଲା । ଭଲ ହେଲା । ଦେଖ୍ ଏବେ ତ

ଜାଣିଲୁ ସେ ଛୁଆମାନେ କିଏ । ନିଷ୍ଠୁର ମଣିଷର ଅପକର୍ମର ଫଳ । ତଥାକଥିତ ମା'ବାପାମାନେ ଜନ୍ମ ପୂର୍ବରୁ ଜୋର କରି ଗର୍ଭପାତ କରିଆରେ ହେଉ କିମ୍ବା ଜନ୍ମ ପରେ ହତ୍ୟାକରି ବା ଜୀବିତ ଅବସ୍ଥାରେ ହେଉ ନାଳନର୍ଦ୍ଦମାରେ ଫୋପାଡ଼ି ଦିଅନ୍ତି ନିଜର ଜନ୍ମିତ ସନ୍ତାନକୁ ଏକ ଅବାଂଛିତ ମାଂସପିଣ୍ଡ ଭାବରେ । ସେମାନେ ଜାଣନ୍ତି ନାହିଁ ଯେ ସେ ପିଣ୍ଡ ଭିତରେ ବିକଶିତ ହୋଇସାରିଥିବା ପ୍ରାଣସତ୍ତାର କଥା । ଆକସ୍ମିକ ଭାବରେ ନଷ୍ଟ କରିଦିଆଯାଉଥିବା ଶରୀର ଭିତରୁ ବାଧ୍ୟହୋଇ ସେ ବାହାରି ଆସେ କିନ୍ତୁ ବୁଝିପାରେନା ସେ କୁଆଡ଼େ ଯିବ । ସେଇଠି ସେ ଖୁବ୍ ଅସହାୟ ଭାବରେ ଘୂରି ବୁଲେ । ବହୁତ କଷ୍ଟ ପାଏ । ଏହା ଯେ ସବୁ କ୍ଷେତ୍ରରେ ହୁଏ ତା' ନୁହେଁ କିନ୍ତୁ ପରିଣତ ରୂପ ନେଇ ସାରିଥିବା ଶିଶୁ କ୍ଷେତ୍ରରେ ହୁଏ ।"

ଶ୍ରଦ୍ଧା ବିମୂଢ଼ ହୋଇ ଶୁଣୁଥିଲେ ମିନର୍ଭାଙ୍କ କଥା । ଏସବୁ କଥା ତ ସେ ଆଦୌ କିଛି ଜାଣିନଥିଲେ । ଛାତି ଭିତରେ କୋହଟାଏ ସତେ ଯେପରି ବାହାରକୁ ଆସିବାର ବାଟ ନପାଇ ଘୂରିବୁଲୁଛି । ସେ କେମିତି ଆକ୍ତାମାକ୍ତା ହୋଇ ଯାଉଥିଲେ । କିନ୍ତୁ ହଠାତ୍ କୋହଟା ଏକ ପ୍ରଚଣ୍ଡ କ୍ରୋଧର ରୂପ ନେଇ ବାହାରକୁ ବାହାରି ଆସିଲା । ଏପରି କ୍ରୂର କର୍ମ କରୁଥିବା ନାରୀ ପୁରୁଷଙ୍କ ଉଦ୍ଦେଶ୍ୟରେ ସେ ଅଭିସଂପାତ ବର୍ଷଣ କରିପକାଇଲେ ।

ମିନର୍ଭା ତାଙ୍କୁ ଆଉ ବେଶି କିଛି କହିବାରୁ ନିବୃତ୍ତ କରି କହିଲେ, "ଶ୍ରଦ୍ଧା ତୁ ଆତତାୟୀମାନଙ୍କୁ କିଛି ଅଯଥା ଅଭିସଂପାତ ଦେନା । ବୁଦ୍ଧଦେବ କହିଥିଲେ ଶଗଡ଼ର ଚକ ବଳଦର ପାଦକୁ ଅନୁସରଣ କରି ଯିବା ପରି କର୍ମଜନିତ ଫଳ ମଧ୍ୟ ମଣିଷକୁ ଅନୁସରଣ କରିଥାଏ । ଏଥିରୁ କାହାରି ନିଷ୍କୃତି ନାହିଁ । ତୁ ଅଯଥାରେ ଅଶାନ୍ତ ହ'ନା । ତୁ ଯେଉଁମାନଙ୍କ ପାଇଁ କରିବା କଥା କରିଛୁ ଏବଂ ତାହା ଫଳପ୍ରଦ ମଧ୍ୟ ହୋଇଛି । ତାହାହିଁ କରିଚାଲ ।''

"କାହାପାଇଁ କ'ଣ କରିଛି ମୁଁ? କ'ଣ ଫଳପ୍ରଦ ହୋଇଛି ? ମୁଁ ତ କିଛି ବୁଝିପାରୁନି ।" ଚକିତ ହୋଇ ପଚାରିଲେ ଶ୍ରଦ୍ଧା ।

ସେପଟରୁ ପ୍ରତ୍ୟୟର ସହ କହିଲେ ମିନର୍ଭା, ଶୁଣ ବୁଝିବା ପାଇଁ ଚେଷ୍ଟା କର । ଏବେ ତ ତୁ ଜାଣିସାରିଛୁ ତୁ ଥିବା ଘରର ଜମି ରହସ୍ୟ । ଛୋଟଛୋଟ ଶିଶୁଙ୍କର ପ୍ରାଣସତ୍ତା ବିକଳ ହୋଇ ସେଠି ଘୂରି ବୁଲୁଥିଲା । ତୁ ସେଠାକୁ ପ୍ରଥମେ ଗଲୁ । ମା ଭଗବତୀଙ୍କୁ ପ୍ରତିଷ୍ଠା କଲୁ । ତାଙ୍କର କରୁଣା ପାଇଁ ସେମାନେ ତୋ ଘର ଭିତରକୁ ଧସେଇ ପଶି ଆସୁଥିଲେ । ତୁ ସେମାନଙ୍କ କଥା କିଛି ନ ଜାଣିବି ସେମାନଙ୍କ ପାଇଁ ଦିନ ଦିନ ଧରି ପ୍ରାର୍ଥନା କରିଛୁ । ସବୁ ଆନ୍ତରିକ ନିଃସ୍ୱାର୍ଥପର ପ୍ରାର୍ଥନାର ଫଳ ମିଳେ । ଜଳୁଥିବା ଆଳତି କର୍ପୂରରେ ଯେଉଁ କୁନି ଖପୁରି ଓ ହାଡ ଖଣ୍ଡ ଜଳିଯିବାର ଦେଖିଲୁ ତାହା ତାଙ୍କର ମୁକ୍ତି

ପାଇଥିବାର ସୂଚନା । ଭଲ ହେଲା । ଏଇ ମହତ ଉଦ୍ଦେଶ୍ୟରେ ହିଁ ଅନ୍ୟ ସବୁ ରାସ୍ତା ବନ୍ଦ କରି ସେଇ ଘର ଦିଗରେ ତତେ କଢ଼ାଇ ନେଇଥିଲା କେଉଁ ଏକ ଅଦୃଶ୍ୟ ଶକ୍ତି ।''

"ତେବେ ବିଶ୍ୱନାଥ ନନାଙ୍କ ଆତ୍ମା ମତେ ବାରଣ କରୁଥିଲେ କାହିଁକି ?" ପଚାରିଲେ ଶ୍ରଦ୍ଧା ।

"ଦେଖ ଶ୍ରଦ୍ଧା, ସେ ଏକ ଶୁଭକାମୀ ସତ୍ତା । ତୋର ମାନସିକ ଶାନ୍ତି ବିପନ୍ନ ହେବା କଥା ଭାବି ତତେ ବାରଣ କରୁଥିଲେ । ଠିକ୍ ଅଛି । କିନ୍ତୁ ଭଗବତ ଇଚ୍ଛା ତ ସବୁରି ଉପରେ । ତାଙ୍କ ଇଚ୍ଛାରେ ଯାହା ମାଧ୍ୟମରେ ଯେଉଁ କାର୍ଯ୍ୟ ହେବାକଥା ତାହା ଖୁବ୍ ନୀରବରେ ସଂଗୋପନରେ କରାଯାଇଥାଏ । ତୁ କେବଳ ସମସ୍ତଙ୍କର ମଂଗଳ କାମନା କରି ପ୍ରାର୍ଥନା କରିଥିଲୁ । ତାହା ଫଳପ୍ରଦ ହୋଇଛି । ଏବେ ମୁଁ ରହୁଛି, ପରେ କଥା ହେବା ।" ଏତିକି କହି ମିନର୍ଭା ସେପଟରୁ ଫୋନ ରଖିଦେଲେ ।

ଶ୍ରଦ୍ଧାଙ୍କୁ ଲାଗିଲା ତାଙ୍କ ସମ୍ମୁଖରେ ଖୋଲିଯାଉଥିବା ଏକ ରହସ୍ୟମୟ ଜଗତ ଉପରେ ହଠାତ୍ ଯେମିତି ପର୍ଦ୍ଦା ପଡ଼ିଗଲା । ମିନର୍ଭା ଅପା ଆଉ ଅଧିକ କିଛି ନ କହି ଏମିତି ଫୋନ ରଖିଦେଲେ କାହିଁକି ଯେ ! ଆହୁରି ଶୁଣିବାକୁ ଇଚ୍ଛା ହେଉଥିଲା । ତାଙ୍କ ମନ ଚଞ୍ଚଳ ହେବାକୁ ଆରମ୍ଭ କଲା । ଆଉ କାହା ଆଗରେ କହିବାକୁ ଇଚ୍ଛା ହେଲା ।

କିନ୍ତୁ ପର ମୁହୂର୍ତ୍ତରେ ସେ ଅନୁଭବ କଲେ ଏ ସବୁ କଥା ଆଦୌ କୌତୂହଳର ବିଷୟ ନୁହେଁ । ସ୍ଥୂଳ ଆଖି ଦେଖିପାରୁଥିବା ଦୃଶ୍ୟ ବାହାରେ କିଛି ଅନ୍ୟ ଦୃଶ୍ୟ କାହା ଆଖିରେ ବେଳେ ବେଳେ ହୁଏତ ଧରାଦିଏ, କାନରେ ନ ଶୁଣିବି କେହି କିଛି କଥା ମନରେ ଶୁଣିପାରେ । ତେଣୁ ନିଜେ ଦେଖିଥିବା ଓ ଶୁଣିଥିବା କଥାକୁ ସେ ନିଜେ କାହିଁକି ଅବିଶ୍ୱାସ କରିବ ଓ ସେଥିପାଇଁ ଅନ୍ୟ କାହାମନରେ ବିଶ୍ୱାସ ଆଣିବାକୁ କାହିଁକି ବା ପ୍ରମାଣ ଖୋଜିବ ! ଥରେ ସେ ଏ ବିଷୟରେ ମୁହଁ ଖୋଲିଲେ ତାଙ୍କୁ କେତେ ଅଯଥା ପ୍ରଶ୍ନର ସାମ୍ନା କରିବାକୁ ହେବ ତା'ର ଠିକଣା ରହିବନି । ପରିହାସ ବି ବାକି ରହିବନି । ତେଣୁ ଏ କ୍ଷେତ୍ରରେ ତାଙ୍କର ନୀରବ ରହିବା ଶ୍ରେୟସ୍କର ।

ମିନର୍ଭା ଅପାଙ୍କ ପରି ଜଣେ ସୂକ୍ଷ୍ମଦର୍ଶୀ ମଣିଷକୁ ସେ ଯେ ଜାଣିଛନ୍ତି ତାହା ତାଙ୍କର ଭାଗ୍ୟ । ତାଙ୍କୁ ଅବୋଧ୍ୟ ମନେ ହେଉଥିବା ପ୍ରତିଟି ଘଟଣାର ମର୍ମକଥାଟିତ ସେ ତାଙ୍କୁ ବୁଝାଇ ଦେଉଛନ୍ତି । ଆଉ ଅଧିକ କ'ଣ ଦରକାର ! ବରଂ ସେ ଯାହା କହୁଛନ୍ତି ତାହା ସେ ପାଳନ କରିଚାଲିବେ । ଶୁଦ୍ଧ ସରଳ ମନରେ ମା' ଭଗବତୀଙ୍କ ପାଖରେ ଥିବା ନଥିବା ସମସ୍ତଙ୍କ ପାଇଁ ପ୍ରାର୍ଥନା କରିଚାଲିବେ । ଏତିକି କରିପାରିବା ହିଁ ତାଙ୍କ ପାଇଁ ଯଥେଷ୍ଟ ହେବ । ତେଣିକି ମା' ଭଗବତୀର ଇଚ୍ଛା ।

ଚିତ୍ରରୂପ

ପୁରୀ ସମୁଦ୍ର କୂଳ । ସନ୍ଧ୍ୟା ଆହୁରି ବାକି ଅଛି । ବେଳାଭୂମିରେ ମଣିଷମାନଙ୍କର ଗହଳଚହଳ । କିଛି କିଛି ସମୟର ବ୍ୟବଧାନରେ ଡଗଡଗ ହୋଇ ବାଲିରେ ଚାଲି ଯାଉଥିବା ଘୋଡ଼ା ଓ ଓଟ ପିଠିରେ ବସିଥିବା ପିଲାଙ୍କର ଭୟ ଓ ଆନନ୍ଦମିଶା କଳରୋଳ । ଶଂଖ ଶାମୁକା ଓ ମାଳିର ଡାଲା ଧରି ବୁଲୁଥିବା ଲୋକଙ୍କର ଗ୍ରାହକର ଦୃଷ୍ଟି ଆକର୍ଷଣ ପାଇଁ ସକଳ ପ୍ରକାର ଚେଷ୍ଟା । ମସଲା ମୁଢ଼ି ବୁଟଭଜାର ଖେଳେଇ ହୋଇ ଯାଉଥିବା ବାସ୍ନା । ସବୁ ମିଶାମିଶି ଏକ ଆନନ୍ଦକର ପରିବେଶ ।

ସମୁଦ୍ରର ଢ଼େଉ ଉଠିଆସି ବେଳାଭୂମିର ଛୁଇଁ ଯାଉଥିବା ଶେଷ ଅଂଶର କିଛି ପଛକୁ ପଡ଼ିଛି ଧାଡ଼ିଧାଡ଼ି ପ୍ଲାଷ୍ଟିକ ଚୌକୀ । ସେଇଥିରୁ ଆଗଧାଡ଼ିର ଗୋଟିକରେ ବସିଥିଲେ ଲପିତା । ପାଖରେ ଥୁଆ ହୋଇଛି ପୁଅବୋହୂ ଓ ନାତିର ଜିନିଷପତ୍ର । ସେମାନେ ସବୁ ସମୁଦ୍ରର ଢ଼େଉ ସଙ୍ଗେ ଗୋଡ଼ିଆଗୋଡ଼ି ହୋଇ ଖେଳୁଛନ୍ତି । ଢ଼େଉ ସବୁ ଆଗକୁ ମାଡ଼ିଆସି ପଛକୁ ଫେରିଯିବା ବେଳେ ତା'ପଛରେ ବେଶି ବାଟ ଦଉଡ଼ିଯାଇ ପାରୁନାହାନ୍ତି । ପାଲଟା ଢ଼େଉ ବେଶି ବିକ୍ରମରେ ମାଡ଼ିଆସୁଛି । ବାପ ଓ ପୁଅ ଢ଼େଉ ସାଙ୍ଗରେ ଭଲ ତାଳମେଳ ରଖିପାରୁଛନ୍ତି । କିନ୍ତୁ ବୋହୂଟା ପୂରା ଓଦା ହୋଇଗଲାଣି ।

ଲପିତାଙ୍କର ମନଥିଲେ ବି ଆଣ୍ଠୁସମସ୍ୟା କେବେଠାରୁ ଆରମ୍ଭ ହୋଇଗଲାଣି । ଆଉ ସମୁଦ୍ର ଭିତରକୁ ପଶିବାର ସାହସ ନାହିଁ । ପାଣି ଟିକେ ଆଣି ମୁଣ୍ଡରେ ଯାହା ସିଞ୍ଚି ଦେଇଛନ୍ତି । ଚୌକୀ ଉପରେ ବସି ସମୁଦ୍ର ଓ ମଣିଷଙ୍କ ଖେଳକୁ ଉପଭୋଗ କରୁଥାନ୍ତି ।

ତାଙ୍କର ଦୃଷ୍ଟିପଡ଼ିଲା ତାଙ୍କଠାରୁ ଟିକିଏ ଦୂରରେ ଦଶଏଗାର ବର୍ଷର ଭାଇଭଉଣୀ ଦୁଇଜଣ ହାତ ଧରାଧରି ହୋଇ ପାଣିରେ ପଶୁଥାନ୍ତି ପୁଣି ଢ଼େଉ ମାଡ଼ିଆସିବା ବେଳକୁ କିଲ୍‌କିଲ୍ ହୋଇ ବେଳାଭୂମିକୁ ଦଉଡ଼ି ଆସୁଥାନ୍ତି ।

ଏ ଦୃଶ୍ୟଟି ଭିତରେ ମଜି ଯାଇଥିବା ଲପିତା କେତେବେଳେ ଅତୀତରେ ଏମିତି

ଏକ ସମୟ ଭିତରକୁ ଚାଲିଯାଇଥିଲେ ଯେ ନିଜେ ବୁଝିପାରୁନଥିଲେ ପ୍ରକୃତରେ ତାଙ୍କ ଆଖି ଆଗରେ କ'ଣ ଘଟୁଛି । ସେ ନିଜେ ସାତ ଆଠ ବର୍ଷର ଝିଅଟିଏ ହୋଇ ସାରିଥାନ୍ତି ସାଙ୍ଗରେ ତାଙ୍କଠାରୁ ପ୍ରାୟ ଚାରିବର୍ଷର ବଡ଼ ଭାଇ, ବାପା, ମା ଓ ଦାଦାଙ୍କର ଦୁଇବର୍ଷର ସାନ ପୁଅଟିଏ । ସମସ୍ତେ ବେଳାଭୂମିରେ । ହଠାତ୍ ସେ ସାନଟା ରାହାଧରି କାନ୍ଦିବାକୁ ଆରମ୍ଭ କଲା । ମା ଯେତେ ବୁଝାଇବାକୁ ଚେଷ୍ଟା କଲେ ବି ବୁଝୁ ନଥାଏ । ବାପା ମା ଦୁହେଁ ତାକୁ ଟିକେ ଦୂରରେ ଥିବା ଦୋକାନରୁ କିଛି ଜିନିଷ କିଣି ମନ ଭୁଲେଇବା ପାଇଁ ଯିବା ପୂର୍ବରୁ ବଡ଼ ପୁଅକୁ ସାନଭଉଣୀ ଉପରେ ନଜର ରଖିବାକୁ କହିଗଲେ ।

ପ୍ରଥମ କରି ସମୁଦ୍ର ଦେଖୁଥିବା ଓ ତା'ର ବେଳାଭୂମିକୁ ମାଡ଼ିଆସି ଫେରିଯାଉଥିବା ଢେଉ ସହିତ ଖେଳିବାର ଅଦ୍ଭୁତ ଉଲ୍ଲାସ ଅନୁଭବ କରୁଥାନ୍ତି ଦୁହେଁ । ଭାଇ ଟିକେ ଅଧିକ ସାହସୀ ହୋଇ ପାଣି ଭିତରକୁ ବେଶି ପଶିଯାଉଥାଏ ଓ ଖୁବ୍ ଶୀଘ୍ର ପାଲଟା ଢେଉର ଆଗେଆଗେ ଦଉଡ଼ି ଆସି କୂଳରେ ପହଞ୍ଚି ଯାଉଥାଏ; ଯାହା ଭଉଣୀ କ୍ଷେତ୍ରରେ ହେଉନଥାଏ । ସେ ଦୁଇଚାରିଗଡା ପଡ଼ିଉଠି ପାଣି ଓ ବାଲିରେ ଲଟପଟ ହୋଇ ସାରିଥିଲେ ବି ଭାଇର ପିଛା ଛାଡୁନଥାଏ । ତେଣୁ ତା' ନିରାପତ୍ତା କଥା ଭାବି ଭାଇଟି ଆଉ ଖୁସିରେ ଲହରୀଖେଳ କରିପାରୁନଥାଏ । ତେଣୁ ସେ ଉପାୟଟାଏ ପାଞ୍ଚିଲା । ଭଉଣୀକୁ ଡାକି କହିଲା "ଦେଖ୍ ବାଲିରେ ଗୋଟେ କୂଅ ଖୋଳିବା । ସମୁଦ୍ରରୁ ପାଣି ମାଡ଼ିଆସି ଆମ କୂଅକୁ ଭର୍ତ୍ତି କରିଦେବ । ମଜା ହେବନା ।"

ଭଉଣୀ ମୁଣ୍ଡ ହଲାଇ ରାଜି ହୋଇଗଲା । ଦୁହେଁ ଶୀଘ୍ର ଶୀଘ୍ର ବାଲି ଖୋଳିବାରେ ଲାଗିଗଲେ । ବେଶ୍ ବଡ଼ ଗାତଟାଏ ହୋଇଗଲା । ଭାଇ କହିଲା, ''ପଶିଲୁ ସେ ଗାତରେ ଦେଖିବା କେତେ ଯାଏ ହଉଛି ।"

ଭଉଣୀ ଭିତରେ ପଶି ଅଣ୍ଟାଯାଏ ମାପିବା ବେଳକୁ ଭାଇ ଚାରିଆଡୁ ବାଲି ଗଡ଼ାଇ ଦେଇ ସବୁପାଖକୁ ପାଦରେ ଚାପି ଚାପି ଟାଣ କରିଦେଇ କହିଲା "ଏଇଠି ଥା । ଆଉ ମୋ ପଛେ ପଛେ ଯାଇ ହଇରାଣ କରିପାରିବୁନି ।"

ଭାଇ ଦଉଡ଼ି ପଳାଇଲା ସମୁଦ୍ର ଆଡ଼ିକି । ଭଉଣୀ ଯେତେ ପାଟିରେ ଡାକିଲେବି ସମୁଦ୍ରର ଘୋ ଘୋରେ କିଛି ଶୁଣାଯାଉନଥାଏ । ସେ ଖାଲି ଭାଇର ମଜା କରୁଥିବା ଦେଖୁଥାଏ । ମନ ଛଟପଟ ହେଲେ ବି ବାଲିଗାତରୁ ବାହାରି ପାରୁନଥାଏ । କେତେବେଳ ଏମିତି ବିତିଛି କେଜାଣି ହଠାତ୍ ଦି'ଟା କୁକୁର କୋଉଠୁ ବାହାରି କାମୁଡାକାମୁଡି ହୋଇ ତା' ଆଡ଼କୁ ମାଡ଼ି ଆସିଲେ । ଆଉ ଟିକକୁ ତା' ଉପରେ ପଡ଼ି ତାକୁ ଭିଣି ପକାଇବେ । କିନ୍ତୁ ଦୂରକୁ ଦଉଡ଼ି ପଳାଇବାର ଉପାୟ ନାହିଁ । ଝିଅର ଆଖି ଭୟରେ ବୁଜି ହୋଇ ଚେତା ବୁଡ଼ିଗଲା ।

ପୁଣି ଆଖି ଖୋଲିବା ବେଳକୁ ଝିଅଟି ଦେଖୁଛି ସେ ତା' ମା କୋଳକୁ ଆଉଜି ବସୁଛି ଓ ବାପା ତା' ଭାଇକୁ ଆଖିବୁଜି ବାଡ଼େଇ ଚାଲିଛନ୍ତି । ଭାଇ ସେମିତି କାଠ ହୋଇ ଠିଆ ହୋଇଛି । ଝିଅଟି ଗୋଟେ ଡିଆଁରେ ଉଠି ଭାଇକୁ ଜାବୁଡ଼ି ଧରିଲା । ଦୁହେଁ ଦୁହିଁଙ୍କୁ ଧରି କାନ୍ଦିବାକୁ ଲାଗିଲେ । ବାପା କିଛି ସମୟ ଚୁପ୍ ହୋଇ ବାଲିରେ ବସିପଡ଼ିଲେ । କିନ୍ତୁ ସେଇଠୁ ଫେରିବା ବେଳେ ଭାଇ ଭଉଣୀ ହାତ ଧରାଧରି ହୋଇ ବାଲିରେ ଡେଇଁଡେଇଁ ଚାଲୁଥିବା ବେଳେ ଲାଗୁନଥିଲା ଏହାର କିଛି ସମୟ ପୂର୍ବରୁ ସେମିତି କିଛି ଅଘଟଣ ଘଟିଥିଲା ବୋଲି ।

"ମୁକ୍ତାମାଳଟିଏ ନିଅନ୍ତୁ ମା" ପାଟିରେ ଲପିତାର ଧ୍ୟାନ ଭାଙ୍ଗିଗଲା । ଖୁବ୍ ପାଖରେ ମାଳିବିକାଳି ଜଣ ତା'ର ପସରା ଧରି ଠିଆ ହୋଇଛି । ଲପିତା ତାଙ୍କୁ ହାତ ହଲାଇ ବାରଣ କଲେ ।

ସୂର୍ଯ୍ୟଦେବଙ୍କର ବିଦାୟୀ ସ୍ପର୍ଶରେ ସମୁଦ୍ର ବେଶ୍ ଝଲମଲ କରୁଛି । ଏ ଭିତରେ ଜନସମାଗମ ଆହୁରି ବଢ଼ିଗଲାଣି । ବେଳାଭୂମି ଚଳଚଞ୍ଚଳ । ପୁଅବୋହୂ ନାତି ସେମିତି ପାଣିରେ ଭିଜୁଥାନ୍ତି ।

ଲପିତା ତାଙ୍କ ଦାୟିତ୍ୱରେ ଥିବା ଜିନିଷପତ୍ର ଉପରେ ଥରେ ଆଖି ବୁଲାଇନେଲେ । କିନ୍ତୁ ମନ ତାଙ୍କର ହଜିଯାଇଥିଲା ଅତୀତର ସେଇ ଦିନଗୁଡ଼ିକରେ । ବାପା ତାଙ୍କର ଥିଲେ ଜଣେ ସରକାରୀ କର୍ମଚାରୀ । କେନ୍ଦୁଝରରୁ ସେମାନେ ବଦଳି ହୋଇ ଆସିଲେ କଟକ ସହରକୁ । ଚାନ୍ଦିନୀଚୌକ ପାଖ କାଳୀ ଗଳିରେ ଭଡ଼ାଘରଟିଏ ନେଇ ସେମାନେ ରହୁଥିଲେ । ସେଠୁ ହାଇକୋର୍ଟ ଦେଇ ସିଧା କାଠଯୋଡ଼ିର ପ୍ରଶସ୍ତ ନଈବାଲି ହୋଇଗଲା ଭାଇଭଉଣୀ ଦୁହିଁଙ୍କର ନିତିଦିନିଆ ଚରାଭୂଇଁ । ସେଠୁ ଖେଳିଖେଳି ସନ୍ଧ୍ୟାରେ ଘରକୁ ଫେରି ପାଠପଢ଼ା ସମୟରେ ବି ଚଗଲାମି କରୁଥିବାରୁ ମା'ଠାରୁ ସେଥିପାଇଁ ଗାଳି ଖାଇବା ମଧ୍ୟ ସେମାନଙ୍କର ନିୟମିତ କାର୍ଯ୍ୟରେ ପରିଣତ ହୋଇଯାଇଥିଲା ।

ଦୁହିଁଙ୍କର ନାମ ସ୍ଥାନୀୟ ଏକ ପ୍ରସିଦ୍ଧ ହାଇସ୍କୁଲରେ ଲେଖାଯାଇଥାଏ । ଦୁହେଁ ଏକାଠି ସ୍କୁଲକୁ ଯିବା ଓ ଏକାଠି ଫେରୁଥିବାରୁ ବାପା ମାଙ୍କର ଆଉ ଝିଅ ପାଇଁ ଚିନ୍ତା ନଥାଏ ।

ଘରର ଖୁବ୍ ପାଖରେ ଥିଲା କାଳୀଙ୍କର ମନ୍ଦିର । ପ୍ରାୟ ପ୍ରତି ଗୁରୁବାର ସନ୍ଧ୍ୟାରେ ଠାକୁରାଣୀଙ୍କର ଆଳତି ବେଳେ ମା ମନ୍ଦିରକୁ ଯାଉଥିଲା । ଭାଇଭଉଣୀ ଦୁହେଁ ମା ସାଙ୍ଗରେ ଯାଆନ୍ତି ମନ୍ଦିର ।

ସେଦିନ ସଂଜରେ ଆଳତି ସରିଲା । କେହି ଜଣେ ଭଜନ ଗାଉଥିବାରୁ ମା ସେଠି ବସି ଶୁଣୁଥାଏ । ସେ ମନ୍ଦିର ଭିତରେ ବୁଲୁଥାନ୍ତି । ହଠାତ୍ ତାଙ୍କର ଆଖି

ପଡ଼ିଥିଲା ମନ୍ଦିରର ଭିତର କାନ୍ଥରେ ଟଙ୍ଗା ହୋଇଥିବା କାଚବନ୍ଧାଇ ଏକ ଚିତ୍ରପଟ ଉପରେ । ସେ ସେଇଠି ଠିଆହୋଇ ତାକୁ ଭଲକରି ଚାହିଁଲେ । ଛବିରେ ଥିଲା ରାମରାବଣ ଯୁଦ୍ଧର ଦୃଶ୍ୟ । ଦଶମୁଣ୍ଡିଆ ରାବଣ ରଥ ଉପରେ ଓ ତଳେ ରାମଲକ୍ଷ୍ମଣ ଦୁଇଭାଇ ଧନୁଶର ଯୋଖି ଛିଡ଼ା ହୋଇଥାନ୍ତି । ପଛକୁ ମାଙ୍କଡ଼ ଓ ରାକ୍ଷସଙ୍କର ଅସ୍ପଷ୍ଟ ଚିତ୍ର । କିନ୍ତୁ ଛବିର ସାମନାପଟକୁ ମାଙ୍କଡ଼ଟିଏ ହାତରେ ଖଣ୍ଡେ ଗଛଡାଳ ଧରି ମରିପଡ଼ିଥିବାର ଦୃଶ୍ୟ ଖୁବ୍ ଜୀବନ୍ତ ମନେ ହେଉଥିଲା ।

ସେ ନିଜର କୋହ ସଂବରଣ ନ କରିପାରି କାନ୍ଦିବାକୁ ଲାଗିଲେ । ଭାଇ ସୁଶାନ୍ତ ତାଙ୍କ କାନ୍ଦ ଦେଖି ପାଖକୁ ଆସି ପଚାରିଲେ "କିରେ ଲପୁ, କ'ଣ ପାଇଁ କାନ୍ଦୁଛୁ ? କିଏ କ'ଣ କହିଲା କି ?"

ଲପିତା ମୁଣ୍ଡ ହଲାଇ ମନାକଲେ ।

- କାହିଁକି ତେବେ କାନ୍ଦୁଛୁ ?

- ଭାଇ ଦେଖିଲୁଣି ଏ ଛବି ?

- ହଁ ଦେଖିଚିତ । କାହିଁକି କ'ଣ ହେଲା ଛବିର ?

- ଦେଖନା ଭାଇ, ଏଇ ଯୋଉ ମାଙ୍କଡ଼ଟି ମରିପଡ଼ିଛି ସେ କ'ଣ ସତରେ ମରିଯାଇଛି ?

- ମିଛରେ କିଏ ମରେନା କ'ଣ ? ପଛରେ କେତେ ରାକ୍ଷସ ବି ମରିପଡ଼ିଛନ୍ତି । ଦେଖୁନୁ ।

-ହଁ ମରନ୍ତୁ ସେମାନେ । କିନ୍ତୁ ଏ ମାଙ୍କଡ଼ଟି ରାମଙ୍କ ପାଇଁ ଯୁଦ୍ଧ କରୁଥିଲାନା, ସେ କାହିଁକି ମରିବ ! ସେ ପୁଣିଥରେ ଉଠିବନା ଭାଇ । କହୁନୁ ହଁ ବୋଲି ।

ସତେ ଯେମିତି ଭାଇ ଖାଲି ହଁ କରିଦେଲେ ଲପିତା ଆଶ୍ୱସ୍ତ ହୋଇଯିବ ।

କିନ୍ତୁ ସୁଶାନ୍ତଙ୍କର କ'ଣ ହେଲା କେଜାଣି ସେ ବାରବାର କହିଲେ, "ନାଁ ନାଁ ମରିଯାଇଥିବା ମାଙ୍କଡ଼ କ'ଣ ଆଉ ବଞ୍ଚିବ । ତା' କେବେ ବି ହେବନି ।"

କିନ୍ତୁ ଲପିତାଙ୍କର ସେଇ ଏକା ଜିଦ୍, ''ହଁ ହେବ । ନିଶ୍ଚୟ ହେବ ତୁ ଜାଣିନୁ ।"

- ତୋ ପରି ମୂର୍ଖ କିଏ ଅଛି । ଏବେ ପରା ଆମ ବଡ଼ବାପା ଗାଁରେ ମରିଗଲେ, ସେ କ'ଣ ଆଉ ବଞ୍ଚିଲେ କି ?

-ହଁ ଯେ ସେ ତ ରାମଙ୍କ ପାଇଁ ଯୁଦ୍ଧ କରୁନଥିଲେ ନା ।

ସୁଶାନ୍ତ ଚିଡ଼ିଉଠି କହିଥିଲେ, "ଆଚ୍ଛା ରଟ ଗୋଟେ ଲଗେଇଛି ରାମଙ୍କ ପାଇଁ ଯୁଦ୍ଧ, ରାମଙ୍କ ପାଇଁ ଯୁଦ୍ଧ । ଚାଲ ଘରକୁ ।''

ଲପିତାଙ୍କର ମନେଅଛି ସେଦିନ ଘରକୁ ଫେରି ଗୋଡ଼ହାତ ଧୋଇ ତାଙ୍କ

ପୂଜାଘରକୁ ଯାଇ ରାମ-ଲକ୍ଷ୍ମଣ-ସୀତା ଓ ଯୋଡ଼ହାତରେ ତଳେ ବସିଥିବା ହନୁମାନଙ୍କର ପୂଜାଫଟୋ ଆଗରେ ବସି ଚିତ୍ରମାଙ୍କଡ଼ର ଦୟନୀୟ ଭାବରେ ମରିପଡ଼ିଥିବା ଦୃଶ୍ୟ ମନେପକାଇ ସେ ବ୍ୟାକୁଳ ଭାବରେ ପ୍ରାର୍ଥନା କରିଥିଲେ "ହେ ଠାକୁରେ ତୁମପାଇଁ ଯୁଦ୍ଧ କରି ମରିଥିବା ମାଙ୍କଡ଼କୁ ବଞ୍ଚାଇ ଦିଅ ।"

ସେତେବେଳେ ସେ କ'ଣ ଜାଣିଥିଲେ କି ସେ ରାମରାବଣ ଯୁଦ୍ଧ କେତେ ହଜାର ବର୍ଷ ତଳୁ ହୋଇସାରିଛି । ସତକୁ ସତ ଯଦି ସେ ମଲାମାଙ୍କଡ଼ ବଞ୍ଚିଥିବ ତେବେ ସେତ କୋଉ ଯୁଗତଳୁ ପୁଣି ଥରେ ମରିଯାଇଥିବ । ତାଙ୍କର ସମୟ ବା ଘଟଣା ସମ୍ପର୍କରେ କୌଣସି ସଚେତନତା ନଥିଲା । କିନ୍ତୁ ତାଙ୍କର ମାନସିକ ସ୍ଥିତି ସେଇ ମାଙ୍କଡ଼ଟି ପାଖରେ ତ ଅଟକି ଯାଇଥିଲା । ବିଶ୍ୱାସଟିଏ ତାଙ୍କ ମନରେ ବେଳକୁବେଳ ଦାନା ବାନ୍ଧି ଚାଲିଥିଲା ଯେ ଭଗବାନଙ୍କ ପାଇଁ ଯୁଦ୍ଧ କରୁଥିବା ଲୋକର ମୃତ୍ୟୁ ହୋଇନପାରେ ।

ଏମିତି ଧାରଣାର ବଶବର୍ତ୍ତୀ ହୋଇ ସେ ମୃତ ମାଙ୍କଡ଼ଟି ସହିତ ବେଳେ ବେଳେ ଏକାତ୍ମ ହୋଇ ଯାଉଥିଲେ । ଜାଣିପାରୁନଥିଲେ ଯେ ସେ ଲପିତା ନାମକ ଝିଅଟିଏ ନାଁ ଯୁଦ୍ଧକ୍ଷେତ୍ରରେ ଗଛଡାଳକୁ ଅସ୍ତ୍ର ଭାବରେ ଧରି ଡେଇଁଡେଇଁ ଲଢୁଥିବା ମାଙ୍କଡ଼ଟିଏ । ତାଙ୍କୁ ସେ ଅନୁଭବ ଖୁବ୍ ଭଲ ଲାଗୁଥିଲା । ବେଳେ ବେଳେ ସେ ଘର ଭିତରେ ଅଗଣାରେ ମର୍କଟ ରୀତିରେ ଅଦ୍ଭୁତ ଭଙ୍ଗୀରେ କାହାସହିତ ଲଢ଼େଇ କରିଚାଲିଲେ ।

ସେ ସେପରି କରୁଥିବାର ଦୃଶ୍ୟ ବାପା ମାଙ୍କ ଆଖିରେ କେତେଥର ପଡ଼ିଲା । ସେମାନଙ୍କର ଧାରଣା ହେଉଥିଲା ବୋଧହୁଏ ସ୍କୁଲରେ ହେଉଥିବା କୌଣସି ଡ୍ରାମାରେ ସେ ମାଙ୍କଡ଼ର ଭୂମିକା କରୁଛନ୍ତି । କିନ୍ତୁ ଯେବେ ଜାଣିଲେ ଯେ ସେପରି କୋଉଠି କିଛି ହେଉନାହିଁ, ସେମାନେ ଟିକେ ଆଶ୍ଚର୍ଯ୍ୟ ହେଲେ । ଯୁଦ୍ଧାଭିନୟ ପରେ ପରେ ହଠାତ୍ ତାଙ୍କର କାନ୍ଦିବାର ଘଟଣା ସେମାନଙ୍କୁ ବିବ୍ରତ କଲା ।

ସୁଶାନ୍ତଙ୍କ ମନକୁ କଥାଟା ହଠାତ୍ ଲାଗି ଯାଇଥିଲା । ସେ ବାପା ମାଙ୍କ ଆଗରେ ସେଦିନର ଘଟଣାଟି କହିବାରୁ ସେମାନେ ମଧ୍ୟ ମନ୍ଦିରକୁ ଯାଇ ଭିତର କାନ୍ଥରେ ଟଙ୍ଗା ହୋଇଥିବା ସେ ଛବିଟି ଦେଖିଆସିଲେ । କିନ୍ତୁ ସେଥିରେ ଏମିତି କ'ଣ ଥିଲା ଏପ୍ରକାର ପ୍ରଭାବ ପକାଇବା ପରି ସେମାନେ ଆଦୌ ବୁଝିପାରିନଥିଲେ ।

କିନ୍ତୁ ନଅଦଶ ବର୍ଷର ଝିଅର ଏପ୍ରକାର ଭାବାନ୍ତର ସେମାନଙ୍କୁ ବେଶ୍ ଚିନ୍ତାରେ ପକାଇଥିଲା । ବାପା ନିଷ୍ପତ୍ତି ନେଇଗଲେ ଯେ ସେ ଭଡ଼ାଘର ତାଙ୍କୁ ବଦଳାଇବାକୁ ପଡ଼ିବ । ସେ ଘରେ ଥିଲାଯାଏ ଲପିତା ନିଶ୍ଚୟ ବାରମ୍ବାର ମନ୍ଦିର ଯିବେ ଓ ସେ ଛବିକୁ ଦେଖିଲେ ତାଙ୍କର ପ୍ରତିକ୍ରିୟା ବଢ଼ିବ ସିନା କମିବ ନାହିଁ ।

ନୂଆ ଭଡ଼ାଘର ଖୋଜାହେଲା । ଯେଉଁଠି ଘର ମିଳିଲା ତାହା ଥିଲା ସ୍କୁଲଠାରୁ

ବେଶ୍ ଦୂର । ଯିବାଆସିବା ପାଇଁ ଅସୁବିଧା ହେଲେ ବି ଲପିତାଙ୍କୁ ମନ୍ଦିରଠାରୁ ଦୂରେଇ ରଖିବାର ଅନ୍ୟ ଉପାୟ ନଥିଲା । ସତକୁସତ ନୂଆ ଘର, ନୂଆ ପରିବେଶ ଓ ପାଖଆଖର ପିଲାଙ୍କ ସହିତ ସାଙ୍ଗ ହୋଇ ଲପିତା ଧୀରେ ଧୀରେ ମନ୍ଦିର ଯିବା ଓ ମାଙ୍କଡ଼ ହେବା କଥା ଭୁଲିଗଲେ ।

ସେ ବର୍ଷ ସୁଶାନ୍ତ ସ୍ଥାନୀୟ କଲେଜରୁ ଆଇ.ଏ. ପାଶ୍ କଲେ । ଲପିତାଙ୍କର ହେଲା ଦଶମ ଶ୍ରେଣୀ । ଦୁଇବର୍ଷ ପରେ ମାଟ୍ରିକ ପରୀକ୍ଷା । କିନ୍ତୁ ବାପାଙ୍କର ଭଦ୍ରକ ବଦଳି ହୋଇଗଲା । ଆଇ.ଏ. ପାଶ୍ କରିଥିବା ପୁଅକୁ ସାଙ୍ଗରେ ନେଇ ସେ ଭଦ୍ରକ କଲେଜରେ ପଢ଼ାଇ ପାରିବେ କିନ୍ତୁ ଖୁବ୍ ଭଲ ପଢୁଥିବା ଝିଅର ସ୍କୁଲ ବଦଳିଗଲେ ତା'ର ପାଠପଢ଼ା ଉପରେ ଖରାପ ପ୍ରଭାବ ପଡ଼ିପାରେ ଭାବି ବାପା ବ୍ୟସ୍ତ ହେଉଥାନ୍ତି ।

ଏହି ସମୟରେ ଆଗେଇ ଆସିଥିଲେ ଦାଦା । ସେ କହିଲେ, "ଭାଇ ଆପଣ କାହିଁକି ଚିନ୍ତା କରୁଛନ୍ତି । ଲପୁ ମୋ ପାଖରେ ଏଇ ଦୁଇଟା ବର୍ଷ ରହିଯିବ । ତା' ସ୍କୁଲ ବି ମୋ ଘରକୁ ଲାଗିଛି । କିଛି ଅସୁବିଧା ହେବନି ।"

ବାପା ତାଙ୍କ ଭାଇଙ୍କ କଥାରେ ଆଶ୍ୱସ୍ତ ହେଲେ । ଲପିତା ଭାଇଠାରୁ ଦୂରେଇ ରହିବା କଥା ଭାବିପାରୁନଥିଲେ । ଦୁହେଁ ଏତେବଡ଼ ହେବାପରେ ବି କଥା କଥାକେ ମାରପିଟ, ରାମ୍ପୁଡା କାମୁଡା; କିନ୍ତୁ କେହି କାହାଠାରୁ ଅଲଗା ହୋଇ ରହିବା ଏକଦମ୍ ଅସମ୍ଭବ ଥିଲା । ପରିସ୍ଥିତିର ଚାପ ଯେ କେତେ ଆବେଗ ଉଚ୍ଛ୍ୱାସକୁ ନିଷ୍ଠୁର ଭାବରେ ମାରି ଦେଇପାରେ ତାହା କେବଳ ସେ ଅନୁଭବ କରୁଥିଲେ । ତଥାପି ମନକୁ ସାନ୍ତ୍ୱନା ଦେଲେ ଯେ ଦାଦାଙ୍କର ତିନି ପୁଅ ଝିଅଙ୍କ ସାଙ୍ଗରେ ମିଳିମିଶି ଚଳିଯିବେ ।

ଦାଦାଙ୍କର ଏ ନିଷ୍ପତ୍ତିକୁ ଗ୍ରହଣ ନକରି ପାରିଥିବା ଖୁଡୀ ପ୍ରତିବାଦ କରିବାକୁ ସାହସ କରିପାରି ନଥିଲେ ସତ କିନ୍ତୁ ଲପିତାଙ୍କୁ ଶୁଣାଇବା ପରି ବାରମ୍ବାର କହୁଥିଲେ "ପୁଅପିଲା ହୋଇଥିଲେ ଅଲଗା କଥା ବଢ଼ିଲା ଝିଅର ଦାୟିତ୍ୱ ନେବା ନିଆଁକୁ ଅଣ୍ଟିରେ ପୂରାଇବା ପରି କଥା ।"

ଲପିତା ବୁଝିପାରୁନଥିଲେ ଖୁଡୀ ଏପରି ଆକ୍ଷେପ କରି କାହିଁକି କଥା କହୁଛନ୍ତି । ଏଣେ ଭାଇଭଉଣୀଙ୍କ ସାଙ୍ଗରେ ଟିକେ ଖେଳିଲେ ଖୁଡୀ କେମିତି ଛିଗୁଲାଇବା ପରି ସ୍ୱରରେ ତାଙ୍କ ପିଲାଙ୍କୁ ତାଗିଦା କରି କୁହନ୍ତି, "ହେଇଟି ବୁଝି ହୁସିଆର । ଲପୁ ଏଠି ପାଠ ପଢ଼ିବା ପାଇଁ ଅଛନ୍ତି । ତାଙ୍କ ପାଠ ଖରାପ ହେଲେ ସମସ୍ତେ ମତେ ଦୋଷ ଦେବେ ।"

ଲପିତା ଆପେ ଆପେ ସମସ୍ତଙ୍କଠାରୁ ଦୂରେଇ ଗଲେ । ତାଙ୍କର କୈଶୋର ଜୀବନର ଖୁସି ଆନନ୍ଦ ଓ ଚଞ୍ଚଳତା ସବୁ ଯେପରି କୁଆଡ଼େ ଉଭାଇଗଲା । ସେ ସ୍କୁଲ

ଯିବା ଛଡ଼ା ଅନ୍ୟ ସବୁ ସମୟରେ ପାଠ ବହିରେ ମୁଣ୍ଡ ମାଡ଼ି ବସି ରହୁଥିଲେ ।

ତାଙ୍କ ଉପରେ ଖୁବ୍ ସୁଧାର ଓ ଭଲପିଲାର ମୋହର ଏପରି ମାରିଦିଆଗଲା ଯେ ସେ ଚାହିଁଲେ ବି ଅନ୍ୟ କିଛି ହୋଇପାରିଲେନି ।

ମାଟ୍ରିକରେ ଖୁବ୍ ଭଲ ନମ୍ବର ରଖିଲେ ପ୍ରଥମ ଶ୍ରେଣୀରେ ଉତ୍ତୀର୍ଣ୍ଣ ହେଲେ । ସମସ୍ତେ ଖୁସିରେ ଆତ୍ମହରା ହେବାବେଳେ ଖୁଡୀ ଏକା ଖୁସି ହୋଇପାରୁନଥିଲେ । ସେ ଭାବୁଥିଲେ ଏହାପରେ ବି ଲପିତା ତାଙ୍କରି ଘରେ ରହି କଲେଜରେ ପାଠ ପଢ଼ିବେ ।

ଲପିତା ବୁଝୁଥିଲେ ତାଙ୍କ ମନକଥା । ତେଣୁ ସେ ମଧ୍ୟ ସେଠି ଆଉ ରହିବାକୁ ଚାହୁଁନଥିଲେ । କିନ୍ତୁ ପ୍ରକୃତ କଥାଟା ବାପା ମା ଜାଣିଲେ ଦାଦା ହୁଏତ ଜାଣିଯିବେ ଓ ଘରେ ସେଥିପାଇଁ ମହା ଅନର୍ଥ ସୃଷ୍ଟି ହେବ । କିନ୍ତୁ ଭାଇକୁ କହିବାରେ ଅସୁବିଧା ନାହିଁ । ସେ ଭାଇଆଗରେ ସବୁକଥା ବୁଝାଇ କହିଲେ ଏଇଥିପାଇଁ ଯେ ଭାଇ ନିଶ୍ଚୟ କିଛି ଉପାୟ ବାହାର କରିପାରିବ ଯେଉଁଥିରେ କି କାହା ମନରେ ଆଘାତ ଲାଗିବନି । ବିଶେଷକରି ଖୁଡୀଙ୍କୁ କେହି ଏଥିପାଇଁ ଦୋଷାରୋପ କରୁ ସେ ଚାହୁଁନଥିଲେ ।

ଭାଇ ବୁଝିପାରିଲେ କଥାଟି । ସେ ସେତେ ବେଳକୁ ବି.ଏ. ପାଶ୍ କରି ରେଭେନ୍‌ସା କଲେଜରେ ନାଁ ଲେଖାଇ ହଷ୍ଟେଲରେ ରହୁଥାନ୍ତି । ସେ ବାପାଙ୍କୁ ବୁଝାଇଦେଲେ ଯେ ଲପିତା ଯେଉଁ ମହିଳା କଲେଜରେ ସାଇନ୍‌ସ ପଢ଼ିବ ସେଇଟା ଦାଦାଙ୍କ ଘରଠାରୁ ବହୁତ ଦୂର । ତା'ଛଡ଼ା ବିଜ୍ଞାନ ଶ୍ରେଣୀ ସବୁ ସକାଳେ ଆରମ୍ଭ ହେଉଥିବାରୁ ଲପିତା ହଷ୍ଟେଲରେ ରହିବା ଠିକ୍ ହେବ ।

ତାହାହିଁ ହେଲା । ଲପିତା ଆଇଏସସି ପାଶ୍ କରି ଡାକ୍ତରୀ ପଢ଼ିବା ପାଇଁ ପ୍ରସ୍ତୁତ ହେବାବେଳେ ତାଙ୍କ ପାଇଁ ବାହାଘର ପ୍ରସ୍ତାବ ଆସିଲା । ଖୁବ୍ ଭଲ ପ୍ରସ୍ତାବ ବୋଲି ବାପା ମା'ଙ୍କର ମନେ ହୋଇଥିଲା । ସେମାନେ ସେ ଦିଗରେ ତତ୍ପରତା ପ୍ରକାଶ କରିବାରୁ ଭାଇ ଖୁବ୍ ଅସନ୍ତୁଷ୍ଟ ହୋଇଥିଲେ । ଡାକ୍ତରୀ ନହେଲା ନାଇଁ ଅନ୍ତତଃ ଭଲ ପଢୁଥିବା ଭଉଣୀଟା ଗ୍ରାଜୁଏଟ ହେଉ ବୋଲି ସେ ଇଚ୍ଛା କରୁଥିଲେ । ତା'ଛଡ଼ା ଲପିତା ପାଇଁ ସ୍ଥିର ହୋଇଥିବା ପାତ୍ର ଇଂଜିନିୟର ରାଜେନ୍ଦ୍ର ଦାସ ତାଙ୍କ ମନକୁ ଆଦୌ ଯାଉନଥିଲେ ।

କିନ୍ତୁ ପାତ୍ରଟି କାହିଁକି ପସନ୍ଦ ହେଉନାହିଁ ପ୍ରଶ୍ନର ସେ ନିର୍ଦ୍ଦିଷ୍ଟ ଉତ୍ତର ଦେଇପାରୁନଥିଲେ । ତାଙ୍କର କେମିତି ମନେ ହେଉଥିଲା ସେ ପାତ୍ର ଲପିତା ପାଇଁ ଠିକ୍ ନୁହେଁ । କିନ୍ତୁ କାରଣ ଓ ତର୍କ ଉପରେ ନିର୍ଭର କରୁଥିବା ନିଷ୍ପତ୍ତି ହୃଦୟର ଭାଷାକୁ ନିର୍ବୋଧତା ଓ ପିଲାଳିଆମି କହି ଉଡ଼ାଇଦିଏ । ଏ କ୍ଷେତ୍ରରେ ତାହାହିଁ ହେଲା ।

ଭାଇ ଅନ୍ୟ ଉପାୟ ନପାଇ ତାଙ୍କର ଶେଷ ଚେଷ୍ଟା ସ୍ୱରୂପ ଲପିତାକୁ ବୁଝାଇଥିଲେ ଯେ ସେ ନିଜେ ଏ ବାହାଘର ପ୍ରସ୍ତାବକୁ ନାହିଁକରୁ । ପାଠପଢ଼ା ଉପରେ ଗୁରୁତ୍ୱ ଦେଉ ।

ସେଥିପାଇଁ ଘରେ ଖୁବ୍ ଅଶାନ୍ତିକର ପରିସ୍ଥିତି ଲାଗିରହିଲା । ବାପ ପୁଅ କଥା ହେଉନଥିଲେ । ବାପା ଦେଖେଇଶିଖେଇ ମା'କୁ କହୁଥିଲେ "ଇଏ ଯେମିତି ସତରେ ବୁଝିସୁଝି ଭଉଣୀର ବାହାଘରଟା କରି ପକେଇବ । ମୋ ଶକ୍ତି ଯେତିକି ପାଉଛି ସେଇଥିରେ ମୁଁ କରୁଛି । ସହଯୋଗ କରିବେ କ'ଣ ଓଲଟା ଗଣ୍ଡଗୋଳ କରାଯାଉଛି ।"

ମା' ତାର ପାଠପଢ଼ା ବିଷୟରେ କହୁ କହୁ ବାପା ଚିହିଁକି ଉଠି କହିଥିଲେ, "ପାଠପଢ଼ାକୁ କିଏ ମନା କରୁଛି । ଝିଅ କ'ଣ ବାହାହୋଇ ପଢୁନାହାନ୍ତି । ତା' ଶାଶୂଘର ଯଦି ଚାହିଁବେ ସେ ପଢ଼ିବ । ଏତେ ଭଲ ପ୍ରସ୍ତାବଟା ହାତଛଡ଼ା ହୋଇଗଲେ ଆଉ ସେମିତି ଗୋଟେ ମିଳିବ କି ନାହିଁ କିଏ ଜାଣେ ।"

ଲପିତା ଜାଣନ୍ତି ବାପା କିଛି ଭୁଲ କହୁନାହାନ୍ତି । ତାଙ୍କ ସମୟରେ ଝିଅମାନେ ମାଟ୍ରିକ ଯାଏ ପଢ଼ିବା ବି ବଡ଼ କଥା ଥିଲା । କଲେଜ ବା କେତେଜଣ ଆସୁଥିଲେ । ଯେଉଁଠି ତାଙ୍କ ବାପା ନିଜେ ତାଙ୍କୁ ଆଉ ନ ପଢ଼ାଇ ଶାଶୂ ଘରକୁ ବିଦା କରିବାକୁ ଚାହୁଁଛନ୍ତି ସେ ତା'ର ପ୍ରତିବାଦ କରି ଅଯଥା ଅଶାନ୍ତି ବା କାହିଁକି ସୃଷ୍ଟି କରିବେ !

ଲପିତା ପୂରା ନୀରବ ରହିଲେ । ବାପା ବା ଭାଇଙ୍କର କଥାର କୌଣସି ପ୍ରଭାବ ତାଙ୍କ ଉପରେ ନଥିଲା । ସେ ଧରିନେଇଥିଲେ ଯେ ଯାହା ହୋବକୁ ଅଛି ତାହା ହିଁ ହେବ; କେହି କିଛି ବଦଳାଇ ପାରିବେନି ।

ତାଙ୍କର ମୌନତା ଭାଇଙ୍କୁ ପୂରା ନୀରବ କରିଦେଲା । ବାପା ଏଥିରେ ଖୁବ୍ ଉତ୍ସାହିତ ହୋଇପଡ଼ିଲେ । ଲପିତାଙ୍କର ବାହାଘର ସୁରୁଖୁରୁରେ ହୋଇଗଲା । କିନ୍ତୁ ଦିନ କେଇଟା ଭିତରେ ତାଙ୍କର ବୁଝିବାରେ ବାକି ରହିଲା ନାହିଁ ଯେ ତାଙ୍କ ଭାଇଙ୍କର କଥା କେତେ ଯଥାର୍ଥ ଥିଲା । ସେ ବିଷୟରେ ସେ କେଉଁଠି ମୁହଁ ଫିଟାଇଲେ ନାହିଁ । ବରଂ ଧରିନେଲେ ଯେଉଁ ଜୀବନ ତାଙ୍କୁ ବଞ୍ଚିବାକୁ ଦିଆଯାଇଛି ସେ ତାକୁ ଠିକ୍‌ଭାବରେ ବଞ୍ଚିବାକୁ ଚେଷ୍ଟା କରିବେ । ସେଇ ଧାରାରେ ସେ ହୁଏତ ଅତିକ୍ରମି ଯିବେ ଅନେକ କିଛି ।

ସାରା ଜୀବନ ସେ ରହିଲେ ସେଇ ଗୋଟିଏ ଚେଷ୍ଟାରେ । ଗୋଟିଏ ବୋଲି ପୁଅ, ପାଠ ପଢ଼ିଲା । ଚାକିରୀ କଲା । ବାହାହେଲା କିନ୍ତୁ ମା'ର ସବୁ କଥାକୁ ମାନିଯିବାର ସ୍ୱଭାବ ସେ ବୁଝିପାରିଲା ନାହିଁ । ତେଣୁ ପୁଅ ବିନୁ ବେଳେ ବେଳେ ତାଙ୍କୁ ଥଟ୍ଟା କରି କୁହେ, "ମା'ର କ'ଣ ଅଛି ସେତ ସତ୍ୟନାରାୟଣ ଖଟୁଲି ଏଠୁ ନେଇ ସେଠି ଥୁଅ କି ସେଠୁ ନେଇ ଏଠି ଥୁଅ । ଏକା କଥା ।"

ଲପିତା ହସିଦିଅନ୍ତି ବିନୁ କଥାରେ । କହିବାକୁ ଇଚ୍ଛା ହୁଏ "ସମୟ ଓ ପରିସ୍ଥିତିର ସ୍ରୋତରେ ବିନା ବିରୋଧରେ ନିଜକୁ ଛାଡ଼ିଦେଇ ମୁଁ ସବୁଥିରୁ କେତେ ଅଲଗା ହୋଇଯାଇଛି, ତୁ କ'ଣ ବୁଝିବୁ ।"

ନିଜ ଭିତରେ ନିଜେ ବୁଡ଼ି ରହିଥିବା ଲପିତାଙ୍କର ଅନ୍ୟମନସ୍କତା ତାଙ୍କର ରୁଟିନବନ୍ଧା ନିତିଦିନିଆ ସଂସାର ଉପରେ ପ୍ରଭାବ ପକାଉନଥିଲା । ସବୁ ଚାଲିଥିଲା ଯନ୍ତ୍ରବତ୍, ଶଗଡ଼ ଗୁଳାରେ ଜୀବନ ଗଡ଼ି ଚାଲିଥିଲା ଯଥାରୀତି ।

ପାଞ୍ଚ ବର୍ଷର ନାତି ଖୁବ୍ ଚିତ୍କାର କରୁଛି ପାଣି ଭିତରକୁ ପଶିବ ବୋଲି । ଏଣେ ମାଡ଼ିଆସୁଥିବା ଢ଼େଉକୁ ଦେଖି ଡରରେ ବାପାକୁ ଜାବୁଡ଼ି ଧରୁଛି । ଲପିତା ହସୁ ହସୁ ଅଦ୍ଭୁତ ଏକ କୋହରେ ରୁଦ୍ଧି ହୋଇପଡୁଥିଲେ । ଆହା ପୁଅକୁ ସାଙ୍ଗରେ ଆଣି ସ୍ୱାମୀଙ୍କ ସହ ଥରଟିଏ ପାଇଁ କ'ଣ ସେ ସମୁଦ୍ର ଢ଼େଉରେ ତାକୁ ଖେଳେଇ ପାରିନଥାନ୍ତେ, ସେ କ'ଣ ଏମିତି ଥରେ ସ୍ୱାମୀଙ୍କ ହାତଧରି ବେଳାଭୂମି ଉପରେ ବସି ସମୁଦ୍ରଢ଼େଉର ଏକ ଲୀଳାଚପଳତାକୁ ଉପଭୋଗ କରିପାରିନଥାନ୍ତେ ! ଭାଗ୍ୟକୁ ମାନିଗଲେ ବୋଲି କ'ଣ ଭାଗ୍ୟ ତାଙ୍କୁ ଏତିକି ଟିକେ ବି ଖୁସି ଦେବାକୁ ଚାହିଁଲାନି । ଆଜି ବି ପୁଅ ତା' ସ୍ତ୍ରୀ ପିଲାଙ୍କ ସହ ବାପା ମାଙ୍କର ଏକତ୍ର ଉପସ୍ଥିତିର ଆନନ୍ଦ ପାଇପାରିଲା ନାହିଁ । ଘରୁ ବାହାରିବା ପୂର୍ବରୁ ପୁଅ ତା' ବାପାଙ୍କୁ ବାରମ୍ବାର ଅନୁରୋଧ କରିଥିଲା ସାଙ୍ଗରେ ଆସିବା ପାଇଁ; କିନ୍ତୁ ସେଇ ଏକା ଉତ୍ତର "ମତେ କୁଆଡ଼େ ଯିବାପାଇଁ ଭଲ ଲାଗେନି ।"

ବିନୁ ନୀରବ ରହିଲା । ବୋହୂ ଓ ନାତି ଯାଉଥିଲେ କହିବାପାଇଁ । ସେ ତାଙ୍କୁ ଇଙ୍ଗିତରେ ବାରଣ କଲା । ସେ ଭଲ ଭାବରେ ବୁଝିଥିଲା ଯେ ବାପା ଯିବେନି । କାରଣ ସେ କେବେ ବି ତାଙ୍କୁ କୁଆଡ଼େ ଯିବାର ଦେଖିନାହିଁ । ଘରୁ ଅଫିସ, ଅଫିସରୁ ଘର । ତା'ପରେ ସବୁ ସମୟତକ ଘର ଭିତରେ । ସେ ନିଜେ କୁଆଡ଼େ ଯାଆନ୍ତି ନାହିଁ ବା ସ୍ତ୍ରୀ କୁଆଡ଼େ ଯିବାକୁ ଚାହୁଁଛି ପଚାରନ୍ତି ନାହିଁ ।

ସେ ତ ଜନ୍ମ ହୋଇଥିଲା ଓ ବଢ଼ିଥିଲା ସେଇମିତି ଏକ ପରିବେଶରେ । ଟିକେ ବଡ଼ ହୋଇଯିବା ପରେ ନିଜ ସାଙ୍ଗସାଥିଙ୍କ ସାଙ୍ଗରେ ବୁଲାବୁଲି ହସଖୁସିରେ କଟିଲା ତାର ସମୟ । ଘରକୁ ଆସିଲେ ମା' ବାପା ଦୁହିଁଙ୍କର ଉପସ୍ଥିତି ସତ୍ତ୍ୱେ ଏକ ପ୍ରକାର ମାଡ଼ି ପଡ଼ିବାର ନୀରବତା । ତା'ର ସେସବୁ ଅଭ୍ୟାସରେ ପଡ଼ି ଯାଇଥିଲା ।

କିନ୍ତୁ ଲପିତାଙ୍କୁ ଅଭ୍ୟସ୍ତ ହେବାକୁ ଲାଗିଥିଲା ଅନେକ ଦିନ । ବିବାହ ଓ ସ୍ୱାମୀଙ୍କୁ ନେଇ ସାଧାରଣ ଝିଅର ସ୍ୱପ୍ନ ଯାହା ଥାଏ ତାଙ୍କର ମଧ୍ୟ ଥିଲା । କିନ୍ତୁ ସେଥିରୁ କାଣିଚାଏ ମଧ୍ୟ ପୂରଣ ହେଲାନାହିଁ । କୌଣସି ଦୂର ଦୂରାନ୍ତର ସ୍ଥାନକୁ ଯିବା ତ ଦୂର କଥା ପୁରୀକୁ ସାଙ୍ଗ ହୋଇ ଆସିବା ମଧ୍ୟ ସମ୍ଭବ ହେଲାନି । ଯେବେ ବି ସେ କୋଉଠିକି ଯିବା କଥା ଉଠାନ୍ତି ରାଜେନ୍ଦ୍ରଙ୍କର ସେଇ ସମାନ ଉତ୍ତର, ''ମତେ କୁଆଡ଼େ ଯିବାକୁ ଭଲ ଲାଗେନି ।''

ବାହାଘର ପରେ ଶ୍ୱଶୁରଘରକୁ ମଧ୍ୟ ତାଙ୍କର ଯିବାର ହେଲାନି । ବାପ ଘରେ ସମସ୍ତେ କଥାଟା ବୁଝି ସାରିଥିଲେ ତାଙ୍କର ଦାମ୍ପତ୍ୟ କିପରି ଚାଲିଥିବ; କିନ୍ତୁ କ'ଣ କିଏ

କହିବ ! ଭାଇଙ୍କ ଆଗରେ କେବଳ ସେ ମୁହଁ ଖୋଲନ୍ତି । ଛଳ ଛଳ ଆଖିରେ ଶୁଣନ୍ତି ସେ। ଭାଇ ଭଉଣୀର ଦୁଃଖ ବୁଝନ୍ତି । କିନ୍ତୁ କ'ଣ ବା କହିବେ ! ଲୋକଟାତ କାହାକୁ ମାରୁନି ଧରୁନି, କଳିକଜିଆ କରୁନି, ଖାଇବା ପିଇବା ପିନ୍ଧିବାରେ ଅଭାବ ରଖୁନି ଯେ ତା' ବିରୋଧରେ କିଛି ଅଭିଯୋଗ କରାଯାଇ ପାରିବ ! କାହାକୁ ବା କୁହାଯାଇ ପାରିବ ସଙ୍ଗୀଟିଏ ଥାଇ ବି ଜଣେ ସମ୍ପୂର୍ଣ୍ଣ ନିଃସଙ୍ଗ ଜୀବନ ବଞ୍ଚୁଥିବାର ଦୁଃଖ କ'ଣ ହୋଇପାରେ । ରକ୍ତମାଂସର ମଣିଷଟିଏ ସାମାନ୍ୟ ଟିକେ ଆନନ୍ଦ ଉଲ୍ଲାସରୁ ବଞ୍ଚିତ ହୋଇ କିପରି କାଠ କଣ୍ଢେଇଟିଏରେ ପରିଣତ ହୋଇଯାଏ !

ଲପିତା ପିଲାଦିନେ କୋଉ କଥାରେ ଟିକେ ରୁଷିଗଲେ ଆଈ କହୁଥିଲା "ରୁଷିଛି ନାଁ ଖଣ୍ଡିଆ କାନ୍ଥକୁ ଭୁଷୁଛି ।" କଥାଟା ପୂରାପୂରି ସତ ଥିଲା । ଅନେକ ବାର ଖଣ୍ଡିଆ କାନ୍ଥରେ ମୁଣ୍ଡ ବାଡ଼େଇ ବାଡ଼େଇ ରକ୍ତାକ୍ତ ହେବା ସାର ହୋଇଥିଲା । ତେଣିକି ତାଙ୍କ ମୁଣ୍ଡ ଏତେ ଦଣ୍ଟୁରା ହୋଇଗଲା ଯେ ଓଲଟା ସେଠି ଘଷି ହେବାକୁ ଚେଷ୍ଟା କରୁଥିବା ଲୋକର କଷ୍ଟ ପାଇବା ସାରହେଲା !

ବାହ୍ୟ ଜଗତରୁ ବାହାରି ଆସି ସେ ଅନ୍ୟ ଏକ ଜଗତ ଭିତରେ ବଂଚିବାର ପ୍ରୟାସ କରୁକରୁ କେତେବେଳେ ସତରେ ଅନ୍ୟମାନଙ୍କଠାରୁ ଭିନ୍ନ ହୋଇଯାଇଥିଲେ ଜାଣି ପାରିନଥିଲେ । ପୁଅ ସ୍କୁଲ ପରେ ବାହାରେ ହଷ୍ଟେଲରେ ରହି ପଢ଼ିଲା । ପାଠପଢ଼ା ପରେ ଚାକିରି ସେଇ ବାହାରେ । ବାହାହେବା ପରେ ମଧ୍ୟ ରହିଲା ଘରଠାରୁ ଦୂରରେ । ଘରେ ଆନନ୍ଦ ଶୂନ୍ୟ ପରିବେଶ, ଭାରାକ୍ରାନ୍ତ ନୀରବତା । ସମ୍ପୂର୍ଣ୍ଣ ନିସ୍ପୃହ ବାପା ଓ କୋଉ ଜଗତରେ ରହୁଥିବା ଅନ୍ୟମନସ୍କ ମା' ପାଇଁ ତା'ର ଘର ପ୍ରତି ଆକର୍ଷଣ ଆଦୌ ନଥିଲା । ବେଳେ ବେଳେ ଦିନେ ଦି' ଦିନ ପାଇଁ ଆସେ । ତା' ସ୍ତ୍ରୀ, ପିଲାଙ୍କୁ ନେଇ ଖୁସି ରହେ, ଫେରିଯାଏ ।

ବିନୁ ତା'ର ଚାକିରି କରୁଥିବା ସ୍ଥାନକୁ ମା' ବାପାଙ୍କୁ ଡାକେନାହିଁ । ସେ ଜାଣେ ବାପାଙ୍କର ଉତ୍ତର କ'ଣ ହେବ ଓ କେଉଁ ଅଲିଖିତ ସର୍ତ୍ତରେ ବନ୍ଧା ପଡ଼ିଥିବା ମା' କିପରି ହଲଚଲ ହୋଇପାରିବ ନାହିଁ ।

ଏଥର ପୁରୀ ଆସି ବୁଲିଯିବା ପାଇଁ ପୁଅ କହିବା ବେଳେ ଲପିତା ବିନା କୁଣ୍ଠାରେ ବାହାରି ପଡ଼ିଥିଲେ । ସ୍ୱାମୀଙ୍କର ପ୍ରତିକ୍ରିୟା ଲକ୍ଷ୍ୟ କରିବାର ସାମାନ୍ୟ ଚେଷ୍ଟା ମଧ୍ୟ କରିନଥିଲେ । ପୁଅ ବୋହୂ ନାତି ସମସ୍ତେ ଖୁସି ହୋଇଥିଲେ ତାଙ୍କ ଉପସ୍ଥିତିରେ ।

କିନ୍ତୁ ଆଣ୍ଠୁ ସମସ୍ୟା ତାଙ୍କୁ ସମୁଦ୍ର ପାଣିରେ ପଶିବାକୁ ଦେଲାନି । ସେଇ ଚୌକିଟି ଉପରେ ବସି ସେ ସେମିତି ଚାହିଁଥିଲେ ସମୁଦ୍ରକୁ ଓ ସମୁଦ୍ରର ଢ଼େଉ ସହ ଖେଳୁଥିବା ଲୋକଙ୍କର ଚଞ୍ଚଳତାକୁ । କାନରେ ବାଜୁଥିଲା ସମୁଦ୍ରର ଘୋ ଘୋ ଶବ୍ଦ ସହ ବେଳାଭୂମିରେ ମଣିଷଙ୍କର କୋଳାହଳ ।

କ'ଣ ହେଲା କେଜାଣି, ହଠାତ୍ ତାଙ୍କ ସମ୍ମୁଖର ଦୃଶ୍ୟପଟ୍ଟ କେମିତି ବଦଳିଗଲା । ସମୁଦ୍ର ପାଲଟିଗଲା ଏକ ବିସ୍ତୃତ ପ୍ରାନ୍ତରରେ । ଏପର୍ଯ୍ୟନ୍ତ ଶବ୍ଦାୟିତ ହେଉଥିବା ପରିବେଶ ହଠାତ୍ ନିସ୍ତବ୍ଧ ହୋଇଗଲା ଓ ପରମୁହୂର୍ତ୍ତରେ ମୁଖରିତ ହେଲା ଭିନ୍ନ ସମାଗମରେ ।

କୋଉ ଦୂର ଅତୀତରେ କାଳୀ ମନ୍ଦିର ପରିସରରେ ଲପିତା ଦେଖିଥିବା ଚିତ୍ରଟି ଦୃଶ୍ୟାୟିତ ହୋଇଉଠିଲା ତାଙ୍କ ଆଗରେ । ରାମ ରାବଣଙ୍କ ଘମାଘୋଟ ଲଢ଼େଇ ସହ ରାକ୍ଷସ ଓ ବାନର ସେନାଙ୍କର ପରସ୍ପରକୁ ଆକ୍ରମଣ ଓ ପ୍ରତି ଆକ୍ରମଣରେ କମ୍ପି ଉଠୁଥିଲା ରଣକ୍ଷେତ୍ର । ଅସ୍ତ୍ରଶସ୍ତ୍ରର ଆଘାତ ପ୍ରତ୍ୟାଘାତର ଶବ୍ଦ ଓ ଯୋଦ୍ଧାମାନଙ୍କର ରଣ ହୁଙ୍କାରରେ ମହା କୋଳାହଳ ସୃଷ୍ଟି ହେଉଥିଲା ।

ଲପିତା କେତେବେଳେ ବାନର ସେନା ମଧ୍ୟରୁ ଜଣେ ହୋଇଯାଇଥିଲେ । ହାତରେ ଥିଲା ତାଙ୍କର ଗଛର ଭଙ୍ଗା ଡାଳଟିଏ । ନିଜର ଶକ୍ତିମତେ ସେ ତାକୁ ବିଭିନ୍ନ ପ୍ରକାରେ ବୁଲାଇବୁଲାଇ ରାକ୍ଷସମାନଙ୍କୁ ଆକ୍ରମଣ କରିଚାଲିଥିଲେ । କେତେବେଳେ ସେ ଲମ୍ଫ ଦେଇ କାହିଁ ଶୂନ୍ୟକୁ ଉଠି ଯାଉଥିଲେ ତ କେତେବେଳେ ବିଜୁଳି ବେଗରେ ତଳକୁ ଖସିଆସି ପ୍ରତିପକ୍ଷକୁ ଆଘାତ କରୁଥିଲେ । ରାକ୍ଷସ ମାନଙ୍କର ଆଘାତରେ ବାନରମାନେ ଟଳି ପଡୁଥିବା ବେଳେ ସେ ସେମାନଙ୍କୁ ଆଶ୍ୱାସନା ଦେଇ କହୁଥିଲେ "ରାମଙ୍କ ପାଇଁ ଲଢୁଛ ଡର ନାହିଁ । ଏ ମୃତ୍ୟୁ, ମୃତ୍ୟୁ ନୁହେଁ । ରାମଙ୍କ ସ୍ପର୍ଶରେ ପୁଣି ଜୀଇଁ ଉଠି ଲଢ଼ିବ ରାମରାବଣ ଯୁଦ୍ଧ ଶେଷ ହେବା ଯାଏ ।"

ଏକ ଅଦ୍ଭୁତ ପରାକ୍ରମରେ ସେ ଡାଳ ଖଣ୍ଡଟିକୁ ବୁଲାଇ ଚାଲିଥିଲେ ।

ମା' କଣ ବସି ବସି ସମୁଦ୍ର କୂଳର ଥଣ୍ଡା ପବନରେ ତତେ ନିଦ ଲାଗିଗଲାକି ?' ପୁଅର ସ୍ୱର ।

"ଜେଜେମା ! ପାଣିକୁ ତ ଗୋଡ଼ ବଢ଼ାଇଲୁନି କି କୁଆଡ଼େ ଉଠି ବୁଲାବୁଲି କଲୁନି । ଏଠିକି କ'ଣ ଶୋଇବାକୁ ଆସିଥିଲୁ ?" ନାତିର ସ୍ୱର ।

"ମା, ଉଠି ପଡ଼ନ୍ତୁ, ଯିବା ।" ବୋହୂର ସ୍ୱର ।

ଲପିତାଙ୍କୁ ଏ ସମସ୍ତ ସ୍ୱର କାହିଁ କେଉଁ ଜଗତରୁ ଖୁବ୍ ଅସ୍ପଷ୍ଟ ଭାବରେ ଭାସି ଆସୁଥିବା ପରି ମନେ ହେଉଥିଲା । ଲପିତା ସଚେତନ ହେବାକୁ ଚେଷ୍ଟା କରୁଥିଲେ । କିନ୍ତୁ ସେ ବୁଝି ପାରୁନଥିଲେ ସେ ରଣକ୍ଷେତ୍ରରେ ଡାଳ ଖଣ୍ଡେ ଧରି ଡେଇଁ ବୁଲୁଥିବା ମାଙ୍କଡ଼ଟିଏ ନା ପୁଅ ବୋହୂ ନାତିଙ୍କର ଜିନିଷପତ୍ର ଜଗି ସମୁଦ୍ର କୂଳରେ ବସିଥିବା ଆଣ୍ଠୁ ଗଣ୍ଠି ପୀଡ଼ାରେ ପ୍ରାୟ ଚାଲିବାକୁ ଅସମର୍ଥ ହୋଇଯାଇଥିବା ବୟସ୍କା ନାରୀଟିଏ !

ସେ କେତେ ସମୟ ଧରି ଦେଖୁଥିବା ରାମରାବଣ ଓ ରାକ୍ଷସବାନର ଯୁଦ୍ଧର ଦୃଶ୍ୟ ସତ୍ୟ ନାଁ ଏବେ ଗୁଡାଏ ମଣିଷଙ୍କର ଲକ୍ଷ୍ୟହୀନ ଚଳପ୍ରଚଳ ହେବାଟା ସତ୍ୟ !

ସମୁଦ୍ର ସତ୍ୟ ନା଼ ରଣକ୍ଷେତ୍ର !

ସେ ବେଳାଭୂମିରେ ନା଼ ଯୁଦ୍ଧ ଭୂମିରେ !

ସେ ରାମଙ୍କ ପାଇଁ ଲଢୁଥିବା ବାନରଟିଏ ନା଼ ଯନ୍ତ୍ରବତ ଘରକରଣା କରୁଥିବା ନାରୀଟିଏ !

କୋଉ ସତ୍ତାଟି ତାଙ୍କର ସତ୍ୟ !

କେହି ତାଙ୍କୁ ଜୋର୍‌ରେ ହଲାଇ ଦେଲା । ସେ ଚମକି ପଡ଼ି ଉଠି ବସିଲେ ।

ପୁଅ ବିନୁ ହସି ହସି କହୁଥିଲା "ମା, ଘରେ ପରା ତତେ ବିଛଣାରେ ବି ନିଦ ହୁଏନି ବୋଲି କହୁ । ଏଠି ଆମେ ତୋ ପାଖରୁ ବ୍ୟାଗ ନେଇ ଲୁଗାପଟା ବଦଳାବଦଳି କରି ଆସିଲୁଣି, ତୁ ଏଇ ପ୍ଲାଷ୍ଟିକ ଚୌକୀରେ ବସି ସେତିକି ବେଳୁ ଘୋର ନିଦରେ ଶୋଇଛୁନା ! ଚାଲ ମନ୍ଦିର ଯିବା, ଠାକୁରଙ୍କୁ ଦର୍ଶନ କରିବୁ ପରା । ଉଠ୍, ମୁଁ ତତେ ଧରି ଧରି ନେଇଯିବି ।"

ଲପିତା ଶୂନ୍ୟଦୃଷ୍ଟିରେ ଚାହିଁଥିଲେ । ସେ ବୁଝି ପାରୁନଥିଲେ ପୁଅ କୋଉ ମନ୍ଦିରକୁ ଯିବା କଥା, କୋଉ ଠାକୁରଙ୍କୁ ଦର୍ଶନ କରିବା କଥା କହୁଛି ! ଏବେଏବେ ଯାହାଙ୍କ ସହିତ ସେ ଯୁଦ୍ଧକ୍ଷେତ୍ରରେ ଓହ୍ଲାଇଥିଲେ, ଭଙ୍ଗାଡାଳ ବୁଲାଉଥିବା ବେଳେ ବି ଯାହାଙ୍କର ସ୍ନିଗ୍ଧ ଶ୍ୟାମଳକାନ୍ତି ତାଙ୍କ ଆଖିରେ ଅମୃତ ବୋଳି ଦେଇ ହୃଦୟକୁ ଦିବ୍ୟ ପ୍ରଶାନ୍ତିରେ ଭରି ଦେଉଥିଲା, ସିଏ କିଏ ଥିଲେ ! କିଏ ଥିଲେ ସେ !

■

ଘଟ ଆକାଶ

ସେଦିନ ଜଣେ ଅସୁସ୍ଥ ଆତ୍ମୀୟଙ୍କୁ ଦେଖାକରିବା ପାଇଁ ଛ'ନମ୍ବର କ୍ୟାପିଟାଲ ହସ୍‌ପିଟାଲକୁ ଯାଇଥାଏ। ସେତେବେଳକୁ ପ୍ରାୟ ଅପରାହ୍ନ ଚାରିଟା। ଫେରିବା ବେଳେ ହଠାତ୍ କାଜୁଆଲିଟି ପାଖରେ ଟିକେ କୋଳାହଳ ଶୁଣି ଭାବିଲି ବୋଧହୁଏ କୌଣସି ଦୁର୍ଘଟଣାଗ୍ରସ୍ତ କେହି ଲୋକ ଆସି ପହଞ୍ଚିଥିବ। ଇଏତ ଏଠାକାର ଏକ ସାଧାରଣ ଘଟଣା। ବାଟଭାଙ୍ଗି ଚାଲିଆସିଲି।

କିନ୍ତୁ କିଛି ବାଟ ମାତ୍ର ଆସିଛି ମନଟା କାହିଁକି ଅସ୍ଥିର ହେବାକୁ ଆରମ୍ଭ କଲା। ଇଚ୍ଛା ହେଲା ଫେରିଯାଇ ଦେଖିଆସିବି; କାଳେ କେହି ଜଣାଶୁଣା ଲୋକ ହୋଇଥିବେ। ଯିବି କି ନ ଯିବି ଭାବୁଭାବୁ ଆସି ରାଜମହଲ ଛକରେ ପହଞ୍ଚି ଯାଇଥିଲି। ଟ୍ରାଫିକ୍ ଲାଇଟ୍‌ର ନାଲିବତୀ ସଂକେତରେ ଅଟକିଯିବା ଅବସ୍ଥାରେ ମୋର ମନେ ହେଲା ମତେ ପଛରୁ ସତେ ଯେମିତି କେହି ଆକର୍ଷଣ କରୁଛି। ମୁଁ ଅଧିକ କଥା ଚିନ୍ତା ନ କରି ମଟର ସାଇକେଲ ଫେରେଇ ହସ୍‌ପିଟାଲରେ ଯାଇ ପହଞ୍ଚିଗଲି।

କୋଳାହଳ ଥମିଯାଇଛି। କେହି ପ୍ରାୟ ଦେଖାଯାଉ ନାହାନ୍ତି। ଭାବିଲି ରୋଗୀକୁ ବୋଧହୁଏ ଚିକିତ୍ସା ପାଇଁ ନେଇଗଲେଣି। ଆଗକୁ ପାଦ ବଢ଼ାଇଲି।

ବାରଣ୍ଡାରେ ଲୋକଟିଏ କଡ଼ମାଡ଼ି ପଡ଼ିଛି। ତା' ଦେହର ନିମ୍ନଭାଗର ଅର୍ଦ୍ଧାଧିକ ଅଂଶ ପୋଡ଼ିଯାଇଛି। ଉପର ଭାଗରେ ପୋଡ଼ା ଲୁଗାର କିଛି ଅଂଶମାତ୍ର ଅବଶିଷ୍ଟ ଅଛି। ଆଉ ଟିକିଏ ପାଖକୁ ଆସି ଚାହିଁଲି। ଲୋକଟା ମୁହଁରେ ବହଳେ ଦାଢ଼ି। ଆଖି ଦୁଇଟି ବୁଜିଛି। ମୁହଁରେ ଯନ୍ତ୍ରଣାର ଲେଶ ମାତ୍ର ଚିହ୍ନ ନାହିଁ। ମରିଗଲା କି ଆଉ !

ମୁଁ ଘୁଞ୍ଚି ଆସୁଥିଲି। ସେ କଡ଼ଲେଉଟାଇ ସିଧା ହୋଇ ଶୋଇଲା। ଆଖି ଖୋଲି ଉପରକୁ ଚାହିଁ କ'ଣ ବିଡ୍ ବିଡ୍ ହେଲା। ମତେ ଲାଗିଲା ସେ ଲୋକକୁ ମୁଁ ଆଗରୁ କେଉଁଠି ଦେଖିଛି। ମୁଁ ଆହୁରି ପାଖକୁ ଆସି ଭଲକରି ତା' ମୁହଁକୁ ଅନାଇଲି। ସେ

ହଠାତ୍ ମୋ ମୁହଁକୁ ଫେରି ଚାହିଁଲା। ମୁଁ ଚମକିପଡ଼ି ପଛକୁ ଘୁଞ୍ଚିଗଲି। ରଡ ନିଆଁପରି ଦାଉ ଦାଉ ହୋଇ ଜଳୁଥିଲା ସେ ଆଖି ଦି'ଟା। ସେ ପୁଣି ଆଖି ବୁଜି ନିଶ୍ଚଳ ହୋଇ ପଡ଼ିରହିଲା।

ଏଇ କ'ଣ ତେବେ ସେଇ ଲୋକ ! ଏମିତି ଜଳିଲା ଆଖିତ ଥିଲା ସେଇ ଲୋକର ପରିଚୟ। ମୁଁ ଆଉଥରେ ତା'ର ଆପାଦମସ୍ତକ ଭଲ ଭାବରେ ଦେଖିନେଲି। ତା'ର ଦେହର ଉପର ଭାଗରେ ଝୁଲୁଥିବା ଲୁଗାପରି ଯାହା ଦିଶୁଥିଲା ପ୍ରକୃତରେ ସେଇଟା କିଛି କନା ନଥିଲା; ସେ ଥିଲା ଛିଣ୍ଡା କମ୍ବଳର କିଛି ଅଂଶ।

ମୋର ଆଉ କୌଣସି ସନ୍ଦେହ ରହିଲା ନାହିଁ।

ମନେ ପଡ଼ିଗଲା ପ୍ରାୟ ଦଶବାର ବର୍ଷ ତଳେ ମୋର କ'ଣ ଗୋଟେ ଗ୍ରହଦଶା ପଡ଼ିଥିଲା। ମତେ କୁହାଯାଇଥାଏ ଛଅ ମାସ ଯାଏ ପୁରୁଣା ଭୁବନେଶ୍ୱରରେ ଥିବା କେଦାରଗୌରୀ ମନ୍ଦିରକୁ ପ୍ରତି ଶନିବାର ଦିନ ଯାଇ ଗୌରୀମାଙ୍କୁ ଦର୍ଶନ କରିବାକୁ।

ଦୁଇ ତିନି ପାଳି ମନ୍ଦିରକୁ ଯିବା ପରେ ଦିନେ ଦେଖିଲି ମନ୍ଦିର ପରିସରରେ ଥିବା ବିରାଟ ବରଗଛ ମୂଳରେ ଯେଉଁ ମଣ୍ଡପ ଅଛି ତା' ଉପରେ ଜଣେ ଲୋକ ବସିଥିଲା। ଖୁବ୍ ଡେଙ୍ଗା ଚୌଡ଼ା ମଣିଷ। ମୁଣ୍ଡରେ ଗୋଛାଏ ଅଡୁଆତଡୁଆ ବାଳ। ମୁହଁରେ ବହଳେ ଦାଢ଼ି। ତା'ରି ଭିତରୁ ଆଖି ଦି'ଟା ଦାଉ ଦାଉ ଜଳୁଥିଲା। ଗୋଟେ କମ୍ବଳକୁ ଚଉତାଇ ମୁଣ୍ଡ ଗଳିବା ପରି କଣା କରି ତାକୁ ଦେହରେ ଝୁଲାଇଥିଲା। ଅଣ୍ଟା ପାଖରେ କମ୍ବଳଟା ଭିଡ଼ା ହୋଇଥିଲା ବଳା ହୋଇଥିବା ଗୋଟେ ଟାଣ କତା ଦଉଡ଼ିରେ। ସେ ଦଉଡ଼ିର ଗୋଟେ ପାଖ ମୋଡି ମୋଡି ହୋଇ ଶୂନ୍ୟକୁ ମୁଣ୍ଡ କାଢ଼ି ରହିଥିଲା ଓ ସେଥିରେ ନିଆଁ ଦିକି ଦିକି ହେଉଥିଲା। ସେଇଥିରୁ ଚିଲମରେ ନିଆଁ ଲଗାଇ ସେ ଧୂମ୍ ଗଞ୍ଜେଇ ଟାଣୁଥିଲା।

କାହିଁକି କେଜାଣି ସେଦିନ ମନରେ ମୋର ବେଶ୍ କୌତୂହଳ ସୃଷ୍ଟି ହେଲା ସେ ଲୋକ ବିଷୟରେ କିଛି ଜାଣିବା ପାଇଁ। ମୁଁ ସେଠି ଦୂରରେ ରହି ତାର କାର୍ଯ୍ୟକଳାପ ବହୁ ସମୟଯାଏ ଲକ୍ଷ୍ୟକରି। ସେ ସେମିତି ଉଇ ହୁଙ୍କା ପରି ବସିଥାଏ।

ମୁଁ ଫେରିଆସିଲି। କିନ୍ତୁ ମନ ଲାଗିଥାଏ ସେ ଲୋକ ପାଖରେ। ଓଡ଼ିଆ ଲୋକ ପରି ତ ଜଣାପଡୁନି ! କୋଉଠୁ ଆସିଛି ? କ'ଣ କିଛି ବିଦ୍ୟା ସାଧିଛି ନାଁ ଖାଲି ସେମିତି ଭେକ ପକେଇଛି ! ତା'ର କ'ଣ ସାଧନା ? କିଏ ଆର ସାଧ ? ଏଇଟା ବାବାଜି ନା ଗୋଟେ ଭଣ୍ଡ ?

ଦିନେ ମନ୍ଦିରର ଜଣେ ପୂଜକଙ୍କୁ ସେ ଲୋକ ବିଷୟରେ ପଚାରିଲି। ସେ କହିଲେ, "ବାବୁ ଆମେ ବି କିଛି ଜାଣିନୁ। କେତେଦିନ ହେଲାଣି ଲୋକଟା ଏଇ ମଣ୍ଡପରେ ବସୁଛି, ଶୋଉଛି। ମଝିରେ ମଝିରେ ଯାଉଛି, କୋଉଠି କ'ଣ ଖାଇ ପିଇ ଆସୁଥିବ।

ବେଳେ ବେଳେ ଶୂନ୍ୟକୁ ଚାହିଁ କ'ଣ ସବୁ ବିଡ୍ ବିଡ୍ ହେଉଛି। ଥରେ ଦି'ଥର ତା' ସହିତ କଥା ହେବାକୁ ଚେଷ୍ଟା କଲୁ, ଖାଲି ହୁଁ ହାଁ ମାରିଲା। କିଛି କହିଲାନି। ତା' ଆଖି ଦେଖିଲେ ତ ଡର ମାଡୁଛି, ତା' ସଙ୍ଗେ ଅଧିକା କ'ଣ କଥା ହେବା।"

ମୋର କିନ୍ତୁ ସେ ଲୋକ ସମ୍ପର୍କରେ କୌତୂହଳ ଦିନକୁ ଦିନ ବଢ଼ିଲା। ଦିନେ ଦି'ପହରେ ସାହସ କରି ମୁଁ ଚୁପ୍‌ଚାପ୍ ଯାଇ ତା' ପଛରେ ଟିକେ ଦୂରଛଡ଼ା ହୋଇ ବସିଲି। ମନ୍ଦିରରେ ଆଉ ଗହଳି ନାହିଁ। ବସିବସି କେତେବେଳେ ଟିକେ ମୋର ଆଖି ଲାଗିଯାଇଛି। ହଠାତ୍ ଗୋଟେ ଝଟ୍‌କାରେ ମୋ ନିଦଟା ଚାଉଁକିନା ଭାଙ୍ଗିଗଲା।

ଦେଖିଲି ସେ ଲୋକ ମୋର ଦୁଇ ବାହାକୁ ଶକ୍ତ କରି ଧରିଛି। ଖୁବ୍ ପାଖରେ ତା' ମୁହଁ। ମୁହଁରୁ ବାହାରୁଥିଲା ଗଂଜେଇ ଟଣାର ଉତ୍କଟ ଗନ୍ଧ। ଆଖି ଦି'ଟା ଦପ୍ ଦପ୍ କରୁଥିଲା। ମୁଁ ଛାନିଆରେ ଥରିବାକୁ ଆରମ୍ଭ କରିଥିଲି। ମନେ ହେଉଥିଲା ସତେ ଯେମିତି କେହି ମୋ ଦେହକୁ ଲୁହା ଜଂଜିରରେ ଶକ୍ତ କରି ବାନ୍ଧି ଦେଇଛି।

ମୁଁ କୌଣସି ପ୍ରକାର ପ୍ରତିରୋଧ କରି ପାରୁନଥିଲି। ସେମିତି କାଠ ହୋଇ ଚାହିଁ ରହିଲି। ସେ ତା'ର ଘଡଘଡିଆ ସ୍ୱରରେ ହିନ୍ଦୀ ଭାଷାରେ କହିଲା "ସ୍ୱାଏ ଗିରି କର୍ ରହା ଥା ? କ୍ୟା ଜାନ୍‌ନା ଚାହତେ ହୋ ମେରେ ବାରେ ମେଁ ?" ତା'ପରେ ସେ ମତେ କେବଳ ଅଶ୍ରାବ୍ୟ ଭାଷାରେ ଗୁଡ଼ାଏ ଗାଳିଦେଲା।

ଡରରେ ମୋ ଦେହରୁ ଗୋଟାଗୋଟା ଝାଳ ବୋହିଯାଉଥାଏ। ତା'ଗାଳିରେ କାନମୁଣ୍ଡା ନିଆଁ ହୁଳା ପରି ଲାଗୁଥାଏ। ଲାଜରେ ଇଆଡ଼େ ସିଆଡ଼େ ଚାହୁଁବି ନଥାଏ। କାଳେ କେହି ଚିହ୍ନାଲୋକ ମୋର ଏ ଦୁର୍ଦ୍ଦଶା ଦେଖିଥିବ। କିଛି ସମୟ ପରେ ସେ ମତେ ଛାଡ଼ିଦେଲା ଓ ପୁଣି ତା'ର ଗଞ୍ଜେଇ ଟଣାରେ ମନଦେଲା। ମୁଁ ମଣ୍ଡପରୁ ତଳକୁ ଚୁପ୍‌ଚାପ୍ ଓହ୍ଲାଇଯିବା ସଙ୍ଗେ ସେ କୁକୁର ମାଙ୍କଡ଼କୁ ଘଉଡ଼େଇବା ପରି ମୋ ପଛରେ ଦଉଡ଼ି ଆସିଲା। ମୁଁ ମୋ ପାଦରେ ସବୁତକ ବଳ ଖଟେଇ ମନ୍ଦିର ବାହାରକୁ ଦଉଡ଼ି ବାହାରି ଆସିଲି। ସେ ରହିଗଲା ପଛରେ।

ମୁଁ ଟିକେ ଦମ୍‌ନେଲି। ଭାରି ରାଗ ହେଲା ମନରେ। ଭାବିଲି ଲୋକଟା ସତରେ କେତେ ସାଂଘାତିକ ! ମୁଁ ତ ତାକୁ କିଛି କହିନି ସେ ଏମିତି କାହିଁକି ହେଲା। ଶଳା...ଭାବିଛି ସେ ମଣ୍ଡପଟା ତା' ବୋପାର। ସିଏ ଏକା ବସିବ। କୋଉଠୁ ଶଳା ଆସିଛି। ଦେଖହୋ ଆମ ଜାଗାରେ ଆମ ମନ୍ଦିର ଭିତରେ ବସି ଆମ ଉପରେ ଦାଦାଗିରି କରୁଛି।

ମୋ ଭିତରେ ଓଡ଼ିଆତ୍ୱ ଜାଗି ଉଠୁଥାଏ। ମୁଁ ଉତ୍ତେଜିତ ହୋଇ ଉଠୁଥାଏ। କିନ୍ତୁ ଭିତରକୁ ଯାଇ ତାକୁ ଚ୍ୟାଲେଞ୍ଜ କରିବା କଥା ଭାବିବା ବେଳକୁ ଆଉ ଅସରାଏ ଝାଳ ମୋ ଦେହରୁ ବୋହିଆସିଲା।

ମୁଁ ଚୁପ୍‌ଚାପ୍ ଘରକୁ ଫେରିଆସିଲି। ପର ପାଳି ଶନିବାର ମନ୍ଦିରକୁ ଖୁବ୍ ସନ୍ତର୍ପଣରେ ଗଲି କାଳେ ସେ ଗଂଜୋଡ଼ ସେଦିନ ପରି ପୁଣି ମତେ ବେଳ୍ଜିତ କରିବ। ସେଦିନ ସେ ସେଠି ନଥିଲା କି ପରେ ମଧ୍ୟ ମୁଁ ତାକୁ ଆଉ ଦେଖିଲିନି।

ମୋର ବ୍ରତରକ୍ଷା ସରିଗଲା। ମୁଁ ଦର୍ଶନ ସାରି ଫେରିବା ବାଟରେ ପୂଜକ ନନାଙ୍କୁ ଏମିତି ଖାଲି ପଚାରି ଦେଇଥିଲି ସେ ଲୋକ ବିଷୟରେ। ସେ କହିଲେ, "କୁଆଡ଼େ ଗଲା କଥା ହୁଏ, ହସେ। ଶୂନ୍ୟରେ ଆଙ୍ଗୁଠିରେ କ'ଣ ସବୁ ଲେଖେ ପୁଣି ତାକୁ କାଟେ। ବାଇଆଟା।"

ମୋର ତାଙ୍କ କଥାରେ କୌଣସି ମନ୍ତବ୍ୟ ଦେବାର ନଥିଲା। ମୁଁ ମନ୍ଦିର ଆଡ଼େ ଯିବା ବନ୍ଦ କରିଦେଇଥିଲି। ସେ ଲୋକକଥା ପ୍ରାୟ ଭୁଲି ଯାଇଥିଲି। କିନ୍ତୁ ବେଳେ ବେଳେ ହଠାତ୍ ସେ ଲୋକର ଚେହେରାଟା ଆଖି ଆଗରେ ସତସତ ପରି ଭାସି ଉଠିବ ଓ ମୁଁ ତାକୁ ଏଡ଼େଇ ଯିବାକୁ ଚେଷ୍ଟା କରୁଥିବି।

ବେଶ୍ କିଛିଦିନ ପରେ ଅଚାନକ ମୋର ସେ ଲୋକ ସହିତ ଦେଖା ହୋଇଗଲା। ମୁଁ ସାଇକେଲରେ ପୁରୁଣା ଭୁବନେଶ୍ୱରର ଗୋଟିଏ ରାସ୍ତାରେ ଯାଉଥାଏ। ମୋର ଅଖି ପଡ଼ିଗଲା ସେ ଲୋକଟି ମୋ ଆଗେଆଗେ ଚାଲିଚାଲି ଯାଉଥିଲା। ମୁଁ ସାଇକେଲରୁ ଓହ୍ଲାଇପଡ଼ିଲି। ମୋ ମନରେ କେମିତି ଗୋଟେ ଡର ପଶିଗଲା। କାଳେ ମତେ ସେ ଚିହ୍ନିପାରି ପୁଣି ଶୋଧିବ। ଏଠି ରାସ୍ତାରେ ଏତେ ଲୋକ ଯିବା ଆସିବା କରୁଛନ୍ତି କ'ଣ ଭାବିବେ ଶୁଣିଲେ।

ମୁଁ ଭାବୁଥାଏ ଆଉ ଟିକେ ଆଗରେ ରାସ୍ତାଟା ଭାଗ ହୋଇ ଦୁଇ ବିପରୀତ ଦିଗକୁ ଯାଇଛି। ଲକ୍ଷ୍ୟ କରିବି ଇଏ ଯୁଆଡ଼ିକି ମୁହାଁଇବ ମୁଁ ଅନ୍ୟ ଦିଗରେ ସାଇକେଲ ମାରିଦେବି। ଆଜି ପଛେ କାମ କିଛି ନ ହେଲା ନାହିଁ। କିନ୍ତୁ ରାସ୍ତାରେ ଠିକ୍ ସେଇ ଛକ ପାଖରେ ପହଞ୍ଚିବା ବେଳକୁ ସେ ବୁଲିପଡ଼ି ମତେ ଚହିଁଲା ଓ ଟିକେ ହସିଦେଇ କହିଲା "ତୁ ଜିସ୍ ରାସ୍ତେ ପେ ଜାନା ଚାହତା ହେ ପହେଲେ ଚଲା ଯା, ମେଁ ଦୁସ୍‌ରି ରାସ୍ତେ ମେଁ ଯାଉଁଗା।"

ମୁଁ ଅବାକ୍ ହୋଇଗଲି। ତେବେ ଏ ଲୋକ କ'ଣ ମତେ ମନେ ରଖିଛି, ମୁଁ ତା' ପଛେ ପଛେ ଆସୁଛି ବୋଲି ଜାଣିଛି ଓ ମୁଁ କ'ଣ ଭାବୁଛି ତା' ବି ଜାଣିଛି ! ମୋର ବିମୂଢ଼ ଅବସ୍ଥା ଲକ୍ଷ୍ୟକରି ସେ ମୋ ପାଖକୁ ଆସି କହିଲା, "ଆ ମେରେ ସାଥ୍ ଆ।"

ମୁଁ ଯନ୍ତ୍ରଚାଳିତ ପରି ସାଇକେଲ୍ ଧରି ତା' ପଛେ ପଛେ ଚାଲିଥାଏ। ସେ କିଛି କହୁନଥାଏ। ମୋର ବା କୋଉ ସାହସ କୁଲୋଇଥାଏ ମୋ ତରଫରୁ ତାକୁ କିଛି ପଚାରିବାକୁ ! ଏମିତି ଆଗପଛ ହୋଇ କିଛିବାଟ ଯାଇଛୁ ହଠାତ୍ ଅଳ୍ପ ଦୂରରୁ ପାଟିତୁଣ୍ଡ

ଚିତ୍କାର ଶୁଣାଗଲା । କ'ଣ ହେଲା ବୁଝିବା ବେଳକୁ ସେ ପାଖର ଆକାଶଟା ଧୂଆଁ ଭର୍ତ୍ତି ହୋଇଗଲା ଓ ଚାହୁଁ ଚାହୁଁ ନିଆଁ ହୁତ୍ ହୁତ୍ ହୋଇ ଜଳିବାକୁ ଲାଗିଲା । ସବୁ କୋଳାହଳ ଭେଦି ଶୁଣାଗଲା ଗୋଟିଏ ସ୍ତ୍ରୀଲୋକର ବିକଳ ଆର୍ତ୍ତ ଚିତ୍କାର, "ମୋ ପିଲା, ମୋ ପିଲା ।"

ସାଇକେଲ୍ ଛୁଟାଇ ସେଠିକୁ ଯିବାପାଇଁ ମୁଁ ତତ୍‌ପର ହୋଇ ଉଠିଥିବା ଦେଖି ସେ ବଡ଼ ଶାନ୍ତ ଗଳାରେ ମତେ ପଚାରିଲା, "ତୁ କ୍ୟା ଚହତା ହୈ । ୟେ ଆଗ୍ ବୁଝ୍‌ଯାଏ ?" ମୁଁ ଆଗ୍ରହରେ କହିଲି, "କୁଛ୍ କିଜିୟେ ମହାରାଜ ।"

ସେ ସେହିକ୍ଷଣି ନଇଁପଡ଼ି ତା'ର ବାମ ପାଦ ତଳୁ ଟିକେ ଧୂଳିମାଟି ହାତରେ ଉଠାଇ ଆଣି କ'ଣ ବିଡ ବିଡ କରି କହିଲା ଓ ସେଇ ନିଆଁ ଲାଗିଥିବା ଦିଗରେ ଉଡ଼ାଇ ଦେଲା । ବଡ଼ ଆଶ୍ଚର୍ଯ୍ୟର କଥା ମୁଁ ଚହିଁଛି ନିଆଁଧପ୍ କରି ଲିଭିଗଲା । ମୁଁ କାବା ହୋଇ ଅନେଇଛି ମୋ ଗାଲରେ ବସିଲା ଏକ ଶକ୍ତ ଚଟକଣା । ମୁଁ କିଛି ନ ବୁଝିପାରି ତାକୁ ଚହିଁଛି ସେ ମତେ କଟମଟ କରି ଚାହିଁ କହିଲା "ତୁମ୍ ଶାଲେ ସବ୍ ସମୟ କୁଛ୍ ଚମତ୍‌କାର ଦିଖ୍‌ନେ ଚାହେତେ ହୋ... । ତା'ପରେ ସେ ଯାହା କହିଲା ତା'ହେଲା ବାବାଟିଏ ଦେଖିଲେ ବା କିଛି ଅଜବ ମନେ ହେଉଥିବା ଲୋକଟିଏ ଦେଖିଲେ ସାଧାରଣ ଲୋକର ତା'ବିଷୟରେ ସେହିକ୍ଷଣି ଗୋଟେ କୌତୂହଳ ମନକୁ ଆକ୍ରାନ୍ତ କରେ । ନିଶ୍ଚୟ ଏହାର କିଛି ଅଲୌକିକ ସିଦ୍ଧିଥିବ, ମୋର ତ୍ରିକାଳ ଦର୍ଶନ କରି ମତେ ସବୁ କହିଦେବ । ମୋ ରୋଗଭଲ କରିଦେବ, ମତେ ମକଦ୍ଦମା ଜିତେଇ ଦେବ, ମୋ ଝିଅ ବାହାଘର କରେଇଦେବ । ପୁଅକୁ ଚାକିରି କରେଇଦେବ.... ଶଳା ସନ୍ନ୍ୟାସୀମାନଙ୍କର କ'ଣ ଆଉ କିଛି କାମ ଅଛିକି !

ସେ ଏସବୁ କହିବା ସତ୍ତ୍ୱେ ଓ ମୋ ଗାଲ ବିନ୍ଧୁଥିବା ସତ୍ତ୍ୱେ କିଛି ସମୟ ପୂର୍ବରୁ ଦେଖିଥିବା ସେହି ଅଦ୍ଭୁତକ୍ରିୟା ମୋ ଚେତନାକୁ ଆଚ୍ଛନ୍ନ କରି ରଖିଥିଲା । ମୁଁ ନଇଁପଡ଼ି ତାଙ୍କ ଦୁଇ ପାଦକୁ ଜାବୁଡ଼ି ଧରି ମୁଣ୍ଡିଆ ମାରୁ ମାରୁ କହିଲି, "ଜୟ ହୋ ବାବା, ଜୟ ହୋ ।"

ସେ ଆଗେ ଆଗେ ଚାଲିଲେ । ମୁଁ ସମ୍ମୋହିତ ହେବାପରି ତାଙ୍କ ପଛେ ପଛେ ଯାଇ ନିଆଁ ଲାଗିଥିବା ଜାଗାରେ ପହଞ୍ଚିଗଲୁ । ସେଠି ଜମା ହୋଇଥିବା ଲୋକଙ୍କ କଥାରୁ ବୁଝିଗଲି ଭିତରେ ରହିଯାଇଥିବା ପିଲାଟା ଭଲରେ ଭଲରେ ଉଦ୍ଧାର ପାଇଗଲା । କିନ୍ତୁ ସମସ୍ତଙ୍କୁ ଗୋଟିଏ ପ୍ରଶ୍ନ ଅସ୍ଥିର କରୁଥାଏ କେହି ବାଲ୍‌ଟିଏ ପାଣି ପକାଇ ନାହାନ୍ତି ଏଡ଼େ ଜୋରରେ ଜଳି ଉଠୁଥିବା ନିଆଁଟା ଧପ୍ କରି ଲିଭିଗଲା କେମିତି ।

ତେଣିକି ଚାଲିଲା ବିଭିନ୍ନ ବ୍ୟାଖ୍ୟା ଓ ଏ ସମ୍ପର୍କରେ ଜଣେ ଅନ୍ୟ ଜଣଙ୍କଠାରୁ

ଅଧିକ ଜାଣିଥିବାର ପ୍ରତିଯୋଗିତା। ମୋର ଇଚ୍ଛା ହେଉଥିଲା ଚିତ୍କାର କରି କହିବା ପାଇଁ, "ଆରେ ମୂର୍ଖମାନେ ଚୁପ୍ କର। ଏଇ ଯେ ମହାତ୍ମା ମୋ ପାଖରେ ଠିଆ ହୋଇଛନ୍ତି ତାଙ୍କରି ସିଦ୍ଧ ବଳରେ ଏହି ଅଲୌକିକ ଘଟଣା ଘଟିଛି।"

କିନ୍ତୁ ଏହି ଉଦ୍‌ଘୋଷଣ ବାବାଙ୍କ ମନକୁ ଯିବକି ନାହିଁ ଜାଣିବା ପାଇଁ ଚାହିଁବା ବେଳକୁ ସେ ସେଠାରୁ ଅନ୍ତର୍ଦ୍ଧାନ ହୋଇ ଯାଇଥିଲେ। ମୁଁ ସାଇକେଲରେ ବସି ଯେତେ ଶୀଘ୍ର ପାରେ ଆଗକୁ ଆଗକୁ ଧାଇଁଲେ। ଗୋଟିଏ ତ ରାସ୍ତା, ମାତ୍ର କେଇ ମିନିଟ୍ ଭିତରେ ସେ କୁଆଡ଼େ ଚାଲିଗଲେ ! ଆହା ହାତରେ ପାଇ ହରାଇଲି ନା। ମୋର କ'ଣ ଦରକାର ଥିଲା ସେ ଅଧାପୋଡ଼ା ଘର ପାଖରେ ଠିଆହୋଇ ଲୋକଙ୍କର ଆଲୋଚନା ଶୁଣିବା ?

ବହୁତ ଖୋଜିଲି କିନ୍ତୁ ତାଙ୍କୁ ଆଉ ପାଇଲି ନାହିଁ। ଆଜି ପ୍ରାୟ ପାଞ୍ଚ ଛ ବର୍ଷ ପରେ ତାଙ୍କୁ ଅଧାଜଳା ଅବସ୍ଥାରେ ମୁଁ ଭେଟୁଛି। କିନ୍ତୁ ଯିଏ ସେଦିନ ଧୂଳି ଟିକେ ଉଡ଼ାଇ ଦେଇ ନିଆଁ ଲିଭାଇ ଦେଇଥିଲେ ସେ ଆଜି ନିଜେ କେମିତି ପୋଡ଼ିଗଲେ !

ସେ ବାଟରେ ଯିବା ଆସିବା କରୁଥିବା ଜଣେ ବେହେରାକୁ ପଚାରିଲି। "ଏ ଲୋକ ଯିଏ ଏଠି ପଡ଼ିଛନ୍ତି ସେ କିଏ ? କୋଉଠୁ ଆସିଲେ ଏ ଅବସ୍ଥାରେ ?"

ସେ ଯାହା କିଛି ଜାଣିଥିଲା କହିଲା, "ଦି'ଜଣ କିଏ ଏ ଲୋକକୁ ଟ୍ରଲିରେ ପକେଇ ଆଣିଥିଲେ ବାରଣ୍ଡାରେ ଶୁଆଇଦେଇ ଚାଲି ଯାଇଛନ୍ତି। କହୁଥିଲେ କାହା ଘରେ ଗୋଟେ ନିଆଁ ଲାଗିଥିଲା। ଇଏ ରାସ୍ତାରେ ଯାଉଥିବା ମଣିଷ, ସେ ଘର ଭିତରେ ରହିଯାଇଥିବା ଗୋଟେ ଲୋକକୁ ଆଣିବାକୁ ଚେଷ୍ଟା କରୁଥିଲେ ତା' ପରେ ଏ ଅବସ୍ଥା।" ସେ ଲୋକ ଦି'ଜଣ ଯା'ଙ୍କୁ ଜାଣନ୍ତି ନାହିଁ। ଖାଲି ବିକଳ ପାଇ ଟ୍ରଲିରେ ପକାଇ ଆଣିଥିଲେ। ଛାଡ଼ିଦେଇ ପଳେଇଲେ କାଳେ କ'ଣ ଝାମେଲାରେ ପଡ଼ିବାକୁ ହେବ।

ଏତିକି କହି ବେହେରା ଚାଲିଗଲା। ମୁଁ ଦେଖିଲି ଡାକ୍ତର ପହଞ୍ଚିସାରି ବାରମ୍ବାର ପଚାରୁଛନ୍ତି।

"ଏ ଲୋକର କିଏ ଅଛନ୍ତି ଡାକ।"

- ମୁଁ ଅଛି। ହଠାତ୍ ମୁଁ ତାଙ୍କପାଖକୁ ଚାଲିଯାଇ କହିଲି।

- ରୋଗୀର ନାଁ କ'ଣ ?

- କହି ପାରିବିନି।

- ଘର କେଉଁଠି ?

- ଜାଣିନି।

- କେମିତି ପୋଡ଼ିହେଲେ ?

– କହି ପାରିବିନି।

ଡାକ୍ତର ଚିଡ଼ିଉଠି କହିଲେ, "କିଛି ତ ଜାଣିନ। ଏ ରୋଗୀକୁ ଆଣିଲ କେମିତି।"

ମୁଁ ବିନୀତ ସ୍ୱରରେ ଉତ୍ତର ଦେଲି, "ଆପଣ ଯାହା ପଚାରୁଛନ୍ତି ସେସବୁ ମୁଁ କିଛି ଜାଣିନି। କିନ୍ତୁ ଏ ବ୍ୟକ୍ତିଙ୍କୁ ଜାଣେ। ଆପଣ ମୋ ମାର୍ଫତରେ ତାଙ୍କୁ ଆଡମିଟ କରନ୍ତୁ।" ମୁଁ ମୋର ପରିଚୟ ଦେଲି।

ଡାକ୍ତର ତାଙ୍କୁ କିଛି ପ୍ରାଥମିକ ଚିକିତ୍ସା ପରେ ୱାର୍ଡକୁ ପଠାଇଦେଲେ। ସେଠି ଖଟ ନାହିଁ, ତଳେ ଚଟାଣ ଉପରେ ହସ୍‌ପିଟାଲର ଖଣ୍ଡେ ମଇଳା ଚାଦର ପକାଇ ତାଙ୍କୁ ଶୁଆଇ ଦିଆଗଲା। ମୁଁ ତାଙ୍କ ପାଇଁ ଔଷଧପତ୍ର ଓ ଖାଇବା ଜିନିଷ କିଛି କିଣିଆଣିଲି। ଜଣେ ବେହେରାକୁ ଦିନକୁ ପଚାଶ ଟଙ୍କା ଦେଇ ତାଙ୍କର ଦେଖାଶୁଣା କରିବାର ବ୍ୟବସ୍ଥା କରିଦେଲି।

ଏ ଭିତରେ ବହୁତ ବେଳ ହୋଇଗଲାଣି। ଘରକୁ ଫେରିବା କଥା ଭାବୁଛି, ସେ ଆଖି ଖୋଲି ମତେ ଚାହିଁଲେ ଓ ପାଖକୁ ଡାକିଲେ। ମୁଁ ଦଉଡ଼ି ଆସି ତାଙ୍କୁ ପ୍ରଣାମ ଜଣାଇଲି। ସେ ଟିକେ ହସିଦେଲେ, ମତେ ସେ ଚିହ୍ନିପାରିଛନ୍ତି ବୋଲି ଜାଣିଲି।

ଧୀର ସ୍ୱରରେ ପଚାରିଲି, "ବାବା ଏମିତି କିପରି ହେଲା ?"

ସେ ଖଣ୍ଡି ଓଡ଼ିଆରେ କହିଲେ, "ନିଆଁରେ ଲାଗିଲେ ପୋଡ଼ିଯିବନି ?"

" କିନ୍ତୁ ଆପଣ ପୋଡ଼ିହେଲେ କିପରି" ? ମୁଁ ଉତ୍କଣ୍ଠିତ ହୋଇ ପଚାରିଲି।

ସେ ସେମିତି ଗୋଟେ ଶାନ୍ତ ଭାବରେ ହସୁହସୁ କହିଲେ "ଏଥିରେ ଆଶ୍ଚର୍ଯ୍ୟ ହେବାର କଣ ଅଛି। ନିଆଁର ଧର୍ମ ଜଳେଇବା ଓ ଶରୀରର ଧର୍ମ ଜଳିବା।"

"ନାଁ ବାବା ନାଁ। ଏ ଶରୀର ସାଧାରଣ ମଣିଷର ଶରୀର ନୁହେଁ।"

"ମଣିଷର ଶରୀର ତ, ସେଥିରେ ସାଧାରଣ ଅସାଧାରଣ କ'ଣ ?"

ମୁଁ କିନ୍ତୁ ଛୋଟ ପିଲାଙ୍କ ପରି ଅଳି କଲି। ଯେଉଁ ଲୋକର ଉପସ୍ଥିତିରେ ପ୍ରଚଣ୍ଡ ଅଗ୍ନି ମୁହୂର୍ତ୍ତକରେ ନିର୍ବାପିତ ହୋଇ ଯାଇଥିଲା, ସେ ଲୋକ ପୁଣି କେମିତି ନିଆଁର ଶିକାର ହେବ। ଏହା କେମିତି ସମ୍ଭବ !

ସେ ସେମିତି ଶାନ୍ତ ଭାବରେ କିନ୍ତୁ ଅସ୍ପଷ୍ଟ ସ୍ୱରରେ କହିଲେ, "ଶୁଣ ସେଦିନ ଯେଉଁ ନିଆଁ ମୁଁ ଲିଭାଇ ଦେଇଥିଲି ବୋଲି କହୁଛୁ ପ୍ରକୃତରେ ସେ ନିଆଁ ଲିଭିଯାଉ ବୋଲି ଉପରବାଲା ଚାହୁଁଥିଲା। ମତେ ସେଠିକି ସେଦିନ ସେ ପଠାଇଥିଲା। ଆଜି ଯେଉଁ ନିଆଁ ଲିଭାଇବାକୁ ମୁଁ ଚେଷ୍ଟା କଲି ସେ ଥିଲା ମୋର ଇଚ୍ଛା। ସେ ଚାହୁଁ ନାହିଁ ବୋଲି ଜାଣିବା ସତ୍ତ୍ୱେ ନିଜର ଇଚ୍ଛାକୁ ପ୍ରାଧାନ୍ୟ ଦେଲି। ତା' ବିଧାନକୁ ମାନିବାକୁ ପ୍ରସ୍ତୁତ ହେଲିନି। ତେଣୁ ପରିଣତି ଯାହା ହେବାକଥା ହେଲା। ଆଚ୍ଛା ତୁ ଏବେ ଯା ମୁଁ ବିଶ୍ରାମ ନେବି।"

ସେ ଆଖି ବୁଜିଲେ। ମୁଁ ତାଙ୍କ ଉଦ୍ଦେଶ୍ୟରେ ନମସ୍କାର କରି ବାହାରି ଆସିବା ପରେ ସେ ବେହେରାକୁ କହି ଆସିଲି ତାଙ୍କର ସବୁ ପ୍ରକାର ଯତ୍ନ ନେବ, ପଇସା ପାଇଁ ଚିନ୍ତା କରିବନି।

ଫେରି ଆସିଲି ଘରକୁ। ରାତିସାରା ଗୋଟିଏ ଭାବନା ମନକୁ ଆଚ୍ଛନ୍ନ କରି ରଖିଲା। ଯେତେ ସବୁ କର୍ମ ଆମେ କରୁଛୁ ତା' ଭିତରୁ କେତେ ତାଙ୍କ ଇଚ୍ଛାରେ ହୁଏ କେତେହୁଏ ଆମ ଇଚ୍ଛାରେ ! କିନ୍ତୁ କଥାଟା ପୁଣି ଅଡୁଆ ଲାଗୁଥିଲା। ଯଦି ଜଣେ ସିଦ୍ଧ ପୁରୁଷ ତାଙ୍କର ଇଚ୍ଛା କ'ଣ ତାହା ଜାଣିବା ପରେ ବି ନିଜର ଭାବନା ବା ପ୍ରବେଗ ଦ୍ୱାରା ପରିଚାଳିତ ହୋଇ ଭୁଲ୍ କରିବସନ୍ତି ସେ କ୍ଷେତ୍ରରେ ଆମପରି ସାଧାରଣ ମଣିଷ ବା କ'ଣ ବୁଝିବ। କିନ୍ତୁ ତା' ସତ୍ତ୍ୱେ ବି ମାନିବାକୁ ପଡ଼ିବ ଯେ ସେ ଈଶ୍ୱରଙ୍କ ଇଚ୍ଛା ବିଷୟରେ ସଚେତନ; ଯାହାକି ଆମର ଧାରଣା, ଭାବନା ବା ଅନୁଭବରେ ଧରିହେଉନି। ନାଁ, ତାଙ୍କୁ କାଲି ପଚାରିବି ଆମ ପରି ସାଧାରଣ ମଣିଷମାନଙ୍କ ପାଇଁ ଏ ଦିଗରେ କିଛି ମାର୍ଗ ଦର୍ଶନ କରାନ୍ତୁ।

ସକାଳୁ ଉଠି ମୁଁ ହସ୍‌ପିଟାଲ ଦୌଡ଼ିଲି। ସେଠି ପହଞ୍ଚି ଦେଖିଲି ସେ ଚଟାଣ ଉପରେ ଗତ ରାତିର ସେ ଚାଦର ଖଣ୍ଡକ ଲୋଚାକୋଚା ହୋଇ ପଡ଼ିଛି, ସେ ନାହାନ୍ତି। ବେହେରାକୁ ଖୋଜିଲି, ସେ ମତେ ଦେଖି ଦଉଡ଼ି ଆସିଲା। ତା' କହିବାର କଥା ଯେ ସେ ଖୁବ୍ ଭୋରରୁ ଉଠିବା ବେଳକୁ ବି ସେ ନାହାନ୍ତି। ସେ ବହୁତ ଖୋଜାଖୋଜି କରି ମତେ ଅପେକ୍ଷା କରୁଥିଲା।

ଇଏ ବି ମୋ ପାଇଁ ଅନ୍ୟ ଏକ ବିସ୍ମୟକର ଘଟଣା। ଗତକାଲି ବାବାଙ୍କର ଶରୀର ଯେପରି ଗୁରୁତର ଅବସ୍ଥାରେ ଥିଲା ସେଥିରେ ସେ ନିଜେ ଉଠି ଚାଲିକରି କୁଆଡ଼େ ଚାଲିଯିବା ତ କେବେ ବି ବିଶ୍ୱାସଯୋଗ୍ୟ ନୁହେଁ। କିନ୍ତୁ ସେ ଯେ ଚାଲିଯାଇଛନ୍ତି, ଏହା ସତ୍ୟ। ମୋର ସାଧାରଣ ବିଶ୍ୱାସ ଅବିଶ୍ୱାସ ସହିତ ତାଙ୍କର କୌଣସି ସମ୍ପର୍କ ନାହିଁ।

ମୁଁ ଫେରିଆସିଲି। ତାଙ୍କୁ ପାଇବା ଓ ହରାଇବାର ଦୁଃଖ ମତେ ପୀଡ଼ିତ କରୁଥିଲା। ଯଦିବା ମୁଁ ଜାଣି ସାରିଛି ଯେ ସେ ମୋର ପହଞ୍ଚ ସୀମାରେ ନାହାନ୍ତି; ତଥାପି ଏତେବର୍ଷ ପରେ ବି ମୁଁ ତାଙ୍କୁ ଟିକେ ସାକ୍ଷାତ କରିବାକୁ କାହିଁକି ଖୋଜୁଛି ନିଜେ ବି ଜାଣିପାରୁନି।

କଳାପଥରର କଥା

ସବିତାଙ୍କର ଠାକୁର ଘରେ କାଠରେ ତିଆରି ତିନିଥାକିଆ ଆସ୍ଥାନ ଉପରେ ସୁସଜ୍ଜିତ ହୋଇ ରହିଥିଲା ଲକ୍ଷ୍ମୀନାରାୟଣଙ୍କର ଏକ ବିରାଟ ଫ୍ରେମ ବନ୍ଧା ଚିତ୍ର । ଏଥିସହିତ ଅନ୍ୟାନ୍ୟ ଦେବଦେବୀଙ୍କର ଚିତ୍ରମାନ ମଧ୍ୟ ପୂଜା ପାଉଥିଲେ ।

ସବିତାଙ୍କର ସକାଳ ସମୟଟା ପ୍ରାୟ ବିତୁଥିଲା ସେଇ ଠାକୁରଘରେ । ଭଗବତ ଗୀତାରୁ ପ୍ରତ୍ୟହ ଅଧ୍ୟାୟଟିଏ ପାଠ କରିବା ସହ ଅନ୍ୟାନ୍ୟ ଧର୍ମଗ୍ରନ୍ଥରୁ କିଛି କିଛି ପଢ଼ିବା, ବିଭିନ୍ନ ମନ୍ତ୍ର ସବୁ ନିର୍ଦ୍ଦିଷ୍ଟ ସଂଖ୍ୟାରେ ଜପ କରିବାରେ ସକାଳ ବେଳା ତାଙ୍କର ଅନେକ ସମୟ ଆବଶ୍ୟକ ହୁଏ । ଏଣେ ସକାଳେ ବହୁତ ଘର କାମ । ସେଥିପାଇଁ ସେ ପ୍ରତିଦିନ ରାତି ପାହିବାର ବେଶ୍ ପୂର୍ବରୁ ଉଠି ନିଜର ନିତ୍ୟକର୍ମ ସ୍ନାନ ଆଦି ସାରି ପୂଜା କାମରେ ଲାଗିଯାନ୍ତି । ସକାଳେ ସ୍ୱାମୀ ଓ ପିଲା ଦୁଇ ଜଣ ଉଠିବାବେଳକୁ ସବିତା ଠାକୁର ଘର ଆଉଜାଇ ଦେଇ ରୋଷେଇ ଘରେ କିଛି ନା କିଛି କରୁଥାନ୍ତି ।

ଗାଧୋଇ ସାରି ଘରର କର୍ତ୍ତା ମହେନ୍ଦ୍ର ବାବୁ ଠାକୁର ଘର ଦ୍ୱାର ମୁହଁରେ ଠିଆହୋଇ ବେଶ୍ ଉଚ୍ଚକଣ୍ଠରେ ଶିବ ପଞ୍ଚାକ୍ଷର ସ୍ତୋତ୍ରଟି ପାଠକରି ବାହାରୁ ପ୍ରଣାମ କରି ଚାଲିଆସନ୍ତି । ତା'ଠାରୁ ଆଉ ଅଧିକା କିଛି କରିବାର ତାଙ୍କୁ କେହି ଦେଖିନି । ଝିଅ ଶିଖା ଠାକୁର ଘର ପାଖାପାଖି ଅଞ୍ଚଳକୁ ବି ଯାଏନି ।

ସବିତା ପୂଜାପତ୍ର ବାବଦରେ କାହାରିକୁ କିଛି କୁହନ୍ତି ନାହିଁ । ତାଙ୍କର ବିଶ୍ୱାସ ପ୍ରତ୍ୟେକ ମଣିଷର ମାର୍ଗ ଭିନ୍ନ । ଯିଏ ଯେଉଁ ମାର୍ଗରେ ଯିବାକୁ ଉଦ୍ଦିଷ୍ଟ ସେ ସେଇଥିରେ ହିଁ ଯିବ । କିନ୍ତୁ ପୁଅ ଆଦିତ୍ୟଙ୍କର ଏ ଦିଗରେ କୌତୂହଳ ବହୁତ । ଦେବଦେବୀଙ୍କ ପ୍ରସଙ୍ଗରେ ଜାଣିବା ପାଇଁ ଖୁବ୍ ଆଗ୍ରହ । ସମୟ ପାଇଲେ ସେ ମା'ଙ୍କ ନିକଟରୁ ରାମାୟଣ, ମହାଭାରତ ଓ ପୁରାଣର କାହାଣୀ ସବୁ ଶୁଣିବା ପାଇଁ ଜିଦ୍ କରନ୍ତି । ସବିତା ମଧ୍ୟ ସମୟ ପାଇଲେ ସେସବୁ ପ୍ରସଙ୍ଗ ବେଶ୍ ଶ୍ରଦ୍ଧାର ସହିତ ପୁଅ ଆଗରେ

ବର୍ଣ୍ଣନା କରିଥାନ୍ତି । କିନ୍ତୁ ଆଦିତ୍ୟଙ୍କୁ ତାଙ୍କ ଠାକୁରଘରେ ପଶିବାକୁ ଦିଅନ୍ତି ନାହିଁ । ସେଇ ବାହାରୁ ମୁଣ୍ଡିଆ ମାରିଯିବାକୁ କୁହନ୍ତି । ସେ ଯେତେପ୍ରକାରେ ପୁଅକୁ ଠାକୁର ଘରେ ପଶିବାକୁ ନିବୃତ୍ତ କରନ୍ତି ଆଦିତ୍ୟଙ୍କର କୌତୂହଳ ସେତିକି ବଢୁଥାଏ । କିନ୍ତୁ ମା'ଙ୍କ କଥାରେ ଅବାଧ୍ୟ ମଧ୍ୟ ହୋଇପାରନ୍ତି ନାହିଁ । ଅଥଚ ଠାକୁର ଘର ଭିତରୁ ଭାସି ଆସୁଥିବା ଝୁଣା ଧୂପର ବାସ୍ନା, ଗୁଆଘିଅରେ ଜଳୁଥିବା ଦୀପର ସୁଗନ୍ଧି ତାଙ୍କୁ ସେଇଆଡ଼କୁ ଆକର୍ଷିତ କରୁଥାଏ ।

ବାହାରୁ ବାହାରୁ ମୁଣ୍ଡିଆ ମାରି ଆସୁଥିବାବେଳେ ଠାକୁର ଘର ଭିତରକୁ ଆଖି ବୁଲାଇ ନିଅନ୍ତି ଆଦିତ୍ୟ । ଠାକୁର ଘର ମଝିରେ ସବୁବେଳେ ଗୁଆ ଘିଅ ଭର୍ତ୍ତି ହୋଇଥିବା ଏକ ବଡ଼ ଦୀପଟିଏ ଜଳୁଥାଏ । ତା'ରି ସୁରଭିତ ଆଲୋକ ଶିଖାରେ ପ୍ରତିଟି ଦେବଦେବୀଙ୍କର ମୁହଁ ଉଜଳି ଉଠୁଥାଏ । କବାଟ ଏପଟେ ଠିଆ ହୋଇ ଆଦିତ୍ୟ ଘଡ଼ିଏଘଡ଼ିଏ ସମସ୍ତଙ୍କୁ ଦେଖି ନିଅନ୍ତି । ରାମ ସୀତା ଲକ୍ଷ୍ମଣଙ୍କ ସହିତ ହନୁମାନଙ୍କର ଚିତ୍ର ତାଙ୍କୁ ମନେ ପକାଇଦିଏ ସେ ଶୁଣିଥିବା ରାମାୟଣର କଥାମାନ, ବାଳଗୋପାଳ, ରାଧାକୃଷ୍ଣ, ରଣାଙ୍ଗନରେ ଯୋଗେଶ୍ୱର କୃଷ୍ଣ ଓ ବିଶ୍ୱରୂପ ଦର୍ଶନର ଛବି ତାଙ୍କୁ କେମିତି ମନ୍ତ୍ରମୁଗ୍ଧ କରିଦିଏ । ଇଚ୍ଛାହୁଏ ସେ ଭିତରେ ଯାଇ କିଛି ସମୟ ବସିବା ପାଇଁ ।

ସବିତା ତାଙ୍କୁ ସେପରି କରିବାକୁ ବାରଣ କରନ୍ତି । କାରଣ ଛୋଟ ଠାକୁରଘରଟିଏ । ଦୁଇଜଣ ଏକାଠି ତା' ଭିତରେ ବସିବା ସମ୍ଭବ ନୁହେଁ । ତା'ଛଡ଼ା ଆଦିତ୍ୟ ବା କୋଉ ପୂଜାପତ୍ର କରିବେ କି । କେବଳ ଭିତରକୁ ଯିବାପାଇଁ ମନରେ ଏକପ୍ରକାର କୌତୂହଳ ଭିନ୍ନ ଅନ୍ୟ କିଛି ନୁହେଁ ।

ଆଦିତ୍ୟ ଆଉ ଅଧିକ ଜିଦ୍ କରନ୍ତି ନାହିଁ । ଠାକୁର ଘର ବାହାରୁ ମୁଣ୍ଡିଆଟିଏ ମାରି ଫେରି ଆସନ୍ତି । ସେଦିନ ସେମିତି ଫେରି ଆସୁଥିବାବେଳେ ତାଙ୍କ ଆଖି ପଡ଼ିଗଲା ଠାକୁର ଘରର ଗୋଟିଏ କଣକୁ ଆଉ ଗୋଟିଏ ଛୋଟ ଦୀପ ଜଳୁଛି । କ'ଣ ବୋଲି ସେ ନିରେଖି କରି ସେ ଦିଗରେ ଚାହିଁଲେ । ଏଥର ଦୀପାଲୋକିତ ଅଞ୍ଚଳଟି ସ୍ପଷ୍ଟ ଦେଖାଗଲା । ଘର କଣକୁ ଥିବା ଛୋଟିଆ ପିଣ୍ଡିଟିଏ ଉପରେ ରହିଛି କଳା ରଙ୍ଗର ପଥର ଖଣ୍ଡଟିଏ । ନିର୍ଦ୍ଦିଷ୍ଟ କୌଣସି ଆକାର ନାହିଁ । ତେଣୁ ମୂର୍ତ୍ତି ବୋଲି କୁହାଯାଇ ପାରିବନି; ଖାଲି ପଥର ଖଣ୍ଡଟିଏ । ସିନ୍ଦୂରବୋଳା ହୋଇନାହିଁ କି, ଫୁଲଟିଏ ବି ଦିଆଯାଇନି । ତେବେ କ'ଣ ଇଏ ? ସେଠି ଦୀପଟିଏ ଜଳିବା ସେ ପୂର୍ବରୁ ମଧ୍ୟ କେବେ ଦେଖିନଥିଲେ । ଆଜି ପ୍ରଥମ କରି ତାଙ୍କ ଆଖିରେ ପଡ଼ିଥିଲା ପଥରଖଣ୍ଡ ଓ ତା' ସାମ୍ନାରେ ଜଳୁଥିବା ଦୀପ ।

କୌତୂହଳ ସଂବରଣ କରିବା ଆଉ ତାଙ୍କ ପକ୍ଷରେ ସହଜ ନଥିଲା । ସେ ସବିତାଙ୍କୁ

ତା'ର ରହସ୍ୟ କ'ଣ କହିବାକୁ ଏକପ୍ରକାର ବାଧ୍ୟ କଲେ । ସବିତା ଯେତେ ବିରକ୍ତ ହେଲେ ବି ଆଦିତ୍ୟ ତାଙ୍କ ପିଛା ଛାଡ଼ି ନଥିଲେ ।

ତେଣୁ ସବିତା ତାଙ୍କୁ ବୁଝାଇବାକୁ ଯାଇ କହିଥିଲେ "ତୁ ବଡ଼ ପିଲା ହୋଇଗଲେ ତତେ କହିବି । ଏବେ ତୁ କିଛି ବୁଝିପାରିବୁନି । ଯା ।"

ଆଦିତ୍ୟ କିନ୍ତୁ ନଛୋଡ଼ବନ୍ଧା । ତାଙ୍କର ଉତ୍ତର ମଧ୍ୟ ପ୍ରସ୍ତୁତ ହୋଇ ରହିଥିଲା । ସେ କହିଲେ, "ମା' ମୁଁ ପରା କଲେଜରେ ପାଠ ପଢୁଛି । କ'ଣ ଆଉ ଛୋଟ ପିଲା ହେଇଛି କି ! ତୁମେ ଯାହା କହିବ ମୁଁ ନିଶ୍ଚୟ ବୁଝିପାରିବି ।"

ସବିତା ଏଥର ବାଧ୍ୟ ହେଲେ କଳାପଥରର ରହସ୍ୟ ଖୋଲିବା ପାଇଁ । ଘରେ ବାପଝିଅ ନଥାନ୍ତି । ସବିତା ଓ ଆଦିତ୍ୟ ସେଇ ଠାକୁର ଘର ଦ୍ୱାର ମୁହଁରେ ବସିପଡ଼ିଲେ ।

ସବିତା ଖୁବ୍ ଶାନ୍ତ ଭାବରେ ସେଦିନର ଘଟଣାଟି ପୁଅ ଆଗରେ ବର୍ଣ୍ଣନା କଲେ । ତାଙ୍କ ବାହାଘରର ପ୍ରାୟ ଚାରିମାସ ପରେ ମହେନ୍ଦ୍ରଙ୍କ ସହିତ ସେ ତାଙ୍କ ବାପଘର ଖଲିକୋଟ ଯାଉଥାନ୍ତି ଟ୍ରେନ୍‌ରେ । ସେମାନଙ୍କୁ ସାଙ୍ଗରେ ନେଇଯିବା ପାଇଁ ତାଙ୍କ ଗାଁରୁ ବାପା ପଠାଇଥାନ୍ତି ତାଙ୍କ ସାନ ଭାଇଙ୍କର ପୁଅ ଜଗୁକୁ । ତା'ର ଭାରି ମଜାଳିଆ ସ୍ୱଭାବ । ସେ ତା'ର ଦକ୍ଷିଣୀ ଢ଼ଙ୍ଗରେ କହୁଥିବା କଥା ଶୁଣି ମହେନ୍ଦ୍ର ହସିହସି ଗଡ଼ିଯାଉଥାନ୍ତି । ଶଳାଭିଣୋଇଙ୍କର ଥଟ୍ଟା ପରିହାସକୁ ସହଯାତ୍ରୀମାନେ ମଧ୍ୟ ଖୁବ୍ ଉପଭୋଗ କରୁଥାନ୍ତି । ଟ୍ରେନ୍‌ରେ ମୁଖ୍ୟତଃ ଥାନ୍ତି ସେହିସବୁ ଅଞ୍ଚଳର ଲୋକେ । ଏପଟ ଅଞ୍ଚଳର ଜଣେ ଶିକ୍ଷିତ ଚାକିରିଆ ବ୍ୟକ୍ତି ଖଲିକୋଟର ଏକ ଭିତିରି ଅଞ୍ଚଳରେ ଥିବା ଗାଁର ଜ୍ୱାଇଁ ହୋଇଥିବା କଥାଟା ସମସ୍ତଙ୍କୁ ଖୁବ୍ ଆଚମ୍ଭିତ କରୁଥାଏ । ଏଣେ ସମସ୍ତେ ଜ୍ୱାଇଁଙ୍କୁ ନେଇ ବେଶ୍ ଆନନ୍ଦିତ ମଧ୍ୟ ହେଉଥାନ୍ତି ।

ଜଗୁ ଭିଣୋଇଙ୍କୁ ଥଟ୍ଟା କରି କହୁଥାଏ, "ବୁଝିଲ ଭାଇ, ଖଲିକୋଟ ଷ୍ଟେସନରୁ ଓହ୍ଲାଇ ଦୁଇକୋଶ ରାସ୍ତା ଗଲେ ପଡ଼ିବ ଆମ ଗାଁ ନୂଆ ଭୂଆସୁଣୀ । ତୁମକୁ ନବାପାଇଁ ସଜାହୋଇ ଆସିଛି ଶଗଡ଼ । ଆଗରେ ତେଲିଙ୍ଗୀ ବାଜା ବଜାଇ ଲୋକେ ଚାଲିବେ । ଆବଡା ଖାବଡ଼ା ଗାଁ ରାସ୍ତା । ଦେଖି ସମ୍ଭାଳି ଶଗଡ଼ରେ ବସିବ । ବାଟରେ ଯେଉଁ ଗାଁ ସବୁ ପଡ଼ିବ ନୂଆ ଜୋଇଁ ଆସୁଛନ୍ତି ବୋଲି ଗାଁ ମାଇପେ ହୁଳୁହୁଳି ପକାଇ ଦୁବ ବରକୋଳି ପତ୍ରରେ ବନ୍ଦାଇବେ । ଆଗରୁ କହିଦେଉଛି । ତୁମ କଟକୀ ଫୁଟାଣି ଦେଖେଇବ ନାହିଁ । ବହୁତ ହଇରାଣ ହେବ । ଆଉ ଗାଁରେ ତୁମ ଲେଖାଯୋଖା ଶାଳୀ ଯେତେ ଅଛନ୍ତି ତୁମ ପାଇଁ କିପ୍ରକାର ଅଭ୍ୟର୍ଥନା ବ୍ୟବସ୍ଥା କରିଛନ୍ତି ସେଥିରେ ବଡ଼ମାନେ କିଛି କହିପାରିବେ ନାହିଁ ।"

ମହେନ୍ଦ୍ରଙ୍କ ଆଚରଣରୁ ଜଣାଯାଉଥାଏ ସେ ସତେକି ସବୁକଥାକୁ ତୟାର ଅଛନ୍ତି । ସବିତାଙ୍କଠାରୁ ସତର୍କ ପଦକ୍ଷେପ ସବୁ କେଉଁ କ୍ଷେତ୍ରରେ ନିଆଯିବ ସେ କଥା ସେ

ଜାଣିଯାଇଥାନ୍ତି । ତେଣୁ ତାଙ୍କ ଭିତରେ ମଧ୍ୟ ଏମିତି ପରିସ୍ଥିତି ସବୁକୁ ମୁକାବିଲା କରିବାର ପ୍ରସ୍ତୁତି ଚାଲିଥାଏ । ମହେନ୍ଦ୍ର ମୂଳରୁ କଟକ ସହରରେ ବଢ଼ିଛନ୍ତି । ତାଙ୍କର ଜନ୍ମ, ଶିକ୍ଷା ଓ ବୃତ୍ତି ମଧ୍ୟ କଟକରେ । ଜଗତସିଂହପୁରରେ ଥିବା ତାଙ୍କ ଗାଁକୁ ସେ ପିଲାଦିନେ କେବେ କେମିତି ଥରେ ଅଧେ ଯାଇଛନ୍ତି । ତେବେ ତାଙ୍କ ଗାଁକୁ ଯୋଗାଯୋଗ ଖୁବ୍ ଭଲ । ଶଗଡ଼ ଗାଡ଼ିରେ ବସିବା ସୁଯୋଗ ତାଙ୍କୁ କେବେ ମିଳିନି । କାହା ସାଇକେଲ ପଛରେ କି ଆଗରେ ବସି ସେ ବସ୍‌ରୁ ଓହ୍ଲାଇ ଗାଁକୁ ଯାଇଛନ୍ତି । ତେଣୁ ନବବିବାହିତା ପତ୍ନୀ ସହିତ ଶ୍ୱଶୁର ଘରକୁ ନିମନ୍ତ୍ରିତ ହୋଇଯିବା, ଶଗଡ଼ରେ ବସିବା ଓ ପୁଣି ଶାଳିକାମାନଙ୍କ ସହ ଥଟ୍ଟାମଜା କରିବାର ସୁଯୋଗ ପାଇବା କଥା ଭାବି ସେ ବେଶ୍ ଉତ୍ସୁକ ଜଣାପଡୁଥାନ୍ତି ।

ଏହିପରି ପ୍ରକୃତ କଥାର ପୃଷ୍ଠଭୂମିଟି ତିଆରି କରିଦେଇ ସବିତା ଟିକେ ନିଃଶ୍ୱାସ ନେଲେ । ଘରକାମ ତେଣେ ପଡ଼ିଛି କିନ୍ତୁ ତାଙ୍କଠାରୁ ପୂରା କଥାଟା ଆଦାୟ କରିବାକୁ ପୁଅ ଜିଦ୍ ଧରି ବସିଛି । ନ କହି ଆଉ ଉପାୟ ନାହିଁ । ରୋଷେଇ ଘରେ ଚୂଲିରେ କ୍ଷୀର ସିଝୁଥିଲା କହି ସେ କିଛି ସମୟ ପାଇଁ ଉଠିଗଲେ ।

ଆଦିତ୍ୟ ଯେମିତି ବସିଥିଲେ ସେମିତି । ହଲଚଲ ନାହିଁ । ମା ଯେତେ ଡେରି କଲେବି ସେ ନିଶ୍ଚୟ ଆଜି କଥାଟା କ'ଣ ଜାଣିବେ । ସେ ବି ମାମୁଘରକୁ କେତେଥର ଯାଇଛନ୍ତି । ତେଣୁ ସେ ଗାଁର ରାସ୍ତାଘାଟ ଓ ସେଠାକାର ଲୋକଙ୍କ ସହ ତାଙ୍କର ବେଶ୍ କିଛିଟା ପରିଚିତି ଅଛି । କିନ୍ତୁ ନିଜ ଗାଁକୁ ଯିବା କଥା କହିଲେ ଜେଜୀମା ମନା କରିଦିଏ । ମା ବାପା ମଧ୍ୟ ଗାଁକୁ କେବେ ଯିବା କଥା ତାଙ୍କର ମନେ ନାହିଁ ।

ସବିତା ଫେରିଆସି ବସିଲେ । ଏବେ ତାଙ୍କ ମୁହଁ କେମିତି ଗମ୍ଭୀର ଜଣାପଡୁଥିଲା । ତେବେ ସେ ଆଡ଼କୁ ଦୃଷ୍ଟି ନଦେଇ ଆଦିତ୍ୟ କଥାଟା କ'ଣ ଜାଣିବା ପାଇଁ ଉତ୍କଣ୍ଠିତ ହୋଇ ପଡୁଥାନ୍ତି । ସବିତା କଥାର ଖିଅ ଯୋଡ଼ିଲେ । ଖଲିକୋଟରୁ ତିନି ଚାରି ଷ୍ଟେସନ ପୂର୍ବରୁ ପଡୁଥିବା ରମ୍ଭା ଷ୍ଟେସନରେ ଗାଡ଼ି ଅଳ୍ପ ସମୟ ରହି ଛାଡ଼ିଲା । କିଛି ବାଟ ଆଗକୁ ଗାଡ଼ି ଯାଇଛି କି ନାହିଁ ମହେନ୍ଦ୍ର ହଠାତ୍ ଅସୁସ୍ଥତା ଅନୁଭବ କଲେ । ଟ୍ରେନର କବାଟ ପାଖକୁ ଦଉଡ଼ିଯାଇ ଗଳଗଳ କରି ଥୋଡ଼ାଏ ବାନ୍ତି କରି ପକାଇଲେ । ତେଣିକି ଖାଲି ବାଉଳିଚାଉଳି ହେବାକୁ ଲାଗିଲେ । ତାଙ୍କର ଅସ୍ଥିରତା ଏପରି ବଢ଼ିଗଲା ଯେ ସେ ଗାଡ଼ିର ଖୋଲା ଦ୍ୱାରପାଖକୁ ତଳକୁ ଡେଇଁ ପଡ଼ିବାକୁ ଚେଷ୍ଟା କଲେ । ସାଙ୍ଗରେ ଥିବା ଜଗୁ ତାଙ୍କୁ କୌଣସି ପ୍ରକାରେ ଅଟକାଇ ରଖିବାର ଚେଷ୍ଟା କରୁଥାଏ । ଏପର୍ଯ୍ୟନ୍ତ ଯାଏ ଶଳାଭିଣୋଇଙ୍କ ଥଟ୍ଟାତାମସାକୁ ଉପଭୋଗ କରୁଥିବା ସହଯାତ୍ରୀମାନେ ମଧ୍ୟ ତାଙ୍କୁ ସାହାଯ୍ୟ କରିବାକୁ ଆଗେଇ ଆସିଥିଲେ । କେତେଜଣ ନିଜ ବସିଥିବା ସିଟ୍‌ରୁ ଉଠିପଡ଼ି ମହେନ୍ଦ୍ରଙ୍କୁ ଶୋଇବା ପାଇଁ ଜାଗା କରିଦେଇଥାନ୍ତି ।

ଜଣେ ସୁସ୍ଥସବଳ ଯୁବକର ହଠାତ୍ ଏପ୍ରକାର ଅସୁସ୍ଥତାର କାରଣ ବୁଝିପାରିବା କାହାରି ପକ୍ଷରେ ସମ୍ଭବ ନଥିଲା । ସବିତା କାନ୍ଦି କାନ୍ଦି ବେହାଲ । ମହେନ୍ଦ୍ର ଶୋଇପଡ଼ିଲେ ଗଭୀର ନିଦରେ । କିନ୍ତୁ ସମସ୍ତେ ତାଙ୍କୁ ଜଗି ରହିଥାନ୍ତି । ଟ୍ରେନ୍‌ର ଡୋର ବନ୍ଦ କରିଦେଇଥାନ୍ତି ବାଧ୍ୟହୋଇ । କିଛି ସମୟ ପରେ ଗାଡ଼ି ପହଞ୍ଚିଲା ଖଲିକୋଟ ଷ୍ଟେସନରେ ।

ସବିତା ମହେନ୍ଦ୍ରଙ୍କର ଦେହ ହାତ ଆଉଁଶି ଦେଉ ଦେଉ ହଠାତ୍ ତାଙ୍କର କ'ଣ ହେଲା ବୋଲି ପଚାରୁଥାନ୍ତି । ମହେନ୍ଦ୍ର ଉତ୍ତର ଦେଲେ ଯେ ହଠାତ୍ ତାଙ୍କର ତଣ୍ଟିକୁ କେହି ଚିପି ଧରିବା ପରି ତାଙ୍କର ମନେହେଲା । ତାଙ୍କର ଶ୍ୱାସ ପ୍ରଶ୍ୱାସ ସତେକି ବନ୍ଦ ହୋଇଯିବ । ଏଣେ ପେଟ ଭିତରେ କ'ଣ ଗୋଟେ ଅଣ୍ଡାଳି ପକାଉଥାଏ । ଖୁବ୍ ଅସ୍ଥିର ଲାଗୁଥାଏ । ଇଚ୍ଛା ହେଉଥାଏ ଚଳନ୍ତା ଟ୍ରେନ୍‌ରୁ ଡେଇଁ ପଡ଼ିବାକୁ । ତା'ପରେ ସେ ଆଉ କିଛି ଜାଣିପାରିଲେନି । ଗଭୀର ନିଦରେ ଶୋଇ ପଡ଼ିଥିଲେ । ଉଠିବା ପରେ ତାଙ୍କୁ ଖୁବ୍ ଦୁର୍ବଳ ଲାଗୁଛି । ଘରକୁ ଫେରିଯିବାକୁ ଇଚ୍ଛା ହେଉଛି ।

ସବିତା ଏବେ କ'ଣ କରିବେ ! ବାପଘର ଲୋକେ ଚାହିଁ ବସିଥିବେ ଜ୍ୱାଇଁଙ୍କୁ ଖୁବ୍ ଆତିଥ୍ୟ ଦେବାକୁ । ଏଣେ ତାଙ୍କର ଏ ଅବସ୍ଥା ! କିନ୍ତୁ ସେ ଗାଁରେ ପହଞ୍ଚିବା ପୂର୍ବରୁ ହିଁ ତାଙ୍କ ବାପା ଓ ଦାଦାମାନେ ଏ ଘଟଣାର ଖବର ପାଇ ଯାଇଥିଲେ । ତାଙ୍କ ସାଙ୍ଗରେ ଥିବା ଜଗୁ ଗାଡ଼ି ରହୁ ରହୁ ଓହ୍ଲାଇପଡ଼ି କାହା ସାଇକେଲରେ ବସି ଆଗରୁ ଆସି ଘରେ ପହଞ୍ଚି ଯାଇଥିଲା । ତେଣୁ ବାଟରେ ଜ୍ୱାଇଁଙ୍କର ହଠାତ୍ ଦେହ ଖରାପ ହୋଇଯାଇଥିବାର ଖବର ମିଳିଯାଇଥିବାରୁ ଜ୍ୱାଇଁବନ୍ଦାଣ, ଶାଳୀମାନଙ୍କର ଭିଣୋଇଙ୍କୁ ଅଭ୍ୟର୍ଥନା ଜଣାଇବାର ଅଭିନବ ଯୋଜନା ସବୁ ବାତିଲ କରାସରିଥିଲା । ଖାଲି ଦୂବ ବରକୋଳି ଅରୁଆ ଚାଉଳ ପକାଇ ଝିଅ ଜ୍ୱାଇଁଙ୍କୁ ବନ୍ଦାଇ ନେଇ ଭିତରେ ଜ୍ୱାଇଁଙ୍କର ବିଶ୍ରାମ କରିବାର ଆୟୋଜନ ହୋଇଥିଲା ।

ଝିଅ ଜ୍ୱାଇଁଙ୍କୁ ପାଛୋଟି ନେବାକୁ ଗାଁର ଅଧାଲୋକ ଷ୍ଟେସନକୁ ଉଠିଆସିଛନ୍ତି । ମହେନ୍ଦ୍ର ସେତେବେଳକୁ ପ୍ରାୟ ସ୍ୱାଭାବିକ ହୋଇ ସାରିଲେଣି । ଖୁବ୍ ଆଦର ଯତ୍ନରେ ସବିତାଙ୍କ ଘରଲୋକେ ଝିଅ ଜ୍ୱାଇଁଙ୍କୁ ଗୋଟେ ସୁସଜ୍ଜିତ ବଳଦ ଗାଡ଼ିରେ ବସେଇ ଗାଁ ଦିଗରେ ଚାଲିଲେ । ମହେନ୍ଦ୍ର ଓ ସବିତା ସାଧାରଣ ଅଭ୍ୟର୍ଥନା ପରେ ଘର ଭିତରକୁ ଗଲେ । ସମସ୍ତଙ୍କ ମନ ଊଣା ପଡ଼ିଯାଇଥିଲା । ଅଳ୍ପଦିନ ହେଲା ବାହାଘର ହୋଇଥିବା ଏ ସହରୀ ଜ୍ୱାଇଁଙ୍କର ହଠାତ୍ ଏମିତି କ'ଣ ହେଲା । ଇଏ କି ବେମାରି !

ଗାଁରେ ଜ୍ୱାଇଁଙ୍କୁ ଦିଆଯାଉଥିବା ଆତିଥ୍ୟ ବିଷୟରେ ଓ କୁଟୁମ୍ବ ଯାକର ସାନ ଶଳା ଓ ଶାଳୀମାନଙ୍କ ସହିତ ଏକ ଆମୋଦକର ସମୟ କଟାଇବାର ଇଚ୍ଛା ମହେନ୍ଦ୍ରଙ୍କର

ମରିଯାଇଥିଲା । ସେ ବୁଝିପାରୁନଥିଲେ କାହିଁକି ସେ ଏତେ ନିସ୍ପୃହତା ଅନୁଭବ କରୁଛନ୍ତି । ତାଙ୍କୁ କିଛି ଭଲ ଲାଗୁନଥିଲା । ସେ ଫେରିଯିବାକୁ ଚାହୁଁଥିଲେ । ସାତଦିନ ପାଇଁ ପ୍ରଥମ କରି ବାପ ଘରକୁ ସ୍ୱାମୀ ସହିତ ଖୁସି ମନରେ ଆସିଥିବା ସବିତାଙ୍କ ମୁହଁ ଉପରେ ବିଷଣ୍ଣତାର କଳାଛାଇ ପଡ଼ିଯାଇଥିଲା ।

ଜ୍ୱାଇଁଙ୍କ ପାଇଁ ବହୁ ଯତ୍ନରେ ନାନାପ୍ରକାର ସ୍ୱାଦକର ବ୍ୟଂଜନ ପ୍ରସ୍ତୁତ ହେଉଥାଏ । କିନ୍ତୁ ସେ ପାଟିକୁ କିଛି ବି ନେଉନଥାନ୍ତି । ଖାଇବା ପାଖରେ ବସି ଉଠିଯାନ୍ତି । ଗାଁରେ ଡାକ୍ତରଖାନା ନାହିଁ; କିନ୍ତୁ ବହୁ ପୁରୁଣା କବିରାଜ ଜଣେ ଅଛନ୍ତି । ସେ ଜାଣ ଗାଁ ଖଣ୍ଡମଣ୍ଡଳର ଲୋକଙ୍କର ଚିକିତ୍ସା କରନ୍ତି । ତାଙ୍କୁ ଯାଇ ସବିତାଙ୍କ ବାପା ଅନନ୍ତ ପ୍ରସାଦ ଡାକିଆଣିଲେ । କବିରାଜ ତାଙ୍କ ଶାସ୍ତ୍ରମତେ ସବୁ ପରୀକ୍ଷା କରି କହିଲେ ମହେନ୍ଦ୍ରଙ୍କର କୌଣସି ରୋଗ ଥିବାର ଜଣାପଡୁନି । ତାଙ୍କର ନାଡ଼ିଚଳନ ସମ୍ପୂର୍ଣ୍ଣ ସ୍ୱାଭାବିକ ରହିଛି । ହୁଏତ କିଛି କାମର ଚାପରେ ସେ ଚିନ୍ତିତ ଅଛନ୍ତି ।

କବିରାଜ ଚାଲିଗଲେ । ସବିତା ବୁଝିପାରିଲେନି କେଉଁ କାମର ଚାପ ରହିଛି । କଟକ ସହରରେ ନିଜର ଘର ଅଛି । ଭଉଣୀମାନେ ବାହା ହୋଇଗଲେଣି । ବାପାମା ଖୁବ୍ ସୁସ୍ଥ ଅଛନ୍ତି । ତା'ଛଡ଼ା ସେ ନିଜେ ସାଧାରଣ ସରକାରୀ ଚାକିରି ଖଣ୍ଡେ କରୁଛନ୍ତି । ସେଥିଜନିତ କେବେ ବି ସେ ବ୍ୟସ୍ତ ହେବାର କେହି ଜାଣେନି । ବରଂ ନବ ଦାମ୍ପତ୍ୟକୁ ନେଇ ତ ତାଙ୍କର ଆନନ୍ଦର ସୀମା ନାହିଁ । ତେବେ କ'ଣ ହେଲା ହଠାତ୍ । ଦିନ ଦୁଇଟା ଭିତରେ ଆଖିତଳ କଳା ପଡ଼ିଗଲାଣି । ଦେହ ଶୁଖିଗଲାଣି । ଜଣାପଡୁନି କାରଣ କ'ଣ । ସବିତାଙ୍କ ଆଖିରୁ ଲୁହଝର ବନ୍ଦ ହେଉନି । ଘର କୁଟୁମ୍ବରେ ଭାଳେଣି ପଡ଼ିଗଲାଣି । ମଟର ଗାଡ଼ି ଖଣ୍ଡେ କେମିତି ଯୋଗାଡ଼ କରି ଝିଅ ଜ୍ୱାଇଁଙ୍କୁ ନେଇ କଟକରେ ଛାଡ଼ି ଆସିଲେ ସେଠି ବଡ଼ ଡାକ୍ତରଖାନା ଅଛି, ଭଲ ଚିକିତ୍ସା ହୋଇପାରିବ ଭାବି ସବିତାଙ୍କର ବାପା ଅନନ୍ତ ପ୍ରସାଦ ଖୁବ୍ ଚିନ୍ତାରେ ବସିଥିବା ବେଳେ ହଠାତ୍ ତାଙ୍କ ବଡ଼ବାପା ସଦାନନ୍ଦ ଆସି ପହଞ୍ଚିଗଲେ । ସେ ଅନନ୍ତ ପ୍ରସାଦଙ୍କୁ ଆସ୍ତେ କରି ଡାକି କହିଲେ "ବୁଝିଲୁ ଅନ୍ତୁ, ମୋର କାହିଁକି ଗୋଟେ କଥାରେ ସନ୍ଦେହ ହେଉଛି ?"

- କୋଉ କଥା ବଡ଼ବାପା ?

- ଆମ ଜ୍ୱାଇଁ ସାଆନ୍ତଙ୍କୁ କେହି ବୋଧେ ଗୁଣି କରିଛି ।

ଚମକି ପଡ଼ିଥିଲେ ଅନନ୍ତ ପ୍ରସାଦ । କଟକ ସହରରେ ମହେନ୍ଦ୍ରଙ୍କ ଘର । ଶିକ୍ଷିତ ପରିବାର । ସେଠି ପୁଣି ଗୁଣିଟୁଣି କିଏ କଲା । ସବିତା ବା କେତେ ଦିନର ବୋହୂ ହୋଇଛି ଯେ ତା' ଉପରେ କିଏ ଅହନ୍ତା ରଖି ତା' ସ୍ୱାମୀକୁ ଗୁଣି କଲା । ଗାଁରେ ସିନା ଟିକିଏ କଥାରେ ଗୁଣିଗାରେଡ଼ି କଥା ଉଠେ । ତଥାପି ଜ୍ୱାଇଁଙ୍କର ଅବସ୍ଥା ଦେଖି ଅନନ୍ତ

ପ୍ରସାଦ ବଡ଼ବାପାଙ୍କ କଥାକୁ ଏଡ଼େଇ ଦେଇପାରିଲେ ନାହିଁ । ଦୁହେଁ ଗୋପନରେ କଥାହେଲେ, ଯଦି କେହି ଗୁଣି କରିଥିବ କିପରି ଜଣାପଡ଼ିବ ।

ସଦାନନ୍ଦଙ୍କର ପୂର୍ବରୁ ଏପରି କେତେ ଘଟଣାର ଅଭିଜ୍ଞତା ଅଛି । ସେ ପରାମର୍ଶ ଦେଲେ ଯେ ଗୋଟେ ତମ୍ବା ପାତ୍ରରେ ଜ୍ୱାଇଁଙ୍କର ବାମ ପାଦର ବୁଢ଼ା ଆଙ୍ଗୁଠିଟି ବୁଡ଼େଇ ଆଣ । ଅଳ୍ପ ସମୟ ଭିତରେ ଜଣାପଡ଼ିଯିବ କେହି ଗୁଣି କରିଛି ନା ଅନ୍ୟ କିଛି କାରଣ ରହିଛି ।

ତାହାହିଁ କରାଗଲା । ତମ୍ବାଗିନାର ପାଣିରେ ସଦାନନ୍ଦ ଖଣ୍ଡିଏ ଚେର ଆଣି ପକାଇଦେଲେ । ତାଙ୍କର କଥାଥିଲା ଯଦି ଗୁଣିର ପ୍ରଭାବ ମଣିଷ ଉପରେ ଥିବ, ତେବେ ତମ୍ବା ପାତ୍ରର ପାଣି ଲାଲ ଦେଖାଯିବ । କିନ୍ତୁ ତାଙ୍କ କଥାରେ ବିଶ୍ୱାସ ଆସିବା ପାଇଁ ସଦାନନ୍ଦ ଅନନ୍ତ ପ୍ରସାଦଙ୍କ ବୁଢ଼ା ଆଙ୍ଗୁଠିକୁ ବୁଡାଇ ଅନ୍ୟ ଗିନାରେ ଥିବା ପାଣିରେ ବି ଚେର ଖଣ୍ଡେ ପକାଇ ରଖିଲେ ।

କିଛି ସମୟ ପରେ ଅନନ୍ତ ଆଶ୍ଚର୍ଯ୍ୟ ହୋଇ ଦେଖିଲେ ଜ୍ୱାଇଁଙ୍କ ପାଣି ଲାଲ ଦେଖାଯାଉଥିବାବେଳେ ତାଙ୍କ ଆଙ୍ଗୁଠି ବୁଡା ପାଣି ସେମିତି ସ୍ୱଚ୍ଛ ରହିଛି । ତାଙ୍କର ଚେତା ହଜିଗଲା । ସେ ତାଙ୍କର ବଡ଼ବାପାଙ୍କୁ ଜାବୁଡ଼ି ଧରି କାନ୍ଦିବାକୁ ଲାଗିଲେ । ସଦାନନ୍ଦ ତାଙ୍କୁ ଆଶ୍ୱସ୍ତ କରି କହିଲେ "କିଛି ବ୍ୟସ୍ତ ହନା । ମୁଁ ଜଣେ ଭଲ ଗୁଣିଆକୁ ଜାଣିଛି ସେ ନିଶ୍ଚୟ ଏହାର ପ୍ରତିକାର କରିପାରିବ ।''

ଅନ୍ୟ କାହାରିକୁ କିଛି ନକହି ଦୁହେଁ ଯାଇ ପହଞ୍ଚିଲେ ମୁରକୁଣ୍ଡ ଗୁଣିଆ ପାଖରେ । ସେ ସବୁ ଶୁଣିଲା । ପାଣିକୁ ପରୀକ୍ଷା କରି କହିଲା, "ଗୁଣି ତ ନିଶ୍ଚୟ ହେଇଛି କିନ୍ତୁ ସେ ଗୁଣିଆ କ'ଣ ସାଧିଛି, କ'ଣ ପେଷିଛି ମତେ ଟିକେ ଜାଣିବାକୁ ଦୁଇଦିନ ସମୟ ଲାଗିବ । ତେବେ ଆପଣ ଏଇ ଚେର ଖଣ୍ଡିକ କଳାସୂତାରେ ଗୁଡ଼ାଇ ବାବୁଙ୍କର ଡାହାଣ ହାତ କଚଟିରେ ବାନ୍ଧି ଦିଅନ୍ତୁ । ସେ ଏ କିଛିଦିନ ପାଇଁ ରକ୍ଷା ପାଇଯିବେ । ଏ ଭିତରେ ମୁଁ ତା'ର ପ୍ରତିବିଧାନ ବ୍ୟବସ୍ଥା କରିବି ।"

ବଡ଼ବାପା ପୁତୁରା ଦୁହେଁ ଟିକେ ଆଶ୍ୱସ୍ତ ହୋଇ ଫେରିଲେ । ମହେନ୍ଦ୍ର ମଧ୍ୟ ବିନା ପ୍ରଶ୍ନରେ ସେମାନଙ୍କ କଥା ମାନି କଚଟିରେ ସୂତା ବାନ୍ଧିଲେ । ଏ ଭିତରେ ପାଞ୍ଚଦିନ ହୋଇଗଲାଣି । ସବିତାଙ୍କୁ ବାପ ଘରେ ଆଉ କିଛି ଦିନ ରହିବାକୁ ଛାଡ଼ିଦେଇ ମହେନ୍ଦ୍ରଙ୍କର କଟକ ଫେରିଆସିବା କଥା । କିନ୍ତୁ ସବିତା ତାଙ୍କ ଅବସ୍ଥା ଦେଖି ତାଙ୍କ ସହିତ ଶ୍ୱଶୁର ଘରକୁ ଫେରିଯିବାକୁ ସ୍ଥିର କଲେ ।

ଅନନ୍ତ ପ୍ରସାଦ ମହେନ୍ଦ୍ରଙ୍କୁ ଗୁଣି କଥାଟା ବୁଝାଇ ଦେଇଥିଲେ । ତେଣୁ ଭଲହେବ ସେମାନେ କଟକ ଫେରିଯାନ୍ତୁ । ତା'ପରେ ଦିନେ ଦି ଦିନ ଭିତରେ ସେ ଗୁଣିଆକୁ

ନେଇ କଟକ ଘରେ ପହଞ୍ଚିବେ । ସବୁଦିଙ୍କ ସଙ୍ଗେ କଥାବାର୍ତ୍ତା କରି ଯଥାବିଧି ବ୍ୟବସ୍ଥା କରିବେ ।

ତାହା ହିଁ ହେଲା । ମହେନ୍ଦ୍ର ଓ ସବିତା ଫେରିଯିବାର ପଞ୍ଚମ ଦିନ ହିଁ ଅନନ୍ତ ପ୍ରସାଦ ଗୁଣିଆ ମୁର୍‌କୁଣ୍ଡକୁ ନେଇ ତାଙ୍କ ଘରେ ପହଞ୍ଚିଲେ ।

ମହେନ୍ଦ୍ରଙ୍କ ବାପା ଉମାକାନ୍ତ ଓ ମା ସବୁକଥା ଶୁଣି ସାରିଥିଲେ । ଏକମାତ୍ର ପୁଅର ନିରାପତ୍ତାକୁ ନେଇ ଦୁହେଁ ଚିନ୍ତିତ ହେବା ସ୍ୱାଭାବିକ ଥିଲା । କିନ୍ତୁ ଗୁଣି କରାଯିବା କଥାରେ ଦୁହେଁ ଭୟଭୀତ ହୋଇ ପଡ଼ିଥିଲେ । ଦୁଇଦିନ ପରେ ଅନନ୍ତ ପ୍ରସାଦ ଗୁଣିଆ ମୁର୍‌କୁଣ୍ଡଙ୍କୁ ସାଙ୍ଗରେ ନେଇ ସବିତାଙ୍କ ଶ୍ୱଶୁର ଘରେ ଆସି ପହଞ୍ଚିଲେ ।

ମୁର୍‌କୁଣ୍ଡର ଶ୍ୟାମଳବର୍ଣ୍ଣ କ୍ଷୀଣକାୟ ରୂପ । ଦେହରେ ଆଣ୍ଠୁଲୁଚା ଧୋତି, ଉପରେ ଖଣ୍ଡେ ଫତେଇ ଓ କାନ୍ଧରେ ଖଣ୍ଡେ ନାଲି ଗାମୁଛା । କପାଳରେ ସିନ୍ଦୂର ଚିତା । କିନ୍ତୁ ତା'ର ଦୁର୍ବଳ ଶରୀରକୁ ଦେଖିଲେ ମନେହେବ ଆକୁ ତ ଫୁଙ୍କିଦେଲେ ଉଡ଼ିଯିବ । ଇଏ ପୁଣି ମହାବଳଶାଳୀ ଭୂତପ୍ରେତଙ୍କୁ ବଶ କରୁଛି କିପରି !

ଉମାକାନ୍ତଙ୍କର ଭରସା ପାଉନଥାଏ । କିନ୍ତୁ ସମୁଦୀ ଖଲିକୋଟରୁ ଗୁଣିଆ ଧରି ଆସିଛନ୍ତି ବୋଲି ସେ ମନକୁ ଦୃଢ଼ କରୁଥାନ୍ତି । ସେମାନେ ଅନୁମାନ ମଧ୍ୟ କରିପାରୁନଥିଲେ ମହେନ୍ଦ୍ରଙ୍କ ଉପରେ କିଏ ତନ୍ତ୍ର ପ୍ରୟୋଗ କରିଥିବ । କ'ଣ ତାର ଉଦ୍ଦେଶ୍ୟ !

ପୂଜାର ବ୍ୟବସ୍ଥା ହେଲା । ପୂଜା ହେଉଥିବା ଘର ଭିତରୁ କିଳା ହୋଇଗଲା । ଭିତରେ ରହିଲେ ଗୁଣିଆ ଓ ତା'ର ସାମନାରେ ବସିଲେ ମହେନ୍ଦ୍ର । ତାଙ୍କ ବାପା ଉମାକାନ୍ତ ଓ ଶ୍ୱଶୁର ଅନନ୍ତ ଘରର ଗୋଟେ କୋଣରେ ଚୁପ୍‌ଚାପ୍ ବସି ରହିଲେ । ସ୍ତ୍ରୀ ଲୋକଙ୍କୁ ପ୍ରବେଶ ମନା । ଶାଶୂ ବୋହୂ ଦୁହେଁ ଅନ୍ୟ ଏକ ଘରେ ଭୟରେ ଜାକିଜୁକି ହୋଇ ବସିଥାନ୍ତି ।

ମୁର୍‌କୁଣ୍ଡ ତା' ପଦ୍ଧତିରେ ତା'ର ପୂଜାର କାର୍ଯ୍ୟକ୍ରମ ଆରମ୍ଭ କଲା । ସେ ସାଙ୍ଗରେ ନେଇ ଆସିଥିବା ପୁଟୁଳିଟି ଖୋଲି ନାଲିକନାରେ ଗୁଡ଼ା ହୋଇଥିବା କିଛି ଗୋଟେ ଜିନିଷ ବାହାର କରି ମୁରୁଜରେ କାଟିଥିବା ମୁଣ୍ଡୁଳି ଭିତରେ ରଖିଲା । ପାଞ୍ଚ ପାଖୁଡ଼ିଆ ନାଲି ମନ୍ଦାରରେ ସଜାଇଦେଲା ନାଲିକନାର ପୁଡ଼ିଆଟିକୁ । ସିନ୍ଦୂରଗୋଳା ଅରୁଆ ଚାଉଳର ଗିନାଟିଏ ପାଖରେ ରଖିଲା । ଝୁଣା ଦାନିରେ ଉହଳୁ ଥିବା ଅଙ୍ଗାରଖଣ୍ଡ ଉପରକୁ ପକାଇଦେଲା ସେ ସାଙ୍ଗରେ ଆଣିଥିବା ବିଚିତ୍ର ଗନ୍ଧର କିଛି ମୁଠା ଧୂପ ଓ କିଛି ଅରୁଆ ଚାଉଳ । ଘର ଭିତରଟା ଧୂଆଁ ଓ ଧୂପ ଗନ୍ଧରେ ଭରି ଯାଇଥାଏ ।

ତା'ପରେ ମୁରକୁଣ୍ଡ ଆରମ୍ଭ କଲା ତା'ର କେଉଁ ଅଦ୍ଭୁତ ଭାଷାର ମନ୍ତ୍ରପଢ଼ା । ଉମାକାନ୍ତ କି ଅନନ୍ତ ପ୍ରସାଦ କେବେ ଏପରି କିଛି ଶୁଣି ନଥିଲେ । ମହେନ୍ଦ୍ରଙ୍କର ତ ପ୍ରଶ୍ନ ଉଠୁନି । ବିନା ଆସନରେ ସେ ଚଟାଣ ଉପରେ ବସିଥାନ୍ତି କାଠର ପିତୁଳା ପରି । ଦୁଇ ବାପାଙ୍କର ଅବସ୍ଥା ଦୟନୀୟ ହୋଇପଡ଼ିଥାଏ । ଦୁହେଁ କେବଳ ନିଶ୍ଚଳ ଭାବରେ ବସି ମୁରକୁଣ୍ଡର କାର୍ଯ୍ୟାବଳୀକୁ ଲକ୍ଷ୍ୟ କରୁଥାନ୍ତି ।

ମୁରକୁଣ୍ଡ ଘଣ୍ଟାଏ ଖଣ୍ଡେ କ'ଣ ସବୁ ମନ୍ତ୍ର ପଢ଼ି ଚାଲିଥାଏ । ନିଆଁ ଉପରକୁ ମୁଠାଏ ଲେଖାଁ ଧୂପଗୁଣ୍ଡ ପକାଇ ଚାଲିଥାଏ । ମଝିରେ ମଝିରେ ଶୂନ୍ୟକୁ ବିଧାଚାପୁଡ଼ା କଷି ଦେଉଥାଏ । ଉମାକାନ୍ତଙ୍କ ପରି ସହରୀ ଶିକ୍ଷିତ ବ୍ୟକ୍ତି ମଧ୍ୟ ସମ୍ମୋହିତ ହୋଇ କେବଳ ଘଟଣାକ୍ରମକୁ ଲକ୍ଷ୍ୟ କରୁଥାନ୍ତି ।

ତନ୍ତ୍ର ଉପଚାର ସରିଲା । ମୁରକୁଣ୍ଡ ଆଶ୍ୱସ୍ତିର ନିଃଶ୍ୱାସ ନେଇ ହାତଯୋଡ଼ି ତଳେ ମୁଣ୍ଡିଆ ମାରିଲା । ତା' ଦେଖାଦେଖି ମହେନ୍ଦ୍ର, ତାଙ୍କ ବାପା ଓ ଶ୍ୱଶୁର ମଧ୍ୟ ତାହାହିଁ କଲେ ।

ମୁରକୁଣ୍ଡ ହାତ ତାଳିଟାଏ ମାରି କହିଲା "ମାଗୋ ଯଦି ଏ ମୁଣ୍ଡ ରଖିଲୁ ତା'ର ସୂଚନା ଟିକେ ଏମାନଙ୍କୁ ଦେ ମା । ସାଧାରଣ ମଣିଷ ତ । ବିଶ୍ୱାସ ଆସିବା ପାଇଁ ଏମାନଙ୍କର ସବୁବେଳେ ପ୍ରମାଣ ଲୋଡ଼ା ହୁଏ ।''

ସେ ଏତିକି କହିଛି ସେ ମୁଣ୍ଡୁଳି ଭିତରୁ ମନ୍ଦାର ଫୁଲଟିଏ ପାଦ ଥିବା ପରି ବାହାରକୁ ଚାଲିଆସିଲା । ତା'ପରେ ଡେଇଁ ଡେଇଁ ଆସି ମୁରକୁଣ୍ଡର ତଳେ ପାତିଥିବା ହାତଉପରେ ରହିଲା । ମୁରକୁଣ୍ଡ ତାକୁ ମୁଣ୍ଡରେ ଲଗାଇ ମହେନ୍ଦ୍ରଙ୍କ ହାତରେ ଦେଇ କହିଲା, ''ବାବୁ ! ମା' ଖୁବ୍ ପ୍ରସନ୍ନ ହେଇଛନ୍ତି । ଆପଣଙ୍କର ଆଉ କୌଣସି କ୍ଷତି ହେବନି । ନିଶ୍ଚିନ୍ତ ରୁହନ୍ତୁ । ଏ ଫୁଲ ଏମିତି ସତେଜ ରହିବ । ମଉଳିବାକୁ ଆରମ୍ଭ କଲେ ନଈ କି ପୋଖରିରେ ପକାଇଦେବେ ।"

ମୁରକୁଣ୍ଡ ତା'ର ପୂଜା ସାମଗ୍ରୀ ସଜାଡ଼ିବାକୁ ଆରମ୍ଭ କରିବାରୁ ଉମାକାନ୍ତ କହିଲେ "ମୁରକୁଣ୍ଡ ଆମକୁ ତ କିଛି କହିଲ ନାହିଁ ।" ଏ କାର୍ଯ୍ୟ କିଏ ସେ କାହିଁକି କରିଥିଲା । ଆମେ ଜାଣିଲେ ସିନା ସତର୍କ ରହିବୁ ।"

ମୁରକୁଣ୍ଡ ଅଳ୍ପ ହସି କହିଲା, "ହଁ କହିବି ନିଶ୍ଚୟ । ଶୁଣନ୍ତୁ ଆପଣଙ୍କ କୁଟୁମ୍ବର ହେଉ ବା ଆପଣଙ୍କର ଜଣାଶୁଣା କେହି ହେଉ କେଉଁ କାରଣରୁ ଆପଣଙ୍କ ଉପରେ ରାଗ ରଖି ଆପଣଙ୍କ ପୁଅର କ୍ଷତି କରିବାକୁ ତନ୍ତ୍ର ପ୍ରୟୋଗ କରିଛି । ସେ ଯାହା ସାହାଯ୍ୟରେ ଏ କାମ କରିଛି ସିଏ ଗୋଟେ ପତିତ ବ୍ୟକ୍ତି । ତନ୍ତ୍ର ସାଧନା କରିଥିବା କୌଣସି ବ୍ୟକ୍ତି ଯଦି କାହାରି ଅମଙ୍ଗଳ କରିବାକୁ ଚେଷ୍ଟା କରେ ଆମର କୁଳଦେବୀ ତାକୁ କ୍ଷମା କରନ୍ତି

ନାହିଁ । ଆଉ ଆମ ପରି ତାନ୍ତ୍ରିକ ହାବୁଡ଼ରେ ପଡ଼ିଗଲେ ତା' ବିଦ୍ୟା ସେଇଠି ଶେଷ ହୁଏ ।

ତେବେ ଆପଣମାନେ ଜାଣି ରଖନ୍ତୁ ସେ ନୀଚ ଲୋକଟା ଅର୍ଥ ଲୋଭରେ ପ୍ରାଣନାଶର ଚେଷ୍ଟା କରିଥିଲା । ଗୋଟେ ମଧ୍ୟବୟସ୍କ ଏଣ୍ଡୁଅକୁ ଇଟାର ଘେର ଦେଇ ବନ୍ଦ କରି ରଖିଛି । ଆପଣଙ୍କ ପୁଅ ନାମରେ ତା' ଉପରେ ତନ୍ତ୍ର ପ୍ରୟୋଗ କରୁଛି ।

ସେ ଏଣ୍ଡୁଅ ଖାଇବାପିଇବା ବିନା ଶୁଖିଶୁଖି ଦିନ କେଇଟା ଭିତରେ ମରିଯିବ ଓ ଏଣେ ଏ ବାବୁଙ୍କର ମଧ୍ୟ ସେଇ ଅବସ୍ଥା ହେବ ।''

କି ଭୟାନକ କଥା । ଉମାକାନ୍ତଙ୍କ ଦେହ ଥରୁଥାଏ । ସେ ଭାବିପାରୁନଥାନ୍ତି କିଏ ସେ ଏ ଅପକର୍ମ କରିଥିବ? କ'ଣ ତା'ର ଉଦ୍ଦେଶ୍ୟ? ମହେନ୍ଦ୍ରଙ୍କୁ ମାରିବାରେ ତା'ର କେଉଁ ଲକ୍ଷ୍ୟ ସାଧନ ହେବ?

ଉମାକାନ୍ତ ମ୍ରିୟମାଣ ହୋଇ ବାରମ୍ବାର ମୁର୍କୁଣ୍ଡକୁ ସେକଥା ପଚାରି ଚାଲିଥାନ୍ତି । ଏଥର ସେ ସଳଖି ବସି କହିଲା "ବାବୁ ତୁମ ପୁଅ ପୂରା ନିରାପଦ । ଆଉ କିଛି ଚିନ୍ତା କରନ୍ତୁ ନାହିଁ । ଯଦି ଆପଣ କିଏ ଓ କାହିଁକି ଏସବୁ କରିଛି ଜାଣିବାକୁ ନିହାତି ଚାହୁଁଛନ୍ତି, ମୁଁ କହିବି । କିନ୍ତୁ ସେ କିଏ କ'ଣ ତା'ର ପରିଚୟ କହିବା ମୋ ପକ୍ଷରେ ସମ୍ଭବ ନୁହେଁ । କେବଳ ତା'ର ରୂପ ଦେଖେଇ ଦେବି । ତେଣିକି ଆପଣ ଅନୁମାନ କରିବେ ସେ ଆପଣଙ୍କ ପରିଚିତ ଲୋକ ଭିତରର କି ନୁହେଁ ।"

ଲୋକର ରୂପ କିପରି ଦେଖେଇବ ! ଏହା କ'ଣ ସମ୍ଭବ । କିନ୍ତୁ ଉମାକାନ୍ତ ନିଜକୁ ପ୍ରସ୍ତୁତ କରୁଥାନ୍ତି । କାରଣ ତାଙ୍କର ବନ୍ଧୁବାନ୍ଧବ, କୁଟୁମ୍ବଜନ ଓ ଚିହ୍ନାଜଣା ଲୋକ ବେଶି । ଅନନ୍ତ ତ ଆସିଛନ୍ତି ଖଲିକୋଟରୁ । ନୂଆ ବନ୍ଧୁ ସେ ବା କାହାକୁ ଜାଣନ୍ତି । ମହେନ୍ଦ୍ର ତ ମୂଳରୁ ପାଠ ପଢ଼ିଛି ସହରରେ ଚାକିରି ବି କଲା ସେଇଠି ତାର ଜନସମ୍ପୃକ୍ତି କମ୍ । ତେଣୁ ଚିହ୍ନିବା ଲୋକ କେବଳ ସେଇ । କିନ୍ତୁ ମୁର୍କୁଣ୍ଡ ତାଙ୍କୁ ନାକଚ କରିଦେଲା ।

ଏଥର ମୁର୍କୁଣ୍ଡ ତା' ପୁଟୁଳି ଭିତରୁ ଗୋଟେ ଭଙ୍ଗା ଆଇନା ବାହାର କଲା । ମହେନ୍ଦ୍ରଙ୍କ ଶରୀର ଉପରେ ତନ୍ତ୍ରର ପ୍ରୟୋଗ ଓ ତା'ର ପାଲ୍‌ଟେଇବା ଧାରାରେ ସେ ହିଁ କିଛି ସମୟ ପାଇଁ ସାମର୍ଥ୍ୟ ପାଇଛନ୍ତି ଭିନ୍ନ ଜଗତର କିଛି ଦୃଶ୍ୟ ଦେଖିବାକୁ ।

ମୁର୍କୁଣ୍ଡ ଭଙ୍ଗା ଆଇନାକୁ ମହେନ୍ଦ୍ରଙ୍କ ଆଖି ଆଗରେ ଧରି ରଖି କ'ଣ ସବୁ ଗୁଣୁଗୁଣୁ ହୋଇ କହିଲା "ଏଥର ଦେଖ । କ'ଣ ଦିଶୁଛି?"

ମହେନ୍ଦ୍ର ବାଧ୍ୟ ଛାତ୍ର ପରି ଏକା ଆଖିରେ ସେ ଭଙ୍ଗା ଆଇନାକୁ ଚାହିଁଥାନ୍ତି । କ'ଣ ସବୁ ତା' ଭିତରେ ହଲଚଲ ହୋଇହୋଇ ସ୍ଥିର ହୋଇଗଲା ।

ମୁର୍କୁଣ୍ଡ ପଚାରିଲା 'କ'ଣ ଦେଖୁଛନ୍ତି ବାବୁ?

- ଗୋଟେ ମଣିଷର ମୁହଁ ।

- ଭଲ କରି ଦେଖନ୍ତୁ । ପୁରୁଷ ନା ସ୍ତ୍ରୀଲୋକ

- ପୁରୁଷ ଲୋକ

- ବୟସ କେତେ ହେବ ?

- ବୁଢ଼ା ଲୋକ ଜଣା ପଡୁଛନ୍ତି ।

- କେମିତି ଦେଖିବାକୁ ? ଭଲ କରି ଲକ୍ଷ୍ୟ କରନ୍ତୁ ।

- କଳା ରଙ୍ଗ । ମୁଣ୍ଡ ଚନ୍ଦା । ବାମ ଆଖି ତଳକୁ କଟା ଦାଗଟାଏ ।

ଉମାକାନ୍ତ ବାବୁ ଚମକି ପଡ଼ିଲେ । ଏ ଯେ ତାଙ୍କ କୁଟୁମ୍ବର ସନା ବଡ଼ବାପା । ଏହି ବର୍ଣ୍ଣନା ତ ତାଙ୍କ ସହିତ ମିଶିଯାଉଛି । ଭଙ୍ଗା ଆଇନାରୁ ରୂପ ହଜିଗଲା । କିନ୍ତୁ ମୁରକୁଣ୍ଡ କେମିତି ଗୋଟେ ଆବେଗରେ ଥାଇ କହିଲା "ଏ ଲୋକ ଦୀର୍ଘକାଳର ଶ୍ୱାସରୋଗୀ । ଗୋଡ଼ ଛୋଟା । ଛୋଟେଇ ଛୋଟେଇ ଚାଲେ । ତାର ମୁଣ୍ଡ ଚନ୍ଦା କିନ୍ତୁ ପଛ ପଟକୁ ମେଞ୍ଚାଏ ଧଳାବାଳ ଅଛି । ସେ କୌଣସି କାରଣରୁ ଗୋଟେ ନୂଆ ଶିଖୁଥିବା ଗୁଣିଆକୁ ଏ କାର୍ଯ୍ୟରେ ଲଗାଇଥିଲା ।''

ଉମାକାନ୍ତଙ୍କର ମନେ ପଡ଼ିଯାଇଥିଲା ଗୋଟେ ଘଟଣା । ମହେନ୍ଦ୍ରଙ୍କ ବିଭାଘର ଭୋଜି ଗାଁରେ ଦେବାକୁ ସେ ସ୍ଥିର କରିଥାନ୍ତି । ତାଙ୍କର ସବୁ ଜମିବାଡ଼ି ଚାଷ କରୁଥିବା ସନା ବଡ଼ବାପାଙ୍କୁ ଭଲ ଅରୁଆ ଚାଉଳ କିଛି ବସ୍ତା ଯୋଗାଡ଼ କରି ରଖିବାକୁ କହିଥିଲେ । ସହରରୁ ସବୁ ଜିନିଷ ନେଇ ପହଞ୍ଚିବା ବେଳକୁ ଦେଖିଲେ ଚାଉଳ ଯୋଗାଡ଼ ହୋଇନାହିଁ । ତାଙ୍କର ଭାରି ରାଗ ହେଲା । ସେ ସନା ବଡ଼ବାପାଙ୍କୁ ସିଧା ଯାଇ କହିଲେ "ବାପା ଗଲାଦିନୁ ଆପଣ ସବୁ ଜମିଚାଷ କରୁଛନ୍ତି, ଧାନ ମୁଣ୍ଡିଟିଏ ବି ମତେ ଦେଇନାହାନ୍ତି । ଭୋଜି ପାଇଁ ଚାରି ବସ୍ତା ଚାଉଳ ଯୋଗାଡ଼ କରିପାରିଲେନି । ଠିକ୍ ଅଛି । ଏସବୁ କାମ ସରୁ । ମୁଁ ମୋ ଜମି ଆପଣଙ୍କଠାରୁ ଛଡ଼ାଇନେଇ ଅନ୍ୟ କାହାକୁ ଚାଷ କରିବାକୁ ଦେବି ।"

ସେ ବୁଝିସାରିଥିଲେ ଘଟଣାଟା କ'ଣ ପାଇଁ ଘଟିଛି । ସନା ବଡ଼ବାପାଙ୍କର ଉଦ୍ଦେଶ୍ୟ ବି ତାଙ୍କ ଆଗରେ ସ୍ପଷ୍ଟ ହେଇଯାଇଥିଲା ।

କିନ୍ତୁ ସେ କଳ୍ପନା କରିପାରୁନଥିଲେ ଦୀର୍ଘ ଏତେ ବର୍ଷ ଧରି ତାଙ୍କ ବାପାଙ୍କର ଜମିଚାଷ କରି ଚଳୁଥିବା ଓ ତାଙ୍କ ଗାଁରେ ଥିବା ଘରେ ନିଜର କାୟା ବିସ୍ତାର କରି ରହିଥିବା ବୁଢ଼ା ଲୋକଟା ନୂଆ ବାହା ହୋଇଥିବା ପୁତୁରାକୁ ମାରିଦେବାକୁ ଚେଷ୍ଟା କରିବ ! ସେ ମନରେ ସ୍ଥିର କଲେ ଆଉ ସେ ଗାଁକୁ ଯିବେନାହିଁ କି ସେ ସମ୍ପତ୍ତିକୁ ଆଡ଼ ଆଖିରେ ଚାହିଁବେ ନାହିଁ; କିନ୍ତୁ ତାଙ୍କର ଏ ନିଷ୍ପତ୍ତି କଥାତ ସନା ବଡ଼ବାପା ଜାଣିପାରିବେନି ସେ ପୁଣି ତାଙ୍କ ପୁଅର କ୍ଷତି କରିବାକୁ ଚେଷ୍ଟା କରିପାରନ୍ତି । ତାଙ୍କର ହୃଦୟ ଆଶଙ୍କାରେ

ବ୍ୟାକୁଳ ହେବାକୁ ଲାଗିଲା । ଅଭିଜାତ ପରିବାରର ଶିକ୍ଷିତ ଉମାକାନ୍ତ ସିଧାସଳଖ ସେ ଗାଉଁଲି ଗୁଣିଆ ମୁରକୁଣ୍ଡ ଗୋଡ଼ତଳେ ଲମ୍ବହୋଇ ପଡ଼ିଗଲେ ।

ମୁରକୁଣ୍ଡ ଚମକିପଡ଼ି ପଛକୁ ଘୁଞ୍ଚିଗଲା । ଟିକିଏ କ'ଣ ଭାବି କହିଲା, ''ବାବୁ ଏ ଓଲଟ ବାଣ ଯାଇ ସେଠି ପଡ଼ିସାରିଲାଣି । ସେ ଗୁଣିଆ ଉପରେ ଶକ୍ତ ମାଡ଼ଟାଏ ବସି ଯାଇଥିବ । ଆଉ ସେ ଅଣ୍ଟା ସଳଖି ଠିଆ ହୋଇପାରିବନି । କିନ୍ତୁ ସେ ଶାଗୁଣା ବୁଢ଼ା ତା'ର ସେ ହୀନକର୍ମରୁ ନିବୃତ୍ତ ନ ହୋଇପାରେ । ପୁଣି ଖୋଜାଖୋଜି କରି ଏପରି ପାପ କାମ କରୁଥିବା ଅଧିକ ଟାଣୁଆ ତାନ୍ତ୍ରିକକୁ ଧରି ଆପଣଙ୍କର କ୍ଷତି କରିବାକୁ ଚେଷ୍ଟା କରିପାରେ । ତେବେ ଆପଣ ବ୍ୟସ୍ତ ହୁଅନ୍ତୁ ନାହିଁ । ମୁଁ ତା'ର ପ୍ରତିକାର ବ୍ୟବସ୍ଥା କରିଦେଉଛି ।''

ତା'ପରେ ତା'ର ଅନ୍ୟ ଗୋଟେ ବ୍ୟାଗରୁ କଳାପଥର ଖଣ୍ଡିଏ ବାହାର କରି ଉମାକାନ୍ତଙ୍କ ହାତକୁ ବଢ଼ାଇଦେଇ କହିଲା, "ବାବୁ ଆପଣ ନିଶ୍ଚିନ୍ତ ରୁହନ୍ତୁ ଏଇ ପଥର ଖଣ୍ଡକୁ ଆପଣଙ୍କ ଠାକୁର ଘରର ଗୋଟେ କୋଣକୁ ରଖିଦେବେ । କୌଣସି ପୂଜାପତ୍ର କରିବେନି । କେବଳ ଶନିବାର ଦିନ ପୁଲାଙ୍ଗତେଲର ଦୀପଟିଏ ଏ ପଥର ଖଣ୍ଡ ପାଖରେ ଜାଳିଦେବେ । ଗୁଣିଗାରେଡ଼ି ଜନିତ କୌଣସି ବିପଦ ପଡ଼ିବନି । ଆଜି ଆପଣଙ୍କୁ କହିଯାଉଛି ଅଳ୍ପ ଦିନ ଭିତରେ ଦେଖିବେ ଯେଉଁ ଲୋକ ଏପରି ମନ୍ଦ ଉଦ୍ଦେଶ୍ୟ ରଖି ଏ ତନ୍ତ୍ର ପ୍ରୟୋଗ କରିଥିଲା ତା'ର କ'ଣ ହେବ । ଦେବୀ ମା ତାକୁ ଛାଡ଼ିବେନି ।''

ମୁରକୁଣ୍ଡକୁ ତା'ର ପ୍ରାପ୍ୟ ଦେବାବେଳେ ସେ ଉମାକାନ୍ତଙ୍କଠାରୁ ପଇସାଟିଏ ବି ନେଲାନି । ସେ ଓଲଟା କହିଲା, "ଅନନ୍ତ ବାବୁ ଆମ ଗାଁ ଆଡ଼ର ଲୋକ । ବହୁତ ଉପକାର ସେ ଆମର କରିଛନ୍ତି । ତାଙ୍କ ଜ୍ୱାଇଁ ହେଲେ ଆମ ଗାଁ ଜ୍ୱାଇଁ । ମୁଁ ଝିଅ ଜ୍ୱାଇଁଙ୍କ ପାଇଁ ଯାହା କଲି ସେଥିପାଇଁ କୌଣସି ପ୍ରାପ୍ୟ ନେବିନି ।''

ଅନନ୍ତ ମଧ୍ୟ ଇଙ୍ଗିତରେ ତାକୁ ବାଧ୍ୟ ନ କରିବାକୁ କହିଲେ । ସେମାନେ ଫେରିଗଲେ । ସେହିଦିନଠାରୁ ଏ ପଥର ଖଣ୍ଡକୁ ଠାକୁର ଘରର ଗୋଟିଏ କୋଣକୁ ପିଣ୍ଡିଟିଏ କରି ସ୍ଥାପନ କରିଦିଆଗଲା ।

ମୁରକୁଣ୍ଡର ଆଶଙ୍କା ସତ୍ୟ ଥିଲା । ତା'ର ଅଳ୍ପଦିନ ପରେ ଉମାକାନ୍ତ ବାବୁଙ୍କର ଘରକୁ ଆସିଥିବା ତାଙ୍କ କୁଟୁମ୍ବର ଜଣେ ଦାଦା ପୁଅ ଭାଇ ବଟଙ୍କଠାରୁ ସେ ଏକ ଅଦ୍ଭୁତ କଥା ଶୁଣି ତାଜୁବ ହୋଇଯାଇଥିଲେ । ସନାତନ ବଡ଼ବାପା ଗୋଟେ ତାନ୍ତ୍ରିକ ଅଖୁରାକୁ ସାଥିରେ ନେଇ ମଶାଣିରେ କ'ଣ ଗୋଟେ ପୂଜା କରୁଛନ୍ତି । ସେ ଅଞ୍ଚଳରେ ସେ ତାନ୍ତ୍ରିକକୁ ସମସ୍ତେ ଭୟ କରନ୍ତି । କାହାକୁ ଗୁଣିକରି କି ବୀର ପେଶି ସେ ଲୋକଙ୍କର କୁଆଡ଼େ ବହୁତ ଅନିଷ୍ଟ କରେ । ଯାହାଠାରୁ ପଇସା ନେଇ ସେ ତା'ର ଶତ୍ରୁକୁ ସାଧିବ

ବୋଲି କହିଥାଏ, କଥାରେ କିଛି ଓଲମବିଲମ ହେଲେ ପଇସା ଦେବା ଲୋକକୁ ବି ସେ ବାଣ ମାରେ । ସାଧାରଣତଃ ତାକୁ ଦେଖିଲେ ଲୋକେ ବାଟ କାଟି ଚାଲିଯାନ୍ତି । ତେଣୁ ସନାତନଙ୍କର ଏ ବୁଢ଼ା ବୟସରେ କ'ଣ ଏମିତି ଦରକାର ପଡ଼ିଲା ଯେ ଅଖୁରା ପରି ଗୋଟେ ବଦ୍‌ମାସ ଗୁଣିଆକୁ ନେଇ ମଶାଣିରେ ବସିଛନ୍ତି ।

ଉମାକାନ୍ତ ଏକଥା ଶୁଣି ବେଶ୍ ଭୟ ପାଇ ଯାଇଥିଲେ । ତାଙ୍କର ହୃଦ୍‌ବୋଧ ହୋଇଗଲା ପ୍ରଥମ ଥର ବିଫଳ ହେବାପରେ ସନାତନ ବଡ଼ବାପା ପୁଣି ନିଶ୍ଚୟ କିଛି ଅନିଷ୍ଟ କରିବାକୁ ଚେଷ୍ଟା କରୁଛନ୍ତି ।

କିନ୍ତୁ ସେ କିଛି ଆଶଙ୍କା ପ୍ରକାଶ କରିବା ପୂର୍ବରୁ ବଟ କହିଲେ ''ଉମା ଭାଇ ଲୋକେ କଥାବାର୍ତ୍ତା କରୁଛନ୍ତି ଯେ ସେ କୁଆଡ଼େ ତୁମର ସବୁ ଜମିବାଡ଼ି ହଡ଼ପ କରିବାପାଇଁ ତୁମ ବଂଶନାଶର ଚେଷ୍ଟା କରୁଛନ୍ତି । ଗାଁ ଲୋକେ ସମସ୍ତେ ଜାଣନ୍ତି ତୁମ ଜମିରେ ଚାଷକରି ଏତେବର୍ଷ ହେଲାଣି ଚଳୁଛନ୍ତି । କିନ୍ତୁ ବିକ୍ରି ଖର୍ଚ୍ଚ କରିପାରୁନାହାନ୍ତି । ତୁମ ପରିବାରକୁ ବାଟରୁ ହଟାଇଦେଲେ ତାଙ୍କୁ ଓ ତାଙ୍କର ସେ ବାଲୁଙ୍ଗା ପୁଅ ଦି'ଟାଙ୍କୁ ବହୁତ ସମ୍ପତ୍ତି ମିଳିଯିବ । କଥା କେତେ ସତ ମୁଁ ଜାଣେନାହିଁ । କିନ୍ତୁ ଯେପରି କାର୍ଯ୍ୟ ଚାଲିଛି ଆଉ ସେ ଦୁଇଟା ଅରଣା ଟୋକା ଯେମିତି ଉଡୁରୁଛନ୍ତି ତାଙ୍କୁ ଦେଖିଲେ କଥାଟା ସତ ଜଣାପଡୁଛି । ତୁମକୁ ଏକଥା ଜଣାଇଦେବାକୁ ବୋଉବାପା ମତେ ପଠାଇଛନ୍ତି ।'' ଏତିକି ଖବର ଦେଇ ସେ ଚାଲିଗଲା ।

ଉମାକାନ୍ତ ବାବୁଙ୍କୁ କଥାଟା ଜଳଜଳ ହୋଇ ଜଣାପଡ଼ିଯାଇଥିଲା । ସନା ବଡ଼ବାପାଙ୍କର ଉଦ୍ଦେଶ୍ୟ ବୁଝିବାରେ ତାଙ୍କର ସାମାନ୍ୟ ବିଳମ୍ବ ହେଲାନାହିଁ । ଘରେ ତାଙ୍କର ଆତଙ୍କ ଖେଳିଗଲା । କିନ୍ତୁ ସବିତାଙ୍କର ଶାଶୂ ଦୃଢ଼ଭାବରେ କଥାଟାକୁ ନେଲେ । ସେ କହିଲେ, ''ମୁରକୁଣ୍ଡ ବାବାତ ଆଗକୁ ଦେଖି ବ୍ୟବସ୍ଥା କରି ଯାଇଛନ୍ତି । ସେ କଳାପଥର ଖଣ୍ଡଟି କେଉଁ ଦେବତାଙ୍କର କି କୋଉ ଦେବୀଙ୍କର ଆମେ ନ ଜାଣିଲେ ବି ତାଙ୍କୁ 'ମା' 'ମା' ବୋଲି ଡାକିବା ସିଏ ନିଶ୍ଚୟ ରକ୍ଷା କରିବେ ।''

ଘରେ ସମସ୍ତେ ସତକୁସତ ଆଶ୍ୱସ୍ତ ହୋଇଗଲେ । କେମିତି ଗୋଟେ ମାନସିକ ବଳ ଭିତରେ ଆସିଗଲା । ପ୍ରକୃତରେ ଅନ୍ୟ କୌଣସି ଅଘଟଣ ଘଟିଲା ନାହିଁ ।

ଆଦିତ୍ୟ ଏ ସମସ୍ତ ଘଟଣା ଶୁଣି ଏକପ୍ରକାର ବିମୂଢ଼ ହୋଇ ଯାଇଥିଲେ । ଏମିତି କ'ଣ ସତରେ ଘଟିପାରେ । ମା'ତ ତାଙ୍କର ପ୍ରତ୍ୟକ୍ଷ ଅଭିଜ୍ଞତାରୁ ଏକଥା କହୁଛନ୍ତି । କାହା ବିଶ୍ୱାସ ଅବିଶ୍ୱାସରୁ କ'ଣ ମିଳିବ । ତଥାପି ସେ କୌତୂହଳୀ ହୋଇ ପଚାରିଲେ "ମା' ଗାଁର ସେ ସନା ବୁଢ଼ାର କ'ଣ ହେଲା ?"

ସବିତା ଖୁବ୍ ଧୀର ସ୍ୱରରେ କହିଲେ, ''ହଁ ଆଦି, ମାତ୍ର ମାସ କେଇଟା ଭିତରେ

ସେ ବୁଢ଼ାଙ୍କର ଭଲ ଗୋଡ଼ଟା ଉପରେ ଶଗଡ଼ ଚକ ମାଡ଼ିଗଲା । ସେ ପୂରା ଅପାହିଜ ହୋଇ ବିଛଣାରେ ପଡ଼ିଗଲେ । ତାଙ୍କୁ କେହି ପଚାରିଲେ ନାହିଁ । ତାଙ୍କ ପୁଅମାନଙ୍କ ଭିତରେ ଜମିବାଡ଼ିକୁ ନେଇ କଳିକଜିଆ ଲାଗିରହିଲା । ତୋ ଜେଜେ ତ ଆଉ ଗାଁକୁ ଗଲେନାହିଁ କି ସେମାନଙ୍କୁ କାହାରିକୁ ଏଠା ଘରକୁ ଆସିବାକୁ ଦେଲେନି । ଗାଁ ସମ୍ପତ୍ତିକୁ ଚାହିଁଲେନି । ସେମାନେ କିନ୍ତୁ ପରସ୍ପର ସଙ୍ଗେ ବାଡ଼ିଆପିଟା ହୋଇ ଜମିଚାଷ କଲେନି । ଜମି ପଡ଼ିଆ ପଡ଼ିଲା । ଯାହା ଆମେ ଖବର ପାଇଥିଲୁ ସେମାନେ ଖୁବ୍ କଷ୍ଟରେ ଚଳୁଥିଲେ । ତୋ ଜେଜେ ଯିବାପରେ ଆଉ ଆମ ପାଖରେ କୌଣସି ଖବର ନାହିଁ ।''

କଥା ଏଇଠି ସାରିଦେଇ ସବିତା ଉଠିଗଲେ ରୋଷେଇ ଘରକୁ ।

ଆଦିତ୍ୟ ଚୁପ୍ ହୋଇ ସେଇ ଦରଆଉଜା ଠାକୁରଘର ସାମନାରେ ବସିରହିଲେ । ଗୁଣିଗାରେଡି ତନ୍ତ୍ରମନ୍ତ୍ର କଥା ସେ କେଉଁଠି ନା କେଉଁଠି ପଢ଼ିଛନ୍ତି । କିଛି କଥା ମଧ୍ୟ ସେ ସମ୍ପର୍କରେ ସେ ଶୁଣିଛନ୍ତି । କିନ୍ତୁ ତା'ର ସତ୍ୟାସତ୍ୟ ଜାଣିବାପାଇଁ ତାଙ୍କ ମନରେ କେବେ ବି ଆଗ୍ରହ ହୋଇନାହିଁ । କିନ୍ତୁ ଆଜି ମା ଯାହା କହିଲେ ସେ ତ ତାଙ୍କର ପ୍ରତ୍ୟକ୍ଷ ଅଭିଜ୍ଞତା । ସେଠି ଆଉ ସଂଶୟର ପ୍ରଶ୍ନ କାହିଁ !

କିନ୍ତୁ ସେ କଳାପଥରଟି କ'ଣ ? କେଉଁ ଦୈବୀ ଶକ୍ତି ତା' ଭିତରେ ନିହିତ ହୋଇରହିଛି ଯେ ତା'ର ଉପସ୍ଥିତି ତନ୍ତ୍ରର ସବୁପ୍ରକାର ଅପପ୍ରୟୋଗକୁ ପ୍ରତିହତ କରିପାରୁଛି । ଏହା କିପରି ସମ୍ଭବ ହେଉଛି ! ପଥର ପରି ଏକ ଜଡ଼ଖଣ୍ଡଟି ସ୍ୱୟଂ ଏକ ଶକ୍ତିର ଉତ୍ସ ନା କାହାଦ୍ୱାରା କେବେ ସେଥିରେ ସଞ୍ଚାରିତ ହୋଇଥିବା ଶକ୍ତି ସେହିପରି କ୍ରିୟାଶୀଳ ହୋଇଚାଲିଛି । କ'ଣ ଏହାର ରହସ୍ୟ ! ଆଦିତ୍ୟ ଚିନ୍ତାରେ ପଡ଼ିଯାଇଥିଲେ । ତାଙ୍କୁ ଲାଗିଲା କେହି ଯେମିତି କହୁଛି ''ରହସ୍ୟ ସେହିପରି ରହସ୍ୟ ହୋଇଥାଉ । ରହସ୍ୟଭେଦ କରିବା ପାଇଁ ମଣିଷର ଅନୁରୂପ ସାମର୍ଥ୍ୟ ଆବଶ୍ୟକ ହୁଏ । ସେ ସାମର୍ଥ୍ୟ ତୋ'ର ନାହିଁ । ତେଣୁ କେଉଁ ଅଜଣା ଶକ୍ତି ତୁମକୁ କାହିଁକି ସୁରକ୍ଷିତ ରଖୁଛି ସେଥିପାଇଁ ଚିନ୍ତିତ ନହୋଇ କେବଳ କୃତଜ୍ଞତା ପ୍ରକାଶ କର ।''

ଆଦିତ୍ୟ ସଚେତନ ହୋଇଉଠିଲେ । ତାଙ୍କର ମନେହେଲା ସେ ସ୍ୱର ସତେକି ଠାକୁରଘରର ଦରଆଉଜା କବାଟ ଭିତରୁ ଭାସି ଆସିଥିଲା । ସେ କବାଟଟିକୁ ଭଲଭାବରେ ଆଉଜାଇ ଦେଇ ସେଇ ଏରୁଣ୍ଡି ବନ୍ଧ ଉପରେ ମୁଣ୍ଡରଖି ପ୍ରଣାମ ଜଣାଇଲେ ।

■

ନକ୍ଷତ୍ରର ଭାଷା

ସନ୍ଧ୍ୟାରୁ ଝିପ୍‌ଝିପ୍ ବର୍ଷା ଆରମ୍ଭ ହୋଇଥିଲା । ରାତି ଏଗାରଟା ବାଜିବା ବେଳକୁ ବର୍ଷାପବନର ଗତି ବେଶ୍ ବଢ଼ିଯାଇଥିଲା । ପୁରୀ ଟାଉନଥାନାର ଇନିସ୍‌ପେକ୍ଟର ରଘୁନାଥ ସିଂ ରାତ୍ରିକାଳୀନ ପେଟ୍ରୋଲିଙ୍ଗ ପାଇଁ ଡ୍ରାଇଭର ସୁଦାମ ଜେନାକୁ ଗାଡ଼ି ବାହାର କରିବାକୁ କହିଲେ । ସୁଦାମ ମନେମନେ ଭାବିଲା ଇଏ ଯେଉଁ ବର୍ଷା ପବନ ଚାଲିଛି ସେଥିରେ କିଏ କୁଆଡ଼େ ବାହାରକୁ ବାହାରିଥିବେ ଯେ ସାର୍ ପେଟ୍ରୋଲିଙ୍ଗ୍‌ରେ ଯିବାକୁ ବାହାରିଛନ୍ତି ।

କିନ୍ତୁ ମୁହଁ ଖୋଲି କିଛି କହିବାର ଉପାୟ ନାହିଁ ।

ସୁଦାମ ଚୁପ୍‌ଚାପ୍ ଗାଡ଼ି ଷ୍ଟାର୍ଟ କଲା । ରଘୁନାଥ ସିଂ ବର୍ଷାତିଟା ହାତରେ ଧରି ଗାଡ଼ିରେ ସାମନା ସିଟ୍‌ରେ ବସିଲେ । ପୋଲିସ ଭ୍ୟାନ୍ ପୋର୍ଟିକୋ ଭିତରୁ ବାହାରିଗଲା ରାଜରାସ୍ତା ଉପରକୁ । ସମୁଦ୍ରକୂଳ ରାସ୍ତାଦେଇ ପୋଲିସ ଗାଡ଼ି ଆଗକୁ ଆଗକୁ ଗଡ଼ିଚାଲିଲା ।

ହଠାତ୍ ରଘୁନାଥ ସିଂ ପାଟିକରି ସୁଦାମକୁ ଗାଡ଼ି ରଖିବାକୁ କହିଲେ । କ'ଣ ପାଇଁ ସାର୍ ଏମିତି ଗାଡ଼ି ରଖିବାକୁ କହିଲେ ସେ ବୁଝିନପାରି ଗାଡ଼ି ସେଇଠି ଷ୍ଟାର୍ଟ ବନ୍ଦକରି ଇଆଡ଼େ ସିଆଡ଼େ ଚାହୁଁଥାଏ ।

ରଘୁନାଥ ସିଂ ସମୁଦ୍ରକୂଳ ପଟକୁ ରାଜରାସ୍ତା ଉପରେ ଅବାଗିଆ ହୋଇ ପାର୍କିଂ ହୋଇଥିବ ଏକ ଦାମୀଗାଡ଼ି ଦିଗରେ ହାତ ଦେଖେଇ କହିଲେ, "ରାସ୍ତା ଉପରକୁ ଅଧା ମାଡ଼ିଆସି ରଂଗ୍ ସାଇଡ୍‌ରେ କିଏ ଏମିତି ଗାଡ଼ିଟା ରଖିଛି ?"

ସୁଦାମ ଗାଡ଼ି ଦିଗରେ ନିରେଖି ଚାହିଁ କହିଲା, "ସାର ଗାଡ଼ିର ନମ୍ବର ପ୍ଲେଟଟା ଦିଲ୍ଲୀର । ହୁଏତ କେହି ବାହାରୁ ଆସିଥିବା ଲୋକ ବୋଧେ ବର୍ଷାବେଳେ ଆଉ କୋଉଠି ଜାଗା ନପାଇ ଏଇଠି ଏମିତି ଅବାଗିଆ କରି ରଖିଦେଇ ଯାଇଛି ।"

ତା' କଥାରେ କୌଣସି ମନ୍ତବ୍ୟ ନଦେଇ ରଘୁନାଥ ସିଂ ଏପାଖସେପାଖ

ଚାହୁଁଚାହୁଁ ତାଙ୍କ ଆଖି ପଡ଼ିଲା ସମୁଦ୍ର କୂଳ ପାଖରେ କେଇଜଣ ଲୋକ ଚାଲବୁଲ କରୁଛନ୍ତି। ବର୍ଷାରେ କିଛି ଠିକ୍‌ରେ ଜଣାପଡୁନି। ସେ ସେହିକ୍ଷଣି ବର୍ଷାତିଟା ଦେହରେ ଗଳାଇଦେଇ ବଡ଼ ଟର୍ଚ୍ଚଟାଏ ହାତରେ ଧରି ଗାଡ଼ିରୁ ଓହ୍ଲାଇପଡ଼ି ସେଇ ଦିଗରେ ଆଗେଇଲେ।

ଦୂରତା କମିକମି ଯାଉଥାଏ। ଏଥର ତାଙ୍କୁ ସ୍ପଷ୍ଟ ଦେଖାଗଲା ଚାରିଜଣ ଲୋକ ହାତ ଧରାଧରି ହୋଇ ସମୁଦ୍ର ପାଣିରେ ପଶିଛନ୍ତି। ସେ ଆଶ୍ଚର୍ଯ୍ୟ ହୋଇଗଲେ। ବର୍ଷାରେ ପୁଣି ଏତେ ରାତିରେ ସମୁଦ୍ର ପାଣିରେ କାହାକୁ ପଶିବାର ସେ କେବେ ବି ଦେଖିନଥିଲେ। ତାଙ୍କର ମନେ ହେଲା ଏମାନେ ନିଶ୍ଚୟ କେତେଜଣ ଉଦ୍‌ଭ୍ରାନ୍ତ ଯୁବକ। ପ୍ରଚୁର ମଦ୍ୟପାନଜନିତ ହିତାହିତ ଜ୍ଞାନଶୂନ୍ୟ ହୋଇ ଏପରି ଉଦ୍‌ଭଟ ଆଚରଣ କରୁଛନ୍ତି। ସେମାନେ ନିଶ୍ଚୟ ବୁଝି ପାରୁନାହାନ୍ତି ଯେ କୌଣସି ମୁହୂର୍ତ୍ତରେ କିଛି ଗୋଟେ ସାଂଘାତିକ ଘଟଣା ଘଟିଯାଇପାରେ। ସେ ପାଟିକରି ଡାକିଲେ; କିନ୍ତୁ ବର୍ଷା ପବନ ଓ ସମୁଦ୍ରର ମିଳିତ ଘୋଘୋ ଶବ୍ଦରେ ତାଙ୍କ ସ୍ୱର ଯେ ସେମାନଙ୍କ ନିକଟରେ ପହଞ୍ଚି ପାରୁନାହିଁ ତା' ସେ ବୁଝିପାରିଲେ।

ରଘୁନାଥଙ୍କ ମନ ଅସ୍ଥିର ହୋଇଉଠିଲା। ସେ ଶୀଘ୍ର ଶୀଘ୍ର ପାଦ ପକାଇ 'ଏଠି କ'ଣ ହେଉଛି ?' କହି କହି ସେଇ ଦିଗରେ ଆଗେଇଗଲେ। ତାଙ୍କ ପାଟିତ କେହି ଶୁଣି ପାରୁନଥିଲେ କି ତାଙ୍କର ଉପସ୍ଥିତି ସମ୍ପର୍କରେ ବି ସଚେତନ ନଥିଲେ। କିନ୍ତୁ ତାଙ୍କ ହାତରେ ଥିବା ଟର୍ଚ୍ଚର ଆଲୋକ ସେମାନଙ୍କ ଉପରେ ଝଲସି ଉଠିବାରୁ ସେମାନେ ଯିଏ ଯାହା ଜାଗାରେ ଠିଆ ହୋଇଯାଇ ରଘୁନାଥଙ୍କ ଦିଗରେ ଚାହିଁଲେ।

ଟର୍ଚ୍ଚର ଆଲୋକ ସମସ୍ତଙ୍କ ମୁହଁ ଉପରେ ଘୂରିଆସିଲା। ଇନିସ୍‌ପେକ୍ଟର ରଘୁନାଥ ସିଂଙ୍କର ବିସ୍ମୟର ସୀମା ରହିଲା ନାହିଁ। ଏପର୍ଯ୍ୟନ୍ତ ଯେଉଁ ଚାରିଜଣ ମଣିଷ ବର୍ଷା ସମୟରେ ସମୁଦ୍ର ପାଣିରେ ପଶି ଉଦ୍ଦାମ ନୃତ୍ୟ କରୁଥିଲେ ସେମାନେ କେହି ଜଣେ ବି ଯୁବକ ନଥିଲେ। ସମସ୍ତେ ଥିଲେ ପ୍ରାୟ ଷାଠିଏ ବର୍ଷ ଅତିକ୍ରମ କରିଥିବା ବୟସ୍କ ବ୍ୟକ୍ତି। ପୁଣି ତାଙ୍କ ଭିତରୁ ଜଣକୁ ସେ ଚିହ୍ନିପାରି ଆହୁରି ଆଶ୍ଚର୍ଯ୍ୟ ହୋଇଗଲେ। ସେ ବ୍ୟକ୍ତି ଜଣକ ଥିଲେ ପ୍ରାୟ ଦୁଇତିନି ବର୍ଷ ତଳେ ଅବସର ଗ୍ରହଣ କରିଥିବା ପୁରୀର ଉପଜିଲାପାଳ ଶଙ୍କର ମିଶ୍ର।

ସେ ଆଉ ଟିକେ ପାଖକୁ ଯାଇ ନିରେଖି ଦେଖିଲେ। ନାଁ ଚିହ୍ନିବାରେ ଆଦୌ ଭୁଲ ହୋଇନି। ସେ ପାଟିକରି କହିଲେ, "ସାର୍ ଆପଣ ଏଠି ! ଏ ସମୟରେ ସମୁଦ୍ର କୂଳରେ କ'ଣ କରୁଛନ୍ତି ?"

ତାଙ୍କ ସ୍ୱର ଜାଣିପାରି ଶଙ୍କର ମିଶ୍ର କହିଲେ, "କିହୋ ରଘୁନାଥ କି ? ହେ, ତୁମ

ଟର୍ଚ୍ଚଟା ବନ୍ଦ କରନ୍ତୁ। ଆଖି ପୂରା ଜଳକା ହୋଇଗଲାଣି। କ'ଣ ଏ ବର୍ଷା ରାତିରେ ଡ୍ୟୁଟିରେ ବାହାରିଥିଲ ?"

- ହଁ ସାର, ହେଲେ ଆପଣ ଏ ବର୍ଷା ରାତିରେ ସମୁଦ୍ର ଭିତରେ ପଶିଛନ୍ତି କାହିଁକି ?

ରଘୁନାଥ ଟର୍ଚ୍ଚ ଲାଇଟଟା ଲିଭେଇ ଦେଲେ। ରାସ୍ତାରେ ଜଳୁଥିବା ଆଲୋକ ଓ ରାସ୍ତା ଆରପଟରେ ଧାଡ଼ି ହୋଇ ରହିଥିବା ହୋଟେଲର ଲାଇଟରେ ସବୁ ଝାପ୍‌ସା ଦେଖାଯାଉଥିଲା। ସେ ଶଙ୍କର ମିଶ୍ରଙ୍କର ଆହୁରି ନିକଟକୁ ଲାଗି ଆସି ପୁଣି ପ୍ରଶ୍ନଟି ଦୋହରାଇଲେ।

ଶଙ୍କର ମିଶ୍ର ଗୋଟେ ଖୋଲା ହସ ହସି କହିଲେ "ହେ, ଆମେ ଆଉ ପାଣିରେ ପଶିଲୁ କୋଉଠି ? ଏଇ କୂଳରେ ଅଳ୍ପ ପାଣିରେ ଟିକେ ଯାହା ଓଦା ହେଉଛୁନା।"

ରଘୁନାଥ ତାଙ୍କ ଉତ୍ତରରେ ଆହୁରି ଉଦ୍‌ବିଗ୍ନ ହୋଇ କହିଲେ, "ସାର୍, ଆପଣ ଏ ସହରରେ ଏତେ ବର୍ଷ ଥିଲେ, ଏ ସମୁଦ୍ର କଥା ତ ଭଲକରି ଜାଣିଛନ୍ତି। ଏଇ ସୁଧାର ଢେଉଗୁଡ଼ାକ ଖାଲି ଟିକେ ଛୁଇଁଦେଇ ଫେରିଯାଉଛନ୍ତି ବୋଲି ମନେ ହେଉଥିଲା ବି ହଠାତ୍ ଏମିତି ମାଡ଼ିଆସନ୍ତି ଯେ ଆଣ୍ଠୁଏ ପାଣି ଅଣ୍ଟା ଉପରକୁ ଉଠିଯାଏ। ସାର୍ ଏ ବର୍ଷା ପବନ ରାତିରେ ବେଳାଭୂମିରେ କେହି ଲାଇଫ୍‌ଗାର୍ଡ ନଥିବାବେଳେ ଆପଣ କେମିତି ଏତେ ବଡ଼ ରିସ୍କ ନେଉଛନ୍ତି ?"

ଶଙ୍କର ମିଶ୍ର କଥାଟା ସହଜ କରିବାକୁ ଯାଇ କହିଲେ, "ଆରେ ନାଁ ନାଁ। ଏଥିରେ କିଛି ରିସ୍କ ନାହିଁ। ଏମାନେ ସିନା ଏଠିକା କଥା ଜାଣନ୍ତିନି, ମୁଁ କ'ଣ ଜାଣିନି। ମୁଁ ଖୁବ୍ ସତର୍କ ଅଛି। ଆମ ଚାରିବନ୍ଧୁଙ୍କର ପିଲାଦିନରୁ ଗୋଟେ ଅଭିଳାଷ ଥିଲା ବର୍ଷାବେଳେ ସମୁଦ୍ରରେ ଏକାଠି ଗାଧୋଇବୁ। ଏଣେ ଦୈବାତ୍ ବର୍ଷା ବି ହେଲା। ଦେଖିଲା ବେଳକୁ ସେ ଦିନର ପୁରୁଣା ଅଭିଳାଷଟା ସମସ୍ତଙ୍କ ମନରେ ଜିଇଁ ରହିଛି। ତେଣୁ ଚାଲିଆସିଲୁ। ଏଥିରେ ଅନ୍ୟ କିଛି ରହସ୍ୟ ଅଛି ବୋଲି ଭାବନାହିଁ।"

ଶଙ୍କର ମିଶ୍ର ଏକଥା କହିବା ପରେ ବି ରଘୁନାଥ ସିଂ ସେମିତି ଠିଆହୋଇ ରହିବାକୁ ସେ ପରିବେଶକୁ ପୂରା ହାଲ୍‌କା କରିଦେବାକୁ ଯାଇ କହିଲେ, "ରଘୁନାଥ, ମୁଁ ମୋ ବନ୍ଧୁମାନଙ୍କ ସହ ଚିହ୍ନା କରେଇଦେଉଛି। ଇଏ ହେଲେ ଅବସରପ୍ରାପ୍ତ ଅଧ୍ୟାପକ ଅମରେନ୍ଦ୍ର ଦାସ, ଇଏ ହେଲେ ଅବସର ନେଇଥିବା କୃଷି ବିଜ୍ଞାନୀ ସୁରଜିତ ମହାପାତ୍ର, ଆଉ ସେଠି ପାଣି ଛାଡ଼ି ଆସିବାକୁ ଆଦୌ ମନ କରୁନଥିବା ବନ୍ଧୁ ହେଲେ ଦିଲ୍ଲୀର ବିଶିଷ୍ଟ ବ୍ୟବସାୟୀ ଦୀନେଶ ରାୟ। ଆଚ୍ଛା ବନ୍ଧୁଗଣ, ଏଇ ଯେ ପୋଲସ୍ ବାବୁ, ସେ ହେଲେ ପୁରୀ ଟାଉନ ଥାନାର ଇନିସ୍‌ପେକ୍ଟର ରଘୁନାଥ ସିଂ।"

ସମସ୍ତେ କେବଳ ମୁଣ୍ଡନାଡ଼ି ପରସ୍ପର ସହିତ ହୋଇଥିବ ସଦ୍ୟ ପରିଚିତିକୁ ସ୍ୱୀକୃତି ଦେଉଥିଲେ।

ରଘୁନାଥଙ୍କୁ କଥାଟା ଅବିଶ୍ୱାସ୍ୟ ମନେ ହେଲାନି ତଥାପି ଚାରିଜଣ ବୟସ୍କ ବ୍ୟକ୍ତିଙ୍କୁ ବର୍ଷା ଅନ୍ଧାର ରାତିରେ ସମୁଦ୍ର ଦାୟିତ୍ୱରେ ଛାଡ଼ି ଆସିବାଟା ତାଙ୍କୁ ଠିକ୍ ଲାଗିବନି। ସେ କହିଲେ, "ହେଉ ସାର, ଆପଣମାନେ ଗାଧୋଉଥାନ୍ତୁ, ମୁଁ ଏଇ ପାଖରେ ଅଛି।"

ଶଙ୍କର ମିଶ୍ର ତାଙ୍କର ଅନ୍ୟ ତିନି ବନ୍ଧୁଙ୍କ ନିକଟକୁ ଫେରିଗଲେ। କିନ୍ତୁ ତା' ପରଠାରୁ ଢ଼େଉ ସାଙ୍ଗରେ ଡୁଡୁ ଖେଳଟା ଆଉ ଜମିଲାନି। ଅଳ୍ପ ଦୂରରେ ଖୁଣ୍ଟ ପରି ଠିଆହୋଇ ଖାକି ପୋଷାକରେ ପହରା ଦେଉଥିବା ବ୍ୟକ୍ତିଟିର ଉପସ୍ଥିତିରେ ବୟସ୍କମାନଙ୍କର ବାଲସୁଲଭ ଚପଳତା ଆପେଆପେ ଥମିଗଲା। ଚାରିବନ୍ଧୁ ଓଦା ସୁଡୁବୁଡୁ ହୋଇ ଫେରିବାକୁ ଆରମ୍ଭ କଲେ। ସେମାନଙ୍କ ପଛେ ପଛେ ରଘୁନାଥ ସିଂ। ସେ ଚାରିଜଣ ସେଇ ଅବାଗିଆ ଢ଼ଙ୍ଗରେ ପାର୍କିଂ ହୋଇଥିବା ଗାଡ଼ିରେ ବସି ଷ୍ଟାର୍ଟ କରି ଆଗକୁ ଯିବାର ଦେଖି ରଘୁନାଥ ବର୍ଷାତିଟା ଓହ୍ଲାଇ ପକାଇ ଭ୍ୟାନରେ ଉଠିଲେ।

ସୁଦାମ ପଚାରିଲା, "ସାର୍ କିଏ କି ସେମାନେ ? କ'ଣ କରୁଥିଲେ ?'

ରଘୁନାଥ କିଛି କହିଲେନି। କାରଣ ଶଙ୍କର ମିଶ୍ରଙ୍କୁ ସୁଦାମ ଭଲଭାବରେ ଜାଣେ। ସେ କଥା ଜାଣିଗଲେ ପରଦିନ କି ପ୍ରକାର ରୋଚକ ଢଙ୍ଗରେ ସେ କଥାଟାକୁ ବଢ଼ାଇ ବଢ଼ାଇ ବର୍ଣ୍ଣନା କରିବ ସେକଥା ଅନୁମାନ କରିବା ତାଙ୍କ ପାଇଁ କଷ୍ଟକର ନଥିଲା। କିନ୍ତୁ ଖୁବ୍ ଉତ୍ସୁକ ହୋଇ ପଡ଼ିଥିବା ସୁଦାମକୁ କହିଲେ, "ନାଇଁ ସେମାନେ ବାହାର ଲୋକ। ଭୋରୁ ଫେରିଯିବେ ବୋଲି ସମୁଦ୍ରରେ ଟିକେ ଗାଧୋଉଥିଲେ।"

"ହେଃ, ଏକାସାଙ୍ଗରେ ବୁଢ଼ାଗଡ଼ାକ ସ୍ୱର୍ଗକୁ ଯିବାର ଯୋଜନା କରୁଥିଲେ ନା କ'ଣ ?" ଗାଡ଼ି ଷ୍ଟାର୍ଟ କରୁକରୁ କହିଲା ସୁଦାମ।

ରଘୁନାଥ କିଛି ଉତ୍ତର ନଦେଇ ଚୁପ୍ ଚାପ ବସିଲେ। କିନ୍ତୁ ମନେ ମନେ ଭାବୁଥିଲେ ଏଇଟା ତ ବଡ଼ ବିଚିତ୍ର ଅଭିଳାଷ ! ଚାରିଜଣ ପ୍ରୌଢ଼ ପିଲାଦିନର ଗୋଟିଏ ଅଭିଳାଷକୁ ଏପର୍ଯ୍ୟନ୍ତ ମନରେ ପାଳିପୋଷି ରଖିଥିଲେ ! ଜୀବନର ଏଇ ଉତ୍ତର ପାଦରେ ସେଇ ସୁଯୋଗ ତାଙ୍କ ପାଇଁ ଅଭାବିତ ଭାବରେ ଆସିଯାଇଥିବାରୁ ସେମାନେ ତାକୁ ହାତଛଡ଼ା ନକରି ଏଇ ନିର୍ଜନ ବର୍ଷାରାତିରେ ସମୁଦ୍ର ଭିତରକୁ ଓହ୍ଲାଇ ପଡ଼ିଥିଲେ ହୁଏତ ସେମାନେ ଆହୁରି କିଛି ସମୟ ନଜର ବୟସ ଓ ପ୍ରତିଷ୍ଠାକୁ ଭୁଲି ପାଣିରେ ନାଚିକୁଦି ଚିତ୍କାର କରିଥାନ୍ତେ। କାରଣ ସେମାନଙ୍କର ଏପ୍ରକାର ଯୁବକସୁଲଭ ଉଦ୍ଦାମ ଆଚରଣ ଦିବାଲୋକରେ ବା ଅନ୍ୟ କାହାରି ଉପସ୍ଥିତିରେ କରିବା ସମ୍ଭବ ନଥିଲା। ତେଣୁ ସେ ସେତେବେଳେ ସେଠାରେ ପହଞ୍ଚିଯାଇ ଭୁଲ୍ କଲେନି ତ ! ରଘୁନାଥ ସିଂ ଏକଥା ଭାବି

ଟିକେ ଭାବପ୍ରବଣ ହୋଇ ଉଠୁ ଉଠୁ ମନଭିତରେ କିଏ ରୁକ୍ଷସ୍ୱରରେ କହିଉଠିଲା "ଭୁଲ୍ କାହିଁକି ହେବ ! ଲୋକଙ୍କର ନିରାପତ୍ତା ପ୍ରତି ଧ୍ୟାନ ଦେବା ହିଁ ତାଙ୍କର ପ୍ରଧାନ କର୍ତ୍ତବ୍ୟ। ସେ ତାହା ହିଁ କରିଛନ୍ତି। ଅଭିଳାଷ ପୂରଣ କରିବାକୁ ଯାଇ ସେମାନଙ୍କ ଭିତରୁ ଜଣେ ଯଦି ଆଜି ସମୁଦ୍ର ଭିତରକୁ ଭାସିଯାଇଥାନ୍ତେ, ତାଙ୍କୁ ଏ ବେଳରେ କିଏ ଉଦ୍ଧାର କରିଥାନ୍ତା ! ଖୁବ୍ ଈପ୍ସିତ ମନେ ହେଉଥିବା ଅଭିଳାଷଟା ମହା ମନସ୍ତାପରେ ପରିଣତ ହୋଇ ସେମାନଙ୍କର ମୃତ୍ୟୁ ଯାଏ ତାଙ୍କ ସହିତ ଲାଗି ରହିଥାନ୍ତା। ସେ ଠିକ୍ ହିଁ କରିଛନ୍ତି।"

ଏକପ୍ରକାର ଆଶ୍ୱସ୍ତିବୋଧ ନେଇ ସେ ବର୍ଷାଝରା ରାସ୍ତା ଓ ସମୁଦ୍ର କୂଳ ଉପରେ ନିଜର ସତର୍କ ଦୃଷ୍ଟି ପହଁରାଇ ନେଉଥିଲେ।

ଚାରିବନ୍ଧୁଙ୍କୁ ନେଇ ସେଇ ଦୀର୍ଘାକୃତି ଗାଡ଼ିଟି ସ୍ୱର୍ଗଦ୍ୱାର ବାଟଦେଇ ସମୁଦ୍ରର ଖୁବ୍ ନିକଟରେ ଥିବା ସବୁଠାରୁ ବଡ଼ ସୌଖୀନ ହୋଟେଲ, 'ମୁନଲାଇଟ'ର ପୋର୍ଟିକୋ ଭିତରେ ପଶିଲା। ଗାଡ଼ି ପାର୍କ କରିବାକୁ ଦୀନେଶ କାର ଚାବିଟା ହୋଟେଲ ସିକ୍ୟୁରିଟି ହାତକୁ ବଢ଼ାଇଦେଲେ। ଗାଡ଼ି ଭିତରେ ଯାହା ଯେତିକି ପୋଛାପୋଛି ହୋଇ କାନ୍ଧରେ ଟାୱେଲ ଖଣ୍ଡେଖଣ୍ଡେ ପକାଇ ସମସ୍ତେ ଗାଡ଼ିରୁ ବାହାରି ତୃତୀୟ ମହଲାରେ ଥିବା ତାଙ୍କ ପାଇଁ ଉଦ୍ଦିଷ୍ଟ ରୁମ୍ ଭିତରକୁ ପଶିଲେ।

ପରକୁ ପର ଜଣେଜଣେ ଯାଇ ବାଥରୁମରେ ଦେହ ମୁଣ୍ଡରୁ ବାଲି ଧୋଇ ପରିଷ୍କାର ହେବାପରେ ରାତ୍ରିପୋଷାକ ପିନ୍ଧି ସେ ବିରାଟ ରୁମ୍‌ର ମଝିରେ ପଡ଼ିଥିବା ସୋଫା ଉପରେ ବସିଗଲେ। ଏପର୍ଯ୍ୟନ୍ତ ଯାଏ ପ୍ରାୟ ସମସ୍ତେ ଚୁପ୍ ଥିଲେ। ଖାସ୍ କିଛି କଥା ହୋଇନଥିଲେ।

ପ୍ରଥମେ ମୁହଁ ଖୋଲିଲେ ଅଧ୍ୟାପକ ଅମରେନ୍ଦ୍ର। "ଯାଃ ଏତେ ବର୍ଷ ପରେ ଆମକୁ ଯେଉଁ ପ୍ରତୀକ୍ଷିତ ସୁଯୋଗଟା ମିଳିଥିଲା, ତା'ର ଉପଯୋଗ କୋଉ ହୋଇପାରିଲା !"

ସୁରଜିତ କହିଲେ, "ଆଜ୍ଞା ଏପରି ବର୍ଷା ରାତିରେ ସେ ପୋଲିସ ଅଫିସର କୋଉଠୁ ଭଲା ଆସି ପହଞ୍ଚିଗଲା। ପହଞ୍ଚିଲା ତ ପହଞ୍ଚିଲା ସବୁ ଜାଣିବା ପରେ ବି ସେଠୁ ଘୁଞ୍ଚିଲାନି। ଓଲଟା ଖୁଣ୍ଟଟେ ପରି ଖାସ୍ ଆମରି ଉପରେ ନଜର ରଖି ଠିଆହୋଇ ରହିଲା। ଆରେ ଶଙ୍କର ତୋ' ପାଖରେ ପରା କାମ କରୁଥିଲା, ତାକୁ ଚାଲିଯିବାକୁ କହିଲୁନି ?"

ଓଦା ହୋଇଥିବା ମୁଣ୍ଡବାଳକୁ ଭଲରେ ପୋଛୁପୋଛୁ ଶଙ୍କର ମିଶ୍ର କହିଲେ "ମୁଁ ଇନିସ୍‌ପେକ୍ଟର ରଘୁନାଥ ସିଂକୁ ଭଲଭାବରେ ଜାଣେ। ଲାଇଫଗାର୍ଡ ନଥିବା ବେଳେ ଏପରି ବର୍ଷାରାତିରେ ଆମର ସମୁଦ୍ର ପାଣି ଭିତରକୁ ପାଶିବା ତା' ବିଚାରରେ ଏକ ଅକ୍ଷମଣୀୟ ଅପରାଧ। ଆଉ କିଏ ହୋଇଥିଲେ ଜିପ୍‌ରେ ଭର୍ତ୍ତିକରି ମାମୁଘରେ ନେଇ ସାରା ରାତି ଠୁଙ୍କି ଦେଇଥାନ୍ତା। ମତେ ଜାଣିଛି ବୋଲି ତ କିଛି କଲାନି। ତା'ଛଡ଼ା ତା'

ଡ୍ୟୁଟିରେ ବାଧାଦେବା ମୋର ଉଚିତ ହୋଇନଥାନ୍ତା। ଏଇ ଦୁଇତିନି ବର୍ଷ ତଳେ ମୁଁ ନିଜେ ଆଇନଶୃଙ୍ଖଳା ରକ୍ଷା କରୁଥିଲି। ଆଜି ଅବସର ନେଇଗଲି ବୋଲି କ'ଣ ଆଇନ ଭାଙ୍ଗିବାର ସ୍ୱାଧୀନତା ମିଳିଗଲା ନା କ'ଣ ?"

ଏପର୍ଯ୍ୟନ୍ତ ସେମାନଙ୍କ କଥା ଶୁଣୁଥିବା ଦୀନେଶ କହିଲେ "ସେ ଲୋକ ଠିକ୍ କରିଛି। ନହେଲେ ଗୋଟେ ଆବେଶରେ ଆସି ଆମେ ଚାରିଜଣ ବୟସ୍କ ମଣିଷ ସମୁଦ୍ର ପାଣିରେ ଭିଜିଭିଜି ଦେହଟି ଖରାପ କରିଥାନ୍ତେ। ତା'ଛଡ଼ା ଏପରି ପାଗରେ ସମୁଦ୍ରରେ ଯଦି କିଛି ହଠାତ୍ ମାତାଲାମି ବାହାରି ପଡ଼ିଥାନ୍ତା ତେବେ ଅଘଟଣଟାଏ ହୁଏତ ଘଟିଯାଇଥାନ୍ତା। ହଉ ହେଲା ଚାରିବନ୍ଧୁ ଦିନେ ଯାହା ଇଚ୍ଛା କରିଥିଲେ, ତା'ତ ପୂରଣ ହେଲାନି ! ସେ ଇଚ୍ଛା କଥା ଛାଡ଼ ହୋ। ଏତେ ବର୍ଷ ପରେ ଆମେ ଚାରିବନ୍ଧୁ କିପରି ପରସ୍ପରକୁ ଭେଟିପାରିଲେ ଓ ପୁଣି ଆଜି ଏକାଠି ହୋଇପାରିଛେ, ଇଏ କ'ଣ କମ୍ ଆନନ୍ଦର କଥା।"

କଥାଟା ସମସ୍ତଙ୍କ ମନକୁ ପାଇଗଲା। ସତ କଥାତ ଏତେ ଯୁଗ ପରେ ଏକଦା ଖୁବ୍ ଘନିଷ୍ଠ ଥିବା ଚାରିବନ୍ଧୁ ଏକାଠି ହୋଇ ପାରିଛନ୍ତି। ସମସ୍ତେ ଏଥର ଗୋଟିଏ କଥାରେ ଏକମତ ହେଲେ ଯେ ରାତିରେ ଆଉ ଶୋଇବାର ପ୍ରଶ୍ନ ନାହିଁ। ମନ ଭରି ଗପିବେ।

ବର୍ଷା ଓ ସମୁଦ୍ର ପାଣିରେ ଭିଜି ଆସିଥିବା ବନ୍ଧୁମାନଙ୍କ ପାଇଁ ଦୀନେଶ ଦାମୀ ବିଦେଶୀ ପାନୀୟର ବୋତଲଟିଏ ବାହାର କରି ଟେବୁଲ ଉପରେ ରଖିଲେ। କିନ୍ତୁ ତାକୁ ଦେଖୁ ଦେଖୁ ଚମକିପଡ଼ିଲେ ଅଧ୍ୟାପକ ଅମରେନ୍ଦ୍ର। ସେ ବ୍ୟସ୍ତହେବା ପରି କହିଲେ, "ନାଇଁ ଭାଇ ମୋର ଏସବୁ ଚଳିବନି। ମୁଁ ଆଜି ତୋ ସହିତ ପୁରୀରେ ରାତି କଟାଇବା କଥା କହିବାରୁ ମୋ ପତ୍ନୀଙ୍କର ପ୍ରଥମ ପ୍ରତିକ୍ରିୟା କ'ଣ ହେଲା ଜାଣିଛୁ ? ସେ କହିଲେ ପଇସାବାଲା ବନ୍ଧୁଙ୍କ ସହ ରାତିରେ ରହିବା ମାନେ ମଦ ପିଇ ମାତାଲ ହେବା। ମୁଁ ତାଙ୍କ ମୁଣ୍ଡ ଛୁଇଁ ରାଣ ପକାଇବାରୁ ସେ ମତେ ଆଜି ଆସିବାକୁ ଅନୁମତି ଦେଲେ। ତେଣୁ ମତେ କ୍ଷମା କର। ତୁମ୍ଭେମାନେ ପିଇ ପାର ମୋର ଆପତ୍ତି ନାହିଁ। କିନ୍ତୁ କେହି ହୋସ୍ ହରାଇବେନି। ନହେଲେ ଏକାଠି ରହିବାର ମଜାଟା ଚୌପଟ ହୋଇଯିବ।"

ଦୀନେଶ ଟିକେ ହସିଦେଇ କହିଲେ, "ନାଇଁ ଭାଇ, ମୁଁ ତ ମଦ ଆଦୌ ଛୁଏଁନାହିଁ। ତୁମମାନଙ୍କ ପାଇଁ ବ୍ୟବସ୍ଥା କରିଥିଲି ନା।"

ସୁରଜିତଙ୍କର ମନ ସେଇ ଦାମୀ ପାନୀୟ ଦେଖି ଚଞ୍ଚଳ ହୋଇଉଠିଥିଲା। କିନ୍ତୁ କୋଟିପତି ବ୍ୟବସାୟୀ ବନ୍ଧୁ ତାହା ସ୍ପର୍ଶ କରୁ ନ ଥିବାବେଳେ ସେ ଅଯଥା ଲୋଭକରିବା ଠିକ୍ ହେବନି। ସେ ମୃଦୁ୍ୟ ଭଙ୍ଗୀରେ ନିଜର ଅନିଚ୍ଛା ଜଣାଇଦେଲେ।

ଶଙ୍କର ମିଶ୍ରଙ୍କୁ ଏମାନଙ୍କ କଥା ସାଧୁସନ୍ଥଙ୍କ ବାଣୀ ପରି ଶୁଣାଯାଉଥିଲା। ସେ

ପରିହାସ କରି କହିଲେ "ଆରେ ମୁଁ ଜାଣିନଥିଲି ଯେ ମୋର ଏକଦା ଅତି ବାଲୁଙ୍ଗା ଥିବା ସାଙ୍ଗମାନେ ଏ ଭିତରେ ସନ୍ଥ ପାଲଟି ଯାଇଛନ୍ତି। ଦିଅ, ମୋ ଆଡ଼କୁ ବଢ଼ାଅ ସେ ବୋତଲ। ମୋର ସେ ବାବଦରେ ଖୁବ୍ ଭଲ ଅଭ୍ୟାସ ଅଛି। ମୋର ଭଲ ହେଲା ଏ ବୋତଲ ଉପରେ ଅନ୍ୟ କେହି ଭାଗୀଦାର ରହୁନାହାନ୍ତି।"

ତାଙ୍କ କଥା ଶୁଣି ସମସ୍ତେ ହସିଲେ। ରାତ୍ରିଭୋଜନରେ ସାମନ୍ୟ କିଛି ଖାଇବା କଥା ସ୍ଥିର କରିଥିବାରୁ ହୋଟେଲ ବୟ କିଛି ସ୍ୟାଣ୍ଡଉଇଚ, ପନୀର ପକୋଡା ଓ ଗରମ କଫି ଦେଇଗଲା। ଖାଇବା ଓ ପିଇବା ସହିତ ବନ୍ଧୁମାନଙ୍କ ଭିତରେ ଗପ ଆରମ୍ଭ ହୋଇ ଯାଇଥିଲା। ପିଲାଦିନେ ସେମାନେ ସ୍କୁଲରେ କ'ଣ କରୁଥିଲେ, ଫୁଟବଲ ଖେଳ କିପରି ଜମୁଥିଲା, ସଂସ୍କୃତ ପଣ୍ଡିତଙ୍କୁ କିପରି ହଇରାଣ କରୁଥିଲେ ପ୍ରଭୃତି କଥା। ତା'ପରେ ଆରମ୍ଭ ହୋଇଗଲା ଘରଦ୍ୱାର ପିଲା ଛୁଆଙ୍କ କଥା।

ହଠାତ୍ ଅଧ୍ୟାପକ ଅମରେନ୍ଦ୍ର କହିଲେ, "ହେ, ବନ୍ଦ କର ସେସବୁ କଥା। ଟିକିଏ ଏପଟ ସେପଟ କରିଦେଲେ ସମସ୍ତଙ୍କ କଥା ସେଇ ଏକାପ୍ରକାର। ସେଇ ଘରଦ୍ୱାର, ପିଲାଛୁଆ ଚାକିରି। ହଁ ଦୀନେଶ କଥା ଅଲଗା। ସେ ଦିଲ୍ଲୀର ହାଇ ସୋସାଇଟିରେ ଚଳୁଛି। ଦେଶଦୁନିଆ ଦେଖୁଛି। ପ୍ରଚୁର ପଇସା ତା'ର। ତେଣୁ ସେ ଟିକେ ଭିନ୍ନ ପ୍ରକାରେ ବଞ୍ଚୁଥିବ। ଆମେ ତିନିହେଁ ପ୍ରାୟ ଏକାପ୍ରକାର ଜୀବନ ଜିଉଁଛେ। କ'ଣ ସେଥିରେ ଅଲଗା କଥା ଅଛି ଯେ। ସେସବୁ ସାଧାରଣ କଥା ଛାଡ଼। କାହା ଜୀବନରେ ଯଦି କିଛି ଅଲଗା ପ୍ରକାରର ଅନୁଭୂତି ଅଛି, ସେ କଥା କହ। ଶୁଣିବା।"

ଶଙ୍କର ମିଶ୍ର ଦାମୀ ପାନୀୟର ଗ୍ଲାସରେ ଓଠର ସ୍ପର୍ଶ ଦେଉ ଦେଉ କହିଲେ, "ବୁଝିଲୁ ଅମର, ତୋର ଯଦି ସେପରି କିଛି ଅଭିଜ୍ଞତା ଅଛି କହ। ମାଷ୍ଟ୍ର ଲୋକ ତ ଫନ୍ଦାଫନ୍ଦି କରି କିଛି ସତମିଛ ମିଶେଇ କହିଦେଇ ପାରୁ। କିନ୍ତୁ ସେପରି କିଛି କହନା। ସତରେ ସେପରି କିଛି ଅନୁଭବ ଯଦି ଥାଏ କହ। ତୋ'ରି ଠାରୁ ଆରମ୍ଭ ହେଉ।"

ଅମରେନ୍ଦ୍ର ଅଡୁଆରେ ପଡ଼ିଗଲେ। ସେ ହିଁ ତ ଏଇ ପ୍ରସ୍ତାବ ଦେଇଛନ୍ତି। ଏମିତି ଅଦ୍ଭୁତ କଥାଟେ ବା ସେ କାହିଁକି କହିଲେ ! କ'ଣ ତାଙ୍କର ଅଭିଜ୍ଞତା ! ହଠାତ୍ ତାଙ୍କ ସ୍ମୃତିରେ ଦୃଶ୍ୟଟିଏ ଜାଗିଉଠିଲା। ଭାବିଲେ ତାଙ୍କର ଏଇ ଦୀର୍ଘ ଜୀବନରେ ସେଇ ଗୋଟିଏ କଥାର ସ୍ମୃତି ତ ତାଙ୍କୁ ବାରମ୍ବାର ବିହ୍ୱଳ କରିଛି। ହଉ ସେଇ କଥାଟି କହି ଏବେ ସେ ଆରମ୍ଭ କରିବାର ଦାୟିତ୍ୱ ନିର୍ବାହ କରିବେ।

ଅମରେନ୍ଦ୍ର ନିଜ ଅଭିଜ୍ଞତାର କଥାଟି କହିବା ପାଇଁ ସିଧାହୋଇ ବସିଲେ। ଅନ୍ୟ ତିନିଜଣ ତାଙ୍କୁ ଖୁବ୍ ଉତ୍ସୁକତାର ସହ ଚାହିଁରହିଲେ।

ଅମରେନ୍ଦ୍ର ଆରମ୍ଭ କଲେ, "ଦେଖ ମୋ କଥାଟା ତୁମ ମନକୁ ପାଇନପାରେ

କିନ୍ତୁ ସେଇ ଅଭିଜ୍ଞତା ଟିକକ ହିଁ ମତେ ଜୀବନ ଓ ଜଗତକୁ ଅନ୍ୟ ଏକ ଦୃଷ୍ଟିରେ ଦେଖିବାକୁ ଶିଖାଇଛି। ଏମ.ଏ.ପାଶ୍ କରିବା ପରେ ମୁଁ ଅଧ୍ୟାପନା ଚାକିରି ପାଇଗଲି। ମୋର ପ୍ରଥମ ପୋଷ୍ଟିଂ ହୋଇଥାଏ ଫୁଲବାଣୀରେ। କଟକରୁ ଫୁଲବାଣୀ ଏତେ ଦୂରକୁ ଯିବା ପୂର୍ବରୁ ମାମୁଘରକୁ ଯାଇ ଅଜା ଆଈଙ୍କୁ ପ୍ରଣାମ କରି ଆଶୀର୍ବାଦ ନେଇ ଆସିବା ପାଇଁ ବୋଉ କହିବାରୁ ମୁଁ ମାମୁ ଘରକୁ ବାହାରିଲି। ବାଲିପାଟଣାରୁ କିଛି ଭିତରକୁ ଗଲେ ମୋର ମାମୁଘର ଗାଁ। ମୁଁ ପିଲାଦିନୁ ସେଠାକୁ କେତେଥର ଯାଇଛି। ମତେ ଦେଖି ମାମୁଘରେ ଆନନ୍ଦ ଖେଳିଗଲା। ନାତି ଅଧ୍ୟାପକ ଚାକିରି ପାଇଥିବା ଖୁସିରେ ଅଜା ତାଙ୍କ କୁଟୁମ୍ବଙ୍କୁ ଡାକି ବେଶ୍ ଖାଇବା ପିଇବାର ଆୟୋଜନ କରିଥାନ୍ତି। ରାତିରେ ଶୋଉ ଶୋଉ ବେଶ୍ ଡେରି। ମୋ ପାଇଁ ଯେଉଁ ଘରେ ଶୋଇବା ବ୍ୟବସ୍ଥା ହୋଇଥାଏ, ତା' ପଛକୁ ଲାଗିଥାଏ ଗଛ ବୃଛରେ ଗହଳ ବାଡ଼ି। ମୋ ପାଖରେ ବଡ଼ ମାମୁଙ୍କ ପୁଅ ବି ଶୋଇଲା।

କବାଟ ଦେବା ପୂର୍ବରୁ ଆଈ ଆସି କହିଲା "ଅମରରେ ରାତିରେ ଯଦି ଉଠିବୁ, ଏଇ ପିଣ୍ଡାରେ ଠିଆହୋଇ ସେଇ କଡ଼କୁ ପରିସ୍ରା କରିଦେବୁ। ତଳକୁ ଓହ୍ଲାଇ ଯିବୁନି। ଅନ୍ଧାରରାତି କାଳେ ଜନ୍ତୁ ଜୁନ୍ତା କୋଉଠି ଥିବେ।"

ମୋର ବା ଡ଼ର କୋଉ କମ୍ ! କିନ୍ତୁ ରାତିରେ ନିଶ୍ଚେ ଥରେ ବାହାରକୁ ଉଠିବା ମୋର ଅଭ୍ୟାସ । ସେହିକ୍ଷଣି ବିଛଣାରେ ପଡୁପଡୁ ଶୋଇପଡ଼ିଲି। ରାତି କେତେ ହେବ କେଜାଣି, ନିଦ ଭାଙ୍ଗିଲା ବାହାରକୁ ଯିବାକୁ ହେବ। କବାଟ ଫିଟାଇ ପିଣ୍ଡା ଉପରେ ଠିଆ ହୋଇ ପାଖ ବୁଦା ଉପରେ ପରିସ୍ରା କରି ଆସି ପୁଣି ଶୋଇପଡ଼ିଲି। ପାହାନ୍ତିଆକୁ ସ୍ୱପ୍ନ ଦେଖିଲି କୁନିକୁନି କେତୋଟି ଠାକୁରାଣୀ ସୁନ୍ଦର ଭାବରେ ସଜବାଜ ହୋଇ ଠିଆହୋଇ ପରସ୍ପର ସାଙ୍ଗରେ କ'ଣ କଥା ହେଉଛନ୍ତି। ମୁଁ ଚଣ୍ଡାଳ ସେଠି ପହଞ୍ଚି ତାଙ୍କ ଉପରେ ପରିସ୍ରା କରିଦେଉଛି। ନିଦ ଭାଙ୍ଗିଗଲା। ଏମିତି ଗୋଟେ କ'ଣ ଅସନା ସ୍ୱପ୍ନ ଦେଖିଲି ଭାବି ଟିକେ ଖରାପ ଲାଗିଲା। ପୁଣି ସକାଳପହରୁ ମାମୁ ଘରର ଗହଳ ଚହଳ ଖାଇବା ପିଇବାରେ ମୁଁ ସେକଥା ଭୁଲି ଯାଇଥିଲି।

ରାତିରେ ପୁଣି ସେଇ ଘରେ ମୁଁ ଓ ମାମୁଙ୍କର ପୁଅ ଦୁହେଁ ଶୋଇଲୁ। ପୂର୍ବ ରାତି ପରି ମୁଁ ପୁଣି କେତେବେଳେ ଉଠି ବାହାର ପିଣ୍ଡାକୁ ଯାଇ ପରିସ୍ରା କରି ଆସି ଶୋଇଲି। ଏଥରର ସ୍ୱପ୍ନ ଥିଲା ଆହୁରି ସ୍ପଷ୍ଟ। ହଳଦୀ ଗୁରୁଗୁରୁ ତିନିଚାରୋଟି ଠାକୁରାଣୀ ନାଲି ପାଟ ଖଣ୍ଡେ ଖଣ୍ଡେ ପିନ୍ଧି, ଦେହରେ ଅଷ୍ଟ ଅଳଙ୍କାର ନାଇ ଠିଆ ହୋଇଛନ୍ତି। ମୁଁ ଚଣ୍ଡାଳ ପୁଣି ସେଇ ଅପକର୍ମଟି କରୁଛି।

ଗୋଟେ ଝଟ୍‌କାରେ ମୋ ନିଦଟା ଭାଙ୍ଗିଗଲା। ମୁଁ ବିଛଣାରେ ଉଠି ବସିଲି। ଝର୍କା ବାଟେ ବାହାରକୁ ଚାହିଁଲି। ଘନ ଅନ୍ଧକାର ଘୋଟି ରହିଛି। ମୁଁ ଆଉ ଶୋଇପାରିଲିନି।

ବିଛଣାରେ ଖୁବ୍ ଅସ୍ଥିର ହୋଇ ଏପଟ ସେପଟ ଗଡୁଥାଏ। କେତେବେଳେ ଟିକେ ନିଦ ଲାଗିଯାଇଛି। ଆଈର ଡାକରେ ଚାଉଁକିନା ନିଦଟା ଭାଙ୍ଗିଗଲା।

ଆଈ କହିଲା, "ଏତେବେଳ ଯାଏ ଶୋଇଚୁ ? ଯା ଶୀଘ୍ର କାମ ସାରି ବାହାରିପଡ଼। ସକାଳବେଳା ସେଇ ଗୋଟିଏ ବସ ପରା କଣ୍ଟାପଡ଼ା ଦେଇ ଯିବ।"

ମୁଁ ତରତର ହୋଇ ଉଠି ଘର ଭିତରୁ ବାହାରି ଯାଉଛି ମୋର ଗତ ରାତିର ଓ ତା ପୂର୍ବ ରାତିର ସେଇ ଏକା ସ୍ୱପ୍ନ କଥା ମନେ ପଡ଼ିଗଲା। ମୁଁ ଅଧୁଆ ମୁହଁରେ ପିଣ୍ଡା ଉପରେ ଠିଆ ହୋଇ ଯେଉଁଠି ସେ କର୍ମଟି କରିଥିଲି ସେଇଠିକି ଦଉଡ଼ିଗଲି। ପିଣ୍ଡା ତଳକୁ କିଛି ବୁଦୁବୁଦିଆ ଗଛ ରହିଛି। ମୁଁ ସେଇଠି ନଇଁପଡ଼ି ଦେଖୁଛି। ମୋ ଆଖିରେ ପଡ଼ିଲା....।"

"ଏଁ କ'ଣ ଆଖିରେ ପଡ଼ିଲା ?" ଏକା ସାଙ୍ଗରେ ତିନି ବନ୍ଧୁ ଚିତ୍କାର କରି ଉଠିଲେ।

ଟିକେ ରହିଯାଇ ଅମରେନ୍ଦ୍ର କହିଲେ, "ମୁଁ ଆଉ କିଛି ଦେଖିବି କ'ଣ, ମୋ ଛାତି ଫଟାଇ କୋହଟାଏ ଭିତରୁ ଉଠିଆସିଲା। ମୁଁ ସେଇଠି ଲମ୍ବହୋଇ ପଡ଼ି ରଡ଼ି ଛାଡ଼ିଲି ମା, ମା ! ମା' କ'ଣ ତା'ର ଅବୋଧ ସନ୍ତାନର ଭୁଲ କାମ ପାଇଁ କ୍ଷମା କରେନି ! ମୁଁ ସେମିତି ତୋର ଅବୋଧ ପିଲାଟିଏ। ନ'ଜାଣି ବଡ଼ ଅପକର୍ମଟାଏ କରିଛି, ମତେ କ୍ଷମା କରିଦେ, କ୍ଷମା କରିଦେ ମା।"

ଦୀନେଶ ବ୍ୟସ୍ତ ହୋଇ କାନ୍ଦ କାନ୍ଦ ହେଉଥିବା ଅମରେନ୍ଦ୍ରଙ୍କୁ ହଲାଇଦେଇ କହିଲେ "ହେ କ'ଣ ଦେଖିଲୁ କହୁନୁ !!"

ଅମରେନ୍ଦ୍ର ନିଜର ଆବେଗକୁ ସମ୍ବରଣ କରୁକରୁ କହିଲେ ମୁଁ ଦେଖିଲି ସେଇ ବୁଦୁବୁଦିକିଆ ଗଛବୃଛ ଭିତରେ ଚାରି ପାଞ୍ଚୋଟି ଛୋଟଛୋଟ ତୁଳସୀ ଗଛ ଲଗାଲଗି ହୋଇ ଉଠିଛି। ଆଉ କିଛି ବୁଝିବା ପୂର୍ବରୁ ମୁଁ କୂଅ ମୂଳରୁ ଦୁଇ ଚାରିଗରା ପାଣି ଆଣି ସେଇ ଗଛ ସବୁକୁ ଧୋଇବାରେ ଲାଗିଲି। ପୁଣି ଲମ୍ବ ହୋଇ ପ୍ରଣାମ କଲି। ଏ ଭିତରେ ଆଈ ଘଟଣାଟା ବୁଝି ସାରିଥିଲା। ସେଠି ତୁଳସୀ ଗଛ ଉଠିଥିବା କଥା ତାକୁ ମଧ୍ୟ ଜଣାନଥିଲା। କୋଉଠୁ ମଂଜି ପଡ଼ି କେମିତି ସେ ଜାଗାରେ ତୁଳସୀ ଗଛ ଉଠିଲେ ତାକୁ ବି ଆଶ୍ଚର୍ଯ୍ୟ ଲାଗିଲା। କିନ୍ତୁ ମୋଠାରୁ ସେ ସ୍ୱପ୍ନ କଥା ଶୁଣି ସେ ବି କିଛି ସମୟ ବିମୂଢ଼ ହୋଇ ଠିଆହୋଇ ରହିଲା। କିନ୍ତୁ ପର ମୁହୂର୍ତ୍ତରେ ସଚେତନ ହୋଇ ସେ ବି ଲମ୍ବ ହୋଇ ପ୍ରଣାମ କରୁକରୁ କହିବାକୁ ଲାଗିଲା "ମା' ମୋର ଏ ବାଳୁତ ନାତି ନଜାଣି ଭୁଲ କରିଛି। ମୁଁ ଚଣ୍ଡାଳୁଣୀ ବି ସେଥିପାଇଁ ଦାୟୀ। ମା' ଆମ ଅଜାଣତରେ ହୋଇଯାଇଥିବା ଦୋଷ ପାଇଁ କ୍ଷମା କରି ଦେ ମା'।"

ଆଈ ନାତି ଦୁହେଁ ପରସ୍ପରକୁ କୁଣ୍ଢାଇ ଧରି ଭୋଭୋ ହୋଇ କାନ୍ଦୁଥାଉ। ଅବଶ୍ୟ ସେ ଦୃଶ୍ୟ ଦେଖି କିଛି ପଚାରିବାକୁ କେହି ସେଠି ନଥିଲେ। ମୁଁ ତ ସେଠୁ କିଛି ସମୟ ପରେ ଚାଲିଆସିଲି। ତା' ପରଠାରୁ ଆଉ ମାମୁଘରକୁ ଯିବାର ସୁଯୋଗ ଆସିନି। କିନ୍ତୁ ସେ ଘଟଣା ମୁଁ ଭୁଲିପାରିଲି ନାହିଁ। ମୋର ସ୍ୱତଃ ହୃଦ୍‌ବୋଧ ହୋଇଗଲା ଯେ ଆମର ଘରେ ଘରେ ଚଉରାରେ ପୂଜା ପାଉଥିବା ତୁଳସୀ କେବଳ ଏକ ପବିତ୍ର ଗଛମାତ୍ର ନୁହେଁ; ସେ ସାକ୍ଷାତ ଠାକୁରାଣୀ। ହଜାର ହଜାର ବର୍ଷ ଧରି ହିନ୍ଦୁ ନାରୀମାନଙ୍କର ଉପାସ୍ୟ ଦେବୀ ସେ। ବିଶେଷକରି ଗ୍ରାମାଞ୍ଚଳର ନାରୀମାନଙ୍କ ପାଇଁ ସେ ତ ଏକମାତ୍ର ଠାକୁରାଣୀ, ଯାହାଙ୍କ ପାଖରେ ଘରକଣରେ ରହୁଥିବା ନାରୀଟିଏ ନିଜର ଗୋପନ ମନାସ ମା ପାଖରେ ବିନା ସଂକୋଚରେ ଜଣାଇବା ପରି ଜଣାଇଥାଏ। ସ୍ୱାମୀ, ସନ୍ତାନ ଓ ପରିବାରର ମଙ୍ଗଳ ପାଇଁ ମା' ବୃନ୍ଦାବତୀଙ୍କ ନିକଟରେ ଦୀପ ଜାଳି ସକାଳ ସଂଜେ ପ୍ରାର୍ଥନା କରୁଥାଏ। ନିଜର ଭୁଲ୍ ପାଇଁ ଅନ୍ୟକୁ ଲୁଚେଇ ଲୁଚେଇ ତାଙ୍କ ପାଖରେ କ୍ଷମା ବି ମାଗୁଥାଏ।

ହୁଏତ ଅନେକେ ତୁଳସୀରେ ଫୁଲପାଣି ଦିଅନ୍ତି ଧାର୍ମିକ ଚଳଣିରୁ। ତେବେ କିଏ କ'ଣ କରେ ନ କରେ ମୋର ସେଥିରେ କିଛି କହିବାର ନାହିଁ। କିନ୍ତୁ ମୁଁ ଚଣ୍ଡାଳ ସେଦିନ ଯେଉଁ ଅପକର୍ମଟି କଲି ସେଥିପାଇଁ ଦଣ୍ଡ ପାଇବି କ'ଣ ଓଲଟା ମା ମତେ କଲ୍ୟାଣସ୍ୱରୂପ ଦର୍ଶନ ଦେଲା। ବୁଝାଇଦେଲା ଏକ ଗହନ ରହସ୍ୟର ସୂତ୍ର।

ଫୁଲବାଣୀ କଲେଜରେ ଯୋଗଦେବା ପରେ ପ୍ରଥମେ ସେଠି ଖୋଜିଲି ତୁଳସୀ ଗଛ। ଭଡ଼ାଘରେ ମେସ କରି ରହିଲେ ବି ଗୋଟିଏ କୁଣ୍ଡରେ ଆଣି ଲଗାଇଲି ତୁଳସୀଙ୍କୁ। ସକାଳେ ଗାଧୋଇ ସାରି ମନେକରି ଗଛରେ ପାଣି ଦିଏ, ମୁଣ୍ଡିଆ ମାରେ। ମୋର ସହକର୍ମୀ ଅଧ୍ୟାପକ ବନ୍ଧୁମାନେ ମୋର ଏ ନିଷ୍ଠା ଦେଖି ପରିହାସ କରିଛନ୍ତି। ଏଇଟା କେବଳ ସ୍ତ୍ରୀଲୋକଙ୍କର କାମ ବୋଲି କହିଛନ୍ତି।

ମୁଁ କାହାକୁ ବୁଝାଇବାକୁ ଚେଷ୍ଟା କରିନି ଯେ ନାରୀ ପୁରୁଷ ଭେଦରେ ମା' ଭିନ୍ନ ହୋଇଯାଏନି। ମା ତ ମା, ସବୁରି ମା ! ତାହା ହିଁ ଥିଲା ମୋର ନିଜସ୍ୱ ଅଭିଜ୍ଞତା।

ସେହି ଘଟଣାଟି ମୋ ଜୀବନକୁ ଏପରି ପ୍ରଭାବିତ କରିଛି ଯେ ଆବଶ୍ୟକ ନଥିଲେ କୋଉ ବି ଗଛକୁ ହାତବଢ଼ାଇ ତା'ପତ୍ର ଛିଣ୍ଡାଏ ନାହିଁ କି ଡାଳ କାଟିଦିଏନି। ସବୁବେଳେ ଭାବେ ଏହା ଭିତରେ ହୁଏତ କୋଉ ସତ୍ତା ନିହିତ ଥାଇପାରେ, ମୁଁ ତାକୁ ଅଯଥାରେ କଷ୍ଟ ଦେବିନିତ।"

ଅମରେନ୍ଦ୍ର ତାଙ୍କ କଥା ସାରି ଚୁପ୍ ହୋଇଗଲେ।

କିଛି ସମୟ ପାଇଁ ସେଠି ନୀରବତା ଛାଇଗଲା। ଏଥର ମୁହଁ ଖୋଲିଲେ କୃଷି ବିଜ୍ଞାନୀ ସୁରଜିତ। "ବୁଝିଲୁ ଅମର, ତୋ କଥା ଶୁଣି କଥାଟାଏ ଏବେ ମନେପଡୁଛି,

ତାହା ସତରେ ସେମିତି କିଛି ଅଭିଜ୍ଞତା ବୋଲି କାହାର ମନେ ହେବକି ନାହିଁ କେଜାଣି। ତେବେ ମୋ ପାଇଁ କଥାଟା ଆଦୌ ଏକ ସାଧାରଣ କଥା ନଥିଲା। ଆମ ୟୁନିଭର୍ସିଟି ଠାରୁ ଦୟା ନଦୀର ଦୂରତା ବେଶୀ ନୁହେଁ। ମୁଁ ସେଠି ଯୋଗ ଦେବା ପରଠାରୁ ଆମେ ତିନିଚାରି ଜଣ ସହକର୍ମୀ ସନ୍ଧ୍ୟାବେଳେ ସାଇକେଲ ଚଢ଼ି ସେଠି ବୁଲିବାକୁ ପହଞ୍ଚିଯାଉ। ପାଣି ନଥିବାବେଳେ ଦୟାର ଶୁଖିଲା ବାଲିରେ ବସି ଗପସପରେ ସନ୍ଧ୍ୟାଟା ବିତେଇ ଫେରିଆସୁ।

ଦିନେ ସେଇ ବାଲିରେ ବସି ହାତରେ ବାଲି ଘାଣ୍ଟୁଥାଏ। କ'ଣ ଗୋଟେ ଟାଣ ଜିନିଷଟେ ହାତକୁ ଲାଗିଲା। ଆଉ ଟିକେ ବାଲି କାଢ଼ି ଦେଖିବା ବେଳକୁ ଆମ୍ବଟାକୁଆଟାଏ। ତାକୁ ଫୋପାଡ଼ି ନଦେଇ କେହି ନଜାଣିବା ପରି ପକେଟରେ ଖୁବ୍ ସନ୍ତର୍ପଣରେ ପୂରାଇଦେଲି। କାରଣ ସେ ବନ୍ଧୁମାନଙ୍କ ଭିତରୁ କେହି ଯଦି ଦେଖି ଦେଇଥାନ୍ତା ଯେ ମୁଁ ଆମ୍ବ ଟାକୁଆଟାଏ ଗୋଟାଇ ତାକୁ ପୁଣି ପକେଟରେ ପୂରାଇଛି, ସେମାନେ ମତେ ନାନା ପ୍ରକାରେ ପରିହାସ କରିଥାନ୍ତେ।

ଘରକୁ ଫେରି ସାର୍ଟଟା ଟାଙ୍ଗିଦେଲି ହାଙ୍ଗରରେ। ସକାଳୁ ସକାଳୁ ପତ୍ନୀଙ୍କ ଚିତ୍କାରରେ ନିଦ ଭାଙ୍ଗିଲା। ସେ ମୋ ପକେଟରେ କିଛି ପଇସାର ସନ୍ଧାନ କରୁଥିଲେ ପରିବା ଆଣିବା ପାଇଁ। ପଇସା ବଦଳରେ ସେଠି ଗୋଟେ ବାଲି ଲଗା ଆମ୍ବଟାକୁଆ ଦେଖି ସେ ବିରକ୍ତିରେ ପାଟି କରୁଥିଲେ। ମୁଁ ତରବର ହୋଇ ପଠିପଡ଼ିଲି। ତାଙ୍କ ହାତରୁ ଟାକୁଆଟାକୁ ଏକପ୍ରକାର ଝାମ୍ପିନେଲି। ସତେ ଯେମିତି ମୋର ଖୁବ୍ ଗୋଟେ ମୂଲ୍ୟବାନ ସମ୍ପତ୍ତି କେହି ଲୁଟି ନେଉଛି। ସେ ମୋର ଏପରି ଆଚରଣରେ ଆଶ୍ଚର୍ଯ୍ୟ ହୋଇଗଲେ। ତେବେ କାହାକଥା ବା ଭାବ ପ୍ରତି ମୋର ନିଘା ନଥିଲା। ମୁଁ ସେଇଟିକୁ ନେଇ ମୋର ସରକାରୀ କ୍ୱାଟର୍ସରେ ଥିବା ବେଶ୍ କିଛି ଖାଲି ଜାଗାରେ କୋଉଠି ପୋତିବି ସ୍ଥାନ ସ୍ଥିର କରିବାରେ ଲାଗିଲି। ଶେଷରେ ଟାକୁଆ ପାଇଁ ଜାଗାଟିଏ ବାଛି ହାତରେ ଫୋଉଡ଼ା ଧରି ମାଟିକୁ ତଳଉପର କରି ବାଛି ବୁଛି ସଫା କଲି। ସେଇଠି ସେ ଟାକୁଆଟିକୁ ପୋତିଦେଇ ଢାଳେ ପାଣି ଢାଳି ଦେଇ ଆସିଲି। ଶ୍ରୀମତୀ ରୋଷେଇଘର ଝରକା ପଛରୁ ମୋ କାର୍ଯ୍ୟକଳାପ ଲକ୍ଷ୍ୟ କରୁଥିଲେ ବି ମତେ ସେ ବିଷୟରେ କିଛି ପଚାରିଲେ ନାହିଁ।

ଏ ଭିତରେ ବିତିଯାଇଥିଲା କେତେଦିନ। ମୋର ଆଉ ସେ ଆମ୍ବଟାକୁଆ କଥା ଆଦୌ ମନେ ନଥିଲା। ସେଦିନ ସକାଳେ ହଠାତ୍ ଶ୍ରୀମତୀ ଖୁବ୍ ଖୁସିହୋଇ କହିଲେ, "ଜାଣିଛ ସେଦିନ ଯେଉଁ ଆମ୍ବ ଟାକୁଆଟା ପୋତିନଥିଲ ସେଠି ସେ ଚାରି ଛ ପତ୍ର ବାହାରି ମୁଣ୍ଡ ଟେକିଲାଣି।"

ମୁଁ ବାଡ଼ିକୁ ଦଉଡ଼ି ଯାଇ ଦେଖିଲି ନୂଆ ଛନ ଛନ ଆମ୍ବଗଛଟି ସେଠି ତାର

ଉପସ୍ଥିତି ଘୋଷଣା କରୁଛି। ତେଣିକି ତାକୁ ବଢ଼ାଇବାରେ ଆମେ ଦୁହେଁ ଲାଗିପଡ଼ିଲୁ। ମାଟି ଖୁସାଇ ଖତ ଦେବା, ଠିକ୍ ବ୍ୟବଧାନରେ ପାଣି ଦେବାରେ ହେଳା ହେଲାନି। ବାଡ଼ି ଭିତରକୁ ଗାଈ ଗୋରୁ କାଳେ ପଶି ଆସି ଶିଶୁ ଆମ୍ବଚାରାଟିକୁ ନଷ୍ଟ କରିଦେବେ ଭାବି ତ ଚାରିକଡ଼ରେ ବେଶ୍ କଣ୍ଟାବାଡ଼ ବୁଲାଇଦେଲୁ। ଚାହୁଁ ଚାହୁଁ ଗଛ ବଢ଼ିଗଲା। ଦୁଇବର୍ଷରେ ପ୍ରଥମ କରି ଆସିଲା ବଉଳ। କି ଆନନ୍ଦ ଆମର। ସେ ବର୍ଷ ଫଳିଥିଲା ମାତ୍ର ଚାରୋଟି।

କି ଅପୂର୍ବ ସ୍ୱାଦ ସେ ଆମ୍ବର ! ସେଇଟି କୋଉ ଶ୍ରେଣୀର ଆମ୍ବ ମୁଁ ଜାଣିପାରିନଥିଲି। କାରଣ ସେ ପ୍ରକାର ସ୍ୱାଦ ମୋ ପାଟିରେ ପୂର୍ବରୁ କେବେ ଲାଗିନଥିଲା। ପରବର୍ଷ ନଦି ହୋଇଗଲା ଫଳ। ତାକୁ ଦେଖିଲେ କେହି କହିବ ନାହିଁ ଯେ ସେ ତିନି ବର୍ଷର ଗଛ।

ଏମିତି ଫଳିଲା ଆହୁରି ଚାରିବର୍ଷ। ହଠାତ୍ ଦିନେ ଦେଖିବା ବେଳକୁ ଗଛ ଦେହରେ କ'ଣ ସବୁ ରିବି ରିବି ହେଇ ବାହାରିଛି। ପ୍ରଥମେ ଜଣା ପଡୁନଥିଲା। ଧୀରେ ଧୀରେ ଗଛ ସାରା କେମିତି ସବୁ ଆବୁ ବାହାରି ପଡ଼ିଲା। ମୁଁ ଜଣେ କୃଷି ବିଜ୍ଞାନୀ ଅଥଚ ଗଛକୁ କ'ଣ ରୋଗ ଧରିଛି ଆଦୌ ଅନୁମାନ କରିପାରିଲିନି। ଗଛର ପତ୍ର ସବୁ ଖସିପଡ଼ିଲା। ଧୀରେ ଧୀରେ ଗଛଟା ବିଭଙ୍ଗ ଦେଖାଗଲା। ମୋ ମନ ବହୁତ ଖରାପ ହେଉଥାଏ। ଏ ଦିଗରେ ବିଶେଷଜ୍ଞ ଥିବା ବନ୍ଧୁ ଡକ୍ଟର ଅଭିରାମ ଦାସଙ୍କୁ ଡାକି ଆଣି ଦେଖାଇଲି। ଗଛର ରୋଗଟା କ'ଣ ବା ତା'ର ନିରାକରଣର ଉପାୟ କ'ଣ ସେ ଜାଣି ପାରିଲେ ନାହିଁ। କିନ୍ତୁ ରୋଗଟା ଯେ ଭୟାନକ ଓ ତାହା ବାଡ଼ିଟା ଯାକର ସବୁ ଗଛକୁ ମାଡ଼ିଯିବ ଏ ବିଷୟରେ ମତେ ସଚେତନ କରିଦେଲେ। ତେଣୁ ଗଛଟିକୁ ଯଥାଶୀଘ୍ର ମୂଳରୁ କାଟିଦେବାକୁ ସେ ପରାମର୍ଶ ଦେଇଗଲେ। ମୋ ସ୍ତ୍ରୀ ଓ ଆତ୍ମୀୟସ୍ୱଜନ ଯେଉଁମାନେ ଗଛକୁ ନେଇ ମୋ ବ୍ୟସ୍ତ ହେବା କଥା ଜାଣିଥିଲେ ସମସ୍ତେ ଡକ୍ଟର ଦାସଙ୍କ କଥା ମାନିବା ପାଇଁ ମତେ ବାଧ୍ୟ କରିବାକୁ ଲାଗିଲେ। କାରଣ ବାଡ଼ିରେ ଥିବା ଅନ୍ୟାନ୍ୟ ଫଳଗଛ ଗୁଡ଼ିକ ରୋଗଗ୍ରସ୍ତ ହେବାର ସମ୍ଭାବନାକୁ ଆଉ ଏଡ଼େଇବାର ଉପାୟ ନଥିଲା।

ପରଦିନ ଗଛ କାଟିଦେବା ନିଶ୍ଚିତ ହେଲା। ମୁଁ ସକାଳୁ ଉଠି ବାଡ଼ିଆଡ଼କୁ ଚାଲିଯାଇ ଗଛପାଖରେ ଠିଆ ହେଲି ଓ ମଣିଷ ସାଙ୍ଗରେ କଥା ହେବା ପରି କହିଲି, "ଦେଖ ତୋ ଦେହକୁ କୋଉ ଅଜଣା ରୋଗ ଗ୍ରାସିଗଲାଣି। ତା' ପାଇଁ କିଛି ଔଷଧ ନାହିଁ। ଏମିତିରେ ତୁ ଶୁଖିଶୁଖି ମରିଯିବୁ। ତତେ ଆଜି କାଟି ଦେବାପାଇଁ ନିଷ୍ପତ୍ତି ନିଆଯାଇଛି। ତତେ ଦୟାନଦୀର ବାଲିତଳୁ ପାଇ ଆଣିଥିଲି। କେତେ ଯତ୍ନରେ ବଢ଼ାଇଥିଲି ଏବେ ମୁଁ ହିଁ ତତେ କାଟିଦେବି। ତୁ କାଲିକୁ ଆଉ ନଥିବୁ।" ଏତିକି କହୁ କହୁ ମୋ ଭିତରଟା କ'ଣ ହୋଇଗଲା। ମୁଁ ଗଛର ସେ ଆବୁଭର୍ତ୍ତି ଗଣ୍ଡିକୁ କୁଣ୍ଢାଇ ଧରି ଭୋ ଭୋ ହୋଇ କାନ୍ଦି କାନ୍ଦି କହିବାକୁ ଲାଗିଲି- "ତୁ ଭଲ ହେଇଯା, ତୁ ତ ପ୍ରକୃତି ମାତାର ଜଣେ ସନ୍ତାନ।

ଡାକ୍ ସେ ମା'କୁ। ପିଲା ରୋଗିଣା ହେଲେ ମା' କ'ଣ ତାକୁ ମାରିଦିଏ। ଡାକ୍‌ରେ ସେ ମାକୁ ଡାକରେ। ନିଶ୍ଚୟ ଭଲ ହେଇଯିବୁ।"

ସୁରଜିତ ବାବୁ ଟିକେ ନୀରବ ରହିଲେ। ଅନ୍ୟସାଙ୍ଗ କିଛି ପ୍ରଶ୍ନ କରିବା ପାଇଁ ଉତ୍ସୁକ ହେଉଥିବା ଜାଣି ଅମରେନ୍ଦ୍ର ସେମାନଙ୍କୁ ଇସାରାରେ ବାରଣ କଲେ। କାରଣ ସୁରଜିତଙ୍କର ଆବେଶ ଭାଙ୍ଗିବାଟା ସେ ଚାହୁଁନଥିଲେ। ତେଣୁ ସେ ପୁଣି କଥା ଆରମ୍ଭ କରିବା ଯାଏ ସମସ୍ତଙ୍କୁ ନୀରବ ରହିବାକୁ ସେ ଜଣାଇଦେଲେ।

ସୁରଜିତ ନିଜକୁ ସମ୍ଭାଳି ନେଇ କହିଲେ, "ଜାଣିଛ ବନ୍ଧୁ ତା'ପରେ କ'ଣ ହେଲା। ମୋର ଶିରା ପ୍ରଶିରାରେ କେମିତି ଗୋଟେ ତରଙ୍ଗ ଖେଳିଯିବାକୁ ଆରମ୍ଭ କଲା। ମୁଁ ସ୍ପଷ୍ଟ ଅନୁଭବ କରିପାରୁଥିଲି ଯେ ସେ ଗଛର ଯେଉଁ ଯେଉଁ ଅଂଶକୁ ମୁଁ ସ୍ପର୍ଶ କରିଥିଲି। ସେଇସବୁ ଅଂଶରୁ କିଛି ସ୍ପନ୍ଦନ ବାହାରି ମୋ ସତ୍ତାରେ ସଂଚରି ଯାଉଛି। ଧୀରେ ଧୀରେ ସେଇ କ୍ଷୀଣ ସ୍ପନ୍ଦନର ଅନୁଭବ ତୀବ୍ର ଏକ ଯନ୍ତ୍ରଣାବୋଧରେ ପରିଣତ ହେବାକୁ ଲାଗିଲା। ମୁଁ କିନ୍ତୁ ସେ ଗଛଠାରୁ ନିଜକୁ ଦୂରେଇ ନେଲିନାହିଁ ବରଂ ସେ ଯନ୍ତ୍ରଣାର ତୀବ୍ରତାକୁ ଅନୁଭବ କରିଚାଲିଲି। ବୁଝିପାରିଲି ଯେ ଗଛଟି ମତେ ତା'ର କଷ୍ଟର ଅନୁଭବ ଦେଉଛି; କିନ୍ତୁ ତା' ସହିତ ସେ ଯେ ବଂଚିରହିବାକୁ ଚାହୁଁଛି ତା' ବି ମୁଁ ବୁଝିପାରିଥିଲି।

ମୁଁ ପାଗଳଙ୍କ ପରି ସେଠୁ ଛୁଟି ଆସିଲି ଆମର ଠାକୁର ଘରକୁ। ସେଠୁ କିଛି ବିଭୂତି ଓ ଗଙ୍ଗା ଜଳ ନେଇ ପୁଣି ପହଞ୍ଚିଲି ତା'ପାଖରେ। ମୋ ହାତ ପାଉଥିବା ତା' ଦେହର ସବୁ ଆବୁଗୁଡ଼ିକରେ ବିଭୂତି ବୋଳି ଦେଇ, ଗଙ୍ଗାଜଳ ଛିଞ୍ଚି ଦେଉ ଦେଉ କହିଲି, "ନିଜକୁ ନିଜେ ଭଲ କରିବାକୁ ଚେଷ୍ଟା କର।"

ରୋଷେଇଘରର ଝରକା ସେପାଖରୁ ମୋର କାର୍ଯ୍ୟକଳାପ ଲକ୍ଷ୍ୟ କରିଥିବା ମୋର ପତ୍ନୀ ମତେ ଆଉ କିଛି ନ କହି ଗଛ କାଟିବାକୁ ଆସିଥିବା ଲୋକକୁ କିଛି ପଇସା ଦେଇ ବାହାରୁ ବାହାରୁ ବିଦା କରିଦେଇଥିଲେ।

ଗାଁରେ ଜମିବାଡ଼ିକୁ ନେଇ କିଛି ଗଣ୍ଡଗୋଳ ସୃଷ୍ଟି ହୋଇଥିବାରୁ ଗାଁକୁ ଯିବା ପାଇଁ ବାପା ଖବର ଦେଇଥିଲେ। ତେଣୁ ସ୍ତ୍ରୀଙ୍କୁ ଓ ପିଲାଙ୍କୁ ନେଇ ଘରେ ତାଲା ପକାଇ ଗାଁକୁ ବାହାରିଗଲି। ଫେରିଲି ପ୍ରାୟ ସପ୍ତାହେ ପରେ। ଜମି ବାଡ଼ିଜନିତ କନ୍ଦଳ ମେଣ୍ଟେଇବାକୁ ଯାଇ ମୋ ମୁଣ୍ଡ ଖୁବ୍ ଭାରାକ୍ରାନ୍ତ ହୋଇ ଯାଇଥିଲା। ଏଣେ ଡିପାର୍ଟମେଣ୍ଟରେ ଲୋକ ଅଭାବକୁ ମୁଁ ଛ'ଦିନ ଛୁଟିରେ ରହିଥିବାରୁ ପିଲାଙ୍କ ପାଠପଢ଼ାରେ ହୋଇଥିବା କ୍ଷତି ଭରଣାରେ ମନ ଦେଲି। ମୁଁ ପୂରା ଭୁଲି ଯାଇଥିଲି ସେ ଆମ୍ବଗଛ କଥା। ପ୍ରାୟ ତିନି ଚାରିଦିନ ପରେ ସକାଳେ ହଠାତ୍ ମୋ ସ୍ତ୍ରୀ ଖୁବ୍ ଖୁସି ହୋଇ କହିଲେ "ହେଇଟି, ଦେଖିଲଣି ଆମ୍ବଗଛରେ ଆଉ ଆବୁ ନାହିଁ। ଭଲ ହୋଇଗଲାଣି।"

ମୋର ତା' କଥା ମନେପଡ଼ିଗଲା। ମୁଁ ପିଲାଙ୍କ ପରି ଚଉକୀରୁ ଉଠିପଡ଼ି ବାଡ଼ିକୁ ଦଉଡ଼ିଗଲି। ସତକୁ ସତ ଆମ୍ବଗଛ ଗଣ୍ଡିସାରା ଆବୁଆବୁ ହୋଇ ଯାହା ସବୁ ବାହାରିଥିଲା ସେସବୁ ଆଉ କିଛି ନାହିଁ। ମୁଁ ଆନନ୍ଦରେ ତାକୁ ମୋ ହାତ ପାଇବା ଯାଏ ଆଉଁସି ପକାଉଥାଏ କୁଣ୍ଢେଇକି ଗେଲ କରୁଥାଏ। ଆଖିରେ ଲୁହ କୋଉଠି ଏତେ ଥିଲା କେଜାଣି। ଏଣେ ଆଖିରୁ ମୋର ଲୁହ ଝରିଯାଉଥାଏ ତେଣେ ମନ ଖୁସିରେ ଫାଟି ପଡୁଥାଏ। ମତେ ଲାଗିଲା ସତକୁ ସତ ମୋ କଥା ଗଛ ବୁଝିପାରିଲା ଓ ପ୍ରକୃତି ମାତାଙ୍କୁ ପ୍ରାର୍ଥନା କରି ଭଲ ହୋଇଗଲା।

ମୁଁ ତ ସେକଥା କାହାକୁ କହିନି କିନ୍ତୁ ମୋ ସ୍ତ୍ରୀ ଘରକୁ ଯିବା ଆସିବା କରୁଥିବା ଲୋକଙ୍କ ଆଗରେ ସେ କଥାର ବର୍ଣ୍ଣନା ବାରମ୍ବାର ଦେଲେ। କେହି କେହି ମୋର ଆଚରଣକୁ ପିଲାଳିଆମି କହି ଓ କେତେକ ଗଛରେ ସେମିତି ହୁଏ ଓ ଆପେ ଆପେ ଚାଲିଯାଏ ବୋଲି ମନ୍ତବ୍ୟ ଦେଇ ସମୁଦାୟ ଘଟଣାଟିକୁ ଖୁବ୍ ହାଲୁକା ଭାବରେ ନେଲେ। କାରଣ ଗଛର କିଛି ବୁଝିବାର ଶକ୍ତି ନାହିଁ ବା ତା'ର ଭଲ ମନ୍ଦରେ କୌଣସି ପ୍ରତିକ୍ରିୟା ପ୍ରକାଶ କରିବାର ସାମର୍ଥ୍ୟ ନାହିଁ ବୋଲି ସେମାନେ ବିଚାରୁଥିଲେ। ଜଣେ କୃଷି ବିଜ୍ଞାନୀ ଭାବରେ ମୁଁ ଜାଣିଥିଲି ସେ ରୋଗର ଭୟଙ୍କରତା ଓ ସେଥିରୁ ଆପେ ଆପେ ଭଲ ହୋଇଯିବାର ଆଦୌ ସମ୍ଭାବନା ନଥିଲା। ତେଣୁ ସେ ଗଛର ଏ ଦିଗରେ ଯେ ନିଜର କିଛି ସଚେତନ ଭୂମିକା ରହିଛି ଏଥିରେ ମୋର ସନ୍ଦେହ ନଥିଲା। ସେକଥା ପ୍ରମାଣ କରିବା ତ ସମ୍ଭବ ନଥିଲା। ମୁଁ କିନ୍ତୁ ମୋ ଅନୁଭବକୁ ନେଇ ଖୁବ୍ ସନ୍ତୁଷ୍ଟ ଥିଲି।

ସେ ଘଟଣାର ବହୁବର୍ଷ ପରେ ଏବେ ଖଣ୍ଡିଏ ବହି **'The secret life of plants'** ପଢ଼ିବାର ସୁଯୋଗ ପାଇଲି। ବହୁ ଉଦ୍ଭିଦ ବିଜ୍ଞାନୀଙ୍କର ଗବେଷଣା ପ୍ରସୂତ ତଥ୍ୟ ସେଥିରେ ଆଲୋଚିତ ହୋଇଥିଲା। ତାକୁ ପଢ଼ିବା ପରେ ମୋର ହୃଦ୍‌ବୋଧ ହେଲା ଯେ ସେଦିନର ସେ ଆମ୍ବଗଛକୁ ନେଇ ଘଟିଥିବା ମୋର ଉପଲବ୍ଧି ସତ ଥିଲା; ତାହା ଆଦୌ ମୋ ମନର ଭ୍ରମ ନଥିଲା। ମଣିଷ ଓ ପଶୁ ପରି ବୃକ୍ଷଲତାର ଗତିଶୀଳତା ନାହିଁ ତ; କିନ୍ତୁ ସେ ଶ୍ରଦ୍ଧା ସ୍ନେହ ବୁଝିପାରେ, ସ୍ପର୍ଶ ଗ୍ରହଣ କରିପାରେ। ନିଜ ଭିତରେ ନିଜକୁ ଭଲ କରିବାର ଶକ୍ତି ବି ପ୍ରକଟ କରିପାରେ।

ପୁଣି କିଛି ସମୟର ନୀରବତା। ଦୀନେଶ ଲକ୍ଷ୍ୟକଲେ ଶଙ୍କର ମିଶ୍ର କେତେବେଳରୁ ନିଘୋଡ଼ ନିଦରେ ଶୋଇପଡ଼ିଲେଣି। ଦୁଇ ତିନି ପେଗ୍ ପରେ ହିଁ ତାଙ୍କର ଆଉ ଚେଇଁ ରହିବାର ସାମର୍ଥ୍ୟ ରହିଲାନାହିଁ। ତାଙ୍କୁ ନିଦରୁ ଉଠାଇ ଆଉ ଗପସପ କରିବାର ଚେଷ୍ଟା ବୃଥା ବୋଲି ସମସ୍ତେ ବୁଝିସାରିଥିଲେ।

ଏଥର ପୁଣି ଆରମ୍ଭ କଲେ ଅମରେନ୍ଦ୍ର। "ବୁଝିଲୁ ଦୀନେଶ ସୁରଜିତ ସହିତ କେତେଥର ମୋର ଦେଖାହୋଇଛି। ଏକାଠି ବସି କେତେ ଗପିଛୁ। କିନ୍ତୁ ଏସବୁ କଥା

କେବେ ବି ଆମ ମନକୁ ଆସିନି। ଆଜି ଦେଖ, କେମିତି ଅଚାନକ ଭାବରେ ସେ ସ୍ମୃତି ଆମକୁ ଛାଇଗଲା। ହଉ, ତୋ'ର ଯଦି କିଛି ସେମିତି ନିଆରା ଅନୁଭବ ଥାଏ, ମନେ ପକା। ପରସ୍ପର ଭିତରେ ଏଇ କିଛି ଅଭିଜ୍ଞତା ଟିକେ ଯାହା ବାଣ୍ଟିପାରିବା।"

ଦୀନେଶ ସେ ବନ୍ଧୁ ଦୁହିଁଙ୍କୁ ଚାହିଁ ହସିହସି କିଲେ, "ବୁଝିଲ ବନ୍ଧୁ, ମୋର ସେପରି କିଛି ଅଭିଜ୍ଞତା ନାହିଁ। କିନ୍ତୁ ଥରେ ମତେ ଗୋଟେ କଥା ଖୁବ୍ ଆଶ୍ଚର୍ଯ୍ୟ କରିଥିଲା, ଯାହା ମୁଁ ସେଦିନ ନିଜେ ପ୍ରତ୍ୟକ୍ଷ କରିଥିଲି।" ସେଇ ଘଟଣାଟି ମୋ ଜୀବନରେ ବହୁ ପରିବର୍ତ୍ତନ ଆଣିଛି।

ପ୍ରାୟ କୋଡ଼ିଏ ବର୍ଷ ତଳେ ମୁଁ ଇଜିପ୍ଟ ବୁଲିବାକୁ ଯାଇଥାଏ। କାରଣ ପିଲାଦିନୁ ସେ ନୀଳନଈ, ପିରାମିଡ଼, ମମି ପ୍ରସଙ୍ଗ ମତେ ଖୁବ୍ ପ୍ରଭାବିତ କରୁଥିଲା। ମୁଁ ଅଗତ୍ୟା ନିଜ ବ୍ୟବସାୟ କାର୍ଯ୍ୟରୁ ଅବ୍ୟାହତି ନେଇ ଥରେ ସେଠି ଯାଇ ପହଞ୍ଚିଲି। କାଇରୋର ଏକ ଅତ୍ୟାଧୁନିକ ହୋଟେଲରେ ମୋର ରହିବାର ବନ୍ଦୋବସ୍ତ ହୋଇଥାଏ। ତିନି ଚାରିଦିନ ଧରି ସବୁ ବୁଲାବୁଲି କରି ଦେଖିଲି ସେଠୁ ଫେରିବାର ଦୁଇଦିନ ପୂର୍ବରୁ ସେଇ କାଇରୋରେ ରହୁଥିବା ମୋର ଜଣେ ଭାରତୀୟ ବନ୍ଧୁଙ୍କ ଘରକୁ ମୁଁ ତାଙ୍କର ନିମନ୍ତ୍ରଣ ରକ୍ଷାକରି ଯାଇଥାଏ।

ସେହିଠାରେ ମୋର ଜଣେ ଜର୍ମାନ ଭଦ୍ରଲୋକ ମାଇକେଲ ଲରେଞ୍ଜଙ୍କ ସହିତ ଦେଖାହେଲା। ତାଙ୍କ ସହିତ ପରିଚୟ ହେବାପରେ ଜାଣିଲି ଯେ ସେ ପାହାଡ଼, ପର୍ବତ, ଗୁମ୍ଫା ଓ ବିଭିନ୍ନ ଜାତୀୟ ପଥରମାନ ଉପରେ କ'ଣ ସବୁ ଗବେଷଣା କରୁଛନ୍ତି। କଥା ପ୍ରସଙ୍ଗରେ ସେ କହିଲେ ଯେ ଏମିତି ସବୁ ପଥରଖଣ୍ଡ ଅଛି ଯାହାକୁ ସ୍ପର୍ଶ କଲେ ତା'ଭିତରର ସ୍ପନ୍ଦନକୁ ଅନୁଭବ କରିହେବ।

ମୋର ଭାରତୀୟ ବନ୍ଧୁ ସୁଦେଶ ମୋଦି ତାଙ୍କ କଥାକୁ ଆଦୌ ଗୁରୁତ୍ୱ ନଦେଇ କହିଲେ, "ହଁ ଇଏ କୋଉ ନୂଆ କଥା ! ଆମ ଦେଶରେ ପଥରଖଣ୍ଡ, ପଥର ମୂର୍ତ୍ତି ଓ ପାହାଡ଼ ପର୍ବତକୁ ଦେବତା ଜ୍ଞାନରେ ପୂଜା କରାଯାଏ। ଆମ ଦେଶରେ ବିଷ୍ଣୁ ଦେବତାଙ୍କ ପ୍ରତୀକ ଭାବରେ ଶାଳଗ୍ରାମ ପୂଜାର ପ୍ରଚଳନ ଅଛି। ଶାଳଗ୍ରାମ ଆଉ କ'ଣ କି, ପଥର ଖଣ୍ଡଟିଏ ତ ! ତା'ର ଗତି ଅଛି ବୋଲି ବିଶ୍ୱାସ କରାଯାଏ। ତେଣୁ ତୁମ ପାଇଁ ଯେଉଁଟା ଖୁବ୍ ଆଶ୍ଚର୍ଯ୍ୟର କଥା ଆମ ପାଇଁ ସେଇଟା ଖୁବ୍ ସାଧାରଣ କଥା।"

ମାଇକେଲ ମୃଦୁ ହସି କହିଲା, "ତା' ଠିକ୍। ମୁଁ ଜାଣେ ହିନ୍ଦୁମାନେ କାଠପଥର ଦେହରେ ଆଲମାଇଟିଙ୍କର ଉପସ୍ଥିତିକୁ ସ୍ୱୀକାର କରନ୍ତି। କିନ୍ତୁ ତୁମେ କେବେ ପଥର ଦେହରେ ଥିବା ଲାଇଫଫୋର୍ସକୁ ଅନୁଭବ କରିଛ କି ?"

ସୁଦେଶ ଟିକେ ଅପ୍ରସ୍ତୁତ ହେବାପରି ହୋଇ କହିଲେ, "ପଥର ଭିତରେ ଥିବା

ଡିଭାଇନ୍‌ଙ୍କ କଥା ମୁଁ ତତ୍ତ୍ୱତଃ କିଛି ଜାଣିଛ। କିନ୍ତୁ ପଥର ଦେହରେ ଜୀବନ ଥିବା ଓ ତାହାକୁ ଅନୁଭବ କରିହେବ ବୋଲି ମୁଁ ତ ଜାଣିନି। ତା' ଛଡା ସତ କହିବାକୁ ଗଲେ ମୋର ସେ ବିଷୟରେ କୌଣସି ଅଭିଜ୍ଞତା ନାହିଁ।"

ମୁଁ ସେମାନଙ୍କ କଥା ଧ୍ୟାନ ଦେଇ ଶୁଣୁଥାଏ। ହଠାତ୍ ମୁଁ ଖୁବ୍ କୌତୂହଳୀ ହୋଇ ମାଇକେଲକୁ ପଚାରିଲି, "ଆଚ୍ଛା ଆପଣ କ'ଣ କେବେ ସେପରି କିଛି ଅନୁଭବ କରିଛନ୍ତି କି ?"

"ହଁ କରିଛି।" ଖୁବ୍ ସହଜ ଭାବରେ ସେ ଉତ୍ତର ଦେଲା।

"କ'ଣ ସେ ଅନୁଭବ।" ମୁଁ ଉତ୍କଣ୍ଠିତ ହୋଇ ପଚାରିଲି।

"ମୁଁ ପଥର ସାଙ୍ଗରେ କମ୍ୟୁନିକେଟ କରିଛି। ମୋର ଭାବନାକୁ ମୁଁ ପଥର ଭିତରକୁ ସଂଚାରିତ କରିପାରିଛି ଓ ପ୍ରତ୍ୟୁତ୍ତର ମଧ୍ୟ ପାଇଛି।" ଖୁବ୍ ସହଜ ଭାବରେ ମାଇକେଲ ଉତ୍ତର ଦେଲା।

ତା' ଉତ୍ତର ମତେ ଆହୁରି କୌତୂହଳୀ କଲା। ମୁଁ ତାକୁ ସେ ବିଷୟରେ ନାନା ପ୍ରଶ୍ନ ପଚାରିବାକୁ ଲାଗିଲି। ସୁଦେଶ ଆମ କଥାବାର୍ତ୍ତାର ମୋଡ଼ ବଦଳାଇବାକୁ ଚେଷ୍ଟା କରି ଅନ୍ୟ ପ୍ରସଙ୍ଗ କିଛି କହୁଥାନ୍ତି। କିନ୍ତୁ ଆମେ ସେଇ କଥାକୁ ବାରମ୍ବାର ଫେରିଆସୁଥାଉ। ଶେଷରେ ସୁଦେଶ ବିରକ୍ତ ହୋଇ ବାହାରକୁ ଉଠିଗଲେ।

ମୋର ଆଗ୍ରହ ଦେଖି ମାଇକେଲ କହିଲା, "ଠିକ୍ ଅଛି, ଆସନ୍ତାକାଲି ମୁଁ ତୁମକୁ ଗୋଟେ ଜାଗାକୁ ନେଇଯିବି। ଯିବାକୁ ଚାହିଁବ କି ?"

- କୋଉଠିକି ? ମୁଁ ଉତ୍ସୁକ ହୋଇ ପଚାରିଲି।

- ଦେଖ, ମୁଁ ତୁମକୁ କୌଣସି ପ୍ରକାର ଅନୁଭବ ଦେଇପାରିବିନି। କିନ୍ତୁ ପଥରର ଯାହା ସବୁ ଦେଖାଇବି ସେଥିରୁ ଅନ୍ତତଃ ତୁମେ ବୁଝିପାରିବ ଯେ ସେସବୁଗୁଡ଼ିକ କେବଳ ଆକ୍‌ସିଡେଣ୍ଟାଲ ଫର୍‌ମେସନ ନୁହେଁ। କିଛି ଅଲଗା, କିଛି ଅଲଗା।

ସେ ଏକଥା କହିବା ବେଳକୁ ତା'ମୁହଁର ରେଖା ଓ ଆଖିର ଚାହାଣିରେ ଅଦ୍ଭୁତ ଏକ ଭାବ ଫୁଟି ଉଠୁଥିଲା।

ସେଠି ମୋର ରହଣି ଆହୁରି ଦୁଇଦିନ ଥିଲା। ତା'ଛଡା ଯାହା ଦେଖିବା କଥା ଭାବି ଏଠାକୁ ଆସିଥିଲି ପ୍ରାୟ ସେସବୁ ଦେଖିସାରିଲିଣି। ତେଣୁ ମାଇକେଲ ସହିତ ଅଭିଯାନରେ ବାହାରିବାକୁ ମୁଁ ପ୍ରସ୍ତୁତ ହୋଇଗଲି। ପରଦିନ ସକାଳେ ମାଇକେଲ ମତେ ମୋ ହୋଟେଲରୁ ଆସି ପିକ୍‌ଅପ କରିବା କଥା ସ୍ଥିର ହେଲା।

କିନ୍ତୁ ପରଦିନ ସକାଳେ ନିଦ ଭାଙ୍ଗିବା ବେଳକୁ ମୋ ଅଣ୍ଟାଟା ବେଶ୍ ଦରଜ ଲାଗୁଥାଏ। ମୁଁ ବୁଝିପାରିଲି ଏଇ କିଛିଦିନ ହେଲାଣି ବହୁତ ବୁଲାବୁଲି ଚଢ଼ା ଉତରାରେ ମୋର ପୁରୁଣା ଅଣ୍ଟାଧରା ବେମାରିଟା ବାହାରିପଡ଼ିଛି। ମୋର ଏ ଅବସ୍ଥାରେ ପୂରା

ବିଶ୍ରାମ ନେବାକଥା । କିନ୍ତୁ ମାଇକେଲ ସହିତ ଅଦ୍ଭୁତ କିଛି ଦେଖିବାର ଦୁର୍ଲଭ ସୁଯୋଗଟି ହରାଇବାକୁ ମୁଁ ଆଦୌ ଚାହୁଁନଥିଲି । ତେଣୁ ପେନ୍‌କିଲର ଖାଇ ଅଣ୍ଟାରେ ମଲମ ଲଗାଇ ମୁଁ ପ୍ରସ୍ତୁତ ହେଉଥାଏ । ମାଇକେଲ ଆସି ପହଞ୍ଚିବା ମାତ୍ରେ ଅଣ୍ଟାରେ କମ୍ ଚାପ ପଡ଼ିବା ପାଇଁ ବେଲ୍‌ଟଟାଏ ପିନ୍ଧି ତା' ସହିତ ବାହାରିପଡ଼ିଲି ।

ସେ ସେଠାରେ ଥିବା କେତେକ ପୁରୁଣା ପ୍ୟାଲେସ୍ କଥା କହୁଥିଲା । ମୁଁ କିନ୍ତୁ ସେଗୁଡ଼ିକ ବୁଲି ଦେଖିସାରିଥିଲି । ତା'ପରେ ସେ ସେଠି ଥିବା ଗୋଟେ ବିରାଟ ଅଟ୍ଟାଳିକା ପାଖରେ ପହଞ୍ଚିଲା । ଆମେ ଦୁହେଁ ଭିତରକୁ ଗଲୁ । ସେଠି ବେଶ୍ ଉଚ୍ଚାଚଉଡ଼ାର ପ୍ରଶସ୍ତ କକ୍ଷ ସବୁ ଥିଲା । ସେଠାରେ ପ୍ରଦର୍ଶିତ ହୋଇଥିଲା ସାନବଡ଼ ଆକୃତିର ଶହଶହ ପ୍ରସ୍ତରଖଣ୍ଡମାନ । ତା'ତଳେ ଲେଖାଥିବା ପାଠରୁ ଜଣାଯାଉଥାଏ କୋଉ ପଥର କୋଉ ଶତାବ୍ଦୀରେ କେଉଁ ଅଞ୍ଚଳରୁ ମିଳିଥିଲା । କୋଉ ପ୍ରତ୍ନତତ୍ତ୍ୱବିଦ୍ ମାଟି ବା କୋଉ ଭଙ୍ଗା ପ୍ୟାଲେସରେ ପଡ଼ିଥିବା ସେହି ପଥରଖଣ୍ଡକୁ ସଂଗ୍ରହ କରିଥିଲା, ତା'ର ବିବରଣୀ ସେଇ ପଥରଖଣ୍ଡ ତଳେ ଲେଖାଥିଲା । କୋଉଠି ସାଧାରଣ ଲୋକ ମଧ୍ୟ ପାଇଥିବା କିଛି ଦୁର୍ମୂଲ୍ୟ ପଥର ଆଣି ସେ ସଂଗ୍ରହାଳୟରେ ଦେଇ ଯାଇଛନ୍ତି । ସେଇ ଅଂଶଟିର ନାମ ଥିଲା "ମ୍ୟାଜିକ ଅଫ ଷ୍ଟୋନସ୍ ।"

ମୁଁ ପ୍ରକୃତରେ ସେ ପଥର ସବୁକୁ ଦେଖି ଆଶ୍ଚର୍ଯ୍ୟ ହୋଇଯାଉଥାଏ । ମତେ ଲକ୍ଷ୍ୟକରି ମାଇକେଲ କହିଲା "ମିଷ୍ଟର ରେ ଭଲ କରି ଦେଖନ୍ତୁ, ଏତେ ପଥର ସବୁ ଏଠି ଅଛି, କେତେଗୁଡ଼ିଏ ପ୍ରାୟ ସମାନ ଦିଶୁଛନ୍ତି; କିନ୍ତୁ ପ୍ରକୃତରେ କେହି ପୂରା ସମାନ ନୁହନ୍ତି । ଚାଲନ୍ତୁ ଆର ରୁମ୍‌କୁ ଯିବା ।"

ମୁଁ ତା' ପଛେ ପଛେ ପରବର୍ତ୍ତୀ ରୁମ୍ ଭିତରକୁ ପଶି ଯାଉ ଯାଉ ସ୍ତବ୍ଧ ହୋଇ ଠିଆହୋଇଗଲି । ଏକାସାଙ୍ଗରେ ଏତେଗୁଡ଼ିଏ କ୍ରିଷ୍ଟାଲ ଦେଖିପାରିବା ମୋର କଳ୍ପନାର ବାହାରେ ଥିଲା । ଭିତରେ ଜଳୁଥିବା ବିଜୁଳି ଆଲୋକରେ ସବୁଗୁଡ଼ିକ ଗୋଟେ ଗୋଟେ ଛୋଟବଡ଼ ଆଲୋକ ପିଣ୍ଡ ପରି ଦିଶୁଥିଲେ ।

ମାଇକେଲ କଥାରେ ମୋର ସ୍ତବ୍ଧତା କଟିଗଲା । କ୍ରିଷ୍ଟାଲର ବିଶେଷତ୍ୱ ଉପରେ ସେ କହିବାକୁ ଆରମ୍ଭ କରିଥିଲା । ସେ କହୁ କହୁ କହିଲା, "ବୁଝିଲେ ମିଷ୍ଟର ରେ ଆମେରିକାର କେତେକ ଆଦିମ ଅଧିବାସୀଙ୍କ ଭିତରେ ଏକ ବିଶ୍ୱାସର ପ୍ରଚଳନ ଅଛି ଯେ ଏମିତି ଏକ ସ୍ୱତନ୍ତ୍ର ଆକୃତିର ବିରଳ କ୍ରିଷ୍ଟାଲ ଅଛି ଯାହା ଭିତରେ ପୃଥିବୀ ସୃଷ୍ଟିର ସକଳ ରହସ୍ୟ, ମଣିଷ ଜାତିର ଭବିଷ୍ୟତର ସକଳ ବିବରଣୀ ନିହିତ ଅଛି । ତା'କୁ ପଢ଼ି ପାରୁଥିବା ଲୋକ ଅକ୍ଳେଶରେ ସେସବୁ ରହସ୍ୟର ପର୍ଦ୍ଦା ଖୋଲି ଦେଇପାରେ ।

ଗ୍ରୀକ୍‌ମାନେ ଏହାକୁ ହୋଲି ଆଇସ ବା ପବିତ୍ର ତୁଷାର ବୋଲି କୁହନ୍ତି । ତାଙ୍କର

ବିଶ୍ୱାସ ଥିଲା ଦେବତାମାନେ ମଣିଷର କଷ୍ଟ ଦେଖି ଦୁଃଖରେ କାନ୍ଦନ୍ତି । ସେମାନଙ୍କର ଆଖିରୁ ଝରୁଥିବା ଅଶ୍ରୁବିନ୍ଦୁ ମାଟିରେ ପଡ଼ି କ୍ରିଷ୍ଟାଲ ହୋଇଯାଇଛି । ସେଥିରେ ମଣିଷକୁ ଆରୋଗ୍ୟ କରିବାର ଶକ୍ତି ନିହିତ ଥାଏ । ଏହା ମଣିଷ ପାଇଁ କେତେବଡ଼ ବରଦାନ କହିଲେ !" ସେ ଏକଥା କହିବାବେଳେ ସେ ଅଭିଭୂତ ହୋଇ ପଡୁଥିଲା ।

ମୁଁ ସେହିକ୍ଷଣି ତାକୁ କହିଲି, "ଆମ ଦେଶରେ ମଧ୍ୟ ଏକ ବିଶ୍ୱାସ ଅଛି ଯେ ଆମର ଶ୍ରେଷ୍ଠ ଦେବତା ଶିବଙ୍କର ଆଖିରୁ ଝରିପଡ଼ିଥିବା ଲୁହ ବିନ୍ଦୁଏ ପୃଥିବୀରେ ପଡ଼ି ରୁଦ୍ରାକ୍ଷ ପାଲଟି ଯାଇଥିଲା । ସେଇ ରୁଦ୍ରାକ୍ଷରେ ଆରୋଗ୍ୟକାରୀ ଶକ୍ତି ରହିଛି ଓ ତା' ସହିତ ଏହା ବାଧା ବିପତ୍ତି ମଧ୍ୟ ଦୂର କରିପାରେ । ତେଣୁ ଆମେ ତାକୁ ଗଳାରେ ମାଳା କରି ପିନ୍ଧୁ ଓ ଜପ କରିବାରେ ମଧ୍ୟ ତାହାର ଉପଯୋଗ କରୁ ।"

ସେ ହସି ହସି କହିଲା, "ହଁ ତାହାହିଁ ହୋଇଥିବ । ପୃଥିବୀର ସବୁ ପ୍ରାଚୀନ ସଭ୍ୟତାରେ ମଣିଷମାନେ ଅଦ୍ଭୁତଭାବରେ ଜ୍ଞାନପ୍ରାପ୍ତ ହେଉଥିଲେ । ସେମାନଙ୍କର ସେ ଉପଲବ୍ଧିକୁ ସାଧାରଣ ସ୍ତରରେ ଅବିଶ୍ୱାସ ବା ଅବଜ୍ଞା କରାଯାଉନଥିଲା । କିନ୍ତୁ ଏବେ ତ ଅଧିକାଂଶ କ୍ଷେତ୍ରରେ କେବଳ ସନ୍ଦିଗ୍ଧତା ଓ ପ୍ରଶ୍ନ ହିଁ ପ୍ରକାଶ ପାଉଛି । ଅନେକ ପ୍ରତିଷ୍ଠିତ ଅଭିଜ୍ଞତା ବି ଅଯଥା ପ୍ରଶ୍ନର ବଳୟ ଭିତରକୁ ଟଣାହୋଇ ଆସୁଛି । ସନ୍ଥ ଓ ସାଧାରଣ ମଣିଷ ଭିତରେ ପାର୍ଥକ୍ୟ ରହୁନାହିଁ । ସବୁଠାରେ ଗୋଟେ ସ୍ଥୂଳ ପ୍ରମାଣ ଆବଶ୍ୟକ ହେଉଛି । କଥାଟିର ସତ୍ୟତା ସ୍ଥୂଳ ଇନ୍ଦ୍ରିୟଗ୍ରାହ୍ୟ ନହେଲେ ଉପେକ୍ଷିତ ହୋଇଯାଉଛି ।" ତା ସ୍ୱରରେ କ୍ଷୋଭ ପ୍ରକାଶ ପାଇଥିଲା ।

ସାଧାରଣତଃ ସମ୍ପୂର୍ଣ୍ଣ ବସ୍ତୁବାଦୀ ଜଗତ ବୋଲି ମନେ କରାଯାଉଥିବା ଜଗତର ଜଣେ ଏପରି ଏକ କଥାକୁ ନେଇ ବ୍ୟଥିତ ହେଉଥିବାର ଲକ୍ଷ୍ୟକରି ମୁଁ ଆଶ୍ଚର୍ଯ୍ୟ ହୋଇଥିଲି ।

ଏତିକିବେଳେ ମାଇକେଲ ତା'ର ଜଣେ ପରିଚିତ ବ୍ୟକ୍ତିକୁ ଦେଖି ମତେ ଟିକେ ଅପେକ୍ଷା କରିବାକୁ କହି ଦୂରକୁ ଚାଲିଗଲା ।

ସେତେବେଳକୁ ମୁଁ ଅନୁଭବ କଲି ଯେ ମୋ ଅଣ୍ଟାର ଅବସ୍ଥା ବହୁତ ଖରାପ ହୋଇଗଲାଣି । ବିନା ବିଶ୍ରାମରେ କେବଳ ଔଷଧର ପ୍ରଭାବ ଆଉ ରହିଲା ନାହିଁ । ଯନ୍ତ୍ରଣା ବଢ଼ିବଢ଼ି ଚାଲିଥାଏ । ମୁଁ ଆଉ ସମ୍ଭାଳି ପାରୁନଥାଏ । ମୁଁ ସେଇଠି ରହିଥିବା ଗୋଟେ ପଥର ତିଆରି ବସିବା ଜାଗାରେ ବସିପଡ଼ିଲି । ମୁଁ ଜାଣିସାରିଥିଲି ଏ ଅବସ୍ଥାରେ ଆଉ ଉଠି ପାହାଚରେ ଓହ୍ଲାଇ ଯାଇପାରିବିନି । ଭାବୁଥାଏ କିଛି କୌତୂହଳ ପାଇଁ ମୁଁ ଜାଣିଶୁଣି ନିଜ ପାଇଁ କି ବିପଦ ସୃଷ୍ଟି ନକଲି । ତା'ଛଡ଼ା ମାଇକେଲ ମଧ୍ୟ ମୋ ପାଇଁ ଏବେ ଅସୁବିଧାରେ ପଡ଼ିବ । ଏଠୁ ମତେ ସେ ସମ୍ପୂର୍ଣ୍ଣ ଅଚଳ ଅବସ୍ଥାରେ କିପରି ବା ନେବ ! ନିଜର ଅଣ୍ଟା ବେମାରିର ସାଂଘାତିକ ରୂପ କଥା ଭଲଭାବରେ ଜାଣିଥିବା ସତ୍ତ୍ୱେ ଓ ସକାଳ ପହରୁ ତା'ର ଯଥେଷ୍ଟ

ସୂଚନା ମିଳିଥିବା ପରେ ବି ମୁଁ ଏପରି ଭୁଲ କାହିଁକି କଲି ଭାବି ଅନୁଶୋଚନା କରୁଥାଏ। ଏବେ ମତେ ଲାଗୁଥାଏ ମୋର ସ୍ପାଇନାଲ କର୍ଡ଼ ପୂରାପୂରି ଷ୍ଟିଫ୍ ହୋଇଗଲାଣି।

ମାଇକେଲ ଫେରିଆସିଲା ଓ ତା'ର ବିଳମ୍ବ ଲାଗି କ୍ଷମା ମାଗିଲା। କିନ୍ତୁ ମୋ ମୁହଁକୁ ଚାହିଁଦେଇ ସେ ମୋ ଯନ୍ତ୍ରଣାର ଅନୁପାତ ଅନୁମାନ କରିନେଲା। ମୁଁ ସମସ୍ତ କଥା ତାକୁ କହିବାକୁ ବାଧ୍ୟହେଲି ଓ ଜାଣିଶୁଣି ତାକୁ ହଇରାଣରେ ପକାଇଥିବାରୁ ଦୁଃଖପ୍ରକାଶ କଲି।

ସେ ମତେ ନିର୍ଦ୍ଦିଷ୍ଟ ଭାବରେ କେଉଁ ଜାଗାରେ ଯନ୍ତ୍ରଣା ହେଉଛି ବୋଲି ପଚାରିଲା। କିନ୍ତୁ ସେତେବେଳକୁ ପେନ୍ ମୋର ପୂରା ଅଣ୍ଟାରୁ ପିଠିକୁ ସଂଚରି ଗଲାଣି। ମୁଁ ଟିକେ ହଲିଗଲେ ମୋ ଅଣ୍ଟା ଓ ପିଠିରେ ଇଲେକ୍‌ଟ୍ରିକ୍ କରେଣ୍ଟ ଲାଗିବା ପରି ଚାଏଁ ଚାଏଁ ମାରୁଥାଏ ପେନ୍‌ର ଆଉ ନିର୍ଦ୍ଦିଷ୍ଟ ପଏଣ୍ଟ କିଛି ନଥାଏ। ମୁଁ ପୂରା ସ୍ଥାଣୁ ପାଲଟି ଯାଇଥାଏ।

ସେ ତା'ର ଝୁଲା ବ୍ୟାଗରୁ ପଥର ଖଣ୍ଡଟିଏ କାଢ଼ି ହାତରେ ଧରିଲା। ଅଧଚାଖଣ୍ଡ ଲମ୍ବର ଚିକ୍କଣ କଳାପଥର ଖଣ୍ଡେ। ତା' ଦେହରେ ତିନୋଟି ପାକୃତିକ ଗାର ଆମର ଶୈବସଂକେତ ପରି ମନେ ହେଉଥିଲା। ସେ ତାକୁ ଇଜିପ୍ଟରୁ କେଉଁ ଜାଗାରୁ ପାଇଥିଲା ସେ କଥା କହୁଥାଏ। ଖୁବ୍ ବିରଳ ଜାତୀୟ ପଥର ସେଇଟା। ମୋର ଯେ ସେସବୁ ଶୁଣିବାର ଆଉ ତିଳେ ମାତ୍ର ଆଗ୍ରହ ନାହିଁ, ମୋ ମୁହଁର ଅବସ୍ଥା ଦେଖି ସେ ବୁଝିପାରିଲା।

ତା'ର ସେ ପଥର ଖଣ୍ଡଟିକୁ ମତେ ଧରିବାକୁ ଦେଲା। ମୁଁ ହାତମୁଠାରେ କିଛି ସମୟ ଧରି ତାକୁ ଫେରେଇ ଦେଲି।

ସେ ମତେ ପଚାରିଲା, "କ'ଣ କିଛି ଅନୁଭବ କଲେକି ?"

ମୁଁ ଟିକେ ମୁଣ୍ଡ ହଲାଇ ଇଙ୍ଗିତରେ ନାହିଁକଲି। ଏଣେ ମୋ ଭିତରେ ପ୍ରବଳ କ୍ରୋଧ ସୃଷ୍ଟି ହୋଇ ସାରିଥାଏ। ମୁଁ ଭାବୁଥାଏ ମୋ ଅବସ୍ଥା ଇଏ ଦେଖୁଛି ମୁଁ ହଳଚଳ ହୋଇପାରୁନି। ମତେ କିପରି ଆଶୁ ଚିକିତ୍ସା ମିଳିବ ସେ ବ୍ୟବସ୍ଥା ନକରି ମତେ ଓଲଟା ପଥର ଧରାଉଛି।

ମୁଁ ତାକୁ କ'ଣ କହିବି ଭାବୁଭାବୁ ଦେଖିଲି ମାଇକେଲ ସେ ପଥରକୁ ତା' ମୁହଁ ପାଖରେ ଧରି କ'ଣ ସବୁ ଅସ୍ପଷ୍ଟ ଭାବରେ କହୁଛି। ତା'ପରେ ସେ ମତେ ଆଉ କିଛି ନ ପଚାରି ସେ ପଥର ଖଣ୍ଡଟିକୁ ମୋ ବେକର ପଛ ହାଡ଼ ପାଖରୁ ତଳକୁତଳକୁ ଆସ୍ତେ ଆସ୍ତେ ଗଡ଼ାଇନେଲା। ସେଇ ଥରକରେ ମୋର ମେରୁଦଣ୍ଡର ଷ୍ଟିଫନେସ କଟିଗଲା ପରି ଲାଗିଲା। ସେ ସେମିତି ତିନିଥର କରିଛି ମୁଁ ହଠାତ୍ ମୋର କିଛି ନହେବା ପରି ଉଠି ଠିଆହୋଇଗଲି।

ମୋର ନିଜର ବିଶ୍ୱାସ ହେଉନଥାଏ ଏପରି ଅଦ୍ଭୁତ ଘଟଣା କ'ଣ କେମିତି ଘଟିଲା। ମୋ ହାତରେ ଯାହା ସାଧାରଣ ପଥର ଖଣ୍ଡ ଥିଲା ତା' ହାତରେ ଧନ୍ୱନ୍ତରୀ ପାଲଟିଗଲା କିପରି !!

ମାଇକେଲ ତା'ର ପଥର ଖଣ୍ଡଟିକୁ ତା ବ୍ୟାଗରେ ପୂରାଉ ପୂରାଉ କହିଲା, "ବନ୍ଧୁ ଚାଲ ଯିବା। ତୁମର ଅଣ୍ଟା ସବୁଦିନ ପାଇଁ ଭଲ ହୋଇଗଲା ବୋଲି ଜାଣ। କିନ୍ତୁ ତୁମେ ଯଦି ଚାହୁଁଥାଅ ଯେ ତୁମର ସେ ଯନ୍ତ୍ରଣା ଆଉ ଫେରି ନ ଆସୁ ତେବେ ତୁମକୁ ଦୁଇଟି କଥା ମାନିବାକୁ ପଡ଼ିବ। ତୁମେ ମଦ୍ୟ ଆଦୌ ସ୍ପର୍ଶ କରିବ ନାହିଁ ଏବଂ ଅମାବାସ୍ୟା ଓ ପୂର୍ଣ୍ଣିମାରେ ଆମିଷ ଭୋଜନ କରିବ ନାହିଁ। ବାସ୍ ଏତିକି ଯଦି କରିପାରିବ ତେବେ ଆଉ ତୁମର ଅନ୍ତତଃ ଏ ପ୍ରକାର କଷ୍ଟ ହେବନି।"

ସେ ଯନ୍ତ୍ରଣା କଥା ଭାବି ମୁଁ ସେଇ ମୁହୂର୍ତ୍ତରେ ମନେ ମନେ ନିଷ୍ପତ୍ତି କରିନେଲି ଯେ ସେ ଦୁଇଟି ଜିନିଷ ମୁଁ ଆଉ କେବେ ବି ସ୍ପର୍ଶ କରିବି ନାହିଁ।

ମୁଁ ଏକ ଅଭିଭୂତ ଅବସ୍ଥାରେ ତା'ସହିତ ଅନେକଗୁଡ଼ିଏ ସୋପାନ ଓହ୍ଲାଇ ତଳେ ଆସି ପହଞ୍ଚିଲି। ଏବେ ଆମର ପରସ୍ପରଠାରୁ ବିଦାୟ ନେବାର ସମୟ ଆସିଗଲା। କିନ୍ତୁ ଗୋଟିଏ ପ୍ରଶ୍ନ ମୋ ମନକୁ ଘାରୁଥାଏ। ସତରେ କ'ଣ ସେ ପଥରର ଏପରି ଏକ ଅଲୌକିକ ଶକ୍ତି ରହିଛି ଯାହାକି ମୁହୂର୍ତ୍ତକ ଭିତରେ ମୋର ଯନ୍ତ୍ରଣା ଉପଶମ କରିଦେଇ ପାରିଲା ନାଁ ଆଉ କିଛି !!

ମୁଁ ଭାବୁଥିଲି ଏ ପ୍ରଶ୍ନଟି ନ ପଚାରି ମୁଁ ଯଦି ମାଇକେଲ ନିକଟକୁ ବିଦାୟ ନେଇ ଚାଲିଯିବ ତେବେ ସେଇଥିରେ ଘାରିହେବି ସାରା ଜୀବନ। ତେଣୁ ତାକୁ ଏଥର ଖୁବ୍ ସହଜ ଭାବରେ ପ୍ରଶ୍ନଟି ପଚାରିଲି, "ମାଇକେଲ ତୁମଠାରୁ ବିଦାୟ ନେବା ପୂର୍ବରୁ ଗୋଟିଏ କଥା ଜାଣିବାକୁ ଚାହିଁବି, ସେ ପଥରର ନିଜସ୍ୱ କିଛି ଆରୋଗ୍ୟକାରୀ ଶକ୍ତି ଅଛି ନା ତୁମେ କିଛି ତନ୍ତ୍ରମନ୍ତ୍ର ଜାଣିଛ ? ତୁମେ ଯେତେବେଳେ ସେ ପଥର ଖଣ୍ଡଟି ମୋ ହାତକୁ ଦେଇଥିଲ ତାହା ମତେ ଏମିତି ଗୋଟେ ସାଧାରଣ ପଥର ପରି ମନେ ହୋଇଥିଲା। ଅଥଚ ତୁମେ ତା'ସହିତ କିଛି କଥାବାର୍ତ୍ତା କରିବା ପରି ମତେ ଲାଗିଥିଲା। ସତରେ କ'ଣ ପଥର କଥା ବୁଝିପାରେ ?"

ସେ ଏକ ରହସ୍ୟମୟ ହସ ହସିଲା ଓ କହିଲା, "ଠିକ୍ ଅଛି ମିଷ୍ଟର ରେ। ଆପଣଙ୍କର ମନେଥିବ ଗତକାଲି ଆପଣଙ୍କ ବନ୍ଧୁଙ୍କ ଘରେ ମୁଁ କହିଥିଲି ଯେ ମୁଁ ପଥର ସହିତ କମ୍ୟୁନିକେଟ କରିପାରେ ବୋଲି। ମୁଁ ଏକ ଘନ ଅରଣ୍ୟଘେରା ପାହାଡ଼ର ପାଦଦେଶରୁ ଏ ପଥରକୁ ପାଇଥିଲି। ଏହାର କାକକୃଷ୍ଣ ବର୍ଣ୍ଣ ଓ ଏହାର ଗୋଟିଏ ପଟର ଊର୍ଦ୍ଧ୍ୱ ଭାଗରେ ପ୍ରାକୃତିକ ତିନୋଟି ବଳିରେଖା ମତେ ଏ ପଥରଖଣ୍ଡଟି ପ୍ରତି ଆକୃଷ୍ଟ କରିଥିଲା। ସେତେବେଳେ ମୁଁ ଏହାର କୌଣସି ମହିମା ଜାଣିନଥିଲି। ଦିନେ ସେ ଅଞ୍ଚଳରେ ବୁଲିବାବେଳେ ସେଠାକାର ଜଣେ ଆଦିମ ଅଧିବାସୀ ମୋ ପାଖରେ ଏ ପଥର ଖଣ୍ଡକୁ ଦୈବାତ୍ ଦେଖି ପକାଇ ତା' ଭାଷାରେ କ'ଣ ସବୁ ବିଡ୍‌ବିଡ୍ ହୋଇ କହୁଥାଏ ଓ

ଭୂଇଁରେ ବାରମ୍ବାର ମୁଣ୍ଡ ଲଗାଉଥାଏ। ତା'ରି ଠାରୁ ମୁଁ ଏହି ପଥରଖଣ୍ଡର ରହସ୍ୟ ଜାଣିବାକୁ ପାଇଲି ଏବଂ ସେ ହିଁ ଏହାସହିତ ଯୋଗସ୍ଥାପନର ସୂତ୍ର ମତେ ବତାଇ ଦେଇଥିଲା। ମୁଁ ତା କଥାକୁ ବିଶ୍ୱାସ କରିଥିଲି ଓ ତା'ର ବତାଇଥିବା ଧାରାରେ ବର୍ଷ ବର୍ଷ ଧରି ପ୍ରାକ୍‌ଟିସ କରିଛି। ତା'ପରେ ଏ ପଥରଖଣ୍ଡର କଠିନ ସ୍ତର ତଳେ ନିହିତ ଥିବା ସେ ଲିଭିଙ୍ଗ ବିଙ୍ଗ ସହିତ ମୋର ସଂଯୋଗ ସମ୍ଭବ ହୋଇପାରିଛି।

ମୁଁ କାହିଁକି କେଜାଣି ହଠାତ୍ ପଚାରିଦେଲି "ଆଚ୍ଛା ତୁମେ ଏପରି ଦୁର୍ଲ୍ଲଭ ପଦାର୍ଥଟି ଧରି ବୁଲୁଛ କେହି ଯଦି ନେଇଯିବ ?"

ସେ ହୋହୋ ହୋଇ ହସି କହିଲା, "ଗୋଡ଼ିପଥର କ'ଣ କେହି ଚୋରି କରନ୍ତି ? ଏମିତି ନିକାଞ୍ଚନ ଜାଗାରେ ବୁଲିବାବେଳେ ମୋ ଉପରେ କେତେଥର ଦୁର୍ବୃତ୍ତମାନେ ଆକ୍ରମଣ କରି ମୋ ଜିନିଷପତ୍ର ଛଡ଼ାଇ ନେଇଛନ୍ତି। କିନ୍ତୁ ମୋ ବ୍ୟାଗରେ ଥିବା ଏମିତି କିଛି ବିଶେଷ ଗୁଣଧାରୀ ପଥରଖଣ୍ଡମାନଙ୍କୁ ହାତଲଗାଇ ନାହାନ୍ତି। ବରଂ ବ୍ୟାଗରେ ପଥର ଧରି ବୁଲୁଥିବାରୁ ମୋର କିଛି ମୁଣ୍ଡଦୋଷ ଅଛି ବୋଲି ଭାବିଛନ୍ତି।"

ମୁଁ ମୋ ଭିତରେ ସେହିକ୍ଷଣି କୌତୂହଳୀ ହୋଇ ଉଠି ଭାବିଲି ଅନ୍ୟ ପଥର ଖଣ୍ଡ ସବୁର କ'ଣ ଗୁଣ ଅଛି ପଚାରିବିକି। କିନ୍ତୁ ପର ମୁହୂର୍ତ୍ତରେ ବୁଝିପାରିଲି ଯେ ଅଯଥା କୌତୂହଳ ଭଲ ନୁହେଁ। ସେ ପଥରର ସ୍ପର୍ଶରେ ମୋ ଅଣ୍ଟାର ଯନ୍ତ୍ରଣା ଯେ ସମ୍ପୂର୍ଣ୍ଣ ଦୂର ହୋଇଯାଇଛି, ତାହା ହିଁ ମୋର ସବୁଠାରୁ ବଡ଼ ଅଲୌକିକ ଅନୁଭବ ଥିଲା। ଭାବିଲି ସେ ଅନୁଭବ କେବଳ ମୋ ପାଇଁ ମହାର୍ଘ ହୋଇ ରହୁ।

ମୁଁ ବିଦାୟ ନେବା ପୂର୍ବରୁ ତା' ହାତ ଧରି ପକାଇ ମୋର ଲୁହ ଛଳ ଛଳ ଆଖିରେ କୃତଜ୍ଞତା ଜଣାଇଲି ଓ ତା'ର ଆପତ୍ତି ନଥିଲେ ମୋର ସେଇ ରକ୍ଷାକାରୀ ପଥର ଖଣ୍ଡଟିକୁ ଆଉ ଥରେ ଦେଖାଇବା ପାଇଁ ଅନୁରୋଧ କଲି।

ସେ ଖୁସିହୋଇ ତା ବ୍ୟାଗରୁ ପଥର ଖଣ୍ଡଟିକୁ କାଢ଼ିଲା ଓ ମୁଁ ତାକୁ ଧରିବା ପାଇଁ ମୋ ହାତକୁ ବଢ଼ାଇଦେଲା। ମୁଁ ପଛକୁ ଘୁଞ୍ଚିଗଲି। ମୁଁ ସେତେବେଳକୁ ବୁଝିସାରିଥିଲି ଯେ ତାକୁ ସ୍ପର୍ଶ କରି ମୁଁ କେବଳ ଜଡ଼ର ଅନୁଭବ ମାତ୍ର ପାଇବି; ଅନ୍ୟ କିଛି ନୁହେଁ। କିନ୍ତୁ ତା'ର ଦିବ୍ୟ ମହିମାର ସ୍ପର୍ଶତ ମୋ ଶରୀରର ପ୍ରତିଟି କୋଷରେ ସଂଚାରିତ ହୋଇଯାଇଛି। ମୁଁ ଏକ ଅନନ୍ୟ ଅନୁଭବର ଅଧିକାରୀ ହୋଇସାରିଛି।

ମୁଁ ଭାବ ଗଦଗଦ ହୋଇ ସେଇଠି ଭୂଇଁରେ ମୁଣ୍ଡ ଲଗାଇ ପ୍ରଣାମ ଜଣାଇଲି ଓ ଆଖିରୁ ଝରି ଆସିଥିବା ଲୁହକୁ ପୋଛି ନେଇ ଠିଆହେଲି।

ମାଇକେଲ ଏକ ଅମାୟିକ ହସ ହସି କହିଲା, "ବନ୍ଧୁ,ଇଣ୍ଡିଆନମାନେ ଖୁବ୍ ଇମୋସନାଲ। ସେଇଥିପାଇଁ ସେମାନେ ମତେ ବହୁତ ଭଲ ଲାଗନ୍ତି। ଆହୁରି ଭଲ

ଲାଗନ୍ତି ଏଇଥିପାଇଁ ଯେ ସେମାନେ ସୁପର ପାୱାରର ଅସ୍ତିତ୍ୱ ସବୁଥିରେ ରହିଥିବାର ସତ୍ୟଟିକୁ ଖୁବ୍ ସହଜରେ ବିଶ୍ୱାସ କରିପାରନ୍ତି । ବିଦାୟ ବନ୍ଧୁ ।"

ସେ ତା'ର ଗନ୍ତବ୍ୟ ସ୍ଥଳକୁ ଯିବାପାଇଁ ଗାଡ଼ିରେ ବସିଲା ଓ ହାତ ହଲାଇ ବିଦାୟ ନେଲା ।

ମୁଁ ବେଶ୍ କିଛି ସମୟ ସେଇଠି ଠିଆହୋଇ ରହିଲି ଓ ତା'ପରେ ଫେରି ଆସିଲି ମୋର ରହୁଥିବା ହୋଟେଲକୁ ।

ଏପର୍ଯ୍ୟନ୍ତ ମୂକ ହୋଇ ବସିଥିବା ଦୁଇ ବନ୍ଧୁ ଏକାସାଙ୍ଗରେ କହି ଉଠିଲେ, "ଦୀନେଶ ତୁ କ'ଣ ସେଇଥିପାଇଁ ମଦ ଛୁଇଁଲୁନି ?"

"ହଁ, ସେହିଦିନରୁ ମୁଁ ଅନେକ ପାର୍ଟିରେ ଯୋଗ ଦେଇଛି । ଯୋଉଠି ମଦ୍ୟର ବନ୍ୟା ଛୁଟୁଥାଏ । କିନ୍ତୁ ଅନ୍ୟମାନଙ୍କର ବହୁ ବାଧ୍ୟବାଧକତାରେ ବି ପାଟିକୁ ଟୋପାଏ ନେଇନି । ମୋର ଅଣ୍ଟାଧରା ରୋଗରୁ ରକ୍ଷା ପାଇଥିବାର ଆଶ୍ୱସ୍ତି ପାଇଁ ମୁଁ କେବଳ ଏ ନିୟମ ପାଳୁନି । ବରଂ ସେଦିନ ଜଣେ ମଣିଷ ପଥର ଖଣ୍ଡରେ ନିହତ ଥିବା କେଉଁ ସୂକ୍ଷ୍ମ ସତ୍ତା ସହ ସଂଯୋଗ ରଖି ପାରୁଥିବା ଘଟଣାର ପ୍ରତ୍ୟକ୍ଷଦର୍ଶୀ ହେବା ଓ ନିଜେ କିଛି ଅଭିଜ୍ଞତା ପାଇବାର ସୌଭାଗ୍ୟ ପାଇଁ ମୁଁ ଏତେ କୃତଜ୍ଞ ଯେ ମଦ୍ୟସ୍ପର୍ଶରେ ଅପରାଧ କରିପାରିବି ନାହିଁ ।"

ତିନିବନ୍ଧୁ ବେଶ୍ କିଛି ସମୟ ନୀରବ ହୋଇ ବସିରହିଲେ । ନିଜ ନିଜର ଅଭିଜ୍ଞତା ପରସ୍ପରକୁ କେତେ ପୁଷ୍ଟ କରିଛି ତାହା ହିଁ ଭାବୁଥିଲେ ।

ଏକାକୀ ବିଦେଶୀ ପାନୀୟର ପ୍ରାଚୁର୍ଯ୍ୟ ଭୋଗଜନିତ ସମ୍ପୂର୍ଣ୍ଣ ଅଚେତନ ଅବସ୍ଥାରେ ସୋଫା ଉପରେ ପଡ଼ିଥିବା ଶଙ୍କର ମିଶ୍ରଙ୍କ ପ୍ରତି କାହାରି ଧ୍ୟାନ ଆକର୍ଷିତ ହୋଇନଥିଲା ।

ଦୀନେଶ ଉଠିପଡ଼ି ରୁମର କାଚ ଝରକାକୁ ଖୋଲିଦେଲେ । ଶୀତତାପ ନିୟନ୍ତ୍ରିତ ରୁମ ଭିତରକୁ ପଶି ଆସୁଥିବା ଝଲକା ଝଲକା ସାମୁଦ୍ରିକ ପବନର ସ୍ପର୍ଶକୁ ନିଜ ଭିତରକୁ ଟାଣି ନେଉଥିଲେ ।

ବାହାରେ ବର୍ଷା ବନ୍ଦ ହୋଇଯାଇଥିଲା । ରହି ରହି ମାରୁଥିବା ବିଜୁଳିର ଆଲୋକରେ କଳାକଳା ମେଘ ଖଣ୍ଡମାନ ଆକାଶକୁ ଢ଼ାଙ୍କି ରହିଥିବାର ଦୃଶ୍ୟ ହେଉଥିଲା । ହଠାତ୍ ତାଙ୍କର ଆଖି ପଡ଼ିଲା ମେଘ ନଥିବା ଚେନାଏ ଆକାଶରେ ତାରାଟାଏ ଦପଦପ ହୋଇ ଜଳୁଛି । ସେ ସେହି ଦିଗରେ ଏକା ଆଖିରେ ଚାହିଁ ରହିଲେ । କିଛି ସମୟ ପରେ ନିଜେ ଫେରିପଡ଼ିବା ବେଳକୁ ଦେଖିଲେ ତାଙ୍କର ଦୁଇ ବନ୍ଧୁ ଖୋଲା ଝରକାର ଦୁଇପାଖରେ ଠିଆହୋଇ ସେଇ ଦିଗରେ ଚାହିଁଛନ୍ତି ।

■

ଯକ୍ଷିଣୀ ରାତି

ଟ୍ରେନ୍ କମ୍ପାର୍ଟମେଣ୍ଟର ଦୁଇଟିକିଆ ବର୍ଥର ତଳ ସିଟ୍‌ରେ ଆରାମରେ ଗୋଡ଼ ଲମ୍ବାଇ ବସି ମୁଁ ବାହାରକୁ ଚାହିଁଥାଏ।

ଶରତ ରାତିର ପରିଚ୍ଛନ୍ନ ଉଜ୍ଜ୍ୱଳ ଆକାଶ।

ଏକ ନିର୍ଜନ ନିକାଂଚନ ଜହ୍ନ ଧଉଳା ପାହାଡ଼ ଓ ଶ୍ୟାମଳ ପ୍ରାନ୍ତର ଘେରା ଏକ ରମଣୀୟ ଜଗତ ଭିତରେ ସତେ ଯେମିତି ଟ୍ରେନ୍‌ଟି ପହଁରି ପହଁରି ଯାଉଥିଲା। କରେ କରେ ଲହଡ଼ା ମାରୁଥିଲା କାଶତଣ୍ଡୀ ଫୁଲ। ମନେ ହେଉଥିଲା ଟ୍ରେନରୁ ହାତ ବଢ଼ାଇ ଦେଲେ ମୁଁ ଯେମିତି ଛୁଇଁପାରିବି ସେ ଶୁଭ୍ର କୋମଳ ଲହରୀକୁ।

କେତେବେଳେ ଜହ୍ନ ଆକାଶକୁ ଅପସରି ଗଲାଣି ମୋର ଖିଆଲ୍ ହୋଇନି। ବାହାରେ କେମିତି ଏକ ଅସ୍ପଷ୍ଟ ଆଲୋକର ଛାଇ।

ହଠାତ୍ ମତେ କାହିଁକି କେଜାଣି କେମିତି ଗୋଟାଏ ଅସ୍ୱସ୍ତିକର ଅନୁଭବ ହେଲା। ଭିତରେ ଏକ ଅଦ୍ଭୁତ ଅସ୍ଥିରତା। ମୁଁ ପଛପଟ ହେବାକୁ ଆରମ୍ଭ କଲି। ମୋ ପେଟ ଭିତରୁ କେମିତି ଗୋଟାଏ ଚିତ୍କାର ଉଠିଆସି ଅଟକି ଯାଉଥିଲା ମୋ ତଣ୍ଟିପାଖରେ। ଇଚ୍ଛା ହେଉଥିଲା ଟ୍ରେନ ଭିତରୁ ବାହାରକୁ ଡେଇଁପଡ଼ିବି, ନହେଲେ ମୋର ନିଃଶ୍ୱାସ ହୁଏତ ବନ୍ଦ ହୋଇଯିବ। କିନ୍ତୁ ଦୁଇଟାଯାକ ଝରକାତ ଖୋଲା ଅଛି, ବେଶ୍ ପବନ ଆସୁଛି ଭିତରକୁ। ତଥାପି ଅଣନିଃଶ୍ୱାସୀ ଲାଗୁଛି କାହିଁକି !

ମୁଁ ବ୍ୟତିବ୍ୟସ୍ତ ହୋଇ ଠିଆ ହୋଇପଡ଼ିଲି। କାହାକୁ ଡାକିବି କ'ଣ କରିବି ବୁଝିପାରିଲିନି। ସମସ୍ତେ ଏଠି ଅପରିଚିତ ଯାତ୍ରୀ, ପୁଣି ନିଘୋଡ଼ ନିଦରେ ଶୋଇଛନ୍ତି। କାହାକୁ ଡାକିବି ! ପାଣି ଗ୍ଲାସଟେ ପିଇଲି। ଶୋଇବାକୁ ଚେଷ୍ଟା କଲି। କିନ୍ତୁ ଅସ୍ୱସ୍ତିବୋଧ କୌଣସି ପ୍ରକାରେ ଊଣା ହେଲାନି, ପୁଣି ଉଠିବସିଲି।

ମୋ ଆଖି ତଳ ଉପର ସବୁ ବର୍ଥ ଉପରେ ଘୁରିଆସିଲା। ହଠାତ୍ ମୋ ଦୃଷ୍ଟି

ପଡ଼ିଲା ମୋ ସିଟ୍‌ର ଠିକ୍ ବିପରୀତ ଦିଗରେ ଥିବା ସିଟ୍‌ରେ ଜଣେ ଯାତ୍ରୀ ଶୋଇବା ଅବସ୍ଥାରେ ମତେ ଚାହିଁଛି। ମୋ ଦେହରେ କେମିତି ବିଜୁଳି ଚରିଗଲା। ସେ ମତେ ସେମିତି ଚାହିଁଥାଏ। ଏକା ଆଖିରେ। ମୋର ଅସ୍ୱସ୍ତିବୋଧ ଆହୁରି ବଢ଼ିଗଲା। ମୋର କାହିଁକି ମନେହେଲା ମୋର ଏ ଅବସ୍ଥା ପାଇଁ ସେହି ଲୋକ ହିଁ ଦାୟୀ। ମୁଁ ତାକୁ ବିରକ୍ତିରେ ଚାହିଁଲି। ତା'ର କୌଣସି ପ୍ରତିକ୍ରିୟା ହେଲାନାହିଁ: ତା' ଦୃଷ୍ଟି ଯେପରି ମୋ ଉପରେ ସ୍ଥିର ହୋଇଯାଇଛି।

ମୁଁ ତାକୁ ପଛକରି ବସିଲି, ହେଲେ ମତେ ଲାଗିଲା ଯେପରି ଦୁଇଟା ତୀକ୍ଷ୍ଣ ଛୁଞ୍ଚି ମୋ ମୁଣ୍ଡ ପଛରୁ କେହି ଡ୍ରିଲ୍ କରି ଭର୍ତ୍ତି କରୁଛି।

ଏଥର ମୁଁ ନିଃସନ୍ଦେହ ହେଲି ଯେ ସେହି ଲୋକ ହିଁ କିଛି ଅପଶକ୍ତି ପ୍ରୟୋଗ କରୁଛି ମୋ ଉପରେ। ମୁଁ ମନକୁ ଦୃଢ଼ କଲି। କିନ୍ତୁ ତାକୁ ବାଧାଦେବା ପାଇଁ ମୋ ସତ୍ତା ଭିତରେ ପ୍ରତିରୋଧର ପ୍ରାଚୀରଟିଏ ଠିଆ ହେଉ ହେଉ ଭୁଶୁଡ଼ି ପଡୁଥାଏ। ମୋର ଶକ୍ତି କମିଗଲା ମୁଁ ସେ ଲୋକର କାର୍ଯ୍ୟ ସମ୍ପର୍କରେ ସଚେତନ ଥିଲେ ମଧ୍ୟ ବାଧା ଦେବାର ସାମର୍ଥ୍ୟ ହରେଇ ନିସ୍ତେଜ ହୋଇପଡ଼ିଲି। ଅନୁଭବ ହେଲା ମୋର ସର୍ବାଙ୍ଗରୁ ସତେକି ସମସ୍ତ ପ୍ରାଣଶକ୍ତି ଅପସରି ଯାଉଛି। ମୁଁ ସେହି ବର୍ଥ ଉପରେ ଏକ ଜୀବନ୍ତ ଜଡ଼ପିଣ୍ଡ ପରି ପଡ଼ିରହିଲି। ମୋର ମନ କିନ୍ତୁ ଠିକ୍ କାମ କରୁଥାଏ। ଚାହୁଁଥାଏ ସେ ଅପଶକ୍ତିର ମୁକାବିଲା କରିବା ପାଇଁ କିନ୍ତୁ ଦେହ ତାକୁ ସହଯୋଗ କରିବା ଅବସ୍ଥାରେ ରହିଲା ନାହିଁ।

ମୁଁ ଦେଖୁଥାଏ ସେ ଧୀରେ ଧୀରେ ତା' ସିଟ୍ ଛାଡ଼ି ମୋ ସିଟ୍ ପାଖରେ ଆସି ଠିଆହେଲା। ମତେ ଲାଗିଲା ସତେ ଯେମିତି ଅଜଗରଟାଏ ପାଟି ମେଲେଇ ଆସୁଛି ତା'ର ସମ୍ମୋହିତ ହୋଇପଡ଼ିଥିବା ଶିକାରକୁ ବିନା ବାଧାରେ ଆତ୍ମସାତ୍ କରିବାପାଇଁ।

କିଛି ସମୟ ପରେ ସେ କରିଡ଼ର ଭିତରେ ଆଗେଇଲା ଓ ମୁଁ ମନ୍ତ୍ରଚାଳିତ ପରି ଉଠି ତା' ପଛରେ ଚାଲିଲି। ସେ ଚେନ୍ ଟାଣିଲା, ଗାଡ଼ି ଅଟକିବା ସଙ୍ଗେ ସେ ଓହ୍ଲାଇପଡ଼ିଲା ତଳକୁ। ମୁଁ ମଧ୍ୟ ତା' ପଛେ ପଛେ ଓହ୍ଲାଇଗଲି। ବୁଦବୁଦିକିଆ ଜଙ୍ଗଲ ଥିଲା। ସେ ସେଇ ବଣବୁଦା ଭିତରେ ଆଗକୁ ବାଟ କରି କରି ଆଗଉଥାଏ ଓ ମୁଁ ତା' ପଛରେ।

ପଛରୁ ଟ୍ରେନ୍‌ର ଶବ୍ଦ ମୁଁ ଶୁଣିପାରିଥିଲି। କେତେବାଟ ସେମିତି ଚାଲିଛି ଜାଣେନି। ଆଗରେ ନକ୍ଷତ୍ରର ଆଲୋକରେ ଦେଖାଯାଉଥିଲା ନାତିବୃହତ୍ ପାହାଡ଼ଟାଏ। ଆମେ ସେଇ ଦିଗରେ ଆଗଉଥିଲୁ। ହଠାତ୍ କିଛି ବାଦ୍ୟଧ୍ୱନି ଶୁଣାଗଲା। ମନେ ହେଉଥିଲା କିଛି ଲୋକ ମିଳିତ ଭାବରେ କେତେଗୁଡ଼ିଏ ବାଦ୍ୟ ଏକାଠି ବଜାଉଛନ୍ତି।

ମୁଁ ଯେମିତି ଆଗେଇ ଚାଲିଥିଲି ସେ ବାଦ୍ୟଧ୍ୱନି ସେତିକି ସ୍ପଷ୍ଟ ଶୁଣାଯାଉଥିଲା। ମୋର ମନ ହେଉଥିଲା ସେ ଧ୍ୱନିର ତରଙ୍ଗ ମତେ କେତେବେଳେ ଆକାଶକୁ ଉଠାଇ

ନେଉଥିଲା ତ ପରମୁହୂର୍ତ୍ତରେ ମତେ ଫେରେଇ ନେଉଥିଲା ମୋର ମାତୃଗର୍ଭକୁ। ମୁଁ ପହଁରି ପହଁରି ଚାଲୁଥିଲି। ମୋର ପାଦ ମାଟି ସ୍ପର୍ଶ କରୁନଥିଲା।

ମୁଁ ଦିଗ ଜାଣେନି। ଲକ୍ଷ୍ୟ ମୋ ପାଇଁ ନିର୍ଦ୍ଦିଷ୍ଟ ନୁହେଁ। ପଥ ପରିଚୟ ନାହିଁ। ଅଥଚ ମୁଁ ଭାସିଚାଲିଛି କେଉଁ ଅଜଣା ଦିଗରେ, କେଉଁ ଅଜଣା ଶକ୍ତିର ଆକର୍ଷଣରେ !

...କାହିଁ ସେ କଳା ଛାଇଟାତ ଆଗରେ ଆଉ ଦିଶୁନି; ଯିଏ ମତେ ଟ୍ରେନ୍‌ର ନିରାପଦ ଆଶ୍ରୟ ଭିତରୁ ଏକପ୍ରକାର ବାଧ୍ୟକରି ଟାଣି ଆଣିଲା ଏଇ ଘନ ଅରଣ୍ୟ ଭିତରକୁ ! କାହିଁ ସେ ! ଯଦିବା ସେ ଲୋକର ଚେହେରା ପ୍ରତି ମୋ ଭିତରେ ବୀତସ୍ପୃହତା ଥିଲା, ତା' ଆଖିରେ ସେଇ ଅଦ୍ଭୁତ କୁଟିଳ ଚାହାଣି ମୋ ପାଇଁ ଏକପ୍ରକାର ଆତଙ୍କପ୍ରଦ ଥିଲା, ତା'ର ଉପସ୍ଥିତିରେ କେମିତି ଏକ ଭୀତପ୍ରଦ ଅବସ୍ଥିତି ରହୁଥିଲା, ତଥାପି ଏତେବେଶି ନିର୍ଜନତା ଓ ନିକାଞ୍ଚନତା ଭିତରେ ଏକାକୀ ଥିବାବେଳେ ମନେ ହେଉଛି ସେ ଅନ୍ତତଃ ଥାଆନ୍ତାକି ଆଖପାଖରେ !

ମୁଁ ବହୁତ ଆଗକୁ ଚାଲି ଆସିଥିଲି। ଜହ୍ନ ବହୁ ଆଗରୁ ଅସ୍ତାଚଳରୁ ଓହ୍ଲାଇ ସାରିଥିଲା। ଏବେ ଖାଲି ନକ୍ଷତ୍ରାଲୋକରେ ଝାପସା ଝାପସା ଦୃଶ୍ୟ।

ଏକ ବିରାଟ ପୁଷ୍କରିଣୀ ପାଖରେ ମୋ ଗତି ସ୍ଥିର ହୋଇଗଲା। ପୁଷ୍କରିଣୀର ସ୍ୱଚ୍ଛ ଜଳଦର୍ପଣ ଉପରେ ପ୍ରତିବିମ୍ବିତ ହେଉଥିଲା ନକ୍ଷତ୍ରଖଚିତ ଆକାଶର ଛବି। ଜାଲଜାଲୁଆ ଅନ୍ଧାର ସହିତ ଆଖି ଟିକେ ଅଭ୍ୟସ୍ତ ହୋଇଯାଇଥିଲା। ମତେ ସବୁ ପ୍ରାୟ ସ୍ପଷ୍ଟ ଦେଖାଯିବାକୁ ଆରମ୍ଭ କଲା। ମୁଁ ସେଇଠି ଠିଆହୋଇ ବିଭିନ୍ନ ଦିଗକୁ ଚାହିଁ ସେ ସ୍ଥାନ ବିଷୟରେ କିଛିଟା ଅନୁମାନ କରିବାକୁ ଚେଷ୍ଟା କରୁଥାଏ।

ହଠାତ୍ ମୋ ଆଖି ଗୋଟିଏ ଦୃଶ୍ୟରେ ସ୍ଥିର ହୋଇଗଲା। ପୁଷ୍କରିଣୀ ଭିତରେ ଅଣ୍ଟାଯାଏ ଜଳରେ କେହି ଜଣେ ମତେ ପଛକରି ଠିଆହୋଇଛନ୍ତି। କିଏ ଇଏ ? ମୁଁ ଭଲଭାବରେ ନିରୀକ୍ଷଣ କଲି। ଦେଖିପାରିଲି କେହି ଜଣେ ପୁରୁଷ ବ୍ୟକ୍ତି ମତେ ପଛକରି ଜଳରେ ଠିଆହୋଇଛନ୍ତି। ତାଙ୍କର ପୃଷ୍ଠଭାଗ ଅନାବୃତ, ମୁଣ୍ଡର କେଶ କାନ୍ଧ ତଳକୁ ଝୁଲିରହିଛି। ସେ ଦୁଇ ପାପୁଲିରେ ଆଞ୍ଜୁଳାଏ ଜଳ ଉପରକୁ ଟେକି ଧ୍ୟାନମୁଦ୍ରାରେ କ'ଣ ସବୁ ମନ୍ତ୍ର ପାଠ କରୁଛନ୍ତି।

ସେ ଧ୍ୱନି କ୍ରମଶଃ ଗୁଞ୍ଜରଣରୁ ଗହ ଗହ ହୋଇ ଶୁଣାଗଲା। କିନ୍ତୁ ତାକୁ ବୁଝିବା ମୋ ପକ୍ଷରେ ସମ୍ଭବ ନଥିଲା। ମୁଁ କେବଳ ଚାହିଁରହିଥିଲି।

ସେ ମନ୍ତ୍ରପାଠ ପରେ ଫେରିବା ପାଇଁ ବୁଲିପଡ଼ିଲେ। ତାଙ୍କର ଥିଲା ଦୀର୍ଘକାୟ ଋଜୁ ଶରୀର, ପ୍ରଶାନ୍ତ ଲଲାଟପଟ, ଉନ୍ନତ ନାସା ଓ ଦୁଇଟି ଦୀର୍ଘ ଆୟତ ଆଖି। ତାକୁ ଦେଖି ମୋର ମନେହେଲା ସେ ସତେ ଯେମିତି କେଉଁ କାବ୍ୟପତ୍ରରୁ ସିଧା ବାହାରି

ଆସିଛନ୍ତି। ସେ ଯେତେ ନିକଟେଇ ଆସିଲେ ମନେହେଲା ମୁଁ ତାଙ୍କୁ ଜାଣିଛି। କିନ୍ତୁ କେଉଁଠି କିପରି ଭାବରେ ଜାଣିଛି ଭାବି ସ୍ଥିର କରିବା ପୂର୍ବରୁ ହିଁ ମୁଁ ହଠାତ୍ ତାଙ୍କ ଉଦ୍ଦେଶ୍ୟରେ ସମ୍ବୋଧନ କଲି, "ଅବିନାଶ"।

ଏ ନାଁରେ ମୁଁ କାହିଁକି ଡାକିଲି ଜାଣିପାରିଲିନି।

ସେ କିନ୍ତୁ ମୁହୂର୍ତ୍ତକ ପାଇଁ ଅଟକିଯାଇ ପୁଣି ଚାଲିବାକୁ ଆରମ୍ଭ କରିଥିବାରୁ ମୁଁ ତାଙ୍କ ଆଗକୁ ଦଉଡ଼ିଆସି ବାଟ ଓଗାଳି ଠିଆହୋଇଗଲି ଓ ପଚାରିଲି, "ଅବିନାଶ ତୁମେ ମତେ ଚିହ୍ନି ପାରୁନାହଁ ନାଁ ନ ଚିହ୍ନିବାର ବାହାନା କରୁଛ ?"

ସେ ଠିଆହୋଇଗଲେ ଓ ସ୍ଥିର ଶାନ୍ତ ଦୃଷ୍ଟିରେ ମତେ ଚାହିଁ କହିଲେ, "ହଁ ଚିହ୍ନି ପାରୁଛି।"

– "ଯଦି ଚିହ୍ନି ପାରୁଛ। ତେବେ ଅଟକି ନଯାଇ ଚାଲିଯାଉଛ ଯେ ?" ମୋର ଅଭିଯୋଗଭରା ସ୍ୱର ମୋ ନିଜ କାନରୁ ମଧ୍ୟ ଅବାଗିଆ ଶୁଣାଯାଉଥିଲା।

"ଅଟକି ରହିଯିବା କଥା ହୋଇଥିଲେ, ବହୁ ଯୁଗ ତଳେ ହିଁ ରହିଥାନ୍ତି।"

– "ତଥାପି ଏତେ ଯୁଗ ପରେ ମୋ ସହିତ ହଠାତ୍ ତୁମର ଭେଟ ହେଲା ଅଥଚ ତୁମେ ଟିକେ ବି ଆଶ୍ଚର୍ଯ୍ୟ ବା ଆନନ୍ଦ ପ୍ରକାଶ କରୁନାହଁ! ମୁଁ କିପରି ଏଠାକୁ ଆସିଲି ଜାଣିବାର କୌତୂହଳ ମଧ୍ୟ ତୁମର ନାହିଁ ?"

– "କୌଣସି ପ୍ରକାର ଆଶ୍ଚର୍ଯ୍ୟ ବା କୌତୂହଳ ଦ୍ୱାରା ମୋର ଚିତ୍ତବୃତ୍ତି ପ୍ରଭାବିତ ନୁହେଁ।" ତାଙ୍କ ସ୍ୱର ବେଶ୍ ସ୍ୱାଭାବିକ ଥିଲା।

ତାଙ୍କ କଥାରେ ମତେ ଖୁବ୍ ଅପଦସ୍ତ ଲାଗିଲା। ସତରେ ଏ ବ୍ୟକ୍ତି କିଏ ମୁଁ ତ ଜାଣେନା। ଅଥଚ ମୋର ଜଣେ ପରମ ଆତ୍ମୀୟଙ୍କ ପରି ମୁଁ ତାଙ୍କ ସହିତ କଥା ହେଉଛି। ପୁଣି ଅଭିଯୋଗ କରୁଛି, ଏହା କିପରି ସମ୍ଭବ! ମୁଁ ଚିନ୍ତାରେ ପଡ଼ିଯାଇଥିଲି। ହଠାତ୍ ଦେଖିଲି ଅବିନାଶ ସେ ଜଙ୍ଗଲ ରାସ୍ତାରେ ଆଗକୁଆଗକୁ ଚାଲିଛନ୍ତି, ମତେ ଆଶ୍ଚର୍ଯ୍ୟ ଲାଗିବା ସତ୍ତ୍ୱେ ମୁଁ ତାଙ୍କ ପଛେପଛେ ଚାଲିବାକୁ ଲାଗିଲି। ମୁଁ କାହିଁକି ଓ କୁଆଡ଼େ ଯାଉଛି ଏ ଚିନ୍ତା ମୋ ମନକୁ ଆଦୌ ଆସୁନଥିଲା। ମୁଁ ପବନରେ ପହଁରି ପହଁରି ଯାଉଥିବା ପରି ଅନୁଭବ କରୁଥିଲି। ସେ ଥରକ ପାଇଁ ମଧ୍ୟ ପଛକୁ ଚାହୁଁ ନଥିଲେ। ନ ଚାହାନ୍ତୁ ବର୍ତ୍ତମାନ ଏ ଘଞ୍ଚ ଅରଣ୍ୟର ଗଭୀର ନିକାଞ୍ଚନତା ଭିତରେ ମୋର ତାଙ୍କ ବ୍ୟତୀତ ଅନ୍ୟ ଗତି ବି କାହିଁ!

ସେ ପହଞ୍ଚିଲେ ଏକ କୁଟୀର ସାମ୍ନାରେ। ମୁଁ ତାଙ୍କୁ ଅପେକ୍ଷା ନକରି କୁଟୀର ଭିତରକୁ ପ୍ରବେଶ କଲି। ପରିବେଶ ମତେ ପରିଚିତ ଲାଗୁଥିଲା। ଯେମିତି ମୁଁ ଆଗରୁ ଏଠି କେବେ ଥିଲି। କିନ୍ତୁ କେବେ ଥିଲି ? ସେଠି ସିଏ ଅଛି ତ ?

ମୁଁ ଘରର ବାରିପଟକୁ ଦଉଡ଼ିଗଲି । ଝାପ୍‌ସା ଆଲୁଅରେ ବେଶ ବାରିହୋଇ ପଡୁଥିଲା ଧଳାଧଳା ଫୁଲରେ ବୋଝେଇ ହୋଇଥିବା କାଠଚମ୍ପା ଗଛର ସୁରଭିତ ଅସ୍ତିତ୍ୱ ।

ତେବେ ମୁଁ ଏଠି କେବେ ଥିଲି ? ଅବିନାଶ ବୋଲି ଯାହାଙ୍କୁ ସମ୍ବୋଧନ କରୁଛି, ଯାହାଙ୍କ ପାଖରେ ଅଭିଯୋଗ କରୁଛି ସେ କିଏ ? ମୋର ତାଙ୍କ ସହିତ ସମ୍ପର୍କ କ'ଣ ? ସେ କୃଷ୍ଣସତ୍ତାଟି ମତେ ଏତେ ବାଟ ନେଇ ଆସିଲା ବା କାହିଁକି ? ମୋ ମନକୁ ହଠାତ୍ ଗ୍ରାସ କରିଗଲା ଏକ ଗଭୀର ବିଷାଦବୋଧ । ଗୋଟେ ଅନ୍ଧମୁହାଁଣିରେ ପଶିଯିବାର କଷ୍ଟ ଓ ସେଥିରୁ ବାହାରି ଆସିବାକୁ ନ ଚାହିଁବାର ଅଦ୍ଭୁତ ଦ୍ୱନ୍ଦ୍ୱ ଭିତରେ ମୁଁ ପଡ଼ିଯାଇଥିଲି ।

କିନ୍ତୁ ଏ ଅବିନାଶ ବ୍ୟକ୍ତିଟି କରୁଛନ୍ତି କ'ଣ ! ମୋର ଉପସ୍ଥିତିକୁ ଆଦୌ ଧ୍ୟାନ ନଦେବା ପରି ଲାଗୁଛି, କିନ୍ତୁ ପ୍ରତ୍ୟାଖ୍ୟାନ ବି ତ ନାହିଁ । ଇଏ ଚାହାନ୍ତି କ'ଣ ? ମୁଁ ଦ୍ୱାରବନ୍ଧ ପାଖରେ ଯାଇ ଦୃଢ଼ ଭାବରେ ଠିଆହେଲି । କୁଟୀରର ସେଇ ଛୋଟ ପ୍ରାଙ୍ଗଣଟି ଭିତରେ ସେ ଚୁପ୍ ହୋଇ ଠିଆ ହୋଇଥିଲେ ମୁଁ କିଛି ଶବ୍ଦ ଉଚ୍ଚାରଣ କରିବା ପୂର୍ବରୁ ସେ ମତେ ଆକାଶ ଆଡ଼େ ଚାହିଁବା ପାଇଁ ଇସାରା କଲେ ।

ଆକାଶରୁ ଅସ୍ତ ଯାଇଥିବା ଜହ୍ନ ପୁଣି କେତେବେଳେ ଅସ୍ତାଚଳ ଉପରକୁ ଉଠିଆସିଛି । ବେଶ୍ କିଛି ସମୟ ଏକାଗ୍ର ହୋଇ ଜହ୍ନକୁ ଚାହିଁରହିଲି । ମତେ ସ୍ପଷ୍ଟ ଦେଖାଗଲା ସେଥିରେ ବିଭିନ୍ନ ରଙ୍ଗର ଆଲୋକ ରଶ୍ମି ତରଙ୍ଗାୟିତ ହେଉଛି ଓ ମିଶିଯାଉଛି ମହାଶୂନ୍ୟରେ । ମୁଁ ସଚେତନ ହେଲି । ସେ ମୋ ନାମ ଧରି ଡାକୁଥିଲେ ସୁତପା, ସୁତପା । ସେ ଧ୍ୱନିର ସହସ୍ର ପ୍ରତିଧ୍ୱନି ସେଇ ନିର୍ଜନ ପରିବେଶକୁ ଗୁଞ୍ଜରିତ କରି ତୋଳୁଥିଲା । ମୋର ମନେହେଲା ମୋର ହୃଦୟ ଭିତରେ ଥିବା ଅସ୍ପୃଷ୍ଟ ସହସ୍ରତାର ବୀଣାରେ ସତେ ଯେମିତି କିଏ ଏକା ସାଙ୍ଗରେ ସ୍ୱରସଞ୍ଚାର କରିଦେଲା । ମୋର କେଉଁ ଅନ୍ତଃସ୍ଥଳରେ ଆତ୍ମଗୋପନ କରି ରହିଥିବା ସୁତପା କ୍ରମେ ବୃହତ୍ତରୁ ବୃହତ୍ତର ହୋଇ ବାହାରିଆସିଲା ଗଗନ ପବନରେ ପ୍ରସରି ଯିବାକୁ । ସେ ଏକ ଅନନ୍ୟ ଅନୁଭୂତି । ଏକା ସାଙ୍ଗରେ ନିଜର କ୍ଷୁଦ୍ରତା ଓ ବୃହତ୍ତର ବ୍ୟାପ୍ତିର ଓତଃପ୍ରୋତଃ ଅନୁଭବ ପାଇବା କେମିତି ସମ୍ଭବ ହେଲା କେଜାଣି !

ଅବିନାଶ ମୋ ସାମ୍‌ନାରେ ଠିଆ ହୋଇଥିଲେ । ମୁଁ ଆଖି ଖୋଲି ତାଙ୍କୁ ଚାହିଁଲି । ଏକ ଅଦ୍ଭୁତ ପ୍ରଶାନ୍ତିରେ ମୋର ମନ ଭରି ଯାଇଥିଲା । ସେଥିରେ ନାଁ କିଛି ଅଭିଯୋଗ ଥିଲା ନାଁ କିଛି କୌତୂହଳ ଥିଲା । ଥିଲା ଏକ ପ୍ରଶାନ୍ତ ଶୂନ୍ୟତା ।

-ମତେ ଚିହ୍ନିପାରିଲ ସୁତପା ?

ମୁଁ କେବଳ ମୁଣ୍ଡ ହଲାଇ ମୋର ସମ୍ମତି ଜଣାଇଲି ।

-ମୋ ବିରୋଧରେ କ'ଣ ତୁମର କିଛି ଅଭିଯୋଗ ଅଛି ?

-ନାଁ ତ !

-ଭଲକରି ଭାବ। ତୁମକୁ ମୁଁ ଛାଡ଼ିଆସିଛି ନାଁ ତୁମେ ନିଜେ ରହିଯାଇଛ।

-ମୁଁ ଜାଣେନି।

-ଜାଣିବାକୁ ଚେଷ୍ଟା କର।

-ମୋର ଯାହା ମନେହୁଏ, ତୁମେ ହିଁ ମୋଠାରୁ ଦୂରେଇ ଯାଇଛ।

-ଅନୁମାନ ଉପରେ ନିର୍ଭର କରନା, ଅନୁଭବ କରିବାକୁ ଚେଷ୍ଟା କର।

-ମୋ ପାଇଁ ଆଉ ପ୍ରହେଳିକା ସୃଷ୍ଟିକରନି ଅବିନାଶ।

-ଇଏ ପ୍ରହେଳିକା ନୁହେଁ ସୁତପା, ପୂରାପୂରି ବାସ୍ତବତା। ଶୁଣ, ମନେ ପକାଇବାକୁ ଚେଷ୍ଟା କର ତୁମେ ଏଠି କେବେ ଥିଲ କି ?

-ହଁ କିଛି ମନେପଡୁଛି... ସେ ଫୁଲଭର୍ତ୍ତି କାଠଚମ୍ପା ଗଛ। ଯେଉଁଥିରୁ ପ୍ରତିଦିନ ତୁମେ କିଛି ଫୁଲ ତୋଳିଆଣି ମତେ ଦେଉଥିଲ ଓ କହୁଥିଲ ଏ ଫୁଲ ରତିଦେବୀଙ୍କର ଖୁବ୍ ପ୍ରିୟ। ରତି କେବେ ଅଭିମାନ କଲେ କାମଦେବ ଏଇ ଫୁଲର ମାଳାଟିଏ ଆଣି ତାଙ୍କ ଜୁଡ଼ାରେ ପିନ୍ଧାଇ ଦିଅନ୍ତି। ସବୁ ଅଭିମାନ ଭୁଲିଯାନ୍ତି ସେ।

-ମୁଁ ତେବେ କାଠଚମ୍ପାର ମାଳଟିଏ ଗୁନ୍ଥିଆଣେ। ଅବିନାଶ ସ୍ୱରରେ ଥିଲା ଏକ ଚଟୁଳ ରସିକତାର ସ୍ପର୍ଶ।

ମୁଁ ଆହ୍ଲାଦ ଅନୁଭବ କଲି। କିନ୍ତୁ ମୁଁ ଆଉ ଅଧିକ କିଛିତ ମନେ ପକାଇ ପାରୁନି। ଭିତରେ ଫୁଟି ଆସୁଥିବା ଫୁଲଟିର ପାଖୁଡ଼ାଗୁଡ଼ିକ ପୁଣି ସବୁ ବୁଜିହୋଇ ଆସିଲା। ସବୁ ଦ୍ୱାର ପଡ଼ିଗଲା ଯେମିତି.... ଫର୍ଚ୍ଚା ଦିଶୁଥିବା ଦିଗନ୍ତରେ ଛାଇଗଲା ଅନ୍ଧାର। ମୁଁ ଆଖିବୁଜି ବସିରହିଲି.... ସେଇ ପ୍ରଗାଢ଼ ଅନ୍ଧାର ଭିତରେ ଖୋଜୁଥିଲି ଆଲୋକର ରେଖାଟିଏ। କାଳେ କୋଉ ଦିଗଟି ଟିକେ ଝଲସି ଉଠିବ କି ! ଦୃଶ୍ୟଟିଏ ରୂପ ନେବକି ! କିନ୍ତୁ ନାଁ ଅନ୍ଧାର ଖାଲି ଅନ୍ଧାର।

କେଉଁ ଦୂରରୁ ଯେମିତି ଭାସୁଥିଲା ସ୍ୱରଟିଏ ସୁ...ତପା। ସେ ସ୍ୱର ମତେ ପୁଣିଥରେ ଆକାଶକୁ ଉଠାଇ ନେଉଥିଲା ତ ପରକ୍ଷଣରେ ଫେରାଇ ନେଉଥିଲା ମୋର ମାତୃଗର୍ଭକୁ। ଏଇ ଦୁଇଟି ସ୍ଥିତିର କିଞ୍ଚିତ ଅନୁଭବ ମୋର ଘଟୁଥିଲା ମାତ୍ର କିନ୍ତୁ ମଧ୍ୟବର୍ତ୍ତୀ ଅବସ୍ଥିତିର କୌଣସି ସୂଚନା ନଥିଲା।

ଅବିନାଶଙ୍କର ସ୍ୱର ଏଥର ମତେ ସ୍ପଷ୍ଟ ଶୁଣାଗଲା। "ଶୁଣ ସୁତପା... ମୁଁ ଜାଣେ ତୁମେ ଅଧିକ କିଛି ମନେ ପକାଇ ପାରିବନି। ତେଣୁ ମୁଁ ତୁମକୁ ସାହାଯ୍ୟ କରୁଛି। ଦିନେ ତମେ ଏଇଠି ଥିଲ, ମୋ ସାଥୀରେ ଥିଲ। ରାତିର ଆକାଶରେ ଘଟୁଥିବା ନାକ୍ଷତ୍ରିକ ଅଦ୍ଭୁତଲୀଳା ଆମେ ଦେଖୁଥିଲେ ଦିନର ପୃଥିବୀରେ ଜାଗତିକ କ୍ରିୟାର ବିଚିତ୍ର ସଂରଚନା।

ଗୋଟିଏ ଛନ୍ଦରେ ଗତି କରୁଥିଲେ ଆମେ, ଗୋଟିଏ ସ୍ୱର ସ୍ପନ୍ଦିତ ହେଉଥିଲା ଆମ କଣ୍ଠରେ। ଆମ ଚଲାପଥ ଆଗକୁ ଆଗକୁ ପ୍ରସାରିତ ହୋଇ ଚାଲିଥିଲା।

କିନ୍ତୁ ଅଚାନକ ସବୁ ସ୍ତବ୍ଧ ହୋଇଗଲା। ତୁମ ପାଦ ହରାଇ ବସିଲା ଛନ୍ଦ; ସୁର ହଜିଗଲା ତୁମ କଣ୍ଠରୁ। ତୁମେ ବାରବାର ଫେରିଚାହିଁଲ ପଛକୁ। ମୁଁ ମଧ୍ୟ ଅଟକିଗଲି; କିନ୍ତୁ ତୁମ ପାଇଁ ପଛକୁ ଫେରିପାଇଲି ନାହିଁ ବା ତୁମକୁ ସାଥିରେ ନେଇ ଆଗକୁ ଯିବା ଯେ ସମ୍ଭବ ନୁହେଁ ତା' ବୁଝିଗଲି। ଏତେଦିନ ଧରି ଅଭ୍ୟସ୍ତ ହୋଇଯାଇଥିବା ସାନ୍ନିଧ୍ୟ ହରାଇବା ଖୁବ୍ କଷ୍ଟକର ଥିଲା। ତେବେ ମୁଁ ଭାବିଲି ଯେଉଁଠି ସମ୍ପର୍କ ଶିକୁଳି ହୋଇଯାଏ ତାକୁ ଛିଡ଼ାଇ ଦେବାକୁ ପଡ଼ିବ, ସମ୍ପର୍କ ଯଦି ବୋଝ ହୋଇଯାଏ ତାକୁ କାନ୍ଧରୁ ଓହ୍ଲାଇ ଦେବା ବ୍ୟତୀତ ଅନ୍ୟ ଉପାୟ ନାହିଁ।

ତୁମେ ଫେରିଗଲ ତୁମର ସେଇ ଗତାନୁଗତିକ ଜୀବନକୁ, ତୁମର ଜଣାଶୁଣା ପରିଚିତ ପାର୍ଥିବ ସ୍ଥିତିକୁ। ଭାବିଦେଖ ତୁମେ ଯାହା ହରେଇଲ, ତା' ବଦଳରେ ପାଇଲ କ'ଣ ? ଯଦି କିଛି ସୁଖ ପାଇଛ ବୋଲି ଭାବୁଛ ସେ ସୁଖର ସଂଜ୍ଞା କ'ଣ କହିପାରିବ ?"

ମୁଁ ମୋର ସେଇ ସମ୍ମୋହିତ ସ୍ଥିତି ଭିତରୁ ପାଟିକରି ଉଠିଲି... "ମୁଁ କିଛି ପାଇନି ଅବିନାଶ, ପାଇବା ପଛରେ କେବଳ ଧାଇଁ ଚାଲିଛି... କେବଳ କ୍ଲାନ୍ତି, ... ବହୁତ କଷ୍ଟ।"

"ତେବେ ତୁମେ କ'ଣ ଫେରିଆସିବାକୁ ପ୍ରସ୍ତୁତ ସୁତପା ?"

ମୋର ଯେମିତି କଣ୍ଠରୋଧ ହୋଇଗଲା। ଯଦି ମୁଁ ଜଗତରେ କିଛି ସୁଖ ପାଇନି ତେବେ କେଉଁ ଆକର୍ଷଣ ମତେ ଏଠାକୁ ଆସିବାକୁ ବାଧା ଦେଉଛି ? ହୁଏତ ଏ ଜଗତ ବି ମୋ ପାଇଁ ଏକମାତ୍ର ସତ୍ୟ ତା' ମୁଁ ଉପଲବ୍ଧି କରିପାରୁନି। ଅବିନାଶଙ୍କଠାରୁ ଦୂରେଇ ରହିବାରେ ଏକପ୍ରକାର ଶୂନ୍ୟତାବୋଧ ମତେ ପୀଡ଼ିତ କରୁଥିଲା ଅଥଚ ମୁଁ ରହୁଥିବା ଜଗତକୁ ଛାଡ଼ିଦେଇ ଆସିବାର ସାହସ ବା ମାନସିକ ସାମର୍ଥ୍ୟ ମଧ୍ୟ ମୋର ନଥିଲା। ଉଭୟ ଜଗତର ଆକର୍ଷଣ ମତେ ବିଚଳିତ କରୁଥିଲା। କାହାକୁ ଛାଡ଼ିବି କାହାକୁ ଧରିବି ସ୍ଥିର କରିପାରୁନଥିଲି।

ମୋର ଏଇ ସଙ୍କଟ ଅବସ୍ଥାକୁ ଲକ୍ଷ୍ୟ କରୁଥିଲେ ଅବିନାଶ। କେମିତି ଏକ ଉଦାର ହସ ଟିକେ ଖେଳେଇ କହିଲେ, "ସୁତପା ଏଥିରେ ଏତେ ବିଚଳିତ ହେବାର ନାହିଁ। ତୁମେ ଯେଉଁଠି ଅଛ ସେଇଠି ଥାଅ। ଏବେ ସେଇ ଜଗତ ତୁମ ପାଇଁ ଠିକ୍ ବୋଲି ଧରିନିଅ। ଏଠାକୁ ଫେରିଆସିବା ପାଇଁ ତୁମକୁ ବହୁତ ସମୟ ଲାଗିପାରେ, ନ ଆସିବି ପାର। ମୁଁ କେବଳ ଜାଣିବାକୁ ଚାହୁଁଥିଲି, ତୁମର ବର୍ତ୍ତମାନର ସ୍ଥିତି କ'ଣ। ଫେରିଯାଅ ସୁତପା... ବର୍ତ୍ତମାନ ପାଇଁ ଫେରିଯାଅ।"

ଅବିନାଶ ଏକଥା ଉଚ୍ଚାରଣ କରିବା ମାତ୍ରେ ମୁଁ ଅନୁଭବ କଲି ସେ କଳାଛାଇଟି ପୁଣି ଫେରିଆସିଛି ମତେ ବାଟକଢ଼ାଇ ନେବାପାଇଁ। ମୁଁ କେମିତି ଆତଙ୍କରେ ଚିତ୍କାର କରିଉଠିଲି, "ନାଁ ନାଁ ଅବିନାଶ ମତେ ଏଠି ରହିବାକୁ ଦିଅ।"

କିନ୍ତୁ ଅବିନାଶ ମୋ ଦିଗରୁ ପୂରା ମୁହଁ ବୁଲାଇ ନେଇଥିଲେ, ତାଙ୍କର ଦୃଷ୍ଟି ସ୍ଥିର ଥିଲା ଆକାଶର କେଉଁ ଅଜଣା ଦିଗରେ।

ମୁଁ ନ ଚାହିଁଲେ ବି ମୋ ପାଦ ପୁଣି ପଛକୁ ପଛକୁ ଫେରିବାକୁ ଲାଗିଲା।

ହଠାତ୍ ମୁଁ ଉଠିପଡ଼ିଲି। ଚାରିଆଡ଼କୁ ଆଶ୍ଚର୍ଯ୍ୟ ହୋଇ ଚାହିଁଲି, ମୁଁ କେଉଁଠି ଅଛି ବୁଝିପାରୁନଥିଲି। ମୋର ଏ ଅବସ୍ଥା ଲକ୍ଷ୍ୟକରି ସହଯାତ୍ରିଣୀ ଜଣେ କହିଲେ, "ଅଦ୍ଭୁତ ନିଦତ ଆପଣଙ୍କର! ଏଇ ଜଙ୍ଗଲ ଭିତରେ ଗାଡ଼ି ପ୍ରାୟ ଚାରିଘଣ୍ଟା ହେଲାଣି ଅଟକି ରହିଛି। ଲୋକ ବ୍ୟସ୍ତ ବିବ୍ରତ ହୋଇ ତଳ ଉପର ହେଉଛନ୍ତି, ଚାରିଆଡ଼େ ଏତେ ପାଟିତୁଣ୍ଡ ହେଉଛି, ଏକା ଆପଣ ହିଁ ଶୋଇଛନ୍ତି ଏତେ ନିଶ୍ଚିନ୍ତରେ। କି ନିଦରେ ବାବ!"

ମୁଁ ତାଙ୍କୁ କିଛି ଉତ୍ତର ଦେବାପୂର୍ବରୁ ଗାଡ଼ି ଚାଲିବାକୁ ଆରମ୍ଭ କରିବାର ଦେଖି ସେ ପୁଣି କହିଲେ, "ଯାହା ହେଉ ଆପଣଙ୍କ ନିଦ ଭାଙ୍ଗିବା ପରେ ହିଁ ଗାଡ଼ି ଚାଲିଲା।"

ଝରକା ବାଟ ଦେଇ ମୁଁ ବାହାରକୁ ଚାହିଁ ରହିଲି। ଅସ୍ତାଚଳ ସେପାରିକୁ ଜହ୍ନ ଓହ୍ଲାଇ ସାରିଥିଲା। ପୂର୍ବାକାଶ ଫର୍ଚ୍ଚା ଦିଶିବାକୁ ଆରମ୍ଭ କରିଥିଲା। ମୁଁ ଅଦ୍ଭୁତ ଆବେଗ ଭିତରେ ଆଚ୍ଛନ୍ନ ରହିଥିଲି। ମୁଁ ଜାଣେନି ସେ ମୋର କେବଳ ସ୍ୱପ୍ନ ଥିଲା ନାଁ କିଛି ଭିନ୍ନ ଅଭିଜ୍ଞତା ଥିଲା। କିନ୍ତୁ ଏତିକି ଭିତରେ ମୁଁ ଗୋଟିଏ କଥା ଜାଣିସାରିଥିଲି ଯେ ଆଜିର ଏ ଯାଦୁକରୀ ରାତି ମୋ ଚେତନାରେ ଅଙ୍ଗୀଭୂତ ହୋଇସାରିଛି। କୌଣସି ପ୍ରକାର ଯୁକ୍ତି ଦ୍ୱାରା ମୁଁ ମୋର ସେ ଅନୁଭବକୁ ଅସ୍ୱୀକାର କରିପାରିବି ନାହିଁ।

ଦୀର୍ଘ ଏତେ ସମୟ ଧରି ପଡ଼ିଥିବା ଟ୍ରେନ ପୁଣି ତା'ର ଗତି ଦ୍ରୁତ କରୁଥିବାରୁ ଆଶ୍ୱସ୍ତ ଯାତ୍ରୀମାନଙ୍କର କୋଳାହଳ ଓ ସେଥିରେ ଚା'ବାଲାମାନଙ୍କର ଚିତ୍କାର କିଛି ବି ମତେ ଛୁଉଁନଥିଲା। ମୋର ବୁଜା ଆଖିତଳେ କ୍ରମଶଃ ସ୍ୱଷ୍ଟ ଓ ଉଜ୍ଜ୍ୱଳ ହୋଇ ଉଠୁଥିବା ଅବିନାଶଙ୍କର ମୁହଁଟି କେବଳ ମୋ ପାଇଁ ଏକମାତ୍ର ଅବଧାରିତ ବାସ୍ତବତା ଥିଲା।

କାଳ୍ପନିକ ସତ୍ୟ

କିଛିଦିନ ତଳେ ଗୁଜରାଟରୁ ସାନଭାଇ ରବିନାରାୟଣ ମତେ ଫୋନ୍ କରି କହିଥିଲା ଯେ ଖୁବ୍ ଶୀଘ୍ର ଭାରତ ସରକାରଙ୍କର ପ୍ରତ୍ନତତ୍ତ୍ୱ ବିଭାଗର ଗୋଟେ ଟିମ୍ ଓଡ଼ିଶା ଯିବେ। ସେଠି ଏମିତି ଏକ ଅଞ୍ଚଳର ସନ୍ଧାନ ମିଳିଛି, ଅନୁମାନ କରାଯାଉଛି ସେ ଜାଗା ଖୋଳା ହେଲେ ସେଠୁ ବହୁତ କିଛି ଜିନିଷ ମିଳିବ। ହଜିଯାଇଥିବା ଏକ ପ୍ରାଚୀନ ରାଜବଂଶ ଓ ତାର କୀର୍ତ୍ତିରାଜି ସମ୍ପର୍କରେ ସୂଚନା ମିଳିବ ବୋଲି ଆଶା କରାଯାଉଛି। ହୁଏତ ସେ ଟିମ୍‌ରେ ସେ ମଧ୍ୟ ସାମିଲ ହୋଇ କିଛିଦିନ ପାଇଁ ଓଡ଼ିଶା ଆସିବାର ସୁଯୋଗ ପାଇବ।

ତା' କଥାରେ ମୁଁ ଆଦୌ ଆଶ୍ଚର୍ଯ୍ୟ ହେଲିନାହିଁ ଏଇଥିପାଇଁ ଯେ ମୋର ବିଶ୍ୱାସ କୌଣସି ଏକ ବିରାଟ ସଭ୍ୟତାର ବ୍ୟାପକ କ୍ଷେତ୍ର ଏଇ ଓଡ଼ିଶା ମାଟିତଳେ ରହିଛି- ଯୋଉଠି ଖୋଳିଲେ କୋଉ ପ୍ରାଚୀନ ଶତାବ୍ଦୀର କିଛି ନା କିଛି ନିଦର୍ଶନ ମିଳିବ। ବୌଦ୍ଧ କୀର୍ତ୍ତିରାଜିରେ ତ ଭରପୂର ଏ ଅଞ୍ଚଳ। ବିଭିନ୍ନ ସମୟରେ ଗବେଷକମାନଙ୍କର ତଥ୍ୟ ସମ୍ବଳିତ ଲେଖା ମୋ ଆଖିରେ ପଡ଼ିଛି। ଆମ ଗାଁ ଠାରୁ କିଛି ଦୂରରେ ଥିବା ଓଳାଶୁଣି, ପାରାଭାଡ଼ି, ବୁଦ୍ଧ ଲିଙ୍ଗ ଓ ବଜ୍ରଗିରିର ପାହାଡ଼ିଆ ଅଞ୍ଚଳରେ ବହୁତ କିଛି ପ୍ରାଚୀନ ସ୍ତୂପ, ମୂର୍ତ୍ତି, ଇଟା, ଚୈତ୍ୟ, ସୂଚୀକା ଓ ସକୋଟ ପ୍ରଭୃତି ମିଳିଥିବା କଥା ମୁଁ ଜାଣେ।

ତା'ଛଡ଼ା ମୋ ସାନଭାଇ ନିଜେ ପ୍ରତ୍ନତତ୍ତ୍ୱ ବିଭାଗରେ କାମ କରୁଥିବାରୁ ମୋର ସେ ଦିଗରେ ଖୁବ୍ ଆଗ୍ରହ ରହିଥାଏ। ସେ ଯେବେ ଘରକୁ ଆସେ, ତା'ର ସବୁବେଳେ ସେଇ ଆଲୋଚନା-କୋଉ ପାହାଡ଼ରୁ ପୁଣି କୋଉଠି ମାଟିତଳୁ ଖନନ କାର୍ଯ୍ୟବେଳେ କ'ଣ ସବୁ ମିଳିଲା। ବେଳେ ବେଳେ ବହୁ ଶ୍ରମ ପରେ ବି ଦେଖାଯାଏ ସେଠି କିଛି ନାହିଁ, ସେଥିପାଇଁ ଫେରିଆସିବାକୁ ହୁଏ। ତଥାପି ସନ୍ଧାନ ଚାଲିଥାଏ। ସେମାନେ କେମିତି ମାସ ମାସ ଧରି ଶିବିର ପକାଇ ରହନ୍ତି, ତା'ର ରୋମାଞ୍ଚକର ବିବରଣୀ ସେ ଦିଏ। ତା

କଥା ଶୁଣିବା ବେଳେ ମୋର ଭାରି ଇଚ୍ଛା ହୁଏ ଏମିତି ଅନିଶ୍ଚିତତା ପଛରେ ଧାଇଁଥିବା ଲୋକଙ୍କୁ ଭେଟିବା ଓ ତାଙ୍କଠାରୁ ସେ ବିଷୟରେ କିଛି ଅଭିଜ୍ଞତାର ବିବରଣୀ ଶୁଣିବା।

ପ୍ରାୟ ମାସେ ଖଣ୍ଡେ ପରେ ରବିର ଫୋନ୍ ଆସିଲା। ସେପଟରୁ ସେ ପଚାରିଲା, "ଅପା, ମୁଁ କେଉଁଠାରୁ କହୁଛି କହିପାରିବୁ?"

ମୁଁ ଥତମତ ହେଉଥିବାର ଜାଣି ସେ ବଡ଼ ଉଚ୍ଛ୍ୱସିତ ହୋଇ କହିଲା, "ଏଇ ଓଡ଼ିଶାରୁ, ଆମ ଗାଁ ପାଖରୁ କହୁଛି।"

"ଗାଁ ପାଖରେ କ'ଣ କରୁଛୁ? ଏଠାକୁ ନ ଆସି, ମତେ ଦେଖା ନକରି ଗାଁକୁ କାହିଁକି ଯାଇଛୁ?" ମୁଁ ତାକୁ ଆଶ୍ଚର୍ଯ୍ୟ ହୋଇ ପଚାରିଲି। କାରଣ ବାପାମା' କୋଉକାଳୁ ଚାଲିଗଲେଣି। ଗାଁ ଘରେ ଖାଲି ଦାଦା, ଖୁଡୀ ରହୁଛନ୍ତି। ତାଙ୍କ ପିଲାମାନେ ବି ବାହାରେ। ଇଏ ସେଠିକୁ ହଠାତ୍ କାହିଁକି ଯାଇଛି ମୁଁ ଅନୁମାନ କରିପାରୁନଥିଲି।

ମତେ ବେଶି ସମୟ ଆଉ କିଛି ଭାବିବାକୁ ନଦେଇ ରବି ସେ ପାଖରୁ କହିଲା, "ଶୁଣ ଅପା, ତତେ ଏଇ କେତେଦିନ ତଳେ କହିଥିଲି ନା ଆମର ପ୍ରତ୍ନତତ୍ତ୍ୱ ବିଭାଗର ଗୋଟିଏ ଟିମ୍ ଓଡ଼ିଶା ଯାଉଛି ବୋଲି। ସେହି ଟିମ୍ ଏବେ ଆଠ ଦଶ ଦିନ ହେଲାଣି ଆସି ଆମ ଗାଁ କନକପୁର ପାଖ ଖଣ୍ଡାନାକ ପାହାଡ଼ ତଳେ ଶିବିର ପକେଇଛି। ଯେଉଁ ସବୁ ମାଟି କୁଦ ଉପରେ ପିଲାଦିନେ ଆମେ ଦି'ପହରେ ଲୁଚି ଘରୁ ପଳାଇ ଆସି ଖେଳୁଥିଲେ ଠିକ୍ ସେହି ଜାଗାରେ ଖନନ କାମ ଆରମ୍ଭ କରିଦେଇଛୁ।"

ତାକୁ ଆଉ କହିବାକୁ ନଦେଇ ମୁଁ କହିଲି "ମୁଁ କେବେ ଯିବି କହ-ଦେଖିବି ତୁମେ ସେଠି କ'ଣ କରୁଛ।"

"ହଉ ତୁ ଆସିବୁ ଯେ, ଆଗ ଆମ କାମ କିଛି ବାଟ ଆଗଉ। ମୁଁ ତତେ ଖବର ଦେବି।" ରବି କହିଲା।

ଏ ଭିତରେ ମାସେ ଖଣ୍ଡେ ବିତି ଯାଇଥିଲା। ରବିର ଖବର ଦେବାଯାଏ ମୁଁ ଆଉ ଅପେକ୍ଷା କରିପାରିଲିନି। ମୁଁ ଦିନେ ଏକା ଗାଁରେ ପହଞ୍ଚିଗଲି। ଭାବିଲି ଦାଦା ଖୁଡୀଙ୍କ ପାଖରେ ଦିନେ ଦୁଇଦିନ ରହି ଏଠି ପ୍ରତ୍ନତତ୍ତ୍ୱବାଲା କ'ଣ ସବୁ କରୁଛନ୍ତି ଦେଖିଯିବି।

ଗାଁରେ ପହଞ୍ଚି ଘରେ କିଛି ସମୟ ରହି ମୁଁ ଖଣ୍ଡାନାକ ଆଡ଼େ ବାହାରୁଥିବାର ଦେଖି ଖୁଡୀ କହିଲେ, "ଝିଅ, ରବିଙ୍କୁ ଆଗରୁ ଖବର ଦେଇଥିଲେ ସେ ଆସି ତୁମକୁ ସେଠାକୁ ନେଇଯାଇଥାନ୍ତେ।"

ମୁଁ ହସି ହସି କହିଲି, "ଖୁଡୀ, ସେ କ'ଣ ମତେ ନେବ- ମୁଁ ପରା ତାକୁ ପିଲାଦିନେ ସେସବୁ ଜାଗାରେ କେତେ ବୁଲାଇଛି। ମୁଁ ସେଠି ପହଞ୍ଚି ତାକୁ ଆଶ୍ଚର୍ଯ୍ୟ କରିଦେବି।"

ମୁଁ ସେ ଜାଗାରେ ପହଞ୍ଚି ଦୂରରୁ ଦେଖିଲି ଛୋଟ ଛୋଟ ତମ୍ବୁ କେତେଟା ଭିଡ଼ା ହୋଇଛି। ସେ କୁଦକୁ ମିଶାଇ ଏକ ବିରାଟ ଅଞ୍ଚଳକୁ ସେମାନେ ତାରବାଡ଼ ଦେଇ ଘେରେଇଛନ୍ତି। କିଛି ଲୋକ ତା ଭିତରେ ଏପଟ ସେପଟ ହେଉଛନ୍ତି। ସେଠି ମତେ ପହଞ୍ଚିବା ଦେଖି ରବି ପ୍ରଥମେ ଟିକେ ଆଶ୍ଚର୍ଯ୍ୟ ହେଲେ ବି ବହୁତ ଖୁସି ହୋଇଗଲା। ତାର ଉପରିସ୍ଥ ପ୍ରସାଦ ଗୁପ୍ତାଙ୍କ ସହ ମୋର ପରିଚୟ କରେଇଦେବାକୁ ଯାଇ କହିଲା, "ସାର୍, ଇଏ ମୋର ବଡ଼ଭଉଣୀ ଡକ୍ଟର ଅନୀତା ରାୟ। କଟକରେ ଗୋଟେ ସରକାରୀ କଲେଜରେ ଓଡ଼ିଶା ସାହିତ୍ୟରେ ଅଧ୍ୟାପିକା ଅଛି। ଗଳ୍ପ ପ୍ରବନ୍ଧ କ'ଣ ସବୁ ଲେଖେ। ତା'ର ଏ ପ୍ରତ୍ନତତ୍ତ୍ୱ ବ୍ୟାପାରରେ ବହୁତ ଆଗ୍ରହ।"

ଗୁପ୍ତାଜୀ ଖୁବ୍ ଖୁସି ହେଲେ। ତାଙ୍କ ନିର୍ଦ୍ଦେଶରେ ତମ୍ବୁ ଭିତରୁ ବାହାରି ଆସିଲା ଫୋଲ୍‌ଡିଙ୍ଗ ଟେବୁଲ ଓ ଚେୟାର। ସେ ଚା' କରିବା ପାଇଁ ତାଙ୍କ ପିଅନକୁ କହିବାରୁ ମୁଁ ବ୍ୟସ୍ତ ହୋଇ କହିଲି, "ଆପଣମାନେ କେତେ ଅସୁବିଧାରେ ଅଛନ୍ତି ସେଥିରେ ପୁଣି ଅତିଥି ଚର୍ଚ୍ଚା !"

ଗୁପ୍ତାଜୀ ହସି ହସି କହିଲେ, "ଅନୀତା ମ୍ୟାଡାମ ବସନ୍ତୁନା। ଏଇତ ଆମର ସବୁ କାଳର ଜୀବନ। ଏଠି ତ ଗାଁ ପାଖରେ ଅଛି। ସହର ବି ବେଶି ଦୂର ନୁହେଁ। ଜେନେରେଟର ବ୍ୟବସ୍ଥା ବି କରିଛୁ। ରାତିରେ ବିଜୁଳିବତୀ ବି ମିଳୁଛି। ତେଣୁ ଆମେ ଏଠି ବହୁତ ଭଲରେ ଅଛୁ। ଏହାପୂର୍ବରୁ ଯେଉଁଠି ଖନନ କାର୍ଯ୍ୟ ହେଉଥିଲା ସେଠି ତ ଜନବସତିର ଚିହ୍ନ ବର୍ଣ୍ଣ ବି ନଥିଲା।"

ମୁଁ ପଚାରିଲି, "ଗୁପ୍ତାଜୀ, ଏଠାକୁ ଆସିବା ତ ଆପଣଙ୍କର ପ୍ରାୟ ଦୁଇ ମାସ ହୋଇଗଲାଣି- କ'ଣ କିଛି ବାହାରିଲାଣି ?"

"ହଁ ମ୍ୟାଡାମ, ବେଶି ନ ହେଲେ ବି କିଛି କିଛି ନମୁନା ପାଇଲୁଣି। ସେସବୁ ଭୌମକର ରାଜବଂଶକାଳୀନ ଜିନିଷ ବୋଲି ମନେହେଉଛି। ଆପଣ ଚା' ପିଇ ସାରନ୍ତୁ ଯାହା ସବୁ ବାହରିଛି ଆମେ ଗୋଟିଏ ତମ୍ବୁ ଭିତରେ ସଜାଇ ରଖିଛୁ। ରବି ସେସବୁ ଆପଣଙ୍କୁ ଦେଖାଇଦେବେ।"

'ଚା' ପ୍ରସ୍ତୁତ ସରିଥାଏ। ପ୍ରସାଦ ଗୁପ୍ତା ଜଣେ ମଧ୍ୟବୟସ୍କ ବ୍ୟକ୍ତି। ଖୁବ୍ ମିଷ୍ଟଭାଷୀ। ଏତେ ଦିନ ପରେ ବାହାର ଜଗତରୁ ଜଣେ ଆଗ୍ରହୀ ବ୍ୟକ୍ତି ସେ ପୁଣି ଜଣେ ମହିଳା ଆସିଥିବାର ତାଙ୍କର ଗପିବାକୁ ବହୁତ ଇଚ୍ଛା ଥାଏ। ମୁଁ ବି ଖୁବ୍ ଆଗ୍ରହରେ ଶୁଣୁଥାଏ ତାଙ୍କ କଥା। ଯଦିବା ଏ ପ୍ରକାର ଖନନ ପ୍ରକ୍ରିୟା, ମିଳୁଥିବା ଜିନିଷର ସଂରକ୍ଷଣ ବ୍ୟବସ୍ଥା କଥା ମୁଁ ରବିଠାରୁ ଜାଣିଥିଲି ତଥାପି ଗୁପ୍ତାଜୀଙ୍କର କଥା କହିବାର ଢ଼ଙ୍ଗ ଖୁବ୍ ଚିତ୍ତାକର୍ଷକ ଥିବାରୁ ମୁଁ ମନ ଦେଇ ସେସବୁ ଶୁଣୁଥିଲି।

ମୁଁ ଚା' ପିଉ ପିଉ କହିଲି, "ଗୁପ୍ତାଜୀ, ମୋର ବହୁତ କୌତୁହଳ ହୁଏ, ଏତେ ପ୍ରାଚୀନ ଜିନିଷ ଖୋଳି ବାହାର କରିବା ପାଇଁ କେତେ ବଣ ଜଙ୍ଗଲରେ ଆପଣମାନେ ବୁଲିଛନ୍ତି... ସେପରି କିଛି ରୋମାଞ୍ଚକର ଅଭିଜ୍ଞତା ଆପଣଙ୍କର ଅଛି କି?"

"ମାନେ" ? ଗୁପ୍ତାଜୀ ପ୍ରତିପ୍ରଶ୍ନ କଲେ।

"ମାନେ ଧରନ୍ତୁ, କୌଣସି ମୂର୍ତ୍ତି କି ଭଙ୍ଗା ମନ୍ଦିରକୁ ନେଇ ଆପଣଙ୍କର ପ୍ରତ୍ନତତ୍ତ୍ୱ ବାହାରେ କିଛି ଭିନ୍ନ ଅଭିଜ୍ଞତା ଅଛି କି?" -ମୁଁ ଖୁବ୍ ଆଗ୍ରହରେ ପଚାରିଲି।

ସେ ଉତ୍ତର ଦେବା ପୂର୍ବରୁ ରବି କହିଲା, "ସାର୍, ମୋ ଅପା ଜଣେ ସାହିତ୍ୟବାଲା ତ, ସେ ସବୁବେଳେ କିଛି ଅଭିଜ୍ଞତା ଖୋଜୁଥାଏ। ସେ ବୋଧେ ଭାବୁଛି ଆମେମାନେ କେଉଁ ନିର୍ଜନ ଅଞ୍ଚଳରେ, ପାହାଡ ତଳେ କି ଅରଣ୍ୟ ଭିତରେ ମାସ ମାସ ଧରି ରହିଥାଉ ତ, ଆମର ନିଶ୍ଚୟ କିଛି ଅତିଭୌତିକ ଅଭିଜ୍ଞତା ଥିବ। ମତେ ବି ପଚାରିଛି ଆଗରୁ। ମୁଁ କହେ ସେଥିରେ କିଛି ଅତିଭୌତିକ କଥା ନାହିଁ- ସବୁ ପୂରା ଭୌତିକ କଥା। ତୁମ ସାହିତ୍ୟର କଳ୍ପନା ଏଠି ଖାଟେନି। ଇଏ ସବୁ ସମ୍ପୂର୍ଣ୍ଣ ବାସ୍ତବତା ଉପରେ ଆଧାରିତ। ପ୍ରତ୍ନତତ୍ତ୍ୱ ହେଲା..."

ଗୁପ୍ତାଜୀ ତାକୁ ନୀରବ ରହିବାକୁ ଇଙ୍ଗିତ କଲେ ଓ କିଛି ସମୟ ଚୁପ୍ ହୋଇ ବସି ଚା' ପିଇଲେ। ମୁଁ ମଧ୍ୟ ଚୁପ୍‌ଚାପ ଚା' ପିଉଥାଏ। ରବି ମତେ ଅନେଇ ଇଙ୍ଗିତ କରୁଥାଏ ଯେ ଏଥର ତୁ ଏଠୁ ଯା। ମୁଁ ତାକୁ ଆଦୌ ଗୁରୁତ୍ୱ ନଦେଇ ବସିଥାଏ।

ଗୁପ୍ତାଜୀ ମତେ ଉଦ୍ଦେଶ୍ୟ କରି କହିଲେ, "ମ୍ୟାଡାମ, ଅପାଣଙ୍କର ଆଗ୍ରହ ଦେଖି ମୋର ଗୋଟେ କଥା କହିବାକୁ ଇଚ୍ଛା ହେଉଛି। ନହେଲେ ଅନ୍ୟ କେହି ଶୁଣିଲେ ହୁଏତ ଭାବିବ ମୁଁ କିଛି ନିଶା ଭୋଳରେ ଗପୁଛି ବା କେବେ କେଉଁଠି ଶୁଣିଥିବା କଥାରେ କିଛି ମିଶା ମିଶି କରି ଏକ ଅଦ୍ଭୁତ କାହାଣୀ କହୁଛି।"

ମୁଁ ଏଥର ସଜାଡ଼ି ହୋଇ ବସିଲି ତାଙ୍କ କଥା ଶୁଣିବା ପାଇଁ। ଏଥର ସେ ତାଙ୍କର କଥା ଆରମ୍ଭ କଲେ। ଗୁପ୍ତାଜୀ କହିଲେ, "ମ୍ୟାଡାମ, ପ୍ରାୟ ତିରିଶ ବର୍ଷ ତଳେ ଗୁଜରାଟର ଗିରନାର ପାହାଡ଼ ନିକଟବର୍ତ୍ତୀ ଏକ ଘଞ୍ଚ ଜଙ୍ଗଲରେ କିଛି ପ୍ରତ୍ନତାତ୍ତ୍ୱିକ ଅବଶେଷ ମିଳିବାର ସମ୍ଭାବନା ଥିବା ଜାଣି ସେଠି ଆମର ଶିବିର ପକାଇଥାଉ। ଆମେ ସେଠି ପ୍ରାୟ ପନ୍ଦର ଜଣ ପ୍ରତ୍ନତତ୍ତ୍ୱ ବିଭାଗର ଲୋକ ରହୁଥାଉ। ମାଟି ଖୋଳା ପାଇଁ କିଛି ଶ୍ରମିକଙ୍କୁ ମଧ୍ୟ ଆମେ ସାଙ୍ଗରେ ନେଇଥାଉ। ସେମାନେ ବି ଖୋଳା ସରିବା ପର୍ଯ୍ୟନ୍ତ ରହିବାକୁ ପ୍ରସ୍ତୁତ ହୋଇ ଆସିଥାନ୍ତି। ସହରଠାରୁ ବହୁତ ଦୂର ଜାଗା, ପୂରା ନିର୍ଜନ ପରିବେଶ।

ଦିନେ ସକାଳେ ଗୁଜରାଟର ବରୋଦା ୟୁନିଭରସିଟିର ମନସ୍ତତ୍ତ୍ୱ ବିଭାଗର ଛଅ ଜଣ ଛାତ୍ର, ଚାରିଜଣ ଛାତ୍ରୀ ଓ ଦୁଇଜଣ ଅଧ୍ୟାପକ ଆସି ପହଞ୍ଚିଲେ। ସେମାନେ ସେଠାରେ

ଖନନ କାର୍ଯ୍ୟ ଚାଲିଛି ବୋଲି ଜାଣିକରି ଆସିଥିଲି ଓ ସେ ଜାଗାରେ ବୁଲାବୁଲି କରି ସେହିଦିନ ଫେରିଯିବା ପାଇଁ ସ୍ଥିର କରିଥିଲେ। କିନ୍ତୁ ସେ ଜାଗା ତାଙ୍କୁ ବହୁତ ଭଲ ଲାଗିବାରୁ ଆଉ ଦୁଇ ତିନି ଦିନ ସେଠାରେ ରହିବାକୁ ଚାହିଁଲେ। ଆମେ ବି ଭାରି ଖୁସିହେଲୁ। ଏତେ ଦିନ ପରେ କିଛି ଆଗ୍ରହୀ ମଣିଷ ଆସିଛନ୍ତି। ଆମେ ତାଙ୍କର ରହିବା ବ୍ୟବସ୍ଥା କରିଦେଲୁ। ଗୋଟିଏ ତମ୍ବୁରେ ଝିଅ ଚାରିଜଣ ରହିଲେ ଓ ଅନ୍ୟମାନେ ବାଣ୍ଟି ହୋଇ ବିଭିନ୍ନ ତମ୍ବୁରେ ଆମ ସହିତ ମିଶି ରହିଲେ।

ସେମାନେ ଦିନ ବେଳେ ସେ ଘଞ୍ଚ ଜଙ୍ଗଲ ଭିତରେ ବୁଲାବୁଲି କରି ସନ୍ଧ୍ୟାରେ ଫେରିଆସନ୍ତି। ତୃତୀୟ ଦିନ ସେମାନେ ଫେରିବା ବେଳକୁ ସଂଜ ଆହୁରି ବାକିଥାଏ। କିନ୍ତୁ ସେମାନେ ସେଦିନ ଖୁବ୍ ବ୍ୟସ୍ତ ହୋଇ ଫେରୁଥିଲେ। କାରଣ ତାଙ୍କ ଦଳର ଝିଅମାନଙ୍କ ଭିତରୁ ଜଣେ ହଠାତ୍ ଅସୁସ୍ଥ ହୋଇପଡ଼ିଥିଲା। ତା'ର ଅସୁସ୍ଥତାର ଲକ୍ଷଣ ହେଲା ପ୍ରଳାପ। ସିଏ ଇଆଡୁ ସିଆଡୁ କିଛି ଗପୁଥିଲା।

ଆମେ ବି ଆଶ୍ଚର୍ଯ୍ୟ ହେଲୁ। ସମ୍ପୂର୍ଣ୍ଣ ସୁସ୍ଥ ଥିବା ଝିଅଟା ହଠାତ୍ ଜ୍ୱର ନଥାଇ ବି ଏମିତି କାହିଁକି ପ୍ରଳାପ କରୁଛି ! ସେମାନେ ଯାହା କହିଲେ, ସେଇଥିରୁ ଜଣାଗଲା ଯେ ସେମାନେ ଦିନବେଳେ ଜଙ୍ଗଲ ଭିତରେ ବୁଲିବାବେଳେ ବେଶ୍ କିଛି ଭଙ୍ଗାରୁଜା ଜିନିଷ ପଡ଼ିଥିବା ଜାଗାରେ ପହଞ୍ଚିଥିଲେ। ସେ ଜାଗାକୁ ଦେଖିଲେ ମନେହେଉଥିଲା କୋଉ ଯୁଗରୁ ସେଠି ଥିବା କେଉଁ ଏକ ବିରାଟ ଅଟ୍ଟାଳିକା ମାଟିରେ ମିଶିଯାଇଛି। କିନ୍ତୁ ଗୋଟିଏ ଜିନିଷ ତାଙ୍କୁ ଆଶ୍ଚର୍ଯ୍ୟ କଲା ଯେ ସେଠାରୁ ଦୂରଛଡ଼ା ହୋଇ ଅତିସୁନ୍ଦର, କାରୁକାର୍ଯ୍ୟପୂର୍ଣ୍ଣ ଚମତ୍କାର ଦଣ୍ଡାୟମାନ ନାରୀ ମୂର୍ତ୍ତିଟିଏ ଗୋଟିଏ ଭଙ୍ଗା ମଣ୍ଡପ ଉପରେ ସମ୍ପୂର୍ଣ୍ଣ ଅକ୍ଷତ ଅବସ୍ଥାରେ ରହିଛି। ସେମାନେ ତା'ର କାରଣ କ'ଣ ହୋଇପାରେ ବୋଲି ଆଲୋଚନା କରୁ କରୁ ହଠାତ୍ ଏ ଝିଅଟି ଅସୁସ୍ଥ ହୋଇ ପଡ଼ିବାରୁ ସେମାନେ ବାଧ୍ୟହୋଇ ଫେରି ଆସିଲେ।

ଆମେ ବୁଝିପାରିଲୁ ସେ କେଉଁ ଅଞ୍ଚଳ କଥା କହୁଛନ୍ତି। କିନ୍ତୁ ଏଠି ଆମର ନିର୍ଦ୍ଦିଷ୍ଟ ସମୟ ଭିତରେ ଖନନ କାର୍ଯ୍ୟ ସାରିବାକୁ ଥିବାରୁ ଆମେ କେହି ସିଆଡ଼େ ଯାଇନଥିଲୁ। କିନ୍ତୁ ସେ ସ୍ଥାନର ପର୍ଯ୍ୟବେକ୍ଷଣ କରିବା ଆମର ପରବର୍ତ୍ତୀ ପର୍ଯ୍ୟାୟ କାର୍ଯ୍ୟକ୍ରମରେ ଥିଲା।

ତେବେ ବେଳକୁ ବେଳ ସେ ଝିଅ ଅଧିକ ପ୍ରଳାପ କରିବାକୁ ଲାଗିଲା। ତା'ର ଦୁଇଜଣ ଅଧ୍ୟାପକ ଗୋଟିଏ ଶିବିର ଭିତରକୁ ତାକୁ ନେଇଗଲେ। ଅନ୍ୟ ତିନିଜଣ ଛାତ୍ରୀ ମଧ୍ୟ ସେଇଠି ରହିଲେ। ଆମେ ସବୁ ଉତ୍କଣ୍ଠିତ ହୋଇ ବାହାରେ ଅପେକ୍ଷା କରିଥାଉ। ଛାତ୍ରମାନଙ୍କ ଭିତରେ କଥାବାର୍ତ୍ତା ହେଉଥିଲା ଯେ ତାଙ୍କ ସହିତ ଆସିଥିବା ପ୍ରଫେସର

ଦୁବେ ଜଣେ ପ୍ରସିଦ୍ଧ ପାରାସାଇକୋଲୋଜିଷ୍ଟ । ସେ ନିଶ୍ଚୟ ସେ ଝିଅକୁ ସମ୍ମୋହିତ କରି କିଛି ଜାଣିବାକୁ ଚେଷ୍ଟା କରୁଛନ୍ତି । ଛୋଟ ତମ୍ବୁ ଭିତରେ ବେଶି ଲୋକ ରହିଲେ ଅଣନିଃଶ୍ୱାସୀ ଲାଗିବ ବୋଲି ସେଇ ଛ' ଜଣଙ୍କ ଛଡ଼ା ଅନ୍ୟ ସମସ୍ତେ ବାହାରେ ଠିଆହୋଇ କାନେଇଥିଲୁ ।

ସେମାନଙ୍କ କଥା କିଛି ବୁଝାପଡୁନଥିଲା । କିନ୍ତୁ ଝିଅ କଣ୍ଠର ଏକ ଅସ୍ୱାଭାବିକ ସ୍ୱର ବାହାରକୁ ଶୁଣାଯାଉଥିଲା । ବେଶ୍ କିଛି ସମୟ ପରେ ସବୁ ନୀରବ ହୋଇଗଲା । ସମସ୍ତେ ବାହାରକୁ ଆସିଲେ । ସେ ଝିଅ ମଧ୍ୟ ପୂର୍ବଭଳି ସ୍ୱାଭାବିକ ହୋଇଯାଇଥିଲା । ସେ କ'ଣ କହିଲା ଜାଣିବାକୁ ମୋର ପ୍ରବଳ ଆଗ୍ରହ ହେଉଥାଏ; କିନ୍ତୁ ପ୍ରଫେସର ଦୁଇଜଣ ଓ ଅନ୍ୟ ତିନିଜଣ ଯାକ ଛାତ୍ରୀ ବିମୂଢ଼ ଦିଶୁଥାନ୍ତି । ଆମର ମନେହେଉଥିଲା କିଛି ବିସ୍ମୟଜନକ ଘଟଣା ନିଶ୍ଚୟ ଘଟିଛି । କିନ୍ତୁ ସେ ସମ୍ପର୍କରେ ସେମାନେ ନୀରବ ରହିବାରୁ ତାଙ୍କୁ ବାଧ୍ୟକରିବା ଉଚିତ ମନେକଲୁ ନାହିଁ ।

ପରଦିନ ସେମାନେ ସମସ୍ତେ ଫେରିଗଲେ । ଯିବା ପୂର୍ବରୁ ଏତେ ଅଳ୍ପ ସମୟ ଭିତରେ ମୋର ଖୁବ୍ ଘନିଷ୍ଠ ହୋଇଯାଇଥିବା ପ୍ରଫେସର ଦୁବେ କହିଲେ "ଗୁପ୍ତାଜୀ କିଛି ମନେକରିବେନି ମୁଁ ନୀରବ ରହୁଛି ବୋଲି । ପରେ ଆପଣଙ୍କୁ ଯୋଗାଯୋଗ କରିବି ।" ସେମାନେ ବିଦାୟ ନେଇଗଲେ ।

ମୋ କୌତୂହଳ ମୋ ଭିତରେ ରହିଲା । ମୁଁ ବି ଦିନ କେତେ ପରେ ସେ ଘଟଣା ଭୁଲିଗଲି । ହଠାତ୍ ଦିନେ ବଡ଼ ଖାମ୍‌ଟିଏ ଆସି ମୋ ଠିକଣାରେ ପହଞ୍ଚିଲା । ମୁଁ ପ୍ରେରକ ସ୍ଥାନରେ ପ୍ରଫେସର ଦୁବେଙ୍କ ନାମ ଦେଖି ଚମକି ପଡ଼ିଲି । ମୋର ସେଦିନର ଘଟଣା ମନେ ପଡ଼ିଗଲା । ମୁଁ ବ୍ୟଗ୍ର ଭାବରେ ସେ ମୋଟା ଲଫାପାଟି ଖୋଲିଲି । ପ୍ରଥମେ ଛୋଟ ଚିଠିଟିଏ ମତେ ସଂବୋଧନ କରି ଲେଖାଯାଇଥିଲା, "ଗୁପ୍ତାଜୀ, ଆପଣଙ୍କର ଆତିଥ୍ୟ ପାଇଁ ଆମ ସମସ୍ତଙ୍କ ପକ୍ଷରୁ ଧନ୍ୟବାଦ ଜଣାଉଛି । ସେଦିନ ଯେଉଁ ଅଦ୍ଭୁତ ଘଟଣା ଘଟିଲା ମୁଁ ପୂରା ନିର୍ବାକ୍ ହୋଇଯାଇଥିଲି । କଥାଟା ଠିକ୍‌ରେ ନିଜେ ନବୁଝି କିଛି କହିବାକୁ ଚାହିଁ ନଥିଲି । ସେଦିନ ଆମର ସେ ଛାତ୍ରୀ ପ୍ରିୟଦର୍ଶିନୀ ସମ୍ମୋହିତ ଅବସ୍ଥାରେ ଯେଉଁ ଘଟଣାମାନ ପ୍ରକାଶ କଲା ଆମେ ତାକୁ ଟେପ୍‌ରେ ରେକର୍ଡ କରିଦେଇଥିଲୁ । ସେ ଟେପ୍‌ର କଥାକୁ ଭଲରେ ବାରମ୍ବାର ଶୁଣି ଲେଖିବା ପାଇଁ ମୁଁ ଜଣେ ଖୁବ୍ ପ୍ରବୀଣା ଛାତ୍ରୀକୁ ଦାୟିତ୍ୱ ଦେଇଥିଲି ।

ସେ ତାକୁ ଶୁଣି କଥାଟିକୁ ଯେପରି ସଜେଇ ଲେଖିଲା ତାହା ହୋଇଗଲା ଗୋଟେ ଚିତ୍ତାକର୍ଷକ କାହାଣୀ । ଆପଣଙ୍କୁ ଜଣାଇବି ବୋଲି କହିଥିଲି ତ ସେ ଲେଖାର କପିଟିଏ ପଠାଉଛି । ଆପଣ ସତ ଭାବିପାରନ୍ତି ବା କାହାଣୀ ବୋଲି ଭାବିପାରନ୍ତି ।

ଗୁପ୍ତାଜୀ ନୀରବ ହୋଇଗଲେ। ମୁଁ କଥା ମଝିରେ ପଚାରିଲି, "ଗୁପ୍ତାଜୀ ସେ ଲେଖା ଆପଣଙ୍କ ପାଖରେ ଏବେ ଅଛିକି ?"

ସେ ମୁଣ୍ଡହଲାଇ ହଁ କଲେ ଓ କହିଲେ, "ସେ ଲେଖାଟି ହିନ୍ଦୀ ଭାଷାରେ ଲେଖାଯାଇଛି। ଆପଣଙ୍କର ପଢ଼ିବାରେ ଅସୁବିଧା ହୋଇପାରେ।" ମୁଁ କିଛି କହିବା ପୂର୍ବରୁ ମୋ ଭାଇ ରବି କହିଲା, "ସାର୍, ସିଏ ହିନ୍ଦୀରେ ରତ୍ନ ପାଶ୍ କରିଛି।"

ଗୁପ୍ତାଜୀ ମତେ କହିଲେ, "ମ୍ୟାଡ଼ାମ, ଆପଣଙ୍କୁ ମୁଁ ଲେଖାଟି ଦେବି ଓ ତା ସହିତ ଆଉ ଗୋଟିଏ ଲଫାପାରେ ଥିବା ଛୋଟ ଲେଖାଟିଏ ମଧ୍ୟ ଦେବି। କିନ୍ତୁ ଆପଣ ଶପଥ କରନ୍ତୁ ପ୍ରଥମେ ସେ ପ୍ରଫେସର ଦୁବେ ପଠାଇଥିବା ଲେଖାଟି ପଢ଼ିବେ ଓ ତା'ପରେ ଏଇ ଲଫାପାଟି ଖୋଲିବେ ତା'ପରେ ଆମେ କଥା ହେବା।"

ମୁଁ ଦୁଇଟିଯାକ ଲେଖା ଧରି ବଡ଼ ଉଦ୍‌ବିଗ୍ନ ମନରେ ଗାଁକୁ ଫେରିଲି। ରବି ମଧ୍ୟ ଗାଁ ଘରେ ରହିବାକୁ ଗୁପ୍ତାଜୀଙ୍କର ଅନୁମତି ନେଇ ମୋ ସହିତ ଆସିଲା।

ଘରେ ଆମ ଦି'ଜଣଙ୍କୁ ଚର୍ଚ୍ଚା କରିବା ପାଇଁ ଦାଦାଖୁଡ଼ୀ ଲାଗିଯାଇଥାନ୍ତି। ମୁଁ ସେମାନଙ୍କ ସହିତ କଥାବାର୍ତ୍ତା କରୁଥାଏ କିନ୍ତୁ ମନଥାଏ ଲେଖାରେ। ମୁଁ ବାରମ୍ବାର ଅନ୍ୟମନସ୍କ ହେଉଥିବାର ଦେଖି ଦାଦା କହିଲେ, "ଶୀଘ୍ର ଖାଇବା ପିଇବା ସାରିଦିଅ। ଅନୁ ଖୁବ୍ କ୍ଳାନ୍ତ ଜଣାପଡୁଛି, ବିଶ୍ରାମ ନେଉ।"

ମୁଁ ସେମାନଙ୍କ ନିକଟକୁ ଅବ୍ୟାହତି ନେଇ ଲେଖାଟି ପଢ଼ିବାକୁ ବସିଛି, ରବି ବି ଆସି ପହଞ୍ଚିଗଲା। ସେ ମଧ୍ୟ ସମାନ ଭାବରେ କଥାଟା କ'ଣ ଜାଣିବାକୁ ବ୍ୟଗ୍ର ହୋଇ ପଡ଼ିଥିଲା। ହିନ୍ଦୀ ଭାଷାରେ ଏକ ପ୍ରାଚୀନ କାହାଣୀ ଶୈଳୀରେ ତାହା ଲେଖାଯାଇଥିଲା। ରବି ଶୁଣି ପାରିବା ପରି ପାଟିରେ ମୁଁ ପଢ଼ିବାକୁ ଆରମ୍ଭକଲି –

ମାହେଶ୍ୱରୀ ନଗରୀରେ ଥିଲା ଏକ ଘଞ୍ଚ ଅରଣ୍ୟ। ରଙ୍ଗତୂଳୀରେ ଅଙ୍କା ଯାଇଥିବା ଚିତ୍ର ପରି ସୁନ୍ଦର ଥିଲା ଏହାର ପ୍ରାକୃତିକ ସୁଷମା। ସେଥିପାଇଁ ବୋଧେ କେହି କେବେ ଏ ଅରଣ୍ୟର ନାମକରଣ କରିଥିଲେ ଚିତ୍ରବନ। ଏହି ବନର କିଛି ଦୂରରେ ଥିଲା ସେ ମାହେଶ୍ୱରୀ ନଗରୀର ରାଜଧାନୀ। ସେ ସମୟରେ ରାଜ୍ୟର ରାଜା ଥିଲେ ଶିଳାଦିତ୍ୟ। ତାଙ୍କର ଥିଲା ଏକମାତ୍ର ସନ୍ତାନ ଅନିନ୍ଦ୍ୟସୁନ୍ଦରୀ କନ୍ୟା ଚନ୍ଦ୍ରକାନ୍ତା।

ରାଜାରାଣୀଙ୍କର ପ୍ରାଣତୁଲ୍ୟା କନ୍ୟା ସପ୍ତଦଶ ବର୍ଷରେ ପଦାର୍ପଣ କରିବାମାତ୍ରେ ତାଙ୍କର ବିବାହ ପାଇଁ ତତ୍ପରତା ପ୍ରକାଶ ପାଇଲା। କାରଣ ଶିଳାଦିତ୍ୟଙ୍କ ପିତା ରାଜା ବିଜୟାଦିତ୍ୟ ଚନ୍ଦ୍ରକାନ୍ତାଙ୍କର ଜନ୍ମ ପରେ ତାଙ୍କର ମିତ୍ରରାଜ୍ୟ ସୁରାଷ୍ଟ୍ରର ତତ୍‌କାଳୀନ ରାଜା ଅମରୀଶଙ୍କ ପୁତ୍ର ପୁଷ୍ପକେତୁଙ୍କ ସହ ଚନ୍ଦ୍ରକାନ୍ତାଙ୍କ ବିବାହ ସ୍ଥିରକରିଦେଇଥିଲେ।

ତେଣୁ ବିବାହ କର୍ମ ପାଇଁ ତିଥି ବାର ନକ୍ଷତ୍ର ଦେଖି ଯେଉଁ ଦିନଟି ସ୍ଥିରକରାଗଲା ତାହା ପ୍ରାୟ ଏକବର୍ଷ ପରେ ପଡ଼ିଲା।

ରାଜପରିବାରରେ ବିବାହ ବର୍ଷେ ପୂର୍ବରୁ ଆରମ୍ଭ ହୋଇଗଲା ଉତ୍ସବ ପାଳନର ପ୍ରସ୍ତୁତି। କିନ୍ତୁ ରାଜା ଶିଳାଦିତ୍ୟଙ୍କ ମନରେ କନ୍ୟାଠାରୁ ଦୂରେଇ ଯିବାର ଦୁଃଖ ଦିନକୁ ଦିନ ତୀବ୍ର ହେଉଥାଏ। ସେ ବାହାରେ ପ୍ରକାଶ ନ କରୁଥିଲେ ବି ତାଙ୍କର ଏକମାତ୍ର ଆଦରିଣୀ କନ୍ୟା ବିବାହ କରି ବହୁଦୂର ରାଜ୍ୟକୁ ଚାଲିଯିବା କଥାରେ ସେ ଚିନ୍ତିତ ରହୁଥାନ୍ତି। ଦିନେ ତାଙ୍କ ମନକୁ କଥାଟିଏ ଆସିଲା ଯେ ଚନ୍ଦ୍ରକାନ୍ତାର ଗୋଟିଏ ପୂର୍ଣ୍ଣାବୟବ ମୂର୍ତ୍ତି ନିର୍ମାଣ କରିରଖିବେ ଓ କନ୍ୟାର ଅନୁପସ୍ଥିତିରେ ତାକୁ ହିଁ ଦେଖି ନିଜକୁ ସାନ୍ତ୍ୱନା ଦେବେ।

ରାଜାଙ୍କର ଇଚ୍ଛାକୁ କାର୍ଯ୍ୟକାରୀ କରିବାର ବ୍ୟବସ୍ଥା ଯଥାଶୀଘ୍ର ଆରମ୍ଭ ହୋଇଗଲା। ରାଜ୍ୟର ବିଶିଷ୍ଟ ଭାସ୍କରଶିଳ୍ପୀମାନେ ନିମନ୍ତ୍ରିତ ହୋଇ ଆସିଲେ। ରାଜାଙ୍କର ସର୍ତ୍ତଥିଲା ଏକବର୍ଷ ପୂରିବା ପୂର୍ବରୁ ମୂର୍ତ୍ତି ନିର୍ମାଣ ସଂପୂର୍ଣ୍ଣ ହେବା ଆବଶ୍ୟକ ଏବଂ ମୂର୍ତ୍ତି ରାଜକନ୍ୟାଙ୍କର ଆକୃତି ଓ ସୌନ୍ଦର୍ଯ୍ୟର ଅନୁରୂପ ହେବ। ସେଥିରେ ସାମାନ୍ୟ ତାରତମ୍ୟ ରହିବ ନାହିଁ।

ନିର୍ଦ୍ଦିଷ୍ଟ ସମୟସୀମା ମଧ୍ୟରେ ସେପରି କରିପାରିବା ସମ୍ଭବ ହେବ କି ନାହିଁ ଜାଣିପାରିନଥିବା ଭାସ୍କରଶିଳ୍ପୀମାନେ ମୂର୍ତ୍ତି ନିର୍ମାଣର ଦାୟିତ୍ୱ ନେବାକୁ ପ୍ରସ୍ତୁତ ହେଲେ ନାହିଁ। ଏକା ନିଜର ସମ୍ମତି ଜଣାଇଲେ ତରୁଣ ଶିଳ୍ପୀ ମଧୁବ୍ରତ। କିନ୍ତୁ ତାଙ୍କର ସର୍ତ୍ତଥିଲା ରାଜଧାନୀଠାରୁ ବେଶ୍ ଦୂରରେ ନିର୍ଜନ ସ୍ଥାନରେ ତାଙ୍କର ଶିଳ୍ପଶାଳା ନିର୍ମାଣ ହେବ। ସେଠାରେ ସେ ତାଙ୍କର କର୍ମରେ ବ୍ୟାପୃତ ରହିବେ। ସେହି ସମୟରେ କେହି ଯେପରି କୌଣସି ବ୍ୟାଘାତ ସୃଷ୍ଟି ନ କରନ୍ତି ଏବଂ ସେ ଯେବେ ଚାହିଁବେ ରାଜକନ୍ୟାଙ୍କୁ ତାଙ୍କ ଶିଳ୍ପଶାଳାରେ ଉପସ୍ଥିତ ରହିବାକୁ ପଡ଼ିବ। ପ୍ରତିଥର ସେହି ଉପସ୍ଥିତି ସମୟରେ ରାଜକନ୍ୟାଙ୍କର ବସ୍ତ୍ରପରିଧାନର ଶୈଳୀ, କେଶବନ୍ଧନ ଓ ଅଳଙ୍କାର ସବୁ ସମାନ ରହିବ।

ରାଜା ଶିଳାଦିତ୍ୟ ଶିଳ୍ପୀଙ୍କର ପ୍ରସ୍ତାବରେ ସମ୍ମତ ହେଲେ। ରାଜାଙ୍କ ନିର୍ଦ୍ଦେଶରେ ରାଜଧାନୀର ଅନତି ଦୂରରେ ଚିତ୍ରବନରେ ପ୍ରଥମେ ନିର୍ମାଣ କରାଗଲା ମଧୁବ୍ରତଙ୍କର ଶିଳ୍ପଶାଳା। ତା'ପରେ ସଂଗୃହୀତ ହୋଇ ଆସିଲା ଉପଯୋଗୀ ପ୍ରସ୍ତରଖଣ୍ଡ, ଯେଉଁଥିରେ ଖୋଦିତ ହେବ ଚନ୍ଦ୍ରକାନ୍ତାଙ୍କର ଅନୁରୂପ ପ୍ରତିମୂର୍ତ୍ତି। ମଧୁବ୍ରତ ତାଙ୍କର ଶିଳ୍ପକର୍ମ ଆରମ୍ଭ କଲେ। ନିଜର ନିତ୍ୟକର୍ମ, ଅନିୟମିତ ଭୋଜନ ଓ ଶୟନ ବ୍ୟତୀତ ଅନ୍ୟ ସମସ୍ତ ସମୟ ତାଙ୍କର ନିହାଣ ମୁଗୁରକୁ ନେଇ ଅତିବାହିତ ହେଲା

ମୂର୍ତ୍ତି ନିର୍ମାଣ ସରିବା ପୂର୍ବରୁ ଅନ୍ୟ କାହାରିକୁ ଦେଖିବା ବାରଣ ଥିଲା। କିନ୍ତୁ ରାଜକନ୍ୟା ଚନ୍ଦ୍ରକାନ୍ତା ପ୍ରତିଥର ଶିଳ୍ପଶାଳାକୁ ଆସିବା ବେଳେ ଦେଖୁଥିଲେ କଠିନ ପ୍ରସ୍ତର

ଖଣ୍ଡ ଉପରେ କିପରି ପ୍ରଥମେ ଚିହ୍ନିତ ହୋଇଗଲା ତାଙ୍କର ସୁନ୍ଦର ଅବୟବର ସୂକ୍ଷ୍ମ ରେଖାବଳୀ; ତା'ପରେ କିପରି ସ୍ପଷ୍ଟ ହୋଇଉଠିଥିଲା ତାଙ୍କର ସୁଗଠିତ ନିତମ୍ବ, ଜାନୁ ଯୁଗଳ, କ୍ଷୀଣ କଟି ଓ ପଦ୍ମ କୋରକ ପରି ବକ୍ଷ ଯୁଗଳ। ଏକ ଆକର୍ଷଣୀୟ ଭଙ୍ଗୀରେ ବାହୁଯୁଗଳର ଖୋଦନ କାର୍ଯ୍ୟ ସରିଗଲା। ତା'ପରେ ଆହୁରି ସ୍ପଷ୍ଟ ହୋଇଉଠିଲା ଶିଳ୍ପୀଙ୍କର ନିହାଣ ମୁଗୁରର କାମ। ଶାଢ଼ିର କୁଞ୍ଚ, ତଳଧଡ଼ିର ହଂସାବଳୀ, ପତ୍ରପୁଷ୍ପ, ପାଦ, ହସ୍ତ ଓ କଣ୍ଠ ଦେଶର ଅଳଙ୍କାର ସବୁ ଯେମିତି ଧୀରେ ଧୀରେ ସ୍ପଷ୍ଟ ହୋଇଉଠିଲା। ମୂର୍ତ୍ତିର ସୁଗଠିତ ବକ୍ଷୋଜ ଉପରେ ହସ୍ତରଖି କାଞ୍ଚଲା ପିନ୍ଧିଥିବାର ଧାରଣା ସୃଷ୍ଟି କରିବା ଲାଗି ଶିଳ୍ପୀ ଖୁବ୍ ମନଯୋଗ ସହକାରେ ନିହାଣ ଚଳାଉଥିବା ବେଳେ ରାଜକନ୍ୟା ବାରମ୍ବାର ଲାଜରେ ଝାଉଁଳି ପଡୁଥିଲେ।

ରାଜକନ୍ୟାଙ୍କ ସହିତ ତାଙ୍କର ଛାୟା ପରି ପାଖେ ପାଖେ ରହୁଥିଲେ ତାଙ୍କର ପ୍ରିୟ ସହଚରୀ ନର୍ମଦା। ଦେହରକ୍ଷୀମାନେ ଶିଳ୍ପଶାଳାର ବାହାରେ ଅପେକ୍ଷା କରୁଥିଲେ। ବାହାରେ ଓ ଭିତରେ ରହୁଥିଲା ଅଖଣ୍ଡ ନୀରବତା। କେବଳ ନିହାଣମୁନର ଶବ୍ଦ ଯାହା ଶୁଣାଯାଉଥିଲା।

ରାଜକନ୍ୟାଙ୍କ ସହିତ ତାଙ୍କର ଛାୟା ପରି ପାଖେ ପାଖେ ରହୁଥିଲେ ତାଙ୍କର ପ୍ରିୟ ସହଚରୀ ନର୍ମଦା। ଦେହରକ୍ଷୀମାନେ ଶିଳ୍ପଶାଳାର ବାହାରେ ଅପେକ୍ଷା କରୁଥିଲେ। ବାହାରେ ଓ ଭିତରେ ରହୁଥିଲା ଅଖଣ୍ଡ ନୀରବତା। କେବଳ ନିହାଣମୁନର ଶବ୍ଦ ଯାହା ଶୁଣାଯାଉଥିଲା।

ମୂର୍ତ୍ତିର ମସ୍ତକରେ କେଶବିନ୍ୟାସର ଖୋଦନ କର୍ମ ସରିଗଲା। ଶିଳ୍ପୀ ନିବିଷ୍ଟ ହେଲେ ଚନ୍ଦ୍ରକାନ୍ତାଙ୍କର ମୁଖ ଉପରେ। ବାରବାର ଅବନତ ହୋଇ ଯାଇଥିବା ରାଜକନ୍ୟାଙ୍କର ମୁଖଶ୍ରୀକୁ ନର୍ମଦା ତୋଳି ଧରୁଥିଲେ ଶିଳ୍ପୀଙ୍କ ଦିଗରେ। ପ୍ରସ୍ତରଉପରେ ସତେକି ଆଙ୍କି ହୋଇଗଲା ଚନ୍ଦ୍ରଲେଖା ପରି କପାଳ, ତିଳପୁଷ୍ପ ସଦୃଶ ନାସା, ଦୀର୍ଘ ଆୟତ ଚକ୍ଷୁ ଯୁଗଳ, ସୁପୁଷ୍ଟ ଅଧର, ପରିପୂର୍ଣ୍ଣ କପୋଳ ଦେଶ ଓ ନିଟୋଳ ଚିବୁକ।

ମନେହେଲା ସତେ ଯେପରି ଚନ୍ଦ୍ରକାନ୍ତା ଏକାସାଙ୍ଗରେ ଦୁଇଟି ରୂପ ପରିଗ୍ରହ କରିଛନ୍ତି। ପାର୍ଥକ୍ୟ ଥିଲା ଏତିକି, ଗୋଟିଏ ରୂପରେ ଚଞ୍ଚଳତା, ଅନ୍ୟଟି ନିଶ୍ଚଳ ଏକ ବିଶେଷ ଭଙ୍ଗୀରେ।

ଦିନେ ଶିଳ୍ପୀ ଘୋଷଣାକଲେ ରାଜକନ୍ୟାଙ୍କ ପ୍ରତିମୂର୍ତ୍ତି କାର୍ଯ୍ୟ ଶେଷହୋଇଛି। ମହାରାଜା ଓ ତାଙ୍କର ଆଦେଶନୁସାରେ ଯେକେହି ମୂର୍ତ୍ତିଟି ଦର୍ଶନ କରିପାରିବେ।

ରାଜପ୍ରସାଦରେ ଖେଳିଗଲା ଏକ ଉତ୍ସବ ପାଳନର ଆନନ୍ଦ। ଶିଳ୍ପଶାଳା ସୁସଜ୍ଜିତ ହେଲା ନାନା ବର୍ଣ୍ଣର ପୁଷ୍ପ ସମ୍ଭାରରେ। ମଙ୍ଗଳବାଦ୍ୟର ଧ୍ୱନିରେ ଅରଣ୍ୟ

ଭୂମିର ସେହି ଶାନ୍ତ ପରିବେଶ ମୁଖରିତ ହୋଇଉଠିଲା । ରାଜା,ରାଣୀ ଓ ପାରିଷଦବର୍ଗ ମୂର୍ତ୍ତି ନିକଟରେ ପହଞ୍ଚି ସ୍ତବ୍ଧ ଚକିତ ହୋଇରହିଗଲେ । ପ୍ରସ୍ତରର କଠିନ ଗାତ୍ରରେ ଏପରି ସୂକ୍ଷ୍ମ କାରୁକାର୍ଯ୍ୟ କିପରି ସମ୍ଭବ ହେଲା ! କିପରି ସମ୍ଭବ ହେଲା ରାଜକନ୍ୟାଙ୍କର ଅବିକଳ ରୂପ !

ଆନନ୍ଦ କୋଳାହଳ ଭିତରେ ସମସ୍ତେ ଶିଳ୍ପୀଙ୍କର ପ୍ରଶଂସା ଗାନକରି ଚାଲିଥିବା ବେଳେ ରାଜକନ୍ୟାଙ୍କର ହୃଦୟ କେଉଁ ଏକ ଅଜଣା ଦୁଃଖରେ ଭାଙ୍ଗିପଡୁଥିଲା । ଆଖି ଦୁଇଟିରେ ଢାଙ୍କିଯାଇଥିଲା ଉଦାସ ମେଘର ଛାଇ । ନର୍ମଦା ହିଁ ଏକା ସଚେତନ ଥିଲା ରାଜକୁମାରୀଙ୍କ ମାନସିକ ଅବସ୍ଥା ବିଷୟରେ । କିନ୍ତୁ ମୁହଁ ଖୋଲି ରାଜକନ୍ୟାଙ୍କୁ ପଦଟିଏ କିଛି କହିବାର ସାହସ ତା'ର ନଥିଲା । ସେ ଜାଣିଥିଲା ଭାବନାଟିଏ ମନରେ ସଂଗୁପ୍ତ ଥିବା ଯାଏ ରକ୍ଷା, ତାହା ଯଦି କୌଣସି ଅବସ୍ଥାରେ ବାଚନିକ ହୋଇଯାଏ, ତେବେ ପ୍ରଳୟ ସୁନିଶ୍ଚିତ । ଚନ୍ଦ୍ରକାନ୍ତା ଓ ନର୍ମଦାଙ୍କ ଭିତରେ ଦୃଷ୍ଟି ବିନିମୟ ମାତ୍ରେ ଦୁହେଁ ଭିନ୍ନ ଦିଗରେ ଆଖି ଫେରାଇ ନେଉଥିଲେ ।

ରାଜକନ୍ୟାଙ୍କର ଶୁଭପରିଣୟ ଉପଲକ୍ଷେ ଏକମାସ ବ୍ୟାପୀ ରାଜ୍ୟରେ ଆନନ୍ଦ ଉତ୍ସବ ପାଳିତ ହେଲା । ରାଜକୋଷକୁ ଉନ୍ମୁକ୍ତ କରିଦିଆଗଲା ପ୍ରଜାମାନଙ୍କର ପାନ ଭୋଜନ ଓ ସବୁପ୍ରକାର ମନୋରଞ୍ଜନ ନିମନ୍ତେ । ସୁରାଷ୍ଟ୍ରର ଯୁବରାଜ ପୁଷ୍ପକେତୁଙ୍କର ଶୌର୍ଯ୍ୟବନ୍ତ ସୁଠାମ ଚେହେରା, ବୀରପୁରୁଷୋଚିତ ଆଚରଣରେ ମୁଗ୍ଧ ହେଲେ ମାହେଶ୍ୱରୀ ନଗରୀର ପ୍ରଜାକୁଳ । ସବୁରି ମୁହଁରେ ଗୋଟିଏ କଥା- ରାଜକନ୍ୟା ଓ ଯୁବରାଜ ଉଭୟେ ସତେ ଯେପରି ସ୍ୱର୍ଗଲୋକରୁ ମର୍ତ୍ତ୍ୟ ନିବାସକୁ ଆଗମନ କରିଛନ୍ତି ।

ଏତେ ଆନନ୍ଦ ଉତ୍ସବର କୌଣସି ପ୍ରଭାବ ଶିଳ୍ପୀ ମଧୁବ୍ରତଙ୍କ ଉପରେ ପଡ଼ିନଥିଲା । ରାଜନିମନ୍ତ୍ରଣ ସତ୍ତ୍ୱେ ସେ ଥରଟିଏ ପାଇଁ ବି ବିବାହକାଳୀନ କୌଣସି ସମାରୋହରେ ଯୋଗଦେବାକୁ ତାଙ୍କର ଶିଳ୍ପଶାଳା ଛାଡ଼ି ଆସିଲେ ନାହିଁ । ରାଜକନ୍ୟାଙ୍କର ପ୍ରତିମୂର୍ତ୍ତିକୁ ଆହୁରି ମସୃଣ ଓ ସୁନ୍ଦର କରିବାରେ ସେ ଏକାଗ୍ର ଥିଲେ ।

ବରବଧୂଙ୍କର ବିଦାୟ ବେଳାରେ ଚନ୍ଦ୍ରକାନ୍ତା ଅଶ୍ରୁପ୍ଳୁତ ଚକ୍ଷୁରେ ସଖୀ ନର୍ମଦାକୁ ଚାହିଁ ଧୀରେ ଅସ୍ପଷ୍ଟ କଣ୍ଠରେ କହିଲେ, "ନର୍ମଦା, ସେ ମୂର୍ତ୍ତି ସରିଯିବା ପରେ ସେ ଥରଟିଏ ପାଇଁ ବି ମତେ ଆଉ ସାକ୍ଷାତ କରିବାକୁ ଚାହିଁଲେନି । ମୁଁ ଯେଉଁ ରାଜ୍ୟକୁ ଯାଉଛି ସେଠାରୁ ପୁଣି କେବେ ଏଠାକୁ ଆସିବି କି ନାହିଁ ଜାଣେନି । ଏତେ ନିଷ୍ଠୁର ହେବା କ'ଣ ତାଙ୍କ ପକ୍ଷରେ ଉଚିତ ହେଲା ?"

ନର୍ମଦା କୌଣସି ଉତ୍ତର ଦେଲା ନାହିଁ । ତା' ନିଜ ଆଖିର ଲୁହ ଓ ଛାତିର କୋହକୁ ସମ୍ଭାଳିବାକୁ ସେ ଯତ୍‌ପରୋନାସ୍ତି ଚେଷ୍ଟା କରୁଥିଲା । ରାଜକନ୍ୟା ବଧୂ ବେଶରେ

ବିଦାୟ ନେଇଗଲେ । ବହୁ ପଛରେ ରହିଗଲା ମାହେଶ୍ୱରୀ ନଗରୀ, କନ୍ୟାପ୍ରାଣ ପିତାମାତା, ସଖୀସହଚରୀ, ଶିଳ୍ପଶାଳା ଓ ତା'ର ଶିଳ୍ପୀ ମଧୁବ୍ରତ ।

ରାଜା ଶିଳାଦିତ୍ୟ ମଧୁବ୍ରତଙ୍କ କଳାକାମରେ ଏତେ ପ୍ରସନ୍ନ ହୋଇଯାଇଥିଲେ ଯେ ତାଙ୍କୁ ଆଉ ନିଜ ରାଜ୍ୟରୁ ଛାଡ଼ିବାକୁ ଚାହିଁଲେ ନାହିଁ । କିନ୍ତୁ ସେଥିପାଇଁ ଶିଳ୍ପୀଙ୍କୁ ତ ଯଥେଷ୍ଟ କାମ ଦେବାକୁ ହେବ । ସେତ ଅଯଥାରେ ହାତବାନ୍ଧି ବସି ରହିପାରିବେ ନାହିଁ ।

ରାଜା ଶିଳାଦିତ୍ୟ ଶିଳ୍ପୀଙ୍କୁ ଏକ ପ୍ରସ୍ତାବ ଦେଇ କହିଲେ, "ମଧୁବ୍ରତ ଶୁଣ, ମୁଁ ଗୋଟାଏ କଥା ଚିନ୍ତା କରିଛି । ଚନ୍ଦ୍ରକାନ୍ତାର ଏହି ପ୍ରତିମୂର୍ତ୍ତିକୁ ମୁଁ ରାଜପ୍ରାସାଦକୁ ନେବିନାହିଁ । ଏହି କକ୍ଷରେ ଗୋଟିଏ ମଣ୍ଡପ ଉପରେ ମୂର୍ତ୍ତିର ସ୍ଥାପନା କରାଯିବ । ତୁମେ ତ ଆଉ ରାଜକନ୍ୟାଙ୍କୁ ଦେଖିବାର ସୁଯୋଗ ପାଇବ ନାହିଁ; ତେଣୁ ସେହି ମୂର୍ତ୍ତିକୁ ଦେଖି ତୁମେ ଚନ୍ଦ୍ରକାନ୍ତାର ବିଭିନ୍ନ ଭଙ୍ଗୀ ଓ ଅବସ୍ଥାର ରୂପ ପ୍ରସ୍ତର ଖଣ୍ଡରେ ଖୋଦନ କର । ତୁମକୁ ସବୁ ପ୍ରକାର ରାଜସହଯୋଗୀ ଦିଆଯିବ । ମୁଁ ମୋର ଆଦରିଣୀ କନ୍ୟାକୁ ବହୁ ରୂପରେ ଦେଖି ପରମ ଆନନ୍ଦ ଲାଭ କରିବି । ଆଉ ତୁମେ ତୁମର ଶିଳ୍ପନୈପୁଣ୍ୟ ପ୍ରକାଶ କରିବାର ସୁଯୋଗ ପାଇବ ।"

ମଧୁବ୍ରତ ରାଜାଙ୍କର ପ୍ରସ୍ତାବକୁ ଗ୍ରହଣକଲେ । ତା'ପରେ ଶିଳ୍ପଶାଳା ପୁଣି ନିହାଣ ମୁଗୁରର ଶବ୍ଦରେ ଧ୍ୱନିତ ହେବାକୁ ଲାଗିଲା । ଏକନିଷ୍ଠ ଶିଳ୍ପୀ ଗଢ଼ିଚାଲିଲେ ରାଜକନ୍ୟାଙ୍କର ମୂର୍ତ୍ତି ପରେ ମୂର୍ତ୍ତି । ପ୍ରତିଟିରେ ପ୍ରକାଶ ପାଉଥିଲା ଶିଳ୍ପୀଙ୍କର ଅନୁପମ କଳାକୃତିର ନିଦର୍ଶନ । କେଉଁଠି ଚନ୍ଦ୍ରକାନ୍ତା ଉପବନରେ ପୁଷ୍ପଶୋଭିତ ଲତାକୁ ଧରି ଲୀଳାୟିତ ଭଙ୍ଗୀରେ ଠିଆ ହୋଇଛନ୍ତି ତ, କେଉଁଠି ହାତରେ ଧରିଥିବା ପାରାବତକୁ ଉଡ଼ାଇ ଦେଇଛନ୍ତି, ବା କେଉଁଠି ମରାଳ ଚଞ୍ଚୁରେ ଖୁଆଇ ଦେଉଛନ୍ତି ମୃଣାଳ ଖଣ୍ଡଟିଏ । କେଉଁଠି ସେ ସଖୀମାନଙ୍କ ସହ କ୍ରୀଡ଼ାଚପଳ ତ କେଉଁଠି ଅଭିମାନିନୀ ହୋଇ ପତ୍ରଗହଳରେ ମୁହଁ ଲୁଚାଇ ଠିଆହୋଇଛନ୍ତି । ପ୍ରତିଟି ମୂର୍ତ୍ତି ସତେ ଯେପରି ଜୀବନ୍ୟାସ ପାଇଯାଇଛି ।

ରାଜାରାଣୀଙ୍କର ଆନନ୍ଦର ସୀମା ରହୁନଥିଲା । ମଝିରେ ମଝିରେ ସେ ଦୁହେଁ ମଧୁବ୍ରତଙ୍କର ଶିଳ୍ପଶାଳାରେ ବେଶ୍ କିଛି ସମୟ ସେସବୁ ମୂର୍ତ୍ତିଗହଣରେ ସମୟ ଅତିବାହିତ କରି କନ୍ୟାର ସାନ୍ନିଧ୍ୟ ସୁଖ ଲାଭକରୁଥିଲେ ।

ଗୋଟିଏ ମୂର୍ତ୍ତିର ନିର୍ମାଣ କର୍ମ ସରିଯିବା ପରେ ଶିଳ୍ପୀ ପୁଣି ଏକ ନୂତନ କଳ୍ପନାରେ ମଜ୍ଜିଯାଉଥିଲେ । ସେଥର ନବବଧୂ ବେଶରେ ଚନ୍ଦ୍ରକାନ୍ତାଙ୍କର ବିଦାୟ ନେବାର ଦୃଶ୍ୟ ପ୍ରସ୍ତର ଗାତ୍ରରେ ନିପୁଣ ଭାବରେ ଖୋଦିତ କରିସାରିବା ପରେ ହଠାତ୍ କାହିଁକି ଶିଳ୍ପୀ ଉଦାସ ହୋଇପଡ଼ିଲେ । ତାଙ୍କର ସେହି ଭାବ ରାଜାଙ୍କର ଦୃଷ୍ଟି ଆକର୍ଷଣ କଲା । ସେ ତା'ର କାରଣ ଜାଣିବାକୁ ଚାହିଁବାରୁ ଶିଳ୍ପୀ କିଛି ନୂତନ ସୃଷ୍ଟିର ଭାବନାରେ ଆଚ୍ଛନ୍ନ ଥିବା

ଜଣାଇଲେ ଏବଂ ରାଜାଙ୍କଠାରୁ ଅନୁମତି ଭିକ୍ଷା କଲେ ଯେ ଏବେ ସେ ଯେଉଁ କଳାସୃଷ୍ଟି କରିବାକୁ ଯାଉଛନ୍ତି ତା'ର କାମ ଶେଷ ହେବା ପୂର୍ବରୁ କେହି ଯେପରି ତାକୁ ନଦେଖନ୍ତି। ରାଜା ତାଙ୍କର ଅନୁରୋଧକୁ ବିନା ଆପତ୍ତିରେ ସ୍ୱୀକାର କରିନେଲେ।

ଶିଳ୍ପଶାଳାରେ ଧ୍ୟାନମଗ୍ନ ଶିଳ୍ପୀ। କେବଳ ନିହାଣ ଶବ୍ଦ ବ୍ୟତୀତ ଅନ୍ୟ କୌଣସି ପ୍ରକାର ଶବ୍ଦସଂଚାର ସେଠାରେ ଘଟୁନଥିଲା। ଏମିତି ବିତିଯାଇଥିଲା ବେଶ୍ କିଛିଦିନ। କିନ୍ତୁ ହଠାତ୍ ଏକ ଅଘଟଣ ଘଟିଗଲା। ଦିନେ ଜଣେ ରାଜକର୍ମଚାରୀଙ୍କ ଦୃଷ୍ଟିରେ ଏମିତି ଗୋଟେ ଦୃଶ୍ୟ ପଡ଼ିଗଲା, ଯାହାର ପରିଣତି ହେଲା ଖୁବ୍ ଭୟାବହ।

ସେଦିନ ସନ୍ଧ୍ୟା ନଇଁ ଆସୁଥିଲା ଅରଣ୍ୟ ଭୂମି ଉପରେ। ଗୋଧୂଳିର ଆଲୋକ ସୃଷ୍ଟି କରିଥିଲା ଏକ ମାୟାଛନ୍ନ ପରିବେଶ। ଶିଳ୍ପୀ ମଧୁବ୍ରତ ମଣ୍ଡପ ଉପରେ ସ୍ଥାପିତ ତାଙ୍କ ହାତର ପ୍ରଥମ କଳାକୃତି ଚନ୍ଦ୍ରକାନ୍ତାଙ୍କ ମୂର୍ତ୍ତିକୁ ନିବିଷ୍ଟ ଚିତ୍ତରେ ଚାହିଁଥିବା ବେଳେ ହଠାତ୍ କେଉଁ ଏକ ଅଜଣା ଆବେଶରେ ମଣ୍ଡପ ଉପରକୁ ଉଠିଯାଇ ମୂର୍ତ୍ତିକୁ ନିବିଡ଼ ଭାବରେ ଆଲିଙ୍ଗନ କଲେ। ତା'ପରେ ଆଉ କ'ଣ ସବୁ ଘଟିଥିଲା ସେହି କର୍ମଚାରୀ ଜଣକ ବ୍ୟତୀତ ଅନ୍ୟ କେହି ଦେଖିନଥିଲେ।

ବିଜୁଳି ବେଗରେ ରାଜାଙ୍କ ନିକଟରେ ସେ ଏ ସମ୍ବାଦ ପହଞ୍ଚାଇ ଦେଲେ ଓ ରାଜାଙ୍କୁ କ୍ରୋଧାନ୍ୱିତ କରିବା ପାଇଁ ସେ ନ ଦେଖିଥିବା କଥାକୁ ନିଜର ଦୁଷ୍ଟବୁଦ୍ଧି ଦ୍ୱାରା ଏପରି ଭାବରେ ବର୍ଣ୍ଣନା କଲେ, ଯେଉଁଥିରେ ରାଜରକ୍ତ ହଠାତ୍ ଉଷ୍ମ ହୋଇଯିବାରେ ଆଶ୍ଚର୍ଯ୍ୟ କିଛି ନଥିଲା। ତତ୍‌କ୍ଷଣାତ୍ ନିଜର କୋଷଯୁକ୍ତ ତରବାରି ସହ ସେହି ତଥାକଥିତ ବିଶ୍ୱସ୍ତ କର୍ମଚାରୀ ସହ ଶିଳ୍ପଶାଳାରେ ରାଜା ଉପନୀତ ହୋଇ ଯାହା ଦେଖିଲେ ତାହା ତାଙ୍କର କିଛି ସମୟ ପୂର୍ବରୁ ଶୁଣିଥିବା କଥାର ସତ୍ୟତାକୁ ପ୍ରମାଣ କରୁଥିଲା।

ମୂର୍ତ୍ତିର ପାଦ ଦୁଇଟିକୁ ଆବେଷ୍ଟନ କରିଥିଲା ଶିଳ୍ପୀଙ୍କର ଦୁଇବାହୁ। ସେଇଠି ମୁଣ୍ଡ ଥାପି ସେ ନିଶ୍ଚଳ ହୋଇ ରହିଥିଲେ। ତାଙ୍କର ମୁଦ୍ରିତ ଆଖି ଦୁଇଟିରୁ ଧାର ଧାର ଲୁହ ଝରିଯାଇ ସେଇ ସ୍ଥାନଟିକୁ ସେ ଯାଏ ବି ସିକ୍ତ କରି ରଖିଥିଲା। ରାଜାଙ୍କର ମନେହେଲା ସେ ଲୁହଧାର ମଧୁବ୍ରତଙ୍କର ଚନ୍ଦ୍ରକାନ୍ତାଙ୍କ ପାଇଁ ବିରହର ଅଶ୍ରୁ ଓ ପାଦପାଖରେ ଏପରି ସମର୍ପିତ ମୁଦ୍ରାରେ ରହିବାର ଅର୍ଥ କେବଳ ରାଜକନ୍ୟାଙ୍କ ନିକଟରେ ପ୍ରେମ ନିବେଦନ ବ୍ୟତୀତ ଅନ୍ୟ କିଛି ନୁହେଁ। କ୍ରୋଧରେ ଜ୍ଞାନଶୂନ୍ୟ ରାଜା ଶିଳାଦିତ୍ୟ ମୂର୍ଚ୍ଛିତ ଶିଳ୍ପୀଙ୍କ ମସ୍ତକ ଉପରେ ତରବାରିରେ ଆଘାତକଲେ। ମଧୁବ୍ରତଙ୍କର ମୁଦ୍ରିତ ଆଖି ସବୁଦିନ ପାଇଁ ମୁଦ୍ରିତ ହୋଇ ରହିଗଲା।

ମୁହୂର୍ତ୍ତକ ମଧ୍ୟରେ ଘଟିଗଲା ଏକ ଅଭାବିତ ଘଟଣା। ଉକ୍ତ ରାଜକର୍ମଚାରୀ ହତଚକିତ ହୋଇପଡ଼ିଥିଲେ। ଏ କଥାର ପରିଣତି ଯେ ହଠାତ୍ ଏହିପରି ଭାବରେ

ଘଟିବ ସେ ଆଦୌ ଚିନ୍ତା କରିନଥିଲେ । ସେ ଭାବିଥିଲେ ଶିଳ୍ପୀଙ୍କର ବିଚାର ହେବ ଓ ବନ୍ଦୀ ମଧୁବ୍ରତଙ୍କ ବିରୋଧରେ ସେ ନାନା ଅପକଳ୍ପିତ ବିବରଣୀ ଦେଇ ତାଙ୍କୁ ଅପଦସ୍ଥ କରିବେ ।

ରାଜାଙ୍କର ସଂବିତ ଫେରିଆସିଲା । ସେ ଯେ ବିନା ବିଚାରରେ ଏପରି ଏକ ଅଭାବନୀୟ କାଣ୍ଡ ଘଟାଇ ସାରିଛନ୍ତି ଭାବି ଅନୁତପ୍ତ ହେଲେ । କିନ୍ତୁ ଆଉ ସେ ଅନୁତାପର ବା କି ମୂଲ୍ୟ ଥିଲା ! ଏବେ ତାଙ୍କୁ ନାନାପ୍ରଶ୍ନର ଉତ୍ତର ଦେବାକୁ ହିଁ ହେବ । କ'ଣ କହିବେ ସେ ? ଶିଳ୍ପୀଙ୍କର କ'ଣ ଅପରାଧ ଥିଲା ? ତାଙ୍କର ଅପରାଧକୁ ସାବ୍ୟସ୍ତ କରିବାକୁ, ତାଙ୍କୁ କିଛି ଲଜ୍ଜାଜନକ କଳ୍ପିତ ବିବରଣୀ ଦେବାକୁ ହେବ ଏବଂ ସେ ବିବରଣୀ ତାଙ୍କ ରାଜବଂଶ ପାଇଁ ନିଶ୍ଚୟ ନିନ୍ଦନୀୟ ସାବ୍ୟସ୍ତ ହେବ । ସବୁଠାରୁ ବେଶି କ୍ଷତିଗ୍ରସ୍ତ ହେବେ ରାଜକନ୍ୟା ଚନ୍ଦ୍ରକାନ୍ତା । ଯଦି ତାଙ୍କର ଶ୍ୱଶୁରାଳୟରେ ଏ ସମ୍ବାଦ ପହଞ୍ଚିଯାଏ ତେବେ ଏତେ ସବୁ ମୂର୍ତ୍ତିଗଠନ ପଛରେ ଶିଳ୍ପୀଙ୍କ ପ୍ରତି ରାଜକନ୍ୟାଙ୍କର କିଛି ଦୁର୍ବଳତା ଥିବା କଥା ହୁଏତ ଅନୁମାନ କରାଯିବ ଏବଂ ତା'ର ପରିଣତି କ'ଣ ହେବ ସେ ଭଲଭାବରେ ବୁଝିପାରୁଥିଲେ ।

ରାଜାଙ୍କୁ ବ୍ୟଥିତ ଓ ଚିନ୍ତିତ ହେବାର ଲକ୍ଷ୍ୟକରି ଚତୁର କର୍ମଚାରୀ ଜଣକ କହିଲେ, "ମଣିମା, ଆପଣ ଆଦୌ ବିବ୍ରତ ହୁଅନ୍ତୁ ନାହିଁ । ଆପଣ ଦୋଷୀକୁ ଉପଯୁକ୍ତ ଦଣ୍ଡ ଦେଇଛନ୍ତି । ଚାଲନ୍ତୁ ଏ ଶବକୁ ନେଇ ଘନ ଜଙ୍ଗଲ ଭିତରେ ପକାଇଦେବା । ଏ ରକ୍ତଝରା ସ୍ଥାନକୁ ମୁଁ ପରିଷ୍କାର କରିଦେଉଛି । ଶିଳ୍ପଶାଳାର ଏକମାତ୍ର ପ୍ରବେଶ ଦ୍ୱାରକୁ ବନ୍ଦ କରିଦେବା ଓ ତା'ର କାରଣ ସ୍ୱରୂପ ମୁଁ ପ୍ରଚାର କରିଦେବି ଯେ ଶିଳ୍ପୀ ମଧୁବ୍ରତ ରାଜାଙ୍କର ବିନା ଆଜ୍ଞାରେ ଶିଳ୍ପଶାଳା ବନ୍ଦକରି କେଉଁଆଡ଼େ ଚାଲିଯାଇଛନ୍ତି ।"

ରାଜାଙ୍କର ସେ ପରିସ୍ଥିତିରେ କର୍ମଚାରୀ ଜଣକର ପ୍ରସ୍ତାବକୁ ସ୍ୱୀକାର କରିବା ଛଡ଼ା ଅନ୍ୟ ଉପାୟ ନଥିଲା । କାଳବିଳମ୍ବ ନକରି ଦୁହେଁ ସେ ଅପକର୍ମକୁ ଘୋଡ଼େଇବାର ଚେଷ୍ଟାରେ ଲାଗିଗଲେ ।

ପରଦିନର ସକାଳ ଥିଲା ଅନ୍ୟ ଦିନମାନଙ୍କ ପରି ସ୍ୱାଭାବିକ । କିନ୍ତୁ ରାଜସଭାରେ ସେଦିନ ରାଜା ଜଣେ ସାଧାରଣ ରାଜକର୍ମଚାରୀକୁ ତାଙ୍କର ଜଣେ ବିଶ୍ୱସ୍ତ ମନ୍ତ୍ରୀ ପଦରେ ଅଧିଷ୍ଠିତ କରାଇବା ରାଜପରିଷଦର ସଭ୍ୟମାନଙ୍କୁ ବିସ୍ମିତ କରିଥିଲା । କିନ୍ତୁ ପ୍ରଶ୍ନ କରିବ କିଏ !

ଯେବେ ଶିଳ୍ପଶାଳା ବନ୍ଦ ରହିବାର ସୂଚନା ରାଜାଙ୍କୁ ଦିଆଗଲା, ରାଜା ତା'ର କାରଣ ଅନୁସନ୍ଧାନର ଦାୟିତ୍ୱ ଦେଲେ ନବନିଯୁକ୍ତ ମନ୍ତ୍ରୀଙ୍କୁ ଓ ସେ ଅବିଳମ୍ବେ ତାଙ୍କର ସୁପରିକଳ୍ପିତ ତଥ୍ୟ ଉପସ୍ଥାପନ କଲେ । ତେବେ ଶିଳ୍ପୀଙ୍କର ହଠାତ୍ କୁଆଡ଼େ ଚାଲିଯାଇଥିବା କଥା ଉପରେ ରାଜ୍ୟବାସୀଙ୍କର କୌଣସି ଗୁରୁତ୍ୱ ଦେବାର ନଥିଲା । ସବୁ ସ୍ୱାଭାବିକ ଚାଲିଲା ।

କିନ୍ତୁ ଏକ ଅସ୍ୱାଭାବିକ ଅବସ୍ଥା ସୃଷ୍ଟିହେଲା ରାଜାଙ୍କ ପାଇଁ। ଆଖିରୁ ତାଙ୍କର ନିଦ୍ରା ହଜିଯାଇଥିଲା। ଆଖି ବୁଜିବା ମାତ୍ରେ ଶିଳ୍ପୀଙ୍କର ଅଶ୍ରୁସ୍ନାତ କରୁଣ ମୁହଁଟି ତାଙ୍କୁ ବାରମ୍ବାର ଦେଖାଯାଉଥିଲା। ସେ ଚମକି ଉଠି ବସୁଥିଲେ। ତାଙ୍କ ନିକଟରେ ନିଦ୍ରା ଯାଇଥିବା ରାଣୀଙ୍କୁ ରାଜାଙ୍କ ମାନସିକ ଅବସ୍ଥାରେ କୌଣସି ସୂଚନା ମିଳୁନଥିଲା।

ଏବେ ତାଙ୍କର ନିଦ୍ରାହୀନତାକୁ ଆହୁରି ଅଧିକ ପୀଡ଼ାଦାୟକ କଲା ଏକ ବିଚିତ୍ର ଶବ୍ଦ। ନିହାଣ ମୁଗୁରରେ କେହି ପଥର ଉପରେ ମୃଦୁ ଆଘାତ କରୁଥିବାର ଶବ୍ଦ ତାଙ୍କୁ ରହି ରହି ଶୁଣାଯାଉଥିଲା। ପାଖରେ ଶୋଇଥିବା ରାଣୀଙ୍କୁ ନିଦରୁ ଉଠାଇଦେଇ ରାଜା ଉତ୍କଣ୍ଠିତ ହୋଇ ପଚାରୁଥିଲେ, "ଶୁଣିପାରୁଛ ରାଣୀ- ନିହାଣ ମୁଗୁରରେ କେହି ପଥର ଉପରେ ଆଘାତ କରୁଛି।"

ଆଶ୍ଚର୍ଯ୍ୟ ହୋଇ ରାଣୀ କହୁଥିଲେ "କାହିଁ ମତେ ତ କିଛି ଶୁଣାଯାଉନି ! ଆପଣ ବୋଧହୁଏ ଶିଳ୍ପୀ ମଧୁବ୍ରତଙ୍କର ଅଚାନକ ଏମିତି ଉଭେଇଯିବା ଘଟଣାରେ ମର୍ମାହତ ହୋଇଛନ୍ତି। ତାଙ୍କ କଥା ସବୁବେଳେ ଭାବୁଛନ୍ତି ବୋଲି ଆପଣଙ୍କୁ ସେପରି ଶୁଣାଯାଉଛି।" ରାଣୀ ରାଜାଙ୍କର ଏହି ସମସ୍ୟାର ସରଳ ସମାଧାନ କରିଦେଇଥିବାର ଆତ୍ମସନ୍ତୋଷ ଅନୁଭବ କରୁଥିଲେ।

ରାଜାଙ୍କର ଆଉ କୌଣସିଥିରେ ଶାନ୍ତି ବା ସନ୍ତୋଷ ନଥିଲା। ଆତ୍ମଅପରାଧବୋଧରେ ପୀଡ଼ିତ ରାଜା ତାଙ୍କ ଅପକର୍ମର ସାକ୍ଷୀ ଉକ୍ତ ରାଜକର୍ମଚାରୀକୁ ଡାକି ନିଭୃତରେ ସେ ଶବ୍ଦ ଶୁଣୁଥିବା କଥାଟି କହିଲେ। କିନ୍ତୁ ଏକ ଚଟୁଳ ହସ ହସି ସେ କହିଲା, "ଆପଣ ଅଯଥାରେ କିଛି ଆଶଙ୍କା କରୁଛନ୍ତି। ତା'ର ଆଉ କୌଣସି ଅବଶେଷ ନଥିବ। ଅରଣ୍ୟର ହିଂସ୍ର ଶ୍ୱାପଦମାନେ ତା'ର ଚିହ୍ନ ବର୍ଣ୍ଣ କୋଉକାଳୁ ଶେଷ କରିଦେଇଥିବେ। ଆପଣ ରାଜା, ଜଣେ ଦୁରାଚାରୀକୁ ଶାସ୍ତି ଦେଇ ନିଜର ରାଜଧର୍ମ ପାଳନ କରିଛନ୍ତି। ସେଥିପାଇଁ କିଛି ଚିନ୍ତା କରନ୍ତୁ ନାହିଁ।"

ତା'ର ଉତ୍ସାହପ୍ରଦ କଥା ରାଜାଙ୍କୁ ଆଦୌ ଆଶ୍ୱସ୍ତ କଲାନାହିଁ। ସେ ନୀରବ ରହିଲେ। ସେ ବ୍ୟକ୍ତିର ରାଜାଙ୍କର ମାନସିକତାକୁ ନେଇ ଚିନ୍ତିତ ହେବାର କିଛି ନଥିଲା। ଆକସ୍ମିକ ଭାବରେ ପ୍ରଭୂତ ଧନପ୍ରାପ୍ତି ଓ କ୍ଷମତା ଲୋଭରେ ସେ ନିଜକୁ କ'ଣ ବୋଲି କ'ଣ ଭାବୁଥିଲା। ସେଦିନ କ୍ରୋଧର ବଶବର୍ତ୍ତୀ ହୋଇଥିବା ରାଜାଙ୍କର ଯେଉଁ ଅପକର୍ମର ସେ ସାକ୍ଷୀ ଥିଲା, ତାହା ତା'ପାଇଁ ପାଲଟିଯାଇଥିଲା ଏକ ଶକ୍ତିଶାଳୀ ଗୋପନ ଅସ୍ତ୍ର; ଯାହାକୁ ସେ ନିଜର ଆହୁରି ଅଧିକ ସୌଭାଗ୍ୟ ପ୍ରାପ୍ତିରେ ବିନିଯୋଗ କରିପାରିବ।

ଏଣେ ରାଜାଙ୍କର ରାତ୍ରି ଓ ଦିନ କ୍ରମଶଃ ଦୁର୍ବିସହ ହୋଇଉଠୁଥିଲା। ରାଣୀ ଏଥର ରାଜାଙ୍କର ମନର ଅସ୍ଥିରତାକୁ ଲକ୍ଷ୍ୟ କରିପାରି କହିଲେ, "ମଣିମା, ଚାଲନ୍ତୁ

ମଧୁବ୍ରତଙ୍କର ଶିଳ୍ପଶାଳାକୁ ଯିବା। ଚନ୍ଦ୍ରକାନ୍ତାର ସେ ମୂର୍ତ୍ତିଗୁଡ଼ିକ ଭିତରେ କିଛି ସମୟ କଟାଇ ଆସିଲେ ଆପଣଙ୍କୁ ଭଲଲାଗିବ। ତା'ଛଡ଼ା ଶିଳ୍ପୀ ହଠାତ୍ ଚାଲିଯିବା ପରଠାରୁ ଆମେ ଆଉ ଥରେ ବି ସେଠାକୁ ଯାଇନାହେଁ।"

ରାଜାଙ୍କର ରାଣୀଙ୍କୁ ସେଠାକୁ ଯିବାପାଇଁ ବାରଣ କରିବାର କୌଣସି କାରଣ ନଥିଲା। ସେ ଅଗତ୍ୟା ସେଦିନ ଅପରାହ୍ନରେ ରାଣୀ, ମହାମନ୍ତ୍ରୀ ଓ କେତେକ ଅଙ୍ଗରକ୍ଷୀଙ୍କୁ ସାଥୀରେ ନେଇ ଶିଳ୍ପଶାଳାରେ ପହଞ୍ଚିଲେ। ଦ୍ୱାର ଉନ୍ମୁକ୍ତ କରିଦିଆଗଲା।

ଶିଳ୍ପଶାଳାରେ ପ୍ରବେଶ କଲେ ପ୍ରଥମେ ଆଖିରେ ପଡ଼େ ମଣ୍ଡପ ଉପରେ ଅଧିଷ୍ଠିତ ଚନ୍ଦ୍ରକାନ୍ତାଙ୍କର ମୂର୍ତ୍ତି। ପୂର୍ବରୁ ସେ ମୂର୍ତ୍ତିକୁ ଦେଖୁ ଦେଖୁ ଶିଳାଦିତ୍ୟ ଉଚ୍ଛ୍ୱସିତ ହୋଇ କହିଉଠନ୍ତି, "ମୋ ଆଦରିଣୀ କନ୍ୟା, ମୋର ସୁବର୍ଣ୍ଣ ପ୍ରତିମା, ମୋ ପ୍ରାଣର ପ୍ରାଣ। ଏପରି ଲାବଣ୍ୟମୟୀ କନ୍ୟା ସାରା ସଂସାରରେ ଆଉ କାହାର ନଥିବ।" ତାଙ୍କ କଥା ଶୁଣି ରାଣୀ କେବଳ ମୃଦୁ ମୃଦୁ ହସନ୍ତି।

କିନ୍ତୁ ସେଦିନ ରାଜାଙ୍କର ସେ ମୂର୍ତ୍ତିକୁ ଦେଖି କୌଣସି ଆନନ୍ଦଭାବ ପ୍ରକାଶ ପାଇଲା ନାହିଁ; ବରଂ ସେ ମନେ ମନେ ସଂକୁଚିତ ହୋଇଯାଉଥିଲେ। ତାଙ୍କର ମନେହେଉଥିଲା ସତେ ଯେମିତି ସେ ମୂର୍ତ୍ତି ଭିତରୁ ଚନ୍ଦ୍ରକାନ୍ତା ତାଙ୍କର ଅପକର୍ମ ପାଇଁ ତାଙ୍କୁ ଭର୍ତ୍ସନା କରୁଛି। ରାଣୀ ରାଜାଙ୍କର ଏପରି ଉଦାସୀନ ଭାବ ଦେଖି ଆଶ୍ଚର୍ଯ୍ୟ ହେଲେ କିନ୍ତୁ କିଛି କହିଲେ ନାହିଁ। ସେସବୁ ମୂର୍ତ୍ତିକୁ ଆଖି ପୂରାଇ ଦେଖୁ ଦେଖୁ ତାଙ୍କର କଥାଟିଏ ମନେ ପଡ଼ିଯାଇଥିଲା। ସେ ଚମକିଉଠି କହିଲେ, "ମହାରାଜ, ଶିଳ୍ପୀ ଯେଉଁ ମୂର୍ତ୍ତି ଗଠନ ସରିବା ପୂର୍ବରୁ ତାକୁ ଦେଖିବାକୁ ବାରଣ କରିଥିଲେ ସେ କେଉଁ ମୂର୍ତ୍ତି ?"

ରାଜାଙ୍କର ମଧ୍ୟ କଥାଟା ମନେପଡ଼ିଗଲା। ମୁହୂର୍ତ୍ତ କେତୋଟି ପାଇଁ ସେ ନିଜର ବିଷାଦ ଭୁଲିଯାଇ କୌତୂହଳୀ ହୋଇଉଠିଲେ- କେଉଁଠି ସେ ମୂର୍ତ୍ତି ? କେଉଁଠି ?

ଶିଳ୍ପଶାଳାର ଏକ ଅନ୍ଧାରିଆ କଣରେ ମୂର୍ତ୍ତିଟି ଥିବା ପରି ମନେହେଲା। ଅପରାହ୍ନର ଅସ୍ତ ରଶ୍ମି ସେ ଅଞ୍ଚଳକୁ ଆଲୋକିତ କରୁନଥିଲା। ମନ୍ତ୍ରୀଙ୍କ ନିର୍ଦ୍ଦେଶରେ ରକ୍ଷୀମାନେ ଦୀପ ପ୍ରଜ୍ୱଳିତ କରି ସେ ଦିଗରେ ଆଗେଇଲେ। ପଛରେ ଯାଉଥିଲେ ରାଜା ଓ ରାଣୀ। ଦୁହିଁଙ୍କର ମନ ଉତ୍କଣ୍ଠାରେ ଭରିଯାଇଥିଲା। ଦୁହିଁଙ୍କ ମନରେ ଗୋଟିଏ କଥା ଆନ୍ଦୋଳିତ ହେଉଥିଲା ଯେ ଶିଳ୍ପୀ ନିଜ କଳ୍ପନା ଶକ୍ତିର ଏତେ ବିଚିତ୍ରତା ପ୍ରକାଶ କରି ସାରିବା ପରେ ପୁଣି କ'ଣ ଅଭିନବ ଦୃଶ୍ୟ ଚନ୍ଦ୍ରକାନ୍ତାକୁ ନେଇ ଗଢୁଥିଲେ !

ଦୀପମାଳାରେ ଆଲୋକିତ ହୋଇଉଠିଲା ଶିଳ୍ପଶାଳାର ସେହି ଅନ୍ଧାରିଆ ଅଞ୍ଚଳ ଓ ତା'ସହିତ ଉଦ୍‌ଭାସିତ ହୋଇଗଲା ଏକ ନାରୀ ମୂର୍ତ୍ତିର ରୂପ।

ଇଏ କ'ଣ ? - ସର୍ପାହତ ପରି ପଛକୁ କେଇପାଦ ଘୁଞ୍ଚିଗଲେ ରାଜଦମ୍ପତି।

ରାଣୀ ବ୍ୟାକୁଳ ହୋଇ କହିଲେ, "ଏତ ଚନ୍ଦ୍ରକାନ୍ତାର ମୂର୍ତ୍ତି ! କିନ୍ତୁ କାହିଁକି ଏ ହତଲକ୍ଷ୍ମୀ ରୂପ ! ଶିଳ୍ପୀ କ'ଣ ପାଗଳ ହୋଇଯାଇଥିଲେ କି! ଏପରି ମୂର୍ତ୍ତି ସେ କାହିଁକି ଗଢ଼ିଲେ ?"

ନିର୍ବାକ୍ ହୋଇ ଯାଇଥିଲେ ରାଜା ଶିଳାଦିତ୍ୟ। ରାଜା ରାଣୀଙ୍କର ଅବସ୍ଥା ଲକ୍ଷ୍ୟକରି ମନ୍ତ୍ରୀ ଆଗକୁ ଆଗେଇଆସି ମୂର୍ତ୍ତିଟିକୁ ଭଲ ଭାବରେ ନିରୀକ୍ଷଣ କଲେ। ସତେତ ମୂର୍ତ୍ତିର ରୂପ ଯେ ଚନ୍ଦ୍ରକାନ୍ତାଙ୍କର ସେଥିରେ କୌଣସି ସନ୍ଦେହ ନଥିଲା। କିନ୍ତୁ ଇଏ କି ରୂପ ! ଶରୀରରେ କୌଣସି ଅଳଙ୍କାର ନାହିଁ। ହସ୍ତ ଦୁଇଟି ଶୂନ୍ୟ, କେଶ ଉନ୍ମୁକ୍ତ ଓ ଅବନତ ବିଷଣ୍ଣ ମୁଖ ଭୂମି ଉପରେ ନିବଦ୍ଧ। ମନ୍ତ୍ରୀ ବୁଝିପାରୁନଥିଲେ ଯେ ଶିଳ୍ପଶାଳାରେ ଚନ୍ଦ୍ରକାନ୍ତାଙ୍କର ଅପରୂପ ଭଙ୍ଗୀମାରେଏକୁ ଆରେକ ବଳି ସୁନ୍ଦର ମୂର୍ତ୍ତି ଶୋଭା ପାଉଥିବାବେଳେ ଶିଳ୍ପୀ ଏପରି ଏକ ହତଭାଗିନୀ ରୂପ ସମସ୍ତଙ୍କର ଦୃଷ୍ଟି ଆଢୁଆଳରେ ଗଢୁଥିଲେ କାହିଁକି ! କ'ଣ ତାଙ୍କର ଉଦ୍ଦେଶ୍ୟ ଥିଲା ! ମହାମନ୍ତ୍ରୀ ସବୁଠାରୁ ବେଶି ଆଶ୍ଚର୍ଯ୍ୟ ଲାଗୁଥିଲେ ଯେ ଶିଳ୍ପୀଙ୍କର ନିଖୋଜ ହେବାର ଘଟଣା ଏ ଭିତରେ କେତେମାସ ବିତିଯାଇଥିଲେ ବି ମୂର୍ତ୍ତି କଡ଼ରେ ପଡ଼ିଥିବା ପଥରର ସୂକ୍ଷ୍ମ ରେଣୁର ମନେହେଉଛି ଏଇ ମାତ୍ର କିଛି ଦିନ ଭିତରେ ଏ ମୂର୍ତ୍ତିର ଗଠନ କାମ ଶେଷ ହୋଇଛି।

ବିମୂଢ଼ ଅବସ୍ଥାରେ ନିଶ୍ଚଳ ହୋଇ ଠିଆହୋଇଥିବା ରାଜଦମ୍ପତିଙ୍କୁ ସେ କିଛି କହିବା ପୂର୍ବରୁ ତୀବ୍ରବେଗରେ ଶିଳ୍ପଶାଳାର ନିକଟବର୍ତ୍ତୀ ହେଉଥିବା ଅଶ୍ୱକ୍ଷୁରାର ଧ୍ୱନି ସେ ଶୁଣିପାରି ସେ ଦିଗରେ ଚାହିଁଲେ। ରାଜାଙ୍କର ଜଣେ ବିଶ୍ୱସ୍ତ ଅନୁଚର ଅଶ୍ୱପୃଷ୍ଠରୁ ଅବତରଣ କରି ସମସ୍ତଙ୍କୁ ଅଭିବାଦନ ଜଣାଇ ନତମୁଖ ହୋଇ ଠିଆହେଲେ। ମନ୍ତ୍ରୀ ତାଙ୍କ ନିକଟକୁ ଆଗେଇଯାଇ ପଚାରିଲେ, "କେଉଁ କାରଣରୁ ତୁମେ ରାଜାଙ୍କର ପ୍ରାସାଦକୁ ପ୍ରତ୍ୟାବର୍ତ୍ତନ ପର୍ଯ୍ୟନ୍ତ ଅପେକ୍ଷା ନକରି ଏଠାକୁ ଚାଲିଆସିଲ ? ସମ୍ବାଦ କ'ଣ ସେପରି କିଛି ଗୁରୁତ୍ୱପୂର୍ଣ୍ଣ ?"

"ହଁ ମନ୍ତ୍ରୀ ମହାଶୟ, କିନ୍ତୁ ସେ ସମ୍ବାଦ ପ୍ରକାଶ କରିବାକୁ ମୋର ଜିହ୍ୱା ଲେଉଟୁ ନାହିଁ।" କର୍ମଚାରୀ ଜଣକ ମୁଖ ନ ଉଠାଇ ସେମିତି ବିଷଣ୍ଣକାତର ସ୍ୱରରେ ଉତ୍ତର ଦେଲେ।

ରାଜା, ରାଣୀ ଓ ମନ୍ତ୍ରୀ ଉଦ୍‌ଗ୍ରୀବ ହୋଇପଡ଼ିଲେ। ରାଜାଙ୍କର ଶରୀରରେ ତଡ଼ିତ୍ ପ୍ରବାହ ତୀବ୍ରବେଗରେ ଖେଳିଯାଉଥିଲା। କଥାଟା କିଛି ନ ଶୁଣିବି ସେ ଯେମିତି ସବୁ କିଛି ଶୁଣିପାରୁଥିଲେ, ଯାହା ତାଙ୍କ ପକ୍ଷରେ ସହ୍ୟ କରିବା ସମ୍ଭବ ହେଉନଥିଲା।

କର୍ମଚାରୀ ଜଣକ ଏଥର ମନ୍ତ୍ରୀଙ୍କ ନିର୍ଦ୍ଦେଶରେ ମୁହଁ ଖୋଲିଲେ। ତାଙ୍କର ବକ୍ତବ୍ୟ ଥିଲା ଯେ ରାଜା ଅମରୀଶଙ୍କର ସମ୍ବାଦବାହକ କିଛି ସମୟ ପୂର୍ବରୁ ରାଜପ୍ରାସାଦରେ

ପହଞ୍ଚି ଜଣାଇଲେ ଯେ ଯୁବରାଜ ପୁଷ୍ପକେତୁ ତାଙ୍କ ରାଜ୍ୟରେ ଥିବା ସନ୍ଧିକୂଟ ପାହାଡ଼ ଉପରେ ଅଶ୍ୱପୃଷ୍ଠରେ ଆରୋହଣ କରି ଭ୍ରମଣ କରୁଥିବାବେଳେ ଅସାବଧାନତାବଶତଃ ଅଶ୍ୱ ସହ ପାହାଡ଼ ଉପରୁ ନିମ୍ନକୁ ଖସିପଡ଼ି ମୃତ୍ୟୁବରଣ କରିଛନ୍ତି।

ରାଣୀ ଏକଥା ଶୁଣୁ ଶୁଣୁ ଆର୍ତ୍ତଚିତ୍କାର କରି ମୂର୍ଚ୍ଛିତ ହୋଇପଡ଼ିଲେ। କିନ୍ତୁ ରାଜା ସେହି ମୂର୍ତ୍ତିରେ ଚନ୍ଦ୍ରକାନ୍ତାଙ୍କର ବୈଧବ୍ୟ ଅବସ୍ଥାକୁ ଲକ୍ଷ୍ୟକରି ବିମୂଢ଼ ହୋଇଯାଇଥିଲେ। ତାଙ୍କର ଅନ୍ତର୍ଲୋକରେ କେତେ ରହସ୍ୟର ଗଣ୍ଠି ଫିଟି ଫିଟି ଯାଉଥିଲା। ଚନ୍ଦ୍ରକାନ୍ତାଙ୍କର ଶେଷ ମୂର୍ତ୍ତି ଖୋଦନ ଓ ସେଦିନ ମୂର୍ତ୍ତିର ପାଦତଳେ ଅଶ୍ରୁସଜଳ ମୁଖରେ ପ୍ରାୟତଃ ମୂର୍ଚ୍ଛାହତ ଅବସ୍ଥାରେ ଥିବା ଶିଳ୍ପୀଙ୍କର ଯେ ଏକ ଦିବ୍ୟ ଦୃଷ୍ଟି ଥିଲା ସେକଥା ସେ ଅନୁଭବ କରିପାରୁଥିଲେ। ହୁଏତ ଶିଳ୍ପୀ ଚନ୍ଦ୍ରକାନ୍ତାର ମୂର୍ତ୍ତି ଗଠନରେ ଆଉ ନିଜର କାରୁକଳା ପ୍ରକାଶ କରିପାରିବେନି ତାହା ଜାଣିପାରିଥିଲେ ଓ ସେଥିପାଇଁ ଏକ ଅବ୍ୟକ୍ତ ଶୋକରେ ଭାଙ୍ଗିପଡ଼ିଥିଲେ। ହାୟ, ସେ କିଛି ନ ବୁଝି ନ ବିଚାରି କେଡ଼େ ଅଘଟଣଟାଏ ଘଟାଇ ନଦେଲେ ! ଅନୁଶୋଚନା ଓ ନିଜର ଅପରିଣାମଦର୍ଶିତା ପାଇଁ ନିଜକୁ ଧିକ୍କାର କରିବା ସହ କନ୍ୟାର ଭାଗ୍ୟ ବିପର୍ଯ୍ୟୟର ଦୁଃଖରେ ମୁହ୍ୟମାନ ହୋଇ ରାଜା ଶିଳାଦିତ୍ୟ ନିଜ ଶୋକକୁ ନିୟନ୍ତ୍ରଣ କରିନପାରି ଉଚ୍ଚକଣ୍ଠରେ କ୍ରନ୍ଦନ କରୁ କରୁ ଭୂମିରେ ଲୋଟିପଡ଼ିଥିଲେ।

XXX

ଲେଖାଟି ହଠାତ୍ ଏଇଠି ଶେଷ ହୋଇ ଯାଇଥିଲା। ମୁଁ ରବି ମୁହଁକୁ ଚାହିଁଲି। ସେ ଆଶ୍ଚର୍ଯ୍ୟ ହୋଇ ମତେ ଚାହୁଁଥିଲା।

ରବି ନିଜକୁ ସଂବରଣ କରିନେଇ ପଚାରିଲା "ଅପା,ଏ ଲେଖାଟିରେ କିଛି ସତ୍ୟତା ଅଛି ବୋଲି ଭାବୁଛୁନା କାହାର ଖାଲି ଗୋଟେ କାଳ୍ପନିକ କଥା ?"

ମୁଁ ସତରେ କିଛି ଭାବିପାରୁନଥିଲି। ତଥାପି ଲେଖାଟିରୁ ମନେହେଲା ଯଦିବା ସେ ଛାତ୍ରୀ ଜଣକ ସମ୍ମୋହିତ ଭାବରେ କିଛି କହିଥିବ, ସେ କଥାକୁ କାଗଜକୁ ଉତାରିଥିବା ବ୍ୟକ୍ତିର କଳ୍ପନା ଏଥିରେ ବେଶ୍ କାମ କରିଛି। ଭଲ କାହାଣୀଟିଏ ଲେଖିଛି।

ରବି ଏଥର ସହଜ ହୋଇ ପଚାରିଲା, "ଆଚ୍ଛା ଅପା, ଧରିନିଆଯାଉ ସେ କଥାଟା ସତ- ତେବେ ଶିଳ୍ପୀ କିପରି ଜାଣିଲେ ଯେ ରାଜକନ୍ୟାଙ୍କର ଏପରି ଦଶା ଘଟିବାକୁ ଯାଉଛି ? ଯଦି ସେ ସେକଥା ଜାଣିପାରିଥିଲେ, ନିଜ ଜୀବନର ଶୋଚନୀୟ ପରିଣତିର ଆଭାସ ପାଇଲେନି କିପରି ?"

"ମତେ ଲାଗୁଛି ଶିଳ୍ପୀ ମଧୁବ୍ରତ ରାଜକନ୍ୟା ଚନ୍ଦ୍ରକାନ୍ତାଙ୍କୁ ବହୁତ ଭଲପାଉଥିଲେ, ସର୍ବଦା ତାଙ୍କର ମଙ୍ଗଳ କାମନା କରୁଥିଲେ। ତେଣୁ ଯେତେ ଦୂରରେ ଥିଲେ ବି ରାଜକନ୍ୟାଙ୍କର ଜୀବନରେ ପ୍ରତିନିୟତ ଘଟୁଥିବା ସୁଖ ଦୁଃଖର ସ୍ପନ୍ଦନକୁ ନିଜ ଭିତରେ

ସ୍ପନ୍ଦିତ ହେବାର ଅନୁଭବ କରିପାରୁଥିଲେ । ରାଜକନ୍ୟାଙ୍କର ଦୁର୍ଭାଗ୍ୟର ସୂଚନା ତାଙ୍କ ଭିତରେ କେମିତି ଏକ ଆତଙ୍କ ସୃଷ୍ଟିକରିଥିଲା । ସେ ବୋଧହୁଏ ରାଜକନ୍ୟାଙ୍କର ଶ୍ରୀହୀନ ମୂର୍ତ୍ତିଟିଏ ଗଢ଼ି ସେଇ ବାଟରେ ତାଙ୍କର ବୈଧବ୍ୟ ଦଶାକୁ କାଟିଦେବାପାଇଁ ନିଜ ଶକ୍ତିମତେ ଚେଷ୍ଟା କରୁଥିଲେ । ତାଙ୍କର ସେ ମାନସିକ ସ୍ଥିତିରେ ନିଜ ଜୀବନ ଓ ତା'ର ପରିଣତି କଥା ତାଙ୍କ ମନକୁ ବା ଛୁଇଁଥାନ୍ତା କିପରି ?"

ମୋ କଥା ଶୁଣି ରବି ଖୁବ୍ ଉତ୍ସାହିତ ହୋଇ କହିଲା, "ତୁ ଯାହା କହୁଛୁ ତାହା ହିଁ ହୋଇଥିବ । କିନ୍ତୁ ଅପା, ମନକୁ କଥାଟେ ଆସୁଛି ଯେ ଶିଳ୍ପୀତ ତାଙ୍କର କେଉଁ କଳାର ଜଗତରେ ନିମଗ୍ନ ରହୁଥିଲେ, କାହା ସହିତ ତାଙ୍କର ବିରୋଧ ନଥିଲା । ତଥାପି ସେ ହୀନ ଲୋକଟା ତାଙ୍କ ନାଁରେ ରାଜାଙ୍କ ନିକଟରେ ଏମିତି କୁତ୍ସାରଟନା କଲା କାହିଁକି ?"

"ଶୁଣ ରବି, ସେ କାହାର କୌଣସି କ୍ଷତି କରୁନଥିଲେ ତା' ଠିକ୍ । କିନ୍ତୁ ଜଣେ ସାଧାରଣ ମଣିଷ ହୋଇ ଏକ ଅସାଧାରଣ ଜୀବନ ବଞ୍ଚିବା ଅନ୍ୟ ପାଇଁ କମ୍ ଈର୍ଷାର କାରଣ ହୁଏନି । କୌଣସି ପ୍ରକାର ଅସାଧାରଣତାକୁ, ଉଚ୍ଚତାକୁ ମର୍ଯ୍ୟାଦାକୁ ଜଣେ ସାଧାରଣ ସ୍ଥୂଳ ଚେତନାରେ ଥିବା ମଣିଷ ବୁଝିପାରେନି । ପ୍ରେମ ତା' ପାଇଁ ଏକ ପ୍ରମତ୍ତ କାମନା । ଦୟା, ସହାନୁଭୂତି ଓ ସହିଷ୍ଣୁତା ତା' ପାଇଁ ଜଣକର ଦୁର୍ବଳତା ଭିନ୍ନ ଅନ୍ୟ କିଛି ନୁହେଁ । ସେହି ଇତର ମଣିଷଟା କ'ଣ ବା ବୁଝିଥାନ୍ତା ଶିଳ୍ପୀଙ୍କର ମମତାସିକ୍ତ ଆଲିଙ୍ଗନର ଭାଷା ! ତାଙ୍କ ଆଖିର ଲୁହ ପଛରେ ଥିବା କାରୁଣ୍ୟକୁ ସେ ବା କିପରି ପଢ଼ିପାରିଥାନ୍ତା !"

ମୁଁ ଅନୁଭବ କରୁଥିଲି ମୋ କଣ୍ଠ ସ୍ୱତଃ ବାଷ୍ପରୁଦ୍ଧ ହେବାକୁ ଆରମ୍ଭ କରିଛି । ମୋ ଆଖିରେ ଲୁହ ଜକେଇ ଆସୁଛି ।

ମୋ ଅବସ୍ଥା ଲକ୍ଷ୍ୟକରି ରବି କହିଲା, "କ'ଣ ସାହିତ୍ୟରୁ ଦର୍ଶନକୁ ଚାଲିଗଲୁଣି, ପୁଣି ସେଠୁ ଫେରି କାନ୍ଦିବାକୁ ଆରମ୍ଭକଲୁଣି ?"

ମୁଁ ତା'କଥା ଶୁଣି ପ୍ରକୃତିସ୍ଥ ହୋଇ କହିଲି, "ହଉ ତୁ ଯା ଶୋଇବୁ, ରାତି ବହୁତ ହେଲାଣି ।"

ରବି ସେଠୁ ହସିଦେଇ କହିଲା, "ଯାଉଛି ଶୋଇବି । କିନ୍ତୁ ଅପା ଏ କାହାଣୀରେ ଆଉ ଗୋଟେ ଗଣ୍ଠି ରହିଗଲା । ଯଦି ପାରୁଛୁ ସାହିତ୍ୟ ହେଉ ବା ଦର୍ଶନ ହେଉ, ଯାହା ମାଧ୍ୟମରେ ହେଉ ପଛେ ଟିକେ ତାକୁ ଖୋଲିବାକୁ ଚେଷ୍ଟାକରତ !"

ମୁଁ ଆଶ୍ଚର୍ଯ୍ୟ ହୋଇ ପଚାରିଲି "କୋଉ ଗଣ୍ଠି କଥା କହୁଛୁ ?"

– "କଥାଟା ହେଲା ଶିଳ୍ପୀ ରାଜକନ୍ୟାଙ୍କର ଯେଉଁ ମୂର୍ତ୍ତିକୁ ପ୍ରଥମେ ଗଢ଼ିଥିଲେ ସେଇ ଗୋଟିକ ଏବେବି ସେ ଚିତ୍ରବନର ଶୋଭା ବର୍ଦ୍ଧନ କରୁଛି । ଅଥଚ ଅନ୍ୟ

ଏତେଗୁଡ଼ିଏ ମୂର୍ତ୍ତି, ଶିଳ୍ପଶାଳା ସବୁ ଭାଙ୍ଗିରୁଜି ମାଟିରେ ମିଶିଯାଇଛି ! ଏହା କିପରି ସମ୍ଭବ ହେଲା ?”

ରବି ଖୁବ୍ ସନ୍ଦିଗ୍ଧ ଜଣା ପଡୁଥିଲା ।

ମୁଁ କିଛି ନଭାବିଥିଲେ ବି କେମିତି କେଜାଣି ଅଦ୍ଭୁତ ଉତ୍ତରଟିଏ ସ୍ୱତଃ ମୋ ଭିତରୁ ବାହାରି ଆସିଲା, “ସେଇ ଗୋଟିକ ମୂର୍ତ୍ତି କାହିଁକି ସେମିତି ଅକ୍ଷତ ଅଛି ଜାଣିଛୁ, ତାକୁ ନିର୍ମାଣ କରୁଥିବାବେଳେ ଶିଳ୍ପୀଙ୍କ ଆଗରେ ଥିଲେ ନିଜେ ରାଜକନ୍ୟା । ନିଜ ହୃଦୟର ପ୍ରଗାଢ଼ ଅନୁରାଗ ଦେଇ ଶିଳ୍ପୀ ନିହାଣ ମୁନରେ ପଥର ଉପରେ ଖୋଦେଇ କରିଥିଲେ ନିଜର ଗଭୀର ଅନୁଭବକୁ ଏବଂ ରାଜକନ୍ୟାଙ୍କର ମନ, ପ୍ରାଣ, ହୃଦୟର ନିବିଡ଼ ଭଲ ପାଇବାର ସ୍ପନ୍ଦନମାନ ମଧ୍ୟ ସେହି ସମୟରେ ସେ ମୂର୍ତ୍ତି ଭିତରକୁ ସଂଚାରିତ ହୋଇ ଯାଇଥିଲା । ଏକ ଅପୂର୍ବ ଭାବାବେଶରେ ସେ ଉଭୟଙ୍କର ସମଗ୍ର ସତ୍ତା ସେହି ମୂର୍ତ୍ତି ଭିତରେ ସମାହିତ ହୋଇଯାଇଥିବ । ଦୁଇଟି ମଣିଷର ପରସ୍ପର ପ୍ରତି ପ୍ରଗାଢ଼ ନୀରବ ଭଲ ପାଇବାର ଅଦୃଶ୍ୟ ପ୍ରଲେପରେ ସ୍ନିଗ୍ଧ ପ୍ରସ୍ତର ମୂର୍ତ୍ତିଟି ହୁଏତ ଜୀବନ୍ୟାସ ପାଇଯାଇଥିଲା ! ସେଥିପାଇଁ ଶହ ଶହ ବର୍ଷର ଋତୁଚକ୍ରର ପ୍ରଭାବକୁ ପ୍ରତିହତ କରି ସେମିତି ସୁନ୍ଦର ସତେଜ ରହିଛି ଓ ଏତେ ଶହ ବର୍ଷ ପରେ ତା’ କଥାକୁ ଗ୍ରହଣ କରିପାରିବାର ଉପଯୁକ୍ତ ମାଧ୍ୟମଟିଏ ପାଇ ତାରି ମୁହଁରେ ତା କାହାଣୀଟି କହିଛି ।”

ମୋ କଥା ସରିବା ପୂର୍ବରୁ ରବି ହଠାତ୍ ହୋ ହୋ ହୋଇ ହସିଉଠି କହିଲା, “ତାମାନେ ତୁ ଏସବୁକୁ ପୂରା ସତ କଥା ବୋଲି ଧରିନେଲୁଣି ? ଯାହା କହ ପଛେ ଅପା ତୁମ ସାହିତ୍ୟିକମାନଙ୍କର କଳ୍ପନା ଶକ୍ତିକୁ ମାନିବାକୁ ପଡ଼ିବ । ନହେଲେ ଗୋଟେ ଗାଲୁ ଗଳ୍ପକୁ ସତ ଘଟଣା ଭାବରେ ପୂରା ବିଶ୍ୱାସର ସହ ବର୍ଣ୍ଣନା କରି ପାରନ୍ତୁ କିପରି ? ତୋ କଥା ଶୁଣି ମୁଁ ବି ତୁଚ୍ଛା ମିଛ କଥାକୁ ସତ ସତ ଭାବିଲିଣି ।”

ମୋ ଭିତରେ କେମିତି ଗୋଟେ ଆବେଗର ଅନୁଭବ ଘଟୁଥିଲା । ମୋର ଆଉ କିଛି କଥା ହେବାକୁ ଇଚ୍ଛା ହେଉନଥିଲା । ମୁଁ ଲେଖାଟିକୁ ଯତ୍ନର ସହ ଲଫାପା ଭିତରେ ରଖିଦେଇ ରବିକୁ ଯିବାପାଇଁ କହିଲି ।

ସେ ମୋର ନୀରବ ଭାବ ଲକ୍ଷ୍ୟକରି ଆଉ କିଛି କଥା ନ କହି ଉଠିଯାଇଥିଲା । କିନ୍ତୁ କବାଟ ପାଖରୁ ହଠାତ୍ ସେ ବିଜୁଳି ପରି ବୁଲିପଡ଼ି ମୋ ପାଖରେ ଆସି ବସିପଡ଼ି କହିଲା, “ଅପା, ଗୋଟେ କଥା ଆମେ ଭୁଲିଯାଇଛେ । ଗୁପ୍ତାଜୀ ଆଉ ଗୋଟିଏ ବନ୍ଦ ଲଫାପା ଦେଇଥିଲେ ଓ କହିଥିଲେ ପ୍ରଥମଟି ପଢ଼ିସାରିବା ପରେ ତାକୁ ଖୋଲିବାକୁ ।”

ମୁଁ ସତକୁ ସତ ଚମକିପଡ଼ିଲି । ମୁଁ ପୂରା ଭୁଲିଯାଇଥିଲି ଦ୍ୱିତୀୟ ଲଫାପା କଥା ।

କିନ୍ତୁ ମତେ ଲାଗୁଥିଲା ସେଥିରେ ସେମିତି କିଛି ବିସ୍ମୟ ଅବରୁଦ୍ଧ ହୋଇ ରହିଛି, ଯାହା ଖୋଲିଗଲେ ହୁଏତ କ'ଣ ଗୋଟେ ଘଟିଯିବ।

ମତେ ଇତସ୍ତତଃ ହେଉଥିବାର ଦେଖି ରବି ମୋ ସାମନାରେ ଥିବା ମୂଳ ଲଫାପାକୁ ଉଠାଇ ନେଇ ତା'ଭିତରୁ ଖୁବ୍ ଛୋଟ ଲଫାପାଟିଏ ବାହାରକଲା ଓ ତା' ଭିତରୁ କାଢ଼ି ଆଣିଲା କାଗଜ ଖଣ୍ଡେ। ସେଇଟି ଇଂରାଜୀରେ ଲେଖାହୋଇଥିବା ରିପୋର୍ଟ ପରି ମନେ ହେଉଥିଲା।

ସେ ତାକୁ ତର ତର ହୋଇ ପଢ଼ିପକାଇଲା ଓ ନିର୍ବାକ୍ ଭାବରେ ମତେ ଚାହୁଁଥିବାର ଦେଖି ମୁଁ ତା'ହାତରୁ ସେଇଟିକୁ ନେଇ ପଢ଼ିଲି। ସେଥିରେ ଲେଖାଥିଲା ଯେ, ଗୁଜରାଟର ସେଇ ନିଘଞ୍ଚ ବନାଞ୍ଚଳରେ ପ୍ରତ୍ନତତ୍ତ୍ୱ ବିଭାଗବାଲା ଖନନ କରି ବହୁ ପ୍ରାଚୀନ ଜିନିଷ ମାଟିତଳୁ ପାଇଥିଲେ। ସେ ସବୁ ଭିତରେ ଥିଲା ଏକ ଶିଳାଲେଖର କିଛି ଅଂଶ- ଯାହାର ଅନେକ ଅକ୍ଷର ମାଟିତଳେ ରହି ରହି ନିଶ୍ଚିହ୍ନ ହୋଇଯାଇଥିଲା। ଦିଲ୍ଲୀ ପ୍ରତ୍ନତତ୍ତ୍ୱ ବିଭାଗର ମୁଖ୍ୟ କାର୍ଯ୍ୟାଳୟକୁ ସେମାନେ ଉକ୍ତ ଶିଳାଲେଖର ପାଠୋଦ୍ଧାର ପାଇଁ ସେଇଟିକୁ ପଠାଇଥିଲେ। ସେଥିରୁ ଜଣାଗଲା ହଜାରେ ବର୍ଷ ତଳେ ପ୍ରଚଳିତ ଏକ ଲିପି ସେ ଶିଳାଲେଖରେ ଖୋଦିତ ହୋଇଛି। ସେମାନେ ସେଥିରୁ ଯେତିକି ପାଠ ଉଦ୍ଧାର କରିଥିଲେ। ତା' ଥିଲା ଏହିପ୍ରକାର-

ମୁଁ ମାହେଶ୍ୱରୀ ଘଘଘ ଶିଳାଦିତ୍ୟ ଘଘଘ ଏକନିଷ୍ଠ ଦିବ୍ୟଦୃଷ୍ଟିସମ୍ପନ୍ନ ଶିଳ୍ପୀ ଘଘଘ ଗଢ଼ିଥିଲେ ଘଘଘ ମୋର ଅପରିଣାମଦର୍ଶିତା ପାଇଁ ଘଘଘ। ତାଙ୍କ ପ୍ରତି ଘଘଘ ଅନ୍ୟାୟ ପାଇଁ ମୁଁ ଅନୁତପ୍ତ। ଘଘଘ

ଘଘଘ ଏହି ଘୋଷଣାନାମାରେ ଘଘଘ ଉତ୍ତର ପୁରୁଷଙ୍କୁ ନିବେଦନ ଘଘଘ କାହାରିକୁ ମୃତ୍ୟୁଦଣ୍ଡ ଘଘଘ ବହୁବାର ଘଘଘ ନିଷ୍ପତ୍ତି ନେବେ।

ମୁଁ ସମ୍ପୂର୍ଣ୍ଣ ସ୍ତବ୍ଧ ହୋଇଯାଇଥିଲି। ଆଉ ଅଧିକ କିଛି ପଢ଼ିବାର ସାମର୍ଥ୍ୟ ମୋର ନଥିଲା। ରବି ହଠାତ୍ ତା' ବସିବା ଜାଗାରୁ ଉଠିଆସି ମୋ ଦୁଇ ହାତକୁ ତା'ର କମ୍ପିତ ହାତମୁଠାରେ ଚାପିଧରି କହିଲା, "ଅପା, ହଜାରେ ବର୍ଷ ତଳେ ଏପରି ଗୋଟେ ଘଟଣା ତେବେ ସତକୁ ସତ ଘଟିଥିଲା ନା !"

କାହିଁକି କେଜାଣି ଭାଇ ଭଉଣୀ ଦୁହେଁ ସେ ଲେଖାଟିକୁ ଚାହିଁ କାନ୍ଦିଚାଲିଥିଲୁ। ଘଟଣାର ସତ ମିଛ ପରୀକ୍ଷା କରିବାର ମାନସିକତା ଆମର ହଜିଯାଇଥିଲା।

ଜେଜୀମା

ମୋ ଜେଜୀମା ମରିଯିବା ପ୍ରାୟ ତିରିଶବର୍ଷ ହେଲାଣି । ଏଇ ବିଗତ ତିରିଶବର୍ଷ ଭିତରେ ମୁଁ କେତେଥର ଆମ ଗାଁକୁ ଯାଇଛି । କିନ୍ତୁ ପ୍ରତିଥର ଗାଁରେ ପହଞ୍ଚିବାମାତ୍ରେ ମୋର ମନେପଡ଼ିଯାଏ ଆମର ସେଇ ପୁରୁଣା ମାଟିଘର ପିଣ୍ଡାରେ ଆମ ଅପେକ୍ଷାରେ ଚାହିଁ ବସିଥିବା ଜେଜୀମାର ପାକୁଆ ପାଟିର ହସ ହସ ମୁହଁଟି । ପୁଣି ଗାଁରୁ ଫେରିବା ସମୟରେ ଠିକ୍ ସେଇ ଜାଗାରେ ବସିଥିବା ଜେଜୀମାର ଲୁହ ଛଳ ଛଳ କରୁଣ ମୁହଁଟି । ସେ ଦୁଇଟିଯାକ ମୁହଁ ମୋ ପାଇଁ ସମାନ ଭାବରେ ପ୍ରିୟ ।

ମୁଁ ଜେଜୀମାକୁ ଦେଖିବା ବେଳକୁ ସେ ବହୁତ ବୁଢ଼ୀ ହୋଇଯାଇଥିଲା । ବାଡ଼ିଖଣ୍ଡେ ଧରି ନଇଁ ନଇଁ ଚାଲୁଥିଲା । ବେଳେ ବେଳେ ଯେମିତି ବି ଚାଲବୁଲ କରୁଥିଲା । ତା'ର ଦେହର ଚମ କୁଞ୍ଚ ପଡ଼ିଯାଇଥିଲା କିନ୍ତୁ ଚିକ୍‌କଣତା ହରାଇ ନ ଥିଲା । ବଡ଼ ଆଶ୍ଚର୍ଯ୍ୟର କଥା ଯେ ତା' ମୁଣ୍ଡରେ ଥିବା ଦୀର୍ଘ ଘନ ବାଳ ଆଦୌ ପାଚି ନଥିଲା । ବେଳେବେଳେ ମୁଣ୍ଡ ଧୋଇ ସେ ଯେତେବେଳେ ଖରାକୁ ପିଠିକରି ତା' ବାଳ ଶୁଖାଉଥାଏ ଯିଏ ପଛରୁ ଦେଖିବ ମନେକରିବ କୋଉ ରୂପକଥାର ସାଧବ ଝିଅଟିଏ କି !

ମୋ ବାପା ଥିଲେ ଛ'ଭାଇ ଦୁଇ ଭଉଣୀ । ପିଉସୀ ଦୁଇଜଣ ମୋ ଜନ୍ମର ବହୁପୂର୍ବରୁ ବାହା ହୋଇ ଯାଇଥିଲେ । ସେମାନଙ୍କୁ ମୁଁ ଦୁଇ ଚାରିଥର ମାତ୍ର ଦେଖିଥିବି । ମୋ ବାପାଙ୍କର ବଡ଼ ଦୁଇଭାଇ ରହୁଥିଲେ ଗାଁରେ ଓ ସାନ ତିନିଭାଇ ଓଡ଼ିଶା ବାହାରେ ବିଭିନ୍ନ ଜାଗାରେ ରହୁଥିଲେ । ଆମେ ରହୁଥିଲୁ କଟକରେ ।

ବାପା ଓ ତାଙ୍କର ଅନ୍ୟ ସାନ ତିନିଭାଇ ଜେଜୀମାକୁ ସେମାନଙ୍କ ସାଙ୍ଗରେ ନେବାକୁ କୁହନ୍ତି । ସେ ରାଜି ହୁଏନି । ଗାଁ ଛାଡ଼ି ସେ କୁଆଡ଼େ ହେଲେ, ଯିବନି । ମୋ ବାପାଙ୍କ କଥା ନିହାତି ଭାଙ୍ଗି ନପାରି ଥରେ ଦି'ଥର ମାସେ ପନ୍ଦରଦିନ ପାଇଁ ସେ ଆମ ସାଥୀରେ କଟକ ଆସିଥିଲା । ହେଲେ କଳପାଣି ଗାଧୁଆ ଓ ଉଠା ପାଇଖାନା ତା ପାଇଁ

ବହୁତ ଅସୁବିଧାର କାରଣ ହୁଏ। ସେ ରହିପାରେନା ବେଶିଦିନ, ଗାଁକୁ ଫେରିଯାଏ। କିନ୍ତୁ ତା ନ ରହିବାର ଅସଲ କାରଣ ହେଲା ଗାଁରେ ଦୁଇଟା ବୋହୂ ଥିଲେ ବି କାଳେ ସେମାନେ ଜେଜେଙ୍କର ସମାଧି ପାଖରେ ପ୍ରତ୍ୟହ ସଞ୍ଜ ଦେବାକୁ ଭୁଲିଯିବେ। ଏଇ ଆଶଙ୍କାରେ ସେ କୁଆଡ଼େ ଯିବାକୁ ଚାହୁଁ ନଥିଲା।

ପ୍ରାୟ ପ୍ରତି ଖରାଛୁଟିରେ ସ୍କୁଲ କଲେଜ ବନ୍ଦ ହୋଇଗଲେ ଆମର ଓ ଦାଦାମାନଙ୍କର ପରିବାର ଗାଁକୁ ଆସନ୍ତି। ଘର ତେଣିକି କୋଳାହଳରେ ଉଠୁଥାଏ, ପଡୁଥାଏ। ଆମର ଦଶବାର ବଖରା ଘରର କଡ଼େ କଡ଼େ ବୁଲିଥିବା ମାଟି ପିଣ୍ଡା ଓ ପ୍ରଶସ୍ତ ଅଗଣା ଥିଲା ଆମମାନଙ୍କର ମୁଖ୍ୟ ଖେଳିବା ସ୍ଥାନ। କିନ୍ତୁ ଦିନବେଳେ ଆମେ ଘରେ ରହୁଥିଲୁ ଖୁବ୍ କମ୍ ସମୟ। ଆମ ପିଲାମାନଙ୍କର ସଂଖ୍ୟା ଥିଲା ପ୍ରାୟ ପଚିଶ। ଦୁଇ ବଡ଼ବାପାଙ୍କର ପିଲାଙ୍କ ଭିତରୁ ପାଞ୍ଚ ସାତଜଣଙ୍କୁ ଛାଡ଼ିଦେଲେ ଆଉ କେହି ଖେଳିବା ବୟସ ଅତିକ୍ରମ କରିନଥିଲୁ।

ପ୍ରତି ଖରାଛୁଟି ଆମ ମନରେ ଭରିଦିଏ ନୂଆ ପ୍ରକାରର ଆନନ୍ଦ ଉତ୍ତେଜନା। ଗ୍ରୀଷ୍ମ ତ ମତେ ଲାଗେ ସତେ ଯେମିତି ଯାଦୁକରଟିଏ। ଚତୁର୍ଦ୍ଦିଗ ସୂର୍ଯ୍ୟକିରଣରେ ଝଲମଲ ହୋଇ ଉଠୁଥାଏ। ସେ କିରଣରେ କ'ଣ ଥାଏ କେଜାଣି ଆମ୍ବ ତରଭୁଜ ସବୁ ଖୁବ୍ ସୁନ୍ଦର ଭାବରେ ପାଚିଯାଏ।

ଆମ୍ବତୋଟାରେ ଝୁଲୁଥିବା କଞ୍ଚା ପାଚିଲା ଆମ୍ବର ସ୍ୱାଦ, ବାଡ଼ିରେ ବସି ଖଣ୍ଡେ ଖଣ୍ଡେ ଖଇରପକା ପାନରେ ପାଟି ନାଲି କରିବା, ପୋଇମଞ୍ଜିର ଅଳତା ଲଗେଇବା ଓ ଖରାବେଳେ ଘରୁ ଲୁଚି ଲୁଚି ଯାଇ ବିଲବାଡ଼ିରେ ବୁଲିବା, ପୋଖରୀ ପାଣିରେ ବୁଡ଼ିବାର ଯେଉଁ ଆନନ୍ଦ ତା'ର କି ଆଉ ତୁଳନା ଅଛି !

ଏବେକାର ଗ୍ରୀଷ୍ମଛୁଟିରେ ସେ ଉତ୍ତେଜନା ଆଉ ନାହିଁ। ବୁଦ୍ଧିଜୀବୀ ବାପା ମା'ମାନେ ତ ଚାହୁଁଛନ୍ତି ତାଙ୍କ ପିଲାମାନଙ୍କୁ କିଛି ସମର ରିଫ୍ରେଶର କୋର୍ସ ଦେବାକୁ। ଏଇ ପ୍ରତିଦ୍ୱନ୍ଦ୍ୱିତାମୂଳକ ସମାଜରେ କାଳେ କିଏ କଉଠି ବେଶି ଆଗେଇଯିବଣି ! ନ ହେଲେ ଟି.ଭି.କୁ ଜାବୁଡ଼ି ଧରି ଡ୍ରଇଂ ରୁମ୍‌ର ସେଇ ଚାରିକାନ୍ଥ ଭିତରେ ଗୋଡ଼ ହାତକୁ ଜରାଗ୍ରସ୍ତ କରି ବସି ରହିବାକୁ ପିଲାମାନେ ବେଶି ପସନ୍ଦ କରୁଛନ୍ତି। ଛୁଟିରେ ସେ ଆନନ୍ଦର କାଣିଚାଏ ଆଉ ନାହିଁ।

ଦୀର୍ଘ ଖରାଛୁଟିଟା ସାରା ଘରେ ଆମର ହଇଚଇ ଲାଗି ରହୁଥିଲା। ଶାନ୍ତିରେ ଟିକେ ବିଶ୍ରାମ ନେବାର ସୁଯୋଗରୁ ବଞ୍ଚିତ ହୋଇ ଜେଜୀମା ଆମ ସମସ୍ତଙ୍କ ଉପରେ ବିରକ୍ତ ହୋଇଯାଏ, "କେବେ ଏ ମାଙ୍କଡ଼ପଂଝାକ ଯିବେ କେଜାଣି ଟିକେ ବସେଇ

ଉଠେଇ ଦେଉ ନାହାନ୍ତି।" ଅଥଚ ଆମ ଛୁଟି ସରିଆସିବା କଥା ଶୁଣିଲେ ହିଁ ସେ କେମିତି ବିଷଣ୍ଣ ହୋଇଯାଏ। ଉଦାସ ଜଣାପଡ଼େ।

ଆମ ଗାଁରେ ଥିବା ପର୍ଯ୍ୟନ୍ତ ଜେଜୀମା ପ୍ରାୟ ଆମ ରୋଷେଇରେ ଖାଏ। ଅନ୍ୟ ବୋହୂମାନେ ସେ ଖାଇ ବସିବାବେଳେ ତାଙ୍କର ରାନ୍ଧିଥିବା ତରକାରିପତ୍ର ଦେଇଯା'ନ୍ତି। ଯାହା ତା'ର ପସନ୍ଦ ନ ହୁଏ ତାକୁ ସେ "ଛିଆଲୋ ଏଗୁଡ଼ା କ'ଣ ଲାଗୁଛି" କହି ଦୂରକୁ ଠେଲିଦିଏ। ବାପାଙ୍କର ଅନ୍ୟ ସବୁ ଭାଇମାନଙ୍କ ପିଲାଙ୍କ ସଂଖ୍ୟା ଚାରିରୁ କମ୍ ନୁହେଁ। ଆମେ କେବଳ ଥିଲୁ ଦୁଇଜଣ ଭାଇ ଓ ମୁଁ। ଆମେ ସବୁଦିନ ସାଙ୍ଗହୋଇ ଖାଉ ଓ ଆମ ପାଖରେ ବସି ଜେଜୀମା ଖାଇବାକୁ ଭଲ ପାଉଥିଲା।

ଆମ ଦୁହିଁଙ୍କୁ ମାଛ ତରକାରି ଭିନ୍ନ ଜାଗାରେ ଦିଆଯାଇଥିଲେ ବି ମାଛ ମୁଣ୍ଡ ବଡ଼ଟାଏ ଥିଲେ, ମା' ତାକୁ ଥାଳିଆରେ ବାଢ଼ି ଆମ ଦୁହିଁଙ୍କ ମଝିରେ ରଖିଦିଏ। କିନ୍ତୁ ବଡ଼ ମାଛମୁଣ୍ଡର ସବୁ ଭଲ ଅଂଶତକ ମୋ ଭାଇ ଶୀଘ୍ର ଶୀଘ୍ର ଖାଇ ଯାଉଥିବାର ଦେଖିଲେ ଜେଜୀମା ମୋ ମା ଉପରେ ବିରକ୍ତ ହୋଇକହେ "ଦବୁତ ଜଣକୁ ଦେ। ଦିନେ ଦିନେ ଜଣେ ପୂରା ମୁଣ୍ଡଟା ଖା'ନ୍ତୁ। ଏ ଟୋକାଟାତ ବଲୁଆ ପଡ଼ି ସବୁ ଖାଇଯାଉଛି ଖାଲି ନାଁ ହେଉଛି ଇଏବି ଖାଉଥିଲା।"

ଏଇ ଖାଇବାକଥା ନେଇ ଥରେ କିନ୍ତୁ ସେ ମୋ ଉପରେ ରାଗି ଯାଇଥିଲା। ମଝିରେ କେବେ ବଦଳି ହେଲେ ବାପା ନୂଆ ଜାଗାରେ ଘର ଠିକଣା କରିବା ପର୍ଯ୍ୟନ୍ତ ଆମକୁ ଆଣି ଗାଁରେ ଛାଡ଼ି ଦେଇଯାନ୍ତି। ମଝିରେ ଥରେ ଦି'ଥର ଆସି ବାପା ସେହି ସମୟରେ ଗାଁରେ ବୁଲିଯା'ନ୍ତି। ବାପା ଆସିଲେ ମୁଁ ତାଙ୍କ ସାଙ୍ଗରେ ବସି ଖାଇଥାଏ। ଭାଇ ପାଖ ମାଡ଼ନ୍ତିନି। ସେଥର ମୁଁ ବାପାଙ୍କ ସାଙ୍ଗରେ ଖାଉଥାଏ, ଜେଜୀମା ଖୁସି ମନରେ ବସି କ'ଣ ସବୁ ଗପୁଥାଏ। ହଠାତ୍ ମୁଁ କହିଲି, "ଆଜି ବାପା ଆସିଛନ୍ତି ବୋଲି ମା' ଏତେ ପ୍ରକାର ଭଲ ଜିନିଷ ରାନ୍ଧିଛି। ନ ହେଲେ କ'ଣ ଗୋଟେ ତରକାରି କରି ଦେଇଥାନ୍ତା।"

ମୁଁ ପୁଣି ଖାଇବାରେ ଲାଗିଲି। ବାପା କିନ୍ତୁ ଖାଇବା ବନ୍ଦ କରିଦେଲେ ଓ ମା'କୁ ବିରକ୍ତ ହୋଇ କହିଲେ, "ପିଲାଙ୍କ ମୁହଁରୁ ଏପରି କଥା ମୁଁ ଯେପରି ଆଉ ନ ଶୁଣେ।" ବାପା ଆଉ ଥରେ ଦି'ଥର ଖାଇ ଉଠିଗଲେ।

ବାପା କାହିଁକି ରାଗିଲେ ଓ ମା କାହିଁକି ମୁହଁ ଶୁଖାଇ ବସିଲା ମୁଁ ବୁଝିପାରିଲିନି। ଜେଜୀମା ମୋ ଆଡ଼କୁ ଚିହିଁକି ଆସି କହିଲା "ଆହା ଜମାରୁ କିଛି ଖାଉଥିବୁ କି ! ବୋପା ଆଗରେ ଏଡ଼େ କଥାଟେ କହି ପକାଇଲୁ। ମୋ ବୋହୂଟା ଗାଳିଖାଇଲା ଏଇ ଫୁଲେଇ ଟୋକୀଟା ଲାଗି। ସେଥିକି ଚିନ୍ତା ନାହିଁ, ପୁଣି ଗିଳା ଲଗେଇଛି।"

ମୁଁ ସତରେ ବୁଝି ପାରିଲିନି ମୋର କ'ଣ ଅପରାଧ ହେଲା। ଜେଜୀମା ମତେ କାହିଁକି ଗାଳିଦେଲା। ମୁଁ ଉଠି ଯାଉଥିଲି ସେ ପୁଣି ଶୋଧିଲା, "ଉଠିଯାଉଛୁ କୁଆଡ଼େ ? ସବୁତକ ଗିଳିକରି ଯା', ନ ହେଲେ ତୋ ବୋପା ଆସି ପୁଣି ମୋ ବୋହୂକୁ ପଦେ କହିବ।"

ଆମ ସବୁ ନାତି-ନାତୁଣୀଙ୍କ ଭିତରେ ଜେଜୀମା କାହାକୁ ବେଶି ଭଲପାଏ ଜାଣିବାପାଇଁ ବହୁ ବାଦାନୁବାଦ ହୁଏ। କିନ୍ତୁ ସମସ୍ତେ ଭଲ କରି ଜାଣନ୍ତି ଜେଜୀମାର ମୋ ପ୍ରତି ଶ୍ରଦ୍ଧା ବେଶି ଥିଲା। ସେଥିପାଇଁ ସେମାନେ ସୁବିଧା ଦେଖି ଜେଜୀମା ବିଚରା ବର୍ଷକ ଯାକର ବିଭିନ୍ନ ଋତୁରେ ତିଆରି କରି ସାଇତି ରଖିଥିବା ଆମ୍ବୁଲ, ତେନ୍ତୁଳି, କୋଳି ଓ ସଜନାଛୁଇଁ ଆଚାର ଚୋରି କରି ଖାଇବାବେଳେ ମତେ ଦିଅନ୍ତି ନାହିଁ ଓ ଚୋରି କରିଥିବା କଥା କହିଦେଲେ ମତେସାଙ୍ଗରେ ଖେଳେଇବେ ନାହିଁ ବୋଲି ଧମକ ଦିଅନ୍ତି। ମୁଁ ସେମାନଙ୍କ ଡରରେ ଚୁପ୍ ରୁହେ। ତଥାପି ସେମାନେ ଜେଜୀମା'କୁ ମୋ ବିରୋଧରେ ମତାଇବାକୁ ଷଡ଼ଯନ୍ତ୍ରକରି ମୁଁ ଚୋରିକରି ସେସବୁ ଖଟା ଖାଉଥିବାର ଦୃଶ୍ୟ କେହି କେହି ସ୍ୱଚକ୍ଷୁରେ ଦେଖିଥିବାର ବିବରଣୀ ଦିଅନ୍ତି ଓ କଥାର ସତ୍ୟତା ଉପରେ ଗୁରୁତ୍ୱ ଦେବାକୁ ଯାଇ ନିଜର ଆଖିକାନ ଛୁଇଁ ମିଥ୍ୟା ଶପଥ ମଧ୍ୟ କରିପକାନ୍ତି।

ତଥାପି ଜେଜୀମା ସେମାନଙ୍କ କଥା ବିଶ୍ୱାସ କରେନି। ତା'ର ଗୋଟିଏ କଥା ମୋ ପାଇଁ ଥାଏ, "ମୋ କୁନିଆଟା କେଡ଼େ ନେସମାଟାଏ, ସେ ଆଟୁ ଉପରେ ଚଢ଼ିବା, ଗଛ ଚଢ଼ିବା କଥାକୁ କ'ଣ ପାରିବ ! ତମେ ସବୁ କାଙ୍ଗାଳଛୁଆ, ତୁମ ବୋପା ମା ତୁମକୁତ କିଛି ଦେଇନାହାଁନ୍ତି, ପେଟ ପୋଡ଼ି ଯାଉଛି କ'ଣ କରିବ ? ମୋରି ଅମ୍ବୁଲ ତେନ୍ତୁଳିତକ ଖାଇଲେ ସିନା ତୁମ ଜୀବନ ରହିବ।" ଏ କଥାରେ ଆଉ କିଏ କ'ଣ କହିବେ !

ଜେଜୀମା ସବୁ ଦିନ ରାତିରେ ଶୋଇବା ପୂର୍ବରୁ ସନ୍ଧ୍ୟାରେ ଚିକ୍କଣ କରି ବାଟିଥିବା ହଳଦୀରେ ସୋରିଷ ତେଲ ମିଶେଇ ତା ଦେହରେ ମାଖି ହୁଏ। ରାତି ନ ପାହୁଣୁ ଗାଧୋଇ ପାଧୋଇ ବସିଥିବା ଜେଜୀମା ସେତିକି ବୟସରେ ବି ମତେ ଗୋଟିଏ ସଜଫୁଟା କନିଅର ଫୁଲ ପରି ଦେଖାଯାଏ।

ବେଳେବେଳେ ସେ ହଳଦୀ ଲଗାଇବା ସମୟରେ ମୁଁ ପହଞ୍ଚିଯାଇ ମୋ ହାତଗୋଡ଼ରେ ଟିକେ ମାରିଦେବା ପାଇଁ ତା'ଆଡ଼େ ବଢ଼େଇଦିଏ। ଜେଜୀମା କହେ, "ଯା ଭଲ ଜାମାଟା ପାଲଟି ପକାଇ ମା'ର ପୁରୁଣାକସ୍ତା ଖଣ୍ଡେ ପିନ୍ଧିଆ। ଭଲ କରି ଲଗେଇ ଦେବି। ଏଇ ହାତଗୋଡ଼ରେ କ'ଣ ଟିକେ ମାରିବୁ।"

ମୁଁ ତାହାହିଁ କରେ। ମୋ ଦେହମୁଣ୍ଡ ସବୁଆଡ଼େ ହାତବୁଲାଇ ସେ ଭଲ କରି

ତେଲ ହଳଦୀ ଘଷିଦିଏ। ମୁଁ ସେଦିନ ତା'ରି ପାଖରେ ଶୁଏ। ହଳଦୀ ଲାଗିଲେ ବିଛଣାଚାଦର ଅସନାହେବା ଡରରେ ମତେ କେହି ପାଖରେ ପୂରାନ୍ତି ନାହିଁ। ମୁଁ ଉଠିଲାବେଳକୁ କେତେ ଡେରି। ମୋର ହଳଦୀଲଗା ରୂପଟି ଦେଖି ବିଭିନ୍ନ ସହରରୁ ଆସିଥିବା ଭାଇ ଭଉଣୀମାନେ ମଫସଲିଆ, ଗାଉଁଲିଆ କହି ମତେ ଚିଡ଼ାନ୍ତି। ଯଦିବା ମୁଁ ଖୋଦ୍ କଟକ ସହରରେ ରୁହେ।

କିନ୍ତୁ ମୋ ଦେଖାଦେଖି ଭଉଣୀମାନଙ୍କ ଭିତରୁ କେହି କେହି ଜେଜୀମା ପାଖରେ ହଳଦୀ ଲଗାଇବାର ଇଚ୍ଛା ପ୍ରକାଶ କରିଥିଲେ। ସେ ତାଙ୍କ ଆଡ଼ିକି ହଳଦୀ କାଠୁଆଟାକୁ ପେଲିଦେଇ କୁହେ, "ନିଅ ଲଗାଅ ଆପେ ଆପେ, ମୁଁ ଲଗେଇ ଦେଇ ପାରିବିନି।" ସେମାନେ ସେତେବେଳେ ମତେ କାହିଁକି ଲଗେଇ ଦେଉଛି ବୋଲି ଅଭିଯୋଗ କରନ୍ତି। ସେ ତା'ର ପାକୁଆ ପାଟିରେ ସୁନ୍ଦର ହସଟିଏ ଝରେଇଦେଇ କହେ, "ମଲାଲୋ ତା' କଥା କାହିଁକି କହୁଛ ? ତା'ର ତ ଜହ୍ନିଫୁଲିଆ ରଙ୍ଗ, ତା' ଦେହରେ ହଳଦୀ ଟିକେ ଲାଗିଲେ ଦାଉ ଦାଉ ଜଳିବ। ତୁମର ଯେଉଁ ଜହ୍ନି ମଞ୍ଜି ରଙ୍ଗ ହଳଦୀକୁଆଡ଼େ ପିଇଯିବ.... କୋଉ ଦିଶିବ ଯେ ଏତେ ମିହନତ କରି ଲଗେଇବି !" ତା'ର ଏକଥା ମୋର ଭଉଣୀମାନଙ୍କୁ ଖରାପ ଲାଗେ, ମତେବି। କାରଣ ପ୍ରକୃତରେ ଏତେ ମଇଳା ରଙ୍ଗ ଆମ ଘରେ କାହାର ନ ଥିଲା। କିନ୍ତୁ ଜେଜୀମା'ର ମୋ ପାଇଁ ଥିବା ଭଲ ପାଇବା ହିଁ ତା ଆଖିରେ ମୋ ରଙ୍ଗକୁ ଏତେ ଉଜ୍ଜ୍ୱଳ କରି ଦେଉଥିଲା।

ସେତେବେଳେ ନୂଆ ନୂଆ ଟ୍ରାଞ୍ଜିଷ୍ଟର ଆସିଥାଏ। ଯେଉଁଠି ରଖିଲେ ବାଜିଲା ! ଖରାଛୁଟିରେ ସେଥିରୁ ଗୋଟେ ଆଣିଥାଏ ମଝିଆ ଦାଦାଙ୍କ ପୁଅ ଲାଟୁ। ତା'ରି ପାଖରେ ସବୁ ଭିଡ଼। ଖାଇବା, ପିଇବା, ବୁଲିବା, ପୋଖରୀକୁ ଗାଧୋଇବାକୁ ଯିବା ସବୁ ସମୟରେ ସେଇଟା ତା' କାନ୍ଧରେ ଝୁଲୁଥାଏ ଓ ତା'ପଛେ ପଛେ ଗାଁ ପିଲାଙ୍କର ଏକ ଚଳମାନ ମେଳା।

ରାତିରେ ଆମ ଘରର ବିରାଟ ଅଗଣା ଓ ଘରମାନଙ୍କର ଏତେ ଆଲୋକ ବ୍ୟବସ୍ଥା ହୋଇପାରେ ନାହିଁ। ଦି'ଟା ଲଣ୍ଠନ ଥାଏ ସମୁଦାୟ। ଗୋଟିଏ ବାହାରେ ବାରଣ୍ଡାରେ ଆଉ ଗୋଟିଏ ହାତରେ ଧରି ଏପଟ ସେପଟ ହେବା ପାଇଁ। ଆଉ ଥାଏ ଚାରି ଛ'ଟା ଡିବି। ଏତିକି ଆଲୋକ ଘର ଉପରେ ମାଡ଼ି ପଡ଼ିଥିବା ଗାଢ଼ ଅନ୍ଧାରକୁ କିଞ୍ଚିତମାତ୍ର ଦୂର କରିପାରେ। ଗାଁ ଦାଣ୍ଡ ସଂପୂର୍ଣ୍ଣ ଅନ୍ଧାର। ସନ୍ଧ୍ୟା ହେବାର ଅଳ୍ପ ସମୟ ଭିତରେ ଗାଁର ଅନ୍ୟମାନଙ୍କ ଘରେ ଡିବି ଆଲୁଅ ବି ଲିଭିଯାଏ। ଯେହେତୁ ସହର ଜୀବନରେ ଏତେ ଶୀଘ୍ର କେହି ଶୋଇବାରେ ଅଭ୍ୟସ୍ତ ନ ଥିବାରୁ ଆମରି ଘରେ କେବଳ ରାତିରେ ଯାହା ଘୋ ଘୋ ହୁଏ। ଆଉ ସବୁଆଡ଼ ଅନ୍ଧାର... ଖାଁ ଖାଁ ଲାଗୁଥାଏ। ପ୍ରତିଟି ବିରାଟକାୟ ଗଛ

କେମିତି ଏକ ଭୟଙ୍କର ପଶୁର ଆକାର ପରି ଦିଶନ୍ତି । ଗାଁ ରେ ବିଭିନ୍ନ ଗଛରୁ ନେଇ ପ୍ରଚଳିତ ଥିବା ଭୂତର କାହାଣୀ ରାତିରେ ଯେମିତି ସତ ହେଇଯାଆନ୍ତି । ଆମେ ସମସ୍ତେ ପିଲାମାନେ ରାତି ହେଲେ କେହି କାହାରି ପାଖ ଛାଡୁନା ।

ସଚ୍ଚି ରାଉତରାୟଙ୍କର 'ପଲ୍ଲିଶ୍ରୀ'ର ଅଧିକାଂଶ କବିତା ମୋର ମୁଖସ୍ଥ ଥିଲା । କିନ୍ତୁ ତାଙ୍କର ଛୋଟ ମୋର ଗାଁଟିରେ 'ଆଲୁଅ ତା'ର କି ମନୋହର, ଅନ୍ଧକାର ତା'ଠାରୁ ଭଲ' ପଙ୍‌କ୍ତିଟି ସହିତ ମୁଁ ଆଦୌ ଏକମତ ହୋଇ ପାରେନି । କବିଙ୍କ ଗାଁରେ ହୁଏତ ଭୂତମାନେ ନଥିଲେ, ଯଦିବା ଥିଲେ ସଞ୍ଜ ହେଲେ ସେମାନେ କାହାରିକୁ ହଇରାଣ କରୁ ନଥିଲେ । ଆମ ଗାଁରେ ଯେଉଁ ବଛା ବଛା ଭୂତ ଅଛନ୍ତି ରାତି ଅନ୍ଧାରରେ ତାଙ୍କ ହାବୁଡ଼ରେ ଥରେ ପଡ଼ିଥିଲେ ସେ କ'ଣ ଏକଥା ଲେଖିଥାନ୍ତେ ! ଆମ ଭିତରୁ ବି କେହି ପଡ଼ି ନଥିଲୁ; କିନ୍ତୁ ଯେକୌଣସି ସମୟରେ ସୁତୁରା କି କୁତୁରା ପ୍ରେତ ହାବୁଡ଼ରେ ପଡ଼ିଯିବାର ସମ୍ଭାବନା ଥିବାରୁ ଅନ୍ଧାକରର ମନୋହାରିତା ଉପଭୋଗ କରିବା ଆମ ପକ୍ଷରେ ସମ୍ଭବ ନ ଥିଲା ।

ତେଣୁ ସନ୍ଧ୍ୟା ପରେ ଆମେ ସବୁ ପିଲାମାନେ ଅଗଣାରେ ସପ ପକେଇ ବସିଯାଉ । ଆମ ଆମ ଭିତରେ ଗପସପ, ପଦ୍ୟାନ୍ତର ଚାଲେ । କିନ୍ତୁ ଲାଟୁର ଟ୍ରାଞ୍ଜିଷ୍ଟର ସେଥର ସବୁ ବିଭ୍ରାଟ କଲା । ସମସ୍ତେ ତାକୁ ହିଁ ଶୁଣିବାକୁ ବ୍ୟସ୍ତ । ମତେ ଭଲ ଲାଗିଲେ ବି ପରସ୍ପର ସହିତ କଥା ହେବାର ମଜାରେ ସେଇଟା ବାଧକ ବୋଲି ମୋର ମନେହେଲା । ମୁଁ ଚୁପ୍‌କରି ସେଠୁ ଖସିଯାଉଥିଲି ଜେଜୀମା ପାଖକୁ ।

ତା' ପାଖରେ ଶୋଇ ତା' ଠାରୁ ମୁଁ ଯେତେ ଗପ ଶୁଣିଥିଲି ସେସବୁ ମୁଁ ଭୁଲିଯାଇଛି; କିନ୍ତୁ ଜେଜେଙ୍କ ସହିତ ତା' ଜୀବନର ସୁଖକର ଦିନଗୁଡ଼ିକର ବର୍ଣ୍ଣନା ସେ କରୁଥିବାବେଳେ ମୁଁ ପୁଲକିତ ହେବାକଥା ମୋର ମନେଅଛି ।

ବାପା ଗାଁରେ ଥିବା ନିଜର ଓ ଦୂରରେ ରହୁଥିବା ତାଙ୍କ ଭାଇମାନଙ୍କର ଜମିବାଡ଼ି ବିଷୟ ବୁଝାସୁଝା କରୁଥିଲେ ବେଳେବେଳେ ସେଇ ଜମି କାମରେ ହଠାତ୍ ତାଙ୍କୁ ଗାଁକୁ ଯିବାକୁ ପଡ଼େ । ଛୁଟି ପାଇବାରେ ଅସୁବିଧା ହେବ ଭାବି ସେ ପୂର୍ବରୁ ଦେଇଥିବା ନିର୍ଦ୍ଦେଶ ଅନୁସାରେ ଗାଁରୁ ତାଙ୍କର ଜଣେ ପୁତୁରା 'ମଦର୍ ସିରିୟସ୍ କମ୍ ସୁନ୍' ବୋଲି ଟେଲିଗ୍ରାମ୍‌ଟିଏ ପଠାଇ ଦିଅନ୍ତି । ତା'ପରେ କିଏ ଆଉ ବାପାଙ୍କୁ ଅଟକାଇବ !

ସେମିତି ଥରେ ଟେଲିଗ୍ରାମ୍‌ଟିଏ ଆସିଲା । ବାପା ଦ୍ୱନ୍ଦ୍ୱରେ ପଡ଼ିଗଲେ । ଜମିକଥା ନା ସତରେ ମା'ର ଦେହ ଖରାପ ! ତାଙ୍କର ଅଫିସ୍‌ରେ ବହୁ ଜଞ୍ଜାଳ ଥିବାରୁ ସେ ଜମି କାମରେ ଗାଁକୁ ଯିବାକୁ ଚାହୁଁ ନଥିଲେ । ଏମିତି ଦ୍ୱନ୍ଦ୍ୱରେ ପଡ଼ି ସେ ଗାଁକୁ ଯିବାରେ ଦିନେ ଡେରି କରିଦେଲେ । ପରଦିନ ପୁଣି 'ତାର' ପହଞ୍ଚିଲା । ଜେଜୀମା ଦେହ ବିଶେଷ ଖରାପ ବୋଲି ଜଣାଗଲା । ସେ ଦିନର କଥା ମୋର ମନେଅଛି ।

ବାପା ଜାମାଟା ପିନ୍ଧି ବାହାରୁଥାନ୍ତି । ଆମ ସମସ୍ତଙ୍କୁ ସାଙ୍ଗରେ ନେବାପାଇଁ ଯେଉଁ ପ୍ରସ୍ତୁତି, ସେ ଜନିତ ଯେଉଁ ବିଳମ୍ବ ସେତକ ସମ୍ଭାଳିବା ଅବସ୍ଥା ତାଙ୍କର ନଥାଏ । ଆଖିରୁ ତାଙ୍କର ନିରବରେ ଧାର ଧାର ଲୁହ ବୋହି ଯାଉଥାଏ । କିଏ କ'ଣ କାହାକୁ ବୁଝାଇବ । ମା ସୁଁ ସୁଁ ହୋଇ କାନ୍ଦୁଥାଏ । କିନ୍ତୁ ହଠାତ୍ ଘରଦ୍ୱାର ଦାୟିତ୍ୱ କାହାକୁ ଦେବେ ! ଭାଇ ପୁଣି ଏନ୍. ସି. ସି କ୍ୟାମ୍ପରେ ଜବଲପୁର ଯାଇଥାନ୍ତି । ତାଙ୍କର ଦୁଇଦିନ ପରେ ଫେରିବାର ଥାଏ । ତେଣୁ ମା ଓ ମୁଁ ଦୁହେଁ ରହିବାକୁ ବାଧ୍ୟ ହେଲୁ, ବାପା ଗଲେ ।

ତିନିଦିନ ପରେ ଜାଣିଲୁ ଜେଜୀମା ଚାଲିଗଲା । ବାପାଙ୍କୁ କୁଆଡ଼େ ଅନାଇଥିଲା ସେ । ତାଙ୍କର କୋଳରେ ମୁଣ୍ଡରଖି ତାଙ୍କରି ହାତରୁ ଗଙ୍ଗାଜଳ ପିଇ ଆଖି ବୁଜିଲା । ଆଉ କାହାରିକୁ ସେ ଖୋଜିନି । ହୁଏତ କାହାରିକୁ ଖୋଜିବା ଅବସ୍ଥାରେ ସେ ନଥିଲା ।

ଦାଦାମାନଙ୍କ ପରିବାର ଓ ଆମେ ସମସ୍ତେ ଯାଇ ଆଗପଛ ହୋଇ ଗାଁରେ ପହଞ୍ଚିଲୁ । ପିଲାମାନଙ୍କର ମହୋତ୍ସବ ଲାଗିଗଲା । ଜେଜୀମାର ସମସ୍ତ ସଞ୍ଚିତ ସମ୍ପତ୍ତି ବିନା ବାଧାରେ ଲୁଣ୍ଠିତ ହୋଇଗଲା । ମତେ ଖାଲି ତୁହାକୁ ତୁହାକୁ କାନ୍ଦ ଲାଗୁଥିଲା । ମୁଁ କାହାକୁ ମନା କରିବି ଓ କାହିଁକି ବା ମନା କରିବି ! ଜେଜୀମା ତ ଆଉ ଆସିବନି ।

ତା'ର ଶ୍ରାଦ୍ଧକ୍ରିୟା ଓ ଭୋଜିଭାତ ପାଇଁ ବିପୁଳ ଆୟୋଜନ ଚାଲିଥାଏ । ପ୍ରତି ରାତିରେ ଆମର ସେ ଅଞ୍ଚଳର ପ୍ରଥା ଅନୁସାରେ ଘରେ ଛୋଟକାଟର ଭୋଜି ହେଉଥାଏ । ଆଜି ଜଣେ ଭଣଜା ଦେଲାଣି ତ କାଲି ଅନ୍ୟ ଜଣେ । ପର ଦିନ ନାତିମାନେ । ମୋ ସାନ ଦାଦା ହଠାତ୍ ପ୍ରସ୍ତାବ ଦେଲେ ଏଗାରଦିନ ସନ୍ଧ୍ୟାରେ ଯେଉଁଦିନ ଖାସ୍ ଆମଘରର ନିମନ୍ତ୍ରଣ ପାଇ ଭଦ୍ରବ୍ୟକ୍ତିମାନେ ଆସିପହଞ୍ଚିବେ ସେଦିନ ସେମାନଙ୍କ ଆଗରେ ଜେଜୀମା ପାଇଁ ସ୍ୱତନ୍ତ୍ର ଭାବରେ ପ୍ରସ୍ତୁତ ଏକ ସଙ୍ଗୀତ ପରିବେଷଣ କରାଯିବ ।

ସେ ଦାୟିତ୍ୱ ମତେ ଦିଆଗଲା । ସେତେବେଳେ ଆମେ ସବୁ ଭାଇଭଉଣୀଙ୍କ ଭିତରେ ମୁଁ ଏକା ଖାଲି କିଛି ଲେଖାଲେଖି କରୁଥିଲି । ସେତେବେଳେ ପ୍ରକାଶ ପାଉଥିବା କଳିଙ୍ଗ କାଗଜର 'ଉଦୟଭାନୁ' ବିଭାଗରେ ମୋର ଗୋଟେ ଅଧେ ଲେଖା ପ୍ରକାଶ ପାଇଥିବାରୁ ସମସ୍ତଙ୍କ ଭିତରେ ମୋର ଗୋଟେ ସ୍ୱତନ୍ତ୍ର ପ୍ରତିଷ୍ଠା ଥିଲା । ମୁଁ ପୁଣି ଗୀତ ଶିଖୁଥିବା କଥା ସମସ୍ତେ ଶୁଣିଥିଲେ । ଯଦିବା ସାରେ ଗାମା ପରେ ଗୀତ ଗାଇବା ପାଇଁ ଦୁଇଟା ମାତ୍ର ଗୀତ ମୁଁ ତରବର ହୋଇ ଶିଖିଥିଲି । ସେତିକି ମାତ୍ର ଯୋଗ୍ୟତା ପାଇଁ ଯେ ହଠାତ୍ ମତେ ଏତେବଡ଼ ସଂକଟରେ ପଡ଼ିବାକୁ ପଡ଼ିବ ମୁଁ ଜାଣି ନ ଥିଲି । ଗୀତ ଲେଖି, ସୁର ଦେଇ ଅନ୍ୟ ଭଉଣୀମାନଙ୍କୁ ଗାଇବାକୁ ମଧ୍ୟ ଶିଖାଇବାକୁ ପଡ଼ିବ । ମୁଁ କାନ୍ଦ କାନ୍ଦ ହେଇ ଯାଉଥାଏ ।

ସେତିକିବେଳେ ମୋ ଭାଇ ଆହୁରି ବାଦ ସାଧି ବସିଲେ । ସେ କହି ବୁଲିଲେ,

"ଏଇଟାକୁ କ'ଣ କିଛି ଆସେ। ମୁଁ ଯାହା ଲେଖିଥାଏ ତାକୁ ଇଏ ଉତାରି ଦେଇ ନିଜ ନାଁରେ କାଗଜକୁ ପଠାଇ ଦେଉଛି। ମୋ ନାଁରେ ଯେଉଁ ଲେଖା ବାହାରୁନି ସେସବୁ ଲେଖା ଝିଅପିଲାର ନାଁ ଦେଖି ତାକୁଇ ସେମାନେ ବାହାର କରି ଦେଉଛନ୍ତି। ଏତେତ ଲେଖି ଆସୁଛି ଏବେ ଜେଜୀମା ପାଇଁ ଗୋଟେ ଗୀତ ଲେଖିପାରୁନି କାହିଁକି ! ଜେଜୀମା କୁଆଡ଼େ ଯାକୁ ବେଶୀ ଭଲ ପାଉଥିଲା।" ସମସ୍ତେ ତାଙ୍କ କଥାକୁ ବିଶ୍ୱାସ କରିଗଲେ।

ମୋର ଗୀତ ଲେଖି ପାରିବା ନ ପାରିବା ସହିତ ଜେଜୀମାର ମତେ ଭଲପାଇବାର ବା ସମ୍ପର୍କ କ'ଣ ମୁଁ ବୁଝିପାରୁ ନ ଥିଲି। କିନ୍ତୁ ମୋ ନିଜକୁ ପ୍ରମାଣ କରିବା ଏକମାତ୍ର ବାଟ ହେଉଛି ଗୀତ ଲେଖିବା। ପରେ ଗାଇବା କଥା ଦେଖାଯିବ। ହାତରେ ସମୟ ନାହିଁ ବେଶୀ ଚିନ୍ତା କରିବା ପାଇଁ। ଏଣେ ଭଉଣୀମାନେ ଆସି ବାରମ୍ବାର ବ୍ୟସ୍ତ କରି ପକାଉଥାନ୍ତି। ଇଏ କେବେ ଲେଖିବ ମ ଆମେ ଗୀତ ଶିଖିବୁ, ଗାଇବୁ। ନା ବାବା ଆମେ ଗାଇ ପାରିବୁନି।

ମୁଁ ମୁହଁକୁ ଶୁଖାଇ ପଦ ଭାବୁଥାଏ। ଗୋଟାଏ ବିଶେଷ ଅବସ୍ଥାକୁ ଚାହିଁ ଗୀତ ହେବା ଦରକାର ପୁଣି କରୁଣ ନହେଲେ ନ ଚଳେ। ଯା'ହେଉ ଗୋଟେ ପଦ ଆସିଗଲା ମନକୁ। ମୁଁ ସେହିକ୍ଷଣି ଟିପି ପକାଇଲି-

ଜେଜୀମା ତୁମେ ଗଲ ଚାଲି, ପଛେ ଝାଡ଼ି ଦେଇ ଘରବାରି
ଆମେ କାନ୍ଦୁଅଛୁ ତୁମ ଗୁଣ ଝୁରି ଝୁରି.... ଆହା ଝୁରି ଝୁରି
ଆମକୁ ନିଅ, ତୁମେ ସାଥେ ସାଥୀ କରି।

ମୋ କବିତ୍ୱରେ ମୁଁ ଖୁସି ହେଲି। ସେହିକ୍ଷଣି ବିନା ତାଗିଦରେ ଅହରହ ବୁଲୁଥିବା ଦଣ୍ଡାବାଲୁଙ୍ଗା ଓ ବାଲୁଙ୍ଗୀ କେଇଟାଙ୍କୁ ଡାକି ଶୁଣେଇଲି ମୋ ଗୀତର ପ୍ରଥମ ପଦଟା। ମୁଁ ଶେଷ ଧାଡ଼ିଟା ପଢ଼ିଛି କି ନାହିଁ ତାଙ୍କ ଭିତରୁ ଦୁଇଟା ପାଟିକରି ଉଠିଲେ 'ଇଏ କି ଗୀତ'! ତୁ ଯା, ଯିବୁ ଯଦି ସାଥୀହୋଇ, ଆମେ ଯିବୁନି। ଇଏ କ'ଣ ଦଣ୍ଡଯାତ କି ପଞ୍ଚୁଗାଁ ଯାତ ହେଇଛି କି ଜେଜୀମା ଆମକୁ ସାଥୀରେ ନେବ। ଏକଦମ୍ ଆରପୁରକୁ ଯିବାକୁ ହେବ ଯେ।'

ସେମାନେ ଦଉଡ଼ି ପଳେଇଲେ। ମୁଁ ଭୁଲ୍‌ଟା ବୁଝିପାରିଲି। ଶେଷ ଧାଡ଼ିଟା କାଟିଦେଲି ପୁଣି ନୂଆ ପଦ ଭାବିବାରେ ଲାଗିଗଲି। ଯାହାହେଉ ଜେଜୀମା ଦୟାରୁ ବୋଧେ ଗୀତଟା କୌଣସିମତେ ହେଇଗଲା। ଗୀତଟିର ପଛ ଦି'ପଦ ଆଜି ଏତେବର୍ଷ ପରେ ବି ସୁର ସହିତେ ମୋ ମନରେ ଗୁଞ୍ଜରି ଉଠୁଛି।

ଗୀତଟା ଲେଖିସାରି ତାକୁ ଗୋଟେ ସୁରରେ ପକାଇବା ପାଇଁ ହାର୍ମୋନିୟମ ଧରି ମୋର କି କସରତ ! କିନ୍ତୁ କେହି ଆଉ ଶିଖିବାର ନାଁ ଧରିଲେନି। ଘରେ ବଡ଼ମାନେ

ସବୁବେଳେ କାମରେ ବ୍ୟସ୍ତ, ପିଲାଙ୍କୁ ଦୃଷ୍ଟିଦେବାକୁ କାହାର ସମୟ ନାହିଁ। ସ୍କୁଲ ନାହିଁ, ପଢ଼ାପଢ଼ି ନାହିଁ, ଅଖଣ୍ଡ ସ୍ୱାଧୀନତା ମିଳିଛି। ସେଥିପାଇଁ ବାରିଦ୍ୱାର, ବିଲ, ପୋଖରୀହୁଡାରେ ବୁଲି ଉତ୍ପାତ ନ ହୋଇ କିଏ ବସି ଗୀତ ଶିଖିବ।

ମୁଁ ମୋର ଏକା ଏକା ବସି ଦୁଇଦିନ ଲାଗି ଗୀତଟିକୁ ଗାଇବାଯୋଗ୍ୟ କରିପାରିଲି। ମୋର ଏ ଉଦ୍ୟମକୁ ବଡ଼ମାନେ ବହୁତ ପ୍ରଶଂସା କଲେ। ପିଲା ଖଣ୍ଡେତ ଏଇ ବାହାରିଲା। ଆଉ ଏଗୁଡ଼ା ପଂଝାଏ ମୂର୍ଖ, ଦିନରାତି ଯାହା ପାରୁଛନ୍ତି ଖାଲି ଚରି ଯାଉଛନ୍ତି ନ ହେଲେ ଟୋ ଟୋ ମାରି ବୁଲୁଛନ୍ତି।"

ସେତିକି ବାହାବା ଶୁଣିବାବେଳେ ସିନା ମୋ ମନଟା କୁଣ୍ଢେମୋଟ ହୋଇଗଲା ତା'ପରେ କିନ୍ତୁ ଯାଉଣୁ ଆସୁଣୁ ସେଇ ମୂର୍ଖମାନେ ମତେ ସୁବିଧା ଦେଖି ଚିଢ଼େଇଲେ, "ଆହା ପିଲା ଖଣ୍ଡେତ !" ତା'ପରେ ନାନା ବିକୃତ ଭଙ୍ଗୀରେ ହସ।

ମୁଁ ସବୁ ସହି ଯାଉଥିଲି ଜେଜୀମା ପାଇଁ। (ନ ସହି ମୋର ବା ଅନ୍ୟ ଉପାୟ କ'ଣ ଥିଲା !) ସେଦିନ ନିମନ୍ତ୍ରିତମାନଙ୍କ ସମାବେଶରେ ମୋ ବଡ଼ ଦାଦା ମତେ ପରିଚୟ କରେଇ କହିଲେ, "ଆମ ଝିଅ ଗୋଟେ ଗୀତ ଗାଇବ। ତା' ଜେଜୀମା ବିଷୟରେ ସେ ନିଜେ ଗୋଟେ ଗୀତ ଲେଖିଛି।" ସମସ୍ତେ କରତାଳି ଦେଇ ଉତ୍ସାହିତ କଲେ। ମୋ ହାତଗୋଡ଼ ଭୟରେ ଥଣ୍ଡା ହେଇ ଯାଉଥାଏ। ଏହାପୂର୍ବରୁ ଥରେ ମାତ୍ର ସ୍କୁଲରେ ଶିକ୍ଷୟିତ୍ରୀମାନଙ୍କର ନାଲି ଆଖି ଡରରେ ମୁଁ ଶିଖିଥିବା ଏକମାତ୍ର ଚୋଖି ରାଗରେ ଲିଖିତ 'ଆଜିର ଓଡ଼ିଶା ଭାଇ, କେତେ ହୀନମାନ ହୋଇ' ସଙ୍ଗୀତଟି ଗାଇଥିଲି। ମୋ ପରି ଆଉ କେତେ ପିଲା ବି ବେତାଳିଆ ବେସୁରିଆ ଗୀତ ଗାଇଥିଲେ। ଚଳି ଯାଇଥିଲା। ଏଠିତ ସବୁ ବଡ଼ ମଣିଷ, ଆଉ ପିଲା ଯେତେକ ଅଛନ୍ତି ଗାଇବା ତ ଦୂର ଓଲଟା ଗାଇବାବାଲାର ପ୍ରାଣ କଣ୍ଠାଗ୍ରତ କରିବେ।

ମୁଁ ଆଖିବୁଜି ମନେ ମନେ ଜେଜୀମା ପାଖରେ ଶରଣ ପଶି ଗୀତଟି ଗାଇଦେଲି। ସମସ୍ତଙ୍କର ପସନ୍ଦ ହେଲା ବୋଲି ଜାଣିକି। ଏପରିକି ମୋର ସେଇ ଦୁର୍ଦ୍ଧାନ୍ତ ଭାଇ ଭଉଣୀମାନେ ମଧ୍ୟ ମତେ ପ୍ରଶଂସା କଲେ। କେହି କେହି ବଡ଼ ପାଟିରେ ତାଙ୍କର ଭାବନା ପ୍ରକାଶ କଲେ, ଯଦି ଟିକେ କଷ୍ଟ କରି ଗୀତଟା ଶିଖିଥାନ୍ତେ ତେବେ କୁନିଆ ଯେତିକି ବାହାବା ପାଇଲା ସେଥିରୁ କିଛି ସେମାନଙ୍କୁ ମିଳିଥାନ୍ତା।

ସେଇଦିନ ରାତିରେ ମୁଁ ଦେଖିଥିବା ସ୍ୱପ୍ନଟି ଆଜିବି ମତେ ସେହିପରି ଜୀବନ୍ତ ଲାଗେ। ଜେଜୀମା ବାରିପିଣ୍ଡାରେ ଗୋଡ଼ ଲମ୍ବାଇ ବସିଥିଲା। ମୁଁ ସେଇଠି କିଛି ଦୂରରେ ବସି କ'ଣ କରୁଥିଲି, ସେ ମୋତେ ପାଖକୁ ଡାକିଲା। ମୁଁ କହିଲି 'ତୁ ପରା ମରିଯାଇଛୁ ! ପୁଣି କେମିତି ଆସିଲୁ ?' ସେ କହିଲା, "ତତେ ଗୋଟେ ଜିନିଷ ଦେବାକୁ ଆସିଛି।"

ମୁଁ କିଛି ଜିନିଷ ପାଇବା ଲୋଭରେ ତା'ପାଖକୁ ଦଉଡ଼ିଗଲେ। ମୁଁ ଦେଖିଲି ତା ହାତରେ ଗୋଟେ ସୁନ୍ଦର ଚିକ୍‌କଣ ଲମ୍ବା କଳାବାଳ। ମୁଁ କହିଲି ଜେଜୀମା 'ମତେ ଗୋଟେ ଧଳାବାଳ ଦେ।' ସେ ହସିଲା। ତା'ର ସେ ପାକୁଆ ପାଟିର ହସ କେତେ ସୁନ୍ଦର, ମୁଁ ତାକୁ ଚାହିଁ ରହିଥିଲି। ସେ ତା'ର ମୁଣ୍ଡକୁ ମୋ ଆଡ଼କୁ ବୁଲାଇଦେଇ କହିଲା, 'ଦେଖୁନୁ ଧଳାବାଳ କାହିଁ?' ମୁଁ ଦେଖିଲି ସାଧବଝିଅର ବାରହାତ ବାଳ ପରି ତା' ପିଠିରେ ଲହରୀ ଖେଳୁଥିଲା ଘନକଳା ଦୀର୍ଘ ବାଳ ପେଣ୍ଡାଏ। ସେ ପୁଣି ବୁଲିପଡ଼ି ମତେ ଚାହିଁ କହିଲା, "ଧଳା ନ ହେଲା ନାହିଁ, ସେ କଳା ବାଳ କେତେଦିନ ବଞ୍ଚିଲା ଦେଖିଲୁ ତ... ତୁ ସେତିକି ଦିନ ବଞ୍ଚିରହ।"

ମୋ ନିଦ ଭାଙ୍ଗିଗଲା। ମତେ ଏତେ ଡର ମାଡୁ ନଥିଲା। ତଥାପି ପାଖରେ ଶୋଇଥିବା ମୋ ମା'କୁ ଜାକି ଧରିଲି। ସକାଳେ ତାକୁ ପ୍ରଥମେ ସ୍ୱପ୍ନ କଥା କହିଲି। ସେ କାହିଁକି କେଜାଣି ଆଉ କାହାରିକୁ କହିବାକୁ ମନା କଲା।

କିନ୍ତୁ ହଠାତ୍ ମୋ ଜାମାରେ ଲାଗିଥିବା ଗୋଟେ ଲମ୍ବା ବାଳ ଦେଖି ସେ ଡରି ଗଲା। କଥା ଲୁଚି ରହିଲାନି। ଆଶ୍ଚର୍ଯ୍ୟର କଥା ଏତେ ଲମ୍ବା ବାଳ ଆମର କାହାରି ନଥିଲା। ସେ ବାଳ ଜେଜୀମାର ଓ ସେ ମରିବା ବେଳକୁ ବି ପାଚି ନଥିଲା। କିନ୍ତୁ ତା' ମରିବାର ବାରଦିନ ପରେ ସେ ବାଳଟା କୋଉଠୁ ଆସିଲା ସେ ନେଇ ସମସ୍ତଙ୍କର କେତେ ପ୍ରକାର କଳ୍ପନାଜଳ୍ପନା ଚାଲିଲା।

ଦାଦା, ବଡ଼ବାପା ଏମାନେ କଥାଟାକୁ ସହଜ କରିବା ପାଇଁ କହିଲେ ହୁଏତ ତାଙ୍କ ମା'ର ବାଳଟା ଆଗରୁ କୋଉଠି ପଡ଼ିଥିଲା, ଦୈବାତ୍ ମୋ ଜାମାରେ ଲାଗିଯାଇଛି କିନ୍ତୁ ମା ଓ ଖୁଡୀମାନେ ସ୍ୱପ୍ନ ଘଟଣାକୁ ସତ ବୋଲି ବୁଝିଥିଲେ। ସେ ବାଳଟିକୁ କାଠ ଫରୁଆରେ ରଖି ମତେ ଦେଇଥିଲେ ପୂଜାକରିବା ପାଇଁ। ମୁଁ ତ କଲିନି। ହେଲେ ମୋ ମା' ସେ ଫରୁଆକୁ ଆଣି ଆମ କଟକ ଘରେ ଥିବା ଠାକୁରଙ୍କ କଡ଼କୁ ଚନ୍ଦନ ସିନ୍ଦୂର ମାରି ରଖିଥିଲା। ବାପାଙ୍କୁ ଲକ୍ଷ୍ୟ କରିଛି ଗାଧୋଇସାରି ଠାକୁରଙ୍କୁ ପ୍ରମାଣ କଲାବେଳେ ସେ ମଧ୍ୟ ସେଇ ଫରୁଆ ଉପରେ ଫୁଲଟିଏ ରଖି ଦିଅନ୍ତି।

ତା'ର ଅନେକ ବର୍ଷ ପରେ ବାପା ଚାକିରିରୁ ଅବସର ନେଇ ଗାଁକୁ ଫେରିଗଲେ। ପ୍ରଥମେ ସେଇ ମାଟି ତିଆରି ଚାଳଘରେ ସେମାନେ ବେଶ୍ କିଛିବର୍ଷ ରହିଥିଲେ। ପ୍ରତିବର୍ଷ ଖରାଛୁଟିରେ ବା ଦଶହରା ଛୁଟିରେ ମୁଁ ସେମାନଙ୍କୁ ଦେଖାକରିବାକୁ ଯାଏ। ଆମର ମାଟି ତିଆରି ଚାଳିଆର ଠାକୁରଘରେ ସବୁ ଠାକୁରଙ୍କ ଫଟକଡ଼କୁ ଗୋଟେ କାଠତିଆରି ଠଣାରେ ଚନ୍ଦନ ସିନ୍ଦୂରର ବୋଳବସା ସେ କାଠ ଫରୁଆଟି ମୋ ଆଖିରେ ପ୍ରଥମେ ପଡ଼ିଯାଏ। ତା' ସହିତ ମନେ ପଡ଼ିଯାଏ ମୋ ପିଲାଦିନର କେତେ ଛୋଟବଡ଼ ଘଟଣା ଓ ଜେଜୀମାର ସ୍ମୃତି।

ଏଇ ବର୍ଷେହେଲା ଆମର ସେ ମାଟିଘର ଭଙ୍ଗାଯାଇ କୋଠାଘର ତିଆରି ହୋଇଛି । ସେ ଛୋଟ ଚାଳିଆରୁ ଠାକୁରମାନେ ଉଠି ଆସିଛନ୍ତି ଗୋଟେ ମାର୍ବଲଲଗା ସୁନ୍ଦର ଘରକୁ ।

ନୂଆ ଠାକୁରଘରେ ପ୍ରଣାମ କରି ଉଠି ଆସୁ ଆସୁ ହଠାତ୍ ମୋର ମନେପଡ଼ିଲା ସେ ଫରୁଆ କଥା । ସତରେ ସେ ଫରୁଆଟା କାହିଁ ? କୁଆଡ଼େ ଗଲା ସେଇଟା ? ସମସ୍ତେ କେମିତି ଭୁଲି ଯାଇଥିଲେ ତା'କଥା । ବହୁତ ଖୋଜା ଖୋଜି ହେଲା ଆଉ ସେ ମିଳିଲାନି । ହୁଏତ ସେଇ ଛୋଟ ଚାଳିଆ ଘରଟା ଭାଙ୍ଗିବା ପରେ ଭୁଲ୍‌ରେ ତା'ଭିତରେ ରହି ଯାଇଥିବା କାଠ ଫରୁଆଟି ସେଇଥିରେ ପୋତିହୋଇ ପଡ଼ିଛି ।

ବାପା ମା ଦୁହେଁ ବଡ଼ ବ୍ୟସ୍ତ ହୋଇ ପଡ଼ିଲେ । ପରସ୍ପର ଉପରେ ବିରକ୍ତ ହେଲେ । ମୁଁ ମଧ୍ୟ ବିମର୍ଷ ହୋଇପଡ଼ିଲି । ସତରେ କ'ଣ ଜେଜୀମାର ସେ ଆଶୀର୍ବାଦ ମୋଠାରୁ ଦୂରେଇଗଲା । କିନ୍ତୁ ପରମୁହୂର୍ତ୍ତରେ ଆଶ୍ୱସ୍ତ ହୋଇଗଲି ।

ଜେଜୀମା ପଞ୍ଚାଅଶୀ ବର୍ଷ ବୟସରେ କେତେ ଖୁସି ଥିଲା । ତାକୁ ଯେତେବେଳେ ମାତ୍ର ତିରିଶବର୍ଷ ଜେଜେବାପା ଚାଲି ଯାଇଥିଲେ । ଏକା ଏକା ସେ ତା'ର ଆଠୋଟି ପିଲାଙ୍କୁ ପାଳିନାଳି ମଣିଷ କରିଥିଲା । କିନ୍ତୁ ସେ ସମ୍ପର୍କରେ ଦିନେହେଲେ ତ ସେ କେବେ ଅଭିଯୋଗ କରି ନଥିଲା । ଏକାକୀ ଦୀର୍ଘ ଏତେ ବର୍ଷ ସେ କାଟିଥିଲା, ଅଥଚ ଜେଜେଙ୍କ ସହ ଜୀବନର ସୁଖକର ସ୍ମୃତି ତ ତା' ଭିତରେ ଅତୁଟ ଥିଲା ! ଜେଜେଙ୍କ ପାଇଁ ତା'ର ଭଲ ପାଇବା ଟିକେବି ତ କମି ଯାଇନଥିଲା । ଅଣ୍ଟା ନଇଁପଡ଼ିବା ସତ୍ତ୍ୱେ ସେ ତ କ୍ଳାନ୍ତ ହୋଇ ଜୀବନ ପ୍ରତି ବିତୃଷ୍ଣ ହୋଇ ପଡ଼ି ନଥିଲା ।

ଅଥଚ ମୁଁ ତା'ଜୀବନକାଳର ଅର୍ଦ୍ଧେକମାତ୍ର ସମୟ ଅତିକ୍ରମ ନକରୁଣୁ ମୋ ଭିତରେ ବଞ୍ଚିବାର ଆଗ୍ରହ କୁଆଡ଼େ କମିଗଲାଣି । ଜୀବନ ତ ଗୋଟାଏ ବୋଝ ପରି ମନେହେଉଛି । ଅହେତୁକ କ୍ଳାନ୍ତିରେ ମନ ଓ ଶରୀର ଉଭୟ ପଙ୍ଗୁ ହେବାକୁ ବସିଲାଣି । କୌଣସିମତେ ଘୋଷାରି ହୋଇ ବାଟ ଚାଲିବା କଥା । ଏତେ କ୍ଳାନ୍ତି ଓ ଦୁର୍ବିସହତାକୁ ନେଇ ଦୀର୍ଘାୟୁ ହେବା ଅଭିଶାପ ବ୍ୟତୀତ ଆଉ କିଛି ନୁହେଁ ।

"ଜେଜୀମା ! ମତେ ଯଦି ତୋ ପରି ଦୀର୍ଘଦିନ ବଞ୍ଚିବାର କଲ୍ୟାଣ କରିଥିଲୁ ତା' ସାଥୀରେ ତୋର ସେ ବିଶ୍ୱାସ, ଭରସା ଓ ଭଲପାଇବାର ଟାଣ ଦେଲୁନି କାହିଁକି ? ଆଜି ଯଦି ମୋର ଅବସ୍ଥା ବୁଝି ସତରେ ତୋର ଆଶୀର୍ବାଦ ଫେରେଇ ନେଇଥାଉ... ଖୁବ୍ ଭଲକରିଛୁ ।"

ଗନ୍ଧର୍ବ ବୀଣା

ଛୋଟ ମୁଣ୍ଡିଆଟିଏର ତଳେତଳେ ବହିଯାଉଛି କୁନିକୁନି ଢେଉକାଟି ଜଳଭରା ନଈଟିଏ। ତା'ରି ଭିତରୁ ଉଠିଆସିଛି ଧାଡ଼ିଟିଏ ପଥର ପାହାଚ। ଉଠିଉଠି ଯାଇଛି ମୁଣ୍ଡିଆ ଉପରକୁ।

ଠିକ୍ ତଳ ପାହାଚକୁ ଲାଗି ପେନ୍ଥାପେନ୍ଥା ହଳଦୀ ରଙ୍ଗ ଫୁଲରେ ବୋଝେଇହୋଇ ରହିଛି କନିଅର ଗଛଟିଏ। ପଥର ପାହାଚରେ ଠାଏଠାଏ ମାଡ଼ିଯାଇଛି ମାଟିର ବହଳ ଅସ୍ତରଣ। ସେଥିରେ ବୁଦାବୁଦା ଘାସ। ଛୋଟ ଛୋଟ ନେଳି ଫୁଲ। ଉପରକୁ ଉଠିଥିବା ପାହାଚର ଦୁଇ କଡ଼ରେ ଘନପତ୍ରାଚ୍ଛାଦିତ ବଡ଼ବଡ଼ ବୃକ୍ଷମାନ ପ୍ରହରୀ ପରି ଠିଆ ହୋଇଛନ୍ତି।

ସେଇ ପାହାଚଦେଇ ମୁଁ ଉପରକୁ ଉଠିବାକୁ ଲାଗିଲି। ବେଶ୍ କେତେ ପାହାଚ ଉପରକୁ ଉଠିବା ପରେ ମତେ ଦେଖାଗଲା ନାତିଉଚ୍ଚ ମନ୍ଦିରଟିଏ। ମୁଁ ପାହାଚ ପରେ ପାହାଚ ଚଢ଼ିବାକୁ ଲାଗିଲି। ବେଳକୁବେଳ ମନ୍ଦିରଟି ସ୍ପଷ୍ଟ ହୋଇଉଠିଲା। ମନ୍ଦିରଟି କେଉଁ ଦେବତାଙ୍କ ପାଇଁ ଉତ୍ସର୍ଗିତ ଜାଣିବାକୁ ତା' ଉପରେ ଥିବା ଦଧିନଉତିକୁ ଚାହିଁଲି। ସ୍ପଷ୍ଟ ଦିଶୁଛି ଚକ୍ରଚିହ୍ନ। ତା'ଉପରେ ଉଡୁଛି ଶ୍ୱେତବର୍ଣ୍ଣର ଚିରାଳଟିଏ। ମଝିରେ ରକ୍ତ ବର୍ଣ୍ଣର ଅର୍ଦ୍ଧଚନ୍ଦ୍ର।

ଜାଣିପାରିଲି ସେଇଟି ଗୋଟିଏ ବିଷ୍ଣୁ ମନ୍ଦିର। ହୋଇପାରେ କୃଷ୍ଣଙ୍କର ବା ଜଗନ୍ନାଥଙ୍କର। ଭାବିଲି ଏତେ ବାଟ ଚଢ଼ିଲିଣି ଯେତେବେଳେ ମନ୍ଦିର ଭିତରକୁ ଯାଇ ଠାକୁରଙ୍କୁ ଦର୍ଶନ କରିଆସେ।

ଆହୁରି କିଛି ପାହାଚ ବାକି ଅଛି। ସ୍ପଷ୍ଟ ଦିଶିଲାଣି ସିଂହଦ୍ୱାର। ଦ୍ୱାରର ଦୁଇ ପାର୍ଶ୍ୱରେ ଦୁଇଟି ହାତୀ। ସେମାନଙ୍କ ପିଠି ଉପରେ ଚଢ଼ି ତାଙ୍କ ମୁଣ୍ଡକୁ ନଖ ଓ ଦାନ୍ତରେ ବିଦାରୁଥିବା ଦୁଇଟି ଭୟଙ୍କର ସିଂହମୂର୍ତ୍ତି। କିଛି ମନ୍ଦିରରେ ଦେଖିଥିବା ଏମିତି ମୂର୍ତ୍ତି ମତେ ଭଲ ଲାଗେନି। ହାତୀ ଅପଶକ୍ତିର ପ୍ରତୀକ ଦୁଇଟି ସିଂହ ଦିବ୍ୟତାର ସୂଚକ ବୋଲି

ଯେତେ ଦାର୍ଶନିକ ବ୍ୟାଖ୍ୟା କରାଗଲେ ବି ମୋ ମନ ସେ ଦୃଶ୍ୟକୁ ଗ୍ରହଣ କରିପାରେନି। ସିଂହ ଦୁଇଟା ଖୁବ୍ ନୃଶଂସ ମନେହୁଅନ୍ତି। କିନ୍ତୁ ଯେଉଁ ମନ୍ଦିରର ପ୍ରବେଶଦ୍ୱାର ଦୁଇକଡ଼ରେ ଦୁଇଟି ସିଂହ ବସିବା ମୁଦ୍ରାରେ ଆଗ ଦୁଇ ଗୋଡ଼କୁ ଟେକି ରହିଥାନ୍ତି ମତେ ସେମାନଙ୍କୁ ସତରେ ରାଜକୀୟ ଲାଗେ। ଭଲ ଲାଗେ।

ମୁଁ କିଛି ପାହାଚ ତଳେ ଥାଇ ଅଶ୍ୱସ୍ତି ଲାଗିଲେବି ହାତୀ ପିଠିରେ ଚଢ଼ି ତା' ମୁଣ୍ଡକୁ କ୍ଷତାକ୍ତ କରୁଥିବା ସିଂହ ମୂର୍ତ୍ତିକୁ ଚାହିଁଥାଏ।

ହଠାତ୍ କ'ଣ ହେଲା କେଜାଣି ସିଂହ ମୂର୍ତ୍ତି ଦୁଇଟି ସଚଳ ହେବାକୁ ଆରମ୍ଭ କଲେ। ଧୀରେ ଧୀରେ ହାତୀ ମୁଣ୍ଡକୁ କାମୁଡ଼ି ଧରି ତା' ପିଠି ଉପରେ ଲେପେଟେଇ ହୋଇ ରହିଥିବା ସିଂହ ଦୁଇଟା ସିଧା ହୋଇ ବସିପଡ଼ିଲେ। ନିଜ ବେକକୁ ଛାଟିଦେଇ ସଟା ଫୁଲାଇ ଗୋଟେ ଭୟଙ୍କର ଗର୍ଜନ ଛାଡ଼ି ତଳକୁ ଡେଇଁପଡ଼ିଲେ।

ମତେ ଭୟ ଲାଗୁଥିଲା। ଏପ୍ରକାର ଅଭାବିତ ଘଟଣାରେ ମୁଁ ସେ ପଥର ପାହାଚ ଉପରେ ପଥର ପାଲଟି ଯାଇଥିଲି। କିନ୍ତୁ ଘଟଣାକ୍ରମକୁ ଖୁବ୍ ସଚେତନ ଭାବରେ ଲକ୍ଷ୍ୟ ମଧ୍ୟ କରିପାରୁଥିଲି। ମୋଠାରୁ ଅଳ୍ପ ଦୂରରେ ହିଁ ଏ ଘଟଣା ସଂଘଟିତ ହେଉଥିଲା। ଏପର୍ଯ୍ୟନ୍ତ ରକ୍ତାକ୍ତ ଓ ମ୍ରିୟମାଣ ଦିଶୁଥିବା ହାତୀଦୁଇଟି ମଧ୍ୟ ସଳଖି ହୋଇ ସମ୍ପୂର୍ଣ୍ଣ ସୁସ୍ଥ ଭାବରେ ତଳକୁ ଓହ୍ଲାଇ ଆସିଲେ। ସିଂହଦୁଇଟି ମଧ୍ୟ ସଳଖି ହୋଇ ସମ୍ପୂର୍ଣ୍ଣ ସୁସ୍ଥ ଭାବରେ ତଳକୁ ଓହ୍ଲାଇ ଆସିଲେ। ସିଂହଦୁଇଟି ସତେ ଯେମିତି ସେମାନଙ୍କୁ ଅପେକ୍ଷା କରୁଥାନ୍ତି। ପରସ୍ପର ଭିତରେ କିଛି କଥାହେବା ପରି ମନେ ହେଲା। ସିଂହ ଦୁହେଁ ଏଥର ଗର୍ଜନ ଛାଡ଼ି ଆକାଶ ଦିଗରେ ଲମ୍ଫ ଦେଲେ। ଦୁଇଟିଯାକ ହାତୀ ମଧ୍ୟ ଶୁଣ୍ଢ ଉପରକୁ ଟେକି ତାଙ୍କର ବୃଂହିତରେ ଗଗନ ପବନକୁ ପ୍ରକମ୍ପିତ କରି ସେଇ ଆକାଶମାର୍ଗକୁ ଉଠିଗଲେ। ମତେ ଲାଗିଲା ଆକାଶରେ ସତେ ଯେମିତି ଏକ ଅଦୃଶ୍ୟ ପଥ ରହିଛି। ଯାହା ଉପରେ ସିଂହ ଓ ହାତୀ ନିଜସ୍ୱ ରୀତିରେ ଆଗପଛ ହୋଇ ସ୍ୱାଭାବିକ ଭାବରେ ଆଗକୁ ମାଡ଼ି ଚାଲିଛନ୍ତି।

ତା'ହେଲେ ଏପର୍ଯ୍ୟନ୍ତ ଏମାନେ ଆକ୍ରମଣକାରୀ ଓ ଆକ୍ରାନ୍ତର ଭୂମିକାରେ କେବଳ ଥିଲେ କି ? ନାଟକରେ ଅଭିନୟ କରିବାପରି। ନାଟକ ସରିବା ପରେ ଶତ୍ରୁମିତ୍ର ଏକାକାର ହୋଇଗଲେ।

ମତେ ଆହୁରି ଆଚମ୍ବିତ କରି ମନ୍ଦିରର ପଛପାଖରୁ ବାହାରି ଆସିଲେ ଦଳେ ଅନିନ୍ଦ୍ୟ ସୁନ୍ଦରୀ ତରୁଣୀ। ସେମାନଙ୍କ ପାଦ ମାଟି ଛୁଉଁ ନଥିଲା। ଶୂନ୍ୟରେ ପହଁରିବା ପରି ହୋଇ ପରସ୍ପର ସହ କଥା ହେଉହେଉ ସେମାନେ ମଧ୍ୟ ଉଠିଗଲେ ସେଇ ଅଦୃଶ୍ୟ ପଥ ଉପରକୁ।

କିନ୍ତୁ ବିସ୍ମୟ ସେତିକିରେ ଶେଷ ହେଲାନି। ମନ୍ଦିର ଗାତ୍ରର କୋଉ କୋଣୁ ଓହ୍ଲାଇ ଆସିଥିଲା ମୃଦଙ୍ଗଧାରିଣୀ ତରୁଣୀଟିଏ। ମୃଦଙ୍ଗ ଉପରେ କିଛି ମୃଦୁ ଧ୍ୱନି ସଂଚାର କରି କରି ସେ କାରବାର ପଛକୁ ଚାହୁଁଥିଲା।

ଧୀରେ ଧୀରେ ମନ୍ଦିରର କୋଉ ନା କୋଉ କୋଣରୁ ଓହ୍ଲାଇ ଆସିଥିଲେ ବୀଣା, ଝାଂଜ, ବଂଶୀ, ମୃଦଙ୍ଗ ଧାରଣ କରିଥିବା ଅପୂର୍ବ ସୁନ୍ଦରୀ ରମଣୀଗଣ। ସେମାନେ ମଧ୍ୟ ଆକାଶମାର୍ଗରେ ଚାଲିଥିବା ଶୋଭାଯାତ୍ରାରେ ଜଣକ ପରେ ଜଣେ ମିଶିଯାଉଥିଲେ। ଆକାଶର ସେ ଚଳମାନ ଯାତ୍ରାଟି କିନ୍ତୁ ସ୍ଥିରଚିତ୍ର ପରି ପ୍ରତୀୟମାନ ହେଉଥାଏ। ମତେ ପ୍ରତିଟି ସତ୍ତା ଖୁବ୍ ସ୍ପଷ୍ଟ ଭାବରେ ଦୃଶ୍ୟ ହେଉଥାନ୍ତି। ବାଦ୍ୟଯନ୍ତ୍ରର ମିଳିତ ବାଦନର ଧ୍ୱନି ମଧ୍ୟ ମତେ ଶୁଣାଯାଉଥାଏ।

ତା'ପରକୁ ମନ୍ଦିର ଦେହରୁ ବାହାରି ଆସିଲେ ଜଣକ ପରେ ଜଣେ ସିଦ୍ଧ, ଯୋଗୀ। ଯଜ୍ଞ ଅନୁଷ୍ଠାନ ପାଇଁ ବ୍ୟବହୃତ ସବ୍ୟ ସୂତ ଧାରଣ କରିଥିବା ବ୍ରାହ୍ମଣମାନେ ମଧ୍ୟ ସେ ଶୋଭାଯାତ୍ରାରେ ଯୋଗଦେଲେ।

ମୋର ଉପରକୁ ଚଢ଼ିବାପାଇଁ ଆଗକୁ ବଢ଼ିଥିବା ପାଦଟି ଉପର ପାହାଚରେ ଓ ଅନ୍ୟ ପାଦଟି ତଳ ପାହାଚରେ ଲାଖିଯିବା ପରି ହୋଇ ରହିଥାଏ। ନାଁ ମୁଁ ଉପରକୁ ଚଢ଼ି ପାରୁଥାଏ ନା ତଳକୁ ଓହ୍ଲାଇ ପାରୁଥାଏ। କିନ୍ତୁ ତଳକୁ ଫେରି ଯିବାପାଇଁ ମୋ ଭିତରେ କେମିତି ଗୋଟେ ଚଞ୍ଚଳତା ସୃଷ୍ଟି ହେଉଥାଏ। ଯାହାସବୁ ଘଟଣା ମୋ ଆଖି ଆଗରେ କିଛି ସମୟ ପୂର୍ବରୁ ସଂଘଟିତ ହେଲା ତାହା ମତେ ବିଶ୍ୱାସଯୋଗ୍ୟ ମନେ ହେଉନଥାଏ। ତେଣୁ ସ୍ୱାଭାବିକ ଅବସ୍ଥା ଭିତରକୁ ଫେରିଯିବା ପାଇଁ ମୁଁ ଇତସ୍ତତଃ ହୋଇ ତଳେ ବହି ଯାଉଥିବା ନଈ ଦିଗରେ ଫେରିଚାହିଁଲି। କିନ୍ତୁ ମୁଁ ପାହାଚ ଚଢ଼ିବା ପୂର୍ବରୁ ଯେଉଁ ନଈର ଗତି ମତେ ସାଧାରଣ ମନେ ହୋଇଥିଲା ଏବେ ସେଥିରେ ଉତ୍ତାଳ ତରଙ୍ଗ। କିଛି ପାହାଚ ଅତିକ୍ରମ କରି ସେ ଉଠି ଆସିଥିଲା। ପେନ୍ଥାପେନ୍ଥା ହଳଦୀ ରଙ୍ଗର ଫୁଲରେ ଭର୍ତ୍ତି କନିଅର ଗଛ ପବନର ଆଘାତରେ ଜୋରରେ ଆନ୍ଦୋଳିତ ହେଉଥିଲା। ଚାହୁଁ ଚାହୁଁ ତା'ର ସବୁତକ ଫୁଲ ଗଛକୁ ଛିଣ୍ଡିଯାଇ ପାଣିରେ ପଡ଼ିଲେ। ହଳଦୀ ରଙ୍ଗର ଭଉଁରୀ କାଟି କାଟି ଆଖି ପିଛୁଳାକେ କୁଆଡ଼େ ଭାସିଗଲେ।

ମୁଁ ଆହୁରି ତଟସ୍ଥ ହୋଇଗଲି। ପୁଣି ଫେରିପଡ଼ି ଉପରକୁ ଚାହିଁଲି। ମୁଁ ସେମିତି ଚାହିଁ ରହିଥାଏ। ଏକ ଅପୂର୍ବ ନୀଳାଭ ଦ୍ୟୁତି ମନ୍ଦିର ଶୀର୍ଷ ଭାଗରୁ ନିର୍ଗତ ହୋଇ ମହାଶୂନ୍ୟରେ ନିମିଷକରେ ବିଲୀନ ହୋଇଗଲା।

ଆକାଶରେ ଚନ୍ଦ୍ର। ଶ୍ୱେତବର୍ଣ୍ଣର ଚିରାଳଟି ମଧ୍ୟରେ ଥିବା ରକ୍ତବର୍ଣ୍ଣର ଅର୍ଦ୍ଧଚନ୍ଦ୍ର ଚିହ୍ନଟି ହଠାତ୍ ନିଜକୁ ସ୍ୱତନ୍ତ୍ର କରିନେଇ ତା' ଭିତରୁ ବାହାରିଆସି ସିଧା ଆକାଶରେ

ଦିଶୁଥିବା ଚନ୍ଦ୍ରଙ୍କ ଭିତରେ ବିଲୀନ ହୋଇଗଲା । ଚନ୍ଦ୍ର ମଧ୍ୟ କୁଆଡ଼େ ହଜିଗଲେ ।

ହଠାତ୍ ଉପରୁ କାହାହାତରୁ ଯେମିତି ଖସିଆସି ଏକ ବାଣୀ । ପଥର ପାହାଚ ଉପରେ ପଡ଼ି ଖଣ୍ଡ ଖଣ୍ଡ ହୋଇଗଲା ।

ସେ ଶବ୍ଦରେ ମୁଁ ନିଦରୁ ଚମକିପଡ଼ି ଉଠିବସିଲି । କିଛି ସମୟ ମୋର ବିମୂଢ଼ ଅବସ୍ଥା ସେହିପରି ରହିଲା । ଦେଖିଥିବା ଦୃଶ୍ୟ ଯେ ଏକ ସ୍ୱପ୍ନ ଥିଲା ତା' ମୁଁ ବୁଝିପାରୁଥିଲେ ବି ଅଚଳ ହୋଇଯାଇଥିବା ଗୋଡ଼ ହାତକୁ କ୍ରିୟାଶୀଳ କରାଇ ପାରୁନଥାଏ । ସେମିତି ପଡ଼ିଥାଏ ଖଟଉପରେ ।

ପୁଣି କେତେବେଳେ ଗାଢ଼ ନିଦରେ ଶୋଇପଡ଼ିଛି ଜାଣିନି । ସ୍ୱପ୍ନର ପୁନରାବୃତ୍ତି ଘଟିଲା । ଏଥର ଦୃଶ୍ୟଗୁଡ଼ିକ ଅଧିକ ସ୍ପଷ୍ଟ ହୋଇଉଠିଲା । ଆକାଶପଥକୁ ଉଠିଯାଇଥିବା ସଭାସକଳ ଅଧିକ ସ୍ପଷ୍ଟ ଜଣାପଡୁଥିଲେ । ମୁହଁଗୁଡ଼ିକ ଏତେ ନିଟୋଳ ଥିଲା ଯେ ସତେ ଯେମିତି ମୁଁ ସେମାନଙ୍କୁ ଅନ୍ୟତ୍ର କେବେ ଦେଖିଲେ ବି ଚିହ୍ନିପାରିବି । ବିଶେଷକରି ହାତରେ ବିଭିନ୍ନ ବାଦ୍ୟଯନ୍ତ୍ର ଧରି ଯାଉଥିବା ଦୀପ୍ତିମାନ ସଭ୍ୟମାନଙ୍କ ମଧ୍ୟରୁ ଜଣକ ହାତରୁ ଖସିପଡୁଥିବା ବାଣୀଟିକୁ ମୁଁ ସ୍ପଷ୍ଟ ଦେଖିପାରୁଥିଲି ।

ମୁହଁ ଉପରେ ଖୋଲା ଝରକା ଦେଇ ପଡୁଥିବା ସୂର୍ଯ୍ୟକିରଣର ଉଷ୍ମତାରେ ମୋ ନିଦ ଭାଙ୍ଗିଯାଇଥିଲା । କିନ୍ତୁ ରାତ୍ରିର ଚାନ୍ଦ୍ରନିଶା ତୁଟୁ ନ ଥିଲା । ମୁଁ ସେମିତି ଶେଶଇ ଶୋଇ ସ୍ୱପ୍ନଦୃଷ୍ଟ ଘଟଣାକୁ ଭଲରେ ମନେ ପକାଇବାକୁ ଚେଷ୍ଟା କରୁଥିଲି । କିନ୍ତୁ ସେ ସ୍ୱପ୍ନର ଅର୍ଥ କିଛି ନା ଏମିତି ଖାଲି ମନର ବୁଣାବୁଣି ଇନ୍ଦ୍ରଜାଲ !

ହଠାତ୍ କେମିତି ମନେହେଲା ସେ ମନ୍ଦିରକୁ ମୁଁ ଆଗରୁ କେବେ ଦେଖିଛି । କିନ୍ତୁ କେବେ ? କୋଉଠି ?

ଦିନତମାମ ମୁଁ କେବଳ ମନେ ପକାଇବାକୁ ଚେଷ୍ଟାକଲି । ମୁଁ ପିଲାଦିନେ ନିଜ ଗାଁ, ମାମୁ, ମାଉସୀ ଓ ପିଉସୀଙ୍କ ଗାଁକୁ ବି ଯାଇଛି । ସମସ୍ତଙ୍କ ଗାଁ କେଉଁ ନା କେଉଁ ନଦୀକୂଳରେ ଥିଲା । ଛୋଟ ବଡ଼ ମନ୍ଦିର ବି ଗାଁରେ ଥିଲା । କିନ୍ତୁ ନଈରୁ ବାହାରିଥିବା ପାହାଚ ଉପରକୁ ଉଠି ମନ୍ଦିରର ମୁଖଦ୍ୱାର ସହିତ ସଂଯୁକ୍ତ ହେବା କଥା ମୋର ମନେ ପଡୁନଥାଏ ।

କାହାକୁ ପଚାରିବି ଭାବ ଭାବୁ ମୋର ମନେ ପଡ଼ିଲା ଶୁଭକାନ୍ତ କଥା । ସେ ମୋ ବଡ଼ ଦାଦାଙ୍କର ସାନପୁଅ । ମୋ'ଠାରୁ ବୟସରେ ସାନ ହେବ । ଆମେ ସବୁ ସହରରେ ପାଠ ପଢ଼ିବା, ଚାକିରି ଚାକରି କରି ରହିବା ପରଠାରୁ ଗାଁ ସହିତ ସମ୍ପର୍କ କଟିଯାଇଛି । ବାପା ମା' ଗଲାଦିନରୁ ମୁଁ ନିଜ ଗାଁକୁ ଯିବା ମଧ୍ୟ କେତେ ବର୍ଷ ହେଲା ବନ୍ଦ କରିଦେଲିଣି । ତେବେ ମୁଁ ଜାଣେ ଏକା ଶୁଭ ହିଁ ଗାଁରେ ରହୁଥିବା ବନ୍ଧୁବାନ୍ଧବଙ୍କ ସହ ସମ୍ପର୍କ ରଖିଛି ।

ଭଲରେ ମନ୍ଦରେ ସେ ପ୍ରାୟ ଯାଇଥାଏ । ତେଣୁ ତାକୁ ପଚାରିଲେ ସେ ହୁଏତ କହିପାରିବ ଆମ ବନ୍ଧୁବାନ୍ଧବମାନଙ୍କ ଭିତରୁ କାହା ଗାଁରେ ଏପଟି ମନ୍ଦିର ଅଛି ।

ମୁଁ ଶୁଭକୁ ଫୋନ୍ ଲଗାଇଲି । ସେପଟରୁ ଶୁଭ କହିଲା, "ମିନୁ ଅପା ମୋ କଥା କେମିତି ମନେ ପକାଇଲି କି ?"

- ଶୁଣ୍ ଶୁଭ ମୁଁ ଗୋଟେ କଥା ଜାଣିବାପାଇଁ ତତେ ଫୋନ୍ କରିଛି ।

- ମୋ ପାଖରୁ କୋଉ କଥା ଜାଣିବ ?

- ଶୁଣ୍, ପିଲାଦିନେ ଆମେ ସମସ୍ତେ ଖରାଛୁଟିରେ ଏକାଠି ହେଉଥିଲେ । ଆମର ଯେତେ ବନ୍ଧୁବାନ୍ଧବ ତାଙ୍କ ଗାଁକୁ ଯାଉଥିଲେ । ତୋ'ର ମନେ ଅଛି ତ ?

- ଅପା ପିଲାଦିନେ କ'ଣ ମୁଁ ଏବେ ବି ସମୟ ପାଇଲେ ମାମୁ ଘର ଗାଁକୁ ମାଉସୀ ପିଉସୀଙ୍କ ଗାଁ ଆଡ଼େ ଯାଇ ବୁଲିଆସେ । ତେବେ ତୁମେ କ'ଣ ପାଇଁ ପଚାରୁଛ । କୁହ ।

ମୁଁ ଶୁଭକୁ ସ୍ୱପ୍ନ କଥା ନକହି ଖାଲି ମନ୍ଦିରର ବିବରଣୀ ଦେଲି । ନଦୀ ଭିତରୁ ଉଠିଥିବା ପାହାଚ ଓ ମୁଣ୍ଡିଆ ଉପରେ ଥିବା ମନ୍ଦିର କଥା ତାକୁ କହିଲି । ସେ ମୋ କଥା ଶୁଣି ଆଶ୍ଚର୍ଯ୍ୟ ହୋଇ ପଚାରିଲା ମୁଁ ହଠାତ୍ ଏହି ମନ୍ଦିର କଥା କାହିଁକି ଜାଣିବାକୁ ଚାହୁଁଛି ।

ମୁଁ ତାକୁ ଅନ୍ୟ କଥା ନକହି ଖାଲି କହିଲି "ନାଁ ସେମିତି କିଛି କଥା ନାହିଁ । ମୋର ମନେହେଲା ମୁଁ ଏମିତି ମନ୍ଦିରଟେ କୋଉଠି ନିଶ୍ଚୟ ଦେଖିଛି । ତେବେ ମୋର ଦେଖିବାର ସମ୍ଭାବନା ଅଛି କେବଳ କୋଉ ଗାଁରେ । ହଁ ମନେରଖ ମନ୍ଦିର ହେଉଛି ବିଷ୍ଣୁଙ୍କର ବା କୃଷ୍ଣଙ୍କର । ମନ୍ଦିରର ମୁଖ୍ୟ ଦ୍ୱାରର ଦୁଇକଡ଼ରେ ଦୁଇଟି ହାତୀ ଉପରେ ଦୁଇଟା ସିଂହ ବସିଥିବାର ମୂର୍ତ୍ତି ଅଛି । ବୁଝିଲୁ ତ, ଯଦି ପାରିବୁ କାହାକୁ ପଚାରି ବୁଝି ମତେ କହ ।"

ସେପଟରୁ ଶୁଭ କହିଲା "ବୁଝିଲ ଅପା ପିଲାଦିନେ ଆମେ କ'ଣ କେବଳ ଆମ ବନ୍ଧୁବାନ୍ଧବଙ୍କ ଗାଁକୁ ଯାଉଥିଲେ । ବନ୍ଧୁଙ୍କ ବନ୍ଧୁଘରେ ଯାଇ ବି ହାଜର ହେଉଥିଲେ । ସବୁଠି ଭଲ ଚର୍ଚ୍ଚା ମିଳୁଥିଲା । ତେବେ ମୋର ମନେହୁଏ ପ୍ରାୟ ସମସ୍ତଙ୍କ ଗାଁ କୋଉ ନା କୋଉ ନଦୀ କୂଳରେ ଥିଲା । କିନ୍ତୁ ମନ୍ଦିର ସାଙ୍ଗରେ ମୋର କି କାମ ! ହଉ ମୁଁ ଦୁଇ ଚାରିଜଣଙ୍କୁ ପଚାରେ ଯଦି କେହି ତା'ର ସନ୍ଧାନ ଦେବ, ତୁମକୁ କହିବି ।"

ମୁଁ ମଧ୍ୟ ଏଠି କେତେଜଣ ସାଙ୍ଗ ସାଥୀଙ୍କ ପଚାରିଥିଲି । କେହି କେହି ହାତୀ ଉପରେ ସିଂହ ବସିଥିବା ମୂର୍ତ୍ତି କେତୋଟି ମନ୍ଦିରରେ ଥିବା କଥା କହିଥିଲେ । କିନ୍ତୁ ସେସବୁ ସହର ଭିତରେ ଥିବା ମନ୍ଦିର । କିନ୍ତୁ ମୋର ସ୍ୱପ୍ନଦୃଷ୍ଟ ମନ୍ଦିରର ଭୌଗୋଳିକ ସ୍ଥିତି କାହାରି ଧାରଣାରେ ନଥିଲା । ବରଂ ସେମାନେ ମତେ ପ୍ରତିପ୍ରଶ୍ନରେ ଅଥୟ

କରିଦେଲେ । ମୁଁ କାହିଁକି ଏପ୍ରକାର ମନ୍ଦିରଟିଏର କଥା ପଚାରୁଛି ଜାଣିବାକୁ ଚାହିଁଲେ । ମୁଁ ପ୍ରକୃତ କାରଣଟି କହି ଅଯଥା କାହାକୁ କୌତୂହଳୀ କରିବାକୁ ଚାହିଁଲି ନାହିଁ ।

କିନ୍ତୁ ସେପ୍ରକାର ମନ୍ଦିରଟି ମୁଁ କେଉଁଠି ସତରେ କି ନାହିଁ ଜାଣିବାପାଇଁ ଚାହୁଁଥାଏ । ସ୍ୱପ୍ନଦୃଷ୍ଟ ଘଟଣା ବା ଦୃଶ୍ୟ ବେଳେବେଳେ ଖୁବ୍ ପ୍ରାଞ୍ଜଳ ଭାବରେ ମନେ ରହିଯାଏ । ପିଲାଦିନରୁ ଏମିତି କିଛି ଅର୍ଥବହ ଘଟଣା ସହିତ ମୁଁ ସ୍ୱପ୍ନରେ ହିଁ ଜଡ଼ିତ ହୋଇଯାଇଛି । ଘରେ ମୋ କଥା ପ୍ରତି ଗୁରୁତ୍ୱ ଦେବା କାହାର ନଥିଲା, କିନ୍ତୁ ମୋ ବଡ଼ ମାମୁ ମୋଠାରୁ ଗୋଟେ ଦି'ଟା ସ୍ୱପ୍ନ କଥା ଶୁଣି ମତେ ତାକୁ ଲେଖି ରଖିବାକୁ କହିଥିଲେ । କାରଣ ମୁଁ ଯାହାର ଅର୍ଥ ଆଜି ବୁଝିପାରୁନି ହୁଏତ କେତେ ବର୍ଷ ପରେ ତାହାର ମର୍ମ ନିଜେ ଜାଣିପାରିବି । ତେଣୁ ସେସବୁ ଲେଖି ନ ରଖିଲେ ସମୟକ୍ରମେ ଭୁଲି ହୋଇଯିବ । ତାଙ୍କ କଥା ମାନି ମୁଁ କିଛି ସ୍ୱପ୍ନର ବିବରଣୀ ଲେଖି ରଖିଥିଲି । କିନ୍ତୁ ସେ ଲେଖା କୁଆଡ଼େ ହଜିଗଲାଣି । ବାସ୍ତବ ଜୀବନର ଦାୟ ଏତେ ଅଧିକ ଯେ ସ୍ୱପ୍ନର ସେଠି ଆଉ କେତେ ଗୁରୁତ୍ୱ ରହିପାରିବ !

ତା'ଛଡ଼ା ମୁଁ ବା ସେ ସବୁକୁ କୋଉ ଗୁରୁତ୍ୱ ଦେଇଛି । କିନ୍ତୁ ଏଥରର ସ୍ୱପ୍ନ ମତେ କେମିତି ଆଚ୍ଛନ୍ନ କରି ରଖିଲା । କାରଣ ସେ ମନ୍ଦିରଟି ମୋ ସ୍ମୃତିରେ କୋଉଠି ରହିଥିଲା, ସ୍ୱପ୍ନ ପରେ ସେ ମୂର୍ତ୍ତିମନ୍ତ ହୋଇଉଠିଲା; କିନ୍ତୁ ତା'ର ଠିକଣା ମୁଁ ହଜାଇ ସାରିଥିଲି । କୋଉ ସୁଦୂର ଅତୀତରେ ସେମିତି ମନ୍ଦିରଟିଏ କୋଉଠି ଦେଖିଛି ବୋଲି ସିନା ମନେହେଉଛି, ତା'ର ବା ବାସ୍ତବତା କ'ଣ !

ଓଡ଼ିଶାରେ ଥିବା ମନ୍ଦିର ମାନଙ୍କର ଚିତ୍ର ସଂବଳିତ ପୁସ୍ତକଟିଏ ଆଣି ଦେଖିଥିଲି । ସେଥିରେ ଥିଲା କେବଳ ଐତିହାସିକ ପ୍ରଖ୍ୟାତି ଥିବା ଛବିମାନ । ସେଥିରେ ମୋ ସ୍ୱପ୍ନଦୃଷ୍ଟ ମନ୍ଦିରର ଚିହ୍ନବର୍ଣ୍ଣ ହିଁ ନଥିଲା । ନଥିବା ମଧ୍ୟ ସ୍ୱାଭାବିକ । ସେପରି ମନ୍ଦିର ହୁଏତ ନାହିଁ ବା ଯଦି କୋଉ ଗ୍ରାମାଞ୍ଚଳରେ ଥିବ ତା'ର ଐତିହାସିକ ଗୁରୁତ୍ୱ ଆଦୌ ନଥାଇପାରେ ।

ଏ ଭିତରେ ବିତିଯାଇଥିଲା ବେଶ୍ କିଛିଦିନ । ମନ୍ଦିର ସନ୍ଧାନର ଆଗ୍ରହ ମଧ୍ୟ ମୋର ମଉଳି ଯାଇଥିଲି । ଅନେକ ବିଚିତ୍ର ସ୍ୱପ୍ନ ଦେଖି ସେସବୁ ଭୁଲି ଯାଇଥିବା ପରି ଏଥର ମଧ୍ୟ ତାହା ହିଁ ହେଲା ।

କିନ୍ତୁ ହଠାତ୍ ଶୁଭକାନ୍ତାର ଫୋନ ପାଇ ଓ ତା' କଥା ଶୁଣି ମୁଁ ଚମକି ପଡ଼ିଥିଲି ।

ଶୁଭକାନ୍ତ କହିଲା, "ମିନୁ ଅପା, ତୁମେ ଯେଉଁ ମନ୍ଦିର କଥା କହୁଥିଲ ତା'ର ସନ୍ଧାନ ମିଳିଛି । ତୁମେ ଯେପରି ବର୍ଣ୍ଣନା କରିଥିଲ ଠିକ୍ ସେହିପରି ।"

"ତତେ କିଏ କହିଲା ? କୋଉଠି ତା'ର ସନ୍ଧାନ ପାଇଲୁ ?' ମୁଁ ତାକୁ ଉତ୍କଣ୍ଠିତ ହୋଇ ପଚାରିଲି ।

ଶୁଭକାନ୍ତ ସହଜ ଭାବରେ କହିଲା "ତୁମେ ଯେ କହୁଥିଲ ସେମିତି ମନ୍ଦିରଟିଏ କୋଉଠି ଦେଖିଛି ବୋଲି... ସେଇ ସୂତ୍ରରେ ମୁଁ ବିଭିନ୍ନ ବନ୍ଧୁବାନ୍ଧବଙ୍କ ଗାଁ କଥା ଓ ଗାଁରେ ଥିବା ମନ୍ଦିରର ସନ୍ଧାନ କରୁଥିଲି। କେହି ତ କହିପାରିଲେନି। ପୁଣି ଆଗ୍ରହ ବି ଦେଖାଇଲେ ନାହିଁ। ମୁଁ ବି ଚୁପ୍ ରହିଲି। ତୁମକୁ ଆଉ କ'ଣ କହିଥାନ୍ତି ଯେ ! ଗତକାଲି ହଠାତ୍ ବଡ଼ ପିଉସୀଙ୍କ କୁଟୁମ୍ବର ଜଣଙ୍କ ସାଙ୍ଗରେ ଦେଖାହୋଇଥିଲା। ମୁଁ ତାକୁ ଏମିତି ପଚାରିଦେଲି। ସେ ସେହିକ୍ଷଣି ସେପ୍ରକାର ମନ୍ଦିର ଥିବା କଥା କହିଲା।"

ମୁଁ ଏପଟରୁ ଅସମ୍ଭାଳ ହୋଇ କହିଲି "କୋଉ ଜାଗାରେ ଅଛି କହିଲୁ।"

"ଆମ ବଡ଼ ପିଉସୀଙ୍କର ଦିଅରଙ୍କ ଶ୍ୱଶୁରଘର ଗାଁ ଲତାମାଳିନୀ। ସୁରୂପା ନଈକୂଳରେ। ମନେ ପଡ଼ିଲାକି ? ଆମେ ପିଲାଦିନେ ସେ ଗାଁକୁ ଥରେ ଯାଇଥିଲେ। ମୋର କିନ୍ତୁ କିଛି ମନେନାହିଁ। ତୁମେ ମୋ'ଠାରୁ ବଡ଼ ଥିଲା। ହୁଏତ କିଛି ମନେ ରଖିଥିବ। ତେବେ ଅପା, ତୁମେ ଏତେ ଯୁଗ ପରେ ଏମିତି ଗୋଟେ ମନ୍ଦିର ଖୋଜିବାକୁ କାହିଁକି ମନ କରିଛ ଯେ, ମତେ ତ ବଡ଼ ଆଶ୍ଚର୍ଯ୍ୟ ଲାଗୁଛି।"

ମୁଁ ତା'ପ୍ରଶ୍ନର ଉତ୍ତର ଦେଇ କହିଲି "ଶୁଣ୍ ଶୁଭ, ତୋର ଆଶ୍ଚର୍ଯ୍ୟ ହେବାର କିଛି ନାହିଁ। ଗୋଟେ ମନ୍ଦିରର ଛବିଟିଏ ଦେଖିବା ପରେ ମତେ ଲାଗିଲା ମୁଁ କୋଉଠି ସେ ମନ୍ଦିରକୁ ଦେଖିଛି। ସେଥିପାଇଁ ପଚାରୁଥିଲି। ଆଚ୍ଛା ଯାହା ସହିତ ତୋର ଦେଖାହେଲା ତା ନାଁ କ'ଣ ? ସେ କ'ଣ କରୁଛି ବୁଝିଛୁକି ? ସେ ବନ୍ଧୁବାନ୍ଧବ ସମ୍ପର୍କରେ ଆମର କ'ଣ ହେବ ? ତା' ଫୋନ ନମ୍ବର ରଖିଛୁ କି ?"

ଶୁଭକାନ୍ତ ସପେଟରୁ ଖୁବ୍ ଦାୟିତ୍ୱବାନ ବ୍ୟକ୍ତି ଭାବରେ କହିଲା, "ମୁଁ ଜାଣିଥିଲି ତୁମର ଯେଉଁ ମାଷ୍ଟ୍ରାଣୀ ସ୍ୱଭାବ ତୁମେ ନିଶ୍ଚୟ ଏସବୁ ପ୍ରଶ୍ନ ପଚାରିବ। ତେଣୁ କହିଦେଉଛି ଶୁଣ ତା' ନାଁ ହେଉଛି ବୀରେନ୍ଦ୍ର ପ୍ରଧାନ। ସେ ମୋଠାରୁ ବୟସରେ କିଛି ବର୍ଷ ସାନ ହେବ। ଗାଁରେ ଧାନ ପେଷିବା ପାଇଁ ହଲର ପକାଇଛି। ପିଉସୀଙ୍କ ଆଡୁ ଦେଖିଲେ ସେ ଆମ ଭାଇ ଲେଖାଁ ହେବ। ସେ ତୁମକୁ ଭଲଭାବରେ ଜାଣିଛି। ତା' ଫୋନ୍ ନମ୍ବର ଲେଖ। ତାକୁ ଫୋନ କଲେ ସେ ଯାଇ ତୁମକୁ ଦେଖା କରିବ।"

ମୁଁ ଶୁଭଠାରୁ ବୀରେନ୍ଦ୍ରର ଫୋନ ନମ୍ବର ଲେଖି ରଖିଲି। ସେଦିନ ଦେଖିଥିବା ସ୍ୱପ୍ନର ଦୃଶ୍ୟ ମତେ ପୁଣି ଆବିଷ୍ଟ କଲା। ବାରବାର ପ୍ରସ୍ତର ମୂର୍ତ୍ତିର ଦୁଇ ସିଂହ ଚାହୁଁ ଚାହୁଁ ସତ ହୋଇ ଆକାଶକୁ ଲମ୍ଫ ମାରିବାର ଦୃଶ୍ୟ ଓ ତାଙ୍କୁ ଅନୁସରଣ କରୁଥିବା ଶୋଭାଯାତ୍ରା ମୁଁ ଭୁଲି ପାରୁନଥାଏ। ତେଣୁ ସତରେ ଯଦି ସେପ୍ରକାର ମନ୍ଦିର କୋଉଠି ଅଛି ସନ୍ଧାନ ମିଳିଲେ ଥରେ ଯାଇ ଦେଖିଆସିବାର କୌତୂହଳ ମତେ ଏକପ୍ରକାର ଅସ୍ଥିର କରୁଥାଏ।

ପରଦିନ ମୁଁ ସକାଳେ ବୀରେନ୍ଦ୍ରକୁ ଫୋନ୍ କଲି। ସେ ଶୁଭଠାରୁ ମୋ କଥା

ଶୁଣିଥିଲା । ତେଣୁ ଶୀଘ୍ର ଆସିବ ବୋଲି ପ୍ରତିଶ୍ରୁତି ଦେଇ ମୋ ଘର ଠିକଣା ବୁଝିନେଲା । ଦୁଇଦିନ ପରେ ଥିଲା ରବିବାର । ସେଦିନ ଦଶଟା ବେଳେ ଆସି ସେ ମତେ ଦେଖୁ ଦେଖୁ ଗେଟ୍ ପାଖରୁ 'ଅପା ଜୁହାର' କହି ପହଞ୍ଚିଗଲା । ସେ ଯେ ବୀରେନ୍ଦ୍ର ମୁଁ ବୁଝିପାରିଥିଲି । ମୁଁ ତାକୁ ଶ୍ରଦ୍ଧାରେ ପାଛୋଟି ଆଣି ପଚାରିଲି "ତୁ ମତେ କେମିତି ଚିହ୍ନିଲୁ । ?"

ସେ କହିଲା, "ତୁମେ ଆମର ସମ୍ପର୍କୀୟ ହେବ ମୁଁ ଜାଣିଥିଲି । ଟି.ଭି.ରେ ଖବରକାଗଜରେ ତୁମକୁ କେତେଥର ଦେଖିଛି ତ ସେଥିପାଇଁ ଦେଖୁ ଦେଖୁ ଚିହ୍ନିଗଲି ।"

ମୋର ଚିହ୍ନା ପରିଚୟ ପର୍ବ ନେଇ କୌଣସି ଆଗ୍ରହ ନଥିଲା । ମୁଁ ବା ତା' ଗାଁର କାହାକୁ କ'ଣ ଜାଣିଛି ଯେ ସେମାନଙ୍କ ଭଲ ମନ୍ଦ ପ୍ରଶ୍ନ ପଚାରିଥାନ୍ତି । ମୋ ମନ ତ ଲାଗିଛି ମନ୍ଦିର କଥାରେ ।

ମୁଁ ଆଉ ବିଳମ୍ବ ନକରି ପଚାରିଲି "ଆଚ୍ଛା ବୀରେନ୍ଦ୍ର ତୁମ ଗାଁରେ ଯେଉଁ ମନ୍ଦିର ଅଛି, ସେ ବିଷୟରେ କିଛି କହିବୁକି ?"

ସେ ଶୁଭଠାରୁ ଶୁଣିଥିଲା ମୁଁ କେଉଁ ମନ୍ଦିର ବିଷୟରେ ଜାଣିବାକୁ ଚାହୁଁଛି । ତେଣୁ ସେ ଜାଣିଥିବା ତାଙ୍କ ଗାଁ ମନ୍ଦିର କଥା କହିଲା । ରାଧାକୃଷ୍ଣଙ୍କ ମନ୍ଦିର ଗାଁଠାରୁ ଟିକେ ଦୂର ନିକାଞ୍ଚନ ସ୍ଥାନରେ ଛୋଟ ମୁଣ୍ଡିଆଟିଏ ଉପରେ ଅଛି । ସୁରୂପା ନଈ ଭିତରୁ ଉଠି ଆସିଥିବା ପାହାଚ ଉପରକୁ ଉପରକୁ ମନ୍ଦିର ଯାଏ ଯାଇଛି । ପଚାଶ ଷାଠିଏ ପଥର ପାହାଚ ହେବ ।

ମୁଁ ଖୁବ୍ ଉଦ୍‌ବିଗ୍ନ ହୋଇ ପଚାରିଲି "ଆଚ୍ଛା ମନ୍ଦିରର ମୁଖ୍ୟଦ୍ୱାରରେ ଦୁଇ ହାତୀକୁ ମାଡ଼ି ବସିଥିବା ସିଂହାର ମୂର୍ତ୍ତି ଅଛି କି ?"

- ହଁ ଅଛିତ !
- ସେ ମନ୍ଦିରର ବାହାର ପଟରେ ଖୋଦିତ ହୋଇଥିବା ମୂର୍ତ୍ତି କାହାର ଅଛି ।
- ବିଭିନ୍ନ ଦେବଦେବୀଙ୍କର ଅଛି ।
- ଖାଲି ଦେବଦେବୀ ? ଭଲ କି ମନେ ପକା ତ !
- ହଁ କୋଉଠି କିଏ ବୀଣା, ମର୍ଦ୍ଦଳ ପ୍ରଭୃତି ଧରିଥିବା ମୂର୍ତ୍ତି ବି ଅଛି ।
- ଆଚ୍ଛା ନଈକୂଳରେ ଉଠି ଆସିଥିବା ପାହାଚକୁ ଲାଗି କନିଅର ଗଛଟେ ଅଛି କି । ଯେଉଁଥିରେ ହଳଦୀ ରଙ୍ଗର ପେଣ୍ଟା ପେଣ୍ଟା ଫୁଲ ଫୁଟେ ।

ଏଥର ସେ ମତେ ଆଶ୍ଚର୍ଯ୍ୟ ହୋଇ ଚାହିଁ କହିଲା, "ଅପା ତମେ କୋଉ ପିଲାଦିନେ ଥରେ ଆମ ଗାଁକୁ ଯାଇଥିଲ ବୋଲି ମୁଁ ଶୁଣିଥିଲି । ତମେ ଏତେ କଥା କେମିତି ମନେ ରଖିଛ ?"

ମୁଁ କହିଲି "କହତ ଅଛି କି ସେ ଗଛ।"

- ହଁ ଅଛି। ନଈକୂଳରେ ଥିବାରୁ ପାଣି ପାଇ ସେ ବିରାଟ ଗଛଟେ ହେଇଛି। ସବୁବେଳେ ସେଥିରେ ହଳଦୀ ରଙ୍ଗର ଫୁଲ ଭର୍ତ୍ତି ହୋଇଥାଏ। ଗାଁ ଠାରୁ ଦୂରରେ ଅଛି ପୁଣି ଠାକୁରଙ୍କ ଗଛ ବୋଲି କହି ସେଥିରୁ ତୋଳନ୍ତି ନାହିଁ।

- ଆଚ୍ଛା ସେ ମନ୍ଦିର ବିଷୟରେ ଆଉ କିଛି କଥା ଅଛି କି ଯାହା ତୁ ସେଇ ଗାଁର ଲୋକ ଭାବରେ ଜାଣିଥିବୁ।

- ଅପା, ଶୁଣିଛି କେତେ କଥା। ତେବେ ଏମିତି ଗାଲୁ ଗଳ୍ପତ ଗାଁ ମାନଙ୍କରେ ଚାଲେ। କିଏ ତାକୁ ବିଶ୍ୱାସ କରୁଛି ନା କ'ଣ।

- ବିଶ୍ୱାସ କିଏ କରୁକି ନକରୁ, କଥା କ'ଣ ଅଛି କହତ ?

ତା'ପରେ ସେ ଯାହାସବୁ କହିଲା ତା'ର ନିର୍ଯ୍ୟାସ ଥିଲା ଯେ ବହୁବର୍ଷ ତଳେ ତାଙ୍କ ଗାଁରେ ତତ୍‌କାଳୀନ ଜମିଦାର ଶକ୍ତିପଦ ଜଗଦେବ ଗାଁଠାରୁ ଦୂରରେ ସୁରୂପା ନଈକୂଳରେ ଥିବା ମୁଣ୍ଡିଆ ଉପରେ ସେ ମନ୍ଦିରଟି ତୋଳାଇଥିଲେ।

କିନ୍ତୁ ଜମିଦାର ବଂଶର ଇଷ୍ଟଦେବୀ ଥିଲେ ଉଗ୍ରତାରା। ଘରେ ତାଙ୍କର ଶାକ୍ତ ପଦ୍ଧତିରେ ପୂଜା ଉପାସନା ହୁଏ। ଶକ୍ତିପଦଙ୍କର ପିତା ଜମିଦାର ଦୁର୍ଗାନନ୍ଦନ ଥିଲେ ଜଣେ ମାତୃଉପାସକ। ସିଏ ଡାକିଲେ ମା 'ଓ' କରୁଥିଲେ ବୋଲି ଲୋକେ ବିଶ୍ୱାସ କରନ୍ତି।

ଶକ୍ତିପଦ ପିଲାଦିନରୁ ଥିଲେ କୃଷ୍ଣ ଭକ୍ତ। ଘରର ଦେବୀପୂଜାର ସବୁ ଅନୁଷ୍ଠାନରେ ସେ ଯୋଗ ଦେଉଥିଲେ ବି ତାଙ୍କ ମୁହଁରେ ସବୁବେଳେ ଗୁଣୁଗୁଣୁ ହେଉଥିଲା କୃଷ୍ଣ ଭଜନ। ସେଥିପାଇଁ ତାଙ୍କ ବାପା କେବେ ବି ଆପତ୍ତି କରୁନଥିଲେ। ବରଂ ଦୁର୍ଗାନନ୍ଦନ କୁଆଡେ କୁହନ୍ତି ପ୍ରତି ମଣିଷର ଅନ୍ତଃସତ୍ତା ନିଜସ୍ୱ ଦିବ୍ୟସମ୍ଭାବନାକୁ ନେଇ ଆସିଥାଏ। ତେଣୁ ସେ ସେହି ଅନୁସାରେ ତା'ର ଆଧ୍ୟାତ୍ମିକ ଜୀବନ ନିର୍ବାହ କରିବ।

ଜମିଦାର ଦୁର୍ଗାନନ୍ଦନ ବଞ୍ଚିଥିବା ବେଳେ ମନ୍ଦିରତୋଳା ଆରମ୍ଭ ହୋଇଥିଲା। ତାଙ୍କ ଯିବାପରେ ମନ୍ଦିରକାମ ସରି ପ୍ରତିଷ୍ଠା ହୋଇଥିଲା।

ପ୍ରତିଦିନ ଶକ୍ତିପଦ ପାଲିଙ୍କି ଚଢ଼ି ଯାଉଥିଲେ ସେଇ ନଦୀରେ ଗାଧୋଇବା ପାଇଁ। ଓଦା ଲୁଗାରେ ପାହାଚ ଚଢ଼ି ଯାଉଥିଲେ ମନ୍ଦିରକୁ। ସେଠି ଅନେକ ସମୟ କଟାଇ ପାହାଚ ଓହ୍ଲାଇ ପାଲିଙ୍କିରେ ବସି ଫେରୁଥିଲେ ତାଙ୍କ ଉଆସକୁ। ସୂର୍ଯ୍ୟାସ୍ତ ସମୟରେ ବି ସେ ଯାଇ ବସୁଥିଲେ ମନ୍ଦିର ବେଢ଼ାରେ। ସଂଜ ଆଳତି ସରିଲେ ମନ୍ଦିର ବନ୍ଦକରି ପୂଜକଙ୍କ ସହିତ ସେ ମଧ୍ୟ ଫେରୁଥିଲେ। ସେ ଥିଲେ ଖୁବ୍ ସଙ୍ଗୀତପ୍ରାଣ ବ୍ୟକ୍ତି। ସବୁବେଳେ ତାଙ୍କ ଉଆସରେ ଗାନବାଦନର ବ୍ୟବସ୍ଥା ଥିଲା। କୋଉଠୁ କୋଉଠୁ ଗାୟକ, ବାଦକ ଓ ସଙ୍ଗୀତପ୍ରେମୀ ବ୍ୟକ୍ତିମାନଙ୍କର ଆଗମନ ହେଉଥିଲା।

ନିଜେ ଜମିଦାର ଶକ୍ତିପଦ ବଜାଉଥିଲେ ବିଚିତ୍ର ବୀଣା। ଭାରତର ସଂଗୀତ ଓ ବାଦ୍ୟଯନ୍ତ୍ର ଜଗତରେ ବିଚିତ୍ର ବୀଣା ହେଉଛି ବହୁ ପୁରାତନ ବାଦ୍ୟଯନ୍ତ୍ର। ସେ କାହାଠାରୁ କିପରି ଶିଖିଥିଲେ କେଜାଣି। ସେ ଖୁବ୍ ଚମତ୍କାର ବୀଣାବାଦନ କରୁଥିଲେ। ବିଶେଷକରି ମନ୍ଦିର ବେଢ଼ାରେ ବେଳେ ବେଳେ ସନ୍ଧ୍ୟା ସମୟରେ ସେ ଯେତେବେଳେ ବୀଣା ବଜାନ୍ତି ତା'ର ସ୍ୱର ଝଙ୍କାର ଗାଁଯାଏ ଭାସିଆସେ ବୋଲି ଲୋକେ କୁହନ୍ତି। ସେ ବୀଣାକୁ ମନ୍ଦିରର ଗର୍ଭ ଗୃହରେ ରାଧାକୃଷ୍ଣ ପାଦତଳେ ରଖିଦେଇ ଆସନ୍ତି। ଘରକୁ ଆଣନ୍ତିନି।

ଗାଁ ଲୋକଙ୍କର ସେ ମନ୍ଦିରଆଡ଼େ ବେଶି ଯିବା ଆସିବା ନଥିଲ। ଗାଁ ମୁଣ୍ଡରେ ଥିବା ଶିବ ମନ୍ଦିରରେ ସମସ୍ତଙ୍କର ଭିଡ଼। ଗାଁଠାରୁ ଦୂରରେ ଥିବା ଓ ପୁଣି ପାହାଚ ଚଢ଼ି କଷ୍ଟକରି ମୁଣ୍ଡିଆ ଉପରକୁ ଯିବାପାଇଁ ପ୍ରାୟ କାହାରି ଆଗ୍ରହ ନଥିଲା। ସାଂସାରିକ ଜୀବନରେ ଯାହାର ଯାହା ଆବଶ୍ୟକ ସେସବୁ ଶିବଠାକୁରଙ୍କ ପାଖରେ ଜଣାଇବା ସହଜ ଥିଲା।

ତା'ଛଡା ଜମିଦାର ଶକ୍ତିପଦ ମଧ୍ୟ ତାଙ୍କ ମନ୍ଦିରରେ ଲୋକଗହଳି ଆଦୌ ଚାହୁଁନଥିଲେ। ସତେ ଯେମିତି ସେଠି ଗହଳଚହଳ ହେଲେ ରାଧାକୃଷ୍ଣଙ୍କର ନିତ୍ୟରାସରେ ବାଧା ସୃଷ୍ଟି ହେବ। ପ୍ରାୟ ସବୁ ପୂର୍ଣ୍ଣିମା ରାତିରେ ସେ ତାଙ୍କର ବୀଣା ନେଇ ମନ୍ଦିର ବେଢ଼ାରେ ବସି ଅନେକ ରାତିଯାଏ ବଜାନ୍ତି। ତାଙ୍କ ପାଲିଙ୍କି ବାହକ ଓ କେତେଜଣ ଅନୁଚର ତାଙ୍କ ବୀଣାବାଦନ ସରିବା ପର୍ଯ୍ୟନ୍ତ ମନ୍ଦିର ଭିତରେ ବା ବାହାର ପାହାଚ ଉପରେ ବସି ଅପେକ୍ଷା କରନ୍ତି। ଜମିଦାର ଶକ୍ତିପଦ ପ୍ରାୟ ଚାଳିଶ ବର୍ଷ ହେଲାଣି ଆରପୁରକୁ ଗଲେଣି। କିନ୍ତୁ କିଛି ଲୋକ କୁହନ୍ତି ଏବେ ବି ଗହନ ରାତିରେ ତାଙ୍କ ବୀଣାର ସୁର ଝଙ୍କାର କେହି କେହି ଶୁଣିଥାନ୍ତି।

ମୁଁ ବୀରେନ୍ଦ୍ରଠାରୁ ଏସବୁ କଥା ଶୁଣିବା ବେଳେ ମତେ ଲାଗିଥିଲା ମୋର ସ୍ୱପ୍ନର ରହସ୍ୟ ସତେକି କିଛି କିଛି ଖୋଲିଯାଉଛି। ମୁଁ ପଚାରିଲି "ଆଚ୍ଛା ବୀରେନ୍ଦ୍ର ଏତେ କଥା ଯେ କହିଲୁ ସେ ବିଷୟରେ କ'ଣ ତୋର କିଛି ପ୍ରତ୍ୟକ୍ଷ ଜ୍ଞାନ ଅଛି।"

ବୀରେନ୍ଦ୍ର ମୁଣ୍ଡ ହଲାଇ ମନାକଲା ଓ କହିଲା "ଅପା, ଯାହା ମୁଁ କହିଲି ସବୁ ଶୁଣିଛି। ଶୁଭ ଭାଇଙ୍କଠାରୁ ଜାଣିଥିଲି ତୁମେ ଆମ ଗାଁର ସେ ମୁଣ୍ଡିଆ ଉପରେ ଥିବା ମନ୍ଦିର ବିଷୟରେ ଜାଣିବାକୁ ଚାହୁଁଛ। ତେଣୁ ଏବେ ଗାଁରେ ଥିବା ବୁଢ଼ା ବୁଢ଼ା ଲୋକଙ୍କୁ ପଚାରି କଥାଟା ବୁଝିଥିଲି। ସେମାନେ ଆହୁରି କ'ଣ ସବୁ ଅଦ୍ଭୁତ କଥା କହୁଥିଲେ। ମତେ ଆଉ ଶୁଣିବାକୁ ମନ ହେଲାନି।

ମୁଁ ତାକୁ ହସି ହସି କହିଲି "ବୀରେନ୍ଦ୍ର ତୋଠାରୁ ଶୁଣିଥିବା କଥା ଅପେକ୍ଷା ମତେ ଆହୁରି ଅଧିକା କଥା ଶୁଣିବାକୁ ଭଲ ଲାଗିବ। ତୁମ ଗାଁକୁ କେବେ ଥରେ ଯିବା।"

ବୀରେନ୍ଦ୍ର ଖୁବ୍ ଆଗ୍ରହରେ କହିଲା "ଅପା ବହୁତ ଭଲ ହେବ। ତୁମେ କୋଉଦିନ

ଯିବ କହିଲେ ମୁଁ ଆସି ନେଇଯିବି। ଆମ ଘରେ ଦୁଇ ଚାରି ଦିନ ରହିବ। ମନ୍ଦିର, ନଈ, ମୁଣ୍ଡିଆ ଜଙ୍ଗଲ ସବୁ ବୁଲେଇ ଦେବି। ଅବଶ୍ୟ ଦିନବେଳେ ଆଉ ପୂର୍ବର ସେ ନିର୍ଜନତା ନାହିଁ। ମୁଣ୍ଡିଆ ଆରପାଖରୁ ପଥର କଟା ଚାଲିଛି। ସେ ପଥର କୁଆଡ଼େ ବହୁତ ମୂଲ୍ୟବାନ। ଆମ ଗାଁ ଲୋକେ ପଥରକଟାର ବେଶ୍ ବିରୋଧ କରିଥିଲେ। ହେଲେ, ଲୋକଙ୍କ କଥା କିଏ ଶୁଣୁଛି। ଆମ ଗାଁ ଓ ପାଖ ଗାଁ ସବୁର ସରପଞ୍ଚମାନେ ମିଶି ମୋଟା ଅଙ୍କର ଟଙ୍କା ସେ କଣ୍ଟ୍ରାକ୍ଟରଠାରୁ ପକେଇ ଦେଇଛନ୍ତି। ତେଣୁ ସେ ପାହାଡ଼ର ଯେତିକି ଅଂଶରୁ ପଥର କାଟିବାକୁ ଅନୁମତି ପାଇଥିଲା ତା'ଠାରୁ ବହୁତ ଅଧିକ କାଟି ସାରିଲାଣି। ଲୋକେ କହୁଛନ୍ତି ଏମିତି ପଥର କାଟିଲେ ମନ୍ଦିରକୁ ବିପଦ ହୋଇପାରେ।"

ମୁଁ ସେ ବିଷୟରେ କିଛି କହିଲିନି। ପାହାଡ଼ରୁ ଆଖିବୁଜା ପଥରକଟା ଖଣିରୁ କୋଇଲା ଉଠା ଉପରେ କାହାର ବା ଏଠି ଅଙ୍କୁଶ ଅଛି। ତେବେ ମୁଁ ଯାହା ଖୋଜୁଥିଲି ପାଇ ଯାଇଥିଲି। ଏବେ ସମୟରେ କରି ବୀରେନ୍ଦ୍ର ଗାଁକୁ ମତେ ଯିବାକୁ ହେବ। ସ୍ୱପ୍ନଦୃଷ୍ଟ ମନ୍ଦିରକୁ ଏଇ ସ୍ଥୂଳ ଚକ୍ଷୁରେ ଦେଖିବାରେ ସୁଯୋଗ ତ ମିଳିବ!

କଥା ସ୍ଥିର ହେଲା ମୁଁ ଯେବେ ଯିବାକୁ ଫୋନ କରିବି ବୀରେନ୍ଦ୍ର ଆସି ମତେ ନେଇଯିବ। କିନ୍ତୁ ଏପରି କାମ ସବୁ ଆସି ଜୁଟି ଯାଉଥିଲା ଯେ ମୁଁ ବୀରେନ୍ଦ୍ରକୁ ଡାକିବା ସମ୍ଭବ ହେଉନଥିଲା। କେବେ ଘର କାମ ତ କେବେ କଲେଜ କାମ, କେବେ ବା ପାଗ ଖରାପ।

ଏ ଭିତରେ ବିତିଯାଇଥିଲା ଦୁଇମାସ। ବର୍ଷା ପ୍ରାୟ ଲାଗି ରହୁଥିଲା। ବର୍ଷା ଛାଡ଼ିଲେ ଗାଁକୁ ଯିବାକୁ ସୁବିଧା ହେବ ଭାବି ମୋର ପରମ ଅଭିଳଷିତ ମନ୍ଦିର ଦେଖାକୁ କାର୍ଯ୍ୟକାରୀ କରିପାରୁନଥିଲେ। କିନ୍ତୁ ସେ ସ୍ୱପ୍ନର ଭାବନା ଲାଗିରହିଥିଲା। ମନ୍ଦିର ଗାତ୍ରରୁ ଗୋଟାଏ ପରେ ଗୋଟାଏ ମୂର୍ତ୍ତି ବାହାରିଯାଇ ମହାଶୂନ୍ୟରେ କେଉଁ ଏକ ଅଦୃଶ୍ୟପଥରେ ଚାଲିଥିବାର ଦୃଶ୍ୟ ମୋ ଆଖିରେ ନାଚୁଥିଲା। ଯାହାର କାରଣ କ'ଣ ହୋଇପାରେ ମୁଁ ଅନୁମାନ ମଧ୍ୟ କରିପାରୁନଥିଲି। ସ୍ୱପ୍ନରେ ଆକାଶରୁ କେଉଁ ଗନ୍ଧର୍ବ ହାତରୁ ପଥର ପାହାଚ ଉପରେ ଖସି ପଡିଥିବା ବୀଣାର ଶବ୍ଦରେ ମୋର ଜାଗ୍ରତ ଅବସ୍ଥାରେ ବି ମୁଁ ଚମକି ପଡୁଥିଲି।

ମନେମନେ ସ୍ଥିର କରିନେଲି ପର ସପ୍ତାହ ଶନିବାର ଦିନ ବୀରେନ୍ଦ୍ର ସାଙ୍ଗରେ ଗାଁକୁ ଯାଇ ରବିବାରଟା ରହି ସୋମବାର ସକାଳୁ ଫେରିଆସିବି। ମୁଁ ବୀରେନ୍ଦ୍ରକୁ ଆସିବା ପାଇଁ କହିଦେଲି। କିନ୍ତୁ ଆଉ ସପ୍ତାହେ ସମୟ ଅପେକ୍ଷା କରିବାକୁ ଧୈର୍ଯ୍ୟ ରହୁନଥାଏ।

ହଠାତ୍ ଗଣମାଧ୍ୟମରେ ପ୍ରଚାର ହେଲା ଯେ ମହାବାତ୍ୟା ଆସୁଛି। ଲୋକଙ୍କୁ ସତର୍କ କରାଇବାକୁ ଯାଇ ବାତ୍ୟାର ପ୍ରଭାବ, କ୍ରମାଗତ ପ୍ରବଳ ବର୍ଷା ଓ ଅନ୍ୟାନ୍ୟ ବିପଦର

ସୂଚନା ପ୍ରଦାନ ଜାରି ରହିଲା। ମୁଁ ଜାଣିଲି ଏ ସମୟରେ ଘର ଛାଡ଼ି ବୀରେନ୍ଦ୍ର ଗାଁକୁ ଦୁଇ ଦିନ ପାଇଁ ଯିବା ସମ୍ଭବ ନୁହେଁ। ତା'ଛଡ଼ା ଝଡ଼ବର୍ଷା ବେଳେ ସେ ମୁଣ୍ଡିଆ ଉପରେ ମନ୍ଦିର ପାଖକୁ କିଏ ବା ଯିବ! ଏତେ ଦିନ ତ ଗଲାଣି ବାତ୍ୟାଟା ଆସି ଚାଲିଯାଉ ସୁବିଧାରେ ଯିବି।

କିନ୍ତୁ କେହି ଜାଣିନଥିଲେ ଯେ ବାତ୍ୟା ଆସିବ ଓ ଭୟଙ୍କର ପ୍ରଳୟଟାଏ ସୃଷ୍ଟି କରିବ। ବାତ୍ୟା ବହିବା ବେଳରୁ ଲିଭିଯାଇଥିବା ବିଜୁଳି ଫେରିଲା ପନ୍ଦର ଦିନ ପରେ। ଛିଣ୍ଡି ଯାଇଥିବା ଟେଲିଫୋନ ଲାଇନ ଅଚଳ ହୋଇ ରହିଲା କାହିଁ କେତେଦିନ। ମୋବାଇଲ ଫୋନ ସଚଳ ହେବାକୁ ଲାଗିଗଲା ଆଠ ଦଶ ଦିନ। ଉଜୁଡ଼ି ଯାଇଥିବା ପରିବେଶକୁ ସଜାଡ଼ିବା ଭିତରେ ମୋର ଆଉ ସ୍ୱପ୍ନ କଥା, ଗାଁକୁ ଯିବା ମନ୍ଦିର ଦେଖା ସବୁ ପାସୋର ହୋଇଯାଇଥିଲା।

ଏ ଭିତରେ ବିତିଯାଇଥିଲା ପ୍ରାୟ ଏକମାସ ସମୟ। ଅବସ୍ଥା ସ୍ୱାଭାବିକ ହୋଇ ଯାଇଥିଲା। ପୁଣି ଫେରି ଆସିଥିଲା ସ୍ୱପ୍ନର ଜଗତ। ମୁଁ ସ୍ଥିର କଲି ଯେ ଛୁଟି ନେଇ ପଛେ ଯିବି ରବିବାରକୁ ଅପେକ୍ଷା କରିବି ନାହିଁ। ମୁଁ ବୀରେନ୍ଦ୍ରକୁ ଫୋନ୍ କଲି। ତା' ମୋବାଇଲ ବହୁବାର ଚେଷ୍ଟା କରିବା ପରେ ଲାଗିଲା।

ମୁଁ କିଛି ନ କହୁଣୁ ମୋ ଫୋନ ପାଉପାଉ ସେପଟରୁ ବୀରେନ୍ଦ୍ର କହିଲା, "ଅପା ଆଉ ଗାଁକୁ କାହିଁକି ଆସିବ। ଯେଉଁଥିପାଇଁ ଆସିଥାନ୍ତ ସେ ଆଉ ନାହିଁ।"

ତା'କଥାରେ ମୁଁ ହତଚକିତ ହୋଇ ପଚାରିଲି, "ନାହିଁ ମାନେ କ'ଣ? ମୁଁ କ'ଣ କୋଉ ମଣିଷକୁ ଦେଖିବା କଥା କହୁନଥିଲି ତ। ମନ୍ଦିର କଥା କହୁଥିଲି।"

ହଁ ମୁଁ ସେଇ ମନ୍ଦିର କଥା ହିଁ କହୁଛି। ସାତ ଦିନ ଲଗାତର ଝଡ଼ବର୍ଷାରେ ଗାଁ ଲୋକେ ଘରୁ କେହି ବାହାରି ପାରିଲେନି। ଗାଁ ଲୋକଙ୍କ ଦାଣ୍ଡ ବାରିରେ ଥିବା ସବୁ ଆମ୍ବ, ବେଲ, ପିଜୁଳି ଗଛ ତଳେ ଉପୁଡ଼ି ପଡ଼ିଥିଲେ। ତାକୁ ସଫା କରି ବାଟକରିବା ଆଗ ଦରକାର ହେଲା।

ଗାଁରୁ ମନ୍ଦିର ଆଡ଼େ ବାଟସାରା ପଡ଼ିଥିବା ଗଛଗଣ୍ଡି, ଡାଳ, କଣ୍ଟାବୁଦା ଆଡ଼େଇ କେତେଜଣ ଗାଁ ପିଲା ନଈକୂଳ ମୁଣ୍ଡିଆ ଆଡ଼େ ଯାଇଥିଲେ। ସେଠି ଯାହା ଦେଖିଲେ ସେ କଥା ଗାଁରେ କହିବାପାଇଁ ପୁଣି ସେମାନେ ପଡ଼ିଉଠି ଗାଁକୁ ଦୌଡ଼ିଲେ। ତାଙ୍କ କଥା ଶୁଣି ଗାଁଟା ସାରା ଲୋକ ଅସମ୍ଭାଳ ହୋଇ ଧାଇଁଲେ ମୁଣ୍ଡିଆ ପାଖକୁ। ମୁଁ ମଧ୍ୟ ଦୌଡ଼ି ଯାଇଥିଲି।

ବୀରେନ୍ଦ୍ର ସତେ ଯେପରି ସେହିକ୍ଷଣି ଦୌଡୁଥିବାଜନିତ ଅଣନିଃଶ୍ୱାସୀ ହୋଇ ପଡୁଥିଲା। ତା'ର କଣ୍ଠ ବାଷ୍ପାକୁଳ ହୋଇଯାଉଥିଲା। ମୋର ଏପଟେ ଉତ୍କଣ୍ଠାରେ

ନିଃଶ୍ୱାସପ୍ରଶ୍ୱାସର ଗତି ଅସମ୍ଭବ ଭାବରେ ବଢ଼ିଯାଇଥିଲା । ମୁଁ ଛାତିକୁ ଗୋଟେ ହାତରେ ଚାପିଧରି ଆର ହାତରେ କାନରେ ମାଡ଼ି ଧରିଥିବା ମୋବାଇଲରୁ ଅଜଣା ବିପଦର ଆଶଙ୍କାରେ ମ୍ରିୟମାଣ ହୋଇ ପଡୁଥାଏ । ସାହସ କରି ପଚାରି ପାରୁନଥାଏ ମୁଣ୍ଡିଆ ପାଖରେ ପହଞ୍ଚି ସେ କ'ଣ ଦେଖିଲା ।

ସେପଟରୁ ବୀରେନ୍ଦ୍ର କାନ୍ଦ କାନ୍ଦ ହୋଇ କହିଲା "ଅପା ମୁଁ ଗାଁରେ ସମସ୍ତଙ୍କୁ କହିଦେଇଥିଲି ତୁମେ ଆମ ଗାଁକୁ ଆସିବ, ଦୁଇ ତିନି ଦିନ ରହିବ, ମନ୍ଦିର ଆଡ଼େ ବୁଲିଯିବ । ସମସ୍ତେ ଖୁସି ହେଉଥିଲେ । ତୁମେ କେବେ ଆସିବ ପିଲାଠାରୁ ବୁଢ଼ାଯାଏ ଚାହିଁଥିଲେ ।"

ମୁଁ ବ୍ୟଗ୍ରହୋଇ କହିଲି "କ'ଣ ତୁ ଦେଖିଲୁ ମୁଣ୍ଡିଆ ପାଖରେ ପହଞ୍ଚି ? ସେ କଥା ଆଗ କହ ।"

"କହୁଛି ଅପା ! ଆମେ ସମସ୍ତେ ଗାଁରୁ ବାହାରି ଆଗପଛ ହୋଇ ନଈକୂଳରେ ପହଞ୍ଚି ମୁଣ୍ଡିଆକୁ ଚାହିଁଲୁ । ସେଠି ଆଉ ରାଧାକୃଷ୍ଣ ମନ୍ଦିର ନଥିଲା । ମନ୍ଦିରଟା ଗଛ ଉପୁଡ଼ିବା ପରି ଉପୁଡ଼ି ପଡ଼ି ପାହାଚ ଉପରେ ମାଡ଼ି ହୋଇ ପଡ଼ିଥିଲା । ତା'ଉପରେ ତାକୁ ଆହୁରି ଚାପି ଚାପି ଧରି ପଡ଼ିଥିଲା ବଡ଼ବଡ଼ ତମାଳ, ବଉଳ, କଦମ୍ବ, ଆମ୍ବ ଓ ଓସ୍ତଗଛର ଡାଳପତ୍ର । ଆମେ ସମସ୍ତେ ବିଭିନ୍ନ ଦିଗରୁ ଚଢ଼ି ବହୁତ ଖୋଜାଖୋଜି କଲୁ କାଳେ ପୂଜା ହେଉଥିବା ରାଧାକୃଷ୍ଣଙ୍କ ବିଗ୍ରହ କି ମନ୍ଦିରରେ ଥିବା ଅନ୍ୟ ମୂର୍ତ୍ତି କିଛି ମିଳିଲେ ତାକୁ ଉଦ୍ଧାର କରି ରଖିବୁ । କିନ୍ତୁ ସେ ପଥର ମାଟି ଗଦାତଳୁ କିଛି ଖୋଜି ବାହାର କରିବାର ସମ୍ଭାବନା ନଥିଲା ।

କିନ୍ତୁ ଗୋଟିଏ ଜିନିଷ ଦେଖିପାରିଲୁ । ତା'ଥିଲା ଜମିଦାର ଶକ୍ତିପଦଙ୍କ ବୀଣାର ତାର ଲାଗିଥିଲା କିଛି ଅଂଶ । ଗଛ ଡାଳପତ୍ରରେ ଛନ୍ଦି ହୋଇ ପଡ଼ିଥିଲା । ସେ ଖଣ୍ଡକୁ ବାହାର କରି କ'ଣ ବା କରିଥାନ୍ତୁ ! ସମସ୍ତେ ହତାଶ ହୋଇ ଫେରିଆସିଲୁ । ଯଦିବା ସେ ମନ୍ଦିରକୁ ଆମର ଏତେ ଗତାଗତ ନଥିଲା ତଥାପି ସେ ଥିଲା ଆମର ଏକ ସୁନ୍ଦର କୋମଳ ଅନୁଭବ । ମନ୍ଦିର ଚୂଡାରେ ଉଡୁଥିବା ପତାକାଟି ଦେଖିଲେ ମନରେ କେମିତି ଭରସା ଆସୁଥିଲା ଯେ ଭଗବାନ ସେଠି ଶାନ୍ତିରେ ଆନନ୍ଦରେ ଅଛନ୍ତି । ତେଣୁ ଆମେ ବି ନିଶ୍ଚିତ ଥିଲୁ । ଏବେ ସବୁ ଯେମିତି ତୁଟିଗଲା ।

ଗାଁରେ ସମସ୍ତଙ୍କ ମନଦୁଃଖ । ହେଲେ ମୋ ମନ ବହୁତ ଦୁଃଖ ଯେ ତୁମେ ଯେଉଁ ମନ୍ଦିର ପାଇଁ ଆମ ଗାଁକୁ ଆସିବାକୁ କହିଥିଲେ ସେ ଆଉ ନାହିଁ ।"

ତା'ପରେ ବୀରେନ୍ଦ୍ର କ'ଣ ସବୁ କହୁଥିଲା ସେସବୁ ଶୁଣିବାର ଅବସ୍ଥା ମୋର ନଥିଲା । ମୁଁ ସ୍ତବ୍ଧ ହୋଇ ବସିରହିଲି । ମୋର ସେ ସ୍ୱପ୍ନଦୃଷ୍ଟ ଜଗତକୁ ବାସ୍ତବ ଜଗତରେ

ସାକ୍ଷାତ କରିବାର ଅପୂର୍ବ ସୁଯୋଗ ମୋ ପାଖକୁ ଆସିଥିଲା । ଅଥଚ ମୋର ତଥାକଥିତ କାମର ଜଂଜାଳ ମତେ ଏତେବଡ଼ ମହାର୍ଘ ସୁଯୋଗରୁ ବଞ୍ଚିତ କରିଦେଲା । ଏବେ ଯେତେ ମୁଣ୍ଡ ପିଟିଲେ ବି ସବୁ ଅର୍ଥହୀନ । ସକଳ ସମ୍ଭାବନା ଶେଷ ହୋଇଯାଇଛି ।

ଏବେ ଆଉ କାହାକୁ କହିପାରିବିନି ଯେ ଏପରି ଏକ ମନ୍ଦିରକୁ ସ୍ୱପ୍ନରେ ଦେଖିଥିଲି ଯାହାକି ସତରେ ରହିଛି । ତା'ର ଠିକଣା, ତା'ର ଇତିହାସ ସବୁ ମତେ ଜଣାଅଛି । ଅନ୍ୟକୁ କହିବା ଦୂରେ ଥାଉ ନିଜକୁ ବି ପ୍ରତ୍ୟୟ ଦେଇପାରିବି କି ?

ହାତରେ ଦୁର୍ମୂଲ୍ୟ ମଣିଟିଏ ପାଉ ପାଉ ସେ ହାତରୁ ଖସି ନଦୀର ଜଳ ସ୍ରୋତରେ ପଡ଼ି କୁଆଡ଼େ ଭାସିଗଲା । ହାୟରେ ଭାଗ୍ୟ !

ମୁଁ ଆତ୍ମସ୍ଥ ହେବା ଆରମ୍ଭ କରିଥିଲି । ଭାବୁଥିଲି ଗୋଟେ ସ୍ୱପ୍ନର ଠିକଣା ଏହି ବସ୍ତୁଜଗତରେ ନପାଇ ଦୁଃଖୀ ହେବା କେବଳ ନିର୍ବୋଧତା । କିନ୍ତୁ ମୋର ନିର୍ବୋଧତା ମତେ ଆଶ୍ୱସ୍ତ କରିପାରୁନଥିଲା ।

ବରଂ କେତୋଟି ପ୍ରଶ୍ନ ମତେ ବିଚଳିତ କରିବାକୁ ଆରମ୍ଭ କରିଥିଲା । ମୁଁ ସେ ସ୍ୱପ୍ନ ଦେଖିଲି କାହିଁକି ? ମୋର ସେ ମନ୍ଦିର ସହ କ'ଣ ବା ସମ୍ପର୍କ ! କିନ୍ତୁ ଗୋଟିଏ କଥା ମତେ ସ୍ପଷ୍ଟ ଜଣାପଡୁଥିଲା ଯେ ମନ୍ଦିରରେ ଥିବା ପ୍ରସ୍ତରର ବିଗ୍ରହମାନେ ତାଙ୍କର ସୂକ୍ଷ୍ମ ସତ୍ତାରେ ହିଁ ମତେ ଦର୍ଶନ ଦେଇଛନ୍ତି । ମନ୍ଦିର ଭୁଶୁଡ଼ି ପଡ଼ିବା ନିଶ୍ଚିତ ଜାଣିବା ପରେ ହିଁ ସତ୍ତାମାନେ ମନ୍ଦିର ପରିତ୍ୟାଗ କରି ଚାଲିଯିବାର ଅଭାବନୀୟ ଦୃଶ୍ୟ ଦେଖିବାର ସୁଯୋଗ ମତେ ମିଳିଛି । ଆଉ ସେ ନୀଳାଭ ଦ୍ୟୁତି ! ମନ୍ଦିରର ଇଷ୍ଟଦେବଙ୍କର ନିଶ୍ଚୟ । ଖସିପଡ଼ି ଭାଙ୍ଗି ଯାଉଥିବା ବୀଣାର ରହସ୍ୟ ମଧ୍ୟ ମୋ ଆଗରେ ଖୋଲି ଯାଉଥିଲା । ସଂଗୀତପ୍ରାଣ ଜମିଦାର ଶକ୍ତିପଦ ନିଶ୍ଚୟ ଜଣେ ଗନ୍ଧର୍ବ ହିଁ ଥିବେ । ଦେବୀ ଉପାସକ ପରିବାରରେ ଜନ୍ମ ହୋଇଥିଲେ ବି ସଂଗୀତର ନୈବେଦ୍ୟ ସେ ବାଢ଼ି ଚାଲିଥିଲେ ରାଧାକୃଷ୍ଣଙ୍କର ପାଦତଳେ । ବୀଣାବାଦନରେ ତାଙ୍କର ଜୀବନକାଳ ମୁଗ୍ଧ ବିଭୋର ଅବସ୍ଥାରେ କଟିଥିଲା । ତାଙ୍କ ଅଙ୍ଗୁଳିରେ ସ୍ପର୍ଶରେ ବୀଣା କେବଳ ବାଦ୍ୟଯନ୍ତ୍ର ହୋଇ ରହିନଥିବ, ପାଲଟି ଯାଇଥିବ ଏକ ସଜୀବ ସତ୍ତାରେ । ତେଣୁ ଅନ୍ୟ ସୂକ୍ଷ୍ମସତ୍ତାଙ୍କର ଶୋଭାଯାତ୍ରାରେ ସେ ମଧ୍ୟ ମିଳିତ ହୋଇଯାଇଥିବ ।

ମୁଁ ନିଜେ ମୋର ସ୍ୱପ୍ନର ବ୍ୟାଖ୍ୟାରେ ସନ୍ତୁଷ୍ଟ ହୋଇଯାଇଥିଲି । କିନ୍ତୁ ପୂର୍ବର ସେହି ଅସମାହିତ ପ୍ରଶ୍ନ ପୁଣି ମନରେ ଉଙ୍କି ମାରିଲା । ସ୍ୱପ୍ନଦୃଷ୍ଟ ଘଟଣା ଓ ତା'ର ବ୍ୟାଖ୍ୟା ହୁଏତ ଠିକ୍, କିନ୍ତୁ ମୁଁ ସେ ସ୍ୱପ୍ନ ଦେଖିଲି କାହିଁକି ? ସେ ମନ୍ଦିର ଓ ବିଗ୍ରହମାନଙ୍କ ସହ ମୁଁ ବା କିପରି ସମ୍ବନ୍ଧିତ ହେଲି ! ସେ ସ୍ୱପ୍ନଦୃଷ୍ଟ ମନ୍ଦିରର ଠିକଣା ବାସ୍ତବ ଦୁନିଆରେ ଖୋଜିଲି ଓ ପାଇଲି ମଧ୍ୟ । କିନ୍ତୁ ସେ ଠିକଣାରେ ପହଞ୍ଚି ପାରିଲିନାହିଁ କାହିଁକି ?

ଏ ସଂସାରରେ କୌଣସି ଘଟଣାର ପୂର୍ବସୂଚନା ହୁଏତ କାହାର ସ୍ୱପ୍ନରେ ବା ସୂକ୍ଷ୍ମ ଦର୍ଶନରେ ଆସୁଥିବ। ବାସ୍ତବ ଜଗତରେ ତା'ର ସଂଯୋଗ ହୁଏତ ବେଳେବେଳେ ସମ୍ଭବ ମଧ୍ୟ ହେଉଥିବ। ଅଧିକାଂଶ ସ୍ୱପ୍ନ ନିଶ୍ଚୟ ସ୍ୱପ୍ନରେ ହିଁ ହଜି ଯାଇଥିବ। କିନ୍ତୁ ଏ କ୍ଷେତ୍ରରେ ସେ ସ୍ୱପ୍ନ ଯଦି ଅଦ୍ଭୁତ ଭାବରେ ତା'ର ବାସ୍ତବ ଜଗତରେ ସ୍ଥିତି ଖୋଜି ପାଇଥିଲା ତେବେ ପାହାଡ଼ରୁ ଧସିପଡ଼ିଥିବା ପଥରଖଣ୍ଡ ଓ ମାଟି ଗଦା ତଳେ ହଜିଗଲା କାହିଁକି !

ମୁଣ୍ଡିଆ ଉପରେ ଥିବା ମନ୍ଦିରଟି ମାଟିରେ ମିଶିଯିବା ପୂର୍ବରୁ ତାକୁ ତ୍ୟାଗ କରିଯାଉଥିବା ସୂକ୍ଷ୍ମ ସତ୍ତାମାନଙ୍କ ସହ ଚେତନାର କେଉଁ ଏକ ସ୍ତରରେ ମୋର କେମିତି ଏକ ସଂଯୋଗ ସ୍ଥାପିତ ହୋଇଯାଇଥିଲା କି ? କେଜାଣି ! ଏସବୁ ପ୍ରଶ୍ନର ଉତ୍ତର କେଉଁଠାରୁ ପାଇବି ନାହିଁ ଜାଣିଥିଲେ ବି ତା'ରି ଭିତରେ ଘାରି ହେଉଥିଲି।

■

ହାତ ପାପୁଲିରେ ପ୍ରଜାପତି

ଦୁଇଦିନ ହେଲାଣି ସୁରମାଙ୍କ ଆଖିରୁ ଲୁହ ଶୁଖୁନଥିଲା । ଲୁହକୁ ଅଟାକାଇବାକୁ ଚେଷ୍ଟା କରିବାବେଳେ ଭିତରେ କେମିତି ଗୋଟେ କୋହ ଉଠି ତାଙ୍କୁ ଅଣନିଃଶ୍ୱାସୀ କରିପକାଉଥିଲା ।

ସେ ଚାହୁଁଥିଲେ ସ୍ୱାମୀ ଓ ପୁଅ ତାଙ୍କ କାମରେ ବାହାରକୁ ଚାଲିଗଲେ ସେ କବାଟ ବନ୍ଦ କରି ଛାତିଫଟାଇ କାନ୍ଦିବେ । ହୁଏତ ତାଙ୍କ ଟିକେ ହାଲ୍‌କା ଲାଗିବ ।

ତାଙ୍କ କାନ୍ଦର କାରଣ ବାପ ପୁଅ ଦୁହେଁ ଜାଣିଥିଲେ । ତେଣୁ କାହିଁକି ସୁରମା କାନ୍ଦୁଛନ୍ତି, ତା'ପଚାରିବା ଆବଶ୍ୟକ ନଥିଲା ।

ପୁଅ ସୁମନ୍ତ ଡାଇନିଙ୍ଗ ଟେବୁଲରେ ବସି ତଳକୁ ମୁହଁପୋତି ଚୁପ୍‌ଚାପ ବଢ଼ାହୋଇଥିବା ଜଳଖିଆ ଖାଉଥିଲା । ଖାଇବା ପାଇଁ ତା'ର ଆଦୌ ମନ ହେଉନଥିଲେ ବି ନଖାଇ ଉଠିଗଲେ ମା' ହୁଏତ ଆହୁରି ମନଖରାପ କରିବ ଭାବି ସେ ବସିଥିଲା । ମା'ର ସେ କାନଦୁରା ମୁହଁକୁ ଚାହିଁବା ପାଇଁ ମଧ୍ୟ ତା'ର ସାହସ ହେଉନଥିଲା । ସେ ଜଣେ ତା' ମା'ର ମନଦୁଃଖର କାରଣ । ମା'ର ଏକମାତ୍ର ଘନିଷ୍ଠ ବାନ୍ଧବୀ ଚନ୍ଦ୍ରା ମାଉସୀ ଦୁଇଦିନ ତଳେ ରାତିରେ ଶୋଇବା ଅବସ୍ଥାରେ ଚାଲିଯାଇଛନ୍ତି । ସେଥିପାଇଁ ମା' ଏତେ କାନ୍ଦୁଛି । ତା'କୁ ବୁଝାଇବାର କିଛି ନାହିଁ ।

ସେ ନିଜକୁ ବି କୋଉ ବୁଝାଇ ପାରୁଛି । ନିଜ ମା' ବ୍ୟତୀତ ସେ ଯଦି ଅନ୍ୟଜଣେ ନାରୀଙ୍କୁ ସବୁଠାରୁ ବେଶି ଦେଖିଛି ସେ ହେଉଛନ୍ତି ଚନ୍ଦ୍ରମାଉସୀ । ତାଙ୍କର ଦୁଇ ପୁଅଝିଅଙ୍କ ସହିତ ମିଶି ଖେଳିବୁଲି ଉତ୍ପାତ କରିକରି ଏକାଠି ସେମାନେ ବଡ଼ ହୋଇଛନ୍ତି । ଏପରିକି ପିଲାଦିନେ ସେ ଚନ୍ଦ୍ରାମାଉସୀଙ୍କ ପାଖରେ ମଝିରେ ମଝିରେ ରହିବି ଯାଉଥିଲା ।

ତା'ର ମନେଅଛି ବାପାମା' ତାଙ୍କର କୋଉ ପାହାଡ଼ ଉପରେ ଥିବା ଦେବତାଙ୍କ ପାଖରେ କ'ଣ ପାଇଁ ମାନସିକ କରିଥିଲେ । ତେଣୁ ସେ ପୀଠରେ ଯାଇ ତାଙ୍କର ନିର୍ଦ୍ଦିଷ୍ଟ

ପୂଜା କରିବାକୁ ବାହାରିଥାନ୍ତି । ସୁମନ୍ତଙ୍କର ଦେହ ଖରାପ ହୋଇଗଲା । ଏଣେ ପୂଜାର ଦିନ ଓ ସମୟ ଧାର୍ଯ୍ୟ ହୋଇଯାଇଛି । ବସ୍‌ରେ ଯିବାକୁ ହେବ । ସମୟ ଲାଗିବ ଚଉଦ ଘଣ୍ଟା । ସେମାନେ ଅସୁସ୍ଥ ପିଲାକୁ ସାଙ୍ଗରେ ନେବାକୁ ସାହସ କରିପାରୁନଥାନ୍ତି କି ପୂଜା ବ୍ୟବସ୍ଥାର ଧାର୍ଯ୍ୟ ତିଥିକୁ ଘୁଞ୍ଚାଇ ପାରୁନଥାନ୍ତି । ଚନ୍ଦ୍ରା ମାଉସୀ ପହଞ୍ଚିଗଲେ । ସମସ୍ୟାଟା ଶୁଣିବାପରେ ସହଜ ସମାଧାନଟିଏ ଦେଇଦେଲେ ଯେ ସୁମନ୍ତ ପାଇଁ ଆଦୌ ଚିନ୍ତା ନକରି ସେମାନେ ତାଙ୍କର ପୁଣ୍ୟାର୍ଜନ କାମରେ ଯାନ୍ତୁ, ପିଲା ତାଙ୍କ ପାଖରେ ଅଧିକ ଯତ୍ନରେ ରହିବ । ମା'ର ଇଚ୍ଛା ଥିଲା ଏତେ କଷ୍ଟକରି ଯାଉଛନ୍ତି ଯେତେବେଳେ ପୁଅଟାକୁ ଟିକେ ନେଇ ମୁଣ୍ଡିଆ ମରାଇ ଆଣିଥାନ୍ତେ । କିନ୍ତୁ ଚନ୍ଦ୍ରମାଉସୀ ଅସୁସ୍ଥ ସୁମନ୍ତକୁ ଛାତିରେ ଆଉଜାଇ ଧରି ତାଙ୍କ ଘରକୁ ନେଇ ଯାଇଥିଲେ ।

ପ୍ରାୟ ଚାରିଦିନ ପରେ ଫେରିଥିଲେ ତାଙ୍କ ମା'ବାପା । କିନ୍ତୁ ମାତ୍ର ଚାରିଦିନ ଭିତରେ ସେ ମାଉସୀଙ୍କ ସ୍ନେହଶ୍ରଦ୍ଧା ଓ ଯତ୍ନରେ ଗୋଟାପଣେ ତାଙ୍କର ହୋଇଯାଇଥିଲା । ନିଜ ଘରକୁ ଫେରିବାକୁ ସେ ଆଦୌ ରାଜି ନ ଥିଲା । ସେଇ ମାଉସୀ ତାଙ୍କୁ ବହୁତ ବୁଝାଶୁଝା କରି ଘରେ ଆଣି ଛାଡ଼ିଥିଲେ । ସର୍ତ୍ତ ଥିଲା ମାଉସୀ ପ୍ରତିଦିନ ତାଙ୍କ ଘରକୁ ସେ ସ୍କୁଲରୁ ଫେରିବା ପରେ ଆସିବେ ନହେଲେ ସିଏ ତାଙ୍କ ଘରକୁ ଯିବ ।

ମାଉସୀଙ୍କ ପୁଅଝିଅ ଦୁହେଁ ଚାକିରି କରୁଛନ୍ତି ବାହାରେ । ଏକା ସୁମନ୍ତ ହିଁ ରାଜଧାନୀରେ ଗୋଟେ କମ୍ପାନୀରେ ଅଛି । ତେଣୁ ଏପର୍ଯ୍ୟନ୍ତ ମାଉସୀଙ୍କର ସବୁତକ ଆଦର ତାରି ଉପରେ ଓଜାଡ଼ି ହୋଇ ପଡୁଥିଲା । ତାଙ୍କର ଏପରି ଅଚାନକ ଚାଲିଯିବାଟା ତାକୁ ବହୁତ ବାଧୁଛି; କିନ୍ତୁ ନିଜେ କନ୍ଦାକଟା କରି ମା'ର ଦୁଃଖକୁ ଆଉ ସେ ବଢ଼ାଇବାକୁ ଚାହୁଁନଥିଲା । ବାହାରେ ଦମ୍ଭ ରଖିବାକୁ ପ୍ରାଣପଣେ ଚେଷ୍ଟା କରି ଚାଲିଥିଲା । ତଥାପି ସମସ୍ତ ସଜାଗତା ସତ୍ତ୍ୱେ ବି ଆଖିରୁ ଦୁଇଟୋପା ଲୁହ ଜଳଖିଆ ପ୍ଲେଟ୍ ଉପରେ ପଡ଼ିଗଲାଣି । ରାଗ ଲାଗୁଛି କହି ଗୋଟେ ଗ୍ଲାସ୍ ପାଣି ପି ସେ ଖାଇବା ଜାଗାରୁ ଉଠି ବାହାରକୁ ଚାଲିଗଲା ।

ଅନ୍ୟଦିନ ହୋଇଥିଲେ ସୁରମା ତାଙ୍କୁ ପାଟିକରି ଆଉଟିକେ ଖୁଆଇଥାନ୍ତେ ବା ତା' ପଛେ ପଛେ ଗେଟ୍ ଯାଏ ଯାଇଥାନ୍ତେ ।

ସେପରି କିଛି ହେଲାନି । ସୁମନ୍ତ ଶୀଘ୍ର ତା' ବାଇକ୍ ଷ୍ଟାର୍ଟ କରି ଯିବାର ଶବ୍ଦ ଯାହା ଭିତରକୁ ଶୁଣାଗଲା ।

ସୁରମା ଯନ୍ତ୍ରବତ୍ ବିପିନବାବୁଙ୍କ ପାଇଁ ଖାଇବାର ଆଣି ଟେବୁଲ ଉପରେ ରଖିଲେ ଓ ଟିକେ କଡ଼କୁ ପ୍ରାଣହୀନ ମୂର୍ତ୍ତିଟିଏ ପରି ଠିଆହୋଇ ରହିଲେ ।

ସୁରମାଙ୍କର ଝାଉଁଳି ପଡ଼ିଥିବା ମୁହଁଟି ତାଙ୍କର ସ୍ୱାମୀ ବିପିନ ବାବୁଙ୍କୁ ବେଶ୍

ଅସ୍ଥିର କରୁଥିଲା । ସେ ଲକ୍ଷ୍ୟ କରୁଥିଲେ ସୁରମା ପ୍ରାୟ ଖାଇବା ପିଇବା ଛାଡ଼ିଦେଲେଣି ।

ତାଙ୍କ ପାଇଁ ଡାଇନିଙ୍ଗ ଟେବୁଲ ଉପରେ ବାଢ଼ିଦେଇ ଚୁପ୍‌ଚାପ୍ ଠିଆ ହୋଇଥିବା ସୁରମାଙ୍କୁ ଚାହିଁ ବିପିନ ବାବୁ ଖୁବ୍ ନରମ ଗଳାରେ କହିଲେ, "ଶୁଣ ସୁରମା ମୁଁ ତୁମର ମନଦୁଃଖର କଥା ବୁଝିପାରୁଛି । ତୁମ ପିଲାଦିନର ଏତେ ଘନିଷ୍ଠ ବାନ୍ଧବୀ ଚନ୍ଦ୍ରା ଦେବୀ ଏମିତି ଆକସ୍ମିକ ଭାବରେ ଚାଲିଯିବେ କିଏ ବା ଭାବିଥିଲା । ମୁଁ ଜାଣେ ତୁମେ ଦୁହେଁ ପରସ୍ପରକୁ କେତେ ଭଲପାଅ । ପିଲାଦିନରୁ ସ୍କୁଲରରେ ଏକାଠି ପଢ଼ିଛି, ଏକା କଲେଜରେ ପଢ଼ିଛ ବାହାଘର ପରେ ବି ପାଖାପାଖି ଗୋଟିଏ ସହରରେ ରହିଛି । ପ୍ରତିଦିନ ଦୁହେଁ ଯେତେବେଳେ ସମୟ ପାଇଥାଅ ଫୋନ୍‌ରେ ସେତିକି ସମୟ ତୁମର ଆନନ୍ଦରେ କଟିଯାଏ । କ'ଣ ରାନ୍ଧିଲୁ, କ'ଣ ଖାଇଲୁ କୋଉ ରଙ୍ଗର ଶାଢ଼ି ଆଜି ପିନ୍ଧିଛୁ ପ୍ରଭୃତି ସାଧାରଣ ପଢ଼ିଆରେ ଶାଢ଼ି ପଡ଼ିଲାକି ଅନ୍ୟ କିଛିର ଆୟୋଜନ ହେଲା ତୁମେ ଦୁହେଁ ଏକାଠି ଯିବାରେ ତୁମର ବେଶି ଆନନ୍ଦ । ସେଥିପାଇଁ ତାଙ୍କ ସ୍ୱାମୀ ରବିବାବୁ ଓ ମୁଁ ଅଯଥା ହଇରାଣରେ ପଡୁନଥିବାରୁ ଖୁସିଥାଉ ।

ତୁମ ଦୁହିଁଙ୍କର ବନ୍ଧୁତାର ଜଗତଟି ଥିଲା ଏତେ ସୁନ୍ଦର ଏତେ ସ୍ୱଚ୍ଛ ଯେ ସେଠି ମାନଅଭିମାନ କି ରାଗରୁଷା ପଶିପାରୁନଥିଲା । ମୁଁ ବୁଝିପାରୁଛି ହଠାତ୍ ଚନ୍ଦ୍ରା ଏମିତି ଶୋଇବା ଅବସ୍ଥାରେ ଚାଲିଯିବେ କିଏ ବା କଳ୍ପନା କରିଥାନ୍ତା । କୌଣସି ପ୍ରକାର ଦେହ ଟିକେ ଯଦି ଖରାପ ହେଇଥାନ୍ତା, ତୁମେ ତାଙ୍କ ପାଖରେ ବସି ତାଙ୍କୁ ଆଉଁଶି ଦେଇଥାନ୍ତ । ମନ ହାଲ୍‌କା କରିବାକୁ କଥା କହିଥାନ୍ତ କି ସେବା ବି ଟିକେ କରିଥାନ୍ତ । ତମ ମନ ହୁଏତ ତାଙ୍କ ମୃତ୍ୟୁକୁ ମାନିଯାଇଥାନ୍ତା । ପୂର୍ବଦିନ ରାତିରେ ଶୋଇବା ପୂର୍ବରୁ ଦୁହେଁ ଖୁବ୍ ହସୁଥିଲ ଗପୁଥିଲ ମୁଁ ଜାଣେ । କିନ୍ତୁ ସକାଳକୁ ଖବର ଆସୁଛି ଯେ ସେ ନାହାନ୍ତି । ତେଣୁ ତୁମର ଅବସ୍ଥା ମୁଁ ବୁଝିପାରୁଛି । ଅଯଥା ସାନ୍ତ୍ୱନା ଦେଉନି । ଖାଲି ଏତିକି କହିବି ଯେ ମନକୁ ନିଜେ ବୁଝାଇବାକୁ ଚେଷ୍ଟାକର । ମୃତ୍ୟୁ ଉପରେ ବା କାହାର ବଳ ଅଛି ।"

ବିପିନ ବାବୁ ଖାଇବା ସାରି ଅଫିସ ବାହାରିଲେ । ଯିବା ପୂର୍ବରୁ ସୁରମାଙ୍କୁ ଉଦ୍ଦେଶ୍ୟ କରି କହିଲେ "ଶୁଣ ଦୁଇଦିନ ହେଲାଣି ତୁମର ଖାଇବା ପିଇବା ନାହିଁ । ଦେହ ଖରାପ ହୋଇଯିବ । ଖାଇବା ପିଇବା କରି, ବିଶ୍ରାମ ନିଅ । ଯଦି ଏକା ଲାଗୁଛି ତେବେ ତୁମ ଭଉଣୀ ଲୀଳିମାକୁ ଫୋନ୍ କର ସେ ଆସି ତୁମ ପାଖରେ ଦିନଟା କଟାଇଯିବ ।"

ସୁରମା କିଛି କହିଲେ ନାହିଁ । କିନ୍ତୁ ବିପିନଙ୍କ କଥା ମାନିବେ ବୋଲି ମୁଣ୍ଡ ହଲାଇ ସମ୍ମତି ଦେଲେ ।

ଏବେ ଘରେ କେହିନାହାନ୍ତି । ସୁରମା ଦାଣ୍ଡ ଗ୍ରୀଲ୍‌ରେ ତାଲା ପକାଇ ଦେଇ

ତାଙ୍କର ଉପର ତାଲିକାରେ ଥିବା ଶୋଇବା ଘରକୁ ପଶିଯାଇ ଭିତରୁ କବାଟଟା ଦେଇଦେଲେ । ବିଛଣାରେ ମୁହଁମାଡ଼ି ପଡ଼ିଥିବା ସୁରମାଙ୍କର ଅଝରଝର ଲୁହରେ ତକିଆଟି ତିନ୍ତିଗଲା ।

କେତେ ସମୟ ବିତିଗଲା କେଜାଣି । ସୁରମା ମନଭରି କାନ୍ଦି ଦେଇଥିବାରୁ ଟିକେ ହାଲ୍‌କା ଅନୁଭବ କରୁଥିଲେ । ଖଟରୁ ଉଠିପଡ଼ି ବନ୍ଦ କାଚ ଝରକା ଉପରୁ ପରଦା ହଟାଇଦେଲେ । ରୁମ୍‌ଟା ଆଲୋକିତ ହୋଇଉଠିଲା ।

ମାସେ ତଳେ ସେ ଓ ଚନ୍ଦ୍ରା ଦୁହେଁ ଏକାଠି ଯାଇଥିଲେ ପୁରୀ । ସମୁଦ୍ରକୂଳରେ ସୁରମା ଚନ୍ଦ୍ରଙ୍କର କେତେଗୁଡ଼ିଏ ଫଟୋ ଉଠାଇଥିଲେ । ଫଟୋ ସବୁ ଚାରିଦିନ ହେଲାଣି ପ୍ରିଣ୍ଟ ହେଇଆସିଥିଲା । କିନ୍ତୁ ଚନ୍ଦ୍ରାଙ୍କୁ ସେ ସେସବୁ ଦେଖାଇ ପାରିନଥିଲେ । ଗୋଟି ଗୋଟି କରି ଫଟୋ ସେ ଦେଖୁଥାନ୍ତି । ସବୁ ଫଟୋ ଚନ୍ଦ୍ରାଙ୍କର । କାରଣ ସୁରମାଙ୍କର ସେଇ ପୁରୁଣା କ୍ୟାମେରା କେବଳ ତାଙ୍କରି ବୋଲମାନେ ସେଥିରେ ଫଟୋ ଖୁବ୍ ଚମତ୍‌କାର ଉଠେ । ଆଉ କିଏ ବି ଉଠେଇଲେ କ'ଣ ହୁଏ କେଜାଣି ସେ ଫଟୋ ଭଲ ଉଠେନି ।

ଚନ୍ଦ୍ରା ପିନ୍ଧିଛନ୍ତି ଗାଢ଼ ନୀଳ ରଙ୍ଗର ପାଟ ଶାଢ଼ି ସମୁଦ୍ରର ପୃଷ୍ଠପଟ୍ଟରେ ସୂର୍ଯ୍ୟାଲୋକରେ ସେ ଯେମିତି ଦିଶୁଛନ୍ତି ସତେକି ଜଳରୁ ଉଠିଆସିଥିବା ନୀଳପରୀଟିଏ ।

ଦୁହେଁ କୁଆଡ଼େ ଏକାଠି ବୁଲିବାହାରିଲେ ଚନ୍ଦ୍ରା କୁହନ୍ତି "କୋଉ ରଙ୍ଗର ଶାଢ଼ି ପିନ୍ଧିବୁ ବୋଲି ଭାବୁଛୁ । ତୁ ଯେଉଁ ରଙ୍ଗ ପିନ୍ଧିବି ମୁଁ ବି ଠିକ୍ ସେଇ ରଙ୍ଗର ପିନ୍ଧିବି । କାରଣ ତୁ ବା ମୁଁ ଯଦି ଦୈବାତ୍ ହଜିଯିବା ତେବେ ଲୋକଙ୍କୁ ବୁଲିବୁଲି ପଚାରିବା ଠିକ୍ ଏମିତି ରଙ୍ଗର ଶାଢ଼ିଥିବା ସ୍ତ୍ରୀଲୋକଟିଏକୁ ଦେଖିଛକି ? କେଡ଼େ ସୁବିଧା ହେବ କହିଲୁ ।"

ସୁରମାଙ୍କର ମନେ ପଡୁଥିଲା ଦୁଇବନ୍ଧୁ ପ୍ରାୟ ଏକାପ୍ରକାର ଶାଢ଼ି କିଣନ୍ତି ଓ ସାଙ୍ଗହୋଇ ଯିବାବେଳେ ପିନ୍ଧନ୍ତି ମଧ୍ୟ । କିନ୍ତୁ ସେଦିନ ତା ହୋଇପାରିନଥିଲା । ଚନ୍ଦ୍ରାଙ୍କର ନୀଳ ରଙ୍ଗର ପାଟ ପରି ଥିବା ତାଙ୍କର ପାଟଟିକୁ ସେ ଡ୍ରାଇକ୍ଲିନରକୁ ପଠାଇ ଦେଇଥିଲେ । ତେଣୁ ବାଧହୋଇ ଅନ୍ୟ ରଙ୍ଗର ଶାଢ଼ି ଖଣ୍ଡେ ପିନ୍ଧିଯାଇଥିଲେ । ସମୟ ହୋଇଯାଉଥିଲା । ସେ ଶୀଘ୍ର ଯାଇ ଚନ୍ଦ୍ରାଙ୍କ ଘରେ ପହଞ୍ଚିଗଲେ । ଚନ୍ଦ୍ରା କିଛି କହିଲେନି ଗାଡ଼ିରେ ବସିଲେ । କିନ୍ତୁ କିଛି ସମୟପରେ କହିଥିଲେ "ଆଜି ଯଦି ମୁଁ ହଜିଯାଏ ତୁ ଆଉ ତୋ ଶାଢ଼ିକୁ ଦେଖେଇ କହିପାରିବୁ ନାହିଁ ଯେ ଠିକ୍ ଏମିତି ଶାଢ଼ି ପିନ୍ଧିଥିବା ମୋ ବୟସର ସ୍ତ୍ରୀ ଲୋକଟେ ହଜିଯାଇଛି ।"

ସୁରମା ହସିଥିଲେ ତାଙ୍କ କଥା ଶୁଣି ଓ କହିଲେ, "ଦି'ଜଣ ତ ସାଙ୍ଗ ହୋଇ ଆସିଛେ ସାଙ୍ଗ ହୋଇ ବୁଲିବା, ସାଙ୍ଗ ହୋଇ ମନ୍ଦିର ଯିବା ଓ ସାଙ୍ଗ ହୋଇ ଫେରିବା ।

ତୁ କ'ଣ ଛୋଟ ପିଲା ହୋଇଛୁ ଯେ କୁଆଡ଼େ ଦଉଡ଼ି ପଳେଇବୁ ମୁଁ ତତେ ପାଇବିନି। ଲୋକଙ୍କୁ ପଚାରିବି।"

ଚନ୍ଦ୍ରା କେମିତି ଗୋଟେ ହସ ହସି କହିଥିଲେ, "କେଜାଣି କିଏ କେତେବେଳେ ଖସିଯିବ ଆଉ ଜଣକ ତାକୁ ଖୋଜୁଥିବ ଆଉ ପାଉନଥିବ।"

ସୁରମା ତାଙ୍କ କଥାକୁ ଆଦୌ ଗୁରୁତ୍ୱ ନଦେଇ ହସିହସି କହିଥିଲେ "ଛାଡ଼ ସେ ନାଟକବାଜି। ଶାଢ଼ି ରଙ୍ଗ ଅଲଗା ହେଲେବି ଆମେ ଆଦୌ ହଜିବାନି, କାରଣ ଆମ ଯୋଡ଼ିକୁ କେହି ଅଲଗା କରିପାରିବେନି।"

"ମୃତ୍ୟୁ ବି ନୁହେଁ" ପ୍ରଶ୍ନ ଥିଲା ଚନ୍ଦ୍ରାଙ୍କର।

ସୁରମା ତାଙ୍କ ମୁହଁକୁ ଚାହିଁଲେ ଟିକେ ଆଶ୍ଚର୍ଯ୍ୟ ହୋଇ। କିଛି ଉତ୍ତର ଦେଲେନି। ଗମ୍ଭୀର ହୋଇଗଲେ।

ଏଥର ଚନ୍ଦ୍ରା ତାଙ୍କୁ ପରିହାସ କରି କହିଲେ, "ଓ ଏଇଥିରେ ତୋ'ର ରାଗ ହୋଇଗଲା। ଠିକ୍ ଅଛି "ଚନ୍ଦ୍ରା-ସୁରମା ଯୋଡ଼ି ଜିନ୍ଦାବାଦ୍। ଯବ୍‌ତକ୍ ଚାନ୍ଦସୂରଜ ରହେଗା ତବ୍‌ତକ ଚନ୍ଦ୍ରାସୁରମା ଯୋଡ଼ି କୋଇ ନହିଁ ତୋଡ଼ପାଏଗା।"

ସେଦିନର କଥାଟା ମନେପକାଇ ସୁରମା ଚନ୍ଦ୍ରାଙ୍କ ଫଟୋକୁ ହାତରେ ଧରି କହିଲେ "ସେଦିନ ପରା ଘୋଷଣା କରିଥିଲୁ ଚନ୍ଦ୍ରାସୁରମା ଯୋଡ଼ି କେହି ଭାଙ୍ଗି ପାରିବେନି। ଅଥଚ ନିଜେ କେଡ଼େ କୌଶଳରେ ଗୋପନରେ ଯୋଡ଼ି ଭାଙ୍ଗିଦେଲୁ! ଏବେ ଆକାଶର ଚନ୍ଦ୍ର ପରି ମୋର ଅପହଞ୍ଚ ଦୂରତାକୁ ଚାଲିଗଲୁନା। ହଜିଗଲୁନା ସବୁଦିନ ପାଇଁ!"

ଏଥର ସୁରମା କିଛି ସମୟ ମୌନ ହୋଇ ବସିଲେ। ତା'ପରେ ତାଙ୍କର କ'ଣ ହେଲା କେଜାଣି ସେ ଫଟୋ ଭିତରୁ ଚନ୍ଦ୍ରାଙ୍କର ସମୁଦ୍ରକୁ ପଛକରି ଠିଆହୋଇ ହସୁଥିବା ଫଟୋକୁ ଧରି ମନକୁ ମନ କହିଲେ "ଦେଖ ଚନ୍ଦ୍ରା ତୁ ମାତ୍ର ଦୁଇଦିନ ତଳେ ଦେହ ଛାଡ଼ିଛୁ। ତୋ'ର ତ କୌଣସି ଶୁଦ୍ଧିକର୍ମ ଆରମ୍ଭ ହୋଇନାହିଁ। ତେଣୁ ଆତ୍ମା କି ତୋର ପ୍ରାଣସତ୍ତା ନିଶ୍ଚୟ ଏହି ବାୟୁମଣ୍ଡଳରେ ଘୂରି ବୁଲୁଥିବ। ତୁ ଆମକୁ ଦେଖିପାରୁଥିବୁ, ଶୁଣି ବି ପାରୁଥିବୁ। ଆମେ କାନ୍ଦୁଛୁ ବୋଲି ତୁ କାଳେ କଷ୍ଟବି ପାଉଥିବୁ। ଏକଥା ଆମେ ମୃତ ମଣିଷ ବିଷୟରେ ପଢ଼ିଛେ, ଶୁଣିଛେ ବି। ତୁ ଥରେ କହିଥିଲୁନା ପିଲାଦିନେ ତୋର ମରିଯାଇଥିବା ଖୁଡ଼ୀଙ୍କୁ ତୁ କୁମାର ପୁନେଇ ରାତିରେ ଅଗଣାରେ ପୁଚି ଖେଳୁଥିବାବେଳେ ତାଙ୍କୁ ଅଳ୍ପ ଦୂରରେ ଥିବା ଗୋଟେ ବିରାଟ ଟଗର ଗଛର ପାଖରେ ଛିଡ଼ାହେବାର ଦେଖିଥିଲୁ। ଯଦି ଏସବୁ କଥା ସତ ତେବେ ତୁ ତ ମୋ କଥା ଶୁଣିପାରୁଥିବୁ, ମତେ ବି ଦେଖିବି ପାରୁଥିବୁ। ଶୁଣ୍ ନିଜ ରୂପରେ ନହେଉ ପଛେ କୌଣସି ଗୋଟେ ରୂପରେ ଆସି ତୁ ତୋର ଉପସ୍ଥିତି କଥା କ'ଣ ଜଣାଇ ପାରିବୁନି।

ମୁଁ ତତେ ଗଭୀର ଭାବରେ ପୂର୍ଣ୍ଣ ମନଯୋଗ ଦେଇ ଆହ୍ୱାନ କରୁଛି। ତୁ ଆ। ଯେକୌଣସି ରୂପ ଧରି ଆ।

ସୁରମା ଆଖିବନ୍ଦ କରି ଚନ୍ଦ୍ରାଙ୍କୁ ସ୍ମରଣ କରିବାକୁ ଲାଗିଲେ। କିଛି ସୋର ଶବ୍ଦ ନାହିଁ। ହଠାତ୍ ମୋବାଇଲଟା ରିଙ୍ଗ ହେଲା। ସୁରମାଙ୍କ ଧ୍ୟାନ ଭାଙ୍ଗିଗଲା। ଖୁବ୍ ବିରକ୍ତ ଲାଗିଲା ତାଙ୍କୁ। ସେପଟରୁ ବିପିନ ବାବୁ ପଚାରୁଛନ୍ତି "କ'ଣ ଖାଇଲଣିନା ନାହିଁ।"

କଥା କହିବାକୁ ଇଚ୍ଛା ହେଉନଥିଲେ ବି ସେ କୁଣ୍ଠିତ ସ୍ୱରରେ କହିଲେ, "ଖାଇ ସାରିଛି, ଆଖି ଟିକେ ଲାଗି ଯାଇଥିଲା।"

ସେପଟରୁ ଶୁଣାଗଲା "ହଉ ହଉ ତୁମେ ଶୋଇପଡ଼। ମୋବାଇଲ ସୁଇଚ୍ ଅଫ କରିଦିଅ। ନିଶ୍ଚିନ୍ତରେ ଶୋଇପଡ଼।"

ସୁରମା ସେହିକ୍ଷଣି ମୋବାଇଲ ସୁଇଚ୍ ଅଫ କଲେ। ପୁଣି ଫେରିଆସିଲେ ଛିଣ୍ଡି ଯାଇଥିବା ଆବେଶର ଖିଅ ଧରିବାକୁ। ପୁଣି ଏକାଗ୍ର ହେବାର ଚେଷ୍ଟା କଲେ; କିନ୍ତୁ ମନ ଚଞ୍ଚଳ ହୋଲା। କାଚ ଝରକା ବାହାରପଟୁ ଝିଟିପିଟିଟେ ଲାଞ୍ଜ ପିଟିଲା। ସୁରମା ତାକୁ ଚାହିଁଲେ। କାଚ ସେପଟରୁ ସେ ଘର ଭିତରଟା ଦେଖିପାରୁଛି, କିନ୍ତୁ ଆସିବାକୁ ବାଟ ପାଉନି।

ହଠାତ୍ ସୁରମା କହିଲେ "ଚନ୍ଦ୍ରା ତୁ କ'ଣ ଏମିତି ଗନ୍ଧିଆ ଜୀବ ଭିତରେ ଆସିଛୁକି ! ଛି ଛି ଜମା ନୁହଁ। ଯଦି ଆସିବୁ ଗୋଟେ ସୁନ୍ଦର ପ୍ରଜାପତିଟିଏ ହୋଇ ଆ। ତେବେ ମୁଁ ଜାଣିବି ତୁ ଆସିଛୁ।"

ସୁରମା ଟିକେ ଅନ୍ୟମନସ୍କ ହୋଇ ପଡ଼ିଲେ। ଖଟସାରା ଚନ୍ଦ୍ରାଙ୍କର ସେ ଉଠାଥିବା ଫଟୋଗୁଡ଼ିକୁ ସଜାଡ଼ି ରଖୁଥିଲେ।

ହଠାତ୍ ତାଙ୍କର ଆଖିପଡ଼ିଲା ନୀଳରଙ୍ଗର ସୁନ୍ଦର ପ୍ରଜାପତିଟିଏ ଘର ଭିତରେ ଉଡ଼ୁଛି। ସେ ତାଙ୍କ ସାମ୍ନା କାନ୍ଥ ଉପରେ ବସିଗଲା। ଦୁଇଟି ଡେଣା ମେଲେଇ ଦେଇଛି। ଦୁଇଡେଣାରେ ଧଳା ରଙ୍ଗରେ ଦୁଇଟି ସୁନ୍ଦର ଆଖି କିଏ ଆଙ୍କଦେଲା ପରି ଦିଶୁଛି।

ସୁରମା ଆଶ୍ଚର୍ଯ୍ୟ ହେଲେ। କାଚଝରକା ସବୁ ବନ୍ଦ, କବାଟ ମଧ୍ୟ ଭିତରୁ ବନ୍ଦ କେମିତି ଆସିଲା ଏ ପ୍ରଜାପତି ! ଅଳ୍ପ ସମୟ ପୂର୍ବରୁ ସେ କହିଥିବା କଥାଟି ତାଙ୍କର ମନେପଡ଼ିଗଲା।

ତେବେ ଇଏ କ'ଣ ଚନ୍ଦ୍ରା ! !

ତାଙ୍କ ଦେହ ଶିହରିତ ହୋଇଗଲା। ଏସି ଚାଲୁଥିବା ବେଳେବି ମୁହୂର୍ତ୍ତକ ଭିତରେ ତାଙ୍କ ଶରୀରଟା ଯେମିତି ଉଷୁମ ହୋଇଉଠିଲା। ରୋମସବୁ ରାଙ୍କୁରି ଉଠିଥିଲେ। ଦେହରେ ଝାଳ ଜକେଇ ଆସିଥିଲା। ଏକ ଅହେତୁକ ଭୟ ତାଙ୍କୁ ଗ୍ରାସ କରିଗଲା। ଇଚ୍ଛା ହେଉଥିଲା

କବାଟ ଖୋଲି ସେ ବାହାରକୁ ଦୌଡ଼ି ପଳାନ୍ତେ କି ! କିନ୍ତୁ ପାଦ ଦୁଇଟାତ ନିଷ୍ପ୍ରାଣ ହୋଇଯାଇଛି । ଠିଆହେବାର ବଳବି ତାଙ୍କର ହଜିଯାଇଛି । ଇଏ କି ଅଭାବିତ ଅବସ୍ଥା !

ପ୍ରଜାପତିଟି କାନ୍ଥ ଉପରୁ ଉଠି ଅନ୍ୟତ୍ର ଯାଇ ବସିଲାଣି । ସୁରମା ତାକୁ ଏକା ଆଖିରେ ଚାହିଁଛନ୍ତି । ଇଏ କ'ଣ ଘଟୁଛି, ସେ ଯେମିତି କିଛି ବି ବୁଝିପାରୁନାହାନ୍ତି ।

ହଠାତ୍ ମନଟା ଦୃଢ଼ହୋଇ ଆସିଲା । ସୁରମା ଭାବିଲେ ଇଏତ ସୁନ୍ଦର ନୀଳବର୍ଣ୍ଣର ଚିତ୍ରିତ ପ୍ରଜାପତିଟିଏ ତାକୁ ଦେଖି ମୁଁ ଭୟ କରୁଛି ! ଆଶ୍ଚର୍ଯ୍ୟ ଏଇ କିଛି ସମୟ ପୂର୍ବରୁ ମୁଁ ତ ନିଜେ ଚନ୍ଦ୍ରା ଉଦ୍ଦେଶ୍ୟରେ କହୁଥିଲି ନା ପ୍ରଜାପତିଟିଏ ହୋଇ ଆ । ଯଦି ସେ ସତରେ ଆସିଛି, ପ୍ରଜାପତି ରୂପରେ ମୁଁ ଭୟ ପାଉଛି କାହିଁକି ! ସେ ଯଦି ନିଜ ରୂପରେ ଆସିଥାନ୍ତା ତେବେ ମୋର ତ ହାର୍ଟଆଟାକ୍ ହେଇସାରନ୍ତାଣି । ଧନ୍ୟ ମତେ । ଯାହା ପାଇଁ ଏତେ କଷ୍ଟ, ଏତେ ଦୁଃଖ ଅଝରଝର ଲୁହରେ ଆଖି ଅନ୍ଧ, ସେ ଆସିଛି ଭାବି ମୁଁ ଡରିଯାଉଛି । କ'ଣ ପାଇଁ ଏ ଡର ! ନିଜ ପ୍ରାଣଟା ଚାଲିଯିବ କାଳେ ! ଏଇ ଭୟରେ ତ । ସତରେ ବଡ଼ ଅଦ୍ଭୁତ ଆମର ମାନସିକତା । ପ୍ରିୟଜନକୁ ହରାଇବାର ଦୁଃଖ, ପୁଣି କାଳେ ତା' ସହିତ ସାକ୍ଷାତ ହୋଇଯିବାର ଆଶଙ୍କାରେ ଆତଙ୍କଗ୍ରସ୍ତ ।

ଏକ ଅଜଣା ଭୟରେ ଆକ୍ରାନ୍ତ ତାଙ୍କର ମନ ହଠାତ୍ ଉତ୍‌ଫୁଲ୍ଲିତ ହୋଇଉଠିଲା । ଘରର ଏ ପାଖରୁ ସେ ପାଖକୁ ଉଡ଼ିଉଡ଼ି ପ୍ରଜାପତିଟି ପୁଣି କୋଉଠି ନା କୋଉଠି ବସିଯାଉଥିଲା । ଏଥର ସେ ତା'ର ଡେଣା ଦୁଇଟି ଯୋଡ଼ି ନିଶ୍ଚଳ ହୋଇ ବସିଥିଲା ସୁରମାଙ୍କ ଖଟ ପାଖରେ ଥିବା ଛୋଟ ଟେବୁଲ ଉପରେ ।

ସୁରମା ମନଖୁସିରେ ଡାକି ଚାଲିଥିଲେ "ଚନ୍ଦ୍ରା, ଚନ୍ଦ୍ରା, ତୁ ସତରେ ମୋ ଡାକ ଶୁଣି ଆସିଛୁନା ।

କିନ୍ତୁ ତୁ ସତରେ ଚନ୍ଦ୍ରାତ ! ନାଁ ମୋର ଇଏ ପାଗଳାମୀ ! ତତେ ପ୍ରଜାପତିଟିଏ ରୂପରେ ଆସ ବୋଲି ଡାକୁଥିଲି; କିନ୍ତୁ କୋଉବାଟେ କେମିତି ଭିତରକୁ ଆସିଥିବା ଇଏ ସାଧାରଣ ପ୍ରଜାପତିଟେ ନୁହେଁତ ! ଯାହାକୁ ଦେଖି ତୁ ବୋଲି ମୁଁ ଭାବୁଛି ।

ଦେଖ, ତୁ ଯଦି ଚନ୍ଦ୍ରା ତେବେ ତୋର ଯୋଡ଼ି ଦେଇଥିବା ଡେଣାକୁ ଖୋଲିଦେତ ।

ପ୍ରଜାପତିର ଦୁଇଟି ଯାକ ଡେଣା ମେଲିଗଲା । ତା' ଦେହରେ ଧଳା ରଙ୍ଗରେ ଚିତ୍ରିତ ଆଖି ଦୁଇଟି ଯେମିତି ତାକୁ ଚାହିଁରହିଲା ।

ସୁରମା ଖୁସି ହୋଇଯାଇ କହିଲେ, "ଆଚ୍ଛା ଏବେ ତୋ ଡେଣା ଦୁଇଟି ବନ୍ଦ କଲୁ ଦେଖିବା ।"

ପ୍ରଜାପତିର ଦୁଇଟି ଯାକ ଡେଣା ପୁଣି ଯୋଡ଼ି ହୋଇଗଲା ।

ସୁରମାଙ୍କର ଆନନ୍ଦର ସୀମା ରହିଲା ନାହିଁ । 'ବନ୍ଦ ହୋଇଯା', 'ଖୋଲିଯା'

ବୋଲି ଦୁଇ ଚାରିଥର କହିବା ସହ ତଦନୁରୂପ ଘଟଣା ଘଟିବାରୁ ସୁରମାଙ୍କ ମନ ନିଶ୍ଚିନ୍ତ ହୋଇଗଲା ଯେ ସତରେ ତାଙ୍କ ପ୍ରିୟବାନ୍ଧବୀ ତାଙ୍କ ଡାକ ଶୁଣି ପ୍ରଜାପତି ହୋଇ ଆସିଛି।

କିନ୍ତୁ ବେଶ୍ କିଛି ସମୟ ବିତିଗଲା ପରେ ସୁରମା ଆଉ କ'ଣ କରିବେ ଭାବିପାରିଲେ ନାହିଁ। ତାଙ୍କର ମନେହେଲା ପ୍ରଜାପତିଟି ଏଥର ଉଡ଼ିଯାଉ। ଚନ୍ଦ୍ରାର ତାଙ୍କ ପ୍ରତି ଥିବା ଆସକ୍ତିରୁ ସେ ମୁକ୍ତ ହୋଇଯାଉ। ସେ ଉଠିପଡ଼ି ସବୁତକ କାଚଝରକା ଖୋଲିଦେଲେ। ବାହାରେ ତାଙ୍କ ବଗିଚାରେ ଭରପୂର ସବୁଜ ଗଛଲତା। ଫୁଲରେ ଭରିଯାଇଛି କେତେ ସବୁ ଗଛ।

କିନ୍ତୁ ଝରକା ଖୋଲିବା ସତ୍ତ୍ୱେ ପ୍ରଜାପତିଟି ବାହାରକୁ ଉଡ଼ିଗଲାନି। ଘର ଭିତରେ ଥିବା ସେଇ ଟେବୁଲ ଉପରେ ସେ ଡେଣାଯୋଡ଼ି ବସିରହିଲା।

ସୁରମା ବାରମ୍ବାର କହିଲେ "ଚନ୍ଦ୍ରା ତୁ ଉଡ଼ିଯା ଉଡ଼ିଯା"।

କିନ୍ତୁ ପ୍ରଜାପତି ନିଶ୍ଚଳ। ସେ ତାକୁ କ'ଣ କରିବେ ବୁଝିପାରୁନାହାନ୍ତି। ଏଥର ହଠାତ୍ ପ୍ରଜାପତିଟି ଉଡ଼ିଆସିଲା ତାଙ୍କ ବାଁ ହାତ ପାପୁଲିକୁ। ସେଇଠି ଘୁମେଇ ପଡ଼ିଲା ସତେକି। ସେ ହାତ ପାପୁଲି ଝାଡ଼ିଦେଇ ପାରୁନାହାନ୍ତି କି ପ୍ରଜାପତିକି ଧରି ଝରକା ବାହାରକୁ ପକେଇ ଦେଇ ଝରକାଟା ବନ୍ଦ ବି କରିପାରୁ ନାହାନ୍ତି।

ସତରେ ଚନ୍ଦ୍ରା ଯଦି ହାଲିଆ ହୋଇ ଏମିତି ଘୁମେଇ ପଡ଼ିଥାନ୍ତା ସେ କ'ଣ ତାକୁ ଉଠାଇ ଦେଇ ଯିବାକୁ କହିପାରିଥାନ୍ତେ!

ସୁରମାଙ୍କର ଖୋଲା ପାପୁଲିରେ ପ୍ରଜାପତି ସେମିତି ନିଶ୍ଚଳ ହୋଇ ରହିଛି। ହଠାତ୍ ତାଙ୍କର ମନେ ପଡ଼ିଲା ତାଙ୍କର ଗୁରୁ ବାବା ଶୁଦ୍ଧାନନ୍ଦଙ୍କ କଥା। ସେ ଜାଣନ୍ତି ବାବାଙ୍କର ଏଇଟା ବିଶ୍ରାମର ସମୟ। କିନ୍ତୁ କ'ଣ କରିବେ ସେ। ଅନ୍ୟ ଯାହାକୁ କହିବେ ସେ ତାଙ୍କର ମସ୍ତିଷ୍କ ବିକୃତି ଘଟିଛି ବୋଲି ଭାବିବ। କ'ଣ ବା ସିଏ କହିବେ ଯେ, କେମିତି କାହାକୁ ବୁଝାଇବେ ତାଙ୍କ ହାତ ପାପୁଲିରେ ପ୍ରଜାପତି ରୂପରେ ତାଙ୍କର ପ୍ରାଣରୁ ଅଧିକ ବାନ୍ଧବୀ ଚନ୍ଦ୍ରା ଶୋଇଛି। ଯିଏ ଦୁଇଦିନ ତଳୁ ମରିଗଲାଣି।

ସେ ମୋବାଇଲ ସୁଇଚ ଅନ୍ କଲେ। ବାବା ଶୁଦ୍ଧାନନ୍ଦଙ୍କର ନମ୍ବର ଲଗାଇଲେ। ଆଶ୍ଚର୍ଯ୍ୟର ସେପଟରୁ ଶୁଣାଗଲା ବାବାଙ୍କର ଆଶ୍ୱାସନା ଭରା ସ୍ୱର।

- ବାବା ପ୍ରଣାମ। ମୁଁ ସୁରମା କହୁଛି।

- ହଁ ମା' କହ। କ'ଣ କିଛି ଅସୁବିଧା ହୋଇଛି କି ? ତୋ' ସ୍ୱର କେମିତି ଭିନ୍ନ ଶୁଣାଯାଉଛି।

- ବାବା ଏକ ଅଦ୍ଭୁତ ଘଟଣା ଘଟିଛି। କେମିତି କହିବି ବୁଝିପାରୁନି।

- ଯେମିତି କହି ପାରୁଛୁ ସେହିପରି କହ।

ସୁରମା ସମସ୍ତ ଘଟଣା ସଂକ୍ଷେପରେ ବର୍ଣ୍ଣନା କରିଗଲେ। ଶେଷରେ ତାଙ୍କ ହାତପାପୁଲିରେ ଘୁମେଇ ପଡ଼ିଥିବା ପ୍ରଜାପତିଟିର କଥା କହି ସେ କାନ୍ଦି ପକାଇଲେ।

ବାବା ଶୁଦ୍ଧାନନ୍ଦ ଟିକେ ନୀରବ ରହି କହିଲେ "ମା' ତୁ ବଡ଼ ଭୁଲ୍ କରିଛୁ। ତୋ ସାଙ୍ଗ ପାଇଁ ତୋର ଏ ପ୍ରଚଣ୍ଡ ଆସକ୍ତି ତାକୁ ଅଡୁଆରେ ପକାଇ ଦେଇଛି। ସେ ଆକସ୍ମିକ ଭାବରେ ନିଦ୍ରିତ ଅବସ୍ଥାରେ ଦେହ ଛାଡ଼ିଥିଲା। ତେଣୁ ସେ ତା'ର ଶରୀରହୀନ ଏକ ବାୟବୀୟ ସତ୍ତାରେ ତା' ନିଜର ଅସ୍ତିତ୍ୱକୁ ନେଇ ବିମୂଢ଼ ହୋଇ ରହିଥିବାବେଳେ ତୁ ତାକୁ ଡାକି ଚାଲିଲୁ। ତୋର ଭଲପାଇବା ଓ ଆନ୍ତରିକ ଆହ୍ୱାନରେ ତାକୁ ଯେମିତି ଟିକେ ରହା ମିଳିଗଲା।

ତୁ ତାକୁ ପ୍ରଜାପତି ରୂପେ ଆସିବାକୁ ବାରବାର କହିଲୁ। ତା'ର ପ୍ରାଣସତ୍ତା ସେଇ ପ୍ରଜାପତିକୁ ଅବଲମ୍ବନ କରି ଆସିଯାଇଛି। ସେ ତତେ ଆଉ ଛାଡ଼ିକରି ଯିବାକୁ ଚାହୁଁନି।

ଏପ୍ରକାର ବିଷମ ଅବସ୍ଥା ତୁ ନିଜେ ଅଜାଣତରେ ତୋ'ପାଇଁ ଡାକିକରି ଆଣିଛୁ।

ଏପଟରୁ ସୁରମା ବିକଳ ହୋଇ କହିଲେ "ବାବା ମୁଁ ଏବେ କ'ଣ କରିବି। ମୁଁ ତାକୁ ଫୋପାଡ଼ି ଦେଇପାରୁନି। ଏବେ ଆପଣଙ୍କଠାରୁ ଏସବୁ ଶୁଣିବା ପରେ ମତେ ଆହୁରି ନିରୁପାୟ ଲାଗୁଛି। କ'ଣ କରିବି ମତେ କୁହନ୍ତୁ ବାବା।"

ଶୁଦ୍ଧାନନ୍ଦ କହିଲେ "ତୁ ଆଉ କିଛି କରିପାରିବୁନି। ସେ ତତେ ଛାଡ଼ିକରି ଯିବାକୁ ଚାହୁଁନି। ତୁ ଡାକିଲୁ ଯେଉଁ ବ୍ୟାକୁଳତାରେ ସେ ଆସିଗଲା, ଏବେ ତାକୁ ଚାଲିଯା ବୋଲି କହିବାରେ ତୋ'ର ଯେଉଁ କୁଣ୍ଠାଭାବ ଆସୁଛି ତା'ର ପ୍ରଭାବ ତା ଉପରେ ପଡ଼ିବନି। ଗୋଟେ କାମ କର ତୋ ମୋବାଇଲ ଫୋନ୍‌ଟା ତୋ ବାଁ ହାତ ପାପୁଲି ଉପରେ ଘୁମେଇ ପଡ଼ିଥିବା ପ୍ରଜାପତି ପାଖକୁ ନେ। ମୁଁ ତାକୁ ଯାହା କହିବା କଥା କହିବି। ତୋର ଶୁଣିବା ଦରକାର ନାହିଁ। ତୁ କେବଳ ତା' ପ୍ରତିକ୍ରିୟା ଲକ୍ଷ୍ୟକର।"

ସୁରମା ତାହାହିଁ କଲେ। କିଛି ଅସ୍ପଷ୍ଟ ଧ୍ୱନି ତାଙ୍କ ମୋବାଇଲରୁ ଗୁଞ୍ଜରିତ ହେଉଥିଲା। ତାଙ୍କର ଆଖି ପ୍ରଜାପତି ଉପରେ ହିଁ ଲାଖି ରହିଥାଏ। ନିମିଷକ ଭିତରେ ସେ ଡେଣା ମେଲିଦେଲା। ଡେଣାରେ ଥିବା ସେ ଚିତ୍ରିତ ଆଖିରେ ସତେ ଯେମିତି ସେ ଭଲକରି ଦେଖିନେଲା ସୁରମାଙ୍କୁ। ଡେଣା ଦୁଇଟି ତା'ର ସ୍ପନ୍ଦିତ ହେବାକୁ ଲାଗିଲା। ପାପୁଲି ଉପରୁ ଉଠି ଦୁଇ ତିନିଥର ସୁରମାଙ୍କ ଚାରିକଡ଼ରେ ବୁଲି ଖୋଲା ଝରକା ଦେଇ ବାହାରକୁ ଉଡ଼ିଗଲା।

ସୁରମା ଧାଇଁଗଲେ ଝରକା ପାଖକୁ। ଚାହୁଁ ଚାହୁଁ ତାଙ୍କ ବଗିଚାର ଘନ ସବୁଜିମା ଭିତରେ କୁଆଡ଼େ ସେ ହଜିଗଲା।

ସୁରମାଙ୍କ ଭିତରୁ ପୁଣି ଉଠି ଆସୁଥିଲା କୋହଟାଏ। ଡାହାଣ ହାତରେ ଧରିଥିବା ମୋବାଇଲରୁ ସ୍ୱର ଶୁଣାଯାଉଛି।

ସେ କାନ ପାଖକୁ ନେଇ କହିଲେ "ହଁ ବାବା ସେ ଉଡ଼ିଗଲା।"

କିନ୍ତୁ ତାଙ୍କ ସ୍ୱରରେ ବିଷାଦର ସୁର ଶୁଣିପାରିଥିଲେ ଶୁଦ୍ଧାନନ୍ଦ। ସେପଟରୁ ଟିକେ କଠିନ ସ୍ୱରରେ କହିଲେ "ତୁ ଯେଉଁ ଭୁଲ କରିଛୁ ଆଉ ତା'ର ପୁନରାବୃତ୍ତି କରନା। ଯଦି ତୋର ବାନ୍ଧବୀର ମଙ୍ଗଳ ହେଉ ବୋଲି ଚାହୁଁଛୁ ମା' ଭଗବତୀଙ୍କ ନିକଟରେ ତା' ପାଇଁ ପ୍ରାର୍ଥନା କର। ତୋର କାନ୍ଦିବା ମୁଣ୍ଡବାଡ଼େଇବା ତା'ର କଷ୍ଟର କାରଣ ହେବ। ହଉ ମୁଁ ଏବେ ବିଶ୍ରାମ ନେବାକୁ ଯାଉଛି।"

ସେପଟରୁ ଫୋନ୍ କଟିଗଲା ଓ ଏପଟରୁ ସୁରମା ଛନ୍ଦି ହୋଇପଡ଼ିଥିବା ମୋହ ଓ ଆସକ୍ତିର ଡୋରଗୁଡ଼ିକ ବି ମୁହୂର୍ତ୍ତକରେ ଛିଡ଼ିଗଲା। ପ୍ରସନ୍ନତାରେ ଭରିଗଲା ତାଙ୍କର ମନ। ଛାତି ଭିତରେ ଭର୍ତ୍ତି ହୋଇ ତାଙ୍କୁ ଆକ୍ତା ମାକ୍ତା କରୁଥିବା କୋହତକ ତା'ରି ଭିତରେ ସମାହିତ ହୋଇ ସାରିଥିଲେ।

ଦୁଇଦିନ ଧରି ବନ୍ଧୁବିଚ୍ଛେଦଜନିତ ଦୁଃଖରେ ସେ ଯେପରି ମ୍ରିୟମାଣ ହୋଇପଡ଼ିଥିଲେ, ସେଥିରୁ ମୁକ୍ତି ପାଇବା ତ ଆଦୌ ସହଜ ନ ଥିଲା। ପୁଣି ଯେଉଁ ଅଦ୍ଭୁତ ଆବେଗର ବଶବର୍ତ୍ତୀ ହୋଇ ସେ ନିଜର ମୃତବାନ୍ଧବୀ ସହିତ ସମ୍ପର୍କ ଯୋଡ଼ିବାର ପ୍ରୟାସ କରୁଥିଲେ ତା'ର ପରିଣତି ଯେ କ'ଣ ହୋଇଥାନ୍ତା ସେ ଅନୁମାନ କରିବାକୁ ବି ସାହସ କରିପାରୁନଥିଲେ।

ଆଜି ତାଙ୍କର ଭାଗ୍ୟ ଭଲ ଥିଲା। ତାଙ୍କର ଗୁରୁ ଶୁଦ୍ଧାନନ୍ଦ ଆଶ୍ରମରେ ଉପସ୍ଥିତ ଥିଲେ ଓ ତାଙ୍କର ଟେଲିଫୋନ୍‌ର ପ୍ରତ୍ୟୁତ୍ତର ଦେଲେ। ତା'ନହେଲେ ସେ ଯେ ମାସମାସ ଧରି ମୌନବ୍ରତରେ ରହିଯାନ୍ତି। ତାଙ୍କର ଧ୍ୟାନମଗ୍ନ ସ୍ଥିତିରେ ତାଙ୍କ ସହିତ ଯୋଗାଯୋଗ ତ ସମ୍ଭବ ହୋଇନଥାନ୍ତା !

କିନ୍ତୁ ଏହି ଅଭାବିତ ଘଟଣା ପରେ ତାଙ୍କର ଅନୁଭବଟିଏ ଘଟିଲା ଯେ ଅଜ୍ଞତାବଶତଃ ହେଉ ବା ଆବେଗଜନିତ ହେଉ କିଛି ଅଘଟଣକୁ ମଣିଷ ଡାକିଆଣିଲେବି ତା'ର ସରଳତା ଓ ସହଜପଣ ତାକୁ ବଞ୍ଚାଇଦିଏ। ତା' ନହୋଇଥିଲେ ଅସମୟରେ ଗୁରୁ ଶୁଦ୍ଧାନନ୍ଦଜୀଙ୍କର ସାହାଯ୍ୟ ବା ସେ ପାଇଥାନ୍ତେ କିପରି ! ତାଙ୍କର ମୃତା ବାନ୍ଧବୀର ମଙ୍ଗଳ ବିଧାନ ପାଇଁ ଗୁରୁଙ୍କର ଉପଦେଶକୁ ସ୍ମରଣ କରି ଆଶ୍ୱସ୍ତ ହେଲେ। ଏବେ ନଥିବା ବନ୍ଧୁର ଦାୟିତ୍ୱ ସେ କେବଳ ନେଇପାରିବେ ତାଙ୍କରି ଆନ୍ତରିକ ପ୍ରାର୍ଥନାରେ।

ଗଭୀର କୃତଜ୍ଞତାବୋଧରେ ତାଙ୍କର ଗୁରୁ ବାବା ଶୁଦ୍ଧାନନ୍ଦଙ୍କ ଉଦ୍ଦେଶ୍ୟରେ ପ୍ରଣାମ ଜଣାଇଲେ ସୁରମା।

ସୁମଣି ଚଉରା

ମୋ ବାପାଙ୍କୁ ମିଶାଇ ଜେଜୀମାର ଥିଲେ ପାଞ୍ଚ ପୁଅ । ଗାଁ ଘରେ ଆମେ ସମସ୍ତେ ଏକାଠି ରହୁଥିଲୁ । ଭାଇ ଭାଇମାନଙ୍କ ଭିତରେ ଥିବା ନିବିଡ଼ ସମ୍ପର୍କକୁ ଉପଲକ୍ଷ୍ୟ କରି ଆମ ଘରକୁ ଗାଁରେ ସମସ୍ତେ ପଞ୍ଚୁପାଣ୍ଡବ ଘର ବୋଲି କହୁଥିଲେ । ଜମିବାଡ଼ି ଚାଷ ଥିଲା ଘରର ମୁଖ୍ୟ କାର୍ଯ୍ୟ । ସାନ ଦାଦା କେବଳ ବାହାହୋଇ ନଥିଲେ । ପୁତୁରା ଝିଆରି କରି ଆମେ ଥିଲୁ ତାଙ୍କର ବାର ଜଣ ସାଙ୍ଗ । ସେ ଜମିବାଡ଼ି କାମ ବା ଘରକଥା କିଛି ବୁଝୁନଥିଲେ । ଆମରି ସାଙ୍ଗରେ ଖେଳବୁଲ୍ କରି ତାଙ୍କର ସମୟ କଟୁଥିଲା । ତାଙ୍କୁ ଚବିଶ ପଚିଶ ବର୍ଷ ବୟସ ହୋଇଯାଇଥିଲେ ବି ସେ ତାଙ୍କର ବାହାଘର ନାଁ ଶୁଣିଲେ ଡେଇଁଥିଲେ । ବଡ଼ ଭାଇମାନଙ୍କୁ ସେ ପ୍ରାଣେ ଡରୁଥିଲେ ବି ସେ ବାହାହେବେନି ବୋଲି ଆମମାନଙ୍କ ଜରିଆରେ ସମସ୍ତଙ୍କୁ ବାରମ୍ବାର ଜଣାଉଥିଲେ ।

ଦିନେ ଜେଜୀମା ଦି'ପହରେ ଆମର ତାସ୍‌ଖେଳ ବେଶ୍ ଜମିଥିବା ବେଳେ କୋଉଠୁ ଆସି ପହଞ୍ଚିଗଲା । ତାସ୍‌ତକ ଛଡ଼ାଇ ନେଇ ଚିରିପକାଇ ଦାଦାଙ୍କୁ କହିଲା, "କିରେ ଗୋବିନ୍ଦା, ମୋର କ'ଣ ବଳ ବଅସ ମାଡ଼ିଆସୁଛି । କିରେ ? ଆରେ, ମୁଁ ଅଛି ବୋଲି ଭାଉଜମାନେ ମୁଣ୍ଡରେ ବସେଇଛନ୍ତି । ଯେଉଁଦିନ ଆଖି ବୁଜିବି ଏକାଠି ରହିବେ କି ଯେତେ ଭାଇ ସେତେ ଘର କରିବେ କିଏ ଜାଣେ ? ତତେ କିଏ ପଚାରିବରେ ? ବିଲ ବାଡ଼ିକୁ ତ ଯାଉନୁ ତୋ' ଗୋଡ଼ରେ କାଦୁଅ ନାଗିବ ବୋଲି । ଦୋକାନ ଖଣ୍ଡେ ହେଲେ କରିବସ । ବାହାଚୋରା ହ, ତୋ ସଂସାର ତୁ କର । ଅନ୍ୟ ସଂସାରରେ କେତେଦିନ ଏମିତି ହସଖୁସି, ତାସ୍ ଖେଳ କରି ରହିବୁ ?'

ଦାଦାଙ୍କୁ କଥାଟା ବାଧିଗଲା । ବିଶେଷକରି ପୁତୁରା ଝିଆରୀଙ୍କ ଆଗରେ ମା'ର ଗାଳି ତାଙ୍କୁ ବହୁତ ଅପମାନ ଲାଗିଲା । ସେ ସେଇଠୁ ଉଠି କୁଆଡ଼େ ଚାଲିଗଲେ ଯେ

ରାତିରେ ବି ଫେରିଲେନି। ଜେଜୀମା କାନ୍ଦି ବୋବାଇ ସମସ୍ତଙ୍କୁ ଉଚ୍ଛନ୍ନ କଲା। ସାନ ଦାଦା କାହିଁକି କୁଆଡ଼େ ଗଲେ ବଡ଼ ବାପା ପଚାରିବା ବେଳେ ଆମେ ସବୁ ଭାଇଭଉଣୀ ଏକାଠି ମିଶି ଜେଜୀମା ନାଁରେ ଫେରାଦ ହେଲୁ।

ବଡ଼ବାପା ସେକଥା ଶୁଣି ଜେଜୀମା'ଙ୍କୁ କହିଲେ "ବୋଉ, ଗୋବିନ୍ଦ ବାହା ହେବାକୁ ରାଜି ହେଉନି ବୋଲି ତୁ ତାକୁ ଯାହା କହୁଛୁ କହ। କିନ୍ତୁ ସେ କିଛି କାମ ନକଲେ ତାକୁ କେହି ପୋଷିବେନି, ସେ ଭାସିଯିବ, ସେ କଥା ଆଦୌ ନୁହେଁ। ଆମେ ଭାଇମାନେ ବଞ୍ଚିଥିବା ଯାଏ ଗୋବିନ୍ଦର କିଛି ଅସୁବିଧା ହେବନି।"

ବଡ଼ବାପାଙ୍କ କଥାରେ ମୋ ବାପା ଓ ଅନ୍ୟ ଦୁଇ ଦାଦା ମଧ୍ୟ ସ୍ୱର ମିଳାଇଲେ। ମୋର ମନେହେଲା ସାନାଦାଦାଙ୍କ ସମ୍ପର୍କରେ ଏମିତି କଥା ପଦେ ଶୁଣିବାକୁ ଜେଜୀମା ଯେମିତି ଅପେକ୍ଷା କରିଥିଲା। ସେ ବେଶ୍ ଆଶ୍ୱସ୍ତ ଜଣାଗଲା। କିନ୍ତୁ କିଛି ସମୟ ପରେ ଦାଦା କୁଆଡ଼େ ଗଲେ ବୋଲି କହି ସେ ପୁଣି ସକେଇଲା। ଆମେ ଜାଣିଥିଲୁ ସାନ ଦାଦା ଦୁଇବର୍ଷର ହୋଇଥିବା ବେଳେ ଜେଜେ ବାପା ମରିଯାଇଥିଲେ। ଜେଜୀମା ତାଙ୍କୁ ବଡ଼ ଗେଲ ବସରରେ ବଢ଼ାଇଛି। କିନ୍ତୁ ଗେହ୍ଲା ପୁଅକୁ ଏମିତି ଗାଳିଦେବାଟା ଯେ ଆଦୌ ଠିକ୍ ହୋଇନି, ସେ ବିଷୟରେ ଆମେ ସବୁ ଭାଇଭଉଣୀ ଏକମତ ଥିଲୁ। ଜେଜୀମା ଉପରେ ଆମର ରାଗ ହେଲା। ତା'ସାଙ୍ଗରେ କେହି କଥା ହେଲୁନି। କିନ୍ତୁ ଦାଦା କୁଆଡ଼େ ଗଲେ, ସେ ନେଇ ଆମର ଚିନ୍ତା ପଡ଼ିଯାଇଥାଏ। ରାତିରେ ବା କିଏ କୁଆଡ଼େ ଯାଇ ଖୋଜିବ!

ସକାଳ ହେଲା ଦାଦାଙ୍କୁ ଖୋଜିବା କାମ ଆରମ୍ଭ ହେଲା। ସାନ ଦାଦା ଗାଁ ପାଖରେ ଥିବା ତାଙ୍କ ଉପର ଭାଇଙ୍କର ଶ୍ୱଶୁର ଘରେ ପହଞ୍ଚି କୁଣିଆ ଚର୍ଚ୍ଚା ପାଇ ମହାଖୁସିରେ ଥିଲେ। କିନ୍ତୁ ସଂଜ ପୂର୍ବରୁ ହିଁ ଆମର ଦୁଇଜଣ ବିଚକ୍ଷଣ ଦୂତ ତାଙ୍କୁ ସେଠାରେ ଠାବ କରିଦେଲେ। ଦାଦା ଧରାହୋଇ ଆସିଲେ।

ତେଣିକି ଜେଜୀମା କଥାରେ ଭାଇମାନେ ଦାଦାଙ୍କ ପାଇଁ ଜୋରସୋରରେ କନ୍ୟା ଖୋଜା କାମରେ ଲାଗିପଡ଼ିଲେ। ଟିକେ ଦୂର ଗାଁରେ ବନ୍ଧୁ ଘର ଠିକ୍ ହେଲା। ଏଥର ଦାଦାଙ୍କ ଆପତ୍ତି ପ୍ରତି କେହି ଧ୍ୟାନ ଦେଲେନି। ବେଶ୍ ଧୁମ୍‌ଧାମରେ ବାହାଘର ହୋଇଗଲା। ସାନ ଖୁଡ଼ୀଙ୍କୁ ଦେଖି ସମସ୍ତଙ୍କ ମନ ଖୁସିରେ ଭରିଗଲା। ତାଙ୍କର ଦେହର ରଙ୍ଗ ଥିଲା ତୋଫା ଗୋରା। ଆଙ୍କିଦେବା ପରି ସୁନ୍ଦର ମୁହଁଟିଏ। ମୁଣ୍ଡରେ ଗହବା ବାଳ। ସେ ମୁହଁତଳକୁ କରି ବସିଥିଲେ ବି ଓଠରୁ ହସଗୁଡ଼ା ଉତ୍ତୁରି ପଡୁଥିବା ପରି ଲାଗେ। ଆମେ ଭଉଣୀମାନେ ନୂଆଖୁଡ଼ୀଙ୍କୁ ଘେରି ରହୁଥିଲୁ। ଖୁଡ଼ୀ ବୋଲି ମାନ୍ୟ ନକରି ଭାଉଜ ଭାବରେ ତାଙ୍କ ସହିତ ଥଟ୍ଟା ନକଲ ହେଉ। ତା'ର ମୂଳ କାରଣ ହେଲେ ସାନ ଦାଦା। ସେ ଆମ

ସହିତ ସବୁବେଳେ ଖେଳିବା, ଗପସପ, ଖୁସିମଜା କରୁଥିବାରୁ ତାଙ୍କୁ ତ ଆମେ ସାଙ୍ଗ ବୋଲି ଧରି ନେଇଥିଲୁ। ତେଣୁ ଖୁଡ଼ିଙ୍କୁ ବି ଆମେ ସାଙ୍ଗ କରିନେଲୁ।

କିନ୍ତୁ ବାହାଘର ପରେ ସାନ ଦାଦା କାହିଁକି କେଜାଣି ପୂରା ବଦଳିଗଲେ। ତାଙ୍କର ଆଉ ସେ ଖୁସି ଖୁସି ଭାବ ରହିଲା ନାହିଁ। ସେ ପୂର୍ବପରି ଆଉ ଆମମାନଙ୍କ ସହିତ ତାସ୍‌ଖେଳରେ ମିଶିଲେନି। ମଜା ଗପ କହି ସବୁବେଳେ ହସାଉଥିବା ଦାଦା ଏବେ ପ୍ରାୟ ବାହାରକୁ କୁଆଡ଼େ ଚାଲିଯାଉଥିଲେ। ଆମେ ମଧ୍ୟ ତାଙ୍କ ପ୍ରତି ପୂର୍ବ ପରି ଧ୍ୟାନ ଦେଲୁନି। ବରଂ ନୂଆଖାଇ ଘରକୁ ଆସିଥିବା ଖୁଡ଼ୀଙ୍କ ସହିତ ସମୟ କାଟିଲୁ। କିନ୍ତୁ ଦାଦାଙ୍କର ଏ ପ୍ରକାର ପରିବର୍ତ୍ତନ ଆଉ କାହା ଆଖିରେ ପଡୁ କି ନ ପଡୁ ଜେଜୀମାକୁ ଜଣାପଡ଼ି ଯାଇଥିଲା। ସେ ଦିନେ ଦାଦାଙ୍କୁ ସେକଥା ପଚାରିଥିଲା କି କ'ଣ ଦାଦା ରାଗି ଉଠି କହିଲେ, "ମତେ ବାହା କରିବାକୁ ଜିଦ୍ ଧରି ବସିଥିଲୁ, ବାହା ତ ହେଲି। ତୋ କଥା ରହିଲା। ଏବେ ପୁଣି ପଚାରୁଛୁ ମୁଁ କାହିଁକି ଖୁସି ନୁହଁ। ସେଥିରୁ ତତେ କ'ଣ ମିଳିବ?"

ଜେଜୀମା ଚୁପ୍ ହୋଇଗଲା। ତା' ମନ ଖାଲି ଗୋଳେଇ ଘାଣ୍ଟି ହେଉଥିଲା। ବୋହୂତ ଏତେ ସୁନ୍ଦର, ଛନ ଛନ ଚେହେରା, ମିଠା କଥା। ଗୋବିନ୍ଦର ବୋହୂ ପସନ୍ଦ ହେଉନି ନା ଅନ୍ୟ କିଛି କଥା ଅଛି। ସାନ ଖୁଡ଼ୀଙ୍କୁ ଦିନେ ସେ କଥା ଏକାନ୍ତରେ ପଚାରୁଥିଲା କି କ'ଣ ଖୁଡୀ ସେମିତି ଲାଜ ଲାଜ ହୋଇ ସବୁ ଠିକ୍ ଚାଲିଛି ବୋଲି ମୁଣ୍ଡ ନାଡ଼ି ଜଣାଇଦେଲେ। ଜେଜୀମା ବୁଝିଗଲା। ଦାଦାଙ୍କ ପାଇଁ ନିର୍ଦ୍ଦିଷ୍ଟ କିଛି କାମ ନଥିବାରୁ ତାଙ୍କ ଯିବାଆସିବା ନେଇ କେହି ଚିନ୍ତା କରୁନଥିଲେ।

ଆମ ଘରର ପ୍ରଶସ୍ତ ଅଗଣାର ପ୍ରାୟ ମଝିଆମଝି ଜାଗାରେ ଥିଲା ତୁଳସୀ ଚଉରା। ସବୁ ପର୍ବପର୍ବାଣୀ ଓଷାବ୍ରତରେ ସେଇ ଚଉରାମୂଳରେ ସମସ୍ତେ ପୂଜା କରନ୍ତି। ଦିନେ ଖୁଡୀ ସକାଳୁ ସକାଳୁ ବାରିପାଖରୀରେ ଗାଧୋଇ ଫେରୁଥିବାବେଳେ ବାଟରେ ଉପୁଡ଼ା ହୋଇ ପଡ଼ିଥିବା ଗୋଟେ ତୁଳସୀ ଗଛ ଦେଖି ତାକୁ ନେଇ ଆସିଥିଲେ। କିନ୍ତୁ ଅଗଣାରେ ଏତେ ଲୋକ କାରବାର ହେଉଥିବାରୁ ଗଛଟି ଆଡ଼ କରି କୋଉଠି ଲଗାଇବା ସୁବିଧା ହେଲାନି। ସେଇ ବାରିପଟରେ କଣିକିଆ କରି ଖୁଡ଼ୀ ତୁଳସୀ ଗଛଟି ପୋତି ଦେଇଥିଲେ।

କିଛିଦିନ ପରେ ଖୁଡ଼ୀ ବାଡିକୁ ଯାଇଥିଲେ। ତାଙ୍କର ଆଖି ପଡ଼ିଲା ସେ ପୋତିଥିବା ତୁଳସୀ ଗଛଟି ଉପରେ। ଏ ଭିତରେ ସେ ଗଛମୂଳେ କେହି ପାଣି ନ ଦେଇଥିଲେ ବି ନୂଆ ପତ୍ର ପକାଇ ଗଛଟି ଛନଛନ ଦିଶୁଥିଲା। ଖୁଡୀ ତରତର ହୋଇ କୂଅରୁ ପାଣି ଢ଼ାଳେ ନେଇ ଗଛ ମୂଳରେ ଢ଼ାଳିଦେଲେ। ତେଣିକି ପ୍ରତିଦିନ ପୋଖରୀରୁ ଗାଧୋଇ ଫେରିବା ପରେ ସେ ଲୋଟାଏ ପାଣି ନେଇ ଗଛ ମୂଳରେ ଢ଼ାଳି ଦିଅନ୍ତି। ମାସିକିଆ

ବେଳେ ଗଛ ଛୁଇଁବେନି ବୋଲି ପୁତୁରା ଝିଆରୀଙ୍କୁ ଗଛ ମୂଳରେ ପାଣି ଲୋଟାଏ ଢ଼ାଳି ଦେବାକୁ ନେହୁରା ହୁଅନ୍ତି।

ଚାହୁଁ ଚାହୁଁ ସେ ଗଛ ଏପରି ବଢ଼ିଲା ଯେ ନ ଦେଖିବା ଲୋକ ବିଶ୍ୱାସ କରିପାରିବନି। ଡାଳପତ୍ର ମେଲେଇ ଗଛଟି ଝଙ୍କାଳିଆ ହୋଇଗଲା। ସାନ ଖୁଡ଼ୀ ତେଣିକି ତୁଳସୀ ମୂଳରେ ମାଟିଭଲରେ ପିନ୍ଧାଇଦେଇ ତା' ଚାରିପଟେ ଗୋବରରେ ଲିପା ପୋଛା କରି ଘର ଅଗଣାରେ ଥିବା ଚଉରାମୂଳ ଅପେକ୍ଷା ଅଧିକ ସୁତୁରା କରି ରଖିଲେ। କାର୍ତ୍ତିକ ମାସ ଆରମ୍ଭ ହେଉଣୁ ତାଙ୍କର ମୁରୁଜପକା ଆରମ୍ଭ ହୋଇଗଲା। ପ୍ରତିଦିନ ନାନା ଜାତି ଲତା, ଫୁଲ, ଲକ୍ଷ୍ମୀପାଦ, ଜଗନ୍ନାଥ, ବଳଭଦ୍ର, ସୁଭଦ୍ରା ଓ ଶ୍ରୀମନ୍ଦିରକୁ ସେ ମୁରୁଜରେ ଚିତ୍ର ପରି ଆଙ୍କି ଦିଅନ୍ତି। ଘର ଅଗଣାରେ ଅନ୍ୟମାନେ ମୁରୁଜ ଦେଲେ ବି ଗାଁ ମାଇପେ ବାରିପଟେ ଥିବା ତୁଳସୀ ମୂଳର ମୁରୁଜ ଦିଆକୁ ପ୍ରଶଂସା କଲେ। ଆମ ଭଉଣୀମାନଙ୍କର ଖୁସି କହିଲେ ନସରେ। ଖୁଡ଼ୀ ମୁରୁଜ ଦେବାବେଳେ ଆମେ ସବୁ ତାଙ୍କ ହାତକୁ ଚାହିଁ ବସୁ।

ସେଦିନ ଖୁଡ଼ୀ ମୁରୁଜ ପକାଇ ଅଗଣା ଭିତରକୁ ପଶୁଛନ୍ତି, ବଡ଼ବୋଉ ବିରକ୍ତ ହୋଇ ଖୁଡ଼ୀଙ୍କୁ କଡ଼ା ସ୍ୱରରେ କହିଲେ, "ସମସ୍ତେ ତ ଏକା ହାଣ୍ଡିରେ ଅଛେ, ତୁ କାହିଁକି ଭାଗ ବଣ୍ଟରା କରୁଛୁ କିଲୋ ?"

ଖୁଡ଼ୀ ବୁଝି ପାଣିଲେନି କୋଉଥିପାଇଁ ତାଙ୍କୁ ଏତେ ବଡ଼ କଥାଟାଏ ବଡ଼ ଯା' କହିଦେଲେ। ସେ କାନ୍ଦୁଣି ମାନ୍ଦୁଣି ହୋଇ ଅପରାଧୀ ପରି ଛିଡ଼ା ହୋଇଥାନ୍ତି। ମୋ ମା' ଓ ଅନ୍ୟ ଦୁଇ ବଡ଼ ଖୁଡ଼ୀ ମଧ୍ୟ କୋଉଠି ଥିଲେ ବାହାରିଆସି ନିଜ ନିଜର ଅସନ୍ତୋଷ କେତେ ବାଗରେ ପ୍ରକାଶ କରିଦେଲେ। ସାନ ଖୁଡ଼ୀ ବିଚାରୀ ପୂରା ସାଙ୍କୁଡ଼ିଯାଇ ତଳକୁ ମୁହଁପୋତି ଛିଡ଼ା ହୋଇଥାନ୍ତି। ତାଙ୍କ ଆଖିରୁ ଧାର ଧାର ଲୁହ ବୋହି ଯାଉଥାଏ। କିନ୍ତୁ କ'ଣ ପାଇଁ ତାଙ୍କୁ ବଡ଼ ଯା' ସେ କଥା କହିଲେ ସେ ଭରସି କରି ପଚାରି ପାରୁନଥାନ୍ତି।

ଏତିକିବେଳକୁ ଜେଜୀମା କୋଉଠୁ ଆସି ପହଞ୍ଚିଗଲା। ଖୁଡ଼ୀଙ୍କୁ କାନ୍ଦୁଥିବାର ଦେଖି ତାଙ୍କୁ କ'ଣ ହେଲା ବୋଲି ପଚାରିଲା। ସେ କିଛି ଉତ୍ତର ଦେଲେନାହିଁ। ସେମିତି ତଳକୁ ମୁହଁ କରି ଠିଆ ହୋଇଥାନ୍ତି। ମୁଁ ସେଠି ଠିଆ ହୋଇଥିଲି। ଜେଜୀମା ଘଟଣାଟା କ'ଣ ଜାଣିବା ପାଇଁ ମତେ ପଚାରିଲା। ବଡ଼ମା କ'ଣ କହିଥିଲେ ମୁଁ ଟାଉ ଟାଉ ହୋଇ କହିପକାଇଲି। ତେଣିକି ବୁଢ଼ୀକୁ ଆଉ କିଏ ସମ୍ଭାଳେ ! ବଡ଼ମା ଶାଶୂଙ୍କୁ ଦେଖି ପକାଇ ରୋଷେଇ ଘର ଭିତରକୁ ପଶିଯାଇଥିଲେ। ଜେଜୀମା ପାଟିକରି ବଡ଼ମାଙ୍କୁ ଡାକ ପକାଇଲା "ହଇଲୋ ନନ୍ଦୁ ବୋଉ ଇଆଡ଼େ ଆସିଲୁ। ସାନଙ୍କୁ କ'ଣ କହିଲୁ କି ?"

ବଡ଼ ମା ଘର ଭିତରୁ ବାହାରି ଆସି କିଛି ନ ଜାଣିବା ପରି ହୋଇ କହିଲେ, "କାଇଁ ? କୋଉ କଥା ? କିଛି ନାହିଁତ।"

ଜେଜୀମା ଧମକାଇବା ପରି ପଚାରିଲା, "ଆଲୋ ପରିଡ଼ଘର ଝିଅ କିଛି ନ ଜାଣିବା ପରି ହେଉଛୁ। କ'ଣ କହିଲୁ ସାନ ବୋହୂକୁ ?"

- ମୁଁ ତ କିଛି କହିନି।

- କହିନୁ ସେ କ'ଣ ଘରେ ଭାଗବଣ୍ଟରା କରୁଛି ବୋଲି ?

- ତୁମ ରାଣ ପକାଉଛି ବୋଉ। ମୁଁ କାହିଁକି ଏକଥା କହିବି ?

- ହଁ, ମୋ ରାଣ ତ ଶସ୍ତା ହୋଇଛି। ମୁଁ ଶୀଘ୍ର ମଲେ ତୁ ଘରର ମାମଲତକାର ହେବୁ। ଏଇଆ ଚାହୁଁଛୁ ତ !

- ନାଇଁ ବୋଉ, ଏତେ ବଡ଼ କଥା କହୁନି। ତୁମେ ମୋ ମା' ସମାନ। ମୁଁ ଏକଥା କେବେ ବି ଭାବେନି।

- ହଉ ହେଲା। ତେବେ ଏ ସାନ ଏଠି ଠିଆହୋଇ ବରକୋଳି ପରି ଲୁହ ଟୋପାଗୁଡ଼ାକ କାହିଁକି ଓଜାଡ଼ି ପକାଉଛି ବା ?

ବଡ଼ମା ଏଥର ବଡ଼ ବ୍ୟସ୍ତ ହୋଇ ସାନ ଖୁଡ଼ୀଙ୍କୁ କହିଲେ, "ଆଲୋ ହେ ସୁମଣି ମୁଁ ତତେ କିଛି କହିଲିକି ?"

ଖୁଡ଼ୀ ମୁଣ୍ଡ ହଲାଇ ନାହିଁ କଲେ। ବଡ଼ ମା ଆଶ୍ୱସ୍ତ ହୋଇ କହିଲେ, "ଦେଖିଲ ବୋଉ। ସେ ମନା କରୁଛି ପରା, ମୁଁ ତାକୁ କାହିଁକି କ'ଣ କହିବି ?"

ଜେଜୀମା ସେଇଠୁ ମତେ ପଚାରିଲା, "ଆଲୋ ଟୋକୀ, ତୁ କ'ଣ ମନରୁ ଫାନ୍ଦି ଏଡ଼େ କଥାଟାଏ କହିଦେଲୁ। ରହ ତୋ ବାପା ଆଜି ଆସୁ, ମୁଁ କହୁଛି।"

ବାପାଙ୍କ ନାଁ ଶୁଣି ମୋର ପିଳେହି ପାଣି ହୋଇଗଲା। କିନ୍ତୁ ମୁଁ ତ କିଛି କରିନି ଯାହା ଶୁଣିଥିଲି ସେତିକି ଖାଲି କହିଦେଇଛି। ମୋର ବା ଦୋଷ କ'ଣ ! ବୁଢ଼ୀ ମତେ ଆଉ ଥରେ ପୁଣି ବାପାଙ୍କୁ କହିଦେବ ବୋଲି ଚଦିବାରୁ ମୁଁ ବଡ଼ ପାଟିରେ କହିଲି, "ହଁ ହଁ, ବଡ଼ମା ସାନ ଖୁଡୀଙ୍କୁ ଭାଗବଣ୍ଟରା କଥା କହିବାର ମୁଁ ଶୁଣିଛି। ଖୁଡୀ ସେତିକିବେଳୁ କାନ୍ଦୁଛନ୍ତି।"

ଏଥର ବଡ଼ମା ନିଜକୁ ରକ୍ଷା କରିବାର ଉପାୟ ନପାଇ ଜେଜୀ ମା'ର ପାଦ ଧରି ପକାଇ କହିଲେ, "ବୋଉ ମୋର ଭୁଲ ହୋଇଯାଇଛି। ମୁଁ ଅନ୍ୟ କଥା କିଛି ଭାବିକରି କହିନି। ବାରିପଟ ତୁଳସୀ ମୂଳେ ସୁମଣି ଏଡ଼େ ସୁନ୍ଦର କରି ମୁରୁଜ ପକାଉଛି ଘର ଅଗଣା ତୁଳସୀ ଚଉରା ମୂଳରେ ପକାନ୍ତାନି।"

ଜେଜୀମା ହସିଦେଇ କହିଲା "ଏଇ କଥା। ଆଲୋ ତୁମେ ବଡ଼ ଯା'ମାନେ ଅଗଣାରେ ମୁରୁଜ ପକାଉଛ, ସେ ବାଡିରେ ପକାଉଛି ଯଦି ପକାଉ। ତା'ପରେ ସାନ ଖୁଡୀଙ୍କୁ ଉଦ୍ଦେଶ୍ୟ କରି କହିଲା "ବୁଝିଲୁ ବୋହୂ, ଘର ଅଗଣାରେ ମା' ବୃନ୍ଦାବତୀ

କୋଉ କାଳରୁ ପୂଜା ପାଉଛନ୍ତି। ତାଙ୍କୁ ଆଗ ପୂଜା କରିବୁ ନା। ତେଣିକି ବାଡିପଟେ କଲେ ଅଧିକା। ହଉ ଯା ଭିତରକୁ।"

ପରଦିନ ଖୁଡୀ ଆହୁରି ଶୀଘ୍ର ଉଠି ଗାଧୁଆ ସାରି ଘର ଅଗଣାରେ ଥିବା ତୁଳସୀ ଚଉରା ମୂଳରେ ମୁରୁଜ ପକାଇ ବାଡିପଟକୁ ଯାଆନ୍ତି। ସାନ ବୋହୂକୁ ଜେଜୀମା କିଛି ଭିଡ଼ କାମ ଦେଉନଥିଲା। ବରଂ ଘର କୁଟୁମ୍ବର ଝିଅମାନଙ୍କୁ ମୁରୁଜ ଦେବା, ଝୋଟି ପକା, ତୁଳା ଫଟ, ସୂଚୀ କାମ, କ୍ରୁଶ ବୁଣା ଓ କାଇଁଚମାଳିର ବ୍ୟାଗ ତିଆରି ଶିଖାଇବା ପାଇଁ କହିଥିଲା। ଆମ ଗାଁର ଝିଅମାନେ ଖରାବେଳେ ଆସି ଖୁଡୀଙ୍କ ପାଖରେ ଭିଡ଼ ଜମାଇଥିଲେ। ଖୁଡୀଙ୍କର ସୂଚୀ କାମକରା ଫଟୋ ସବୁ ଘରର ସମସ୍ତଙ୍କ ବଖରାରେ କାନ୍ଥରେ ଟଙ୍ଗା ଯାଇଥିଲା। ସବୁ ବଡ଼ ଯା'ଙ୍କର କଦବା କ୍ୱଚିତ ପିନ୍ଧା ଯାଉଥିବା ସାୟା ବ୍ଲାଉଜରେ ଖୁଡୀଙ୍କର ହତାବୁଣା ସୁନ୍ଦର ସୁନ୍ଦର ଲେସ୍ ସବୁ ଝୁଲୁଥିଲା।

ଏମିତିରେ ସୁରୁଖୁରୁରେ ଦିନ ସବୁ ଗଡ଼ି ଯାଉଥିଲା। ପ୍ରତି ମାସରେ ବିଭିନ୍ନ ସମୟରେ ଧୋବଣୀ ଆସି ଘରର ବୋହୂ ଝିଅଙ୍କର ମାସିକିଆ ଲୁଗା ନେବାବେଳେ ଦିନେ ଥଟ୍ଟା କରି କହିଦେଲା, "କ'ଣ ବା ସାନବୋହୂ ସାନ୍ତାଣୀଙ୍କର ଦୁଇବରଷ ହେଲାଣି ମାରା ଲୁଗା ନବା ତ କ'ଣ ବନ୍ଦ ହେଉନି।"

ଜେଜୀମା ଶୁଣିଦେଲା। ଅନ୍ୟମାନେ ବି ଯିଏ ସେଠି ଥିଲେ କଥାଟା ଶୁଣିଲେ। କେମିତି ଗୋଟେ ଥମ ଥମ ଭାବ ଖେଳିଗଲା। ବଡ଼ମା' ବାହାରିପଡ଼ି ଧୋବଣୀକୁ କହିଲେ, "ତୋର କାହିଁକି ଏତେ ଚିନ୍ତା ପଡ଼ିଛି କି ? ଘରେ ତ ପିଲା ଛୁଆ ସାଲୁ ସାଲୁ ହେଉଛନ୍ତି। ଆଉ ଏବେ ଟିକେ ଡେରି ହେଉ। ଆମ ଗୋବିନ୍ଦଙ୍କର ଯେଉଁ ପିଲା ବୁଦ୍ଧି,ମନ ଆଗ ଘର ଧରୁ। ତା'ପରେ ବାପା ହେବେ।"

କିନ୍ତୁ ଧୋବଣୀର ସେଇ ପଦକ କଥା ସବୁ କେମିତି ଓଲଟ ପାଲଟ କରିଦେଲା। ବଡ଼ ବାପା, ବାପା ଓ ଦାଦା ସମସ୍ତଙ୍କ କାନକୁ କଥା ଗଲା। ସେମାନେ ଶୁଣିଲେ ଚୁପ୍ ରହିଲେ। ଯା'ମାନେ ଏକାନ୍ତରେ ଫୁସ୍ ଫାସ୍ ହେଲେ। ବାହାଘର ହେବାର ଦୁଇ ବର୍ଷ ବିତି ଯାଇଥିଲେ ବି ପିଲା ଛୁଆ ନ ହେବାଟା ଗାଁ ଗଣ୍ଡାର ସ୍ତ୍ରୀ ଲୋକଙ୍କ ପାଇଁ ମହାଚିନ୍ତାର କାରଣ ହେଉଥିଲା। ଯା'ମାନଙ୍କର ଏ ସମ୍ପର୍କରେ ମନରେ ଥିବା ଆଶଙ୍କା ଧୋବଣୀର କଥା ପଦକରେ ଫୁଟିଆରା ହାଇଗଲା। ପୋଖରୀ ତୁଠରୁ ଢ଼ିଙ୍କିଶାଳ ଯାଏ କଥାଟା ଖେଳିଗଲା। କେହି କେହି ସ୍ତ୍ରୀ ଲୋକ ସାନ ଖୁଡୀଙ୍କୁ ବାଂଝୀ ହୋଇଥିବାର ଅପବାଦ ଦେବାକୁ ଆରମ୍ଭ କରିଦେଲେ। ସାନ ଖୁଡ଼ୀ ସବୁ କଥା ଶୁଣି ସାରିଥିଲେ। ମନମରା ଜଣା ପଡୁଥିଲେ। ମୁଁ ଖୁଡୀଙ୍କଠାରୁ ମାତ୍ର ଛ ବର୍ଷ ସାନ ଥିଲି। ତାଙ୍କ ସହିତ ମୋର ଘନିଷ୍ଠତା ସମସ୍ତଙ୍କଠାରୁ ଅଧିକ ଥିଲା। ଦିନେ ମୁଁ ତାଙ୍କୁ ଏକାନ୍ତରେ କହିଲି, "ଖୁଡୀ ତୁମର କାହିଁକି

ପିଲା ହେଉନି ଯେ ? ବାରଲୋକ ବାର କଥା ତୁମ ନାଁରେ ଗପୁଛନ୍ତି । ତୁମେ ବୃନ୍ଦାବତୀଙ୍କୁ ଏତେ ପୂଜା କରୁଛ ପିଲାଟିଏ ମାଗୁନ ?”

ଖୁଡ଼ୀ ଏଥର କଇଁ କଇଁ ହୋଇ କାନ୍ଦିବାକୁ ଲାଗିଲେ । ମୁଁ ଜାଣିନି ସେଦିନ ଗୋବିନ୍ଦ ଦାଦା କେଉଁଥିପାଇଁ ସେ ଅସମୟରେ ତାଙ୍କ ଶୋଇବା ଘରକୁ ପଶିଆସିଥିଲେ । ମୁଁ ଖୁଡ଼ୀଙ୍କ କାନ୍ଦ ବନ୍ଦ କରିବା ପାଇଁ କ'ଣ କରିବି ବୋଲି ଭାବୁ ଭାବୁ ପଛରେ ଖସ୍ ଖସ୍ ଶବ୍ଦ ଶୁଣି ଚାହିଁ ଦେଖିଲି ଗୋବିନ୍ଦ ଦାଦା ସେଠି ଛିଡ଼ା ହୋଇଛନ୍ତି । ମୁଁ ତାଙ୍କୁ ଦେଖି ଉଠି ଆସୁଥିଲି । ସେ ମତେ ଧରି ପକାଇ ପଚାରିଲେ “ଆଚ୍ଛା ତାନି, ତୋ ଖୁଡ଼ୀ କାହିଁକି କାନ୍ଦୁଛି ? କିଏ କ'ଣ ତାଙ୍କୁ କହିଲେ କି ?”

ମୁଁ ହାତ ଖସାଇ ନେଇ ତାଙ୍କ ଶୋଇବା ଘରୁ ବାହରି ଆସୁ ଆସୁ କହିଲି, “ଗାଁ ମାଇପେ ଖୁଡୀଙ୍କୁ ବାଂଝୀ କହୁଛନ୍ତି । ସେଥିପାଇଁ ସେ କାନ୍ଦୁଛନ୍ତି ।” ମୁଁ ସେଠୁ ବାହାରି ଆସିଲି । ଦାଦା ମଧ୍ୟ ମୋ ପଛେ ପଛେ ବାହାରି ଦାଣ୍ଡଆଡ଼େ ଚାଲିଗଲେ ।

ଦିନ କେଇଟା ଭିତରେ ସବୁ ପୁଣି ଚୁପ୍ ପଡ଼ିଗଲା । ସେଇ ନିତିଦିନିଆ ଜୀବନ ତା'ର ଯଥାରୀତି ଚାଲିଲା । ସାନ ଖୁଡ଼ୀଙ୍କ ପାଖରେ ଦିପହରେ ଗାଁ ଝିଅଙ୍କର ମେଳା ବସୁଥିଲା । ହସ ଖୁସି ଥଟ୍ଟା ପରିହାସ ଭିତରେ ଯିଏ ଯାହା ଶିଖୁଥିଲେ । ଆମ ଝିଅମାନଙ୍କର ତୃତୀୟ ଶ୍ରେଣୀରୁ ପାଠରେ ଡୋରି ବନ୍ଧା ହେଉଥିଲା । ସେତିକି ମାତ୍ର ଅକ୍ଷର ପରିଚୟକୁ ନେଇ ଆମ ଭିତରୁ କେହି କେହି ମାଘ ମାହାତ୍ମ୍ୟ, ଖୁଲଣା ସୁନ୍ଦରୀ କି ଦଶକୁମାର ଚରିତ ପଢ଼ି ଶୁଣାନ୍ତି । ତେବେ ସିଲେଇ ଶିଖା ନାଁରେ ବେଶି ସମୟ କଟେ କଉଡ଼ି ଖେଳରେ ।

ସେଦିନ ସକାଳେ ଜେଜୀମା କାହିଁକି କେଜାଣି ହଠାତ୍ ଗୋବିନ୍ଦ ଦାଦାଙ୍କୁ ଖୋଜିଲା । ସେ ଘରେ ନଥିଲା । ସେ କୁଆଡ଼େ ବୁଲନ୍ତି, କ'ଣ କରନ୍ତି ତାଙ୍କ ବଡ଼ ଭାଇମାନେ ତ ପଚାରନ୍ତି ନାହିଁ ଆଉ କିଏ କାହିଁକି ବା ମୁଣ୍ଡ ଖେଳେଇବ ! ସେ କୁଆଡେ ଯାଇଛନ୍ତି ପ୍ରଶ୍ନର ଉତ୍ତର କାହା ପାଖରେ ନଥିଲା । ସେ କଥା ଖୁଡୀଙ୍କୁ ପଚାରିବା ନିରର୍ଥକ ଜାଣିବା ସତ୍ତ୍ୱେ ବି ଜେଜୀମା ପଚାରିଲା । ସଜନା ଶାଗ ବାଛୁଥିବା ଖୁଡୀ ଓଢ଼ଣା ତଳୁ ଖାଲି ମୁଣ୍ଡ ନାଡ଼ିଲେ ।

ବେଳକୁ ବେଳ ଜେଜୀମା ବିଚଳିତ ହେବାକୁ ଲାଗିଲା । ଖାଲି ଦାଣ୍ଡକୁ ବାରିକି ହେଉଥାଏ । ଗାଁ ଦାଣ୍ଡରେ ଯିଏ ଯାଉଥାଏ ତାକୁ ସେ ଗୋବିନ୍ଦ ଦାଦାଙ୍କୁ ଦେଖିଛି କି ନାହିଁ ବୋଲି ପଚାରୁଥାଏ । ତବତ ଖାଇବା ବେଳକୁ ବି ଦାଦାଙ୍କର ଦେଖା ନାହିଁ । ଏଥର ଜେଜୀମା ଆଉ ସମ୍ଭାଳି ପାରିଲା ନାହିଁ । ଘରକୁ ଖାଇବା ପାଇଁ ଆସିଥିବା ରଇତ ଦୁଇଜଣଙ୍କୁ ଦାଦାଙ୍କୁ ଖୋଜିବା ପାଇଁ ପଠାଇଲା । ତା'ର ଏପରି ବ୍ୟସ୍ତ ହେବାର ଦେଖି ଅନ୍ୟମାନଙ୍କୁ କଥାଟା ଅଡୁଆ ଲାଗୁଥିଲା । କାରଣ ଦାଦା ସବୁବେଳେ ସେମିତି ଫୁଲାଫାଙ୍କିଆ । ବାହାଘରର

କୌଣସି ପ୍ରଭାବ ତାଙ୍କ ଉପରେ ପଡ଼ିନଥିଲା। ସେ କୁଆଡ଼େ ଯା'ନ୍ତି କେତେବେଳେ ଘରକୁ ଫେରନ୍ତି ତା'ର କୌଣସି ଠିକ୍ ଠିକଣା ନଥିଲା।

ତେବେ ଜେଜୀମା ତା'ର ବ୍ୟସ୍ତ ହେବାର କାରଣ କହିଲା ଯେ ସେ ଗତ ରାତିରେ ଗୋଟେ ସ୍ୱପ୍ନ ଦେଖିଥିଲା। ଗୋବିନ୍ଦ ଦାଦା ଗେରୁଆ ପିନ୍ଧି ଦଳେ ଲୋକଙ୍କ ସାଙ୍ଗରେ ମିଶି କୁଆଡ଼େ ଯାଉଛନ୍ତି; ଡାକିଲେ ଶୁଣୁନାହାନ୍ତି। ସେ ସ୍ୱପ୍ନ କଥା ତା'ର ମନେ ନଥିଲା। ନିତ୍ୟକର୍ମ ସାରି ଠାକୁର ପୂଜା କରିବା ବେଳେ ତା'ର ସେକଥା ମନେ ପଡ଼ିଗଲା। ସେତିକି ବେଳୁ ତା' ମନ ଆଉ ଥୟ ଧରୁନି।

ସତକୁ ସତ ସଂଜ ଯାଇ ରାତି ହେଲା ଦାଦା ଘରକୁ ଫେରିଲେନି। କିନ୍ତୁ ରାତିରେ ବା କିଏ କୁଆଡ଼େ ଯିବ ଖୋଜିବା ପାଇଁ ! ସକାଳ ହେଲା। ଆମର ବିଚକ୍ଷଣ ଦୂତମାନେ ସ୍କୁଲ ନଯାଇ ଆଖପାଖରେ ବନ୍ଧୁବାନ୍ଧବ ଚିହ୍ନା ପରିଚୟଙ୍କ ଘର ତନଖି କରି ନିରାଶ ହୋଇ ଫେରିଲେ। ଗାଁ ଲୋକେ ଜାଣିଲେ। ତେଣିକି ବାରିପଟେ ଗାଁ ମାଇପିଙ୍କର ଦାଣ୍ଡ ପଟେ ପୁରୁଷ ଲୋକଙ୍କର ଧାଡ଼ି ଘରକୁ ଛୁଟିଲା। ସବୁରି ମୁହଁରେ ସେଇ ଗୋଟିଏ ପ୍ରଶ୍ନ "ଗୋବିନ୍ଦ କୋଉ କାରଣରୁ ଘରୁ ଚାଲିଗଲା ?" କିନ୍ତୁ କାହାରି ପାଖରେ ଉତ୍ତର ନଥାଏ। ସମସ୍ତେ ଖୁଡୀଙ୍କୁ ପଚାରି ହାଲିଆ କରିସାରିଲେଣି। କିନ୍ତୁ ତାଙ୍କର ସେଇ ଗୋଟିଏ ଉତ୍ତର ଓଢ଼ଣା ତଳୁ ମୁଣ୍ଡ ନାଡ଼ିବା।

ଘରେ ଏକପ୍ରକାର କାନ୍ଦ ବୋବାଳି ପଡ଼ିଗଲା। ବାହା ହେବା ପୂର୍ବରୁ ଦାଦା କୁଆଡ଼େ ଯାଉଛନ୍ତି କେତେବେଳେ ଆସୁଛନ୍ତି କେହି ସେ କଥାରେ କେବେ ଗୁରୁତ୍ୱ ଦେଉନଥିଲେ। କିନ୍ତୁ ନିଜର ବିବାହିତା ଯୁବତୀ ସ୍ତ୍ରୀକୁ ଛାଡ଼ି ଗୋବିନ୍ଦ ଦାଦା କେମିତି କୁଆଡେ ଗଲେ କେହି ବୁଝିନପାରି ବିକଳ ହେଉଥାନ୍ତି।

ବଡ଼ ବାପା ଅବସ୍ଥାଟା ସମ୍ଭାଳି ନେଇଥିଲେ। ସମସ୍ତଙ୍କୁ ବୋଧ ଦେଇ କହିଲେ, "ଆଉ ଦୁଇ ଚାରିଦିନ ଦେଖିବା। ନହେଲେ ମୁଁ ପୁରୀ ଓ କଟକକୁ ଯିବି। ସେଠି ମୋର କିଛି ଚିହ୍ନା ଜଣା ଲୋକ ଅଛନ୍ତି। ସେଠି ସେମାନେ ମତେ ଗୋବିନ୍ଦକୁ ଖୋଜିବାରେ ସାହାଯ୍ୟ କରିବେ।"

ସମସ୍ତେ ଟିକେ ଧୈର୍ଯ୍ୟ ଧରିଲେ।

ରାତିରେ ମତେ ଖୁଡ଼ୀଙ୍କ ପାଖରେ ଶୋଇବାକୁ କୁହାଗଲା। ଦିନସାରା ଆମେ ଝିଅମାନେ ପ୍ରାୟ ତାଙ୍କ ପାଖରେ ଲାଗି ରହୁଥିଲୁ। କିନ୍ତୁ ରାତିରେ ଆମ ଝିଅଙ୍କ ମେଳ ଛାଡ଼ି ଖୁଡ଼ୀଙ୍କ ପାଖରେ ଶୋଇବା କଥାଟା ମତେ ଆଦୌ ଭଲ ଲାଗୁନଥାଏ। କିନ୍ତୁ ଜେଜୀମା'ର ନିର୍ଦ୍ଦେଶ ନ ମାନିବା ପାଇଁ କାହାର ବା ଜୁ'ଥିଲା। ମୁଁ ରାତିଖାଇବା ସାରି ଆସି ତାଙ୍କ ପଲଙ୍କ ଉପରେ ଗଡ଼ ପଡ଼ ହେଲି। ଶେଯ ଶୁଂଘିଲେ ଶୋଇ ପଡୁଥିବାର

ଅପବାଦ ମୋର ଥିଲା । କଥାବାର୍ତ୍ତା ସବୁ ଜମିଥିବା ଭିତରେ ବି ମୁଁ ନିଜେ କେତେବେଳେ ଶୋଇ ପଡୁଥିଲି ଜାଣି ପାରୁନଥିଲି । ସେଥିପାଇଁ ଦିନେ ଦିନେ ଭଉଣୀମାନେ ମୋ ମୁହଁରେ କଳାଦେଇ ନିଶଦାଢ଼ି କରିଦିଅନ୍ତି । ମୁଁ ସକାଳେ ଉଠି କିଛି ନ ଜାଣିଥିବାରୁ ବାହାରକୁ ଚାଲିଯାଏ, ଯିଏ ଦେଖନ୍ତି ହସି ହସି ଗଡ଼ନ୍ତି ।

ଘରେ ଏତେ କଥା ଘଟିଥିଲେ ବି ମୁଁ ଖୁଡ଼ୀଙ୍କୁ ଅପେକ୍ଷା କରିବା ଭିତରେ କେତେବେଳେ ଶୋଇପଡ଼ିଥିଲି । କିନ୍ତୁ କେମିତି କେଜାଣି କାହାର ଫୁସ୍‌ଫାସ୍ ହେଉଥିବା ଶବ୍ଦରେ ମୋ ନିଦ ଭାଙ୍ଗିଗଲା । ଅଧା ଆଖି ଖୋଲି ଦେଖିଲି ଜେଜୀମା ଖୁଡ଼ୀଙ୍କୁ କ'ଣ ପଚାରୁଛି । ସେ ବଡ଼ ସଂକୋଚରେ କହିଲେ "ମତେ ସେଦିନ ଗାଁ ମାଇପେ ବାଂଝୀ କହିବାରୁ ମୁଁ କାନ୍ଦୁଥିଲି । ଇଏ ସେ କଥା ଶୁଣି କହିଲେ, ତୁମ ବିନା ଦୋଷରେ ନିନ୍ଦା ପାଉଛ ଆହୁରି ବି ପାଇବ । କିନ୍ତୁ ଦୋଷ ତ ମୋର, ତଥାପି ମତେ କେହି କିଛି କହିବେନି ମୁଁ ଜାଣେ । ତୁମେ ମନ ଦୁଃଖ କରନି । ମୁଁ କିଛି ଉପାୟ କରିବି ।"

ଏତିକି ଶୁଣୁ ଶୁଣୁ ଜେଜୀମା ଖୁଡ଼ୀଙ୍କୁ ଆଉ କ'ଣ ସବୁ ପଚାରିଲା । ମୁଁ ବେଶ୍ କାନ ପାତିଥିଲି । କିନ୍ତୁ ପୁଣି ନିଦ ଲଗିଗଲା । ଖୁଡ଼ୀ ଓ ଜେଜୀମା ତେଣିକି କ'ଣ ସବୁ କଥା ହେଲେ ତା'ର କିଛି ବି ଟେର୍ ମୁଁ ପାଇଲିନି । ମୁଁ ଖୁଡ଼ୀଙ୍କୁ ଭରସି କରି କିଛି ପଚାରେ ନାହିଁ, ସେ ବି ଦାଦାଙ୍କ ବିଷୟରେ ପୂରା ନୀରବ ରହିଲେ ।

ଦିନ ସବୁ ଯଥାରୀତି ବିତିଲା । ବଡ଼ମା, ମା ଓ ଦୁଇ ବଡ଼ ଖୁଡ଼ୀ ସଂଜ ପୁର୍ବରୁ ମୁଣ୍ଡ କୁଣ୍ଡାଇ ନିଜର ଲମ୍ବା ବାଳର ମୂଳକୁ କଳା ସୂତାରେ ଗୁଡ଼ାଇ ଟାଣ କରି ବାନ୍ଧିଦିଅନ୍ତି । ତେଣିକି ପଞ୍ଚସୋରିଆ ବେଣୀ ପକାଇ ନାନା ବାଗରେ ଖୋସା କରି ସେଥିରେ ଡିମ୍ଭ କଣ୍ଟା ମାରି ଫୁଲ ଫୁଟିଲା ପରି ସଜାଇ ଦିଅନ୍ତି । ମୁହଁରେ ସ୍ନୋ ପାଉଡ଼ର ମାଖି ଆଖିରେ କଜଳ, ମୁଣ୍ଡରେ ସିନ୍ଦୂର ଲଗାଇ ସଫା ଶାଢ଼ୀ ପିନ୍ଧି ସଜ ହୁଅନ୍ତି । ସକାଳ ବେଶ ଅପେକ୍ଷା ସଂଜ ବେଶରେ ବେଶି ଧ୍ୟାନ ଦିଅନ୍ତି । କିନ୍ତୁ ସାନ ଖୁଡ଼ୀଙ୍କୁ ଦାଦା ଯିବା ପରେ ବାଳ କୁଣ୍ଡାଇବାର ମୁଁ ଦେଖିନି । ସେମିତି ଗଣ୍ଠିଟାଏ ପଡ଼ିଥାଏ । ସିନ୍ଦୂର ଟିକେ ମୁଣ୍ଡରେ ନାଇବା ଛଡ଼ା ଆଉ କିଛି ସେ ବ୍ୟବହାର କରନ୍ତିନି । କାହା ପାଇଁ ବା କରିଥାନ୍ତେ ! ଜେଜୀମା ତାଙ୍କର ଶୁଖିଲା ମୁହଁକୁ ଚାହିଁ ଆଖି ଛଳ ଛଳ କରିପକାଏ, ମୁହଁ ଖୋଲି କିଛି କୁହେନି । କିନ୍ତୁ ମୋର ମନେହୁଏ ଜେଜୀମାର ଖୁଡ଼ୀଙ୍କ ଉପରେ ସବୁବେଳେ ଧ୍ୟାନ ରହୁଥିଲା । କାଳେ କିଏ ତାଙ୍କୁ କିଛି କହିଦେବ ବା ସିଏ କନ୍ଦାକଟା କରିବେ ସେ କଥାକୁ ସେ ବେଶ୍ ଜଗିଥିଲା । ବଡ଼ମାଙ୍କୁ ବାରମ୍ବାର ମନେ ପକାଇଦେଇ କହିବ "ଆଲୋ ପରିଡ଼ାଘରର ଝିଅ ଘରେ ଯାହା ଓଷାବ୍ରତ ହେବ ସେ ସୁମଣି ଚଉରା ମୂଳେ ଭୋଗ ଲଗାଇବାକୁ ଭୁଲିବନି । ଜେଜୀମା କଥା ଶୁଣି ସମସ୍ତେ ସୁମଣି ଚଉରା କହିବା ଆରମ୍ଭ କରିଦେଲେ ।

ଗୋବିନ୍ଦ ଦାଦାଙ୍କର କୁଆଡ଼େ ଚାଲିଯିବା ଓ ଘରକୁ ନ ଫେରିବା ଘଟଣାରେ ଖୁଡ଼ୀଙ୍କର ବାପଘର ଲୋକେ ବିବ୍ରତ ହୋଇପଡ଼ିଲେ। ତାଙ୍କ ବାପ ଦାଦା ବେଶ୍ ଥିଲା ବାଲା ଘର। ସେମାନେ ଆସି ଖୁଡ଼ୀଙ୍କୁ ନେଇଯିବାକୁ ଅଡ଼ି ବସିଲେ। ସେମାନଙ୍କ କଥା ଶୁଣି ବାପା, ବଡ଼ବାପା ଓ ଦାଦା ଦୁଇଜଣ ତଳକୁ ମୁହଁ କରିଦେଲେ। ଜେଜୀମା ମଧ୍ୟ ନଇଁପଡ଼ିଲା। ଆମ ଘର ଲୋକେ ସେମାନଙ୍କୁ ମନା କରିବାର ଉପାୟ ପାଉନଥିଲେ। କିନ୍ତୁ ମନା କଲେ ନିଜେ ଖୁଡ଼ୀ। ତାଙ୍କ ବାପା ଦାଦାଙ୍କୁ ନେହୁରା ହୋଇ ଫେରେଇ ଦେଲେ।

ସେଦିନ ରାତିରେ ମୁଁ ତାଙ୍କୁ ସେପରି କାହିଁକି କଲେ ବୋଲି ପଚାରିବାରୁ ଖୁଡ଼ୀ କହିଲେ, "ତାନି, ମୋର ଭାରି ଯିବାକୁ ମନ ହେଉଥିଲା। କିନ୍ତୁ ସ୍ୱାମୀ ଛାଡ଼ିଦେଇଥିବା ସ୍ତ୍ରୀକୁ କିଏ ମାନ ଦେବ କହିଲ ! ଓଲଟା ନାନା କଥା କହିବେ। ଭାଉଜମାନେ କେତେ ଉଖୁରେଇ ହୋଇ ପଚାରିବେ। ଏଠିତ ଅନ୍ତତଃ । ସେ ବିଷୟରେ ମତେ କେହି ପଚାରୁନାହାନ୍ତି। କାହିଁକି ଯିବି ବାରକଥା ଶୁଣିବି !"

ମୁଁ ତାଙ୍କର ମନ କଥା ବୁଝୁଥିଲି। ଯଥାସମ୍ଭବ ମଧ୍ୟ ତାଙ୍କୁ ଖୁସି ରଖିବାକୁ ଚେଷ୍ଟା କରୁଥିଲି। ଆମେ ଦୁହେଁ ପରସ୍ପର ସହିତ ଖୁବ୍ ଘନିଷ୍ଠ ହୋଇ ଯାଇଥିଲୁ। ଦିନସାରା ପ୍ରାୟ ଚୁପ୍ ରହୁଥିବା ଖୁଡ଼ୀ ରାତିରେ ଶୋଇବା ବେଳେ ବେଶ୍ ସହଜ ହୋଇଯାନ୍ତି। ତାଙ୍କ ଗାଁ କଥା, ସାଙ୍ଗସାଥି ମାନଙ୍କ କଥା ଗପନ୍ତି। କିନ୍ତୁ ଭୁଲ୍‌ରେ ବି ଦାଦାଙ୍କ ପ୍ରସଙ୍ଗ ଉଠାନ୍ତି ନାହିଁ। ମୁଁ ମଧ୍ୟ ସେ ବିଷୟରେ ସଚେତନ ଥାଏ।

ଏ ଭିତରେ ପୂରି ଯାଇଥିଲା ପାଞ୍ଚ ବର୍ଷ। କୁଟୁମ୍ବରେ ଥିବା ପୁରୁଖା ଲୋକେ ଏଥର ଧରିନେଲେ ଯେ ଗୋବିନ୍ଦ ଦାଦା ଆଉ ଜୀବନରେ ନାହାନ୍ତି। ବଞ୍ଚିଥିଲେ କ'ଣ ତା' ଖବର କେହି ପାଇନଥାନ୍ତେ ! କେହି କୋଉଠି ଦେଖି ନଥାନ୍ତେ ! କୁଆଡ଼େ ଏମିତି ଉଭାନ ହୋଇଗଲା ! ତେଣୁ ସେମାନେ ତାଙ୍କୁ ମୃତ ବୋଲି ଧରିନେଇ ପ୍ରେତକର୍ମ କରିବା କଥା କହିଲେ। ଏତେ ବର୍ଷ ହୋଇଗଲା ତା'ର ଅମୋକ୍ଷ ଆତ୍ମା ଛଟପଟ ହେଉଥିବ। ତେଣୁ ଯଥାଶୀଘ୍ର ଶୁଦ୍ଧକର୍ମ କରିବା କଥା ଉଠିଲା। କିନ୍ତୁ ଜେଜୀମା ଆଦୌ ରାଜି ହେଲାନି। ବରଂ ବାରବର୍ଷ ନ ପୂରିବା ଯାଏ ତା' ପୁଅକୁ ମୃତ ବୋଲି କେହି ଯେପରି ନକୁହନ୍ତି ସେଥିପାଇଁ ସତର୍କ କରାଇଦେଲା। ତା' କଥା ରହିଲା।

ଭୟ ଆଶଙ୍କାରେ ମୃତପ୍ରାୟ ହୋଇ ଯାଇଥିବା ଖୁଡ଼ୀ ଯେପରି ନୂଆ ଜୀବନ ପାଇଲେ। ତାଙ୍କର ଦିନବେଳ ସମୟଟା ବେଶି କଟୁଥିଲା ବାରିପଟେ ଚଉରାମୂଳେ। ସଂଜ ହେଲେ ସଂଜବତୀ ଦେଇ ବାରିଦୁଆର ପକାଇ ଦିଆଯାଏ। ମତେ ଲାଗେ ଖୁଡ଼ୀ ଯେମିତି ତାଙ୍କ ଚଉରାଠାରୁ ଅଲଗା ହୋଇଯାଇ ଛଟପଟ ହେଉଛନ୍ତି।

ମୋ ପୂର୍ବରୁ ବଡ଼ ବାପାଙ୍କର ଦୁଇ ଝିଅ ବାହାହୋଇ ଯାଇଥିଲେ । ଏବେ ମୋ ପାଳି ପଡ଼ିଲା । ପାଖ ଗାଁରେ ମୋର ବାହଘର ସ୍ଥିର ହୋଇଗଲା । ଘର ଓ ଗାଁ ଛାଡ଼ି ଯିବାର କଷ୍ଟ ଅପେକ୍ଷା ଖୁଡ଼ୀ ଯେ ଏକେଲା ହୋଇଯିବେ ଭାବି ମୋର ମନ ବେଶି କଷ୍ଟ ହେଉଥିଲା । କିନ୍ତୁ କ'ଣ ଆଉ କରାଯିବ । ଖୁଡ଼ୀଙ୍କର ଦିନର ନୀବରତା ରାତିକୁ ବି ସଂଚରିଗଲା । ସେ ପ୍ରାୟ ମୂକ ହୋଇଗଲେ ।

ଶାଶୂଘର ପାଖ ଗାଁ ବୋଲି ମୁଁ ଅନ୍ୟ ଝିଅମାନଙ୍କ ଅପେକ୍ଷା ଟିକେ ଅଧିକ ଘରକୁ ଆସେ । ସେଇ କେଇଦିନ ତାଙ୍କର ମନମରା ମୁହଁ ଟିକେ ହସ ହସ ଦେଖାଯାଏ । ସେ ଯେ କଥା କହିଜାଣନ୍ତି ସେକଥା ତାଙ୍କର ମନେ ପଡ଼ିଯାଏ ।

ତାଙ୍କର ଭଲମନ୍ଦକୁ ସବୁବେଳେ ଆଖି ରଖିଥିବା ଜେଜୀମା ଚାଲିଗଲା । ଗଲାବେଳକୁ ଗୋଟିଏ ପଦ କଥା ବାରବାର ସେ ଦୋହରାଇ ଥିଲା "ମୋ ସୁମଣିକୁ କେହି ହେଳା କରିବନିରେ । ତାକୁ ଦେଖୁଥିବ ।" ମୁଁ ଜାଣିଥିଲି ଖୁଡ଼ୀଙ୍କୁ କେହି ହେଳା କରିବେନି । ତା'ଛଡ଼ା ହେଳା କରିବାର କ'ଣ ଥିଲା ! ମୁଁ ଓ ଜେଜୀମା ଯିବା ପରେ ପ୍ରାୟ ମୂକ ବଧୀର ହୋଇ ସାରିଥିବା ମଣିଷଟି କେବଳ ଚାଲବୁଲ କରୁଥିବା ଛାଇଟିଏରେ ପରିଣତ ହୋଇଯାଇଥିଲା । ଦିନବେଳେ ବାରିପଟେ ଚଉରାମୂଳ ଓ ରାତିବେଳେ ନିଜର ଛୋଟ ବଖରାଟି ଥିଲା ତାଙ୍କର ନିରାପଦ ଆଶ୍ରୟ ଭୂଇଁ ।

ହଠାତ୍ ଦିନେ ଆମ ଗାଁରୁ ମୋର ଶ୍ୱଶୁର ଘରକୁ ଖବର ଆସିଲା ଯେ ଗୋବିନ୍ଦ ଦାଦାଙ୍କର ନିଖୋଜ ହେବା ଆସନ୍ତା ଚିତୋଉ ଅମାବାସ୍ୟାକୁ ବାରବର୍ଷ ପୂରିଯିବା କାରଣରୁ ତାଙ୍କର ଶ୍ରାଦ୍ଧ ପାଳନ କରାଯିବ । ତେଣୁ ବନ୍ଧୁଘର ଭାବରେ ସେମାନେ ଯଥାବିଧି ଶୁଦ୍ଧକର୍ମରେ ଯୋଗ ଦେବେ । ମୋ ଭିତରେ ଏ ଖବରଟା ପ୍ରଚଣ୍ଡ ଗୋଟାଏ ଝଡ଼ ସୃଷ୍ଟି କରିଦେଲା । ଖୁଡ଼ୀଙ୍କ କଥା ଭାବି ମୋର ଖାଲି କୋହ ଉଠିଲା । ମୁଁ ଜାଣେ ଖୁଡ଼ୀ କେତେଥର ମତେ କହିଛନ୍ତି "ବୁଝିଲ ତାନି, ତୁମ ଦାଦା ତ ମତେ ହା ହୁତାଶିଆ ଜୀବନ ବଞ୍ଚିବାକୁ ଛାଡ଼ି ଦେଇଗଲେ । କିନ୍ତୁ ଏଇ ଶଂଖା ଦୁଇପଟ ସିନ୍ଦୂର ଟୋପା ମୋଠୁ କେହି ଛଡ଼େଇ ନ ହେଉ ।" କାରଣ ତାଙ୍କର ଏହି ପ୍ରକାର ଗୋଟେ ଘଟଣା ଘଟିବାର ଆଶଙ୍କା ସବୁବେଳେ ଥିଲା, ଯାହା ଏବେ ସତ ହେବାକୁ ଯାଉଛି ।

ଚିତୋଉ ଅମାବାସ୍ୟା ଆଉ ମାତ୍ର ଥାଏ ପନ୍ଦର ଦିନ । ମୁଁ କାନ୍ଦି ବୋବାଇ ଘରକୁ ଚାଲିଆସିଲି । ମୋ ପଛେ ପଛେ ଗୋଟିଏ ଗୋଟିଏ କରି ଝିଅଝିଆଣିଏ ପହଞ୍ଚିବାକୁ ଲାଗିଲେ । ଘରେ ଆରମ୍ଭ ହୋଇଗଲା ବନ୍ଧୁବାନ୍ଧବଙ୍କର ଭିଡ଼ ।

କୋଉ ପୁରୋହିତ କେଜାଣି ନିୟମ ବିତାଇଦେଲା ଯେ ଦାଦାଙ୍କର ମାଟି ପିତୁଳାଟିଏ ଗଢ଼ା ହେବ । ଯଥାରୀତି କୋକେଇରେ ପିତୁଳାକୁ ଶ୍ମଶାନକୁ ନେଇ ଦାହ

ସଂସ୍କାର କରାଯିବ ଓ ପ୍ରେତକର୍ମ ଯଥାବିଧି କରାଯିବ। ବ୍ରାହ୍ମଣ ଭୋଜନ ହେବ ସବୁଠାରୁ ଗୁରୁତ୍ୱପୂର୍ଣ୍ଣ କାର୍ଯ୍ୟ। ଶାସ୍ତ୍ରପୁରାଣରେ କ'ଣ ଅଛି ନ ଅଛି କିଏ ବା ଜାଣେ ! ତେଣୁ ବ୍ରାହ୍ମଣ ଗୋସେଇଁ ଯାହା କହିଲେ କାହାରି ଅମାନ୍ୟ କରିବାର ନାହିଁ।

ଘରେ କାହାରି ମନରେ ଦୁଃଖ ଶୋକ, ଉଦ୍‌ବେଗ, ବ୍ୟାକୁଳତା କିଛି ବୋଲେ କିଛି ନାହିଁ। ଓଲଟା ପରସ୍ପରକୁ ଦେଖି ଏକପ୍ରକାର ଆନନ୍ଦ ହେଉଥାନ୍ତି। କେହି କେହି ମଝିରେ ମଝିରେ ମନେ ପକାଇ ଦେଉଥାନ୍ତି ଯେ ନିୟମ ପାଳନ ପାଇଁ କାଲି ପିତୁଳାକୁ ନେଇ କୋକେଇରେ ଯିବାବେଳେ କାନ୍ଦିବାକୁ ପଡ଼ିବ। ସିଏ ବି ଗୋଟେ ମଉଜ।

ଖୁଡ଼ୀ ଆଉ ତାଙ୍କ ବଖରାରୁ ବାହାରୁନଥାନ୍ତି। ତାଙ୍କ ଅବସ୍ଥା କଥା ଭାବି ମୋ ଭିତରଟା ଖାଲି କ'ଣ ହୋଇଯାଉଥାଏ। ମାତ୍ର ବତିଶ ବର୍ଷର ତରୁଣୀ ସେ । ନିଟୋଳ ସ୍ୱାସ୍ଥ୍ୟ, ପଦ୍ମଫୁଲ ପରି ସୁନ୍ଦର ମୁହଁ, ହସଉତୁରା ଓଠ, ଦୁଇଟି ଢ଼ଳ ଢ଼ଳ ଆଖିର ନିରୀହ ଚାହାଣୀରେ ଶାପଗ୍ରସ୍ତା ଦେବୀଟିଏ ପରି ମତେ ସେ ମନେ ହୁଅନ୍ତି। ବିଚାରୀ ଯେଉଁ ଅବସ୍ଥାକୁ ଡରି ଡରି ବଞ୍ଚିଛନ୍ତି ସେହି ଅବସ୍ଥା ଘଟିବ ଆଜିର ରାତି ପାହିଯିବା ପରେ।

ଯଥାବିଧି ଗୋବିନ୍ଦ ଦାଦାଙ୍କର ମୃତ୍ୟୁ ଘୋଷଣା ହେବ।

ମୁଁ ବାହାହୋଇ ଯିବା ପରଠାରୁ ଖୁଡ଼ୀ ଏକା ଶୋଇବାରେ ଅଭ୍ୟସ୍ତ ହୋଇ ସାରିଛନ୍ତି। ତଥାପି ସେଦିନ ରାତିରେ ମୁଁ ଖୁଡ଼ୀଙ୍କ ପାଖରେ ଶୋଇବାକୁ ଗଲି। ତାଙ୍କର ସହଜ ଭାବ ଦେଖି ମତେ ବଡ଼ ଆଶ୍ଚର୍ଯ୍ୟ ଲାଗିଲା। ରାତି ପାହିଲେ ତାଙ୍କର ବଞ୍ଚି ରହିବାର ଅବଲମ୍ବନ ଦୁଇ ମୁଠା କାଚ, ସିନ୍ଦୂର ଟିକକ ଯେ ଚାଲିଯିବ ସେକଥା ସେ ଭଲଭାବରେ ଜାଣନ୍ତି। ଅଥଚ ଆସନ୍ତା କାଲିର ଆତଙ୍କ ତାଙ୍କୁ ଛୁଇଁ ନଥିବାର ଦେଖି ମୁଁ ମନେ ମନେ ବଡ଼ ବ୍ୟସ୍ତ ହୋଇ ପଡୁଥାଏ।

ବହୁତ ରାତି ଯାଏ ଆମେ କଥା ହେଲୁ। ପ୍ରକୃତରେ ସେ ହିଁ କ'ଣ ସବୁ କଥା କହୁଥାନ୍ତି। ମୁଁ ଖାଲି ଶୁଣିବା ପରି ହେଉଥାଏ। ମୁଁ ବାରମ୍ବାର ଅନ୍ୟମନସ୍କ ହେଉଥିବାର ଦେଖି ହଠାତ୍ ଖୁଡ଼ୀ ହସି ହସି କହିଲେ "ତାନି ତୁମେ କ'ଣ ଭାବୁଛ ମୁଁ ଜାଣେ। କିନ୍ତୁ କାହିଁକି ବ୍ୟସ୍ତ ହେଉଛ ! ମା' ବୃନ୍ଦାବତୀର ଏତେ ସେବା କରିଛି, ମା' କ'ଣ ଏତିକି କାରୁଣା କରିବନି ! ତା'ଝିଅର ନିରିମାଖି ରୂପ କ'ଣ ସେ ଦେଖିପାରିବ !"

ତା'ମାନେ କ'ଣ ଦାଦା ଫେରିଆସିବେ !! ଖୁଡ଼ୀ ଏ କି ପ୍ରକାର ଅସମ୍ଭବ ଆଶା କରୁଛନ୍ତି! ବିଗତ ବାରବର୍ଷ ଭିତରେ ଏତେ ଚେଷ୍ଟା ପରେ ବି ଯାହାଙ୍କର ଚିହ୍ନବର୍ଣ୍ଣ ମିଳିଲା ନାହିଁ ସେ ଆଜି ରାତିର ବାକି ଥିବା ଏଇ କେଇ ପହର ଭିତରେ କିପରି ବା ଫେରିଆସିବେ ! କିନ୍ତୁ ଖୁଡ଼ୀଙ୍କର କଥା ବା ଆଚରଣ ମତେ ଆଦୌ ଅସ୍ୱାଭାବିକ ଲାଗିଲା ନାହିଁ। ବରଂ ତାଙ୍କର କଥା ଓ ଭାବରେ ପ୍ରକାଶ ପାଉଥିବା ବିଶ୍ୱାସର ତେଜରେ ମୋ ଭିତରର ସନ୍ଦେହ

ପ୍ରଶ୍ନ ହୋଇ ବାହାରକୁ ଉଙ୍କି ମାରିବାର ସାହସ ବି କରୁନଥାଏ। ମୋର ସନ୍ଦିଗ୍ଧତା ମୋ ଭିତରେ ଗୁମୁରୁଥାଏ। ମୁଁ ଖାଲି ତାଙ୍କ ମୁହଁକୁ ବଲ ବଲ କରି ଚାହୁଁଥିବାର ଦେଖି ଖୁଡ଼ୀଙ୍କର ସେଇ ହସଉତୁରା ଓଠରୁ ସତକୁ ସତ ଝରିପଡ଼ିଲା ମୁଠା ମୁଠା ସ୍ନିଗ୍ଧ ହସ। ସେ ମତେ ପୁଣି ଥରେ ଆଶ୍ୱସ୍ତ କରି ଶୋଇବାକୁ କହିଲେ ଓ ମୁହଁ ବୁଲାଇ ଶୋଇଲେ।

ମୁଁ ଭାବୁଥିଲି ଆଜି ରାତିଟା ଯେମିତି ହେଲେ ଉଜାଗରରେ କଟାଇଦେବି। କିଏ ଜାଣେ କିଛି ଗୋଟେ ଅଦ୍ଭୁତ ଘଟଣା ମୋ ଶୋଇବା ଅବସ୍ଥାରେ ହୁଏତ ଘଟିଯାଇପାରେ। କିନ୍ତୁ ହାୟ, ନିଦର ଜୋର୍ ପାଖରେ ମୁଁ କେତେ ଅସହାୟ ! ବାହାହୋଇ ପିଲାଛୁଆର ମା'ହେବା ପରେ ବି ନିଦ ବ୍ୟାପାରରେ ମୋର କୌଣସି ପରିବର୍ତ୍ତନ ହୋଇନଥିଲା। ଚେଇଁ ରହିବାର ଚେଷ୍ଟା ନିଦର ପ୍ରକୋପରେ କେତେବେଳେ ବିଫଳ ହୋଇଯାଇଥିଲା।

ନିଦ ଭାଙ୍ଗିଲା ଘରେ ବାହାରେ ହେଉଥିବା କୋଳାହଳରେ। ମୁଁ ଚମକି ପଡ଼ି ଉଠିବସିଲି। ସିନ୍ଦୂରା ଫାଟି ଗଲାଣି। ଖୁଡ଼ୀ ବିଛଣାରେ ନାହାନ୍ତି। ମୁଁ ଜାଣେ ରାତି ପାହିବାର ବହୁ ପୂର୍ବରୁ ଉଠି ସେ ତାଙ୍କର ଗାଧୁଆ ପାଧୁଆ କାମ ସାରି ଜାଲଜାଲୁଆ ଅନ୍ଧାର ଭିତରେ ତାଙ୍କ ଚଉରା ମୂଳରେ ଲିପାପୋଛା କାମ କରୁଥାନ୍ତି।

ମୁଁ ବାହାରକୁ ବାହାରି ଆସିଲି। ଘର ଅଗଣାରେ କେହି ଦିଶୁନାହାନ୍ତି। ବାରିପଟରୁ ପାଟି ଶୁଣାଯାଉଛି। ମୁଁ ବାରିପଟକୁ ଦଉଡ଼ିଗଲି। ସୁମଣି ଚଉରାମୂଳରେ ଏତେ ଲୋକ କୋଉଠୁ ଆସିଲେ ଭିଡ଼ ପଛରୁ ଉଙ୍କି ମାରିଲି। ଗୋବରରେ ଲିପାପୋଛା ହୋଇଥିବା ଚଉରାମୂଳରେ ଧଳା ମୁରୁଜରେ ସୁନ୍ଦର ଚିତ୍ରମାନ ଅଙ୍କା ହୋଇଛି। ମୁଁ ଭିଡ଼ ଆଡ଼େଇ ଭିତରକୁ ପଶିଲି। ମୋ ଆଖି ମୁରୁଜପକାରୁ ଚଉରା ଉପରକୁ ଉଠିଗଲା। ଇଏ କ'ଣ ! ଚଉରାକୁ ଦୁଇ ହାତରେ କୁଣ୍ଢାଇ ଧରି ସାନଖୁଡ଼ୀ ତୁଳସୀଗଛ ମୂଳରେ ମୁଣ୍ଡ ରଖି ସ୍ଥିର ହୋଇ ରହିଛନ୍ତି।

ଗତକାଲି ଘରେ ବିଚାର ପଡ଼ିଥିଲା ଗୋବିନ୍ଦ ଦାଦାଙ୍କର ବିଧିବଦ୍ଧ ମୃତ୍ୟୁଘୋଷଣା ହେବାବେଳେ ଆଦୌ ଦୁଃଖ ନଥାଇ କିପରି କନ୍ଦାକଟା କରିବାକୁ ହେବ । ଆଜି କିନ୍ତୁ ସେଇ ସକାଳ ପହରୁ ଗାଁ ମାଇପେ ବାହୁନି ଚାଲିଥିଲେ। ବୁଢ଼ୀଠାରୁ ପିଲାଯାଏ ସବୁରି ଆଖି ଲୁହରେ ଭାସୁଥିଲା।

ଅହ୍ୟ ଡେଙ୍ଗୁରା ବଜାଇ ସୁମଣି ଖୁଡ଼ୀ ଗୋବିନ୍ଦ ଦାଦାଙ୍କର ଗଢ଼ା ହୋଇଥିବା ମାଟିପିତୁଳା ସହିତ ଗୋଟିଏ କୋକେଇରେ ସଧବା ସଜ ସହିତ ଗାଁ ଶ୍ମଶାନକୁ ବାହାରିଗଲେ। ରାମ ନାମ ସତ୍ୟର ଡାକ ଧୀରେ ଧୀରେ ଆଉ ଶୁଣାଗଲାନି। ଦାଣ୍ଡଲୋକେ ଯେଝା ଘରକୁ ଫେରିଯାଇଥିଲେ। ଘର ଲୋକେ କିଏ କେଉଁଠି ମୂର୍ତ୍ତିମାନ ପରି ବସି ରହିଥିଲେ। କାନ୍ଦଣାର ସ୍ୱର ଥମି ଯାଇଥିଲା।

ଶବ ଯିବାପରେ ଏକ ଅଦ୍ଭୁତ ଆବେଶ ଭିତରେ ରହି ମୁଁ ପୁଣି ଚାଲି ଆସିଥିଲି ବାଡିପଟ ଚଉରାମୂଳକୁ। ନିର୍ଜନ ଶାନ୍ତ ପରିବେଶ। ଗତ ରାତିରେ ଖୁଡ଼ିଙ୍କର କହିଥିବା କଥାପଦଟି ବାରମ୍ୱାର ମୋ ଭିତରେ ଶୁଣାଯାଉଥାଏ। ମୁଁ ଏକା ଆଖିରେ ତାଙ୍କର ସେ ପ୍ରିୟ ଚଉରାକୁ ଚାହିଁଥାଏ। ହଠାତ୍ ଦେଖିଲି ସୁମଣି ଚଉରାରେ ଥିବା ସେଇ ଘଞ୍ଚ ତୁଳସୀ ଗଛର ପ୍ରତିଟି ପତ୍ର ଦେହରୁ ପାଣି ଥପ୍ ଥପ୍ ହୋଇ ଝରିପଡୁଛି। ଗୋଟାଏ ଅପୂର୍ବ ଶିହରଣ ଖେଳିଗଲା ମୋ ଭିତରେ। କ'ଣ ଇଏ ! ଇଏ କ'ଣ କାକର ପାଣି ନା ନିଜର ଦୁଃଖିନୀ କନ୍ୟାଟି ପାଇଁ ମା' ବୃନ୍ଦାବତୀଙ୍କର ଆଖିରୁ ଝରି ପଡୁଥିବା ଲୁହଧାର ! ମୋ ଆଖିରେ ଆଉ ପଲକ ପଡୁନଥାଏ। କେମିତି କେଜାଣି ମତେ ମୁହୂର୍ତ୍ତକ ପାଇଁ ଲାଗିଲା ସେଠି ମୂଳରୁ ଚଉରା ନାହିଁ; ସୁମଣି ଖୁଡ଼ୀ ହିଁ ଯୋଡ଼ହାତ ହୋଇ ନିଜେ ଠିଆ ହୋଇଛନ୍ତି।

କିନ୍ତୁ ମୋ ଆକୁଳ ପ୍ରାଣରୁ ଖୁଡ଼ୀଙ୍କ ଉଦ୍ଦେଶ୍ୟରେ ଡାକଟିଏ ଉଠି ଆସିବା ବାଡିରେ ଥିବା ବଡ଼ ବଡ଼ ଗଛର ବହଳ ପତ୍ର ଫାଙ୍କରୁ ଓଜାଡ଼ି ହୋଇ ପଡୁଥିବା ଦିନର ଆଲୁଅରେ ସୁମଣି ଚଉରା ଝଲମଲ କରିଉଠିଲା।

■

ଚିତ୍ରାଙ୍ଗଦା

ମୋ ପୁଅ ଝିଅ ଦୁହେଁ ରହୁଥିଲେ ଦିଲ୍ଲୀରେ। ପୁଅ ଚାକିରି କରୁଥିଲା ଗୋଟେ ମଲ୍‌ଟିନେଶନାଲ କମ୍ପାନୀରେ। ବୋହୂଟି ରହୁଥିଲା ଘରେ। ଘରର ସବୁ ଦାୟିତ୍ୱ ନେଇ ତା' ପୁଅ ଝିଅକୁ ଖୁବ୍ ଭଲରେ ସମ୍ଭାଳୁଥିଲା। ଝିଅ ଜ୍ୱାଇଁ ଦୁହେଁ ଚାକିରି କରୁଥିଲେ। ସକାଳୁ ରାତିଯାଏ ବ୍ୟସ୍ତ। ତେଣୁ ବାହାଘରର ପାଞ୍ଚବର୍ଷ ବିତିଯାଇଥିଲେ ବି ପରିବାର ଆରମ୍ଭ କରିବେ କି ନାହିଁ ଚିନ୍ତା କରିପାରୁନଥିଲେ।

ଆମେ ବାପା ମା' ଦୁହେଁ ସେଥିପାଇଁ ବେଳେବେଳେ ବ୍ୟସ୍ତ ହେଲେ ବି ସେମାନଙ୍କୁ ସେ ବିଷୟରେ କିଛି କହିବା ଉଚିତ ମନେ କରୁନା। ପିଲାମାନେ ବଡ଼ହେବା ପରେ ସେମାନଙ୍କ ଉପରେ ନିଜର ମତାମତ ଚାପିଦେବାକୁ ମୁଁ କେବେ ବି ପସନ୍ଦ କରେନାହିଁ। ତା'ଛଡ଼ା ଘରେ ଆସି ଆମ ପାଖରେ କିଛିଦିନ ଲେଖାଏଁ କଟାଇବାକୁ ମଧ୍ୟ ପୁଅବୋହୂ ବା ଝିଅ ଜ୍ୱାଇଁଙ୍କୁ ଜୋର କରି କହିପାରେନି। କାଳେ ସେମାନଙ୍କର କିଛି ଅସୁବିଧା ହେବ।

କିନ୍ତୁ ସେକଥା ସେମାନେ କେବେ ଭାବନ୍ତି ନାହିଁ। ପୁଅ ଝିଅଙ୍କର ଗୋଟାଏ କଥା ବାପା ମା' ଭୁବନେଶ୍ୱର ଘରକୁ ଭଡ଼ା ଦେଇ ଦିଲ୍ଲୀରେ ଆସି ସେମାନଙ୍କ ପାଖରେ ରୁହନ୍ତୁ। କିନ୍ତୁ

ତାଙ୍କର ଏଇ କଥାରେ ଆମେ ଆଦୌ ରାଜି ହେଲୁନି। ଆମେ ଆମ ଚିହ୍ନଜଣା, ବନ୍ଧୁବାନ୍ଧବ, ପରିଚିତ ପରିବେଶକୁ ଛାଡ଼ି ସେଠି ଯାଇ ବା କ'ଣ କରିବୁ!

ତା'ଛଡ଼ା ଇଏ ତାଙ୍କର ଅବସରଗ୍ରହଣ ପରେ ବି ନିଜର ଗବେଷଣା ଓ ତାଙ୍କ ପାଖରେ କାମ କରୁଥିବା ଛାତ୍ରଛାତ୍ରୀଙ୍କୁ ଛାଡ଼ି କୁଆଡ଼େ ବି ଘୁଞ୍ଚିବେ ନାହିଁ। ପିଲାମାନେ ଏକଥା ଭଲରେ ବୁଝି ଯାଇଥିଲେ। ବାକି ରହିଲି ମୁଁ। ମତେ ସେମାନେ ବସେଇଦେଇ ଦିଅନ୍ତି ନାହିଁ। ତେଣୁ ମତେ ହିଁ ସେମାନଙ୍କ ପାଖରେ ଯାଇ କିଛିକିଛି ଦିନ ରହିବାକୁ

ହୁଏ। ପୁଅବୋହୂଙ୍କ ପାଖରେ ରହିବାକୁ ମତେ ବେଶି ଲାଭ ଲାଗେ। କାରଣ ବୋହୂ ସବୁବେଳେ ଘରେ ରୁହେ। ମୋର ସବୁ ପ୍ରକାର ଯତ୍ନ ନିଏ। କିନ୍ତୁ ଝିଅ ଘରେ ଦିନବେଳେ କେହି ରୁହନ୍ତିନି। ଘରକୁ ଆସୁଆସୁ ସେମାନଙ୍କର ସନ୍ଧ୍ୟା ହୋଇଯାଏ। ଘରେ ସାରାଦିନ ଏକୁଟିଆ ରହିବାଟା ମତେ ଆଦୌ ଭଲ ଲାଗେନି। ଝିଅ ସେକଥା ବୁଝିଲେବି ମା'କୁ ପାଖରେ ରଖିବାକୁ ତା'ର ଭାରି ଇଚ୍ଛା। ଘରକୁ ଫେରି ଆସିବା ପରେ ତା'ର ଗପ ଆଉ ସରେନି ରାତି ଅଧଯାଏ।

ସେଥର ତା'ପାଖରେ ରହିବା ସମୟରେ ସେ ବ୍ୟବସ୍ଥା କରିଦେଲା ଯେ ଦିନରେ ତା' ଗାଡ଼ି ଓ ଡ୍ରାଇଭର ରହିବେ ଘରେ। ତେଣିକି ମୁଁ ଦ୍ୱିପହରେ ଘରଟାରେ ଏକା ନରହି ଯୁଆଡ଼େ ଯିବାକୁ ଚାହିଁବି ଯାଇ ବୁଲାବୁଲି କରି ଆସିପାରିବି। ସେତକ ଦିନ ସେ ତା ଅଫିସକୁ ଯିବା ଆସିବାର ଅନ୍ୟ ବ୍ୟବସ୍ଥା କରିବ। ମୁଁ ବି ଭାବିଲି ଖାଲିଟାରେ ଘରେ ନ ବସି ବୁଲାବୁଲି କଲେ ବି ମତେ ଭଲ ଲାଗିବ। ଦିଲ୍ଲୀ ମୁଁ ବହୁବାର ଆସିଛି। ତେଣୁ ଏ ସହର ମୋର ବେଶ୍ ପରିଚିତ।

ସେଦିନ ଖରାବେଳେ ମୁଁ ଯାଇ ପହଞ୍ଚିଲି ଦିଲ୍ଲୀ ହାଟରେ। ସେଠି ହାତ ତିଆରି ବହୁ ପ୍ରକାର ଘରସଜ୍ଜା ଜିନିଷ ମିଳେ। ବିଭିନ୍ନ ରାଜ୍ୟର ହସ୍ତତନ୍ତ ଶାଢ଼ିର ଷ୍ଟଲ୍ ବି ସେଠି ଥାଏ। ସେଦିନ ତା' ଭିତରେ ବୁଲୁବୁଲୁ ମୋର ନଜର ପଡ଼ିଲା ଏକ ମଣିପୁର ଷ୍ଟଲରେ। ମଣିପୁରର କୁମ୍ଭ ଧଡ଼ିଥିବା ବିଭିନ୍ନ ରଙ୍ଗର ସୂତା ଶାଢ଼ି ଖୁବ୍ ସୁନ୍ଦର ଭାବରେ ସେଠାରେ ପ୍ରଦର୍ଶିତ ହୋଇଥିଲା। ମତେ ସେ ଶାଢ଼ି ଖୁବ୍ ଭଲ ଲାଗେ। ସେଥିରୁ ଦୁଇ ଖଣ୍ଡ କିଣି କ୍ୟାସ କାଉଣ୍ଟରରେ ଟଙ୍କା ଦେଇ ଠିଆ ହୋଇଥାଏ। ଦୋକାନୀ ଶାଢ଼ିକୁ ପ୍ୟାକେଟରେ ସଜାଡ଼ି ରଖୁଛି ମୋ ଆଖି ପଡ଼ିଲା ମୋ ସାମ୍ନାକୁ ଥିବା କାନ୍ଥରେ କାଚ ବନ୍ଧାଇ ଫଟୋଟିଏ ଗୋଟିଏ ଛୋଟ କାଠ ତିଆରି ଥାକ ଉପରେ ରହିଛି। ପାଖରେ ଜଳୁଛି ଇଲେକ୍ଟ୍ରିକ୍ ଲ୍ୟାମ୍ପଟିଏ।

ମୁଁ ଚାହିଁ ଦେଖିଲି ସେ ଫଟୋଟି ଥିଲା ଜଣେ ମଧ୍ୟବୟସ୍କା ମହିଳାଙ୍କ ମୁହଁର ଛବି। କପାଳରେ ଏକ ଲମ୍ବା ସିନ୍ଦୂର କଲି। ଖବରକାଗଜ ବା ଟି.ଭି.ରେ ପ୍ରାୟତଃ ଦିଶୁଥିବା କୌଣସି ବାବାମାତାଙ୍କର ଚିହ୍ନା ମୁହଁ ନୁହେଁ। ମୁଁ ଆଉଟିକେ ପାଖକୁ ଯାଇ ଫଟୋଟିକୁ ଦେଖିବାକୁ ଚେଷ୍ଟା କଲି। ହଠାତ୍ ମତେ ଲାଗିଲା ମୁଁ ଆଙ୍କୁ କୋଉଠି ଦେଖିଛି। କିନ୍ତୁ କୋଉଠି ! ମୁଁ ଯେତେ ମନେ ପକାଇବାକୁ ଚେଷ୍ଟ କଲେବି କିଛି ଜାରିପାରୁନଥାଏ।

ଏତେବେଳକୁ ଦୋକାନୀ ଶାଢ଼ି ଦୁଇଟିକୁ ପ୍ୟାକେଟ୍‌ରେ ପୂରାଇ ଟେବୁଲ ଉପରେ ରଖିସାରିଲାଣି। ମୁଁ ଏଥର ଆଉ ଅଯଥା ଚେଷ୍ଟା ନକରି ସେ ଲୋକକୁ ପଚାରିଲି, "ଆଚ୍ଛା ଏ ଫଟୋଟି କାହାର କି ?"

ଦୋକାନୀ ଜଣକ ସେହିକ୍ଷଣି ହାତଯୋଡ଼ି ମୁଣ୍ଡରେ ମାରି କହିଲା, "ୟେ ତସ୍‌ବୀର ଚିତ୍ରାଙ୍ଗଦା ମାତାଜୀ କୀ ହୈ।"

ଏଇ ନାଁଟା ସେ ଉଚ୍ଚାରଣ କରିବା ମାତ୍ରେ ମୋ ଭିତରେ କେମିତି ଗୋଟେ ଶିହରଣ ଖେଳିଗଲା। ଏଇ ନାଁର ଅଦ୍ଭୁତ ଆକର୍ଷଣ ମତେ ସବୁବେଳେ ଘାରିରଖିଛି। ଦୀର୍ଘ ଚାଳିଶ ବର୍ଷ ଏ ଭିତରେ ବିତିଯାଇଥିଲେ ବି ସେ ସମୟରେ ମୋ ଜୀବନରେ ଘଟିଥିବା ସେ ଛୋଟିଆ ଘଟଣାଟି ମୁଁ ଭୁଲିପାରିନି। ମୋର ଏକାନ୍ତ ମୁହୂର୍ତ୍ତରେ ସେ କଥାଟି କେବେ ମନେ ପଡ଼ିଗଲେ ମୁଁ ନିଜ ଭିତରେ କୁଆଡ଼େ କିଛି ସମୟ ପାଇଁ ହଜିଯାଏ।

ମୋର ଅନ୍ୟମନସ୍କତା ଲକ୍ଷ୍ୟକରି ଦୋକାନୀ ମତେ ଟିକେ କେମିତି ଆଶ୍ଚର୍ଯ୍ୟ ହୋଇ ଚାହୁଁଥିବାର ଦେଖି ମୁଁ ଆଉ କିଛି ନ କହି ଫେରିଆସି ଗାଡ଼ିରେ ବସିଲି। ସେ ଦିନର ଘଟଣାଟି ଚଳଚ୍ଚିତ୍ର ଦୃଶ୍ୟପରି ମୋ ଆଖି ଆଗରେ ଖୋଲିଖୋଲି ଗଲା।

ସେଇ ବର୍ଷ ମାଟ୍ରିକ୍ ପାଶ୍ କରିଥିବା ଆମ ଗାର୍ଲସ୍ ସ୍କୁଲର ଅନେକ ଝିଅ ସ୍ଥାନୀୟ ଏକ ମହିଳା କଲେଜରେ ନାମ ଲେଖାଇଥାଉ। ତେଣୁ ନୂଆନୂଆ କଲେଜ ଜୀବନ ଆରମ୍ଭ ହୋଇଥାଏ ପୁରୁଣା ସାଙ୍ଗମାନଙ୍କୁ ନେଇ। ଗାର୍ଲସ୍ ସ୍କୁଲର କଡ଼ା କଟକଣା ଭିତରୁ ବାହାରି ଆସି କଲେଜରେ ମିଳିଥିବା ସ୍ୱାଧୀନତା ଟିକକ ଆମ ପାଇଁ ବେଶ୍ ମହାର୍ଘ ଥିଲା। ବାହାର ଜଗତର ଦୃଷ୍ଟି ଅନ୍ତରାଳରେ ନିଜ ଭିତରୁ ଟିକେ ମୁକୁଳି ଯିବାର ଆନନ୍ଦ କେତେ ଈପ୍‌ସିତ ଥିଲା !

ସେ କଲେଜର ଥିଲା ବିସ୍ତୃତ ପରିସର। କଲେଜର କୋଠବାଡ଼ି ଥିଲା ଗୋଟିଏ ଭାଗରେ ଓ ଅନ୍ୟ ଖାଲି ଅଂଶଟି ଗଛବୃଛ ଲତା ଗୁଳ୍ମରେ ପରିପୂର୍ଣ୍ଣ ହୋଇ ରହିଥିଲା। ସେମିତି ଏକ ଗହଳି ବୁଦାସବୁ ଥିବା ଜାଗାରେ କୋଉକାଳୁ ସେଠି ପଡ଼ିଥିବା ଗୋଟେ ଭଙ୍ଗା ପଥର ବେଞ୍ଚରେ ମୁଁ ଓ ମୋ ସାଙ୍ଗ ନମିତା ଲିଜ୍‌ର ସମୟରେ ବସୁ।

ସେଠାକୁ ସାପ ଭୟରେ କେହି ଆସନ୍ତିନି। ଆମର ସେସବୁ ଡରଭୟ ନଥାଏ। ତେଣୁ ଆମେ ଦୁହେଁ ବସି ମନଖୁସିରେ ଗପସପ କରୁକରୁ ବେଳେବେଳେ କ୍ଲାସ୍ ବି ମିସ୍ କରିଯାଉ। ସେଦିନ ଆମେ ଦୁହେଁ ସେଠି ବସିବାକୁ ଯିବାବେଳେ ଦେଖିଲୁ ଆମ ପୂର୍ବରୁ କେହି ଜଣେ ଯାଇ ସେଠି ଏକା ବସିଛି। ସେ ପଛ କରି ବସିଥିବାରୁ ଦୂରରୁ ଜଣାପଡୁନଥାଏ ସେ କିଏ।

ଆମେ ଦୁହେଁ ବେଶ୍ ଆଶ୍ଚର୍ଯ୍ୟ ହେଲୁ, ବିରକ୍ତ ମଧ୍ୟ ହେଲୁ। ସତେ ଯେମିତି ଆମର ଜାଗିରିଟା ଅନ୍ୟ ଜଣେ ହଠାତ୍ ଅକ୍ତିଆର କରିନେଇଛି। ଆମେ ଦୁହେଁ ତମତମ ହୋଇ ସେ ଦିଗରେ ଚାଲିଲୁ। କିନ୍ତୁ ଦୂରତା କମିଯିବା ସାଙ୍ଗେ ପଛରୁ ମଧ୍ୟ ଆମେ ଜାଣିପାରିଲୁ ଯେ ଆମ କ୍ଲାସ୍‌ରେ ପଢୁଥିବା ସଲୋନୀ ସେଠି ବସିଛି। କାରଣ ତା' ବେଶ ପୋଷାକ ଖୁବ୍

ଦାମିକିଆ। ତା'ପରି ଆଉ ଦୁଇ ଚାରିଜଣ ମଧ୍ୟ ପିନ୍ଧନ୍ତି। କିନ୍ତୁ ତା'ର ପତଳା ଡେଙ୍ଗାଳିଆ ଗଢ଼ଣ, ସଫା ରଙ୍ଗ ଓ ସୁନ୍ଦର ଚେହେରା ପାଇଁ ସେ ସମସ୍ତଙ୍କ ଭିତରେ ବାରି ହୋଇପଡ଼େ। ତା' ଛଡ଼ା ବେଶି ଆଖିରେ ପଡ଼େ ତା'ର ବଡ଼ ବଡ଼ ଆଖିର ଉଦାସ ଚାହାଣୀ। ତା'ବାପା ଜଣେ ବଡ଼ ପୋଲିସ ଅଫିସର ଥିବାରୁ ସେ କାର୍ ଚଢ଼ି କଲେଜ ଆସୁଥିଲା। ଯେଉଁଦିନ ସେ ଗାଡ଼ିରେ ନ ଆସି ରିକ୍ସାରେ ଆସେ ତା' ପଛେ ପଛେ ଜଣେ ନାଲିପଗଡ଼ିଆ ସାଇକେଲ ଚଢ଼ି ଆସୁଥିବାର ଦୃଶ୍ୟ ପ୍ରାୟ ଆମ ସମସ୍ତଙ୍କ ଆଖିରେ ପଡ଼େ।

ସେ କେଉଁ ସ୍କୁଲରୁ ପାଶ୍ କରି ଆସିଥିଲା ଆମେ ଜାଣିନଥିଲୁ, କିନ୍ତୁ ସେ ଯେ ଆମ ସମସ୍ତଙ୍କଠାରୁ ଭିନ୍ନ ତା' ଆମେ ବୁଝି ପାରିଥିଲୁ। ତା'ସହିତ ସାଙ୍ଗ ହେବାପାଇଁ କେବେ ବି ଚେଷ୍ଟା କରିନୁ। ମୁହଁରେ ଯାହା କହିଲେ ବି ମନରେ ଅନ୍ତତଃ ଜାଣିପାରିଥିଲୁ ଯେ ସେ ଆମଠାରୁ ନିଶ୍ଚୟ କିଛି ଅଧିକା। ତା' ବାପାଙ୍କର ପ୍ରତିଷ୍ଠା, କାର୍ ବା ତା'ର ଦାମୀ ପୋଷାକ ବାହାରେ ବି ସେ ଅନ୍ୟ କିଛି।

ତାକୁ ସେଠି ବସିଥିବାର ଦେଖି ଆମେ ଆଶ୍ଚର୍ଯ୍ୟ ହୋଇ ପରସ୍ପରର ମୁହଁକୁ ଚାହୁଁଥାଉ। ସେ ଆମର ଉପସ୍ଥିତି ଜାଣିପାରି ପଛକୁ ଫେରି ଚାହିଁଲି। ଆମେ ତା' ମୁହଁକୁ ଚାହିଁ ଦୁଇପାଦ ପଛକୁ ଘୁଞ୍ଚି ଆସିଲୁ। ତା'ର ଦୁଇ ଭୁରୁ ଭିତରୁ କପାଳର ଶେଷଯାଏ ଲମ୍ବି ଯାଇଥିଲା ଟକଟକ ଲାଲ ରଙ୍ଗର ସିନ୍ଦୂରକଳି। ତା' ଆଖି ଦି'ଟା ଅଦ୍ଭୁତ ଭାବରେ ଉଜ୍ଜ୍ୱଳ ଦିଶୁଥିଲା।

ଆମେ ତାକୁ ଆବାକାବା ହୋଇ ଚାହିଁଥିବାର ଦେଖି ସେ ଟିକେ ହସିଦେଇ ଆମକୁ ପାଖକୁ ଡାକିଲା ଓ ସେଇ ପାଖରେ ପଡ଼ିଥିବା ଦୁଇଖଣ୍ଡ ଭଙ୍ଗାପଥର ଉପରେ ବସିବାକୁ ଆମକୁ ଇସାରା କଲା। ମୋର ମନେ ଅଛି ଆମେ ଦୁହେଁ ମନ୍ତ୍ରଚାଳିତ ପରି ସେ ପଥରଖଣ୍ଡ ଦୁଇଟି ଉପରେ ବସିପଡ଼ିଥିଲୁ; କିନ୍ତୁ ତା' ସହିତ କ'ଣ କଥା କହିବୁ ବୁଝିପାରୁନଥିଲୁ।

ସେ ଏଥର କହିବାକୁ ଆରମ୍ଭ କଲା, "ତୁମ ଦୁହିଁଙ୍କୁ ସବୁବେଳେ ଏଠି ବସିବାର ଦେଖିଛି। ଆଜି ମୋର ଇଚ୍ଛା ହେଲା ଏଠି ଆସି ବସିବାକୁ। ତୁମକୁ ଖରାପ ଲାଗୁଛି କି ?"

ନମିତା ହଠାତ୍ କହି ପକାଇଲା, "ନାଁ ନାଁ ତୁମେ ବସ, ଆମେ ଅନ୍ୟଆଡ଼େ ଯାଉଛୁ।"

ସଲୋନୀ ଆମକୁ ଆଉ ଯିବାକୁ ଦେଲାନି। ଆମ ସହିତ ଗପସପ କରିବାକୁ ଚାହିଁଲା। ଆମେ ଦୁହେଁ କୃତ୍ୟକୃତ୍ୟ ହୋଇଗଲୁ। ନମିତା କ'ଣ ସବୁ ଗପି ଚାଲିଥାଏ। କ୍ଲାସ୍‌ର ଘଣ୍ଟା ବାଜିବା ସତ୍ତ୍ୱେ ଆମେ କେହି ଉଠିଲୁ ନାହିଁ।

ମୁଁ ଲକ୍ଷ୍ୟ କରୁଥାଏ ଯେ ନମିତା ଏତେ କଥା କହିଲେ ବି ସେ ତା' ତରଫରୁ କିଛି କହୁନଥାଏ। ତା'ର ସେ ସିନ୍ଦୂରକଲି ମତେ କେମିତି ଆଚ୍ଛନ୍ନ କରି ରଖିଥାଏ। ମୁଁ ଶେଷରେ ଭରସି କରି ତାକୁ ପଚାରିଲି, "ଆଚ୍ଛା ସଲୋନୀ, ଏତେବଡ଼ ସିନ୍ଦୂରକଲି ମୁଣ୍ଡରେ ମାରିଛ ଯେ! ଆଜି କ'ଣ ତୁମର କିଛି ପୂଜାପତ୍ର ଘରେ ହେଉଥିଲା କି ?"

ସେ ମତେ ସେମିତି ସ୍ଥିର ଦୃଷ୍ଟିରେ ଚାହିଁ କହିଲା, "ଗୁରୁଦେବ ମୋ ମଥାରେ ଏ ସିନ୍ଦୂରକଲି ମାରି ଦେଇଛନ୍ତି ଓ କହିଛନ୍ତି ମୁଁ ପ୍ରତିଦିନ ଗାଧୋଇ ସାରିବା ପରେ ସେ ମନ୍ତୁରାଇ ଦେଇଥିବା ଗୋଳା ସିନ୍ଦୂରରୁ ନେଇ ନେଇ ମୁଣ୍ଡରେ ମାରିବି।"

ମୁଁ ଉତ୍ସୁକ ହୋଇ ପଚାରିଲି, "କାହିଁକି ଏପରି କରିବାକୁ କହିଛନ୍ତି।"

ସେ କିଛି ଉତ୍ତର ଦେଲାନି। ଚୁପ୍ ରହିଲା।

ମୁଁ ମଧ୍ୟ ଆଉ କୌଣସି କୌତୂହଳ ଦେଖାଇଲି ନାହିଁ। ମୋର କାହିଁକି ମନେହେଲା ଯେ ସେଥିରେ କିଛି ଗୋପନ କଥା ଅଛି ଯାହା ସେ ଆମକୁ କହିବାକୁ ଚାହୁଁନି। ତାକୁ ବାଧ୍ୟ କରିବାର ପ୍ରଶ୍ନ ନଥିଲା। ଆମେ ଏକା କ୍ଲାସ୍‌ରେ ପଢୁଥିଲେ ବି ଏଇ ମାତ୍ର ତା' ସହିତ ଦୁଇ ଚାରିପଦ କଥା ହୋଇଛୁ। ଲକ୍ଷ୍ୟ କରିଛୁ ସେ କ୍ଲାସ୍ ରୁମ୍‌ରେ ବସିଥିବା ବେଳେ ତା' ପାଖ ପିଲାଙ୍କ ସହିତ ମଧ୍ୟ କଥା ହୁଏନି। ତେଣୁ ତାକୁ ଲକ୍ଷ୍ୟ କରି ଆମେ ଆମ ଭିତରେ ବେଶ୍ କଟୁ ମନ୍ତବ୍ୟମାନ ଦେଇଥାଉ। ଅଥଚ ତା' ଉପରେ ଦୃଷ୍ଟି ବି ରଖିଥାଉ; ସେ ସେଦିନ କ'ଣ ପିନ୍ଧିଛି, କଲେଜକୁ ଗାଡ଼ିରେ ଆସିଥିଲା ନା ପୁଲିସ ଗାର୍ଡ଼ ଧରି ରିକ୍‌ସାରେ ଆସିଥିଲା ପ୍ରଭୃତି।

ଆଜି କିନ୍ତୁ ତା'ସହିତ କିଛି ସମୟ କଟାଇବା ପରେ ମତେ ଖୁବ୍ ସହଜ ଲାଗିଲା। ନମିତା ତ ତାଳୁରୁ ତଳିପା ଯାଏ ପୂରା ତରଳି ଯାଇଥିଲା। ସେଦିନ ସେତିକିରେ ସୀମିତ ରହିଲା ଆମର ପ୍ରଥମ ପରିଚୟର ପର୍ବ।

ଏଥର ସେ ଆମକୁ ରାସ୍ତାଘାଟ ବା କ୍ଲାସ୍ ରୁମ୍‌ରେ ଯେଉଁଠି ଦେଖେ ଖୁବ୍ ଆତ୍ମୀୟତାର ହସ ଟିକେ ତା' ଓଠରେ ଖେଳିଯାଏ। ତେବେ ସେଇ କଣ୍ଟାଝଣ୍ଟା ବୁଦା ଗହଳରେ ପଡ଼ିଥିବା ଭଙ୍ଗା ପଥର ବେଞ୍ଚ ଉପରେ ହିଁ ଆମେ ବେଳେବେଳେ ଏକାଠି ହେଉଥିଲୁ। ଏଣିକି ସଲୋନୀ ବିଷୟରେ କେହି କିଛି କହିଲେ ବା ତା' ମଥାରେ ଅଙ୍କା ହେଉଥିବା ସେ ସିନ୍ଦୂର କଲିକୁ ନେଇ କେହି ଫୁସ୍‌ଫାସ୍ ହେଲେ ନମିତା ତାଙ୍କ ସହିତ ଅଣ୍ଟା ଭିଡ଼ି କଳି କରିବାକୁ ଆରମ୍ଭ କଲା।

ଧୀରେଧୀରେ ଆମ୍ଭମାନଙ୍କ ଭିତରେ ଏକ ସହଜ ସମ୍ପର୍କ ଗଢ଼ି ଉଠିଥିଲା। କଲେଜର ଦ୍ୱିତୀୟ ବର୍ଷ ପ୍ରାୟ ସରିଆସିଥିଲା। ପରୀକ୍ଷା ପାଇଁ ପ୍ରସ୍ତୁତି ଚାଲିଥାଏ। ସେହି ସମୟରେ ଦିନେ ମୁଁ ଏକା ସେଇ ଜାଗାରେ ବସିଥାଏ। ସେହି ସମୟରେ ଦିନେ ମୁଁ ଏକା ସେଇ

ଜାଗାରେ ବସିଥାଏ । ସେଦିନ ନମିତା କଲେଜ ଆସିନଥିଲା । ସଲୋନୀ ଆସି ବସିଲା ମୋ ପାଖରେ । ମୋର କାହିଁକି କିଛିଦିନ ହେଲାଣି ମନେ ହେଉଥିଲା ସଲୋନୀ ମତେ କିଛି କହିବାକୁ ଚାହୁଁଛି । କିନ୍ତୁ ନମିତା ମୋ ସହିତ ସବୁବେଳେ ରହୁଥିବାରୁ ସେ ତା' ଉପସ୍ଥିତିରେ କିଛି କହିବାକୁ ହୁଏତ କୁଣ୍ଠିତ ହେଉଛି । କୁଣ୍ଠିତ ହେବା ମଧ୍ୟ ସ୍ୱାଭାବିକ । କାରଣ ନମିତା ଖୁବ୍ ଡବଡ଼ବି । ସବୁବେଳେ ଇଆଡୁ ସିଆଡୁ କଥା ସବୁ କୋଉଠୁ ଗୋଟେଇ ଆଣି ସେଥିରେ ନିଜର କିଛି ଉଦ୍ଭଟ କଳ୍ପନା ମିଶାଇ ତାକୁ ପୂରା ସତକଥା ବୋଲି କହୁଥିବ । ତେଣୁ ତା'ଆଗରେ କେହି କିଛି ଗଭୀର କଥା କହିବାକୁ ଚାହିଁବନି ।

ସେଦିନ ସଲୋନୀ ମୋ ପାଖରେ କିଛି ସମୟ ନୀରବରେ ବସିବା ପରେ ହଠାତ୍ ମତେ କହିଲା, "ଅରୁଣା, ମୁଁ ଆଉ କାଲିଠାରୁ କଲେଜ ଆସିବିନି ।"

ମୁଁ ଚମକିପଡ଼ି ପଚାରିଲି "କାହିଁକି ? କ'ଣ ହେଲା ? ପରୀକ୍ଷା ତ ଆଉ ଅଳ୍ପଦିନ ରହିଲା; କିନ୍ତୁ କଲେଜରେ ଏବେ ବି ତ କ୍ଲାସ ହେଉଛି । ତୁମେ କ'ଣ ଘରେ ରହି ପ୍ରିପାୟାର କରିବ କି ?"

"ନାଁ ମୁଁ ଆଉ ପାଠ ପଢ଼ିବିନି । ଆମ ଗୁରୁଦେବଙ୍କର ଆଶ୍ରମ ଅଛି ମଣିପୁରରେ । ମୁଁ ଯାଇ ସେଇଠି ରହିବି ।"

ସଲୋନୀ ଖୁବ୍ ସହଜ କଣ୍ଠରେ କହିଲା ।

ମୁଁ ତା' କଥା ଶୁଣି ଆଶ୍ଚର୍ଯ୍ୟ ହୋଇଗଲି । ଭାବିଲି ଇଏ କି ଅଦ୍ଭୁତ କଥା କହୁଛି । ପାଠପଢ଼ା ଛାଡ଼ି କୋଉ ସୁଦୂର ମଣିପୁରରେ ଯାଇ ରହିବ । ପୁଣି ଆଶ୍ରମରେ ! ଏମାନଙ୍କର ଉଚ୍ଚଶିକ୍ଷିତ ପରିବାର, ଆଁ' ବାପା ପୁଣି ଜଣେ ଉଚ୍ଚ ପୋଲିସ ଅଫିସର ସେଥିରେ କେହି ତାକୁ କିପରି ବାରଣ କରୁନାହାନ୍ତି ?

ମୁଁ ଏଥର ମୁହଁ ଖୋଲିଲି, "ଆଚ୍ଛା ଏ ନିଷ୍ପତ୍ତି ତୁମର ନାଁ ତୁମ ଘର ଲୋକଙ୍କର ?"

- ଗୁରୁଦେବଙ୍କର ।

- ଘରେ କେହି କିଛି ମନା କରୁନାହାନ୍ତି ?

- ନାଁ । ଗୁରୁଦେବଙ୍କର ନିର୍ଦ୍ଦେଶକୁ କେହି ଅମାନ୍ୟ କରିପାରିବ ନାହିଁ ।

"ତେବେ ତୁମର ଇଚ୍ଛା କ'ଣ ? ପାଠପଢ଼ା ଛାଡ଼ି ଘରଠାରୁ ଦୂରରେ କୋଉ ଅଜଣା ଜାଗାରେ ଯାଇ ପାରିବ । ତୁମେ ନିଜେ ମନା କରୁନ କାହିଁକି ?" ମୋର ବିସ୍ମୟର ସୀମା ନଥିଲା ।

ଖୁବ୍ ଧୀର କଣ୍ଠରେ ସଲୋନୀ କହିଲା, "ମୁଁ ନିଜେ କିଏ, ମୋର ପରିଚୟ କ'ଣ ଓ ମୋ ଜୀବନର ଲକ୍ଷ୍ୟ କ'ଣ ଏସବୁ ଜାଣିଯିବା ପରେ ମୋର ନାହିଁ କରିବାର ପ୍ରଶ୍ନ କାହିଁକି ବା ଉଠିବ ।"

ତା' ସ୍ୱରରେ କ'ଣ ଥିଲା କେଜାଣି ମୁଁ ସତକୁ ସତ ଡରିଗଲି । ମୁଁ ପୁଣି ତାକୁ କିଛି ପଚାରିବା ପୂର୍ବରୁ ସେ ମତେ କେମିତି ଗୋଟେ ଦୃଷ୍ଟିରେ ଚାହିଁ କହିଲା, "ଆଚ୍ଛା ତୁମେ ଚିତ୍ରାଙ୍ଗଦାଙ୍କ ନାମ ଶୁଣିଛ ?"

"ଚିତ୍ରଙ୍ଗଦା ! ! ସେ କିଏ ?" ମୁଁ କିଛି ନ ବୁଝିପାରି ଓଲଟା ପ୍ରଶ୍ନ କଲି ।

"ସେ ହେଉଛନ୍ତି ମଣିପୁରର ରଜକନ୍ୟା । ଅର୍ଜୁନଙ୍କୁ ବିବାହ କରିଥିଲେ । ମହାଭାରତରେ ତାଙ୍କ ପ୍ରସଙ୍ଗରେ କେତେ କଥା ଲେଖାଯାଇଛି, ତୁମେ ଜାଣିନ କିଛି ?" ସଲୋନୀ ମୋଠାରୁ ଉତ୍ତର ଆଶାକରି ଅପେକ୍ଷା କରୁଥିଲା ।

କିନ୍ତୁ ମତେ ପ୍ରକୃତରେ ଜଣାନଥିଲା କୋଉ ପ୍ରସଙ୍ଗ କଥା ସେ କହୁଛି । ଏମିତି ନାଁଟେ କେବେ ଶୁଣିବା ପରି ମୋର ମନେ ପଡୁନଥିଲା । ତଥାପି ନିଜର ଅଜ୍ଞତା ପ୍ରକାଶ ନକରି କହିଲି, "ହଁ ସେମିତି ଗୋଟେ କଥା କୋଉଠି ଅଛି ଯେ ଏବେ ହଠାତ୍ ମୋର ମନେପଡୁନି । ତେବେ ମହାଭାରତର ସେ ଚିତ୍ରାଙ୍ଗଦା ସହିତ ତୁମର ସମ୍ପର୍କ କ'ଣ ?"

"ମୁଁ ସେଇ ଚିତ୍ରାଙ୍ଗଦା । ଗୁରୁଦେବ କହିଲେ ଏବେ ମୁଁ ସେଇ ଆତ୍ମା ନେଇ ଜନ୍ମ ହୋଇଛି । ମୋର ଏ ଜନ୍ମରେ ବହୁତ କିଛି କରିବାକୁ ଅଛି । ତେଣୁ କଲେଜରେ ପାଠପଢ଼ା ନାଁରେ ଅଯଥା ସମୟ ନଷ୍ଟ ନକରି ନିଜର ଲକ୍ଷ୍ୟ ଦିଗରେ ଶୀଘ୍ର ଆଗେଇବା ଉଚିତ ।"

ସେ ତେଣିକି କ'ଣ ସବୁ କହୁଥାଏ ମୁଁ କିଛି ବୁଝିପାରୁନଥାଏ । ଆଁ କରି ତା' ମୁହଁକୁ ଚାହିଁଥାଏ । ସେ ଶେଷରେ ତା କଥା ବନ୍ଦ କରି କହିଲା, "ଅରୁଣା ତୁମକୁ ମୋର ଅନୁରୋଧ ଏକଥାକୁ କେହି ବିଶ୍ୱାସ କରିବେ ନାହିଁ । ବରଂ ଥଟ୍ଟା ପରିହାସ କରିବାକୁ ସେମାନଙ୍କୁ ଖୋରାକ ମିଳିଯିବ । ଅବଶ୍ୟ ମୁଁ ତୁମକୁ ବି କିଛି କହିନଥାନ୍ତି । କିନ୍ତୁ କାହିଁକି କେଜାଣି ମୋ ଜୀବନର ଏହି ଗୁରୁତ୍ୱପୂର୍ଣ୍ଣ ଘଟଣା ସମ୍ପର୍କରେ ତୁମକୁ କହିବା ପାଇଁ ମୋ ଭିତରେ ଏକ ପ୍ରେରଣା ଅନୁଭବ କରୁଥିଲି । ଚାଲ, ଏଥର ଉଠିବା ।"

ମୁଁ ତାକୁ ଆଉ କିଛି ବି କହିପାରିଲିନି । ଦୁହେଁ ନୀରବରେ ସେଇ କଣ୍ଟାଝଣ୍ଟା ଆଡ଼େଇ କଲେଜ ବାରଣ୍ଡାରେ ପହଞ୍ଚିଗଲୁ । ତାପରେ ସିଏ ସେଠୁ କୁଆଡ଼େ ଚାଲିଗଲା । ମୁଁ ଜାଣିପାରିଲିନି । କିଛି ଗୋଟେ ଗୋପନୀୟତାର ଭାର ମୁଣ୍ଡରେ ଧରି ମୁଁ ଘରକୁ ଫେରିଗଲି ।

ସତକୁ ସତ ତା' ପରଠାରୁ ସେ ଆଉ କଲେଜ ଆସିଲା ନାହିଁ । ତା'ର ସେମିତି ଅନ୍ୟ କେହି ବନ୍ଧୁ ନଥିଲେ ତା' ବିଷୟରେ ଖୋଜାଲୋଡ଼ା କରିବା ପାଇଁ । ନମିତା ଦୁଇ ଚାରିଥର ତା'ର ନ ଆସିବା ସମ୍ପର୍କରେ ମତେ ପଚାରିଥିଲେ । ମୋଠାରୁ କୌଣସି ଉତ୍ତର ନପାଇ ତା'ର ଆଗ୍ରହ ମଧ୍ୟ ଚାଲିଗଲା ।

ସଲୋନୀ ମୋର କୌଣସି ପ୍ରକାରେ ଘନିଷ୍ଠ ନଥିଲା । ତା' କଥା ରଖିବାର ଦାୟ

ମଧ୍ୟ ମୋର ନଥିଲା । ତଥାପି କାହିଁକି କେଜାଣି ମୁଁ ସେଦିନର ଘଟଣାକୁ ମନରେ ଚାପି ରଖିଲି । ତା'ର ଅନୁପସ୍ଥିତିକୁ ନେଇ ପରେ କିଏ କେତେ କଥା କହୁଥିଲେ ବି ମୁଁ ସବୁକଥା ଜାଣିବି ପାଟି ଖୋଲି ନଥିଲି ।

ଏ ଭିତରେ ବିତିଗଲାଣି ପ୍ରାୟ ଚାଳିଶ ବର୍ଷ । ଜୀବନରେ କେତେ ଘାତପ୍ରତିଘାତ, କେତେକେତେ ସୁଖଦୁଃଖର ଘଟଣା ଘଟିଛି । କେତେ ମଣିଷ ଆସିଛନ୍ତି; ସେମାନଙ୍କୁ ନେଇ କେତେ ପ୍ରକାରର ପରିସ୍ଥିତିମାନ ସୃଷ୍ଟି ହୋଇଛି । କାହାକୁ ଗୁରୁତ୍ୱ ଦେଇଛି ତ କାହାକୁ ଦେଇନି । କିଏ ଚନ୍ଦନପରି ଦେହରେ ମନରେ ଶୀତଳତାର ପ୍ରଲେପ ଦେଇଛି ତ କିଏ ଭରିଦେଇଛି ବିଷର ଜ୍ୱାଳା । ସବୁକୁ ଜୀବନଧାରାରେ ସାମିଲ କରିନେଇଛି । ଭିତରେ ବାହାରେ ଅନେକ କୋଳାହଳ । ନୀରବ ମୁହୂର୍ତ୍ତଟିଏ ସତେକି ଦୁର୍ଲଭ ।

କିନ୍ତୁ ସେସବୁ ଭିତରେ ବି କୋଉଠି ଗୋଟେ ଛୋଟ ଜାଗାଟିଏ ଅଛି, ଯେଉଁଠି ମୋର ଚିରାଚରିତ ସଂସାରର ଚଞ୍ଚଳତା ନାହିଁ, ବରଂ ଜିଜ୍ଞାସାଟିଏ ବଞ୍ଚିରହିଛି । ସତରେ କ'ଣ ସଲୋନୀ ସନ୍ନ୍ୟାସିନୀ ହୋଇ କୋଉଠି ଅଛି ! ସତରେ କ'ଣ ସେ ମହାଭାରତର ଚିତ୍ରାଙ୍ଗଦା ! ମାତ୍ର ଷୋଳ ସତର ବର୍ଷର ବୟସରେ ସଲୋନୀ ତା'ର କୋଉ ଗୁରୁଙ୍କ ନିର୍ଦ୍ଦେଶରେ ଘରଛାଡ଼ି ଅଜଣା ଜାଗାରେ ତପସ୍ୟା କରୁଛି ! ତା' ସହିତ ଚିତ୍ରାଙ୍ଗଦା ଚରିତ୍ରର କିପରି ବା ସଂଯୋଗ ଘଟିଲା !

ଏମିତି ଭାବନାରେ ବୁଡ଼ିରହି ମୁଁ ଘରେ କେତେବେଳେ ପହଞ୍ଚି ଯାଇଥିଲି । କେମିତି ଗୋଟେ ଛଟପଟ ଭାବ ମନରେ ଲାଗିରହିଲା । ଭାବିଲି ସେ ଫଟୋଟିକୁ ଆଉ ଥରେ ଭଲରେ ଦେଖିଥିଲେ ହୋଇଥାନ୍ତା । କିନ୍ତୁ ମୁଁ କ'ଣ ସତରେ ପନ୍ଦର ଷୋଳ ବର୍ଷ ବୟସର ଦାମୀ ପୋଷାକ ପିନ୍ଧୁଥିବା ପତଳା ଡେଙ୍ଗା ଚେହେରାର ସେ ଝିଅଟିକୁ ସେ ବୟସ୍କା ମହିଳାର ଫଟୋଚିତ୍ରରେ ଚିହ୍ନିପାରିଥାନ୍ତି ! ତା'ଛଡ଼ା ସଲୋନୀର ଚେହେରା ବି ମୋ ମନରେ କେବେଠାରୁ ଅସ୍ପଷ୍ଟ ହୋଇଗଲାଣି । କେବଳ କପାଳର ସିନ୍ଦୂର କଲି କ'ଣ ଜଣକୁ ନିର୍ଦ୍ଦିଷ୍ଟ ଭାବରେ ଚିହ୍ନାଇ ଦେଇପାରିଥାନ୍ତା ! କିନ୍ତୁ ମୁଁ ତ ସେ ଦୋକାନୀକୁ କିଛି ପଚାରି ପାରିଥାନ୍ତି । କିଏ ସେ ମାତାଜୀ, କ'ଣ ତାଙ୍କର ପରିଚୟ । କିଛିଟାତ ଜାଣିପାରିଥାନ୍ତି । ଜାଣିଥିବା ଲୋକଙ୍କୁ କିଛି ନ ପଚାରି ସେ ନାମଟି ଶୁଣୁଶୁଣୁ ନିଜ ଭିତରେ ଉଚ୍ଚକିତ ହୋଇ ଫେରିଆସିଲି କାହିଁକି ?

ମୋ ମନ ଆଉ କୋଉଥିରେ ଲାଗୁନଥାଏ । ମୁଁ ଉଦ୍‌ବିଗ୍ନ ହୋଇ ପରଦିନ ସକାଳକୁ ଅପେକ୍ଷା କରୁଥାଏ । ଝିଅ ଜ୍ୱାଇଁ ତାଙ୍କ କାମରେ ଅଫିସ ବାହାରିଯିବା ପରେ ମୁଁ ପୁଣି ଗାଡ଼ି ନେଇ ବାହାରିଗଲି ଦିଲ୍ଲୀ ହାଟକୁ । ଏଥର ମୁଁ ସିଧା ଯାଇ ପହଞ୍ଚିଗଲି ମଣିପୁର ଷ୍ଟଲ୍‌ରେ । ଗତକାଲି ଦୁଇଟି ଶାଢ଼ି କିଣିଥିବା ମହିଳା ଜଣକ ପୁଣି ଆସି ପହଞ୍ଚିଥିବାରୁ

ଦୋକାନୀ ଜଣକ ଖୁସିହୋଇ ମତେ ବୋଧେ କିଛି ପଚାରୁଥିଲା । ମୁଁ କିନ୍ତୁ ତା' କଥାକୁ ଆଦୌ ଧ୍ୟାନ ନଦେଇ ସେଇ ଫଟୋ ପାଖରେ ପହଞ୍ଚି ତାକୁ ନିରେଖି ଦେଖିବାକୁ ଲାଗିଲି ।

ଦୋକାନୀ ମୋର ଉତ୍ସୁକତା ବୋଧେ ଲକ୍ଷ୍ୟ କରୁଥିଲା । ମୁଁ କିଛି ପଚାରିବା ପୂର୍ବରୁ ସେ କହିଲା "ଇଏ ଆମର ଗୁରୁମାତା । ଆପଣ କ'ଣ ତାଙ୍କ ବିଷୟରେ କିଛି ଜାଣିବାକୁ ଚାହୁଁଛନ୍ତି ?"

ମୁଁ ନିଜକୁ ସମ୍ଭାଳି ନେଇ ପଚାରିଲି, "ଆଚ୍ଛା କୋଉଠି ରୁହନ୍ତି ସେ ?"

"ମାତାଜୀ ତାଙ୍କର ଭିନ୍ନ ଭିନ୍ନ ଆଶ୍ରମରେ ରହିଥାନ୍ତି । ଏବେ ଅଛନ୍ତି ଗୁରୁଗାଓଁରେ ଥିବା ତାଙ୍କର ମୁଖ୍ୟ ଆଶ୍ରମ 'ଆନନ୍ଦତୀର୍ଥ'ରେ ।"

ମୁଁ ଖୁବ୍ ଉତ୍କଣ୍ଠିତ ହୋଇ ପଚାରିଲି, "ଆଚ୍ଛା ସେ ଆଶ୍ରମକୁ ଗଲେ ତାଙ୍କ ସହିତ ଦେଖାହୋଇ ପାରିବ କି ?"

"କାହିଁକି ନୁହେଁ! ନିଶ୍ଚୟ ଦେଖାହେବ । ମାତାଜୀ ଏବେ ସାଧାରଣଙ୍କୁ ଦର୍ଶନ ଦେଉଛନ୍ତି । ଆପଣ ଯଦି ସେଠାକୁ ଯିବାକୁ ଚାହିଁବେ ମୁଁ ଆପଣଙ୍କୁ ଠିକଣା ବତାଇଦେବି ।" ଏତିକି କହି ସେ ତା' ଡ୍ରୟାରରୁ ଗୋଟେ କାର୍ଡ଼ ବାହାର କରି ମତେ ବଢ଼ାଇଦେଲା ।

ମୁଁ ତାକୁ ଧନ୍ୟବାଦ ଜଣାଇ ଘରକୁ ଫେରିବା ବେଳେ ସେଠାକୁ ଯିବାପାଇଁ ମନ ସ୍ଥିର କରିନେଲି । କିନ୍ତୁ ଝିଅକୁ କହିବାକୁ ପଡ଼ିବ ମୁଁ ହଠାତ୍ ଗୁରୁଗାଓଁ କାହିଁକି ଯିବାକୁ ଚାହୁଁଛି । କାରଣ ସେ ଭଲଭାବରେ ଜଣେ ଆମର କେହି ଚିହ୍ନଜଣା ସେଠି ନାହାନ୍ତି । ତେଣୁ ମୁଁ ବାଧହୋଇ ସେଇ ଆନନ୍ଦରତୀର୍ଥ ଆଶ୍ରମ ଆଡ଼େ ଟିକେ ବୁଲିଯିବା କଥା କହିଲି ।

ଝିଅ ଟିକେ ଆଶ୍ଚର୍ଯ୍ୟ ହେଲା । କୋଉ ମଠ ମନ୍ଦିର ବା ଆଶ୍ରମ ଆଡ଼େ ଯିବାର ଆଗ୍ରହ ମୋଠାରେ ସେ କେବେ ଦେଖିନି । ହଠାତ୍ ମୋର ସେ ଆଶ୍ରମ ଯିବା ପ୍ରସ୍ତାବ ତାକୁ ଅଡୁଆ ଲାଗିଲେ ବି ସେ ଆଉ କିଛି ପଚାରିଲା ନାହିଁ । ବରଂ ଦୁଇଦିନ ପରେ ପଡୁଥିବା ରବିବାର ଦିନ ସେ ମଧ୍ୟ ମୋ ସହିତ ଯିବା କଥା ସ୍ଥିର ହେଲା ।

ମୁଁ ଯଦିବା ସେଠାକୁ ଏକା ଯିବାକୁ ଚାହୁଁଥିଲି ଝିଅକୁ ମୋ ସହିତ ଯିବାପାଇଁ ମନା କରିପାରିଲିନି । ମୁଁ ମନା କରିବା ମାନେ ସେମାନେ ଅଯଥା କୌତୂହଳୀ ହେବେ । ରବିବାର ସକାଳେ ଆମେ ଦୁହେଁ ବାହାରିବାକୁ ପ୍ରସ୍ତୁତ ହେଉଛୁ, ଝିଅ ଅଫିସରୁ ଫୋନ୍ ଆସିଲା ଯେ ତା'ର ସେଠାରେ ଉପସ୍ଥିତି ଜରୁରୀ ଦରକାର । ସେ ବଡ଼ କୁଣ୍ଠିତ ହୋଇ ମତେ ସେ କଥା କହିଲା । ମୁଁ ତ ମନେ ମନେ ତାହା ହିଁ ଖୋଜୁଥିଲି । ତେବେ ମୁଁ କିଛି କହିବା ପୂର୍ବରୁ ଝିଅ କହିଲା, "ମା' ତୁ ଏକା ଯା । ଆମର ତ ପୁରୁଣା ଡ୍ରାଇଭର ସେ ତତେ ଠିକ୍‌ଠାକ୍ ନେଇ ପହଞ୍ଚାଇ ଦେବ । ତୁ ବୁଲାବୁଲି କରି ଫେରି ଆସିବୁ ।"

ଝିଅ ବାହାରିଗଲା ତା' ଅଫିସ୍‌କୁ । ଆମ ଦୁହିଁଙ୍କର ଗୁରୁଗାଓଁ ଯିବା କଥା ଥିବାରୁ ଜ୍ୱାଇଁ ତାଙ୍କର ସକାଳୁ ତାଙ୍କ କାମରେ କୁଆଡ଼େ ବାହାରି ଯାଇଥିଲେ ।

ମୁଁ ଶୀଘ୍ର ବାହାରି ଗୁରୁଗାଓଁରେ ଯାଇ ପହଞ୍ଚିଗଲି । ସେଠି 'ଆନନ୍ଦତୀର୍ଥ' ଆଶ୍ରମ ଖୋଜି ପାଇବାରେ କୌଣସି ଅସୁବିଧା ହେଲାନି । ବଡ଼ବଡ଼ ଗଛବୃଛରେ ପରିପୂର୍ଣ୍ଣ ବେଶ୍ ପ୍ରଶସ୍ତ ପରିବେଶ । ଭିତରେ ଭିତରେ ଆଧୁନିକ ଶୈଳୀରେ ନିର୍ମିତ ବିଭିନ୍ନ ଉଚ୍ଚତାର ଅଟ୍ଟାଳିକାମାନ ରହିଥିଲା । ଗୋଟିଏ କଡ଼ରେ ଫୁଲଭର୍ତ୍ତି ଉଦ୍ୟାନ । ତା' ମଝିରେ କୃତ୍ରିମ ଝରଣାର ଉପସ୍ଥିତି ଖୁବ୍ ମନୋରମ ଥିଲା । ମୁଁ ସେସବୁଥିରୁ ଶୀଘ୍ର ଦୃଷ୍ଟି ଫେରାଇ ନେଇ କିପରି ଭାବରେ ମାତାଜୀଙ୍କ ଦର୍ଶନ ପାଇପାରିବି ସେକଥା ଚିନ୍ତା କରୁଥାଏ ।

ତାଙ୍କର ସେଠି ଥିବା ରିସେପ୍‌ସନରେ ଯାଇ ମାତାଜୀଙ୍କୁ ସାକ୍ଷାତ କରିବାର ଇଚ୍ଛା ବ୍ୟକ୍ତ କଲି । ସେମାନେ ମତେ ଅନ୍ୟ ଏକ କୋଠରିକୁ ଯିବାକୁ ନିର୍ଦ୍ଦେଶ ଦେଲେ । ସେଠି ଦେଖିଲି ଲୋକେ ଲାଇନରେ ଠିଆହୋଇ ନିଜ ନିଜର ନାମ ଓ ପୂର୍ଣ୍ଣ ଠିକଣା ପଞ୍ଜୀକରଣ କରୁଛନ୍ତି ଏବଂ ଫଟୋ ମଧ୍ୟ ଉଠାଯାଉଛି । ସେମାନଙ୍କୁ ପଚାରି ବୁଝିଲି ଯେ ଏସବୁ ବ୍ୟବସ୍ଥା ଆଜିଠାରୁ ଆରମ୍ଭ ହୋଇଛି । କାରଣ ଭିଜିଟରଙ୍କ ସଂଖ୍ୟାକୁ ନିୟନ୍ତ୍ରଣ କରିବା ପାଇଁ ଏହାହିଁ ସବୁଠାରୁ ଭଲ ଶୃଙ୍ଖଳିତ ଉପାୟ । ଯେଉଁମାନଙ୍କୁ ଭିତରୁ ଡକରା ଆସିବ ସେଇ କେତେଜଣ ମାତ୍ର ଆଶ୍ରମର ଗଭୀର ଅଭ୍ୟନ୍ତରରେ ଥିବା ମାତାଜୀଙ୍କ କୋଠରି ଭିତରକୁ ଯାଇ ତାଙ୍କୁ ଦର୍ଶନ କରିବାର ସୁଯୋଗ ପାଇବେ ।

ଯେଉଁ ଜାଗାରେ ଲୋକେ ନିଜ ଭାଗ୍ୟ ପରୀକ୍ଷା କରିବାକୁ ଅପେକ୍ଷା କରୁଥାନ୍ତି ମୁଁ ସେଇଠି ସେମାନଙ୍କ ମେଳରେ ଗୋଟେ କଣିକିଆ ହୋଇ ବେଞ୍ଚ ଉପରେ ବସିଥାଏ । ଲୋକଙ୍କର ଉତ୍କଣ୍ଠା ଓ ଆଗ୍ରହକୁ ଲକ୍ଷ୍ୟ କରି ଭାବୁଥାଏ ମୋର ତ କୌଣସି ଭକ୍ତିଭାବନା ନାହିଁ; କେବଳ ଅଛି ଏକ ଅଦ୍ଭୁତ କୌତୂହଳ । ତଥାପି ଆଜି ଯଦି ମତେ ମାତାଜୀଙ୍କୁ ସାକ୍ଷାତ କରିବାର ସୁଯୋଗ ନମିଳେ ତେବେ ମୋ କୌତୂହଳ ସବୁଦିନ ପାଇଁ ମୋରି ଭିତରେ ରହିଯିବ । ମୁହଁ ଖୋଲିବାର ଆଉ ପ୍ରଶ୍ନ ଉଠିବ ନାହିଁ ।

ଦେଖିଲି ଜଣେ ମଧ୍ୟବୟସ୍କା ମହିଳା ମୋ ପାଖରେ ଆସି ବସିଲେ । ସେ ଖୁବ୍ ବିଚଳିତ ଜଣାପଡୁଥାନ୍ତି ଓ ବାରମ୍ବାର ଆଖିରୁ ଲୁହ ପୋଚୁଥାନ୍ତି । ମୁଁ ସେମିତି ଚୁପ୍ ହୋଇ ବସିଥାଏ । କିଛି ସମୟ ପରେ ସେ ମହିଳା ଜଣକ ବୋଧହୁଏ ମୋର କୌଣସି ଭାବାନ୍ତର ହେଉନଥିବା ଲକ୍ଷ୍ୟକରି ମତେ ହିନ୍ଦୀରେ ପଚାରିଲେ, "ଆଚ୍ଛା ଆପଣ କ'ଣ ମାତାଜୀଙ୍କର ଶିଷ୍ୟା ?"

ମୁଁ ମୁଣ୍ଡ ହଲାଇ ନାହିଁ କଲି ।

ସେ ପୁଣି ପଚାରିଲେ "ଆପଣ କ'ଣ ଏଠାକୁ ପ୍ରଥମ କରି ବୁଲି ଆସିଛନ୍ତି ?"

ମୁଁ 'ହଁ' କହିବାରୁ ସେ ଏଥର ମୁଁ ଆଶ୍ରମ ଓ ମାତାଜୀଙ୍କ ସମ୍ପର୍କରେ କିଛି ଜାଣିଛି କି ନାହିଁ ବୋଲି ପଚାରିଲେ।

ଏଥର ତାଙ୍କ ପ୍ରଶ୍ନର ଉତ୍ତର ଦେବାକୁ ହେଲା। ମୁଁ କହିଲି "ଦେଖନ୍ତୁ ମୁଁ ଏଠାକୁ କେବଳ ଜଣେ ଭିଜିଟର ଭାବରେ ଆସିଛି। ମୁଁ ଏ ଆଶ୍ରମ ବା ଏହାର ମୁଖ୍ୟ ଚିତ୍ରାଙ୍ଗଦା ମାତାଜୀଙ୍କ ବିଷୟରେ କିଛି ଜାଣିନି। ସେ କେଉଁ ଅଞ୍ଚଳର, କ'ଣ ତାଙ୍କର ଜାତି, କେଉଁ ସାଧନା ପଦ୍ଧତିକୁ ସେ ଗ୍ରହଣ କରିଛନ୍ତି ଓ ଦୀକ୍ଷା ଦିଅନ୍ତି କି ନାହିଁ ପ୍ରଭୃତି ବିଷୟରେ ମୋର କୌଣସି ଧାରଣା ନାହିଁ। ଆପଣ ମତେ କିଛି କହିବେ କି ?"

ମୋ କଥା ଶୁଣି ମହିଳା ଜଣକ ଉତ୍‌ଫୁଲ୍ଲ ଜଣାପଡ଼ିଲେ। ଅନ୍ତତଃ ଜଣେ ଜିଜ୍ଞାସୁକୁ ପାଇଯିବାର ଆନନ୍ଦ ତାଙ୍କ ମୁହଁରେ ବାରିହୋଇ ପଡ଼ିଲା। ସେ ଖୁବ୍ ଆଗ୍ରହରେ ମତେ କହିଲେ, "ମାତାଜୀ ହେଉଛନ୍ତି ଜଣେ ସିଦ୍ଧସାଧିକା। ସେ କୋଉ ଅଞ୍ଚଳର କ'ଣ ତାଙ୍କର ଜାତି କେହି କିଛି ଜାଣନ୍ତିନି। ସେ ଖୁବ୍ ଅଳ୍ପ ବୟସରେ ମଣିପୁରର କୋଉ ଏକ ପାହାଡ଼ ଗୁମ୍ଫାରେ ଅନେକ ବର୍ଷ କଠୋର ତପସ୍ୟା କରି ସିଦ୍ଧି ପାଇଛନ୍ତି। ସେ ଟିକେ ଛୁଇଁଦେଲେ କେତେ ଅସାଧ ରୋଗ ଭଲ ହୋଇଯାଏ। ତାଙ୍କୁ ଟିକେ ଦର୍ଶନ କରି ଦେଲେ ବି ଜଣକର ମାନସିକ ପୂରଣ ହୋଇଥାଏ। କିନ୍ତୁ ଭାଗ୍ୟରେ ଥିଲେ ସିନା ଦର୍ଶନର ସୌଭାଗ୍ୟ ମିଳିବ।"

"ଏଠି ବି ଦର୍ଶନ କରିବାରେ କ'ଣ ବଡ଼ସାନର ବିଚାର ଅଛିକି ?"

ମୁଁ ପଚାରିଲି।

ସେ ମତେ ତାଗିଦା କରି କହିଲେ, "ସେସବୁ ଏଠି ଚଳେନା। ମାତାଜୀ ସବୁବେଳେ କୁହନ୍ତି ତାଙ୍କୁ ଦର୍ଶନ କରିବାର ସୁଯୋଗ ପାଉଥିବା ଲୋକେ କେବଳ ନିଜକୁ ଭାଗ୍ୟବାନ ଭାବିବା ଠିକ୍ ନୁହେଁ। ସେ ସର୍ବଦା ସମସ୍ତଙ୍କ ପାଖରେ ଅଛନ୍ତି। ତାଙ୍କର ସାହାଯ୍ୟ ଲୋଡୁଥିବା ବ୍ୟକ୍ତିକୁ ସେ କେବେ ବି ନିରାଶ କରନ୍ତି ନାହିଁ। କିନ୍ତୁ ଏଇ ଚର୍ମଚକ୍ଷୁରେ ଦେବୀଙ୍କୁ ଦର୍ଶନ କରିବାକୁ କିଏ ବା ବ୍ୟାକୁଳ ନହେବ ?"

ଏତିକି ବେଳେ ପ୍ରତୀକ୍ଷା ଗୃହକୁ ହାତରେ ଗୋଟେ କାଗଜ ଧରି ଆଶ୍ରମର ଜଣେ ସାଧକ ଭିତରକୁ ଆସିଲେ। ସେ ଖୁବ୍ ଧୀର ଓ ଶାନ୍ତ ଭାବରେ ଜଣଜଣ କରି ନାଁ ଡାକିଲେ। ସେ ଯାହା ନାଁ ଉଚ୍ଚାରଣ କରୁଥାନ୍ତି ସେ ଦଳକୁ ବାହାରି ଏକୁଟିଆ ଯାଇ ଲାଇନରେ ଠିଆ ହୋଇ ଯାଉଥାଏ। ହଠାତ୍ ମୋ ନାମ ଡକାଯିବାର ଶୁଣି ମୁଁ ପ୍ରଥମେ ହଡ଼ବଡ଼େଇ ଯାଇ ଠିଆ ହୋଇଥିବା ଲୋକଙ୍କ ପଛରେ ଠିଆ ହୋଇଗଲି। ମୋ ପାଖରେ ବସିଥିବା ମହିଳାଙ୍କ ପାଇଁ ସୁଯୋଗ ଆସିଲାକି ନାହିଁ ଜାଣିବା ମୋ ପକ୍ଷରେ ସମ୍ଭବ ନ ଥିଲା।

ଏଥର ସେ ସାଧକ ଜଣକ ହାତଯୋଡ଼ି କହିଲେ ଯେ ମାତାଜୀ ଆଜି ନିର୍ଦ୍ଦିଷ୍ଟ

ସଂଖ୍ୟକ ଲୋକଙ୍କୁ ଦର୍ଶନ ଦେବା ପାଇଁ ଚାହୁଁଥିବାରୁ ଏ ପ୍ରକାର ବ୍ୟବସ୍ଥା କରାଯାଇଛି । ଆସନ୍ତାକାଲି ନିର୍ଦ୍ଦିଷ୍ଟ ସମୟ ଭିତରେ ଯେଉଁମାନେ ଆସିବେ ସମସ୍ତେ ଦର୍ଶନ ପାଇପାରିବେ ।

ଲୋକଙ୍କର ଲାଇନ ଏଥର ଆଗକୁ ବଢ଼ିଲା । କେତୋଟି ରୁମ୍ ଓ କରିଡ଼ର ବାଟ ଦେଇ ଆଗେଇବା ପରେ ଶେଷରେ ସେଇ ଆକାଂକ୍ଷିତ ବଖରାଟି ଆସିଗଲା । ଭିତରୁ ଝୁଣା ଓ ସୁଗନ୍ଧିତ ଧୂପର ବାସ୍ନା ଭାସିଆସୁଥାଏ । ମୋ ଆଗର କିଛି ଲୋକ ସେ ବଖରା ଭିତରକୁ ପଶି ସାରିଥାନ୍ତି । ଆଉ ମାତ୍ର କେତୋଟି ମୁହୂର୍ତ୍ତ ପରେ ମୁଁ ଭିତରକୁ ଯିବି । କାହାକୁ ଦେଖିବି ସେଠି ! ! ଗୋଟେ ଅଦ୍ଭୁତ ଉତ୍ତେଜନାରେ ମୋ ଗୋଡ଼ ହାତ ଥରିବାକୁ ଆରମ୍ଭ କରିଥାଏ । ଛାତି ଭିତରେ ହୃତ୍‌କମ୍ପନ ବଢ଼ିଯାଇଥାଏ । ମୁଁ ଆଉ ସ୍ୱଚ୍ଛନ୍ଦରେ ପାଦ ଆଗକୁ ବଢ଼ାଇ ପାରୁନଥାଏ । ଛନ୍ଦିହୋଇ ପଡୁଥାଏ । ମୋର ଚିନ୍ତାଶକ୍ତି ଆଉ କିଛି କାର୍ଯ୍ୟ କରୁନଥାଏ । ଗୋଟାଏ ତୀବ୍ର ଉଦ୍‌ବେଗ ମୋର ତାଳୁରୁ ତଳିପାଯାଏ ସଞ୍ଚରି ଯାଉଥାଏ । ମୁଁ ସେଇ ଅବସ୍ଥାରେ ଭିତରକୁ କେମିତି ଠେଲିହୋଇ ଚାଲିଗଲି ।

ବଖରାଟିର ମଧ୍ୟଭାଗରେ ପଡ଼ିଥିବା ଏକ ଆସ୍ଥାନ ଉପରେ ଶୁଭ୍ରବସ୍ତ୍ର ପରିଧାନ କରି ବସିଥିଲେ ଜଣେ ମହିଳା । ତାଙ୍କର ଥିଲା ଉଜ୍ଜ୍ୱଳ ଗୌରବର୍ଣ୍ଣ । ମସ୍ତକରେ ଘନ ଗହଳ ଶୁଭ୍ରକେଶ । କେଶରେ ବୟସର ଛାପ ଅଥଚ ଚର୍ମର ମସୃଣତାରୁ ତାଙ୍କର ବୟସ ବାରିବା ସହଜ ନ ଥିଲା । ତେବେ ଯେଉଁ କାରଣରୁ ମୋ ଭିତରର ଆଲୋଡ଼ନ ଅଧିକ ବଢ଼ିଯାଇଥିଲା ତାହା ଥିଲା ତାଙ୍କ କପାଳର ଦୀର୍ଘ ସିନ୍ଦୂରକଲି ।

ମୋ ଆଗରେ ଆଉ ଦୁଇ ତିନିଜଣ ଲୋକ ବୋଧହୁଏ ଥାନ୍ତି । ଏଥର ତାଙ୍କୁ ପ୍ରଣାମ କରି ଆଗକୁ ଆଗେଇବାର ପାଳି ମୋ ପାଇଁ ଆସିଗଲା । ମୁଁ ତାଙ୍କୁ ନିବିଷ୍ଟ ଭାବରେ ଚାହିଁଲି । ସ୍ମିତହାସର ସୁକୋମଳ ଧରଟିଏ ତାଙ୍କ ଓଠଧାରରେ ଲାଗି ରହିଥାଏ । କିନ୍ତୁ ତାଙ୍କର ସେ ଅନ୍ତର୍ଭେଦୀ ଉଜ୍ଜ୍ୱଳ ଦୃଷ୍ଟି ଆଗରେ ମୋ ଆଖି ନତ ହୋଇଗଲା । ମୁଁ ପ୍ରଣାମ କରି ଆଗକୁ ଆଗେଇଯାଇ ସେ ବଖରାର ବାହାରକୁ ଚାଲିଆସିଲି । କେତୋଟି ବଖରା ଦେଇ ପୂରା ବାହାରକୁ ଯିବାବେଳେ ଲକ୍ଷ୍ୟକଲି କାନ୍ଥସାରା ଶିବ ଓ କୃଷ୍ଣଙ୍କର ଲୀଳା ଉପରେ ଆଧାରିତ ଚିତ୍ରମାନ ଅଙ୍କାଯାଇଛି । ପରିବେଶ ସମ୍ପୂର୍ଣ୍ଣ ନୀରବ ।

ଆମେ କେତେଜଣ ପୂରା ବାହାରକୁ ବାହାରିଆସିବା ପରେ ତେଣିକି କିଏ କୋଉ ଦିଗରେ ଚାଲିଯିବାକୁ ଲାଗିଲେ ।

ମୋ ମନରେ ଏତେ ସମୟ ଧରି ରହିଥିବା ସଂଶୟଟିର କୌଣସି ସମାଧାନ ଆସିନଥାଏ । କଲେଜ ଜୀବନର ପ୍ରଥମରେ ସାଧାରଣ ପରିଚୟ ଟିକେ ହୋଇଥିବା ସଲୋନୀକୁ ମୁଁ ମାତାଜୀଙ୍କ ଭିତରେ ଖୋଜି ପାଇବାର ଏକ ଅସମ୍ଭବ କଳ୍ପନା ଯାହା

କରୁଥିଲି । ମୋର କଳ୍ପନା ଓ ବାସ୍ତବତା ଭିତରେ କୌଣସି ତାଳମେଳ ଥିବା ପରି ମୋର ଆଉ ମନେ ହେଲାନି ।

ନିଜକୁ ଆତ୍ମସ୍ଥ କରିବା ପାଇଁ ଆଶ୍ରମ ଛାଡ଼ିବା ପୂର୍ବରୁ ସେଠି ଗୋଟେ ବିରାଟ ଗଛ ଚାରିକଡ଼େ ଘେରିଥିବା ଏକ ସିମେଣ୍ଟ ବେଢ଼ା ଉପରେ କିଛି ସମୟ ପାଇଁ ବସିଗଲି । ଏହି ତିନି ଦିନ ମୋର ଏକ ଅଦ୍ଭୁତ ଆବେଶ ଭିତରେ କଟିଛି । ସେଥିରୁ ନିଜକୁ ମୁକ୍ତ କରିବାକୁ ଇଚ୍ଛା କରୁଥିଲି ।

ମୁଁ ସେଠାରୁ ଉଠିବାକୁ ଯାଉଛି ଆଶ୍ରମର ଜଣେ ସାଧକ କାଗଜ ଖଣ୍ଡେ ଧରି କାହାକୁ ଖୋଜିବା ପରି ହୋଇ ଆସିଲେ । ମତେ ଦେଖିପକାଇ ସେ ସ୍ଥିର ହୋଇ ଠିଆ ହୋଇଗଲେ ଓ ମୋ ନିକଟକୁ ଆସି ମତେ ହିନ୍ଦୀରେ ପଚାରିଲେ, "ଆପଣ ନିଶ୍ଚୟ ଅରୁଣା ରାୟ, ଓଡ଼ିଶାରୁ ଆସିଛନ୍ତି ।"

ମୁଁ ଆବାକାବା ହୋଇ ଚାହିଁ ଖାଲି ମୁଣ୍ଡ ହଲାଇ ହଁ କଲି । ତା'ପରେ ସେ ମତେ ଖୁବ୍ ନମ୍ର ଭାବରେ କହିଲେ "ଆପଣଙ୍କୁ ମାତାଜୀ ଭିତରକୁ ଆସିବା ପାଇଁ ଚାହୁଁଛନ୍ତି ।"

ମୁଁ ସତେକି ଆକାଶରୁ ଖସିଲି । ମାତାଜୀ ମତେ ଡାକୁଛନ୍ତି । ମୁଁ ତ ତାଙ୍କର ଶିଷ୍ୟା ନୁହେଁ କି କେହି ସାଧିକା ବି ନୁହେଁ । ମତେ ସେ କାହିଁକି ଡାକୁଛନ୍ତି । ପରମୁହୂର୍ତ୍ତରେ ବିଜୁଳି ପରି କଥାଟିଏ ମନରେ ଚମକି ଗଲା । ଏଇ ଯେ ମାତାଜୀ ଯାହାଙ୍କୁ କିଛି ସମୟ ତଳେ ଦର୍ଶନ କରିଆସିଛି ସେ ସଲୋନୀ ନୁହେଁତ । ମତେ କ'ଣ ସେ ଚିହ୍ନିପାରିଛି !!

ମୁଁ ଆଉ ଆଗକୁ କିଛି ଭାବି ପାରିଲି ନାହିଁ । ସେ ବ୍ୟକ୍ତିଙ୍କର ପଛେ ପଛେ ସମ୍ମୋହିତ ହେବା ପରି ଯିବାକୁ ଲାଗିଲି । ପୁଣି ଅଳିନ୍ଦ ପରେ ଅଳିନ୍ଦ ଅତିକ୍ରମ କରି ମୁଁ ସେଇ ଆକାଂକ୍ଷିତ ସ୍ଥାନରେ ଆସି ପହଞ୍ଚିଗଲି । ମୋ ଆଗରେ ପୂର୍ବର ସେଇ ଉଜ୍ଜ୍ୱଳ ଶୁଭ୍ରମୂର୍ତ୍ତି । ହସ ହସ ପ୍ରସନ୍ନ ମୁଖମୁଦ୍ରା ।

ମୁଁ ଯୋଡ଼ହାତ ହୋଇ କୌଣସି ପ୍ରକାରେ ନିଜକୁ ସମ୍ଭାଳି ଠିଆ ହୋଇଗଲି । ଏଥର ସେ ସ୍ପଷ୍ଟ ଓଡ଼ିଆ ଭାଷାରେ କହିଲେ, "ଅରୁଣା, ମତେ ହିଁ ଦେଖିବାକୁ ଏତେ ବ୍ୟସ୍ତ ହୋଇ ଆସିଛ । ଅଥଚ ଦେଖିବା ପରେ ଚିହ୍ନିପାରୁନ ?"

ଏପର୍ଯ୍ୟନ୍ତ ଯାଏ ସଲୋନୀ ଓ ସନ୍ନ୍ୟାସିନୀଙ୍କୁ ନେଇ ସଂଶୟର ଘନକୁହେଳିରେ ଆଚ୍ଛନ୍ନ ହୋଇ ରହିଥିବା ମୋର ମନ ହଠାତ୍ ମେଘମୁକ୍ତ ଜହ୍ନ ପରି ଝଲସି ଉଠିଲା । ମୁଁ ଉଲ୍ଲସିତ ହୋଇ କହିଲା "ସଲୋନୀ ତୁମେ ! ମୁଁ ତେବେ ଠିକ୍ ହିଁ ଭାବୁଥିଲି ଯେ ତୁମେ ହିଁ ଚିତ୍ରାଙ୍ଗଦା ମାତାଜୀ ହୋଇଥିବ ।"

ସେ ମୃଦୁହସି ତାଙ୍କ ପାଖରେ ବସିବା ପାଇଁ ମତେ ଇସାରା କଲେ । କିନ୍ତୁ ମୋର

ଉଚ୍ଛ୍ୱାସ ସେତେବେଳକୁ ମୋ ଆୟତ୍ତରେ ନାହିଁ। ମୁଁ ଗଦଗଦ ହୋଇ କହିବାକୁ ଲାଗିଲି "ସଲୋନୀ ତୁମର ହୁଏତ ମନେ ନଥିବ; କିନ୍ତୁ ତୁମର କଲେଜ ଛାଡ଼ିବାର ଶେଷଦିନ ତୁମେ ଏଇ ନାମଟି ଉଚ୍ଚାରଣ କରି କହିଥିଲ ଯେ ତୁମର ଗୁରୁଦେବ ତୁମକୁ ଏହି ନାମରେ ସମ୍ବୋଧନ କରିଛନ୍ତି। ତୁମେ ମଣିପୁରର ସେହି ରାଜକନ୍ୟା ଚିତ୍ରାଙ୍ଗଦା।"

ଚିତ୍ରାଙ୍ଗଦା ମାତାଜୀ ସେମିତି ମୃଦୁ ହସି କହିଲେ, "ଆଚ୍ଛା, ତୁମେ ସେଦିନର ସେଇ ପଦଟିଏ କଥା ଏତେ ବର୍ଷ ପରେ ବି ମନେ ରଖିଛ ?"

"ମୁଁ ତ ସେ ପଦଟି କଥା କେବେ ବି ଭୁଲିନି। ବରଂ ତୁମକୁ ଥରେ ଭେଟିବା ପାଇଁ ନିଜ ଭିତରେ ବେଳେବେଳେ ଏକ ପ୍ରକାର ତୀବ୍ର ବ୍ୟାକୁଳତା ଅନୁଭବ କରିଛି। କିନ୍ତୁ ତୁମେ ସନ୍ନ୍ୟାସିନୀ ଭାବରେ ଏତେ ଉଚ୍ଚସ୍ତରରେ ପହଞ୍ଚି ମତେ ମନେ ରଖିଛ ଜାଣି ମୁଁ ନିଜକୁ ବିଶ୍ୱାସ କରିପାରୁନି।"

ମୁଁ ଏକଥା ପଦକ କହିଦେବା ପରେ ମୋର ସତେକି ବାକ୍‌ରୁଦ୍ଧ ହୋଇଗଲା। ମୁଁ ଆବିଷ୍ଟ ହୋଇ ତାଙ୍କ ମୁହଁକୁ ଚାହିଁରହିଲି।

"ଅରୁଣା, ମୋ ଜୀବନର ସେଇ ବିଶେଷ ଆଧ୍ୟାତ୍ମିକ ଅନୁଭୂତି ପ୍ରଥମେ ତୁମରି ନିକଟରେ ଖୁବ୍ ସହଜ ଭାବରେ ବ୍ୟକ୍ତ ହୋଇଥିଲା। ଅଜାଣତରେ ଆମେ ସେଇ ମୁହୂର୍ତ୍ତରେ କେଉଁ ଏକ ସୂକ୍ଷ୍ମ ସୂତ୍ରରେ ଯୋଡ଼ି ହୋଇ ଯାଇଥିଲେ। ତେଣୁ ତୁମେ ବି ମୋ ସ୍ମୃତିରେ ସେହିପରି ରହିଛ।"

ତାଙ୍କ କଥା ଶୁଣି ମୋର ମନେ ହେଉଥାଏ ମୋ ଛାତି ଭିତରେ ନିଃଶ୍ୱାସ ଟିକକ କୋଉଠି ଅଟକି ଯାଇଛି। ଗୋଟିଏ ଟ୍ରେରେ କିଛି ଫଳରସର ଗ୍ଲାସ୍ ଧରି ମୋ ଆଡ଼କୁ ତାଙ୍କର ପରିଚାରିକା ବଢ଼ାଇଦେଲେ। କୋଉ ଯୁଗର ତୃଷାର୍ତ୍ତ ପରି ମୁଁ ତାକୁ ଦୁଇଢ଼ୋକରେ ପିଇଦେଲି।

ତେଣିକି କେବଳ ନୀରବତାର ରାଜତ୍ୱ। ମୋ ଭିତରେ ଅପୂର୍ବ କିଛି ଆବିଷ୍କାର କରିପାରିବାର ଉତ୍ତେଜନା ଧୀରେଧୀରେ ପ୍ରଶମିତ ହୋଇଯାଉଥାଏ। ମୁଁ ସତରେ କୋଉଠି ଅଛି ସହିତ କଥା ହେଉଛି ବୁଝି ନପାରି ଭିତରେ ଭିତରେ ଶିହରି ଉଠୁଥାଏ। ମୋ ଆଗରେ ସିଦ୍ଧିପ୍ରାପ୍ତ ଜଣେ ମହାନ୍ ସନ୍ନ୍ୟାସିନୀ। ବିରାଟ ଆଶ୍ରମର ମୁଖ୍ୟ। ଅଗଣିତ ତାଙ୍କର ଶିଷ୍ୟଶିଷ୍ୟା। ସେ ପୁଣି ମତେ ସ୍ମରଣରେ ରଖିଛନ୍ତି। ଏଣେ ମୋ ସ୍ମୃତିପଟ୍ଟରେ ଏକ ଉଜ୍ଜ୍ୱଳ ଉଦାସପଣ ନେଇ କଲେଜରେ ଆତଯାତ ହେଉଥିବା ଷୋଳ ସତର ବର୍ଷର କିଶୋରୀର ଅସ୍ପଷ୍ଟ ରୂପ। ମୁଁ ସେ ଦୁହିଁଙ୍କୁ ଯୋଡ଼ି ପାରୁନଥାଏ କି ଭିନ୍ନ ମଧ୍ୟ କରିପାରୁନଥାଏ। ସଲୋନୀ ନା ଯୋଗିନୀ କାହାର ସ୍ୱର ମୋର ସେ ଆଚ୍ଛନ୍ନ ଅବସ୍ଥା ଭିତରେ ଧ୍ୱନିତ ହେଉଥିଲା ମୁଁ ବୁଝିପାରୁନଥିଲି।

ମତେ କେହି ଅରୁଣା ବୋଲି ହିଁ ସମ୍ବୋଧନ କରି କିଛି କଥା କହୁଥିଲେ। ମୁଁ ଶୁଣି ପାରୁଥିଲି କିନ୍ତୁ ବୁଝିପାରୁନଥିଲି।

ଯେମିତି ଗୁଡ଼ାଏ ପକ୍ଷୀ କଳରୋଳ କରି ଏ ଦିଗରୁ ସେ ଦିଗକୁ ଉଠି ଯାଉଥିଲେ। ସବୁଆଡ଼େ ପ୍ରସ୍ଫୁଟିତ ପୁଷ୍ପର ବର୍ଣ୍ଣମୟ ଉତ୍ସବ। ସୂର୍ଯ୍ୟାଲୋକରେ ଝଲମଲ କରୁଥିଲା ଦିଗନ୍ତବ୍ୟାପୀ ଶ୍ୟାମଳ ଉପତ୍ୟକା।

ମୁଁ ଆତ୍ମସ୍ଥ ହେଲି। ମୋ ସମ୍ମୁଖରେ ସେମିତି ସ୍ଥିର ଭାବରେ ରହିଛି ଜ୍ୟୋତି ରୂପଟିଏ। ସେ ମତେ ଚାହିଁ ହସୁଥିଲେ। ଆଉ ସେ ନିଃଶବ୍ଦ ହସ ଢେଉ ପରି ମୋ ସତ୍ତାକୁ ଛୁଇଁ ଯାଉଥିଲା।

ମତେ ଏଥର ଉଠିବା ପାଇଁ ସେଠି ଉପସ୍ଥିତ ଥିବା କେହି ଜଣେ ଇସାରା କଲେ। ମୁଁ ସେହି ଅଭିଭୂତ ଅବସ୍ଥାରେ ବାହାରକୁ ଆସିଲି। ମତେ ଛାଡ଼ିବାକୁ ଆସିଥିବା ବ୍ୟକ୍ତିଜଣକ କହିଲେ "ଆଜି ଗୋଟିଏ ଦିନ ପାଇଁ ହିଁ ଯେଉଁ ଫଟୋ ଓ ପରିଚୟପତ୍ରର ବ୍ୟବସ୍ଥା ହୋଇଥିଲା ତାହା ତାହା ନିଶ୍ଚୟ ଥିଲା ଆପଣଙ୍କ ପାଇଁ।"

ମୁଁ ତାଙ୍କୁ କୌଣସି ଉତ୍ତର ନଦେଇ ଆଶ୍ରମ ବାହାରକୁ ଆସି ମୋ ଗାଡ଼ିରେ ବସିଲି। ଗାଡ଼ି ଚାଲିବାକୁ ଆରମ୍ଭ କଲା। କିଛି ସମୟ ପରେ ମନ ଭିତରୁ କେହି ଯେମିତି ଖେଞ୍ଚି ଦେବାପରି କହିଲା "ଯିଏ ସିଦ୍ଧ ଯୋଗିନୀ ସେ କ'ଣ ସେମିତି ଚିହ୍ନିପାରି ନଥାନ୍ତେ ଯେ ଫଟୋ ଓ ପରିଚୟପତ୍ରର ସହାୟତା ନେଉଥିଲେ !"

ମୁଁ ଚମକି ପଡୁପଡୁ ଏକ ଅପୂର୍ବ ପ୍ରତ୍ୟୟରେ ଝଲମଲ ସ୍ୱରଟିଏ ପୂର୍ବସ୍ୱରକୁ ପୂରା ଚୁପ୍ କରାଇଦେଇ କହିଲା, "ଚିତ୍ରାଙ୍ଗଦା ମାତାଜୀ ତାଙ୍କ ପରିଚାରକକୁ ଜନଗହଳି ଭିତରୁ ତତେ ଚିହ୍ନି ଭିତରକୁ ଡାକିଥାନ୍ତେ କିପରି ! ସେଥିପାଇଁ ତ ଆଜି ଦିନକ ଲାଗି ଫଟୋ ଉଠାଇବାର ବ୍ୟବସ୍ଥା କରିଥିଲେ। ଆଉ ଗୋଟେ କଥା ମଧ୍ୟ ମନେରଖ ତୁ ତାଙ୍କୁ ସ୍ମରଣ ରଖିବାଟା ସ୍ୱାଭାବିକ। କାରଣ ତୋ ଜୀବନରେ ତାଙ୍କ ପରି ଅସାଧାରଣ ମଣିଷଟିଏ ତୁ ଆଉ ଦେଖିନୁ; କିନ୍ତୁ ତୋ'ପରି ଅସଂଖ୍ୟ ସାଧାରଣ ମଣିଷକୁ ସେ ଦେଖୁଛନ୍ତି। କେତେକେତେ ସମସ୍ୟା ନେଇ ବା କେବଳ ଶ୍ରଦ୍ଧାବଶରୁ ଲୋକଙ୍କର ଧାଡ଼ି ତାଙ୍କ ପାଖକୁ ଛୁଟି ଆସୁଛି। ତା'ସତ୍ତ୍ୱେ ତତେ ଥରେ କିଶୋରୀ ବୟସରେ ଶ୍ରଦ୍ଧା କରିଥିଲେ ବୋଲି ଆଜି ସିଦ୍ଧ ସାଧିକା ହେବା ପରେ ବି ତତେ ସ୍ମରଣ ରଖିଛନ୍ତି। ଏ ଭାଗ୍ୟ କାହାର ବା ଥାଏ !"

ସେ ସ୍ୱରଟି ନୀରବ ହୋଇଗଲା।

ଏ ଭିତରେ ଘଟିଯାଇଥିବା ସମସ୍ତ ଘଟଣା ମତେ ସ୍ୱପ୍ନ ଦେଖିବା ପରି ଲାଗୁଥିଲା।

ମୁଁ, ସଲୋନୀ, ଚିତ୍ରାଙ୍ଗଦା ସନ୍ନ୍ୟାସିନୀ, କଲେଜର ଗଛବୁଦାଘେରା ପଥର ଖଣ୍ଡ, ଗୁରୁଗାଓଁର ସେ ବିରାଟ ଆଶ୍ରମ ଓ ଆମ ଭିତରେ ଘଟିଥିବା କଥୋପକଥନର ତାତ୍ପର୍ଯ୍ୟ କଥା ଚିନ୍ତା କରୁ କରୁ ଭାବିଲି ତାଙ୍କ ସାଙ୍ଗରେ ତ ଅଧିକ ଦୁଇପଦ କଥା ହୋଇପାରିଥାନ୍ତି । ଏତେବର୍ଷ ଭିତରେ ସେଇ କିଶୋରୀ ଦିନର ଘଟଣାଟିକୁ ନେଇ କେତେ ଘାଣ୍ଟି ନ ହୋଇଛି, ଅଥଚ ସେଇ ଆକାଂକ୍ଷିତ ମୁହୂର୍ତ୍ତଟି ଆସିଯିବା ପରେ ଗୋଟେ ଉଚ୍ଛ୍ୱାସରେ କ'ଣ ଦୁଇପଦ କଥା କହିଦେଇ ମୂକ ହୋଇଗଲି କେମିତି ? ସେ ବି ଯାହା କହୁଥିଲେ ମୁଁ ତାକୁ ଶୁଣିପାରିଲିନି କାହିଁକି ?

ଏଥର ପୁଣି ସେଇ ସ୍ୱରଟି ଖୁବ୍ ସ୍ପଷ୍ଟଭାବରେ କହିଲା, “ତୁ କ'ଣ ଭାବୁଛୁ ଏକ ମହାର୍ଘ ମୁହୂର୍ତ୍ତରେ ସମସ୍ତେ କହିବା ଓ ଶୁଣିବା ପାଇଁ ସମର୍ଥ ହୋଇପାରନ୍ତି । ନୀରବତା ହିଁ ସେ ମୁହୂର୍ତ୍ତକୁ ସାର୍ଥକ କରେ । ଅଯଥା ପ୍ରଶ୍ନରେ ଗୁଡ଼ାଇ ତୁଡ଼ାଇ ନହୋଇ ବରଂ ଭାଗ୍ୟବଶରୁ ପାଇଥିବା ଅନୁଭୂତିଟିକକୁ ଭିତରେ ବଞ୍ଚାଇ ରଖିବାର ଚେଷ୍ଟା କର ।”

ମୁଁ ଏଥର ଚମକିଉଠି ସଳଖି ହୋଇ ବସିଗଲି । ବାହାରକୁ ଚାହିଁଲି । ଭିଡ଼ କଟାଇ ମୋ ଗାଡ଼ି ତୀରବେଗରେ ଆଗକୁ ଆଗକୁ ଚାଲିଛି ।

■

BLACK EAGLE BOOKS

www.blackeaglebooks.org
info@blackeaglebooks.org

Black Eagle Books, an independent publisher, was founded as a
nonprofit organization in April, 2019. It is our mission to
connect and engage the Indian diaspora and the world at large
with the best of works of world literature published on a
collaborative platform, with special emphasis on foregrounding
Contemporary Classics and New Writing.

* 9 7 8 1 6 4 5 6 0 0 9 9 2 *